北京外国语大学王佐良外国文学高等研究院出品

外国文学通览
2019

金 莉 / 王丽亚
主编

外语教学与研究出版社
北京

图书在版编目 (CIP) 数据

外国文学通览. 2019 / 金莉,王丽亚主编. -- 北京:外语教学与研究出版社,2020.12
ISBN 978-7-5213-2287-3

Ⅰ. ①外… Ⅱ. ①金… ②王… Ⅲ. ①外国文学-文学研究 Ⅳ. ①I106

中国版本图书馆 CIP 数据核字 (2020) 第 264543 号

出 版 人　徐建忠
项目策划　姚　虹
责任编辑　李旭洁　李　鑫
责任校对　徐　宁
封面设计　高　蕾
出版发行　外语教学与研究出版社
社　　址　北京市西三环北路 19 号 (100089)
网　　址　http://www.fltrp.com
印　　刷　三河市北燕印装有限公司
开　　本　650×980　1/16
印　　张　32
版　　次　2020 年 12 月第 1 版　2020 年 12 月第 1 次印刷
书　　号　ISBN 978-7-5213-2287-3
定　　价　75.00 元

购书咨询:(010)88819326　电子邮箱:club@fltrp.com
外研书店:https://waiyants.tmall.com
凡印刷、装订质量问题,请联系我社印制部
联系电话:(010)61207896　电子邮箱:zhijian@fltrp.com
凡侵权、盗版书籍线索,请联系我社法律事务部
举报电话:(010)88817519　电子邮箱:banquan@fltrp.com
物料号:322870001

前　言

由北京外国语大学王佐良外国文学高等研究院策划的《外国文学通览：2019》即将面世。本书以论文集的方式，为读者提供上一年度世界各国文学发展的全景图，见证世界文学的发展进程。

进入新世纪以来，世界格局不断发生变化，作为民族智慧的代表和社会文化重要表现形式的文学，也及时反映了这种变化。

2019年的世界文学向我们展示了当下世界的发展。一方面，各国文学家在继承民族文学传统的同时，呈现了新的特点和倾向，对于文学所表现的人类共性和民族个性在内容和形式上都进行了新的探索，展现了异彩纷呈、特色各异的文学成果，尤其是一些小国的优秀文学作品，更是为世界文坛吹进了一股清凉的新风；另一方面，当今世界的全球化发展态势，也在各国文学中得到了充分的显现，各国文学日益呈现出多元化的倾向，文学的越界现象十分明显。此外，2019年各国文学中对于现实的反映与历史的反思更加显见，充分印证了时代的风云变幻以及文学的神圣使命。

习近平总书记曾深刻指出，"一个时代有一个时代的文艺，一个时代有一个时代的精神。任何一个时代的经典文艺作品，都是那个时代社会生活和精神的写照，都具有那个时代的烙印和特征"。《外国文学通览：2019》的作者们通过盘点和梳理去年一年中世界各国（区域）的文学成就和不足、意义和经验，及时概括总结了前一年度世界各国的杰出文学作品，阐释了各国文学界在这一年中的重要事件和文学潮流变迁，探讨了各国作家的思想探索和艺术追求，为读者描绘了2019年的世界文学版图，做了一件具有积极现实意义的事情。

《外国文学通览：2019》是我们策划的"外国文学通览"丛书的第四本，涵盖了36个国家和地区，较为全面地反映了世界各国文学的面貌。本书作者大多数为北京外国语大学的教师。北京外国语大学为我国教授外国语言最多的大学，具有多语种的优势和外国文学研究的优良传统。作者中也有不少是其他高校的教师，使得这本通览越来越成为我国外国文学学者研究成果的集成。

由于各国文学发展情况不同，我们这本《通览》在文体风格、内容形式，乃至文章字数方面只能尽量保持一致，因此这本论文集也存在文章之间的长短失衡状况以及内容安排方面的差异，恳请同行和读者谅解，多提宝贵意见。相信我们这一系列作品，会做得越来越好！

金　莉　北京外国语大学教授
王佐良外国文学高等研究院院长
2020 年 9 月 20 日

目 录

2019年阿尔巴尼亚语文学概览……1
2019年阿富汗普什图语文学概览……13
2019年阿拉伯文学概览……23
2019年爱尔兰文学概览……34
2019年澳大利亚文学概览……53
2019年巴基斯坦文学概览……66
2019年巴西文学概览……82
2019年保加利亚文学概览……102
2019年波兰文学概览……115
2019年德国文学概览……130
2019年俄罗斯文学概览……142
2019年法国文学概览……155
2019年非洲文学概览……175
2019年非洲葡语文学概览……189
2019年芬兰文学概览……202
2019年韩国文学概览……210
2019年荷兰语文学概览……223

2019年柬埔寨文学概览……235
2019年捷克文学概览……248
2019年拉脱维亚文学概览……256
2019年老挝文学概览……267
2019年美国文学概览……279
2019年蒙古文学概览……294
2019年缅甸文学概览……315
2019年墨西哥文学概览……325
2019年葡萄牙文学概览……341
2019年日本文学概览……353
2019年瑞士文学概览……365
2019年塞尔维亚语文学概览……386
2019年土耳其文学概览……397
2019年西班牙语文学概览……411
2019年匈牙利文学概览……427
2019年伊朗文学概览……441

2019年印度文学概览..451
2019年英国文学概览..466
2019年越南文学概览..483

| 2019年阿尔巴尼亚语文学概览

马 赛

内容提要：2019年的阿尔巴尼亚语文学创作成果斐然。卡达莱斩获两项国际文学奖，50和60一代作家依然扮演着阿尔巴尼亚语文坛中中流砥柱的角色，80一代青年作家则逐渐成为创新和活力的代名词。"身份认同"再次成为2019年阿尔巴尼亚语文学的关键词，而不同于往年对不同历史时期身份认同问题的关注，这一年的身份议题更加多元，有关种族身份、文化身份、社会身份、他者身份、性别身份的探讨频繁见于年轻一代作家的作品中。文学研究领域，评论家们关注当代文学中的"羞耻"主题。

一、文学奖项与获奖作品

（一）国内奖项

  1. 卡达莱奖（Çmimi Kadare）

该奖项自2015年设立以来，被视为阿尔巴尼亚语文学界的风向标，由作家、学者组成的评委会对未曾出版的参赛作品进行评选，挖掘新锐作家。

2019年6月11日，地拉那欧洲大学（Universiteti Europian i Tiranës）和帕什科欧洲研究所（Instituti Europian Pashko）共同举办了为期三天的"拉兹马文学日"（Ditët Letrare të Razmës），围绕"语言、文学与身份认同"议题展开学术讨论。此项活动汇集了来自阿尔巴尼亚和科索沃、北马其顿等国家和地区的作家、文学研究者、文化记者、翻译家以及教师，共同探讨阿尔巴尼亚语文学作品，围绕如何理解阿尔巴尼亚语文学中的身份认同问题展开讨论。

同往年一样，卡达莱奖的颁发将文学日活动推向高潮。

文学日的最后一天，评委会宣布青年作家罗埃尔·库梅（Loer Kume，1982— ）凭借短篇小说集《苦杏仁曼陀罗》（*Amygdala Mandala*，2019）荣获第五届卡达莱奖。《苦杏仁曼陀罗》以爱为主题，用爱的不同形式展现这一情感的简单与神秘。书中人物说："人活着时，什么也不懂。而当他爱时，便看到了一切，只能用尽全力生活，别无他法。因为他明白，除了爱，自己一无所有。"在短篇《最初》（"Prim"）中，叙事者遇见一位女诗人，两人没有目的地找寻通往爱之秘境的意义。《雪人》（"Njeriu i dëborës"）一篇的故事发生在冰岛，讲述一对夫妇的爱拥有打破千年规则的力量。库梅笔下的故事发生在模糊的时间和空间中，与人们熟知的现实保持距离，人物往往不具有清晰的特征和形象，超越了活生生的人，同时承载着明确的理想和价值。这样的创作风格近年在阿尔及利亚语文学作品中并不少见。评委会主席巴什基姆·霍查（Bashkim Hoxha，1954— ）称库梅是"新一代作家的代表，以文学做实验，寻找新的文学形式，远离商业化与传统，为阿尔巴尼亚语文学注入新的精神"。作家本人对于获奖深感荣幸，他表示："在我们日复一日的生活中需要一座知识的岛屿，为各年龄段作家提供合适的机会与读者会面。"（"Festivali letrar i Ramzës")

近年来，库梅被视作阿尔巴尼亚80后作家的领军人物。2011年，库梅的首部作品、短篇小说集《勒克斯》（*Lux*）出版。他诗意的文字、新鲜的议题、独特的写作风格引起了读者的兴趣。2017年，他出版了长篇小说《混沌简史》（*Historia e shkurtër e rrëmujës*）。

此次入围决赛的还有四部长篇小说，分别是法戴·维拉伊（Fate Velaj，1963— ）的《伊萨卡》（*Itaka*，2019）、于列特·阿利奇卡（Ylljet Aliçka，1951— ）的《首都变形记》（*Metamorfoza e një kryeqyteti*，2019）、米莫扎·胡萨（Mimoza Hysa，1967— ）的《将军的女儿们》（*Bijat e gjeneralit*，2019）和罗兰德·焦扎（Roland Gjoza，1950— ）的《赞美颂》（*Te Deum*，2019）。

《伊萨卡》是作家、阿尔巴尼亚社会党议员维拉伊自传体小说三部曲中的最后一部，讲述个体摆脱制度的禁锢、获得自由的故事。自传体限制了故事的想象，因而作家创作了全新的艺术和历史事件，将所创造的母亲这一角色作为共同的叙述者，在他本人走向伊萨卡的路途中，讲述现实中已发生的事和想象中将要到来的事。（"Promovohet 'Itaka'"）阿利奇卡的小说《首都变形记》以20世纪70年代为背景，讲述了在社会剧变前后地拉那市民的生活轨迹，形形色色的人物中有诗人、老兵、商人，也有政府首脑、情报机构人员和政治犯，他们精神上的压迫与反抗、堕落与变形展现了人的异化。诗人放弃艺术转而从政，死刑犯在枪决前以感恩之礼答谢领导人，外交官改行经商，曾经服务于政府的人则摇身一变成为亲欧洲者。这部作品用犀利的嘲讽带领读者重回过去并审视当下。（"'Metamorfoza e njëkryeqyteti'"）胡萨的长篇小说《将军的女儿们》以社会主义时期阿尔巴尼亚高级军官的双胞胎女儿马尔希娜和马尔蒂娜为原型，描绘了她们对自己父亲的敬爱和对名为耶顿尼的男子的爱恋,以及两姐妹为打破社会对女性的束缚所做的尝试。焦扎的获奖小说《赞美颂》带有明显的后现代主义和表现主义特点,不注重细节描写,强调"美"的永恒。书中名为戴·戴乌姆(意为赞美颂)的阿尔巴尼亚人在寻找美的旅途中遇见法国诗人波德莱尔和伟大的画家达·芬奇,共同展开了矛盾、荒诞的想象之旅。主人公在现实与超现实、想象与历史共同交织的梦境里歌颂了圣洁的美。

2. 国家文学奖(Çmimet Kombëtare të Letërsisë)

阿尔巴尼亚文化部设立的国家文学奖每年1月公布获奖名单,奖项包括散文奖、最佳长篇小说奖、最佳短篇小说奖、最佳诗集奖、最佳儿童文学奖和最佳翻译奖六个奖项。

伊斯梅尔·卡达莱(Ismail Kadare,1936—)凭借《当统治者争吵时》(*Kur sunduesit grinden*,2018)荣获散文奖。这部长篇散文以苏联文学和政治的关系为主题,围绕着近一个世纪前的一次通话展开,对话以矛盾的方式不断被解构和阐释。电话的两端是斯大林和帕斯捷尔纳克,以及未参与其中的作为第三视角出现的主人公诗人曼德尔施塔姆。1958—1960年,卡达莱在苏联科学院高尔基世界文学研究所进修,曾在《东方神明的黄昏》(*Muzgu i perëndive të stepës*,1978)一书中以半自传的形式回忆青年时期,透露出对苏联文学缺乏活力的失望。《当统治者争吵时》一书延续了卡达莱对于苏联知识分子带有悲剧色彩的命运的同情,也是作家本人再次将苏联作家作为书写对象来表达政见,展现了拥有话语权的知识分子对权力的谨慎态度。

焦扎的小说《因为巴黎来的女孩》(*Për shkak të vajzave nga Parisi*,2018)获得最佳短篇小说奖。小说讲述了阿尔巴尼亚移民在美国的艰难处境,巴尔干人远离故土后遇到文化冲击,在回国和留下之间犹豫不决。作品深刻探讨了移民的认同问题，将在新环境中的忍耐和等待看作建构新身份的途径。

恩克尔·戴米（Enkel Demi）以汤姆·库卡（Tom Kuka）为笔名创作了长篇小说《孤独的石头》（*Gurët e Vetmisë*，2018），获得最佳长篇小说奖。近一个世纪前，72名阿尔巴尼亚男性在希腊帕拉米斯亚（Paramythia）附近的塞拉尼溪旁遭到屠杀。戴米将这段历史作为故事的背景，讲述热情善良的青年男女遭遇的背叛和迫害，以及由民族冲突演变而来的悲剧。作者并未直接评判事件的对错，而是通过普通人命运的剧变展现历史的悲情，借此悼念在阿希两族冲突中死去的生活在查梅里亚地区的阿族人。

最佳诗集奖授予了已逝诗人哈夫齐·内拉（Havzi Nela，1934—1988）的《诗歌全集——七本》（*Vepra poetike e plotë: shtatë fletore*，2019）。内拉在狱中创作于7个本子上的5548行诗歌由兄弟保存完好，在其逝世30周年之际付梓。内拉的诗歌大量书写了阿尔巴尼亚族的历史人物，同时歌颂了科索沃地区的阿族英雄，表达对科索沃地区阿族人的同情。

米莫扎·哈菲齐（Mimoza Hafizi，1962— ）的首部长篇科幻小说《玫瑰水滴》（*Pika trëndafili*，2018）获得最佳儿童文学奖。小说中的"我们"是根据科学家的形象被想象出的人，在空间科研中心工作，发现了宇宙中成千上万的新星球和居住在上面的外星人。借着科幻小说的形式，哈菲齐想告诉儿童读者"科学是美的，科学世界欢迎所有想要参与其中的人"（"Promovon romanin shkencor"）。

由卢安·托普奇乌（Luan Topçiu，1962— ）翻译的法籍罗马尼亚诗人琳达·玛丽亚·巴洛斯（Linda Maria Baros，1981— ）的诗集《剃须刀片做成的房子》（*Shtëpia me brisqerroje*，2017）摘得最佳翻译奖。托普奇乌称："这本诗集由简单的语言构建，诗中的形象敲打人心，而最独特之处在于诗人对象征主义的具体运用。"（Baros）

3. 地拉那书展奖项（Çmimet e Panairit të Librit "Tirana 2019"）

2019年11月，地拉那书展如期举行。贝斯尼克·穆斯塔法伊（Besnik Mustafaj，1958— ）当选为"年度作家"。穆斯塔法伊是外交官，曾任阿尔巴尼亚驻法国大使，同时也是作家。长篇小说《沿途受损》（*Dëmtuar gjatë rrugës*，2019）的主人公是穆斯塔法伊的母亲，故事讲述了她24岁进入政府工作及此后30年间的痛苦经历。作者借对话和独白构建了生活在充满压迫的政治氛围中的母亲形象。评论家认为，作品"通过现实主义手法和讽刺的方式，描绘了一段极具戏剧性的、至今令人记忆深刻的历史时期"（"Çmimet e Panairit"）。

"年度译者"的称号归属科拉布·霍查（Korab Hoxha，1982— ），他翻译了俄罗斯作家玛琳娜·茨维塔耶娃（Marina Tsvetaeva，1892—1941）的诗文选《马车上的十月》（*Tetori në vagon*，2019）。有评论称："世界文学中重要的声音所传达的政治和哲学思想具有动人心魄的力量，而译者丰富的阿语、精妙的译文保留了诗歌的原汁原味。"（"Çmimet e Panairit"）

（二）国际奖项

1. 科索沃地区普里什蒂纳书展"年度作家"（Shkrimtar i vitit）

2019年6月9日，科索沃出版商协会在普里什蒂纳书展上宣布，法托斯·孔果利（Fatos Kongoli，1944— ）凭借长篇小说《小骗子》（*Gënjështarë të vegjël*，2019）赢得"年度作家"称号。

孔果利是作家、数学家。他当过文学记者，还曾在知名的纳伊姆·弗拉舍里（Naim Frashëri）出版社做过编辑，屡次获得国内和国际文学奖。同时，他还同中国颇有渊源，20 世纪 60 年代，曾到访北京研修数学。他的长篇小说《象牙龙》（*Dragoi i fildishtë*, 1999）也是以中国为背景，这部作品是研究阿尔巴尼亚文学中中国形象的重要参考。此次的新作《小骗子》讲述一对年轻情侣恋爱、分手和纠缠不清的过程。而在看似轻快的节奏中，作家表达了对年轻人离开祖国、远赴他乡的深深不安，出于这种情绪，故事主人公最终选择回到家乡，也回到爱人身边。自 90 年代起，本土阿尔巴尼亚人出于政治或经济原因移民海外，一方面为国内亲人带回大量外汇，帮助其改善经济状况，另一方面则造成了大批年轻人出国就业、人才流失的局面。令人忧心的现实因此成为重要的文学议题，在每一代作家的作品中均有涉及。

2. 韩国朴景利文学奖（Park Kyong-ni Prize）

朴景利文学奖是韩国著名的国际性文学奖项，由土地文化基金会（Toji Foundation of Culture）于 2011 年创办，以纪念韩国近代著名作家朴景利（Park Kyong-ni，1926—2008）。该奖项面向世界范围内的优秀作家作品，每年评选一次。

2019 年 9 月 19 日，第九届朴景利文学奖评委会宣布获奖者为卡达莱。评委会主席、韩国文学评论家金禹昌（Kim Uchang，1937— ）表示，卡达莱的作品引发读者沉思，并对自身同特定历史事件的关系产生强烈的感受。（"Zëri i Amerikës"）这是卡达莱第二次入围该奖决选名单，此次一同入围最终名单的还有其他八位作家。

3. 美国纽斯塔特国际文学奖（Neustadt International Prize）

纽斯塔特国际文学奖由美国俄克拉何马大学国际文学和文化刊物《今日世界文学》于 1969 年设立，素有"美国的诺贝尔文学奖"之称，每两年颁发一次，授予对象包括诗人、小说家和剧作家。该奖项并不根据某一部作品评判作家成就，而是根据作家全部创作进行整体考量。

2019年10月16日，《今日世界文学》宣布卡达莱为第26届纽斯塔特国际文学奖得主。生于1936年的卡达莱在二战中度过童年，成熟于社会主义时期，在90年代国家转轨时以政治避难为由定居法国。复杂的经历造就了他敏锐的洞察力和锋利的视角，他的小说以史为鉴、借古喻今，运用表现主义、魔幻现实主义描绘历史上的阿尔巴尼亚，同时抨击现实。卡达莱作品的魔力来自磅礴的历史描写、天马行空的想象和亦真亦假的叙事，而他本人同权力的关系也增加了作品的可读性，引发读者对其创作意图的猜想。2005年，卡达莱荣获首届布克国际文学奖，并陆续摘得阿斯图里亚斯亲王奖、耶路撒冷奖等国际奖项，被视作诺贝尔文学奖的有力竞争者。

二、文学研究

在2019年的文学研究作品中，《羞耻的文学》(*Letërsia e turpit*, 2019)一书颇为引人注目。作者阿尔达·巴尔居利（Alda Bardhyli）是记者、当代文学研究者，她在新作中收录了此前发表的文学批评，指出阿尔巴尼亚文学中爱的匮乏和局限，以及这种缺陷已根植于社会文化之中。巴尔居利选择以阿尔巴尼亚语文学中的情色和浪漫文学为研究对象，探讨后现代主义文学中"羞耻"的书写，指明过往的文学和当下的文学间存在的冲突。《羞耻的文学》以禁忌为主题，尝试打破文学创作和文学研究中固有的价值体系，将多元的"爱"重新引入阿尔巴尼亚语文学。

来自科索沃地区的阿尔巴尼亚族作家、文学评论家恩杜埃·乌卡伊（Ndue Ukaj, 1977— ）出版了新作《伊斯梅尔·卡达莱：文学与文化的交汇处》(*Ismail Kadare: Kryqezime letrare dhe kulturore*, 2019)。著作研究了卡达莱的作品，分析其创作主题、动机、叙事和风格的多样性，展现卡达莱的天赋、创造力和极致优美的语言。

另一部以卡达莱为研究对象的新作是来自萨纳斯·迪诺（Thanas Dino）的《二：记与卡达莱及我自传中的污点》(*Dy: Me Ismail Kadare ne dhe njolla në biografinë time*, 2019)。迪诺在书中回忆同卡达莱的交往和日常对话，重新审视经历二战的童年对这位大文豪创作的影响。

三、阿尔巴尼亚语文学在中国

2019年，阿尔巴尼亚语文学作品在中国的译介从单纯的小说翻译扩展到诗歌和非虚构作品。著名翻译家、文学评论家郑恩波出版了上下两卷《阿尔巴尼亚诗选》（2019），该书属于"一带一路"沿线国家经典诗歌文库。《阿尔巴尼亚诗选》中的诗篇均由译者郑恩波亲自挑选。作为在阿尔巴尼亚语文学翻译领域深耕数十载的专家，译者对阿尔巴尼亚诗歌的历史和发展熟稔于心，因此，这部囊括了阿尔巴尼亚从古至今历代经典诗歌的作品集不仅展现了阿尔巴尼亚语诗歌之美，更将阿尔巴尼亚语诗歌发展史清晰、全面地展现给读者。诗集收录了19世纪以前、民族复兴时期、民族独立时期、反法西斯民族解放斗争时期、祖国解放和人民革命胜利以来等五个历史时期的经典诗歌，还将歌颂中阿友谊的诗歌单列一类，是目前国内最完整的阿尔巴尼亚诗集。

卡达莱的中篇著作《娃娃》（2019）则作为"蓝色东欧"译丛项目的系列书籍首次亮相中国，这也是目前唯一引进的卡达莱的非虚构作品。《娃娃》的阿尔巴尼亚语版于2015年出版，起初，这部作品属于《罗斯坦德咖啡馆的早晨》(*Mëngjeset në Kafe Rostand*，2014) 一书的部分章节，而后才单独成册。中文译本译自法文版。书名"娃娃"是作家母亲的昵称。作为当代阿尔巴尼亚语文坛无可争议的领军者，卡达莱在逾半世纪的写作中创造了无数或真实或虚构的人物，这是他第一次将母亲作为作品主人公。

结语

纵览2019年的阿尔巴尼亚语获奖及入围作品，以"身份认同"为主题的小说受到的关注最多，尤其是转轨后的身份转变和重构，这与国家的历史发展进程密不可分。作家们或将转轨前后时期作为创作背景，书写人的异化；或关注年轻一代和移民者的困境，探讨个体命运和身份认同；或将目光瞄向外国文学与政治，表达政见；或书写民族冲突，反思历史。整体而言，作品题材广泛，创作手法多样，风格不一。文学研究与文学创作同步发展，对"羞耻"的研究尝试打破了传统文学中的禁忌，反映了当下更加开放的讨论空间。同时，在译介项目的支持下，中国读者得以进一步认识卡达莱，欣赏阿尔巴尼亚语诗歌，借文学游历这个遥远又略带神秘的巴尔干国家。

参考文献：

Aliçka, Ylljet. *Metamorfoza e një kryeqyteti*. Tiranë: UET Press, 2019.

Bardhyli, Alda. *Letërsia e turpit*. Tiranë: UET Press, 2019.

Baros, Linda Maria. *Shtëpia me brisqerroje*. Luan Topçiu (përk.) Tiranë: Albas, 2018.

Dedaj, Valeria. "Promovon romanin shkencor 'Pika trëndafil', Mimoza Hafizi: S'ka rrezik të afërt, që i vjen tokës nga planetet rreth e rrotull!" 2 Nov. 2018. Web. 10 Mar. 2020.
    <https://shqiptarja.com/lajm/promovon-romanin-shkencor-pika-trendafil-mimoza-hafizi-ska-rrezik-te-afert-qe-i-vjen-tokes-nga-planetet-rreth-e-rrotull>.

——. "Çmimet e Panairit të Librit, 'Autor i vitit'zgjidhet Besnik Mustafaj." 16 Nov. 2019. Web. 10 Mar. 2020. <https://shqiptarja.com/lajm/cmimet-e-panairit-te-librit-autor-i-vitit-zgjidhet-besnik-mustafaj>.

Dino, Thanas. *Dy: Me Ismail Kadare nedhenjolla në biografinë time*. Tiranë: Neraida, 2019.

"Festivali letrar i Razmës, një akt ringjallimi për krijimtarinë letrare." *Universiteti Europian i Tiranës*. 11 Jun. 2019. Web. 16 Jan. 2020. <http://uet.edu.al/new/festivali-letrar-i-razmes-nje-akt-rigjallerimi-per-krijimtarine-letrare/>.

Gjoza, Roland. *Për shkak të vajzave nga Parisi*. Tiranë: Uegen, 2018.

——. *Te Deum*. Tiranë: Buzuku, 2019.

Hafizi, Momiza. *Pika trëndafil*. Tiranë: Toena, 2018.

Hysa, Mimoza. *Bijat e gjeneralit*. Tiranë: UET Press, 2019.

Idrizi, Dritan. "'Metamorfoza e një kryeqyteti' si pasqyrë e ndërgjegjes sonë." 4 May 2020. Web. 10 May 2020. <https://liberale.al/metamorfoza-e-nje-kryeqyteti-si-pasqyre-e-ndergjegjes-sone/>.

"Ismail Kadare Wins Prestigious 2020 Neustadt International Prize for Literature." *The Neustadt Prizes*. Web. 20 Feb. 2020. <https://www.neustadtprize.org/ismail-kadare-wins-prestigious-2020-neustadt-international-prize-for-literature/>.

Kadare, Ismail. *Kur grinden sunduesit*. Tiranë: Onufri, 2018.

Kongoli, Fatos. *Gënjështarë të vegjël*. Tiranë: Toena, 2019.

Kruti, Anila. *Flutura e Majit*. Tiranë: Toena, 2019.

Kuka, Tom. *Grurët e vetmisë*. Tiranë: Pegi, 2018.

Kume, Loer. *Amygdala Mandala*. Tiranë: UET Press, 2019.

——. *Historia e shkurtër e rrëmujës*. Tiranë: Albas, 2017.

——. *Lux*. Tiranë: Toena, 2011.

"Loer Kume: Romani më i mirë i të gjitha kohërave pritet të shkruhet." *Mapo*. 23 Mar. 2019. Web. 16 Jan. 2020. <https://gazetamapo.al/loer-kume-romani-me-i-mire-i-te-gjitha-koherave-pritet-te-shkruhet/>.

Mato, Sulejman. "'Kukulla' e Kadaresë, një roman që lexohet me një frymë." 2 Dec. 2017. Web. 10 May 2020. <https://gazetamapo.al/kukulla-e-kadarese-nje-roman-qe-lexohet-me-nje-fryme/>.

Mustafaj, Besnik. *Dëmtuar gjatë rrugës.* Tiranë: Toena, 2019.

"Promovohet 'Itaka' i Fate Velajt." *Infokult.* 14 Feb. 2020. Web. 20 Feb. 2020.
 <https://infokult.al/promovohet-itaka-fate-velajt/>.

Topçiu, Luan. "Shtëpia me brisqerroje." Web. 10 Mar. 2020.
 <http://www.portalishkollor.al/news/shtepia-me-brisqe-rroje>.

"Tregimet e Loer Kume, të jetosh dashurinë përmes letërsisë." *Universiteti Europian i Tiranës.* 11 Jun. 2019. Web. 16 Jan. 2020.
 <http://uet.edu.al/new/tregimet-e-loer-kume-te-jetosh-dashurine-permes-letersise/>.

Tsvetaeva, Marina. *Tetori në vagon.* Tiranë: Aleph, 2019.

Ukaj, Ndue. *Ismail Kadare: Kryqezime letrare dhe kulturore.* Tiranë: Onufri, 2019.

Velaj, Fate. *Itaka.* Tiranë: UET Press, 2019.

"Zëri i Amerikës: Kadare nderohet me Çmimin Pak Kyongni 2019." *Balkanweb.* 26 Oct. 2019. Web. 20 Feb. 2020.
 <https://www.balkanweb.com/zeri-i-amerikes-kadare-nderohet-me-cmimin-pak-kyongni-2019/>.

卡达莱:《娃娃》, 张雯琴、宋学智译, 广州: 花城出版社, 2019 年。

郑恩波:《阿尔巴尼亚诗选》, 北京: 作家出版社, 2019 年。

作者单位: 北京外国语大学欧洲语言文化学院

2019年阿富汗普什图语文学概览

王　静

内容提要：2019年是阿富汗独立100周年，社会环境整体依旧动荡不安，和谈受挫、大选备受争议，和平、稳定的目标似乎可望而不可即。尽管政局不稳，但是普什图语文学创作活动没有停滞；正式出版的原创作品虽然不多，但是作品涉及诸多重要议题，如国家、语言和文化的发展，女性处境，战争、动荡局势中普通人的心理健康等；写作风格大胆，笔法犀利。

一、著作

《阿卜杜勒·拉希姆·哈蒂夫的来信》（د عبدالرحیم هاتف لیکونه）是一本书信类纪实文学作品，收录了政治家、文学家阿卜杜勒·拉希姆·哈蒂夫（1926—2013）1998至2002年从印度寄给作家哈吉·扎希尔·江·查克（حاجي ظاهرجان څرک）的20封信。除查克外，著名作家、诗人阿卜杜勒·巴里·贾哈尼（عبدالباري جهاني）和学者马苏姆·霍塔克（معصوم هوتک）以及著名作家瓦哈德·法齐里（واحد فقیري）共同参与撰写了本书。

哈蒂夫先生曾在阿富汗民主共和国时期担任过副总统一职，后来流亡印度。查克在书中回忆，他的父亲与哈蒂夫是好友，在两家的交往中查克与哈蒂夫成为忘年交。在哈蒂夫流亡印度后，二人一直通过书信交流，内容涉及历史、地理、政治、文学、文化等，哈蒂夫的博学和分析问题时的透彻犀利让查克受益匪浅。本书中收录的是查克从中挑选出的最能代表哈蒂夫的叙事风格和对问题的独到见解的20封信件，信中讨论的话题具有一定的社会意义。贾哈尼认为类似作品的出版非常有价值，他说："当人们读到这本书时，就会想到印度第一任总理兼领导人贾瓦哈拉尔·尼赫鲁（Jawaharlal Nehru）从监狱给女儿英迪拉·甘地（Indira Gandhi）的信。"[1] 在集结成书之前，这些信件曾在《坎大哈杂志》（کندهار مجله）上连载。本书由作者查克出资，在坎大哈省阿拉玛·拉沙德出版社（د علامه رشاد خپرندویه ټولنه）出版。

《为何从我眼前消失？》（ولې پناه شوې ته زما له سترګو؟）是巴格兰大学的讲师、作家、诗人、新闻记者古尔·拉赫曼·拉赫马尼（ګل رحمن رحماني）撰写的一部爱情小说，由萨蒙出版社（سمون خپرندویي ټولنه）出版。小说讲述了医生爱上乞丐的故事，对于得不到爱人的主人公来说，学历与成就都毫无意义。书评人埃斯玛图拉·萨利赫（عصمت الله صالح）说："小说表达的主题不是贬低爱情，而是让人们正视爱情的力量并正确对待。"因为"爱情可以让人强大如王者，也可以使人卑微如乞丐"[2]。

《娜祖》（نازو）是2018年毕业于喀布尔大学普什图语系的阿西夫·马沙尔（آصف مشال）出版的第一部小说。故事围绕着女主人公娜祖的生活展开，描绘了她在妇女没有任何地位的部落文化环境下的恐惧、悲伤以及身心所受的压迫。作为女性，娜祖无权决定自己的命运，因为按照部落社会的习俗，男人永远高于女人。书评人阿吉马

---

1 <https://www.archive.taand.com/?p=118874>.
2 <https://www.archive.taand.com/?p=126336>.

尔·赫库莱（اجمل بنکلی）高度评价了小说的叙事风格和手法，"整个故事都像是展现在眼前的图景，阅读时更像是在看一部电影"，"作者运用格式塔心理学，不说出场景的所有细节，而是在事件之间留有空隙，让读者变被动为主动，像补全一个不完整的圆圈一样在脑海中补全故事的场景"。[3]

《想象的花园》（د تصوراتو بڼ）是批评评论家、作家、巴格兰大学文学院教授古尔·拉赫曼·拉赫马尼（ګل رحمن رحماني）的文学理论著作，也是纪念阿富汗独立100周年的献礼作品。全书分为四章，每章由8—10篇特定主题的文章组成，内容包括文学的意义、文学的类型、文学的功能、文学与社会、文学与美学等。作家认为文学与艺术的功能有三："第一，文学和艺术具有教育功能，即读者通过阅读文学作品，可以增进对生活、社会和现实的了解；第二，文学除了具有教育功能外，还具有'培育'功能，因为读者在阅读时会受到文学作品内容潜移默化的影响，逐渐改变自己的处事方法；第三，文学还具有感知和识别美的功能，因为在我们阅读文学作品时，专注于作品的艺术和美，久而久之，美感便在我们心中生根发芽，最终美感培育出爱，而爱是美学的源泉。"书评人阿卜杜勒·拉希德·萨达特（عبدالرشید سعادت）评价这本书"是文学，特别是文学批评和文学写作领域的绝佳补充"，"如果谁想成为一位好的作家，他应该阅读古尔·拉赫曼·拉哈玛尼先生的这本书"。[4]

杂文集《在圣徒之中》（د وليو منځ）的作者是穆希布拉·兹阿姆（محب الله زغم）博士，书中讲述了作者的经历、回忆和曾经听到的故事。全书分为四个章节——"精致""昨天和今天""谋杀和战斗"和

---

3 <https://www.archive.taand.com/?p=130103>.

4 <https://www.archive.taand.com/?p=136938>.

"我们与他人"。文章语言优美,故事简单而有趣。作者试图通过生活中简单的事例来引起读者对社会现象、传统习俗、宗教信仰的思考。书评人瓦格马·哈利姆(ورږمه حليم)说:"书中文章的主题与个人、社会和工作生活密切相关,在每篇文章中,我们都会发现自己或社会中某个人的影子……它鼓励读者去思考,并尽可能引起读者观念的改变。"[5]

《呐喊》(چغن)是作家埃斯玛图拉·萨利赫(عصمت الله صالح)的第一部短篇小说集,故事的主题围绕普通人生活的艰难展开,通过语言艺术描绘了阿富汗的社会困境、乡村面貌和部落传统等,像一幅幅关于社会弊病的简明图画。小说语言流畅,辞藻丰富,句子描述富于画面感,"萨利赫讲故事的最大特点是在读者脑海中构建图像并带领读者与作者一起向前推进……作者能够将他在社会生活中所见到的和所感受到的痛苦通过写作表达出来,能赋予无生命物以生命,能通过思维将艺术变为鲜活的生活……书中的故事不仅仅是叙事,还是我们破碎心灵的呐喊,这些呐喊需要被情感尚未消亡的人们听到,以防止这些悲惨而痛苦的事件重演。"[6]

小说《黑色手镯》(تور بنګړي)是阿吉玛尔·帕萨里(اجمل پسرلي)的作品,讲述了普通年轻人姆曼被时代破坏的爱与被战争裹挟的无奈。故事始于主人公姆曼于白沙瓦的墓地,结束于塔利班统治下的喀布尔废墟。作者通过小说中人物之口提出了阿富汗人民今天仍要面对并加以考虑的问题——"如何证明以宗教的名义杀害他人是合理的?"小说人物刻画细致,形象丰满,人物间的对话有趣且具有艺术性。书评人努尔乌拉·阿扎伊(نوراالله غازي)认为"作者词汇运用精准,在

---

5 <https://www.archive.taand.com/?p=137469>.

6 <https://www.archive.taand.com/?p=138623>.

整整186页的小说中,没有一个词或一句话是多余的。而且作者除了善于讲故事,还擅长诗歌创作,小说中的诗歌也增添了小说的艺术价值"[7]。

心理学著作《生活》(ژوند)是心理学教授沙拉夫鲁丁·阿齐米(شرف الدین عظیمی)的新作,通过生活中的实例,从婚姻、家庭、父母等角度分析了引发心理问题的根源,帮助读者更积极地面对家庭和生活。作品由五个独立但相互关联的主题构成——"订婚和婚姻""共同生活""两性关系""家庭"和"父母"。书评人贾瓦德·铁木里(جواد تیموری)评价,作者"大胆地探索了生活中的那些隐秘部分,即那些到现在为止在我们社会中仍被认为是丢脸和罪恶的部分……阅读这本书会给每位读者的生活带来显著的改变"[8]。

二、译作

《局外人》(*L'Étranger*)是法国作家、诺贝尔文学奖得主阿尔贝·加缪(Albert Camus,1913—1960)的成名作,也是存在主义文学杰作,更是荒诞派小说的代表作。小说讲述一位普通的年轻职员,终日麻木地生活在漫无目的的惯性中,某日去海边度假,卷入一起冲突,犯下杀人案,只因"他没有在母亲的葬礼上流泪",被法庭以"法兰西人民"的名义判处死刑。小说阐述了存在主义的一个重要命题——人类社会的荒诞和陌生感导致个体的绝望与虚无。阿富汗作家哈亚图拉·阮德(حیات الله ژوند)将这部中篇小说译为普什图语,译名为پردي,由索鲁什出版社(سروش خپرندویی تولنه)出版。

《奇幻森林》(*The Jungle Book*),又译《丛林之书》,是20世纪

---

7 <https://rohi.af/news/80635>.
8 <https://www.archive.taand.com/?p=140191>.

初英国著名诗人、散文家、小说家、诺贝尔文学奖得主鲁德亚德·吉卜林（Rudyard Kipling，1865—1936）的早期代表作，亦为其极具影响力和受欢迎的作品，百年来被翻译成各种文字，在世界上广为流传。全书由七个独立的中篇小说结集而成，讲述了"狼孩"莫戈里和其他动物的故事。作品中塑造了诸多个性鲜明、令人难忘的人物形象，故事情节惊险曲折，引人入胜。2019年，作为对阿富汗独立100周年的献礼，阿富汗女作家、儿童文学爱好者扎尔米娜·罗希（زرمینی روهي）将其译为普什图语并以绘本的形式出版，译名为د ځنګل کتاب。

《百年孤独》（One Hundred Years of Solitude）是诺贝尔文学奖获得者、哥伦比亚作家加西亚·马尔克斯（Gabriel García Márquez，1927—2014）的代表作，该书被誉为"再现拉丁美洲历史社会图景的鸿篇巨著"。作品描写了布恩迪亚家族七代人的传奇故事，以及加勒比海沿岸小镇马孔多的百年兴衰，反映了拉丁美洲一个世纪以来风云变幻的历史。作品融入神话传说、民间故事、宗教典故等神秘因素，巧妙地糅合了现实与虚幻，展现出一个瑰丽的想象世界，是20世纪重要的经典文学巨著之一。2019年，阿富汗翻译家、作家穆罕默德·纳瓦布·华赫（محمد نواب خوش）将其译为普什图语并出版发行，译名为د يوازېتوب سل کاله。

《爱的奥秘》（د مينې رازونه）是一部关于爱的名人语录，其译者作家哈斯布勒·拉赫曼·萨合尔（حسیب الرحمن ساحل）说："因为爱在人类生活中是如此重要，所以我试图把古今世界上最著名的学者们所探索的爱情奥秘收集起来，并将其翻译成普什图语。在我们的国家每天都上演着战争、黑暗、饥饿和苦难，我们的孩子、年轻人、老人、妇女、男人，每个阶层都迫切需要爱，所以我感到需要有这样一本书，至少可以让人们了解什么是爱，并减轻人们的痛苦。"[9]

《金弦》（زرتار）也是一部名人语录，收录了阿富汗地区和世界各地著名作家、诗人、学者、活动家和政治家的数百篇名言，这些名言由阿塔·穆罕默德·米亚海尔（عطامحمد میاخیل）翻译为普什图语并汇编成集，由索鲁什出版社出版。

三、文学活动

1. 传统赛诗会

赛诗会是阿富汗文人和诗歌爱好者们互相交流的传统盛会，通常在每年春天3月或4月举行。来自各地的文人和诗歌爱好者们在此时聚集一堂，赋诗对歌，展现自己的艺术才华。

2019年4月27日，由帕尔蒂斯文化文学协会（پردیس کلتوري او ادبي توله）发起，在一些文化组织和昆都士文化人士共同合作下，北方传统赛诗会（د شمال دودیزه کلنی مشاعره）在昆都士大学（د کندز پوهنتون）经济大会堂举行，主题为"和平与和解"。来自巴格兰、塔哈尔、喀布尔和昆都士的诗人们以优美的形式展示了他们的诗歌。

2. 萨义德·贾马鲁丁·阿富汗尼国际研讨会

2019年4月，"萨义德·贾马鲁丁·阿富汗尼国际研讨会"在阿富汗喀布尔举行。除阿富汗学者外，来自埃及、土耳其、印度和巴基斯坦的萨义德研究者也应邀参加了研讨会。研讨会主题是"自由与振兴的先驱——萨义德·贾马鲁丁·阿富汗尼"。在本次研讨会上，印发了萨义德的多篇作品。

萨义德·贾马鲁丁·阿富汗尼（سید جمال الدین افغاني，1838—1897）

---

9 <https://www.archive.taand.com/?p=139861>.

终生致力于社会和宗教改革。在政治方面，为了反对西方殖民主义的侵略和奴役，争取伊斯兰国家的民族独立，他主张全世界穆斯林联合起来，不分民族和国界。在哲学思想方面，萨义德认为宗教和科学并不矛盾，伊斯兰教能够接纳先进的科学文化，通过改革而达到现代文明。

3. 新书预览会

2019年9月7日，穆罕默德·哈桑·乌勒斯·马尔（محمد حسن ولس مل）的作品集《乌勒斯·马尔的生活、政治努力和回忆》（六卷）（د ولس مل ژوند، سیاسي هلې خلې او خاطرې）预览会顺利举办。乌勒斯·马尔是阿富汗的著名学者、文化人、作家和新闻记者。这部六卷的著作集收录了乌勒斯·马尔所有发表过的文章，包括小说、诗歌、杂文、时事评论等，题材广泛，主要反映人民的疾苦并揭露当权者的真面目。评论界认为，"这部书展现了半个世纪以来阿富汗的政治、经济、社会、文化、宗教、民族和历史问题以及重要的人物和历史事件，是进行学术研究和历史写作的可靠资料来源"[10]。

4. 文化周

2019年10月，阿富汗文化部开展了"文化周"大众宣传活动，此次活动的核心是"本·哈本·巴斯蒂学术研讨会"。本·哈本·巴斯蒂（883—965）是伊朗著名圣训学者，精通医学、星相学、哲学。在研讨会上，许多作家宣读了自己的研究成果。学者巴西鲁·哈克·阿迪尔（بصیرالحق عادل）认为，"当普通大众开始了解、思考和谈论文化时，文化就变得很重要了。我们社会中的大多数人受传统影响而遵循某些文化价值观，但他们其实并没有真正地理解自己的价值

---

10 <https://rohi.af/news/80843>.

观。因此，文化周的意义之一就是让公众意识到平时所做的一些事都与文化相关。"

结语

2019 年的普什图语文坛学术气息浓郁，文化态度开放，中青年作家们对社会问题的探讨开始触及社会价值观和宗教的本质。思想进步的文人、作家以及一些文化机构努力用书籍和文学、文化活动来营造一种文化氛围，向人们传播文学和知识的种子。通过这些文学作品和活动，我们似乎看到了这个国家的希望。

参考文献：

د عبدالرحیم هاتف لیکونه *Taand*. 19 Jan. 2019. Web. Feb. 2020.
< https://www.archive.taand.com/?p=118874>.

پردی تپښته نه کوي! *Taand*. 27 Jan. 2019. Web. Feb. 2020.
< https://www.archive.taand.com/?p=119581>.

مطالعه، عشق او افسانه *Taand*. 22 Apr. 2019. Web. Feb. 2020.
< https://www.archive.taand.com/?p=126336>.

د نیچریه رسالی لومړی پښتو ژباړه *Taand*. 20 May 2019. Web. Feb. 2020.
<https://www.archive.taand.com/?p=127452>.

د "نازو" روښانه خبره *Taand*. 9 Jul. 2109. Web. Feb. 2020.
< https://www.archive.taand.com/?p=130103>.

د تصوراتو بڼ کې خو شېبې *Taand*. 13 Oct. 2019. Web. Feb. 2020.
< https://www.archive.taand.com/?p=136938>.

د ولیو منځ *Taand*. 21 Oct. 2019. Web. Feb. 2020.
< https://www.archive.taand.com/?p=137469>.

د محمد حسن ولس مل د شیر توکیز اثر د مخکښنی غوندې جوړه شوه *Rohi*. 5 Nov. 2019. Web. Apr. 2020.
< https://rohi.af/news/80843>.

په "چغن" کې خاموش فریادونه *Taand*. 9 Nov. 2019. Web. Apr. 2020.
< https://www.archive.taand.com/?p=138623>.

تور بنګړي او تر شایي ولاړ هنر *Rohi*. 28 Oct. 2019. Web. Apr. 2020.
< https://rohi.af/news/80635>.

د فرهنګي اوونۍ ارزښت په څه کې دي؟ *Rohi*. 23 Oct. 2019. Web. Apr. 2020.
< https://rohi.af/news/80523>.

رود یارد کپ لینګ او د خنګل کتاب *afghansabawoon*. 11 Nov. 2019. Web. May 2020.
<http://www.afghansabawoon.com/%d8%a7%d8%af%d8%a8/%d8%b1%d9
%88%d8%af-%db%8c%d8%a7%d8%b1%d8%af-%da%a9%db%90%d9%be-
%d9%84%db%8c%d9%86%da%ab-%d8%a7%d9%88-%d8%af-
%da%81%d9%86%da%ab%d9%84-%da%a9%d8%aa%d8%a7%d8%a8%da%
ab/>.

په کندز کې سږنۍ شمال دودیزه کلنۍ مشاعره د سولې او پخلاینې تر عنوان لاندې ترسره شوه *Rohi*. 27 Apr. 2019. Web. Mar. 2020.
<https://rohi.af/news/77041>.

زرتار *Taand*. 26 Nov. 2019. Web. May 2020.
< https://www.archive.taand.com/?p=139812>.

کتاب پېژندنه؛ د مینې رازونه *Taand*. 27 Nov. 2019. Web. May 2020.
< https://www.archive.taand.com/?p=139861>.

"ژوند کتاب"؛ د ژوند د ناویل شویو برخو څراغ *Taand*. 2 Dec. 2019. Web. May 2020.
< https://www.archive.taand.com/?p=140191>.

د یوازېتوب سل کاله *Taand*. 11 Dec. 2019. Web. May 2020.
< https://www.archive.taand.com/?p=140754>.

作者单位：解放军信息工程大学洛阳校区

2019年阿拉伯文学概览[1]

尤 梅

内容提要：2019年的阿拉伯文学主要呈现以下特点：反独裁主题创作继续深入，陆续出现一些相关的小说，并且多带有超现实主义风格和反乌托邦色彩；历史题材小说集中涌现，对现实的失望与迷茫促使作家追溯过去、寻求答案，以更加客观理性的视角看待并思考当下现实；海湾君主制国家政局的相对稳定客观上为文学发展提供了有力保障，一批青年作家脱颖而出，海湾文学展示出强劲的发展势头。

中东剧变爆发后，突尼斯、埃及、利比亚、也门等国政治强人如多米诺骨牌般相继下台。他们统治国家数十年之久，执政后期不思改革，导致国民经济衰退、贪污腐败猖獗。因此，批判和揭露现实问题一直是现当代阿拉伯文学的重要主题之一。时至今日，虽然前政权已经垮台，但包括军政府在内的现任政权的统治依然令人担忧，特别是各国针对文学创作的诸多限制依然存在。在这种艰难的环境下，阿拉

---

[1] 本文为国家社科基金青年项目"'阿拉伯之春'后的埃及小说研究"（17CWW006）、北京外国语大学"中青年卓越人才支持计划"项目的阶段性成果之一。

伯作家继续勇敢发声，陆续出现一些大胆抨击现实的小说，并且多带有超现实主义风格和反乌托邦色彩。

一、反独裁小说持续繁荣

旅居巴黎的也门作家阿里·穆格里（علي المقري，1966— ）的小说《领袖的国度》（بلاد القائد）被认为是生动刻画阿拉伯世界的一部佳作。小说一方面揭露了当权者用欺骗、恐吓、镇压等手段愚弄和压迫民众,[2] 另一方面思考了阿拉伯知识分子与统治者、写作与政权的关系。小说的主人公是一位知名作家，他生活拮据，妻子病重，无奈加入为"领袖"写书立传、歌功颂德的传委员会，他为此感到羞愧，倍受煎熬："我堕落了，我不得不承认自己一无是处，就像我一直看不上的政权那样一无是处"，"细想一下，我所做的难道不是在背叛自己的灵魂吗？还是我以前的灵魂已不再与我有关，它得到了名誉和声望，却再也离不开穷困的围墙……"作者借此反映"阿拉伯之春"后一些阿拉伯知识分子和作家为了物质利益向权力低头，并对其尴尬处境深感忧心："阿拉伯知识分子是被边缘化的，受到多重打击，不仅有来自政权的监察和控制等，还总被日常生活的窘迫境况所累。"[3]

埃及作家穆罕默德·拉比耶（محمد ربيع，1978— ）的《埃及众神史》（تاريخ آلهة مصر）延续了前两部作品《龙年》（عام التنين，2012）和《水星》（عطارد，2014）阴郁暗黑的风格，带有强烈的讽刺和荒诞色彩。小说采用了"书中书"的结构，主要讲述埃及共有五位神，最后一位名为"赫尔比图"（خربتو المطلق）的神记录了诸神统治的历史。

2　محمد عبد الرحم، "بلاد القائد" لـ علي المقري رواية سياسية عن تاريخ الطواغيت،
<https://www.youm7.com/story/2019/8/12>.

3　"يستضيف برنامج ثقافة الروائي والشاعر علي المقري للحديث عن روايته بلاد القائد والتي تحاكي سقوط المثقف العربي إلى جانب الطاغية"،
<https://www.france24.com/ar/20191129>.

这是一部算计残杀、谋权夺位的历史，虽然有过允许宗教信仰自由、试图建立民主制度的短暂阶段，但最终还是由独裁统治取而代之。这一部分明显是对现当代埃及历届集权统治的影射。小说在后半部分逐渐揭示了撰史者其实是一名自称"赫尔比图"的历史学教授，因长期在动荡政局中无法实现个人的生活诉求与学术抱负而逐渐产生畸形心理，从独裁的反对者转变为其忠实拥趸，甚至将自己神化。这一部分通过夸张的方式向埃及读者提出振聋发聩的追问：埃及人为何总将领袖供上神坛，赋予他们高于人的地位？两年前，作家接受采访时表示，他有意使用讽刺手法，目的在于批判埃及的独裁统治："讽刺是一种工具，为的是展现这个国家有多么腐败脆弱，如何依靠肮脏的手段控制人们……讽刺有助于描绘统治者们的形象，他们在上位之前就已身心失常，而'绝对权力'更加剧了这种失常。他们患有多重心理疾病，其中最明显的就是——自认为是神！你见过哪个埃及统治者不自以为是神的吗？"[4]

现实问题也激发了一些作家的文学创作灵感。科威特女作家布赛娜·以撒（بثينة العيسى，1982—　）的小说《世界表面的守卫者》（حارس سطح العالم）虚构了一个民主丧失、科技被废止的未来世界。在这样的世界里，统治者认为人的欲望和想象力是导致一切冲突、战争、社会动乱等对抗行为的罪魁祸首，应当对其实施严格监控。主人公是政府监察部门的图书审核员，主要工作是筛选出带有思想和想象力的图书并将其焚毁。然而在阅读过程中他逐渐受到一些书中角色的启发，开始不断认识自我，最终成长为这些图书的守卫者。小说巧妙地融合了多部世界经典文学作品中的象征元素，包括童话《爱丽丝

---

[4] رضا حريري، «مقابلة مع محمد ربيع: «السخرية هي الوسيلة الوحيدة لمقاومة الدولة المصرية»»،
<https://www.7iber.com/culture/interview-with-mohammad-rabie-2018>.

漫游奇境记》和《匹诺曹》，还有《希腊人佐巴》以及反乌托邦经典《1984》和《华氏451度》。作者在富有创意的层层叙述中展现了人类反对压迫、争取自由的抗争。

二、历史书写集中涌现

阿尔及利亚青年作家阿卜杜·瓦哈布·伊萨维（عبد الوهاب عيساوي，1985— ）的小说《斯巴达法庭》（الديوان الإسبرطي，2019）获得2020年第13届阿拉伯小说国际奖（الجائزة العالمية للرواية العربية），这是阿尔及利亚作家首次荣获这一奖项。小说以19世纪奥斯曼帝国统治末期和法国殖民统治初期为背景，通过五位主要人物的多重视角，全面展现阿尔及利亚被外族占领期间的社会概貌，反映阿尔及利亚人民如何以各种形式对土耳其和法国的双重殖民统治进行顽强抵抗。马哈福兹曾说："阿拉伯小说经常是努力在寻找某种东西，可能是爱情、救赎或自我……"这部小说所要寻找的正是祖国的荣耀，让读者了解阿尔及利亚人强烈的爱国主义情怀和凛然无畏的斗争精神。阅读这部小说，我们可以看到，殖民时代虽已结束，但殖民主义思想的影响却很深远，并在一定程度上阻碍了国家的发展。

共有来自18个国家的128部小说参与角逐2020年阿拉伯小说国际奖，入围长名单的16部小说和短名单的6部小说中绝大部分都是历史题材，例如：埃及作家尤素福·泽丹（يوسف زيدان，1958— ）的《法尔德坎堡》（فردقان）再现了"世界医学之父"伊本·西拿（980—1037）跌宕起伏的一生；埃及女作家拉夏·阿德利（رشا عدلي，1972— ）的《帕夏最后的日子》（آخر أيام الباشا）重新解读了奥斯曼帝国驻埃及总督穆罕默德·阿里时期的历史事件，以思考东西方的关系问题；黎巴嫩作家贾布尔·杜维希（جبور الدويهي，1949— ）的《印度王》(ملك الهند)讲述一个世纪以来教派冲突给黎巴嫩人民带来的苦难与悲剧;叙利亚作家赛里姆·巴拉卡特(سليم بركات, 1951—)的《犹太女士蕾切尔怎样了?》(ماذا عن السيدة اليهودية راحيل؟)讲述了1967年"六日战争"后叙利亚东北部卡米什利市里犹太人、库尔德人和亚美尼亚人之间的故事;利比亚女作家阿伊莎·易卜拉欣(عائشة إبراهيم, 1969—)的《羚羊之战》(حرب الغزالة)从古老的洞穴铭文中探寻了一段鲜为人知的利比亚古代历史;沙特作家马格布勒·阿莱维(مقبول العلوي, 1968—)的《备战总动员》(سفر برلك)记录了奥斯曼帝国时期阿拉伯半岛经历的一个重要历史事件[5]。评委会主席、伊拉克评论家穆赫辛·穆萨维(محسن جاسم الموسوي, 1944—)认为,大量涌现的优秀历史小说值得关注和研究,对历史的重视与书写"并不表示放弃当下,因为历史是以不同的方式意味着当下"。[6]

除了阿拉伯小说国际奖入围作品外,埃及作家瓦利德·阿拉丁(وليد علاء الدين, 1973—)的《基米娅》(كيميا)也是一部受到好评的历史题材作品。小说以八个世纪前寄养在波斯大诗人鲁米(1207—1273)家的少女"基米娅"这一真实人物为原型,记述她被鲁米送给挚友夏姆斯(شمس الدين التبريزي, 1185—1248)——一个比她大五十岁的苦行僧后的不幸境遇。作家认为世人都沉浸在对鲁米的崇拜及其充满爱与哲思的诗篇当中,忽略了基米娅因为鲁米的决定而遭受的不幸。瓦利德表示,"基米娅代表着每一个被历史车轮无情碾压的无辜灵魂",通过文学的方式讲述她的故事,为其正名,正是作家的使命。[7]

---

5 此处特指1915年奥斯曼土耳其士兵进入麦地那,以暴力方式强征当地居民前往沙姆地区参战事件。

6 "رئيس لجنة تحكيم الجائزة العالمية للرواية العربية: الرواية جاءت لتستعيد للأمة حضورها"، <https://www.aljazeera.net/news/cultureandart/2019/12/22>.

7 وليد علاء الدين، «كيميا» مثال لكل روح برينة دهستها حوافر خيل التاريخ، <https://www.dostor.org/2435953>.

历史和文学之间的关系从来都是深远而复杂的。阿拉伯文学或从与官方历史文献记录不同的视角去深入挖掘历史故事与历史人物，试图在真实的历史和想象的叙事之间建立一种平衡；或对尚未有确切史料记载的历史时期和历史人物，使用文学的想象力填补历史空白。巴勒斯坦著名评论家费萨尔·达拉吉（فيصل دراج）曾在其重要著作《小说与历史阐释》（الرواية وتأويل التاريخ، 2004）中指出，小说在观察和记录重大历史事件方面发挥了不可替代的作用，并且能够以更为客观、更有影响力的方式使这些事件复活。[8] 此外，近期阿拉伯作家对历史题材创作较为热衷的趋势，与中东地区局势持续低迷不无关系，对于现实的彷徨迷茫甚至失望愤懑，促使作家追溯历史，试图回到过去寻求答案，更加客观理性地看待并思考当下现实。对此，阿卜杜·瓦哈布·伊萨维也表示："一般而言，历史小说不是为了故事本身而重构故事，其主要目的是探究我们当前所面临的问题，其根源到底来自何处。"[9]

三、海湾[10]文学势头强劲

阿曼女作家朱赫·哈尔西（جوخة الحارثي, 1978— ）的小说《月亮的女人》（سيدات القمر）[11] 获得2019年国际布克奖（Man Booker International Prize），这是阿拉伯语作品首次荣获该国际大奖，一时将世界文学界的目光聚焦到长期处于阿拉伯文学舞台边缘的海湾小国阿曼——悠久的历史积淀和温和的文化氛围使其在阿拉伯国家中独树一

---

8 ابراهيم عادل، « رواية «الديوان الإسبرطي»: الجزائر بين فرنسا والعثمانيين"،
<https://www.ida2at.com/the-spartan-diwan-algeria-between-france-the-ottomans>.

9 " رواية الديوان الإسبرطي للكاتب عبد الوهاب عيساوي تفوز بالجائزة العالمية للرواية العربية "، 0202
<https://www.arabicfiction.org/ar/node/1688>.

10 此处海湾国家仅指阿联酋、阿曼、巴林、卡塔尔、科威特和沙特阿拉伯六个国家。

11 此处为阿文书名直译。其英译本书名为 Celestial Bodies，译者为牛津大学阿拉伯文学教授玛丽莲·布思（Marilyn Booth, 1955— ）。

帜。小说讲述了阿曼的阿瓦费村庄里一家三姐妹的爱情故事和人生经历，反映了阿曼社会从殖民时代结束后至今漫长的历史演变过程。国际布克奖评委会认为"通过小说里人们的生活和爱情故事，我们可以了解到阿曼社会的各个方面——从最贫困的奴隶家庭到马斯喀特的新兴富裕阶层"[12]。小说最大的亮点是展现了多种类型的阿曼女性形象：遵从父母之命的传统女性玛雅，理智独立的知识女性阿斯玛，为爱等待的痴情女子郝莱，自由奔放的贝都因女人娜吉亚，任劳任怨的女奴扎立珐，等等。这些女性出身不同，性格各异，经历坎坷，但她们身上都具有一种坚韧勇敢的强大力量，折射了阿曼的民族精神，象征着这个国家从古至今生生不息的发展原动力。

不难看出，海湾国家的文化景象正在逐渐发生改变。曾在很长一段时间内，相较于埃及、叙利亚、黎巴嫩等传统阿拉伯文化中心而言，大部分海湾国家的文化传统比较单薄，对文学和艺术创作的审查和监控也较为严格，例如在科威特，苏欧德·森欧斯（سعود السنعوسي, 1981— ）反映科威特教派冲突的小说《我母亲海萨的老鼠》（فئران أمي حصة）和女作家达勒阿·穆夫提（دلع المفتي, 1961— ）探讨女性问题的小说《探戈的味道》（رائحة التانغو），都曾被官方禁止并提交审查机构。更有甚者，一些作家还因政府部门和宗教机构的审判遭遇牢狱之灾。但是，为了应对当代全球化的严峻挑战，海湾国家在一定程度上逐渐放开对国内文化活动和文学创作的监督和限制，客观上给文学创作提供了一个相对宽松的气氛和更为开放的空间，因此逐渐涌现出不少优秀的作家和作品，比如：沙特阿拉伯作家

---

12 "Man Booker International Prize: Jokha Alharthi Wins for Celestial."
 <https://www.theguardian.com/books/2019/may/21/man-booker-international-prize-jokha-alharthi-wins-celestial-bodies-oman>.

阿卜杜胡·哈勒（عبده خال，1962— ）的《喷射火星》（ترمي بشرر）、沙特阿拉伯女作家拉嘉·阿莱姆（رجاء عالم，1956— ）的《鸽项圈》（طوق الحمام）、科威特作家苏欧德·森欧斯的《竹竿》（ساق البامبو）、沙特作家穆罕默德·哈桑·阿勒旺（محمد حسن علوان，1979— ）的《小死亡》（موت صغير）分别获得2010年、2011年、2013年和2016年的阿拉伯小说国际奖，沙特女作家乌迈麦·赫米斯（أميمة الخميس，1966— ）的小说《白鹭游历玛瑙城》（مسرى الغرانيق في مدن العقيق）获得2018年马哈福兹文学奖。近年来海湾本土和移民作家在阿拉伯地区乃至世界各大文学奖项中屡获殊荣，说明阿拉伯主流文学界对海湾文学的肯定，以及世界各国对海湾文学的接受与关注。

  同样值得关注的是，一大批优秀的青年作家脱颖而出，带来了不少令人惊喜的作品。除了上文提到的科威特女作家布赛娜·以撒、科威特作家苏欧德·森欧斯、沙特阿拉伯作家穆罕默德·哈桑·阿勒旺及其代表作之外，还有以下作家和作品：科威特作家阿卜杜拉·巴希斯（عبد الله البصيص，1980— ）的小说《狼的味道》（طعم الذئب，2016）展现了沙漠贝都因人对生死、善恶等人类根本问题的质朴理解；沙特阿拉伯作家艾哈迈德·哈吉勒（أحمد الحقيل，1985— ）的小说《路与城》（طرق ومدن，2019）运用空间叙事细致描写了沙特阿拉伯的城市和道路，探索了个体与空间的紧密联系；阿联酋女作家伊曼·尤素福（إيمان يوسف，1987— ）的小说《他人的复活》（قيامة الآخرين，2019）透过心理疾病患者的内心世界探讨当代阿联酋人面临的诸多社会问题；阿联酋女作家萨利哈·欧贝德（صالحة عبيد，1988— ）的短篇小说集《白发隐现》（خصلة بيضاء بشكل ضمني，2015）捕捉了人们日常生活的细节并试图寻找其中蕴含的隐性意义，探索身份和归属的问题。青年作家们视角独特，具有丰富的想象力和旺盛的创作力，勇于在创作手法和写作技巧上进行尝试与创新，敢于触及社会中的敏感问题和热点话题，不断为海湾文学带来新视角，注入新活力。此外，有不少青年作家拥有较好的西方留学背景，受到西方现当代文学思潮与流派的影响，这些文学观念对其文学创作有所启发。而海湾国家自身由传统向现代化的转型过程中所经历的一系列发展变化，也为青年作家们提供了充足的创作土壤。因此，海湾青年作家们具有巨大的创作潜能，随着人生阅历的增加和艺术功力的进步，其写作也将会日趋成熟。

近十几年以来，阿拉伯世界最重要的文学大奖几乎都是由海湾国家设立和资助的，其中包括：2007年阿联酋的谢赫·扎耶德图书奖（جائزة الشيخ زايد للكتاب）、2008年阿联酋的阿拉伯小说国际奖、2014年卡塔尔的卡塔拉阿拉伯小说奖（جائزة كتارا للرواية العربية）、2016年科威特的阿拉伯短篇小说奖（جائزة الملتقى للقصة القصيرة）。这些奖项的组委会每年聘请阿拉伯世界内外知名作家、学者等专业人士担任评委，遵循严格的评选程序，并不偏袒海湾作家及其作品，在文学界和社会上都有较高的权威性和影响力。与阿拉伯世界其他文学奖项相比，这些奖项给入围短名单及获奖的作家们提供了更为丰厚的奖金，因此也更具吸引力。无疑，这些奖项的设立给优秀的阿拉伯作家和文学作品提供了良好的展示平台，而且不少奖项直接资助获奖作品英译和出版，更是为阿拉伯文学走向世界提供了资金保障和发行渠道。同时，各个海湾国家也在其国内设立新兴文学奖项，或者资助举办文学工作坊、写作和翻译计划等活动，以鼓励和支持文学的发展。以上种种，当然与海湾国家雄厚的经济实力不无关系，同时也表明海湾国家对文化与文学日益重视。

除此之外，海湾国家出版传媒产业的蓬勃发展在很大程度上推动了海湾文学的快速发展。比较重要的电视台都有文学评论和文化访谈的固定节目，定期邀请阿拉伯作家携最新作品进行宣传，或者解读重要文学作品、文学事件和文化现象。如卡塔尔半岛电视台的《行者》(المشاء)和《文本之外》(خارج النص)，沙特阿拉伯比亚电视台的《阿拉比亚图书馆》(مكتبة العربية)，阿联酋阿布扎比卫视的《启示者》(ملهمون)等，甚至还出现了专门探讨文学翻译的节目，如阿联酋卫视的周播节目《阿布扎比在翻译》(أبوظبي تترجم)，该节目每周五介绍阿拉伯和西方的重要翻译家，探讨不同文体的翻译风格和技巧。海湾国家迅速发展的出版业也是海湾文学发展的坚实后盾，一些出版社拥有雄厚的资金实力，在编辑出版、图书销售等方面均表现出色，比如科威特的塔克韦恩出版社（Takween）、巴林的马斯阿出版社（Masaa Publishing）、沙特阿拉伯的埃塞尔出版社（Darathar）和阿联酋的卡利马特出版社（Darkalemat）等。综上所述，可以说海湾文学进入了一个新的发展时期，势头良好，后劲十足。

总体而言，2019年的阿拉伯文学主要呈现以下特点：中东剧变后的反独裁主题创作继续深入，陆续出现一些批判现实主义的小说，并且其中的超现实主义风格和反乌托邦悲观主义色彩愈发浓厚；历史题材小说集中涌现，历史故事和历史人物的艺术再现为文学创作提供了丰富素材，同时这也与作家对中东现实的失望迷茫不无关系，促使他们追溯过去寻求答案，以更加客观理性地看待当下现实，并试图思考未来出路；海湾君主制国家政局的相对稳定在客观上为文学发展提供了有力保障，一批优秀的青年作家及其作品脱颖而出，海湾文学展示出强劲的发展势头。

参考文献：

إبراهيم عادل، « رواية «الديوان الإسبرطي»: الجزائر بين فرنسا والعثمانيين»،

<https://www.ida2at.com/the-spartan-diwan-algeria-between-france-the-ottomans>.

جعفر لعزيز، «البحث عن المجد في رواية الديوان الإسبرطي»،
<https://www.alquds.co.uk>.

"رئيس لجنة تحكيم الجائزة العالمية للرواية العربية: الرواية جاءت لتستعيد للأمة حضورها"،
<https://www.aljazeera.net/news/cultureandart/2019/12/22>.

رضا حريري، «مقابلة مع محمد ربيع: «السخرية هي الوسيلة الوحيدة لمقاومة الدولة المصرية»»،
<https://www.7iber.com/culture/interview-with-mohammad-rabie-2018>.

«رواية الديوان الإسبرطي للكاتب عبد الوهاب عيساوي تفوز بالجائزة العالمية للرواية العربية»،
<https://www.arabicfiction.org/ar/node/16882020>.

محمد عبد الرحم، «بلاد القائد» لـ علي المقري رواية سياسية عن تاريخ الطواغيت،
<https://www.youm7.com/story/2019/8/12>.

وليد علاء الدين، «كيميا»، مثال لكل روح برينة دهستها حوافر خيل التاريخ،
<https://www.dostor.org/2435953>.

«يستضيف برنامج ثقافة الروائي والشاعر علي المقري للحديث عن روايته بلاد القائد والتي تحاكي سقوط المثقف العربي إلى جانب الطاغية.»،
<https://www.france24.com/ar/20191129>.

"Man Booker International Prize: Jokha Alharthi Wins for Celestial."
<https://www.theguardian.com/books/2019/may/21/man-booker-international-prize-jokha-alharthi-wins-celestial-bodies-oman>.

作者单位：北京外国语大学阿拉伯学院

2019年爱尔兰文学概览[1]

陈 丽

内容提要：2019年，爱尔兰文学的热度明显体现在大量涌现的新生代作家和作品上面。以安娜·伯恩斯、萨莉·鲁尼、凯文·巴里、保罗·林奇等为代表的新生代作家活跃于文坛，其作品异彩纷呈，在主题和创作手法上各有特色，延续着自21世纪以来持续繁荣的爱尔兰文学。2019年爱尔兰文学在两个方面表现出较高的契合度：一是紧跟时政要点，展示出强烈的文艺政治性和批判精神；二是在全球化环境下重新审视人际关系，尤其是家庭关系，并对自我定位保持高度的关注。

2019年，爱尔兰文学的热度格外明显地体现在大量涌现的新生代作家和作品上面。虽然老一辈作家的代表人物埃德娜·奥布莱恩（Edna O'Brien，1930— ）在几近鲐背之年仍然出版了颇受好评的新小说《女孩》（Girl，2019），但是真正具现爱尔兰文学热度的是新生代作家的活跃程度。大批的新秀作家崭露头角，并且勇于创新、敢于发声，呈现出一派欣欣向荣的可喜景象。英国《卫报》（The Guardian）的评论文章感慨，"爱尔兰文学的繁荣"源自"看起来似

---

[1] 本文为国家社科基金项目"空间视角下的当代爱尔兰小说研究"（16BWW055）的阶段性成果。

乎无穷无尽的新声音的浪潮：不是一两个新秀溅起零星水花，而是一波又一波的作家"。（Clark）

安娜·伯恩斯（Anna Burns，1962—　）和萨莉·鲁尼（Sally Rooney，1991—　）分别凭借她们的新作《送奶工》（*Milkman*，2018）和《普通人》（*Normal People*，2018）在2019年里继续大热，成为评论界的宠儿。[2]《送奶工》继获得2018年的布克奖（Man Booker Prize）之后，又于2019年3月斩获美国最权威的文学奖之一美国国家书评人协会奖（National Book Critics Circle Award）。鲁尼则更是炙手可热。《普通人》在斩获2018年科斯塔文学奖（Costa Book Awards）之后，在2019年获得多个奖项，包括英国图书奖（British Book Awards）的2019年最佳图书奖（Book of the Year）。该书已经售出超过百万册，并被译为46种文字出版，成为"比轰动还轰动"的文学现象；阅读鲁尼的新书成为"地位的象征"（Grady）。1991年出生的鲁尼被《纽约客》（*The New Yorker*）杂志誉为"新千年的第一位伟大小说家"（Collins），并且上榜《时代周刊》（*Time*）2019年评选的首届"百大新一代人物"（Time 100 Next 2019）[3]；《普通人》则在《卫报》2019年9月评出的21世纪百佳小说榜（The 100 best books of the 21st century）中名列第25位[4]，据之改编的同名电视剧于2020年4月26日在观众的翘首期盼中于英国广播公司（BBC）一台首播并几乎立即收获主要媒体的好评[5]。

2　这两位作家及作品在《2018年爱尔兰文学概览》里已经有所介绍（陈丽，54-55，63-64）。

3　"百大新一代人物"旨在评选出"正在塑造本行业及其未来的新星"（"Time"），2019年占据榜首的是美国篮球新星蔡恩·威廉森（Zion Williamson）。

4　作为参考，国内读者熟悉的《哈利·波特与火焰杯》（*Harry Potter and the Goblet of Fire*，2000）名列第97位，《羚羊与秧鸡》（*Oryx and Crake*，2003）名列第50位。第一名是英国作家希拉里·曼特尔（Hilary Mantel，1952—　）的《狼厅》（*Wolf Hall*，2009）。

5　例如，《独立报》称，"从头四集来看，这是个音准完美的漂亮改编，捕捉到了小说的所有深度和渴望"（Cumming）；《卫报》称小说的电视剧改编是个"胜利"（Mangan）。

然而，这两位大热的作家均非成名已久的名宿，而是一波又一波新秀作家中的佼佼者，她们的成功殊途同归，共同见证了众多爱尔兰新秀作家的奋斗历程。鲁尼 2017 年出版处女作，2018 年就凭借第二部小说红极一时，是令许多作家梦寐以求的顺遂例子；而伯恩斯于 2001 年和 2007 年出版颇受好评的两部小说之后，在患病和经济困窘的双重折磨下长期挣扎，甚至需要依靠食品银行（food banks）的福利救济才能勉强度日。然而，她在这样的窘迫之下坚持完成了第三部小说《送奶工》的写作，最终"如同做梦一样"赢得了对她而言是"改变命运"的布克奖（Allardice）。除了鲁尼和伯恩斯之外，2019 年还见证了更多的新人新作登上文坛，其中凯文·巴里（Kevin Barry，1969— ）和帕特里克·麦凯布（Patrick McCabe，1955— ）因为前期作品已小有名气，但更多的则是初次崭露头角的新人。可贵的是，爱尔兰的读者和出版社"敢于冒险"（Clark），对新人新作采取了极为宽容、开放的欢迎姿态，从而形成了出版和创作两相繁荣的良性循环局面。本文下面将对 2019 年爱尔兰文学的突出特点进行分节概述。

一、紧跟时事要点，凸显文艺政治

紧跟时政、具有强烈的政治性一直是爱尔兰文学的突出特点，2018 年的《送奶工》与 #MeToo 女性权益运动和北爱尔兰时政主题的良好互动便是一个突出的例子（陈丽，54—55），而 2019 年爱尔兰文坛的热点作品再一次充分说明了爱尔兰文艺紧跟时事要点的高度政治性。英国脱欧及其对爱尔兰的影响、女性权益、政治丑闻等热点时政问题都在文学作品中有所体现。

英国脱欧问题不仅是 2019 年英国的头等政治大事，对于一衣带水的爱尔兰来说也是如此。《爱尔兰时报》（*The Irish Times*）在

2019年12月的年度总结文章里称"2019年的爱尔兰政治问题只有唯一的一位竞选人：脱欧主导了一切"（Leahy）。在这样的政治气候下，费仙博戏剧公司（Fishamble）挑选了《选择》（*The Alternative*, 2019）作为该公司主持的"献给爱尔兰的一部戏"（A PLAY FOR IRELAND）项目的优胜作品也就不令人意外了。费仙博戏剧公司成立于1988年，一向以大胆的实验风格著称，2016年还曾获得奥利弗附属剧院成就奖（Laurence Olivier Award for Outstanding Achievement in an Affiliate Theatre），是爱尔兰众多剧院中唯一有此殊荣的剧院。"献给爱尔兰的一部戏"是该剧院在成立30周年庆的时候联合多家剧院推出的一个项目，旨在挖掘出一部"捕捉国家的时代精神"的"宏大的、豪情万丈的戏剧作品，它洋溢着人文精神并且处理的主题令剧作家激情澎湃"（Fishamble）。费仙博公司在这个项目下开发了30部新戏，并在入选短名单的6部戏中选出了《选择》作为"献给爱尔兰的一部戏"。该剧的作者是迈克·帕特里克（Michael Patrick）[6]和乌辛·科尔尼（Oisín Kearney）。两位作家非常年轻，相识于剑桥大学的爱尔兰社团，之后结伴开始创作，根据他们的处女作改编的青春喜剧剧目（*My Left Nut*, 2020）前正在英国广播公司三台热播。《选择》是他们合作的第二部戏剧作品，以假设的情景将爱尔兰与英国关系的历史与现实凸显出来：假设爱尔兰没有独立革命，没有内战，也没有南北分治；假设当年的《自治法案》[7]顺利通过，爱尔兰就和

---

[6] 出生年份不详，下文未标注出生年份的作家均如此。

[7] 爱尔兰自治（Home Rule）是爱尔兰民族主义在19世纪80年代以后一直到一战期间的主要政治诉求，主张爱尔兰成立自治政府，总领爱尔兰除了军事和外交之外的一切事务，同时爱尔兰留在英联邦内，向英王效忠。因为爱尔兰民族主义领袖帕内尔（Charles Stewart Parnell, 1846—1891）的强力推动和当时执政的首相格莱斯顿（William Ewart Gladstone, 1809—1898）的大力支持，这项政治诉求一度几乎成功。然而，因为复杂原因，格莱斯顿两次向议会提交的《爱尔兰自治法案》均被否决。及至第三次《爱尔兰自治法案》通过时又赶上一战爆发，之后爱尔兰民族主义情绪急速向激进方向发展，该法案最终未能执行，爱尔兰南北分治。

今天的苏格兰一样成立自治政府但仍然留在英联邦之内。戏剧一开场，这样的爱尔兰正处于2019年公投前夕，英国广播公司都柏林分部正在直播电视辩论"爱尔兰是否应该离开英联邦"：一方是回到家乡都柏林，试图说服爱尔兰留在英联邦内的现任英国首相厄休拉·莱索特（Ursula Lysaught，由 Karen Ardiff 饰演），另一方是爱尔兰独立的蓝图设计者、民族主义党领袖彼得·基奥（Peter Keogh，由 Arthur Riordan 饰演）。双方在直播间里唇枪舌剑，而在直播间的楼上，导演与女儿的家庭矛盾又提供了另一个情节线索。最终个人层面与国家政治层面的内容缠绕在一起，拷问了分与合的矛盾冲突。该剧2019年9月在都柏林戏剧节首演，之后全国巡演。据观众评论，演出的效果极其真实，会有人突然从观众席上站起来激动地与台上人物展开对话，难以分清到底是舞台安排还是真正的观众现场反应（Whelan）。而戏剧的对话和辩论的内容涉及爱尔兰生活的许多切身问题，英国《金融时报》（*Financial Times*）称其"具有尖刻的现实意义"并且"以奇妙的方式发人深省"（转引自 Fishamble）。

无独有偶，2019年爱尔兰图书奖的年度最佳图书奖（An Post Irish Book of the Year）也颁给了一部纪实题材的传记作品《迎难而上》（*Overcoming*，2019）。作者之一维基·费伦（Vicky Phelan，1974— ）是宫颈癌早期诊断失误的医疗事故的一位受害人。她在2011年做过宫颈癌筛查，被告知无事，之后2014年显出症状又去检查，得到确诊，同时实验室发现2011年的测试结果有误却没有告知维基。直到2017年维基的宫颈癌再次发作，她才得知2011年测试结果有误的消息。愤怒的维基于2018年将爱尔兰健康服务管理署（Health Service Executive，HSE）和具体实施检测的美国实验室告上法庭，从而揭开了近年来爱尔兰最大的一起医疗和政治丑闻

(Cervical Check Cancer Scandal），最终爱尔兰健康服务管理署承认共计 206 位妇女在检查结果错误之后被确诊癌症，实验室主管被停职，管理署署长辞职，维基获赔 250 万欧元（"Woman"），爱尔兰总理于 2019 年 10 月 22 日代表政府向受害妇女公开道歉（Donohue）。2019 年，维基与记者、作家娜奥米·莱恩汉（Naomi Linehan）合作推出了回忆录《迎难而上》，讲述她平凡但又不普通的经历。该书与前一年的《像我这样的人》（People Like Me，2018）和《写给自我：散文集》（Notes to Self: Essays，2018）等类似作品一样，一经出版就十分畅销，明确地体现出爱尔兰读者和整个社会对非虚构作品的关注和对小人物的真实个体经历的兴趣。

埃德娜·奥布莱恩的新小说《女孩》取材于尼日利亚的女孩绑架案：2014 年 4 月 14 日 200 多名尼日利亚女中学生在学校被武装团体"博科圣地"（Boko Haram）绑架，消息震惊世界，但直到 5 年后的 2019 年，这 200 多名女孩仍然未能全部得到解救，"有 57 人逃脱，超过 100 人作为被尼日利亚政府俘虏的该组织成员的交换筹码被释放，据信还有至少 112 人仍在该组织手中"（韩超）。不仅如此，2018 年 2 月，尼日利亚又爆出一起博科圣地绑架 110 名女生的新闻（王宏彬）。奥布莱恩的《女孩》即取材于这些绑架案，以一个带着孩子逃回家的女孩的视角讲述了她所经历的性奴役和精神痛苦，以及回到家乡之后因为失贞生子所面临的歧视和排斥。奥布莱恩早在 20 世纪 60 年代就凭为爱尔兰女性发声的《乡村女孩》（The Country Girls）三部曲而闻名，她在 89 岁高龄仍然笔耕不辍，继续为全球女性权益呐喊，这一精神着实令人感动。

女性权益意识的高涨还体现在女性作家对男性经典作品的改写上面。2019 年都柏林戏剧节的两部重头戏——《西方世界的花花公子》(*The Playboy of the Western World*)和《赫卡柏》(*Hecuba*)——均属于此范畴。前者改编自约翰·辛格(John Synge,1871—1909)1907年的名剧,由乌娜·墨菲(Oonagh Murphy)导演。墨菲是位积极的女性权益活动家,2018年曾获选为"爱尔兰最强大女性"(Ireland's Most Powerful Women)。《赫卡柏》由著名女剧作家玛丽娜·卡尔(Marina Carr,1964—)改编自古希腊剧作家欧里庇得斯(Euripides,前480—前406)的同名悲剧。两部戏均突出了原本被漠视的女性角色——生活在父亲房子里的佩吉和国破家亡后还需为儿女与敌人斡旋的特洛伊王后赫卡柏,改写体现了作家对女性的关注。

此外还有以1324年在基尔肯尼(Kilkenny)发生的爱尔兰首例女巫审判案为蓝本的小说《她的族类》(*Her Kind*,2019)。作者妮芙·博伊斯(Niamh Boyce)聚焦于被审判的女性群体,展示她们的生活与情感,探讨了教会对普通人——尤其是女性——个性自由的限制。在都柏林戏剧节首演的戏剧《断层线》(*Faultline*)则取材于1982年爱尔兰社会发生的大规模调查和排挤同性恋者的事件。简·卡森(Jan Carson)获得2019年欧盟文学奖(EU Prize for Literature)的小说《纵火者》(*Firestarters*)将背景设在北爱尔兰动乱的16年之后,探讨了暴力在代际间的传承:在停火协议达成之后成长起来的年轻一代仍然津津乐道于父辈的暴力过往,并渴望在现实中重新实践,而这在作者看来才是需要反省和直面的悲剧根源。这些作品风格不同、题材各异,但都凸显了爱尔兰当代文学高度关注现实,极具文艺政治意识的共同特征。

二、重估家庭关系,关注自我定位

全球化环境下对人际关系,尤其是家庭关系的重新审视和对自我定位的高度关注是 2019 年爱尔兰文学的又一个热点趋势。阿德里安·邓肯（Adrian Duncan）的《来自德国建筑工地的爱之便笺》（*Love Notes from a German Building Site*）、保罗·林奇（Paul Lynch，1977— ）的《汪洋之外》（*Beyond the Sea*）、凯文·巴里的《通往丹吉尔的夜船》（*Night Boat to Tangier*）、罗伯·多伊尔（Rob Doyle）的《门槛》（*Threshold*）、玛丽·科斯特罗（Mary Costello）的《河流袭夺》（*The River Capture*）、帕特里克·麦凯布的《大雅如》（*The Big Yaroo*）等 2019 年出版的小说都可以归到这一大的范畴之内。

巴里的《通往丹吉尔的夜船》将故事背景设在 2018 年 10 月某天夜里的西班牙南部海港阿尔赫西拉斯（Algeciras），故事围绕两个人物莫里斯和查理展开。他们是多年的朋友，年轻时一起贩过毒，如今两人均已 50 来岁且身心俱疲——一人瘸了腿而另一人失去了一只眼睛。两人一起在码头等待莫里斯久未联系的女儿迪莉。他们仅知道她或许会出现在那里，坐船从丹吉尔来或者去丹吉尔。两个男人喝酒闲聊打发时间，"他们聊衰老和死亡。他们聊那些遇见的人、帮助过的人、初恋和失去的爱人、敌人和朋友。他们聊那些过去的时光，在科克、在巴塞罗那，还有伦敦、马拉加，以及加的斯鬼城。他们又聊起此时此地，柏柏里海岸，仿佛被磁石吸引过来"（Barry，52）。小说在情节安排和行文风格上都令人联想起贝克特（Samuel Beckett，1906—1989）的名剧《等待戈多》（*Waiting for Godot*，1953）：同样是两个男人的荒诞等待，既无冲突也无高潮，两人和戈戈、狄狄一样交谈得似乎很热烈，却是各说各话，各怀心事；而他们等待的对象迪莉，也跟戈多一样，或许来或许不来，她甚至还有可能已经死去。小说用高度实验性的短小段落和不加引号的对话展开，逐渐揭示出莫里斯与妻子、女儿的过往。除了父女关系，两个男人之间的关系也是小说的关注点，他们过去的同舟共济和曾经的竞争与背叛都在漫长的等待过程中被一点点地挖掘出来加以重新审视。在颇具间隙空间特性的深夜酒吧中，两个男人的存在主义式交谈既拷问了自己也拷问了读者，既表现了西班牙/爱尔兰的独特体验——"尽管西班牙跃然纸上，最令读者着迷的还是爱尔兰"（Williams），也有跨地域的人类共性。

麦凯布的《大雅如》是其前期作品《屠夫小子》（The Butcher Boy，1992）的续集。《屠夫小子》如今已是爱尔兰当代文学的一部经典，1997年由麦凯布和大导演尼尔·乔丹（Neil Jordan, 1950— ）改编为同名电影之后更是广为人知。《屠夫小子》中，12岁的男孩弗兰西·布兰迪在环境压力之下变得暴力并最终丧失理智杀死了纽金特夫人。《大雅如》将时间设在50年后。弗兰西在案发后一直被监禁在一所精神病院，如今已经60多岁。他给自己起了新的绰号"大酋长雅如小子"（The Big Chief Yaroo Kid）。医院方面鼓励他策划和编写自己的杂志《大雅如》，他也的确投入了相当大的热情，以各种各样的方式赶在假想的截稿日期前完成稿子，但同时他也没有放弃逃出医院的想法。在赶稿的过程中他不断地回溯到那些难以释怀的过去，回想他那酗酒的父亲、精神不稳定的妈妈、被摧残的童年以及他对纽金特夫人的暴力犯罪。虽然他也偶尔表现出对于现实世界的认知——例如他在谈论他对围墙（尤其是医院的围墙）的兴趣时提到了现任美国总统特朗普的美墨边境造墙计划，并评论"甚至希特勒也没有那么坏"（转引自Boland），但是整体说来，他的认知还停留在20世纪60年代的过往岁月。小说试图实现他与过去的和解，却没有体现出他精神的成长或顿悟。因此，有评论家失望地批评麦凯布自己也如他的小说人物一样被困在了过去，并没能在这本书里实现突破，以至读者不免发问"这个《屠夫小子》的续集究竟给弗兰西·布兰迪的故事增添了什么"（Boland）。

相比之下，保罗·林奇的《汪洋之外》更受评论界的青睐。林奇已经出版过三部小说，均颇受好评，有媒体盛赞他是 21 世纪的"后现代爱尔兰文艺复兴中的一位重要人物"（Pearson）。《汪洋之外》的灵感来自一起真实的海难事件，两个南美渔民在船只失事之后漂流了 14 个月方才获救。小说中，中年渔民玻利瓦尔因为同伴酒后不知所踪，便临时雇佣了十来岁的赫克托帮忙，两人出海捕鱼却遭遇风暴，故事由此开始。虽然小说中对于他们为了生存所做的种种努力有着十分精彩的描写，但是小说的重心却完全不在描述人与自然的抗争上。风暴很快平息，两个主人公意识到他们已经摆脱风浪灭顶的直接威胁，但是，更大的威胁来自汪洋之外的自我怀疑和灵魂拷问。在远离手机、电视和其他一切现代干扰的茫茫大海之上，在别无他法的漫长等待之中，两人都被迫直面内心的创伤、恐惧和犹疑。玻利瓦尔当年因为贩毒事发而开始逃亡生涯，隐姓埋名地在南美生活，被他抛弃的女儿亚历克莎是他痛苦、内疚与牵挂的源头。对于年少的赫克托来说，他最害怕的就是人生还没开始便要终结，他担心女友会再找个男友，与之开始他所不能享受的人生。两个人在与绝境和恐惧的斗争中相互依靠，从互相看不惯到发展为亦朋友亦父子的关系。最终，赫克托不幸死亡，玻利瓦尔却靠着回家看女儿的信念支撑了下来："我离开了，但一场大风暴把我吹回到你的身边"（Lynch，150）。整部小说有对大自然力量的"可怕但精彩的"（J. Harrison）描写，也有对受污染的海洋的不动声色的惋惜，但更多的是一个关于希望和绝望的心灵寓言，是对爱与人际关系的思考和救赎："幸存并不一定是做出正确的事。……它或许是，如玻利瓦尔凭直觉知道的，一种形式的宽恕。"（Pearson）

玛丽·科斯特罗的《河流袭夺》从另一个角度探讨了爱的意义。这是科斯特罗的第二部小说，在主题和写作手法上均"对《尤利西斯》致敬"（Cahill）。主人公卢克·奥布莱恩是位乔伊斯迷，对于《尤利西斯》（*Ulysses*，1922）钻研甚深，甚至达到了与小说中的布卢姆多方面认同的程度："卢克和利奥波德·布卢姆一样亲近动物，拥有科学的观察力、流动的性别和性向，甚至认为布卢姆是'第二自我'。"（Cahill）而在生活方面，他离群索居，自母亲去世和夫妻反目之后，一直独自生活在沃特福德的家族农场里，在书本中寻求安慰。然而，一位女士的出现中止了他的平静生活。鲁思的出场成为全书的分水岭，呼应了题目包含的地理现象[8]。书的下半部分转为卢克的自问自答，和《尤利西斯》中的《伊萨卡》（"Ithaca"）一章十分相似。但是如此长度的形式实验也为作者招来了批评，批评者认为它在最初的新鲜感过了之后就失去了效力，反而变得"笨重"，"拖慢了故事的自然发展"（M. Harrison）。小说中卢克窗外的河就是条袭夺河，而袭夺的现象还暗示了生活也像河流一样，会被突然出现的某人"袭夺"走原有的生活。幸运的是，卢克最终得以成功地认识了自我的流动性和神秘感，与家族历史和情感创伤达成了和解。在科斯特罗的笔下，"家意味着众多的意义：回到本源、回到自我，以及对过去的清算"（Cahill）。

丹妮尔·麦克劳克林（Danielle McLaughlin，1969— ）的短篇小说《部分获救者名单》（"A Partial List of the Saved"）荣获了号称奖金最丰厚的短篇小说奖[9]的《星期日泰晤士报》和 Audible 有声书短篇

---

[8] 河流袭夺是一个地理学术语，指分水岭两侧的河流由于侵蚀速度的差异，会出现侵蚀力强的河流切穿分水岭到达另一侧，夺走侵蚀力较弱的河流上游河段的现象。

[9] 参赛小说不得超过 6000 字，奖金却高达 3 万英镑。在获得此奖之前，麦克劳克林还获得了 2019 年的温德姆·坎贝尔奖（Windham-Campbell Prize for Fiction），奖金 16.5 万美元，她是四年里第三位获得该奖的爱尔兰作家。

小说奖（The Sunday Times Audible Short Story Award）。麦克劳克林本是律师，因为健康原因不能执业后转为作家，2015 年出版处女作——短篇小说集《其他星球的恐龙》（*Dinosaurs on Other Planets*）。《部分获救者名单》也契合了全球化时代重新审视家庭关系的流行主题。爱裔美国人康纳还没有从婚姻失败的阴影中走出来，却不得不和前妻里斯一起从旧金山飞回都柏林，赶赴康纳病危的父亲的 80 岁生日。到家之后，康纳意外地发现高龄病危的老父居然在与 75 岁的邻居迪伦夫人谈恋爱，而一直独身照顾父亲的姐姐指望他回来中止这桩情事。于是，里斯想去贝尔法斯特的泰坦尼克博物馆参观的旅行计划就诡异地发展成为五人同游。康纳抓住陪迪伦夫人坐船的空隙与她摊牌，却意外得知父亲已经向她求过婚，而迪伦夫人考虑到他的身体状况没有明确拒绝，却打算在他生日之后搬到澳大利亚和女儿同住。震惊的康纳不禁为父亲难过，并开始思考起爱的意义，以及它带来的风险和伤害。难能可贵的是，在短短的篇幅中，麦克劳克林不仅细腻地讲述了这个复杂的家庭故事，还巧妙地结合了已融入了爱尔兰移民历史的泰坦尼克号的部分幸存者名单，并通过康纳对一处烈士纪念碑的心态转变影射了爱尔兰的暴力革命历史对于男性气质和家庭关系的影响。小说的结尾有力地收束了全文，也点明了新时代重新评估家庭关系的重要意义："在他们开车经过它 [纪念碑] 时，他草草地对那四个青铜头像点了下头，幸运的人，康纳想，他们只被要求在战争和起义中证明自己，而不需要在更加可怕的爱中表现自己。"（McLaughlin）

此外，收录该短篇的短篇小说集也值得专门一提：由露茜·考德威尔（Lucy Caldwell, 1981—　）主编的《多姿多彩》（*Being Various: New Irish Short Stories*, 2019）已经是费伯-费伯出版社（Faber & Faber）的第六本收录爱尔兰新短篇小说的合集。除了麦克劳克林之外，本集还收录了凯文·巴里、萨莉·鲁尼、路易丝·奥尼尔（Louise O'Neill, 1985— ）、贝琳达·麦基翁（Belinda McKeon, 1979— ）、艾米尔·麦克布莱德（Eimear McBride, 1976— ）、西妮亚德·格利森（Sinéad Gleeson）等近年来崭露头角的新秀作家的新作，十分引人瞩目。评论界普遍对该书反响积极，认为它"从多个角度展示了爱尔兰的生活"（Donnelly），并在全球化的时代重新拷问了爱尔兰性（Irishness）的定义："爱尔兰性本身被摆上台面，'一个长期地、持续地被界定为向外移民的地方涌入了移民，由此产生的新鲜的叙事、角度和多样性'形成了多姿多彩的合集。"（White）

三、其他

在上述热点主题之外，2019 年的爱尔兰文学在其他方面也多姿多彩。首先值得关注的是约瑟夫·奥康纳（Joseph O'Connor, 1963— ）的历史题材小说《幕后戏》（*Shadowplay*, 2019）。该小说取材于爱尔兰著名作家布莱姆·斯托克（Bram Stoker, 1847—1912）的一段个人经历，讲述了他在伦敦担任剧院经理期间与当时伦敦戏剧界的两位名角亨利·欧文（Henry Irving, 1838—1905）和埃伦·特里（Ellen Terry, 1847—1928）的三角关系，以及他如何从这段特殊的个人情感经历中获得灵感开始创作经典哥特小说《德古拉伯爵》（*Dracula*, 1897）的。斯托克在《德古拉伯爵》中宣泄了他在剧院工作时积累的复杂情绪，这一点早有评论认可（Cummins），《幕后戏》在此基础上借助翔实的历史材料和合理的小说虚构，将斯托克的个人经历和《德古拉伯爵》的创作相当成功地联系起来，可以将其当作对后者的一个个性化解读。而从小说本身的艺术性来说，《幕后戏》同样十分优秀，还荣获了爱尔兰图书奖的年度最佳小说奖（Eason Novel of the Year 2019）。此外还有罗迪·多伊尔（Roddy Doyle，1958——）的《查理·萨维奇》（*Charlie Savage*，2019），这是其 2017 年在《爱尔兰独立报》（*Irish Independent*）开设的周末专栏的合集。多伊尔虚构了一个叙述者查理·萨维奇，用都柏林北部方言极其幽默地讲述其与妻子、儿孙、邻里互动的日常生活，延续了多伊尔一贯对城市工人阶级生活的关注。而对于贝内迪克特·凯利（Benedict Kiely，1919—2007）的研究者和读者而言，值得关注的是新岛出版社（New Island）出版了合集《最棒的贝内迪克特·凯利：短篇小说集》（*The Best of Benedict Kiely: A Selection of Stories*），作为纪念这位 20 世纪著名文学人物的百年诞辰贺礼。该书收录了凯利漫长写作生涯中的经典之作，大多数故事都曾发表于《纽约客》杂志。

非虚构类作品中，还有一本回忆录颇为引人瞩目，即西妮亚德·格利森的《星座：生活反思》（*Constellations: Reflections from Life*，2019）。格利森是近年来表现极其抢眼的一位作家和女性主义活动家。她写作的短篇小说散见于各重要文学杂志，而她主编的三部短篇小说集，尤其是《回望》（*The Long Gaze Back: An Anthology of Irish Women Writers*，2015）和《玻璃海岸》（*The Glass Shore: Short Stories by Women Writers from the North of Ireland*，2016），获得了广泛的赞誉。回忆录《星座》的出版给读者提供了更多的素材，有助于进一步了解和研究格利森。该书名列年度畅销书榜首，并获得爱尔兰图书奖的年度最佳非虚构类作品奖（Bookselling Ireland Non-Fiction Book of the Year 2019）。

诗歌方面需要重点推荐的是爱尔兰画廊出版社（the Gallary Press）。该社由诗人彼得·法伦（Peter Fallon，1951——）于 1970 年创建，如今已经成为爱尔兰首屈一指的文学出版社，尤其重视挖掘和出版新人新作，促进当代爱尔兰文学发展。2019年的《爱尔兰时报》此刻诗歌奖（*Irish Times* Poetry Now Award）获得者德里克·马洪（Derek Mahon, 1941— ）的《争分夺秒》（*Against the Clock*, 2018），以及2020年进入该奖项短名单的5部作品中的3部（包括获胜者），均由该出版社出版。这三部作品分别是沃纳·格罗克（Vona Groarke, 1964— ）的《双重否定》（*Double Negative*, 2019）、麦布·麦古基（Medbh McGuckian, 1950— ）的《海洋云增亮》（*Marine Cloud Brightening*, 2019）和最终获选的艾琳·尼·奎列尼恩（Eileán Ni Chuilleanáin, 1942— ）的《仁爱之家》（*The Mother House*, 2019）。另外两部进入短名单的诗集是简·克拉克（Jane Clarke, 1961— ）的《当树倒了》（*When The Tree Falls*, 2019）和保罗·穆尔顿（Paul Muldoon, 1951— ）的《嬉戏和绕道》（*Frolic and Detour*, 2019）。5位作家中有4位是声誉日隆的成名诗人，如此规模的新作出版说明了爱尔兰文学在这一年度的繁荣程度。克拉克是位新秀，《当树倒了》是她的第二本诗集，记录了诗人挚爱的父亲临终前的最后生活。另一位诗人彼得·西尔（Peter Sirr, 1960— ）的新诗集《引力波》（*The Gravity Wave*, 2019）也由画廊出版社出版，该书被英国诗书协会（Poetry Book Society）[10]选中，成为其季度推荐的4本选读新诗之一。

结语

2019年的爱尔兰文坛或许没有往年那种独领风骚的爆炸性新闻，但其遍地锦绣的欣欣向荣局面却因此格外明显。爱尔兰自进入21世纪以来的文学繁荣局面已经得到越来越多的认可，正如露茜·考德威

---

10 该协会于1953年由诗人艾略特及朋友创建，每季度会从新出版的诗集中选1本给其会员阅读（Choice），同时会推荐4本供其选读（Recommendations）。

尔在《多姿多彩》的绪言里所说的,"爱尔兰正在经历一个写作的黄金期:这一点从未如现在这样明显"(Caldwell, 3)。仅以上述的《星期日泰晤士报》和 Audible 有声书短篇小说奖为例,2019 年入围短名单的 6 位作家中有 3 位是爱尔兰人:麦克劳克林、凯文·巴里和路易丝·肯尼迪(Louise Kennedy,1960—)。英国《卫报》在评论这一文化现象时称,爱尔兰文学的繁荣在于"它的作家和出版社敢于冒险"(Clark)。这既包括出版社和读者敢于冒险,愿意倾听新的文学声音;也包括作家敢于在语言和形式上大胆实验。从前几年的《女孩是件半成品》(*A Girl is a Half-formed Thing*,2013)、《太阳之骨》(*Solar Bones*,2016)[11] 到今年的《选择》、《通往丹吉尔的夜船》、《汪洋之外》,高度实验性的创新勇气屡屡结出硕果,不断冲击和挑战着读者的艺术感受,大大增加了爱尔兰当代文学的魅力。

参考文献:

Allardice, Lisa. "'It's nice to feel I'm solvent. That's a huge gift': Anna Burns on her life-changing Booker win." *The Guardian*. 17 Oct. 2018. Web. 10 Apr. 2020. <https://www.theguardian.com/books/2018/oct/17/anna-burns-booker-prize-winner-life-changing-interview>.

Barry, Kevin. *Night Boat to Tangier*. Edinburgh: Canongate, 2019.

Boland, John. "*The Big Yaroo* by Patrick McCabe: *The Butcher Boy* reflects on murderous past." *Independent. ie*. 5 Oct. 2019. Web. 18 Apr. 2020. <https://www.independent.ie/entertainment/books/book-reviews/the-big-yaroo-by-patrick-mccabe-the-butcher-boy-reflects-on-murderous-past-38560786.html>.

Cahill, Susan. "*The River Capture* by Mary Costello – a homage to Ulysses." *Financial Times*. 11 Oct. 2019. Web. 18 Apr. 2020. <https://www.ft.com/content/151706e4-da32-11e9-9c26-419d783e10e8>.

Caldwell, Lucy, ed. and intro. *Being Various: New Irish Short Stories*. London: Faber & Faber, 2019.

---

11 《太阳之骨》的作者麦克·麦科马克(Mike McCormack,1965—)继 2016 年斩获金史密斯奖(Goldsmith Prize,又译金匠奖)和爱尔兰最佳图书奖(Best Book of the Year)之后,又于 2019 年获选进入轩尼诗文学奖名人堂(the Hennessy Literary Awards Hall of Fame)。

Clark, Alex. "Why is Irish Literature Thriving: Because its Writers and Publishers take risks." *The Guardian*. 30 Jul. 2019. Web. 18 Apr. 2020.
<https://www.theguardian.com/commentisfree/2019/jul/30/irish-literature-thriving-risks-sally-rooney-edna-obrien>.

Collins, Lauren. "Sally Rooney Gets in Your Head." *The New Yorker*. 31 Dec. 2018. Web. 18 Apr. 2020.
<https://www.newyorker.com/magazine/2019/01/07/sally-rooney-gets-in-your-head>.

Cummins, Anthony. "Shadowplay by Joseph O'Connor review – campy fun." *The Guardian*. 26 May. 2019. Web. 17 May 2020.
<https://www.theguardian.com/books/2019/may/26/shadowplay-joseph-oconnor-review>.

Cumming, Ed. "Normal People review: Adaptation of Sally Rooney's intense love story is pitch-perfect." *Independent*. 26 Apr. 2020. Web. 29 Apr. 2020.
<https://www.independent.co.uk/arts-entertainment/tv/reviews/normal-people-review-bbc-sally-rooney-daisy-edgar-jones-paul-mescal-cast-stream-watch-a9476261.html>.

Donnelly, Niamh. "Being Various review: Irish life from many angles." *The Irish Times*. 4 May 2019. Web. 18 Apr. 2020.
<https://www.irishtimes.com/culture/books/being-various-review-irish-life-from-many-angles-1.3872901>.

Donohue, Helen. "Taoiseach apologises for 'disrespect and deceit' over Cervical Check failures." RTÉ. 22 Oct. 2019. Web. 28 Apr. 2020.
<https://www.rte.ie/news/ireland/2019/1022/1084851-cervicalcheck-health/>.

Fishamble. "What is A PLAY FOR IRELAND?" Web. 18 Apr. 2020.
<https://www.fishamble.com/apfi.html>.

Grady, Constance. "The cult of Sally Rooney: How reading Sally Rooney became a status symbol." *Vox*. 3 Sept. 2019. Web. 28 Apr. 2020.
<https://www.vox.com/culture/2019/9/3/20807728/sally-rooney-normal-people-conversations-with-friends>.

Harrison, John. "Praise for *Beyond The Sea*." Paul Lynch official website. Web. 28 Apr. 2020.
<https://paullynchwriter.com/beyond-the-sea/>.

Harrison, Melissa. "*The River Capture* by Mary Costello review – audacious literary ventriloquism." *The Guardian*. 10 Oct. 2019. Web. 28 Apr. 2020.
<https://www.theguardian.com/books/2019/oct/10/the-river-capture-mary-costello-review-james-joyce>.

Leahy, Pat. "There was only one story of 2019 in Irish politics. And it wasn't 'Swing-gate.'" *The Irish Times*. 28 Dec. 2019. Web. 18 Apr. 2020.
<https://www.irishtimes.com/news/politics/there-was-only-one-story-of-2019-in-

irish-politics-and-it-wasn-t-swing-gate-1.4118275>.

Lynch, Paul. *Beyond the Sea*. New York: Farrar, Straus and Giroux, 2020.

Mangan, Lucy. "Normal People review – Sally Rooney's love story is a small-screen triumph." *The Guardian*. 26 Apr. 2020. Web. 29 Apr. 2020.
<https://www.theguardian.com/tv-and-radio/2020/apr/26/normal-people-review-sally-rooney-bbc-hulu>.

McLaughlin, Danielle. "A Partial List of the Saved." Web. 28 Apr. 2020.
<https://www.shortstoryaward.co.uk/awards/2019/winner/>.

Murphy, Oonagh. "Oonagh Murphy: Impactful Storytelling." Web. 28 Apr. 2020.
<https://www.oonaghmurphy.me/about>.

Pearson, Michael. "*Beyond the Sea*: A Novel." *New York Journal of Books*. Web. 28 Apr. 2020.
<https://www.nyjournalofbooks.com/book-review/beyond-sea-novel>.

"The 100 best books of the 21st century." *The Guardian*. 21 Sept. 2019. Web. 28 Apr. 2020.
<https://www.theguardian.com/books/2019/sep/21/best-books-of-the-21st-century>.

"Time 100 Next 2019." *Time*. Web. 28 Apr. 2020.
< https://time.com/collection/time-100-next-2019/>.

Whelan, Liam. "The Alternative: review: Imagining an Ireland still tied to the Union." *Trinity News*. 30 Sept. 2019. Web. 12 Apr. 2020.
<http://trinitynews.ie/2019/09/the-alternative-review-imagining-an-ireland-still-tied-to-the-union/>.

White, Hilary A. "*Being Various: New Irish Short Stories* collection offers fresh, diverse perspectives." *Independent. ie*. 18 May 2019. Web. 28 Apr. 2020.
<https://www.independent.ie/entertainment/books/book-reviews/being-various-new-irish-short-stories-collection-offers-fresh-diverse-perspectives-38119370.html>.

Williams, Holly. "*Night Boat to Tangier* by Kevin Barry, book review: Captures male friendship with rare brilliance." *Independent*. 21 Jun. 2019. Web. 28 Apr. 2020.
<https://www.independent.co.uk/arts-entertainment/books/reviews/night-boat-to-tangier-kevin-barry-review-books-a8965561.html>.

"Woman with terminal cancer gets €2.5m High Court settlement." *The Irish Times*. 25 Apr. 2018. Web. 28 Apr. 2020.
<https://www.irishtimes.com/news/crime-and-law/courts/high-court/woman-with-terminal-cancer-gets-2-5m-high-court-settlement-1.3473814>.

陈丽:《2018年爱尔兰文学概览》,见金莉、王丽亚主编《外国文学通览:2018》,北京:外语教学与研究出版社,2019年。

《"博科圣地"绑架女生案五周年，尼日利亚总统誓言找回 112 名被绑女生》，载《新浪网》2019 年 4 月 15 日，访问时间 2020 年 4 月 20 日。
　　<http://mil.news.sina.com.cn/2019-04-15/doc-ihvhiqax2930200.shtml>.

《"博科圣地"又绑架女学生》，载《新华社新媒体》2018 年 2 月 27 日，访问时间 2020 年 4 月 20 日。
　　<https://baijiahao.baidu.com/s?id=1593508938247713302&wfr=spider&for=pc>.

作者单位：北京外国语大学英语学院

2019年澳大利亚文学概览

高 萍

内容提要：2019年澳大利亚新老作家创作出大量高质量的文学作品，体裁以小说为主，现实主义作品居多，表现出作家对当代社会现实的热切关注。除了主流作家群体，原住民作家、移民作家以及女性作家等通过文学创作发声，展现出澳大利亚文学创作群体的多元性。本文试图通过介绍澳大利亚国内重要的文学奖项及获奖作品、文学活动等，展现2019年澳大利亚文学创作的新成果。

2019年，澳大利亚文学创作与出版繁荣势头不减，文坛老将们继续推出佳作，还有一批实力不容小觑的新作家凭借高口碑作品在各大文学奖项中崭露头角。2019年是小说大年，现实主义作品是主流，多探讨家庭关系、历史与当下关系等主题。2019年的澳大利亚文学创作依然体现出其社会文化多元性的特点：原住民作家聚焦原住民生活、文化，讲述自己民族的故事；少数族裔作家基于移民经历，探讨种族、宗教，提供深刻的见解；女性作家以细腻敏感的笔触、女性独特的视角，叙写广泛的主题，表达对弱势群体的关怀。本文将介绍澳大利亚重要的文学奖项获奖作品、作家节等文学活动，以此呈现2019年澳大利亚主要文学景观。

一、重要文学奖项及获奖作品

1. 迈尔斯·富兰克林文学奖（Miles Franklin Award）

迈尔斯·富兰克林文学奖是澳大利亚历史悠久、享有盛誉的文学奖项。入围2019年短名单的既有文坛新秀，也有成就斐然的知名作家，经过激烈角逐，曾入围该奖长名单的原住民作家梅丽莎·卢卡申科（Melissa Lucashenko，1967—　）凭借长篇小说《多嘴多舌》（*Too Much Lip*，2018）摘得桂冠。《多嘴多舌》同时获得昆士兰文学奖，入围斯特拉奖、维多利亚州长文学奖、新南威尔士州长文学奖、澳大利亚图书产业协会奖等奖项短名单。

《多嘴多舌》描写的是当代新南威尔士州北部邦加隆族（Bundjalung）原住民的生活。透过女主人公克里的视角，小说生动地描绘了索尔特家族的生活面貌和几代人之间的关系，同时讲述了这一原住民家庭坚决守护自家土地从而与白人市长以及开发商斗争的故事。这本书通过深刻观察，以幽默的笔触探索了家庭关系、种族关系等，鞭挞了白种澳大利亚人对原住民无情的漠视和贪婪的剥削。迈奖评委团主席理查德·内维尔认为，卢卡申科"将难以置信的故事与非常真实的文化幸存政治交织在一起，向所有澳大利亚人呈现了一个充满希望和救赎的故事"。原住民作家凯伦·怀尔德（Karen Wyld）在《悉尼书评》（*Sydney Review of Books*）中评论道，"相较于原住民自己讲述的故事，白人作家对原住民生活的解读更有可能被发表，这种现象直到最近才有所改变。一本像《多嘴多舌》这样的小说证明了在原住民讲述着关于他们自己和自己民族历史的故事时，未来就掌握在他们自己手中。"

2. 总理文学奖（Prime Minister's Literary Awards）

澳大利亚总理文学奖是为了表彰澳大利亚杰出的文学家，肯定澳大利亚文学和历史对展现国家文化和知识生活做出的贡献。2019年总理文学奖获奖情况如下：盖尔·琼斯（Gail Jones，1955—　）的《诺亚之死》（*The Death of Noah Glass*，2018）获得小说奖，朱迪思·贝弗里奇（Judith Beveridge，1956—　）的诗集《太阳音乐：新诗选》（*Sun Music: New and Selected Poems*，2018）获得诗歌奖。

琼斯是澳大利亚最著名的作家之一，著有7部小说和2部故事集。她的作品在澳大利亚获得过多个奖项，被翻译成12种语言。在国际上，她的小说曾入围英语文学界最重要的奖项之一布克奖（Man Booker Prize）和法国重要文学奖项费米娜外国小说奖（Prix Fémina Étranger）的短名单。此次的获奖作品《诺亚之死》同时还入围了包括迈尔斯·富兰克林文学奖在内的5个奖项的短名单。小说调查了澳大利亚艺术史学家诺亚·格拉斯的死亡与一件意大利艺术品盗窃案的关联，一步步揭开了扣人心弦的谜团。琼斯将电影艺术与典故用于这部作品，丰富了叙事手法。

贝弗里奇是澳大利亚最受欢迎的诗人之一，迄今为止已经出版了6部反响良好的诗集，曾获奖项包括维多利亚州长文学奖和新南威尔士州长文学奖、菲利普·霍奇金斯纪念奖章（Philip Hodgins Memorial Medal）和克里斯托弗·布伦南诗歌终身成就奖（Christopher Brennan Award）等。她在悉尼大学教授研究生写作课程，还是备受推崇的评论家和编辑。《太阳音乐：新诗选》中新诗的主题非常多元化，从人类到动物界都有涉及。贝弗里奇的语言优雅至极，富有音乐性和戏剧性，时常包含有趣的隐喻，能够立即对读者产生吸引力。诗歌还展现出诗人清晰的感知力和对纹理与声音细节的关注，例如诗中细致描写了巴纳拉斯丝绸纱丽的细腻质地、榨汁的动作等。诗集表达了对那些笨拙而脆弱的人和朴实而贫穷的人的同情，坚持强调观察到的一切的尊严和自制。

3. 斯特拉奖（Stella Prize）

斯特拉奖创立于2013年，旨在奖励为澳大利亚女性写作做出贡献的作家。维姬·拉维－哈维（Vicki Laveau-Harvie，1943— ）凭借扣人心弦的回忆录《怪人》（*The Erratics*，2018）获得2019年的斯特拉奖。回忆录中，拉维－哈维姐妹俩因母亲住院而赶回家乡帮忙照料，她们逐渐发现母亲多年来一直在掩饰自己狂躁、野蛮的性格，并且使父亲沦为家里的囚徒。面对这种情况，两姐妹必须在很短的时间内与母亲斗争从而解救父亲。通过描写这种畸形的家庭关系，《怪人》挖掘了可怕的性格对一个核心家庭造成的心理伤害。

4. 维多利亚州长文学奖（Victorian Premier's Literary Awards）

维多利亚州长文学奖是澳大利亚奖金最丰厚的文学奖项，被认为是澳大利亚文学金奖。2019年的获奖情况如下：埃莉斯·瓦尔莫比达（Elise Valmorbida，1961— ）的长篇小说《山里的麦当娜》（*The Madonna of The Mountains*，2018）获得小说奖，凯特·莉莉（Kate Lilley，1960— ）的诗集《倾斜》（*Tilt*，2018）获得诗歌奖，吉姆·斯科特（Kim Scott，1957— ）的长篇小说《禁忌》（*Taboo*，2017）获得原住民创作奖，肯德尔·菲弗（Kendall Feaver）的《一时的全能者》（*The Almighty Sometimes*，2018）获得戏剧奖。

《山里的麦当娜》是一部鼓舞人心的史诗小说，讲述了女主人公玛利亚·维多利亚在贫穷的意大利乡村努力生存的故事。玛利亚的故事从1923年延续到20世纪50年代早期，她来自一个贫穷的农村家庭，与丈夫苦心经营的一切都在第二次世界大战期间被摧毁。经历了法西斯统治及二战的艰辛和残酷，玛丽亚必须用爱和信念维系家庭，坚定不移地不惜使用一切手段保护家人。评委团高度评价了《山里的麦当娜》：它是一部关于战争、宗教、家庭、女性、母性和婚姻的长篇巨著，是对贫穷和权力的控诉，是对一个女人在面对压迫时足智多谋、坚忍不拔的赞颂。作家高度重视对细节的描写，小说对贫困、暴力以及家庭和乡村生活的详细描述，可以与意大利著名作家埃莱娜·费兰特（Elena Ferrante）的农村题材作品相媲美。

莉莉的诗集《倾斜》由三个部分构成：第一部分是关于莉莉自己所经历的性掠夺、虐待和骚扰；第二部分取材于各种真实事件，对其他形式虐待事件的相关文本进行了再加工；第三部分主要是关于葛丽泰·嘉宝（Greta Garbo）的。这三个章节都对掌权者试图进行的惩罚性归类提出了质疑，并对其进行了微妙的嘲弄。整部诗集表达了对女权主义、酷儿政治和身份政治的关注与思考。

斯科特的《禁忌》基于真实的历史事件，采用努纳原住民语言和叙事传统，讲述了一个民族和解与精神救赎的故事。小说中的禁忌之地位于今天的西澳大利亚西南部，历史上有个白人男子由于偷走一位原住民努纳妇女而遭到刺杀，随后此地发生了一场针对努纳人的残忍大屠杀。为了满足妻子的遗愿，也为了清除这片禁忌之地的道德污点，在此经营着家族农场的白人农场主邀请一群努纳人来此聚会，但过去的罪过不会那么容易就被抹去。评委认为斯科特的文字抒情性强，观察细腻，成功处理了诸如大屠杀、土地和语言的丧失、性暴力这类相当棘手的主题，展现了高超的写作能力。

在戏剧奖获奖作品《一时的全能者》中，患有精神疾病的女孩安娜决定通过停止用药来弄清楚自己到底是谁，生活将会怎样。但她的母亲蕾妮不忍心看着女儿再一次经历痛苦,仍然决心保护她。故事的中心是这对母女之间不断变化的关系,剧作家肯德尔对其的描述十分出色。维州评审团认为《一时的全能者》表面上是一部家庭剧,但肯德尔以敏锐和谨慎的态度探讨了精神疾病、年轻人的药物治疗、药物治疗与创造力抑制之间的关系等更加复杂的问题。

5. 新南威尔士州长文学奖（NSW Premier's Literary Awards）

2019年新南威尔士州长文学奖小说奖由米歇尔·德·克里斯尔（Michelle de Kretser, 1957— ）的长篇小说《未来的生活》（*The Life to Come*, 2017）获得,朱迪思·毕肖普（Judith Bishop, 1972— ）凭借诗集《间隔》（*Interval*, 2018）获得诗歌奖,迈克·默罕默德·艾哈迈德（Michael Mohammed Ahmad, 出生年份不详）的长篇小说《黎巴嫩人》（*The Lebs*, 2018）赢得了多元文化作品奖,戏剧奖则由上文提及的肯德尔·菲弗的《一时的全能者》获得。

斯里兰卡裔女作家克里斯尔的长篇小说《未来的生活》曾获得包括2018年迈尔斯·富兰克林文学奖在内的多个奖项。小说的5个章节分别讲述了不同的故事,它们大部分发生在澳大利亚,有的发生在斯里兰卡和巴黎,由皮帕——一个野心大于技巧的作家——这个反复出现的角色将它们联系在一起。故事中的每个角色都以自己独特而清晰的声音讲述自己的故事,这些角色向我们展示了他们如何看待自己的过去,如何栖居于现在:他们所记得的事情、他们的感受、他们对他人的反应,以及最重要的他们的孤独感,这些细微的情节都被作者敏锐地观察到了。作品所呈现的内容既复杂又层次分明,描绘了我们没有说出口的东西、我们总是在假装的方式、我们内心深处的渴望、被埋葬的历史,以及我们不知道如何表达的需求。

评委给予《未来的生活》以高度赞扬:这是一部思想极其高雅的

小说，讲述的是我们自己生活的故事。其中的一些故事是关于澳大利亚国家形象的，这听起来不太真实——在这个幸运而慷慨的国家里，伙伴情谊比什么都重要。其他的故事则是关于个人如何通过使用社交媒体构建一个与他们的私人生活并不真正相似的公共形象的。

毕肖普是一位诗人、翻译家和语言学家。她的第一部诗集《事件》(Event, 2007)获得了澳大利亚重要的诗歌图书奖——安妮·埃尔德奖(Anne Elder Award)，并入围了维多利亚州长文学奖诗歌奖、昆士兰文学奖诗歌奖和澳大利亚文学研究协会玛丽·吉尔默奖(ASAL Mary Gilmore Prize)。诗集《间隔》分为四个部分。第一部分以法国哲学家加斯东·巴什拉(Gaston Bachelard)的一句"童年肯定比现实更伟大"开篇，这个贴切的重复段传达了后面诗歌的情感，在这些诗中，母亲和她们的孩子交谈，主要探讨了家庭关系、父母责任。在第二、第三部分，诗人的视野转向自然生态界，诗中的意象包括潮汐、地图和从高空俯瞰的地球等。在第四部分，诗人进一步探讨了诗集前面提到的一些重要主题，例如人类的责任、兽性、死亡等。《间隔》的诗歌涉及生命与死亡、成长与衰亡、神话与传说等。毕肖普知道如何为不同主题的诗选择合适的形式，从自由诗、散文诗到复杂的十九行二韵体诗。这本诗集中每首诗的韵律熟练程度都很高，其中一些最感人的诗是受艺术作品的启发而创作的，每一部分都有对工艺和内在乐律的关注。评委称赞这是一个写作技术娴熟、造诣很高的作家的作品，鲜有作品能在其所涉及主题的一致性、深度等方面与这本诗集相媲美。

多元文化作品获奖小说《黎巴嫩人》由艾哈迈德创作，此作品也入围了2019年迈尔斯·富兰克林文学奖短名单。这是艾哈迈德的第二部小说，他的处女作《部落》(Tribe, 2014)取材于传统的阿拉伯口述故事，试图超越媒体报道强加给阿拉伯－澳大利亚穆斯林的有限和简单化的形象。《黎巴嫩人》充满社会现实主义，故事发生在悉尼西郊的庞奇博尔男子高中，由青少年主人公巴尼·亚当讲述。亚当是一个努力在世界上找到自己位置的黎巴嫩裔澳大利亚年轻人，小说探讨了"9·11"事件对棕色皮肤的穆斯林年轻人意味着什么。这本书相对直白地讲述了年轻的亚当在校园里的滑稽行为，让读者与脆弱和理想主义的主人公一起欢笑，同情他的挣扎，并在他的抱负一次又一次被粉碎时为他难过。小说探讨了关于男子气概、人际关系、种族和宗教的重要主题，扣人心弦，直面现实，充满黑色幽默。

艾哈迈德声称"作为一个作家，有道德责任不顾后果地说出我自己版本的真相"，他将这部作品描述为"自传体小说"。书名"Lebs"不单是"黎巴嫩人或黎巴嫩－澳大利亚人与黎巴嫩或阿拉伯国家的联系的一种速记方式"；相反，对艾哈迈德来说，"Leb 是一种独特的澳大利亚身份"。这种身份实际上由一系列多样化的种族背景和宗教派别组成，但在澳大利亚的背景下，它的杂糅性使它变得统一起来。在这部小说中，作者的讨论几乎涉及各类人群：白种澳大利亚人、年轻的穆斯林男子、学生、教师和整个澳大利亚社会都被尖锐而巧妙地幽默审问和讽刺。它能够同时解构当代澳大利亚文化、种族和地缘政治的紧张局势。《黎巴嫩人》是一部强有力的作品，代表着一种确切、坚定、无所畏惧的声音，是对当代澳大利亚的一种迫切的评论。

6. 昆士兰文学奖（Queensland Literary Awards）

2019 年昆士兰文学奖小说奖颁发给了卡丽·蒂凡尼（Carrie Tiffany，1965— ）的长篇小说《分解图》（*Exploded View*，2019），黛布拉·阿德莱德（Debra Adelaide，1958— ）的《斑马以及其他故事》（*Zebra: And Other Stories*，2019）获得短篇小说集奖，原住

民诗人艾莉森·惠特克（Alison Whittaker）凭借新作《黑色作品》（*Blakwork*，2018）获得诗歌奖。

蒂凡尼的《分解图》透过一个脆弱、孤独、不会说话的小女孩的视角以第一人称讲述了 20 世纪 70 年代一个家庭的故事。小女孩和弟弟同母亲及她的伴侣，即被他们称作"父亲"的男人——一个经营着一家汽车修理店的邋遢而暴力的机械师——生活在一起。面对父亲的虐待和攻击，小女孩通过蓄意破坏店里的汽车发动机报复他。这个故事令人心碎，表达了小女主人公逃跑的梦想和她通过小的破坏行为进行反抗的决心。小说的语言朴实却充满力量，视角新颖独特，关注的是青少年女性的成长。

短篇小说集《斑马及其他故事》由 13 篇短篇故事和 1 部中篇小说《斑马》组成。《斑马》由一位思想有点乌托邦式的澳大利亚总理作为叙述人，她关心那些不那么幸运的人、可再生能源以及墨累－达令盆地；忙于处理她与邻居和工作人员的关系，修建迷宫，改造总理府，照料她的新宠物斑马等。以《斑马》为代表，整部作品的故事充满趣味性、原创性以及尖锐的讽刺。阿德莱德能够注意到平凡事件，并将其与一种魔幻现实主义相结合，展现出日常生活表面之下的人性弱点和曲折命运。

惠特克的获奖诗集《黑色作品》将诗歌、回忆录、报告文学、法律文书、小说、纪实、讽刺和社会评论融合在一起，以原住民文化为核心探讨了社会公正、政治问题、女权主义、移民历史和政策对原住民的抹杀等多个相关主题，展现出对现实的无畏审视。《黑色作品》质疑、抨击遭窃土地的遗留问题、系统性的文化灭绝、被迫背井离乡的孩子、拘留期间的死亡、对原住民和农村社区持续的刻板印象、白人的"发现叙事"等。诗人用独特的意象来识别和分解我们熟知的概念，并将它们分层排列，形成新的联系，从而重新解释我们所知道的东西。该作品同时获得了 2019 年马斯卡拉先锋文学奖（Mascara Avant-Garde Literary Award）。

二、重要文学活动

文学或作家节是澳大利亚最重要和最受欢迎的文学活动之一，在其文学发展中扮演着重要的角色。澳大利亚目前已经有超过 30 个作家节，其中影响力较大的包括悉尼作家节（Sydney Writers' Festival）、墨尔本作家节（Melbourne Writers' Festival）、珀斯作家周（Perth Festival Writers' Week）、阿德莱德作家周（Adelaide Writers' Week）等。这些作家节活动规模略有不同，但模式相似。它们搭建了一个高度可见的平台，供读者和作家交换想法和观点，鼓励公众广泛参与图书创作，在很大程度上增加了本土和国际文学作品的阅读量和影响力。

2019 年珀斯艺术节作家周于 2 月 18 日至 24 日举行，本年度的主题是"我们想象中的自己"，探索"为什么你的故事是每个故事的一部分"。作家周邀请了国内外共 100 多名作家、诗人和记者参加。阿德莱德作家周于 3 月 2 日至 7 日举行，在一个事物以极快速度流逝的世界里，阿德莱德作家周试图创造一个反思和沉思的空间，为今年的主题"讲述事实"提供深思熟虑的辩论和有深度的讨论。来自科学、政治、地理、战争、身份、历史、犯罪、性别等领域的 119 位作家齐聚阿德莱德，向读者传递独特、主观的事实。澳大利亚最大的作家节——悉尼作家节于 4 月 29 日至 5 月 5 日举行，期间活动超过 300 种，吸引了约 10 万人的参与。墨尔本作家节于 8 月 30 日至 9 月 8 日举行，主题是"当我们谈论爱时"，作家、记者、剧作家、诗人、词曲作者和艺术家们讲述了坚韧、心碎和离去、家庭、身体和家园的故事。

为促进中澳之间的文学和文化交流，澳大利亚还举办了华人作家节、中文文学节，以及在中国开展澳大利亚文学周等活动。2019年2月底至3月初，为期两周的首届中文文学节在墨尔本举行，以中文为创作语言，以中华文化为创作主题的作家、诗人以及文化人士等受邀与当地读者共同参与了近20场文化交流活动。文学节活动丰富多彩，包括作品赏析、作家写作经历分享、新书推介、中文电影展映、中国艺术展示等，向当地读者展现了中华文化的精髓和魅力。第十届澳大利亚华人作家节于2019年9月1日在墨尔本举行，来自澳大利亚各地及新加坡等国家和地区的100多名华人作家参加并探讨了文学创作与出版、澳大利亚华人文学的现状与发展等问题。中国作家协会副主席、著名作家、文学评论家阎晶明率领一个由6位作家组成的代表团参加了作家节，并做了主题演讲，介绍了中国文学在网络时代发生的巨大变化。2019年3月20日，第十二届澳大利亚文学周在北京开幕，来自澳大利亚的四位作家格雷姆·辛浦生（Graeme Simsion）、许莹玲（Julie Koh）、莫里斯·葛雷兹曼（Morris Gleitzman）、理查德·费德勒（Richard Fidler）来到中国分享澳大利亚的故事，让更多的中国读者更好地了解当代的澳大利亚，推进民间交流。

结语

2019年澳大利亚文学创作成果颇丰，影响力较大，其中大部分文学作品关注澳大利亚当下社会中复杂而亟待解决的问题，如社会公正、种族关系、身份政治、性别暴力等。围绕当下社会问题，不同文化背景的作家、诗人、剧作家用不同的样式进行创作，传递出多元化的声音。原住民作家在作品中追溯历史，审视现实，以原住民的视角讲述自己民族的故事，试图打破主流文化对原住民文化的刻板印象。

女性作家、诗人、剧作家依然保持优良传统，在 2019 年的澳大利亚文坛上大放异彩，摘得多个文学奖项桂冠。她们以独特的视角、细腻的笔触叙写出令人印象深刻的故事，参与到对当前社会问题如女权主义、暴力、弱势群体等的讨论和对话中。移民作家在澳大利亚文坛也占有一席之地，他们在作品中探讨种族、宗教、身份政治等主题，常常为读者了解澳大利亚生活提供意想不到的洞见。

参考文献：

Arbuthnott, James. "Review: *Zebra and Other Stories*, by Debra Adelaide." *PublishingArtsHub*. 7 Feb. 2019. Web. 8 Mar. 2019.
　　<https://publishing.artshub.com.au/news-article/reviews/writing-and-publishing/james-arbuthnott/review-zebra-and-other-stories-by-debra-adelaide-257241>.

Bitto, Emily. "*The Lebs* by Michael Mohammed Ahmad." *The Monthly*. May 2018. Web. 5 Aug. 2019.
　　<https://www.themonthly.com.au/issue/2018/may/1525096800/emily-bitto/lebs-michael-mohammed-ahmad#mtr>.

Clarke, Maxine Beneba. "Author Lucashenko Aims for the Heart." *The Saturday Paper*. 15 Dec. 2018. Web. 10 Oct. 2019.
　　<https://www.thesaturdaypaper.com.au/2018/12/15/author-melissa-lucashenko-aims-the-heart/15447924007262>.

Duwell, Martin. "Judith Bishop: *Interval*." *Australian Poetry Review*. 1 Apr. 2018. Web. 18 May 2019.
　　<http://www.australianpoetryreview.com.au/2018/04/judith-bishop-interval/>.

Judges' Comments. "*The Almighty Sometimes*." NSW Premier's Literary Awards. Web. 2 Dec. 2019.
　　<https://www.sl.nsw.gov.au/about-library/awards/nsw-premiers-literary-awards/nick-enright-prize-playwriting/almighty-sometimes>.

—. "*Too Much Lip*." Miles Franklin Award. Web. 13 Dec. 2019.
　　<https://www.perpetual.com.au/milesfranklin/about-the-award>.

Judges' Report. "*The Almighty Sometimes*." Victorian Premier's Literary Awards. Web. 5 Aug. 2019.
　　<https://www.wheelercentre.com/projects/victorian-premier-s-literary-awards-2019/the-almighty-sometimes>.

Ley, James. "Fictive Selves: *The Life to Come*." *Sydney Review of Books*. 5 Dec. 2017. Web. 18 Dec. 2019.

<https://sydneyreviewofbooks.com/review/life-to-come-michelle-de-kretser/>.

Rivett, Adam. "*Exploded View* by Carrie Tiffany." *The Monthly.* Mar. 2019. Web. 6 Dec. 2019.
<https://www.themonthly.com.au/issue/2019/march/1551358800/adam-rivett/exploded-view-carrie-tiffany>.

Thorne, Melissa. "Blood Calls to Blood." *Sydney Review of Books.* 24 Jul. 2019. Web. 8 Nov. 2019.
<https://sydneyreviewofbooks.com/review/erratics-laveau-harvie/>.

Thule, Ultima. "*Blakwork* by Alison Whittaker." *Sydney Review of Books.* 5 Feb. 2019. Web. 16 Apr. 2019.
<https://sydneyreviewofbooks.com/review/ultima-thule-blakwork-by-alison-whittaker/>.

Wyld, Karen. "Taking Back the Island." *Sydney Review of Books.* 21 Nov. 2018. Web. 11 May 2019.
<https://sydneyreviewofbooks.com/review/too-much-lip-melissa-lucashenko/>.

Zibell, Chelsey. "Cultural Revitalization, Trauma, and Healing." *Antipodes*, 32.1/2 (2018): 317-318. Web. 22 Dec. 2019.
<https://adelaidemumsgroup.com.au/adelaide-writers-week-2019-telling-truths/>.

李尧:《2019年澳大利亚文学及其在中国的译介：多元文化语境下的澳大利亚文学》，载《文艺报》，2020年4月8日。
<http://www.zuojiawang.com/xinwenkuaibao/41240.html>.

作者单位：长安大学外国语学院

2019年巴基斯坦文学概览

李俊璇

内容提要：2019年的巴基斯坦文坛平静而不沉寂，活动丰富而有序。这一年巴基斯坦文学界对外交流活动较为丰富；作家和评论家们"载道"意识更为清晰，在民族和国家的立场上不乏表达自身的声音；在出版方面，传承文学与文化传统意识更加突出。"文学遗产"系列丛书在持续推进；文学奖项对关注国家、民族生存问题的作品更加青睐。

一、文学奖项

2019年第八届UBL文学奖共颁布了七个类别的奖项，分别是乌尔都语小说奖、乌尔都语非小说奖、乌尔都语诗歌奖、乌尔都语翻译奖、乌尔都语儿童文学奖、英语非小说奖和儿童英语（翻译）文学奖。另外，还授予泽赫拉·妮葛荷（زہرا نگاہ，1937— ）终身成就奖。

UBL的总裁兼首席执行官西玛·格米尔（Sima Kamil）在颁奖典礼上说："巴基斯坦是文化、语言和族群的完美融合，而我们的文学传承就是最好的证明。UBL认为自己有责任激发作家继续为本国的文学财富做出贡献。我们希望文学的动力不会减弱，也希望子孙后代继续利用这些文学宝藏。"[1]

1. 乌尔都语小说奖：《金达尔》（جندر）

《金达尔》的作者艾赫德尔·拉兹·塞莱米（انتررضا سلیمی, 1974— ）是著名的乌尔都语作家、诗人、评论家及编辑。他原名为穆罕默德·佩尔瓦兹·艾赫德尔（محمد پرویز انتر），是巴基斯坦公认的加扎尔[2]和抒情诗大家。

塞莱米出生于巴基斯坦开伯尔－普赫图赫瓦省的赫利普尔，2009年获得伟大领袖奖（قائداعظم ایوارڈ），其代表作是《革新》（انتراع, 2003）、《上升》（ارتفع, 2008）、《呼吸芬芳》（خوشبو میرے سانس چل پڑی ہے, 2009）、《梦境》（خوابدان, 2013）、《梦醒》（جاگ میں خواب, 出版年份不详），以及旁遮普语作品《就是那些话》（یہ وہی الفاظ میں, 出版年份不详）。

在获奖小说《金达尔》中，主人公瓦利·汗死亡的消息登上了报纸的头版，但实际上在这一悲剧发生的45天以前他就已经知道自己即将死亡。小说讲述了两个人的故事，一个是与读者对话的人，名叫瓦利·汗，也就是即将死去的主角；而另一个是金达尔，它的存在为整部小说增加了魔幻现实主义的色彩。

瓦利·汗居住在群山环抱的村庄中，此处风光优美、与世隔绝。他靠石磨磨制谷物为生，但即便是在深山僻壤，这也是即将被淘汰的行业。瓦利·汗喜欢幻想，他除了与表妹哈吉拉的婚姻之外，没有任何实际的生活经验，也无力改变现实。他喜爱读书，喜欢和"金达尔"对话。"金达尔"就像是他的家人，在他还在母亲子宫里的时候，就开始听到金达尔的声音，这种声音是他生命中所有美好的来源。在

---

1 "UBL announces winners of the 8th Literary Awards."
  <https://theworldnews.net/pk-news/ubl-announces-winners-of-the-8th-literary-awards>.
2 加扎尔，是巴勒斯坦的一种文学形式，以诗的形式书写，以歌的形式吟唱，在巴基斯坦非常流行。在

瓦利·汗的童年时代，他对于周围的人和事物的感知是平等和谐，不存在他儿子向往的那种上流社会的精英阶层。他的梦想跟儿子拉希尔不同，拉希尔梦想在大城市生活，而瓦利·汗的梦想是生活在一个可以听到金达尔声音的地方。瓦利·汗最悲伤的事情是父亲去世、与儿子不和，以及后来被村民们所冷落。当瓦利·汗的生意没人上门之后，他的生命就进入了等待死亡的过程。

小说通篇表达出一种孤独的美感，这种美令人沉溺，像是一个个孤独的个体在宇宙中独自等待静谧与神秘，令人远离了快节奏的、喧嚣嘈杂的现代世界。主人公的内心很丰富，他的美好在于个体生命的独立、完整。

小说的语言很有特色，重复出现的语言犹如程序代码，暗示着时代的发展犹如 IT 技术的升级换代，旧的一切终将被淘汰，这是不可逆转的进化。《金达尔》的特色还在于从外部视角（场景变化）与内部视角（人物情绪变化）两条线出发，构建出一个充满美好回忆的空间，展现了当这个空间的宁静被打破，安守传统的人在面对现代化观念、生活方式等巨大冲击时的艰难挣扎和自我抚慰。

巴基斯坦的评论家认为，《金达尔》的艺术成就"完全可以和当代巴基斯坦艺术成就最高的小说——库拉乌尔安·海德尔（قرۃ العین حیدر, 1912—1955）的《火河》（آگ کا دریا, 1999）及阿卜杜拉·侯赛因（عبداللہ حسین, 1931—2015）的《悲伤世代》（اداس نسلیں, 1964）相提并论，而且这本小说中流淌的古老与神秘感更加令人印象深刻，是一本非常成功的小说"[3]。

2. 乌尔都语非小说奖

获得非小说奖的是纳齐尔·阿巴斯·纳齐尔（ناصر عباس نیر）的《把

3　جندر: تنہائی، انتظار اور موت کا ناول
<https://urdu.arynews.tv/akhtar-raza-saleemi-novel-jandar/>.

他视为凡人是不合适的》 (اس کو اک شخص سمجھنا تو مناسب ہی نہیں - میراجی کی نظم)。(اور نثر کے مطالعات)

纳齐尔共出版了十多部乌尔都语书籍，他是乌尔都语语言文学后殖民研究的第一人，曾出版《后殖民主义——乌尔都语视角》(مابعد نوآبادیات-اردو کے تناظر میں, 2013) 以及《现代乌尔都语文学的形成——殖民时期和后殖民时期乌尔都语文学研究》(اردو ادب کی تشکیل جدید—نوآبادیاتی اور پس طوآبادیاتی عہد کے اردو ادب کے مطالعات, 2016)。

此次的获奖作品《把他视为凡人是不合适的》是关于乌尔都语现代诗人梅拉杰（میراجی, 1912—1949）的一部论著。梅拉杰是著名的乌尔都语现代诗人、评论家和翻译家。他撰写的诗歌奠定了乌尔都语现代诗歌的基础，以形式和内容的创新性、实验性在乌尔都语诗歌中独树一帜。纳齐尔在书中全面诠释了梅拉杰诗歌中的现代主义及诗意，指出梅拉杰的诗歌开创了现代诗歌的表达方式，对他的翻译进行了详细分析。作者认为，梅拉杰看待问题具有国际视野，这种思考方式也充分体现在其诗歌中。纳齐尔还着重探索了梅拉杰的作品在殖民时期和后殖民时期的地位，通过分析库拉乌尔安·海德尔的社会边缘人物在破坏统治中枢过程中的关键作用，提出梅拉杰诗歌中具有真实与虚幻、现实与理想的矛盾，这是对民族主义的一种反映。民族主义依据身份划分群体，而巴基斯坦的历史正是一个既批判身份又依靠身份的过程，魔幻现实主义与"他者"在巴基斯坦独立后的小说中有着深刻背景，他采用海德尔的象征主义作品《火河》中的超现实主义写法，来说明东方小说中一直具有超现实主义传统。

3. 乌尔都语诗歌奖

菲赫米妲·丽雅兹（فہمیدہ ریاض, 1946—2018）的诗集《你是戈贝尔》(تم کبیر) 获得 2019 年 UBL 文学奖的乌尔都语诗歌奖。

丽雅兹是乌尔都语的著名作家、诗人和女权主义者。她从15岁起就写作诗歌和短篇小说，并且从学生时代开始就从事社会和政治活动。她出版过四卷诗集、三本小说，以及一些短篇小说集，此外她还为少年儿童翻译了很多谢赫·阿亚兹（شیخ ایاز，1923—1997）的诗集，将其译成乌尔都语；2016年获得巴基斯坦的完美艺术（کمال فن）奖。

此次的获奖作品《你是戈贝尔》收录了诗人创作于2000年至2015年间的诗歌。丽雅兹的诗歌想象大胆，意象新颖，语言犀利，比喻丰富，充满了叛逆与不屈，体现着她这一代人以及年轻一代的诉求。诗歌不仅是丽雅兹抒发情感的媒介，更是她表达立场和态度的武器。她追求民主政治，倡导女性解放，以其充满活力的诗句传达出这个时代不屈的人群，尤其是女性群体的心声与渴望。在其诗歌的主题、词汇、典故和比喻的选择上，都体现着对政治不公和性别限制的反抗。其诗歌在现代主义者和年轻读者中有着广泛的共鸣。她有着众多的崇拜者，在诗坛也赢得了很高的声誉。

4. 乌尔都语儿童文学奖

尚·乌尔·禾格·赫齐（شان الحق حقی，1917—2005）的《诗歌、谜语和散文》（نظمیں، پہیلیاں اور نثر پارے，出版年份不详）[4] 获得乌尔都语儿童文学奖。

赫齐是著名的乌尔都语诗人、作家、新闻工作者、广播员、翻译家、评论家、研究员、语言学家和词典编纂者。赫齐是他的笔名，本名是尚·乌尔·禾格（شان الحق）。

赫齐曾出版了多部著作，包括文学批评、短篇小说、儿童文学作品集、儿童诗歌、巴基斯坦民间诗歌集、自传、政治经济类论文翻

---

4 巴基斯坦出版的图书中，教材类书籍一般不标注出版年份。

译、乌尔都语文学译作等,他精通多种语言,还出版了孟加拉语诗歌翻译集、莎士比亚作品翻译集、英美流行剧本翻译等。

《诗歌、谜语和散文》是一本学习乌尔都语的佳作,收集了优美而朗朗上口的诗歌、有趣的谜语以及流畅易懂的散文,适合2—5岁的儿童作为语言学习的范本使用,也适合成人作为居家旅途的读物来阅读。

5. 英语非小说奖

第八届UBL文学奖最佳英语非小说类获奖者是德里克·科萨(Tariq Khosa,出生年份不详[5]),获奖作品是他的《步履蹒跚的国家——巴基斯坦内部安全的视角》(*The Faltering State*,2017)。

本书回顾了巴基斯坦目前面临的内部安全挑战,分析了巴基斯坦在各个层面上存在的管理不善的现象及根源,描绘了巴基斯坦的安全格局——国家的统治精英操纵行政机构服务于其小范围利益,在这种格局中,法律在一个政府机构已经被严重破坏的政治环境下被批准,因此法治形同虚设。针对巴基斯坦的安全形势,在根除恐怖主义、提高国家治理能力方面科萨提出了自己的建议,他还进一步强调:"法治的兴起、宽容与正义的文化氛围对国家安全至关重要。"[6] 这些内容引发了国内对于如何提高巴基斯坦国家治理能力和效率的讨论与辩论。

6. 儿童英语(翻译)文学奖

儿童英语(翻译)文学奖由阿米娜·阿兹法尔(Amina Azfar,出生年份不详)的《分治》(*Partition*,2017)获得。

---

5 从他退休时间来推算其出生年份可能为1951年。

6 "Khosa's Faltering State Raises New Questions."
 <https://asianlite.com/uncategorized/khosas-faltering-state-raises-new-questions/>.

阿兹法尔曾为多家报纸撰写文章,包括最大的英语日报《黎明报》(*Dawn*)。她还编写、翻译了很多英语和乌尔都语的儿童教科书和故事书。她的译作《道路的尘土》(*The Dust of the Road*, 2008)获得了巴基斯坦文学院的哈桑·阿斯卡里最佳翻译作品奖(the Hasan Askari Award for Best Translation Work)。她选编并翻译的《巴基斯坦当代乌尔都语短篇小说》(*Modern Urdu Short Stories from Pakistan*, 2018),收录了1947年至今巴基斯坦著名作家的26篇乌尔都语短篇小说作品。

获奖译作《分治》是一个关于南亚次大陆历史的故事,该故事开始于英国人到达印度,结束于巴基斯坦建立。这个故事不同于历史书和教科书的讲述方式,是从两个孩子的角度进行讲述的,两个充满好奇心的孩子因为想了解更多知识,讨论了事情为什么会这样发生或者那样发生,以及人们为什么会这样做而不是那样做。有时他们向长辈提出这些问题,有时他们通过将自己置于叙事中的人们的位置来寻找答案。这种讨论以一种新颖的视角来旁观历史事件的起因、发展和结果,令读者在重读一段熟知的历史时也能津津有味,意趣盎然。

二、有影响力的出版物

1. "文学遗产"系列丛书

"文学遗产"系列丛书是介绍巴基斯坦著名文学家及其作品特色的系列丛书,该丛书旨在整理、保护巴基斯坦的文学遗产,并传承巴基斯坦文学艺术传统。该丛书由巴基斯坦国内著名作家及有影响力的文学界人士撰写,并由巴基斯坦牛津出版社陆续出版。

(1)因纳耶德·阿里·汗(عنایت علی خاں, 1935—)和《文学遗产:因纳耶德·阿里·汗作品选——整理与介绍》(اردو ورثہ-انتخابِ کلام:)

(ترتیب و تعارف - عنایت علی خاں, 2019)

因纳耶德·阿里·汗是著名的巴基斯坦诗人、文学家。他1935年出生于印度拉贾斯坦邦的一个诗人家庭,父亲和母亲也曾创作过幽默诗歌。从事创作后,他用的笔名是因纳耶德(عنایت)。他在文学界声名斐然,是"乌尔都语教材库"的作者(اردو درسی کتب),他为信德省母语协会(مادری صوبہ سندھ)编写教材,其中参评的6本作品还获得大奖。他还是文学院士,除了诗歌之外,他的作品多为讽刺作品,这是巴基斯坦人喜闻乐见的一种文学形式,有着广泛的读者基础,因此他在巴基斯坦非常受欢迎。

《文学遗产:因纳耶德·阿里·汗作品选——整理与介绍》是从因纳耶德·阿里·汗作品中精选出乌尔都语诗歌、幽默作品、散文,以及一些更为严肃、发人深省的作品。该书还简要介绍了因纳耶德的生活与创作,分析了因纳耶德的诗歌之所以流行的原因。

作者劳夫·帕莱克(رؤف پاریکھ, 1958—)是著名的乌尔都语文学批评家,定期为卡拉奇的《黎明报》写专栏文章。他是乌尔都语词典委员会的前主编和第一本朗文乌尔都语–英语词典的编委,也是《牛津乌尔都语–英语词典》的主编。目前为止他共编写出版了10册"文学遗产"系列丛书。

(2) 赛义德·穆罕默德·贾法里(سید محمد جعفری, 1905—1976)和《文学遗产:赛义德·穆罕默德·贾法里作品选——整理与介绍》(اردو دورشہ - انتخاب کلام : سید محمد جعفری - ترتیب و تعارف, 2018)

贾法里是著名的乌尔都语诗人,以幽默和讽刺的诗句闻名。他一直在电视栏目上表演诗歌独唱,非常受欢迎,成为其所在时代的文学明星。但他在世期间诗歌及作品并未结集出版,直到他去世大约10年后才出版。随着第二本诗歌集的出版,贾法里的艺术得到了读者和评论家的一致好评。贾法里凭借机敏的才智和犀利的观点，在诗歌中旁征博引、通古论今、针砭时弊，官僚和伪宗教人物都成为他讽刺的对象。

该书收录了赛义德·穆罕默德·贾法里的代表作，选出的作品涵盖了最流行和广为人知的诗歌，这些诗歌记录了那个时代人们的情感与共鸣。

该书作者也是劳夫·帕莱克博士。

（3）伊夫迪哈尔·阿里夫（افتخار عارف, 1944— ）和《文学遗产：伊夫迪哈尔·阿里夫作品选——整理与介绍》（اردو ورثہ -انتخابِ کلام: افتخار عا رف-ترتیب و تعارف, 2019）

伊夫迪哈尔·阿里夫全名是伊夫迪哈尔·侯赛因·阿里夫（افتخار حسین عارف），巴基斯坦著名诗人、学者、文学家和哲学家，1944年出生于印度的勒克瑙，1965年移居巴基斯坦。

阿里夫的诗歌总是饱含一种忧思，他在诗中哀叹道德价值的丧失，对当代社会中普遍存在的贪婪、虚伪和冷酷无情给予蔑视与批评。同时，他还从更广阔的历史角度看待今天的社会和政治环境。他的三部诗集《似是而非的两份爱》（مہر دو نیم, 1983）、《拜谒文字》（حرف باریاب, 1996）、《熟悉的世界》（جہان معلوم, 2005）在巴基斯坦诗坛的影响力非常大，《心灵与宇宙之书》（کتابِ دل و دنیا, 2009）在文学界也有着极大影响。他曾获得杰出贡献总统奖（Presidential Pride of Performance）、卓越新月奖（ہلالِ امتیاز）和卓越新星奖（ستارہ امتیاز），这三个奖项分别是巴基斯坦政府颁发的第一、第二、第三荣誉奖项。

该书的作者阿卜杜尔·阿齐兹·撒希尔（عبدالعزیز ساحر，出生年份不详）是巴基斯坦著名的乌尔都语文学评论家和研究员，他还编纂了"文学遗产"系列丛书的其他卷。

(4) 米尔扎·马哈茂德·瑟尔赫迪（میرزا محمود سرحدی，1913—1968）和《文学遗产：米尔扎·马哈茂德·瑟尔赫迪作品选——整理与介绍》（اردو ورثہ - انتخابِ کلام : میرزا محمود سرحدی - ترتیب و تعارف, 2019）

米尔扎·马哈茂德·瑟尔赫迪1913年出生于当时英属印度西北部的白沙瓦，马哈茂德是他的笔名，而瑟尔赫迪（意为"边境"）则显示出他的出生地。

该书着重于探索米尔扎·马哈茂德·瑟尔赫迪的乌尔都语诗歌中的基本元素与特质，从瑟尔赫迪的出版作品中选取了最著名和最具影响力的部分。

瑟尔赫迪以幽默诗和讽刺诗著称，由于在诗歌中对政治、官员有着犀利的评论而被认为是对政府持有不同意见，他也因此承受了很多压力甚至是由此带来的痛苦。对此，评论者认为，正是由于其讽刺诗歌过于直白，有时候甚至是急躁而粗鲁的，缺乏诗歌应有的微妙精奥，导致了在军法政权下这一持不同政见的声音难以生存。

此后在社会底层艰难的生活经历又使得诗人增加了对社会的认识。他后期的诗歌开始描写平民百姓的困难处境。这使得他的诗有时诗意简约、形式简单，因为这正是底层的生活方式以及他自己所经历的生活——简单且简约。同时，他能够在简短的表述中一针见血地抓住问题的本质。瑟尔赫迪严厉批判了社会的方方面面。他的诗集《小丑》（سانگینی）于1956年出版。

瑟尔赫迪于1968年11月12日在白沙瓦去世，享年56岁。瑟尔赫迪去世后，他的朋友收集整理其著作和未出版的作品，出版了《城市的沉思》（اندیشہ شہر，出版年份不详）。该书作者也是劳夫·帕莱克博士。

(5) 阿勒祖·勒克那维（آرزو لکھنوی，1873—1951）和《文学遗产：

阿勒祖·勒克那维作品选——整理与介绍》اردو ورثہ - انتخابِ کلام : آرزو لکھنؤ
(ی - ترتیب و تعارف, 2019)

  阿勒祖·勒克那维的笔名是"阿勒祖",他的本名是穆罕默德·侯赛因（محمد حسن）。他1873年出生于印度的勒克瑙,1951年逝世于巴基斯坦卡拉奇,是其时代最受尊敬的诗人之一。1942年他迁居孟买,从事诗歌创作并为电影写歌词和台词。后来,他移居卡拉奇并进入巴基斯坦广播电台工作。尽管也写过戏剧和其他形式的诗歌,但他之所以成名,主要是因为他的幽默作品。阿勒祖·勒克那维最受欢迎的三部诗集分别是《阿勒祖之地》/《理想之地》[7]（وہاں آرزو）、《阿勒祖的世界》/《理想的世界》（جہان آرزو）和《阿勒祖的痕迹》/《理想的印记》（نشانِ آرزو）。

  该书的编撰者穆罕默德·雷扎·卡兹米（Muhammad Reza Kazimi, محمد رضا کاظمی, 1945— ）出生于孟买,是著名的乌尔都语文学评论家。

  另外,"文学遗产"系列丛书也分别于2009年和2013年出版了迦利布（غالب, 1797—1869）和撒希尔·卢提亚纳维（ساحر لدھیانوی, 1921—1980）的分册。

  2. 地方语言文学研究

  《信德文学——简史》（سندھی ادب : ایک مختصر تاریخ, 2019）的作者是阿蒂雅·达乌德（عطیہ داود, 1958— ）。达乌德是著名的信德语诗人、作家、活动家,被著名诗人谢赫·阿亚兹誉为"信德省最重要的女权主义作家"。达乌德关注妇女问题,描写社会如何以传统的名义压迫妇女,支持女性为争取平等权利而奋斗。她的作品在巴基斯坦和国际上都受到赞赏。

---

[7] 乌尔都语中"阿勒祖"意为"理想",这里既是诗人的名字,又有理想之义,所以翻译有双关意义。

《信德文学——简史》涵盖了信德文学的历史，以及近 70 年来信德文学流派的变化，包括短篇小说、诗歌、游记等。它还概述了信德文学在印巴分治之前的状况。人们一直在努力学习乌尔都语和区域语言文学，并使它们之间具有同质性。该书还提出了信德文学在当代政治和社会事务的影响下，文学创作主题和作品的发展倾向。

三、文学活动

2019 年巴基斯坦文坛平静而不沉寂，这一年巴基斯坦国家文学院发了 155 条简报，共计 120 多项活动，每个月都有丰富多彩的作家见面会和文学交流活动。其中最为重要的有三个方面的内容：一是活跃的对外交流活动，二是丰富的文学研讨会，三是作家表达自身立场的系列活动。

1. 活跃的对外交流活动

2019 年巴基斯坦国家文学院一共有 4 次对外交流活动。1 月尼泊尔文学界知识分子对巴基斯坦国家文学院进行了为期三天的访问，其中最重要的活动就是举办"当代巴基斯坦和尼泊尔文学"研讨会，这是巴基斯坦与尼泊尔文学界之间的交流沟通；2 月吉尔吉斯斯坦驻巴基斯坦大使埃里克·贝沙姆比奥（ایرک بیشمبیو）访问巴基斯坦国家文学院；4 月 24 日马尔代夫代表团访问巴国家文学院；6 月 18 日至 21 日巴基斯坦著名文学代表团（4 人）访华，与中国作家进行了交流与沟通。

这些对外交流活动超过了往年，说明巴基斯坦文学界意识到文学不仅仅要注重自身的表达，更应该关注回应与对话；文学也不应仅仅限于自我表达，更应走向世界、寻求与更大范围的读者交流对话。

2. 丰富的文学研讨会

1 月国家文学院举办了两次文学研讨会，分别是"纪念著名戏剧演员和诗人梅赫博布·阿兹米（محبوب عزمی，1950—2018）"研讨会和"纪念著名小说家哈立德·侯赛因（خالده حسین，1937—2019）"研讨会；3月5—8日举办了为期三天的"巴基斯坦全国女性文学"（پاکستانی خواتین کا قومی ادبی سمینار）研讨会；10月21日举行了"伊克巴尔思想中的科学意识"（فکرِ اقبال میں سائنسی شعور）研讨会；11月17—20日"伊克巴尔日"前期庆祝活动开始，举办了"伊克巴尔对旁遮普诗歌与文学的影响"研讨会，20—24日，为期五天的"伊克巴尔日"相关活动举行，举办了"伊克巴尔文学在巴基斯坦的各种语言的译本"研讨会、"诗人的过去、现在和未来"研讨会等七场活动；12月21—27日，举办了为期七天的"伟大领袖纪念日"系列庆祝活动和相关文学活动。

在这一系列研讨会中，最重要的是"巴基斯坦全国女性文学"研讨会以及与伊克巴尔相关的系列文学活动。巴基斯坦女性地位低、受教育程度低，但女性对家庭、儿童又有着不可忽视的影响力，这种矛盾强烈制约着巴基斯坦的社会发展。在2017年文学年会上提出了"关注女性生存状态""重视女性受教育问题"等几个关于女性的倡议之后，女性文学越来越得到重视。

伊克巴尔是巴基斯坦建国思想的提出者，也是巴基斯坦历史上最伟大的诗人、哲学家和政治家，关于他的系列文学活动历来都举办得较为隆重，这也体现出巴基斯坦文学界非常注重文学遗产的传承。此次"伊克巴尔对旁遮普诗歌与文学的影响"研讨会的意义在于，这个主题较好地将主流文学研究与民族文学相结合，借"伊克巴尔日"这个例行文学活动的契机，将其与近年来巴基斯坦文学界所重视的"民族语言文学"结合起来研究，可谓立意新颖、推陈出新。

3. 作家表达"抗议印度暴行、支持克什米尔穆斯林"立场的系列活动

以克什米尔为主题的系列活动，包括 4 月 3—5 日举办的"克什米尔伊斯兰历史文化和遗产国际大会"（کشمیر کی اسلامی تاریخ، ثقافت اور ورثہ）、8 月 17 日举行的声援克什米尔独立精神全国大会作家会议（بین الاقوامی کانگریس قومی تقریب اظہار یکجہتی روح آزادی کشمیر اور اہل قلم کا انعقاد），以及 9 月声援克什米尔、庆祝团结精神的作家行动都在持续进行。

这些活动之间有着清晰的联系，即从 2017 年巴基斯坦文学界提出"文学要服务于国家"的倡议之后，其便更加注重自身的"载道"功能，更加旗帜鲜明地表明自身立场，以及更加主动地服务于国家的发展需要。

结语

总体来说，在 2019 年的文学获奖作品中，关注国家正在发生的变化以及这些变化所带来的或多或少、或明或暗的民族生存状态、内心体验的作品得到了更多关注；介绍巴基斯坦优秀民族文化的作品，尤其是翻译为英文的作品受到更多青睐，因为这一类作品可以更好地在国际社会中传播；同时，分析国家生存、发展中存在的问题，探索国家治理方法及发展道路的作品则更加容易引起全社会的兴趣与讨论；此外少数民族语言的文学作品和女性作品也获得了一席之地。

在出版物中，除了国家文学院的"文学巨匠系列"之外，"文学遗产"系列丛书也在逐步推出，这表明对民族文学的遗产和传承越来越受重视，全国对于文学文化界都有着一种"以传统去感召年轻人，以优秀作品去教化新一代"的期望。

而在文学活动中，这一年巴基斯坦文学界的活动更加丰富有序，

更加注重对外交流以及在国际舞台中的自我表达，文学界自身的"载道"意识更为清晰，在民族和国家的立场上表达了自己的声音，并伴有系列的、持续的活动及具体举措。

2019年巴基斯坦文学界仍然有着自己的特点——随着中巴经济走廊的建设，边远的省份也迎来了发展的节奏，那些着力于表现人们在面对传统与现代冲击时的纠结与矛盾、挣扎与无奈的作品，也步入大众视野，得到情感共鸣。

参考文献：

افتخار عارف، حرفِ باریاب، دہلی: ایجوکیشنل پابلشنگ ہاوس، ۱۹۹۶
افتخار عارف، جہان معلوم، دہلی: ایجوکیشنل پابلشنگ ہاوس، ۲۰۰۵
افتخار عارف، مہر دونیم، دہلی: ایجوکیشنل پابلشنگ ہاوس، ۱۹۸۵
افتخار عارف، کلامِ فیض بخطِ فیض-مرے دل مرے مسافر- اصل بیاض، لاہور: سنگِ میل پبلی کیشنز، ۲۰۱۱
افتخار عارف، کتاب دل و دنیا، مکتبہ ء دانیال، ۲۰۱۷
افتخار عارف، شہر علم کے دردرزے پر، مکتبہ ء دانیال، ۲۰۰۵
جندر: تنہائی، انتظار اور موت کا ناول
<https://urdu.arynews.tv/akhtar-raza-saleemi-novel-jandar>.
رؤف پارکھ، اردو ورثہ -انتخابِ کلام: سید محمد جعفری - ترتیب و تعارف، اوکسفرڈ، ۲۰۱۹
رؤف پارکھ، اردو ورثہ -انتخابِ کلام: عنایت علی خاں - ترتیب و تعارف، اوکسفرڈ، ۲۰۱۹
رؤف پارکھ، اردو ورثہ -انتخابِ کلام: میرزا محمود سرحدی - ترتیب و تعارف، اوکسفرڈ، ۲۰۱۹
شان الحق حقی، تار پیراہن، اردو اکیڈمی سندھ کراچی، ۱۹۵۷
شان الحق حقی، نظیں، پہیلیاں اور نثرپارے، اوکسفرڈ
عطیہ داؤد، سندھی ادب: ایک مختصر تاریخ، اوکسفرڈ، ۲۰۱۹
فہمیدہ ریاض، تم کبیر، اوکسفرڈ، ۲۰۱۷
قرۃ العین حیدر، آگ کا دریا، دہلی: ایجوکیشنل پبلشنگ ہاوس، ۱۹۹۹
محمد رضا کاظمی، اردو ورثہ -انتخابِ کلام: آرزو لکھنوی - ترتیب و تعارف، اوکسفرڈ، ۲۰۱۹
معین الدین عقیل، اردو ورثہ -انتخابِ کلام: تلوک چند محروم - ترتیب و تعارف، اوکسفرڈ، ۲۰۱۷
ناصر عباس نیر، اردو ادب کی تشکیلِ جدید—نوآبادیاتی اور پس نوآبادیاتی عہد کے اردو ادب کے مطالعات: اوکسفرڈ، ۲۰۱۶

ناصر عباس نیر، اس کو ایک شخص سمجھنا تو مناسب ہی نہیں - میراجی کی نظم اور نثر کے مطالعات :اوکسفورڈ، ۲۰۱۷

ناصر عباس نیر، مابعد نوآبادیات—اردو کے تناظر میں :اوکسفورڈ، ۲۰۱۳

Azfar, Amina. *Modern Urdu Short Stories from Pakistan*. Oxford University Press of Pakistan, 2008

—. *Partition*. Oxford University Press of Pakistan.

—. *Tasveeri Kahani Silsila: Abdul Sattar Edhi*. Oxford University Press of Pakistan.

—. *Tasveeri Kahani Silsila: Allama Iqbal*. Oxford University Press of Pakistan.

—. (Kishwar Naheed:)*The Culture and Civilization of Pakistan Partition*. Oxford University Press of Pakistan, 2017.

—. *The Dust of the Road*. Oxford University Press of Pakistan, 2008

—. *The Story of a Tree*. Oxford University Press of Pakistan.

Khosa, Tariq. "The faltering state." *Dawn*. 23 Jan. 2014.
<https://www.dawn.com/news/1082151>.

—. *The Faltering State-Pakistan's Internal Security Landscape*. Oxford University Press of Pakistan, 2017.

"Khosa's Faltering State Raises New Questions." 11 Mar. 2018.
<https://asianlite.com/uncategorized/khosas-faltering-state-raises-new-questions>.

Majeed, Sheema. (Muhammad Reza Kazimi:) *Culture and Identity: Selected English Writings of Faiz*. Oxford University Press of Pakistan, 2006.

Parekh, Rauf. "Literary Notes: Mirza Mahmood Sarhadi: dissent concealed under humour." *Dawn*. 5 Nov. 2019.
<https://www.dawn.com/news/1514902>.

作者单位：解放军信息工程大学洛阳校区

2019年巴西文学概览

张剑波

内容提要：2019 年，巴西文坛活力不减，继续呈现出繁荣景象。文学创作与文学活动围绕社会与现实问题展开，呼吁民众直面国家、社会所处的困境，共同探寻民族与国家的出路。老中青作家在各大文学奖项中均有不俗表现，多位作家出版新作，其中女性作家的表现尤其突出。本文将介绍 2019 年重要文学奖项的获奖作家及作品，并回顾年度重要文学事件。

一、重要文学奖项

（一）雅布提奖（Prêmio Jabuti）

由巴西图书协会（Câmara Brasileira do Livro）主办的雅布提奖[1]，有文学界"奥斯卡奖"之称，是巴西最重要的文学奖项。2019 年沿用了上一年的标准，根据文类评选各类奖项。

蒂亚戈·费罗（Tiago Ferro, 1976— ）凭借其长篇处女作《亡

---

[1] 奖项介绍详见《外国文学通览：2018》中的《2018 年巴西文学概览》（张剑波，2019：103）。

女的父亲》（*O Pai da Menina Morta*，2018）在长篇小说类中胜出。该作品还获得了同年的圣保罗文学奖。作品展现的是费罗和女儿的日常生活剪影，其创作灵感来自作家本人的生活遭遇：2016年的一场乙型流感让他痛失爱女，写作成为他承受丧女之痛的有力支撑，"让内心已彻底'坍塌'的我重新与这个世界、与离我而去的女儿关联起来"（Mazzafera，2018）。

作品以日记形式呈现，却打破时间顺序，在"错乱"中展开叙事。在碎片化的章节编排中，脉络貌似杂乱无章：邮件片段、报刊拾零、名单便签与日常对话相互穿插，甚至梦境与回忆交错，其间伤痛、诗意、幽默、讽刺与豁达并存。正是在这样精心构建的"无序"中，作家将生者面对亲人离世后的所有情感尽数展现，也让读者避免完全陷入悲伤。此外，《亡女的父亲》还通过个人经历向读者传递了丰富的政治和历史隐喻，女儿的"缺席"昭示了国家未来的"缺失"，而所有的现代性也被作家赋予了负面色彩，唯有满怀希望、顽强面对才能走出绝境。

短篇小说类的获奖者是维尔玛·阿雷亚斯（Vilma Arêas，1936— ），获奖作品是故事集《每月一个吻》（*Um Beijo por Mês*，2018），作品由17则短篇故事构成，保持了她一贯的文学特点：着眼于寻常巷陌，书写其间的人和事。这一特点集中体现在与题目同名的故事上，整个叙述围绕一位年逾八旬的妇人搭乘出租车的经历展开：司机一路示爱，妇人优雅拒绝；到达目的地后面对司机的索吻，妇人问他是否可以"每月一个吻"。

阿雷亚斯退休前是巴西坎皮纳斯州立大学的文学教授，是巴西作家克拉丽丝·李斯佩克朵（Clarice Lispector，1920—1977）的研究者，也是各大文学奖的常客。作家分别于1989年和1993年凭借《霹雳闪电》(*Aos Trancos e Relâmpagos*，1988) 和《第三条腿》(*A Terceira Perna*，1992) 获得儿童文学、短篇小说类别的雅布提奖，这是她第三次获得该奖的肯定。阿雷亚斯对文学创作的态度是"唯有必须进行的书写才有价值"(Filho，2019)。她推崇精耕细作，不算多产，但皆为精品。2019 年的获奖作品风格明快，文笔温婉，然而在这样的笔触背后，阿雷亚斯探讨的却是诸如社会暴力这样的厚重主题，并将视线朝纵向和横向延伸——回顾巴西历史的同时，旁顾他国的境况。

诗歌类的获奖作品是已故诗人希尔达·马查多 (Hilda Machado，1951—2007) 的《云》(*Nuvens*，2018)，该作品由诗人亲属与旅居德国的巴西诗人里卡尔多·多梅内克 (Ricardo Domeneck，1977—) 合作整理出版。希尔达·马查多生前更活跃的身份是影视艺术研究者，从事影视创作与评论工作。其实她的诗人身份并不广为人知，因其生前仅有两首诗歌作品公开发表。1997 年马查多将自己的部分诗稿整理之后送往巴西国家图书馆登记，申请了著作权。遗憾的是，直至诗人 2007 年自杀离世，这部诗稿都未能付梓面世。诗集最大程度地保留了原稿的样貌，仅在附录中新增了四首散落于别处的诗歌。马查多的诗风独特：诗句简短、韵律明快、诗意苦涩。另一个鲜明特点是视觉形象清晰生动。在诗集中，"云"这个意象举足轻重，它让天空与地面、白色与蓝色等诸多色彩之间发生了联动，让诗歌的"镜头"恣意捕捉天地之间的所有景象。而"云"又是不稳定的，它没有恒定的形状，流动中把意象打乱，让读者跟着诗人去感受新的画面。在变幻的镜头里，诗人的忧伤、犹疑与敏感被一一展现。

杂文类的获奖作品是《后 F 时代：男性与女性之外》(*Pós-F.: Para Além do Masculino e do Feminino*，2018)，作者是在获奖前三个月刚刚去世的作家、编剧、主持人、演员费尔南达·杨 (Fernanda Young，

1970—2019)。杨可谓高产作家，一共发表了 15 部作品，其中 10 部为长篇小说，此外还创作了 15 部电视剧剧本。《后 F 时代：男性与女性之外》是其首部非小说类作品，采用自传式风格进行书写，图文并茂地探讨了"当今社会什么是男性、女性"这个始终引人注目的热点命题。与其创作的女性形象类似，杨在杂文集里也是一位独立却时常没有身份认同感的女性。书名中的字母"F"，代指"女性主义"，作家站在女性立场，却进行了超越性别的思考。她将自己的生活呈现在读者面前，尝试引导人们抛弃性别差异观念和男性至上主义倾向，将男性和女性都作为独立的个体去尊重。这部作品并没有彻底解决性别不平等的野心，却有剖析人性、启迪思考的积极作用，甚至可以作为一部研究后女性主义的入门读物。

青少文学类的获奖者是日裔作家、画家露西亚·平塚（Lúcia Hiratsuka，1960— ），其获奖作品是短篇小说《藏在河里的故事》（*Histórias Guardadas pelo Rio*，2018）。《藏在河里的故事》充满童真、童趣，想象力天马行空。作品讲述的是：在小主人公佩德罗生活的地方，渔夫从河里钓的不是鱼，而是故事。人们买卖、收藏或相互赠送故事，也会修饰、润色自己的"鱼获"。可无论如何努力，佩德罗都无法像其他人那样轻松地钓到故事。无奈之下，他苦心钻研垂钓技巧，决心找到藏在河水深处的故事。平塚还在"图书"枢轴（分为封面设计、插图、印刷、版面设计与翻译等五个类别）中，凭借诗画小册《鱼儿在地面畅游》（*Chão de Peixes*，2018）中充满东方韵味的绘图，得到了插图类别奖项的肯定，将雅布提奖两个类别的奖项收入囊中。

今年的雅布提奖文学类别中未能产生"年度作品"，最终由"杂文"枢轴（非文学范畴）中的《一段不公平的历史：1926—2013 年巴西收入集中在富人之手》夺得。这是一部严谨的社会学著作，对巴西的社会、经济进行了深入调查，指出了巴西社会发展严重失衡的事实。

此外，非裔女性作家孔塞桑·伊瓦利斯托（Conceição Evaristo, 1946— ）[2]当选为雅布提"年度文学人物"。作家曾凭借短篇小说集《泪眼》（*Olhos d'água*, 2014）获得雅布提奖短篇小说类第三名，作品的主题是现代都市中的暴力对非裔女性的戕害，描绘了生活在社会边缘的非裔妇女的凄惨生活。2018年巴西网络上发起了"孔塞桑·伊瓦利斯托入选巴西文学院"的请愿活动，希望巴西文学院能够拥有首位非裔女性作家，但最终未能成为现实。这位坚称"文学书写与出版从来都是政治行为"和"笔耕不辍是应对种族、性别歧视的最有力武器"（张剑波，2018）的作家，在2019年再次得到了雅布提奖的肯定。伊瓦利斯托用文学创作坚持不懈地为少数族裔和弱势群体发声，作家荣膺2019年"年度文学人物"也反映了雅布提奖对巴西社会问题的现实思考。

（二）海洋葡语文学奖（Oceanos-Prêmio de Literaturaem Língua Portuguesa）

海洋葡语文学奖[3]面向所有葡语国家的文学作品，不单设奖项，而是统一评审诗歌、长篇小说、短篇/杂文和戏剧作品。与上一年不同的是，2019年的获奖名额减为三个，竞争更为激烈。

长篇小说类作品在这一年集中发力，包揽了所有奖牌，并且所有作者均为女性作家。在安哥拉出生的葡萄牙作家翟米丽娅·佩雷

2　作家介绍详见《外国文学通览：2018》中的《2018年巴西文学概览》（张剑波，2019：115）。
3　奖项介绍详见《外国文学通览：2018》中的《2018年巴西文学概览》（张剑波，2019：107）。

拉·德·阿尔梅达(Djaimilia Pereira de Almeida, 1982—)凭借《卢安达，里斯本，天堂》(*Luanda, Lisboa, Paraíso*, 2018)摘得桂冠。获得第二名的是葡萄牙作家杜尔塞·玛利亚·卡多佐(Dulce Maria Cardoso, 1964—)，其获奖作品是《艾利艾特》(*Eliete-A Vida Normal*, 2018)[4]。

巴西作家娜拉·维达尔(Nara Vidal, 1974—)获得第三名，其获奖作品是《宿命》(*Sorte*, 2018)。《宿命》的创作缘起很偶然：作家在英国的一家收容所当志愿者时接触到一位爱尔兰女性，得悉"她有过一个儿子，却从未当过母亲"(Baldi, 2019)。因是非婚生子，孩子被教会强行夺走；从父亲那里，维达尔见到了一张买卖黑奴的文契，在华丽的文字、王室的印鉴背后却是肮脏的交易和灭绝人性的屠杀。维达尔巧妙地利用谐音将"巴西"与传说中在爱尔兰海岸附近出没的"布拉希尔岛"[5]联系起来，构建了具有互文关系的两个场域。布拉希尔岛隐匿在烟雾中，遍地宝石，却虚无缥缈，无数的寻宝船一去不回。找到岛屿却私藏信息的人都遭受了"诅咒"：子女的眼睛变为彩色。作家笔下的巴西也是"布拉希尔岛"：富庶，却晦暗、腐败、前途不明。1827年，玛格丽特一家因为饥荒从爱尔兰逃到处于佩德罗一世统治时期(1822—1831)的巴西，然而并没有逃离人生的厄运，因为彼时的两地同是暗无天日。

小说中人物的境遇，是对19世纪奴隶制、种族主义、性别歧视最直接有力的呈现。在作家本人看来，故事虽然发生在19世纪，但在今天的巴西并不陌生，我们依然可以看到男权至上、种族主义、宗教压迫的强势存在。社会阶层的固化，权贵阶层对弱势种族、女性

---

4 两位葡萄牙作家及其作品将在葡萄牙文学部分介绍，此处不再赘述。
5 英语名为Hy-Brasil，其中Brasil与巴西的葡萄牙语国名相同。

的戕害在当今依然十分普遍。葡萄牙诗人卓纳斯认为"《宿命》的语言凝练到了文字的骨髓"(Baldi, 2019)。这是维达尔的《他人的疯狂》(*A Loucura dos Outros*, 2016)的风格的延续与提升。出生于巴西的维达尔旅居伦敦,坚持用葡萄牙语写作,更多的是从事青少年文学作品的创作。在获奖之前,维达尔的创作风格已经开始转变:作品愈发关注现实主题,青少年不再是其读者主体。短篇小说集《他人的疯狂》使用冷峻的笔法,对亲情、爱情、婚姻与死亡进行了深刻的思考。本次获奖作品是其第一部长篇小说,初次试水长篇创作就得到了重量级文学奖项的认可,可见作家不凡的实力。

(三)卡蒙斯奖(Prêmio Camões de Literatura)

2019年的卡蒙斯奖[6]由兼具歌手、作曲家、剧作家和作家等多重身份的希科·布阿尔克(Chico Buarque, 1944— ,全名Francisco Buarque de Holanda)斩获。评委会一致认为希科·布阿尔克"通过多种体裁和形式的优秀作品为所有葡语国家不同文化代际的形成做出了贡献。他的作品丰富多样:诗歌、戏剧、小说均有涉猎,其价值和影响得到了评委会的一致认可。他的作品超越了国界,是当代世界文化的重要组成部分"。纵观其20世纪60年代的作品,他带来的"流行音乐"犹如一抹清风,拂过军事独裁下的巴西,给民众带来了已被摧毁的"乌托邦式"的想象:日渐成型的中产阶级有能力构建属于自己的文化身份,他们诚实自信、知性睿智、敏感自由。希科·布阿尔克词曲俱佳,善于在歌词中驾驭诗歌,他的音乐带来了属于巴西民众自己的"流行"元素,并被巴西精英阶层接受。步入70年代,他的

---

6 奖项介绍详见《外国文学通览:2017》中的《2017年葡萄牙文学概览》(金心艺,2018: 439)。

风格与传统的桑巴音乐渐行渐远，也不再是此前偶显悲婉的抒情曲调。歌词创作也趋于锚定社会现实，转向对现实的嘲弄讥讽，比如名作《虽然有你》（*Apesar de você*，1970）就因歌词中明晰的政治隐喻，直指时任总统埃米利奥·加拉斯塔苏·梅迪西（Emílio Garrastazu Médici，1905—1985）将军而遭到查禁。诸多作品的政治言说让音乐人希科·布阿尔克成为左倾中产阶级的代表，其背后的流行元素也与其早期作品有所区别。

1974年，希科·布阿尔克开始参与文学创作，与剧作家保罗·庞特斯（Paulo Pontes，1940—1976）合作完成了话剧《水滴》（*Gota d'água*，1974）的剧本创作。同年出版的中篇小说《模范庄园》（*Fazenda Modelo*，1974）正式开启了希科·布阿尔克的作家生涯。在这部被作家本人称为"牲畜小说"的作品里，政治隐喻跃然纸上，庄园里牛群的命运观照了人类社会的残酷现实：要实现绝对的权力就必须剥夺所有个体掌握自己命运的权利。所谓的"模范庄园"，不过是独裁统治下巴西社会的缩影罢了。1991年希科·布阿尔克完成了长篇处女作《障碍》（*Estorvo*，1991），迅速在多国出版，并获得了次年的雅布提文学奖（最佳小说）。小说"故事性不强，甚至读到最后感觉空洞"（Coelho，1991），但是凭借对语言的娴熟驾驭，作家依然牢牢抓住了读者的心：生于富庶家庭的主人公空虚寂寞，迷失在充斥着毒贩的环境里，人民在犯罪、愚昧和沉默中沉沦，曾经因为桑巴和梦想联结在一起的精英阶层与底层人民之间出现了无法弥补的罅隙。主人公面对的是一个畸形、扭曲的世界，他找不到一个安放灵魂的去处，只能在那样的世界里"放逐"自己。此后，希科·布阿尔克陆续创作了《本杰明》（*Benjamin*，1995）、《布达佩斯》（*Budapeste*，2003）、《泼洒的牛奶》（*Leite Derramado*，2009）和《德国兄弟》（*O*

Irmão Alemão，2014）等长篇小说，其中《布达佩斯》和《泼洒的牛奶》分别于2004年和2010年被评为雅布提奖的"年度作品"。最具代表性的《泼洒的牛奶》堪称经典之作，是"一部背靠巴西两百年历史，处于社会与经济双重没落中的家族史诗"（Perrone-Moisés，2014）。作家以极度悲观的笔触勾勒了一个没落的巴西社会的形象：阶层矛盾尖锐，种族歧视与男权主义泛滥，投机、腐败与犯罪丛生，自然环境也遭到严重破坏。行将就木的老者，以琐碎、零乱，甚至漏洞百出的喋喋不休描述了自己的百年家族史，至死也未能与发生在自己和家族身上的悲剧和解，此间的各种"谬误"让人悲喜交加。希科·布阿尔克在看似散乱的叙述中显露的精巧构思再次让人叹服，他对人物心理的精准掌控让读者体会到了普鲁斯特式的敏感细致。

希科·布阿尔克的文学创作视角高远，紧密结合巴西的政治嬗变与社会发展，他的作品对巴西乃至所有葡语国家的文化都产生了多元、深刻的影响。

（四）国家图书馆文学奖（Prêmio Literário Biblioteca Nacional）

国家图书馆文学奖[7]中比较重要的有短篇小说类的克拉丽丝·李斯佩克朵奖、诗歌类的阿尔丰苏斯·德·吉马良斯奖和长篇小说类的马查多·德·阿西斯奖。

已故作家艾尔维拉·魏格纳（Elvira Vigna，1947—2017）逝世一年后出版的短篇小说集《重写卡夫卡》（*Kafkianas*，2018）在短篇小说类别中胜出。魏格纳是巴西当代文学大家，其作品语言精简明快，故事精巧，富有想象力和冲击力。获奖作品使用葡萄牙语重新讲述了

7　奖项介绍详见《外国文学通览：2017》中的《2017年巴西文学概览》（张剑波，2018：115）。

卡夫卡的20则短篇故事。在作家的笔下，卡夫卡的经典故事，诸如《秃鹰》(The Vulture)和《拜访矿山》(A Visit to a Mine)保留了原来的框架特点，却有了崭新的灵魂。"重写"这个创作方式充满新意，读者感受到了本土作家与遥远的捷克作家的交流与碰撞。魏格纳对卡夫卡充满敬意，在《乡村医生》(Um Médico no Interior)中，她这样评价："卡夫卡就是这样，完全的卡夫卡风格，你知道的。我无需解释任何东西。"(Ricciardi, 2019) 作品也反映了巴西作家的"野心"，因为她的故事想要走得更远。通过兼具小说、分析、评论特点的创作，魏格纳让人在面对荒诞不经的故事而忍俊不禁时，又有所思考。在《门前》(Diante da porta，对卡夫卡《法律门前》的重写）里，魏格纳并没有止步于"门"，而是冷峻地指出推门而入后，"他"也就不再是"他"了，和门里的人没有了分别，而被阻隔在门外的，依然是和原来的"他"一样的人。

获得诗歌类奖项的是保罗·恩里克斯·布里托（Paulo Henriques Britto, 1951— ），其获奖作品是《没有任何秘密》(Nenhum Mistério, 2018)。作品的题目取自作家对美国诗人伊丽莎白·毕肖普（Elizabeth Bishop, 1911—1979) 的《一种艺术》(One Art, 1976) 的翻译。布里托借用了《一种艺术》的主题，整部作品也采用格律诗的形式围绕"失去"这个主题展开。这是一部尖锐、讽刺，并且布满怀疑主义的作品。在孤独和迷失中，经年的痛苦不断叠加，绝望似乎成了唯一尚有意义的东西。关于痛苦、挫败与无助等个人情感的书写耦合了当今巴西的政治、社会环境对民众造成的负面心理。诗行中流淌着的巨大的"空虚"和"孤独"指向了"作品的社会内涵与政治言说"。(Sobota, 2018)

路易斯·布埃诺（Luís Bueno, 1966— ）凭借长篇小说《所在之处》（*Paradeiro*，2018）获得马查多·德·阿西斯奖。作家笔下的"所在之处"是位于圣保罗州腹地的一个名为圣若泽·多斯·坎波斯的小城。在上世纪三四十年代，这座小城是结核病人理想的疗养场所，小说中三位身份、背景迥异的主人公也因此来到了这个"所在之处"。他们在等待死亡、面对死亡的过程中，分别通过与文化界名人的书信往来、对自己悲惨经历的追忆和对自己所到之处的回顾，再现了当时巴西的社会、政治与文化图景。"死亡"似乎是小说中人物的共同命运，但作者赖以穿针引线的却是隐藏在"死亡"背后的对生命的渴望、不舍与倔强的追求。人物的命运与其所处的小城捆绑，在这里发生的所有故事、他们的所有思考早已跳出了这座小城，足以引起读者对人性和社会的现实反思。在作品中，巴西现代主义文学巨擘格雷希里亚诺·拉莫斯和马里奥·德·安德拉德都被拉入了主人公佩德罗的社交圈，在故事中与身患沉疴的佩德罗从文学到政治，无所不谈。布埃诺通过书信体的叙述，将彼时巴西文化精英激进的革命主张与无产阶级的现实条件之间的格格不入描绘得入木三分。另外两位主人公的悲惨命运与佩德罗大相径庭：一位常年遭受虐待而精神错乱，只能颠三倒四地回顾过往；一位准备赶在癌症杀死自己之前结束自己的生命。作家最终逐渐将三位主人公揉捏在一起，变成了一个阅历丰富，在面对死亡所带来的恐惧时，能从不同视角发出多重灵魂拷问，最终找到心灵"所在之处"的人。

二、新锐作家和作品

圣保罗文学奖（Prêmio de São Paulo de Literatura）和商业社会机构文学奖（Prêmio Sesc de Literatura，一般简称 Sesc 文学奖）专为新

锐作家设立[8]。2019 年的圣保罗文学奖跟以往有所不同：两个"新人新作"奖合并为"最佳新作"奖，同时保留"最佳作品"奖。安娜·保拉·马亚（Ana Paula Maia，1977—　）[9]成功卫冕，凭借新作《埋掉那些尸体》（*Enterre Seus Mortos*，2018）再次斩获"最佳作品"奖。值得一提的是，该作品也成功进入了这一年雅布提奖的入围名单，但最后惜败于蒂亚戈·费罗的《亡女的父亲》。

在获奖作品中，主人公威尔森和托马斯每天沿着腹地的一条公路捡收被汽车撞死的动物，并拉到填埋场集中处理。然而，诡异的事情终于还是发生了：他们碰见了一具吊在树上的女尸。深阔的腹地中，这是个几乎被遗忘的角落，就连警察也对这具女尸无动于衷。没有专门的运尸车，老板禁止两位主人公搬运女尸，但他们仍然决定暗中将尸体运回，使其免受秃鹫的咬噬。他们尝试通过正规途径让"捡回"的女尸体面地离开这个世界。每天面对死亡，两位主人公像这个荒远、沉寂的角落一样木讷寡言，但他们却有着对生命最大的敬畏之心。

安娜·保拉·马亚的新作延续了作家一贯的现实主义风格：在作品中"将远离都市寻常生活的景象一一呈现给读者，如屠宰场、火葬场、填埋场等，加上直白、强势、冷酷的语言风格，给人强烈的视觉冲击和心灵震撼"（张剑波，2018）。马亚一贯善于在不寻常的地点，讲述不寻常的故事，在精心打造的世界里发出直击灵魂的声音。与以往作品不同的是，《埋掉那些尸体》不再有标志性的黑色幽默和对人性之"恶"的粗暴揭露。虽有一贯的冷峻和严酷，却平添了些许的忧伤色彩，这或许是作家刻意为之的转变。在这样的忧伤中，随着主人公面对人类尸体的艰难抉择，作家也提出了似乎并没有

8　奖项介绍详见《外国文学通览：2018》中的《2018 年巴西文学概览》（张剑波，2019：111）。
9　作家介绍详见《外国文学通览：2018》中的《2018 年巴西文学概览》（张剑波，2019：111）。

答案的存在主义难题：在这样的现实世界里，你我将何去何从？作为新锐作家的马亚，因其浓烈的现实主义创作风格与作品深度，越来越受到评论界关注，逐渐被归入到现实主义大家若昂·吉尔伯托·诺尔（João Gilberto Noll，1946—2017）和鲁本·丰塞卡（Rubem Fonseca，1925—2020）等批判现实主义作家的行列。

商业社会机构文学奖共分长篇、短篇小说两个类别，奖励从未发表过作品的巴西作者。2019 年在长篇小说类中胜出的是费利佩·奥洛威（Felipe Holloway，1989—　）的《我们苦难的遗产》（*Legado de Nossa Miséria*，2018）；短篇小说类的奖项则颁给了若昂·加布里埃尔·鲍尔森（João Gabriel Paulsen，2000—　），其获奖作品是《甘与苦》（*O Doce e o Amargo*，2018）。

《我们苦难的遗产》书名取自巴西现实主义文学代表人物马查多·德·阿西斯（Machado de Assis，1839—1908）的名著《布拉斯·库巴斯死后回忆录》（*Memórias Póstumas de Brás Cubas*，1881）的最后一句话"我没有子女，我也不会将我们苦难的遗产传给任何人"。故事很简单：一名从事文学评论工作的大学老师前往米纳斯州腹地的小城参加学术活动，期间他在酒吧偶遇一位仰慕已久的作家，两人展开了一场通宵达旦的交谈。他们从博尔赫斯谈到了阿波利奈尔和艾略特，从文学谈到了自由意志，焦点在于文学创作中"伦理"与"美学"的碰撞。这是一部探讨文学本身的文学作品。

鲍尔森的《甘与苦》包含了 9 个短篇故事，讲述了作者的成长经历，表达了年轻的自己所面对的生活困惑。鲍尔森的创作借鉴了对自己影响颇深的加缪的"二元对立"理念，并且试图厘清生活本身就是一个矛盾的本质。9 则故事虽然各自成篇，却因作者的经历与思考而密切联系。鲍尔森对生活和生命有自己的看法和见解，在作品中大胆地展开了对死亡、存在主义式的空虚、代际矛盾,乃至由"通过礼仪"引发的冲突等厚重话题的思考。书名中的"甘"与"苦"恰当诠释了生活中的二元对立。

三、帕拉蒂国际文学节(Festa Literária Internacional de Paraty)

创办于2003年的帕拉蒂国际文学节[10]被认为是巴西,乃至整个南美洲最重要的文学节。本届文学节于2019年7月10日至14日举行。

与上一届淡化政治色彩的努力不同,本届活动关注政治与文学的关系:文学并不能脱离时代主题和政治言说而独立存在。文学节的多元化得到进一步加强,在出席文学节的作家人数提升的同时,海外作家,特别是非葡语国家作家的积极参与也彰显了文学节的国际影响力。紧扣时代脉搏、关注时政热点是本届文学节的一大特色,文学视野拓展到政治、人文和社会领域。种族主义、移民危机、少数种群等主题是本次文学节的关注点。此外,"女权"也是本届讨论的重要议题。性别差异、女性权利及其在当今社会的生存方式受到了与会作家、学者的普遍重视。加拿大作家希拉·赫迪(Sheila Heti,1976—)携其作品《母性》(*Motherhood*,2018)来到文学节,对"女性主动放弃生育"这一议题表达了自己的观点:不育主义者和母亲一样重要。尼日利亚作家阿约巴米·阿德巴约(Ayobami Adebayo,1988—)以她的小说《和我在一起》(*Stay with me*,2017)为引子揭露男权思想对女性的压迫。

本届文学节的纪念作家是欧克里德斯·达·库尼亚(Euclides da Cunha,1866—1909),其1902年出版的作品《腹地》(*Os Sertões*)

---

10 文学节介绍详见《外国文学通览:2017》中的《2017年巴西文学概览》(张剑波,2018:120)。

是一部糅合了地理、新闻、哲学、科学、人种学和文学的皇皇巨著，是巴西新闻史、文学史、科学史和思想史上的一座丰碑。文学节的组织者迪亚曼特认为达·库尼亚"是书写巴西的作家"（Terto，2019）。杂文家、文学评论家华尔尼斯·诺盖拉·加尔旺（Walnice Nogueira Galvão，1937— ）指出《腹地》"为其他无数的著作提供了素材与灵感"（Oliveira，2019）。《腹地》探讨的诸多问题，比如种族歧视、暴力犯罪、虚假新闻等，在今天依然是热点话题。

达·库尼亚自幼丧母，生活拮据，早年的求学之路并不顺畅。中学毕业后进入高级技术学校学习，后因经济原因辍学，转而进入军校学习军事工程。求学期间，达·库尼亚受到实证主义、民主思想的影响，成为激进的共和主义者。1897年作为《圣保罗省报》（《圣保罗州报》的前身）特派记者前往巴伊亚州跟踪报道卡奴杜斯战争之前，达·库尼亚已写过两篇题目为《我们的旺代》（*A Nossa Vendêa*，1897）的文章。当时的作家并没有对战争形成全面、客观的看法，而将其比作法国大革命时期发生在旺代地区的农民暴动，认为是保皇势力发动的反革命叛乱。

书名指出了卡奴杜斯战争的发生地——腹地[11]，卡奴杜斯本是位于东北腹地的一个小村落。"腹地"也是和"沿海"对应存在的概念，两者将巴西社会割裂：沿海代表了发达、文明与进步，腹地则反之。其时，奴隶制刚被废止，共和国初建，政府急需扩大税收求发展。沉重的经济、社会危机让本已饱受恶劣环境摧残的腹地居民纷纷前往卡奴杜斯，围绕在被称为"劝世者"的安东尼奥周围，希望依靠宗教和神力渡过难关。卡奴杜斯发展成为一座几乎独立于巴西社会体系之外的城市。谣言因此而起，传说安东尼奥及其追随者意图推翻共和政

11　在葡萄牙语中，sertão 是一个地理学概念，表示"广阔的荒漠"，其周期性干旱令居民贫苦交加。

府，恢复帝制。政府决定即刻征剿，但三次出兵皆被打败。1897年6月，政府发动了最严酷的第四次征剿，最终演变成一场大屠杀。卡奴杜斯被夷为平地，所有战俘均被处决，超过2万名腹地居民被屠杀。(Estadão，2019)

如同19、20世纪之交的巴西精英知识分子一样，早期的达·库尼亚也受海克尔（Ernst Haeckel，1834—1919）的影响，持地理宿命论观点，认为混血人种低级寡智，甚至相信巴西不可能出现真正的文明。(Haddad，2019) 此外，贡普洛维奇（Ludwig Gumplowicz，1838—1909）和丹纳（Hippolyte Taine，1828—1893）的种族宿命论也对达·库尼亚影响颇深，使其相信种族融合并无优点。在《我们的旺代》里，他对政府的宣传及从前线发回的报道深信不疑，认为混血人种居多的腹地人野蛮落后，对抗文明与共和。1897年，这样的达·库尼亚在战争尾声中作为战地记者前往卡奴杜斯。在那里的见闻颠覆了他对腹地及其人民的认知，最终写下了这部报告文学巨著。

《腹地》共分"土地""人民"和"斗争"三大部分。作家以目击证人甚至亲历者的身份，以详尽的细节、确凿的证据、缜密的推理还原了战争的残酷真相。面对大屠杀，他困惑不已：到底谁才是真的野蛮落后？难道腹地人不是和我们一样的同胞吗？如果说在最重要的第三部分达·库尼亚的第一身份是记者，那么在第一、第二部分中，他则变成了文学家、地理学家、博物学家、人种学家、社会学家和历史学家，并且在任何身份下，他都当之无愧地堪称翘楚。在"土地"部分，他用科学严谨、充满文学魅力的语言呈现了东北部的地理地貌、气候、植被分布等详细特征，阐释了腹地周期性干旱的地理、地质成因。在"人民"部分，他深入调查了腹地人民的族群构成与起源、生活与心理习性、风俗与信仰等多个维度的内容。此外，他还立体还原了地方军的领导人物、腹地人的精神领袖、"劝世者"安东尼奥的生平经历和个性特征。《腹地》是非虚构文学的先驱之作,它颠覆了人们对巴西民族性的认知,重新构建了巴西性,将与外界隔绝的广袤腹地纳入巴西的文化、思想与心理版图。作品展现的科学精神,在当时乃至当今依然振聋发聩。面对各个时代的主流思潮,应该永远保持对"真相"的忠诚与追求,《腹地》可以说是人类思想史上的瑰宝。此外,作品对生命流露出的悲悯与敬畏之心,也被看作是文学创作的灵魂。

四、文坛简讯

(一)里约国际图书双年展(Bienal Internacional do Livro do Rio de Janeiro)

自 1983 年首展以来,里约国际图书双年展已成为巴西图书出版界的最大盛事,也是吸引全国文学从业者、爱好者的重大文学盛会。该双年展旨在推动文学、文化和教育的发展,通过推出品类繁多的图书,组织主题多样的文学活动,进而推动巴西公众与作者、出版机构之间的互动,繁荣图书出版市场。

第 19 届里约国际图书双年展于 2019 年 8 月 30 日至 9 月 8 日在里约中心成功举行,访客数量达 60 万人次,共有超过 300 位国内、国际作家亲临书展参加活动,累计销售图书 400 万册。与往届的双年展相比,本届书展更加关注文学与文化对国家前途的影响,提出"培养阅读习惯,改变我们的国家"的口号,主要围绕"民主""女性主义""环境""多样性""假新闻""言论自由"等与本国国情切实相关的话题开展活动。

本届里约国际图书双年展还因为开展伊始的一个插曲使得"社

会包容"与"同性恋"话题再次成为热点。里约市长要求书展禁售2016年从美国引入巴西的漫画《复仇者——孩子们的征战》（英文名：*Young Avengers*），因为书中含有同性情侣接吻的画面。但书展主办方坚持诉诸法律，最终得到法官支持。巴西民众反应热烈，坚决支持增强社会包容性，该漫画销量大涨。

（二）作家伊格纳西奥·布兰当（Ignácio de Loyola Brandão，1936— ）成为巴西文学院院士

巴西文学院于1897年模仿法兰西学术院建立，总部位于里约热内卢。根据其章程，巴西文学院负责耕耘、发扬葡萄牙语，并促进巴西文化发展。巴西文学院是巴西最权威的文化组织，在全国享有崇高威望。

伊格纳西奥·布兰当在2019年获得巴西文学院第11号席位。布兰当著作颇丰，小说创作题材多样，从政治讽喻到言情咏物均有涉猎。（张剑波，2018）自1965年出版第一部作品短篇小说集《日落之后》（*Depois do Sol*，1965）至2018年，已发表45部作品，涵盖长篇小说、短篇小说、杂文、戏剧、游记等多种体裁。其中，《卖字的男孩》（*O Menino Que Vendia Palavras*，2007）获得2008年的国家图书馆文学奖（儿童文学）和2008年雅布提文学奖（最佳小说）；短篇小说集《要哭也要笑着哭》（*Se For Pra Chorar Que Seja de Alegria*，2016）获得2017年雅布提文学奖（短篇小说类）第二名。

结语

立足本国社会、关注民族命运、思考现实问题，历来都是巴西区别于拉美其他文学场域的一大特点。2019年的巴西文坛活动依然如

此，并且更加激烈地批判社会现实，表达了对民族未来的忧思。这一年的文坛是各个年龄段，甚至已故作家的主场，众多优秀获奖作品彰显了这一文学场域的活力。经历过大选之年的激荡之后，新的政治生态并未能满足民众对改变社会现实的期待，甚至让根深蒂固的社会问题愈发积重难返。因而这一年的文学书写虽然依旧绚丽，其政治言说中却显露出某种悲观与厌倦。非虚构文学在这一年的文学创作领域得到重视，更加强调现实与文学之间的重要关联。无论是对"流行"的拥抱，还是对"经典"的回望，都表现了对巴西民族性的深情眷恋，以及对解决性别歧视、种族压迫、阶层割裂等现实问题的迫切愿望。

参考文献：

Baldi, Mateus. "Conheça Nara Vidal, única brasileira entre os premiados com o Oceanos 2019." *Globo*. 13 Dez. 2019. Web. 11 Apr. 2020.
<https://epoca.globo.com/cultura/conheca-nara-vidal-unica-brasileira-entre-os-premiados-com-oceanos-2019-1-24134977>.

Brasil, Ubiratan. "Euclides da Cunha na Flip 2019: obra do escritor vai a Paraty para a a 17ª Festa Literária." *Estadão*. 06 Jul. 2019. Web. 11 May 2020.
<https://cultura.estadao.com.br/noticias/literatura,especial-obra-de-euclides-da-cunha-vai-a-paraty-para-a-17-flip,70002907178>.

Coelho, Marcelo. "Crítica do livro Estorvo." *Folha de São Paulo*. 03 Aug. 1991. Web. 11 Jun. 2020.
<http://www.chicobuarque.com.br/critica/crit_esto_coelho.htm>.

"Entrevista com Vilma Arêas." *Sesc São Paulo*. 10 Feb. 2020. Web. 13 May 2020.
<https://www.sescsp.org.br/online/artigo/13990_ENTREVISTA+COM+VILMA+AREAS>.

"Euclides da Cunha é o autor homenageado da Flip 2019."*Isto É*. 09 Nov. 2018. Web. 11 May 2020.
<https://istoe.com.br/euclides-da-cunha-e-o-autor-homenageado-da-flip-2019/>.

Fernandes, Pedro. "Nenhum mistério, de Paulo Henriques Britto." *Blogletras*. 27 Set. 2018. Web. 11 Apr. 2020.
<http://www.blogletras.com/2018/09/nenhum-misterio-de-paulo-henriques.html>.

Filho, Celso Cordeiro. "Vilma Arêas lança 'Um Beijo por Mês'." *Folha de São Paulo*. 06 Jun. 2019. Web. 15 Mar. 2020.

<http://www.folha1.com.br/_conteudo/2019/05/cultura_e_lazer/1248474-vilma-areas-lanca-um-beijo-por-mes.html>.

"Flip 2019: Conheça as cinco principais atrações da Festa Literária Internacional de Paraty." *Globo.* 09 Jul. 2019. Web. 11 May 2020.
<https://g1.globo.com/pop-arte/noticia/2019/07/09/flip-2019-conheca-as-cinco-principais-atracoes-da-festa-literaria-internacional-de-paraty.ghtml>.

Mazzafera, Guilherme. "'O pai da menina morta', de Tiago Ferro, Transita no Espaço Liminar Entre Sonho e Realidade." *Rascunho.* 01 Dez. 2018. Web. 02 Mar. 2020.
<http://rascunho.com.br/o-autor-e-suas-dobras/>.

Oliveira, Joana. "'Os Sertões' tem que ser lido todos os dias, enquanto persistir a situação dos pobres brasileiros." *El País.* 10 Jul. 2019. Web. 11 Apr. 2020.
<https://brasil.elpais.com/brasil/2019/07/10/cultura/1562785827_446579.html>.

Perrone-Moisés, Leyla. "Leite derramado: Chico Buarque." *Companhia de Letras.* 26 Mar. 2009. Web. 12 Apr. 2020.
<http://www.leitederramado.com.br/wordpress/?p=47>.

Ricciardi, Luigi. "Kaftiana, com Bastante Gregor Salsa." *Acropole Revisitada.* 24 May 2019. Web. 11 Apr. 2020.
<https://acropolerevisitada.wordpress.com/2019/05/24/kafkianas-elvira-vigna/>.

Sobota, Guilherme. "Paulo Henriques Britto volta à poesia com 'Nenhum Mistério'." *Estadão.* 08 Nov. 2018. Web. 11 Apr. 2020.
<https://cultura.estadao.com.br/noticias/literatura,paulo-henriques-britto-volta-a-poesia-com-nenhum-misterio,70002492683>.

Zacca, Rafael. "O Ritmo das Imagens." *Rascunho.* 02 May 2019 Web. 10 Apr. 2020.
<http://rascunho.com.br/o-ritmo-das-imagens/>.

金心艺，黄凌晨：《2018年葡萄牙文学概览》，见《外国文学通览：2018》，北京：外语教学与研究出版社，2019年。

张剑波：《2017年巴西文学概览》，见《外国文学通览：2017》，北京：外语教学与研究出版社，2018年。

—．《2018年巴西文学概览》，见《外国文学通览：2018》，北京：外语教学与研究出版社，2019年。

作者单位：澳门大学人文学院葡文系

2019年保加利亚文学概览

王诗盈

内容提要：2019年，保加利亚文学界亮点频现。诸多优秀作品紧跟时代，展现当下社会现实，主题新颖，富有哲思，立场具有前瞻性，整体上令人耳目一新。同时，一系列重要奖项的评选结果与年度文学事件令作家们备受鼓舞。本文对保加利亚全国年度文学小说奖和赫里斯托·格鲁埃夫·达诺夫文学奖等的获奖者和获奖作品进行介绍，并以同年《保加利亚文学报》的"保加利亚文学大事记"社会调查为线索，分别对小说、诗歌、文学评论及翻译领域的突出作品进行概述。

"这一年给予了我们对未来保加利亚文学的期待。"——这是保加利亚重要人文期刊《文化》（*Култура*）中对2019年文学成果与书籍出版做出的评价。该刊所刊载的总结回顾性文章认为，不论是从创作角度，还是从阅读角度，2019年都能交出一份很好的答卷。一方面，众多优秀的文学作品相继涌现；另一方面，纸质出版界愈加专业化，有力地支持了真正的读者在"脸书式写作"时代对深度阅读的追求。(Личева，2020)

本文将部分依据具有权威性与代表性的文学奖项和社会调查，对 2019 年保加利亚的重要文学作品、作者及事件进行介绍。

一、重要获奖作者与作品

1. 保加利亚全国年度文学小说奖（Националната литературна награда за български роман）

保加利亚全国年度文学小说奖创立于 2011 年，由国家文化部"13 世纪保加利亚"基金会组织颁发，每年从上一年度本国作家出版的小说中评选出最佳作品，是影响力最大的国家级文学奖之一。2019 年该奖项的获奖作品为埃列娜·阿列克西埃娃（Елена Алексиева，1975— ）的小说《圣狼》（*Свети Вълк*，2018）。

阿列克西埃娃已出版作品 12 部，其中包括长篇小说《诺贝尔奖获得者》（*Нобелистът*，2012）和《骑士、恶魔、死亡》（*Рицарят, дяволът, смъртта*，2007），以及短篇小说集《谁》（*Кой*，2006）和《卡博达先生的故事》（*Приказките на господин Кабода*，2017）等。作家博伊科·拉姆博夫斯基（Бойко Ламбовски，1960— ）认为："能集自身天赋与现代文学涵养于一身的作家在当今已经不多了，阿列克西埃娃是其中的一位。她能够驾驭有趣且引人入胜的叙事，同时敢于窥探深层的人性与存在。在她的创作中，细节描写受到了重视，人物对话皆拥有自己的方言特点，能映射出人物的心理活动。这些特点在小说《圣狼》中都得到了充分的体现……"[1]

小说《圣狼》的情节迷幻，讲述了一个无名行路人的所见所闻。这位古怪而普通的行路人本打算去海边，却于半夜时分在中途独自下

---

[1] \<https://www.dnevnik.bg/kultura/2018/12/08/3358119_otkus_ot_sveti_vulk_na_elena_aleksieva/#_=_\>. 访问时间 2020 年 5 月 28 日。

了火车。此后，他一路行走，无意间涉足地下煤矿，误入罗姆人的盛大婚礼，还遇到了带狼狩猎的队伍、坚守废弃阅览室的图书馆管理员、在读书和金钱之间摇摆抉择的居民，等等，这些事件和场景被形容为"蒙昧和令人眩晕的组合"，是"对当今保加利亚的一种呈现"。

对于这部小说，保加利亚重要文学期刊《保加利亚文学报》（*Литературен Вестник*）发表了专门书评。书评认为，《圣狼》的作者搭建了一个时间真空，一方面，书中的对话和思考属于旧时代的风格，另一方面，当今科技又处处显现于其中；整本书讲述的是主人公一年 365 天的经历，读来却令人感觉一切只发生在一两天之间。虽然书中的主人公不断地讲述自己的过去，剖析自己的心理，但没有一处透露他的姓名，而是以其在不同时间与境遇里的角色称呼，比如旅客、怪人、外来者等，因此他显得十分神秘。作者努力让读者在不知其姓甚名谁的情境下，借助文字感受到他的性格、走入他的内心、聆听他的思想，跟随他的视线去审视世界，并打破原有的一些认识与观念，用另一种眼光看待人的命运。该书评作者还指出了《圣狼》的另外一个特点——充满"矛盾"：主人公常常赋予无生命的事物以人的特性，比如"火车和铁轨的'感受'""火的心灵""十字镐的肉体"；同时，他又常常将人视为无生命之物，比如"如同一堆等待烧掉的旧衣服"。（Вълчева，2019）

2. 赫里斯托·格鲁埃夫·达诺夫文学奖（Националната награда "Христо Г. Данов"）

达诺夫是保加利亚国家与文化复兴时期的启蒙者、教师和出版人，以其命名的文学奖由保加利亚文化部和普罗夫迪夫市于 1999 年联合设立，每年在位于该市文化老城的达诺夫故居举行颁奖仪式，用以表彰在文学文化领域有杰出贡献的个人与机构组织。其中，以国家文学贡献奖为首，另设其他奖励单部作品和文化活动的分项。

2019年的国家文学贡献奖授予了特奥多拉·迪莫娃（Теодора Димова，1960—　），以表彰她在文学文化领域的杰出贡献。迪莫娃系以大部头作品《烟草》（Тютюн，1951）著称的社会主义时期作家迪米特尔·迪莫夫（Димитър Димов，1909—1966）之女，长期从事翻译与编辑工作，著有长篇小说《母亲们》（Майките，2005）、《阿德里阿娜》（Адриана，2007）、《埃米内》（Емине，2001）、《受创者们》（Поразените，2019）等。其剧作《无辜者》（Невинните，2006）、《爱人》（Любовници，2003）、《内达和小狗们》（Неда и кучетата，1999）、《坏女人》（Кучката，2006）等，曾多次被演绎于国内外戏剧舞台。

迪莫娃的文学创作与对现实社会生活的关照密不可分，二者间的关系贯穿于其众多作品当中。如，剧作《内达和小狗们》以一个普通家庭的破裂，影射"剧变"对人们的打击，揭示每个人为"民主"所付出的代价。长篇小说《母亲们》（该小说曾再版10次，被译成9种语言）则以孩子的视角，讲述了母爱缺位、家庭崩塌、监护无力如何让少年一步步走向犯罪深渊的故事，反映了保加利亚当代社会所存在的价值观混乱与倒塌现象。在《自由报》的访谈中，迪莫娃讲述了自己被社会新闻所引发的创作动机："（那年）春天普罗夫迪夫发生了一起案件，两个十四岁的女孩谋杀了自己的一位女同学。此后在其他地方又相继发生这样的谋杀案件。可见我们的社会正在发生着从未发生过的事情，我们正在逾越过去绝不能跨越的底线。从那以后，我开始着笔写《母亲们》，尝试寻找残暴的根源。尽管我不知道自己能否做到,但可以肯定的是,最终的罪过不在于孩子。"[2]

本届获得赫里斯托·格鲁埃夫·达诺夫单部文学作品奖的是恰夫达尔·采诺夫(Чавдар Ценов,1956—)的长篇小说《河往何处流》(*Накъде тече реката*, 2018)。该长篇小说在《保加利亚文学报》2018年的"保加利亚文学大事记"采访问卷中,被作家、评论家多次给予好评。书中讲述了关于"缺憾"的故事:主人公曾是一位地理教师,以周游旅行为梦想,却至今从未跨出过保加利亚的边境;他那位心心念念想得到一套漂亮住宅的朋友,只落得露宿街头的境地;而拥有成千上万本藏书的教授,却从未写过属于自己的那一本……这些相似的遗憾表现了人到中年的困惑、失望,以及对梦想与人性的探寻,引人深思。

本年度受到赫里斯托·格鲁埃夫·达诺夫文学奖表彰的单部作品还有维塞林·梅托迪埃夫(Веселин Методиев,1957—)所著的传记《仁心者:康士坦丁·斯托伊洛夫与政治道德》(*Един много добър човек: Константин Стоилов и политическата добродетел*, 2019)[3]和丽利亚·塔巴科娃(Лиляна Табакова)的译作《动物寓言集》(*Бестиарий*, 2018;作者系阿根廷作家胡里奥·科塔萨尔,Julio Cortázar,1914—1984)。

此外,弗拉察地区赫里斯托·波特夫图书馆凭借其承办的文化项目"时间地图"收获本届图书馆事业奖。该项目建立了详细的电子档案,收录了大量关于该地区历史、文化、传统、民俗的文字、声音和影像资料,并免费向读者开放,以此保存和再现地方文化遗产。保加利亚国家广播电台的《文艺之声》文学艺术栏目组(Артефир)凭借

---

[2] <http://razvitie.bg/uploads/files/Teodora_Dimova.pdf>. 访问时间 2020 年 6 月 3 日。
[3] 康士坦丁·斯托伊洛夫(1853—1901),保加利亚政治家。

其推荐优质书籍和作者的节目获得表彰。书页出版社（Лист）出版的"伟大作家笔下的儿童经典"系列丛书获得了儿童出版奖。

（三）《悲伤的物理学》再次获奖

2019 年，保加利亚当代著名作家格奥尔吉·戈斯波迪诺夫（Георги Господинов，1968— ）的长篇小说《悲伤的物理学》（Физика на тъгата，2011）又一次获奖，成为令文坛振奋的事件之一。作者本人与该书波兰语译者玛格达·皮塔拉克（Magda Pitlak）共同获得了安格鲁斯（Angelus）中欧文学奖。该作品具有鲜明的后现代小说特点，主人公"我"具有潜入别人记忆的超自然能力，并因此看到许多曾经不为人知的秘密和时间掩盖之下的悲哀历史。书中以自失于迷宫中的"牛头人"弥诺陶洛斯为隐喻，带领读者穿越"记忆的长廊"，不断地往返穿梭于不同的时间与空间，试图通过寻找家人、家族和自我的往事，来理解自己人生的意义和目的。回忆片段之间穿插了不同的神话故事，用来暗喻"长廊"里的人或事，体现了作者的后现代解构主义倾向。该作品在国内先后再版 7 次，被译成 13 种语言，并荣获众多国内外奖项，包括 2012 年赫里斯托·格鲁埃夫·达诺夫单部文学作品奖、2013 年保加利亚全国年度文学小说奖、2014 年德国世界文学之家国际文学奖（Internationaler Literaturpreis - Haus der Kulturen der Welt）、2016 年瑞士扬·米哈尔斯基文学奖（Jan Michalski Prize for Literature）等。有文学界业内人士认为，此次获奖说明该作品经受住了时间的考验，没有像大部分作品一样"在昙花一现之后销声匿迹"。（Литературен вестник，2019）值得一提的是，2019 年，加拿大保加利亚籍导演特奥多尔·乌舍夫（Теодор Ушев，1968— ）将《悲伤的物理学》制作成同名动画电影短片，并获得多伦多国际电影节的最佳短片等多项国际奖项。他的另一部曾于 2017 年入选奥斯卡最佳短片提名的作品《盲眼女孩》(*Сляпата Вайша*, 2013)，同样改编自戈斯波迪诺夫的同名小说。可以说，戈斯波迪诺夫已经成为保加利亚当代文学的代表性人物之一。他之所以能超越其他许多作家，很大程度上缘于其对自己独具特色且自成一体的写作风格的坚持，而非对所谓的"欧洲文学标准"亦步亦趋。(Литературен вестник，2019)

二、其他重要作品

除了上述获奖作品外，《保加利亚文学报》2019 年"保加利亚文学大事记"采访问卷结果同样值得关注。

《保加利亚文学报》作为保加利亚文学和艺术评论的重要阵地，每年都会进行年度"保加利亚文学大事记"采访，邀请本国的作家、诗人、记者、学者、评论家等列出在该年度给自己留下最深刻印象的文学事件或书籍，并发表点评或总结性的观点。2019 年的"保加利亚文学大事记"刊载于同年第 42 期，汇集了来自 34 位受访者的回答。

1. 小说类

在 2019 年的采访问卷中，获得较高呼声的长篇小说有弗拉迪米尔·扎雷夫 (Владимир Зарев，1947—) 的《怪物》(*Чудовището*, 2019)、格奥尔吉·塔内夫 (Георги Тенев，1969—) 的《巴尔干的仪式》(*Балкански ритуал*, 2019) 和特奥多拉·迪莫娃的《受创者们》等；最受欢迎的短篇小说集包括普拉门·安托夫 (Пламен Антов，1964—) 的《大红太阳与孤独的电灯光》(*Голямо червено слънце, самотни електрически светлини*, 2019) 和安东尼亚·阿波

斯托洛娃（Антония Апостолова）的《沉于死海》(*Потъване в мъртво море*，2019）等。

其中，《怪物》作为已年过古稀的弗拉迪米尔·扎雷夫的新作，被认为是作者迄今为止最为成熟和有力的作品。小说一开场，有一位女记者来到了老作家西美昂的家。为了搜集撰写传记的素材和其他隐秘的缘由，女记者锲而不舍地追问这位老作家的陈年记忆。叙事因此展开，将主人公西美昂与其两任妻子、两个女儿和一个小孙子的故事娓娓道来，童年、少年、壮年与老年在倒叙中交织呈现。书中的许多场景都能在现实生活中找到，包括首都索非亚七圣人教堂后方的街区、黑海岸的小镇索佐波尔、多瑙河畔，以及同时代作家常常聚集的安格尔·肯切夫5号咖啡馆等。这些场景的提取与作者本人生活过的时代和圈子息息相关，在读者群体中引起了一定的共鸣。对于《怪物》，扎雷夫本人谈道："我想写一本书向晚年致敬，但不是嘟嘟哝哝的、哀怨的晚年。人到晚年会逐渐失去肢体上的能力，却在心灵上获得了更多力量；他们无比自由，这自由不是因为摆脱了'性'，而是因为他可以停止伪装，停止扮演，可以像观众一样自由地观察自己曾经经历过的美好生活。对于他们来说，未来越短，过往也越深刻……正如我的小说主人公一样，他可以自由地重新思考自己的生活，自由地寻找让自己与现世人生和解的精神支撑……"[4]

2. 诗歌类

在诗歌领域，反响较大的作品集有尼科莱伊·博伊科夫（Николай Бойков，1968— ）的《101首献词》(*101 посвещения*，2019）、贝洛斯拉娃·迪米特洛娃（Белослава Димитрова，1986— ）的《肉

---

[4] <https://www.armymedia.bg/archives/142328>. 访问时间2020年6月19日。

与鸟》(*Месо и птици*, 2019) 和由水瓶座出版社 (Аквариус) 出版的亚历山大·格罗夫 (Александър Геров, 1919—1997) 的两卷本诗选集《唯有经久之事物》(*Само трайните неща. Избрано*, 2019)。评论界有的赞扬作品具有穿透力[5]，有的则认为它们过于追求"新锐"[6]。

《101首献词》的出版是尼科莱伊·博伊科夫创作之路上的一次转折。博伊科夫是保加利亚最擅长写献词的诗人之一，但他的作品近年来总体上未受到重视。雅娜·布科娃 (Яна Букова, 1968—) 评论这本诗集道："这是一本温暖的书，鲜有无情的自我批判，而是充满了对人的爱，并将我们引向对他人的爱与痛的同情，引导我们清洗感官去感受这个美丽与残酷的世界。"[7]

3. 文学评论

在2019年出版的文学评论作品中，伊奥尔丹·埃弗蒂莫夫 (Йордан Ефтимов, 1971—) 的《近零文学》(*Литература около нулата*, 2019) 获得了广泛好评。批评家普拉门·安托夫认为，这本书意味着保加利亚新文学研究向前迈出了"重要一步"。(Литературен вестник, 2019) 作者以新的视角审视本国文学的社会性影响现状，基于对大量调查统计和图书销售数据等材料的分析研究，探讨了文学与媒体、市场、社会网络、读者群体之间的关系，分析了奖项评选与写作大赛中的角逐因素、政治因素和每年畅销书的统计机制等，提出了自己的见解，即，当下的危机不在于文学创作本身，而在于文学批评的无作为。相比于市场上林林总总的书目，相关的文学批评与探讨却寥寥无几，借助媒体的宣传也缺位，因此读者难以在纷繁的书名中

---

5 <https://www.goodreads.com/book/show/42450067?from_search=true&from_srp=true&qid=B1Ryjy8sm1&rank=1>. 访问时间2020年6月21日。

6 <https://www.facebook.com/freepoetrysociety/photos/a.1355312744525568/2627842487272581/?type=3&theater>. 访问时间2020年6月21日。

7 <https://www.bnr.bg/post/101103215>. 访问时间2020年6月21日。

找到方向，难以判断谁的思想内涵更具有现实意义，许多好书也因此得不到应有的关注。[8] 作者系新保加利亚大学的文学系副教授，并拥有较丰富的媒体、编辑从业经历。面对国家广播电台《文艺之声》栏目围绕该书内容所进行的采访，埃弗蒂莫夫谈道："假若围绕书籍作品的争论多一些，许多文学奖项的获奖者定能获取更多东西。"此外，埃弗蒂莫夫还认为，"媒体关注的缺位和作品质量的下滑"也是当下值得反思的问题。[9]

索非亚大学文学系教授阿梅利亚·利切娃（Амелия Личева，1968— ）的新书《诺贝尔奖是全世界的吗？》（Световен ли е „Нобел"?, 2019）也值得关注。书中围绕"何为'世界文学'"和"世界文学奖项（以诺贝尔奖为主）之评判标准"展开，从文学奖项（以诺贝尔奖为主）背后的政治社会动机、高品位与大众文化之间的冲突、媒体与市场环境、移民作家群体等角度出发，对一系列世界范围内（包括与保加利亚息息相关）的作家和作品进行评述；并呼吁读者在面对喧嚣的图书市场与噱头时多一份冷静，而非盲目地致敬或追捧。一方面，作者从理论角度回顾了"世界文学"概念自歌德提出以来的发展与变化，分析了"世界文学地图"的重组，对欧美文学的中心地位提出质疑，阐述了对"边缘文学"进行重新定义等趋势。另一方面，作者梳理了诺贝尔文学奖评选委员会评判标准的演变与其背后的意识形态等因素，认为翻译与使用外语写作（指欧美主要国家语言）是世界文学地图中"边缘地区"作品能否进入评奖视野的重要筹码，并呼吁读者在理解了相关逻辑与"机制"的基础上，理性看待国内外的文学作品，而非一味地以某些奖项为标杆盲目地追捧或否定。

---

8 <https://www.bnr.bg/hristobotev/post/101216499>. 访问时间 2020 年 6 月 23 日。
9 同上。

值得推荐的文学批评著作还有普拉门·多伊诺夫（Пламен Дойнов，1969— ）的《批评与杂文选集》（*Критика и есеистика. Избрано*，2019）和米哈伊尔·内德尔切夫（Михаил Неделчев，1942— ）的《文学的历史如何运作？》（*Как работи литературната история?*，2019）等。前者集中收录了文学史学者多伊诺夫的多篇论文与批评，文章风格简洁，获得圈内好评。后者则将近两个世纪以来的时间轴铺开来，带领读者超越了保加利亚文学理论中延续多年的既定历史分期和给作品价值贴上的评定性标签，以个人思考角度重新勾勒生动的文学史脉络。有评论认为，虽然作者所勾画出的脉络不尽合理，但值得肯定的是其作为新的见解，引发了有益的讨论和争议。（Литературен вестник，2019）

4. 文学作品翻译

在翻译文学领域，一系列佳作通过介译进入保加利亚读者的视野，包括以色列作家亚伯拉罕·耶霍舒亚（A. B. Yehoshua，1936— ）的《耶路撒冷的女人》（*Жената от Йерусалим*，2019；译者为娜蒂亚·巴耶娃，Надя Баева）、克罗地亚裔荷兰籍作家杜布拉芙卡·乌格雷希奇（Dubravka Ugrešić，1949— ）的《狐狸》（*Лисица*，2019；译者为鲁桑卡·利亚波娃，Русанка Ляпова）以及由格奥尔吉·戈切夫（Георги Гочев，1981— ）和佩蒂亚·哈伊恩里赫（Петя Хайнрих，1973— ）译自古希腊语的悲剧《美狄亚》（*Медея*，2019）[10]。

值得一提的是，在这一年里，《红楼梦》保加利亚语译本（*Сън в алени покои*）的最后一卷问世。由东－西出版社（Изток–Запад）出版的《红楼梦》保语译本总共包含四卷（每卷 30 回），自 2012 年至

---

[10] 2019 年，保加利亚普罗夫迪夫市被评为"欧洲文化之都"。《美狄亚》为文化建设项目中的排演剧目之一。该作品的翻译属于剧目的奠基工作。

2019 年依次出版。译者佩特科·希诺夫（Петко Т. Хинов，1972— ，中文名字为韩裴）多年来耕耘于中华文学作品的翻译，2015 年他凭借《红楼梦》保语译本第一卷获得 2015 年赫里斯托·格鲁埃夫·达诺夫单部译作奖，2017 年与东 – 西出版社社长柳本·科扎雷夫（Любен Козарев）共同获得由中国政府颁发的中华图书特殊贡献奖。在全套译本的发布会上，希诺夫向聚集于索非亚中国文化中心的读者们讲述了《红楼梦》的历史，介绍了它在中国文学史上的丰碑意义与文化价值，并分享了自己在翻译这部经典的道路上经历的艰辛。[11]

结语

综上可见，2019 年保加利亚文学创作与书籍出版领域的可圈可点之处不少。许多作品紧跟当下现实，主题新颖且具有思辨性或前瞻性，内容既有对全球化浪潮之下整体社会文化环境的反思，也有对个体的生存状态与心灵体悟的关怀。此外，文学评论家、翻译工作者辛勤工作，扩大了文学的社会辐射范围，推动了文学的总体发展。

参考文献：

Вълчева, Пламена. "То пък и кой ли в днешно време може да се закълне, че не е перверзник?" *Литературен вестник.* 18-24. 12. 2019: 3.

Литературен вестник. "Кое е вашето литературно събитие на 2019 година." 18-24. 12. 2019: 9. 24 Dec. 2019. Web. 18 Jun. 2020.
　　<https://litvestnik.wordpress.com/2019/12/24/>.

Личева, Амелия. "Романите през 2019." *Култура.* 01. 2020: 43.

"Откъс от "Свети Вълк" на Елена Алексиева." 08 Dec. 2018. Web. 28 May 2020.
　　<https://www.dnevnik.bg/kultura/2018/12/08/3358119_otkus_ot_sveti_vulk_na_elena_aleksieva/#_=_>.

11　<http://bg.cccsofia.org/newscenter/1246.html>. 访问时间 2020 年 6 月 23 日。

"Теодора Димова: Осъдени сме на липса на обич." 27 Aug. 2005. Web. 03 Jun. 2020.
 <http://razvitie.bg/uploads/files/Teodora_Dimova.pdf>.

"„Чудовището"на Владимир Зарев срещу страха от смъртта." 20 Jan. 2019. Web. 19 Jun. 2020.
 <https://www.armymedia.bg/archives/142328>.

"Посвещенията на Николай Бойков." 05 Apr. 2019. Web. 21 Jun. 2020.
 <https://www.bnr.bg/post/101103215>.

"Особености на литературната среда в България." 17 Jan. 2020. Web. 23 Jun. 2020.
 <https://www.bnr.bg/hristobotev/post/101216499>.

"Представяне на „Сън в алени покои"1-4 том!" 26 Sept. 2019. Web. 23 Jun. 2020.
 <http://bg.cccsofia.org/newscenter/1246.html>.

作者单位：天津外国语大学欧洲语言文化学院

2019 年波兰文学概览

李怡楠

内容提要：2019 年，奥尔加·托卡尔丘克荣膺 2018 年诺贝尔文学奖，以更加昂扬的姿态雄踞波兰文坛。波兰政府和社会各界纷纷举行各种活动纪念这一盛事，文学批评界掀起一股托卡尔丘克研究热潮。托氏发表的受奖词《温柔的讲述者》，概括了其创作理念和对人类、世界乃至宇宙的认识，成为陈述其文学主张的重要宣言，也集中体现了波兰作家的诸多文学诉求。波兰文坛愈加呈现繁荣之势，新老作家百花争艳，他们的作品量质齐高，以不拘一格的文学风格，探究、彰显了在高度发展的现代文明和飞速旋转的当今社会中文学的意义，并努力解答一个重大的文学命题：在这个纷繁复杂又光怪陆离的世界里，文学创作和阅读当于何处安放？

在 2019 年的波兰文坛，奥尔加·托卡尔丘克（Olga Tokarczuk）获得 2018 年诺贝尔文学奖堪称年度大事。托卡尔丘克饮誉波兰文坛多年，她的作品一直受到文学批评界和普通读者的欢迎，多次斩获波兰国内外文学大奖，此次摘得诺奖桂冠可谓是众望所归。波兰政府和社会各界以各种方式庆祝这一文坛盛事，波兰文学批评界也掀起了一股研究托卡尔丘克的热潮。托卡尔丘克发表的诺奖受奖词《温柔的讲述者》(Czuły narrator)，概括了自己的创作理念和对人类、世界乃至宇宙的认识，堪称是一部重要的文学宣言。

托卡尔丘克获诺贝尔文学奖的光芒，并没有遮掩波兰文学的一派繁荣景象。2019年格丁尼亚文学奖[1]评选时，被推荐的作品达到了537部，创下该奖评选史上的最高纪录；尼刻文学奖入围名单宣布时，评委们也纷纷表示优秀作品众多而难于取舍。一方面，出版商通过市场手段推介新发作品，引发了各界对波兰文学的更大关注；另一方面，"新浪潮派"诗人以及众多广为读者熟知的小说家先声夺人，在一定程度上左右着文学批评界和大众的阅读选择。

一、奥尔加·托卡尔丘克与诺贝尔文学奖

2019年10月10日，瑞典皇家科学院诺贝尔奖评审委员会宣布将2018年诺贝尔文学奖授予波兰作家奥尔加·托卡尔丘克，她成为第15位获诺贝尔文学奖的女性作家，也是波兰第5位诺贝尔文学奖获得者。波兰总统安杰伊·杜达（Andrzej Duda）第一时间向托卡尔丘克致贺信，盛赞其"写作艺术得到了最高认可"，其"创作中既有饱含普遍意义的探讨，又不乏对波兰问题的敏锐洞察，这二者的完美结合为她赢来了瑞典皇家科学院授予的殊荣，对此，我深感喜悦"。（Beata Czuma）2019年10月18日，波兰参议院通过决议向托卡尔丘克表示祝贺："波兰共和国参议院祝贺奥尔加·托卡尔丘克在国际上取得的成功，高度赞扬其对世界文学做出的贡献。托卡尔丘克为波兰塑造了良好的国际形象，提高了波兰的国民阅读水平。"（Senat przyjął uchwałę z okazji przyznania literackiej Nagrody Nobla Oldze Tokarczuk）

奥尔加·托卡尔丘克在波兰文学界的地位毋庸置疑。1987年，

---

[1] 具体介绍参见《外国文学通览：2016》。

她以诗集《镜子里的城市》（Miasta w lustraeh）初登文坛。6 年后，小说《书中人物旅行记》（Podróż ludzi Księgi）为托卡尔丘克赢得了波兰科西切尔斯基基金文学奖（Nagroda Fundacji im. Kościelskich），让她一跃成为波兰文坛备受瞩目的作家。此后，她陆续创作了《太古和其他的时间》（Prawiek i inne czasy，1996）、《白天的房子，夜晚的房子》（Dom dzienny，dom nocny，1998）等近 20 部作品。

要将托卡尔丘克归类到某一个文学流派之中并非易事。文学界普遍认为，她的创作带有魔幻现实主义色彩，有人称其为"波兰的马尔克斯"。她创造出了一个两面并存的世界——现实世界和存在着奇迹与超现实事件的魔幻世界。她以非凡的能力使这两个世界和谐共处。2018 年出版的《怪诞故事集》（Opowiadania bizarne）就是这样一部作品。托卡尔丘克运用镶嵌结构，将小说叙事的完整性和统一性揉碎，制造出一些碎片或是谜语。这种结构展现出作家的大胆想象，也增加了读者的阅读难度——他们必须用碎片拼凑出完整画面。也正因如此，托卡尔丘克的小说是丰富的，它们有着关于两面世界的宽广想象力。在这个满溢着想象力的空间里，魔幻和现实没有区别，人类和世间万物依照某种规律相向而行。

《太古和其他的时间》被波兰文学界誉为"波兰当今神秘主义小说的巅峰之作"，作家因此斩获 1997 年波兰政治护照奖（Paszport Polityki）。在这部作品中，托卡尔丘克试图通过揭示人类与非人类之间的从属、交互和依存关系，向我们展示一个不同于日常想象的真实世界。正如托卡尔丘克在诺奖获奖演说《温柔的讲述者》中套用莎士比亚的一句名言来形容当今世界——"互联网如痴人说梦，充满着喧哗与骚动"。(17) 这是作家对时代沉疴的敏锐洞察，更是对重返传统、回归本真的一种呼唤。在文明陷入危机的全球化时代，托卡尔丘克十分珍视"温柔"这种既不高效也不起眼且未受到重视的特质,视其为"爱的最谦逊的形式"。这种爱并不仅仅是简单的共情,它所强调的是"命运与共",要求人们去关注"另一个存在"。这"另一个存在",既可以是人,也可以是世间万物,甚至是作家想象中的某种存在。在此高度上的"温柔"成为一种工具,帮助人们用"良善"的批判性眼光重新审视人文主义传统,不再把人类奉为世间万物的唯一圭臬。就此意义而言,我们不仅仅能够体悟政治伦理层面乌托邦式的反人类中心主义,还有可能感觉到讲述本身所具备的批判力。正如托氏所说:"今天,我们努力在气候和政治危机中找寻自己的位置,并试图通过拯救世界来与之抗衡。所以我相信,我必须讲述这样一个世界,这个世界在我们的眼中是一个鲜活的、完整的实体,而我们在它的眼中——是一个微小而强大的组成部分。"(29)

托卡尔丘克曾自陈写作是她生命机体的一种习惯:"我必须表达出我的想法。没有写作我便无法生活。写作是观察,是对信息、事件、情况的主动搜索。"(Artur Ciechanowicz)她既拥有女性特有的细腻,又胸怀包容天地的博爱,以洞察世事的敏锐眼光"温柔"地讲述着周遭世界。她的获奖演说题目波兰语原文中的 czuły 一词,包含着温柔、敏感、共情、敏锐等多重含义,从多个层面体现了作家的创作思想和对宇宙万物的理解。可以将其"看作是托卡尔丘克对文学的处境、现代文明与文学的相互依存关系,飞速旋转的当今社会中人的灵魂如何安放,文学应以何种方式展开叙事等一系列话题进行的独特思考,也揭示了作家创作的缘起和意图"(赵刚,264)。

托卡尔丘克获得诺奖,引发了波兰社会对她的强烈关注。各界纷纷举办活动庆祝托卡尔丘克获此殊荣。华沙、克拉科夫、托伦、弗罗茨瓦夫等地的出版社、图书馆及文化机构组织了读书会、文学沙龙等多种相关主题活动。克拉科夫市政府在该市新胡塔地区种植了两万五千棵橡树、小叶菩提树和山毛榉，并将这片绿地命名为"太古森林"。这一命名来自托氏名作《太古和其他的时间》，书中的"太古"是宇宙的中心，意指克拉科夫作为联合国教科文组织创意城市网络的"文学之都"也是文学世界的中心。

与此同时，波兰学术界掀起一股托卡尔丘克研究热潮。波兰最具影响力的文学期刊《字符》（Znak）和《文化时间》（Czas Kultury）均开辟专栏，刊载研究托氏创作的学术文章。波兰文化与民族遗产部直属的两大权威文化网站 culture.pl 和图书协会官方网站均第一时间更新了关于托卡尔丘克的介绍，着重增加了对其所有作品的学术性评价。各路媒体刊登大量深度采访，介绍托卡尔丘克的生平和代表作，尤其关注托氏走上文学巅峰的创作之路。

著名文学史学家、文学批评家、波兰图书协会学术委员会委员马切依·乌尔班诺夫斯基（Maciej Urbanowski）在接受媒体采访时特别强调，瑞典皇家科学院在颁奖词中称托卡尔丘克"对于叙事的想象充满百科全书式的热情，象征着一种跨界的生活形式"（诺贝尔文学奖颁奖词）可谓一语中的。"托卡尔丘克是一位博学多识的作家，她笔下故事的叙述者总是如同智者般地试着教导读者。这种饱含教育性，充满智慧、寓意和广阔知识视野的写作，具有启蒙意义上的百科全书般的价值。这种百科全书主义与作家的想象力紧密相连。托氏尝试涉猎人类经验的各个领域，这可以被称为一种跨界性。"（Nobel dla Olgi Tokarczuk. Głosy ze świata literatury）

波兰著名文学家雷沙德·科尧维克（Ryszard Koziołek）则认为，托卡尔丘克的跨界性在于，她借由文学打通了人们剖析自我、认识人类、了解世界的通道。"我们每个人都用想象力来幻想我们不了解的事情，例如未来，以及其他生活方式。但我们的想象力是有限的。当我们试图超越想象的边界的时候，文学就能发挥作用。托卡尔丘克获奖正是因为她拓展了我们的想象力，并且比其他作家做得更好。"（Mieszkają w nas różne duchy, czyli czego uczy nas Olga Tokarczuk. Rozmowa z prof. Ryszardem Koziołkiem）

二、"新浪潮"诗人驰骋波兰诗坛

纵观 2019 年波兰的诗歌创作，兴起于 20 世纪 60 年代末的"新浪潮"派诗人在某种意义上成为创作主体。他们强调语言的纯洁性，善用不加修饰、简洁明快的凝练语言，直面社会现实，"新浪潮"精神被有意或无意地保留在作品之中。

1. 爱娃·丽普斯卡（Ewa Lipska, 1945— ）：《安全模式下的爱情》（*Miłość w trybie awaryjnym*）

2019 年，爱娃·丽普斯卡的诗集《安全模式下的爱情》获得了尼刻文学奖提名。丽普斯卡是波兰当代最负盛名的女诗人之一、"新浪潮"文学流派的代表诗人，曾屡获波兰国内外文学大奖，包括科希切尔斯基文学奖（1973）、格丁尼亚文学奖（Nagroda Literacka Gdynia, 2011）、弗罗茨瓦夫席勒修斯诗歌奖终身成就奖（Wrocławska Nagroda Poetycka Silesius, 2019）等，并多次获尼刻文学奖提名。她于 1964 年开始发表文学作品，至今笔耕不辍，先后出版了《鲜活的死亡》（*Żywa śmierć*, 1979）、《黑暗储存器》（*Przechowalnia ciemności*, 1985）、《指纹识别器》（*Czytnik linii papilarnych*, 2015）和《手术记忆》（*Pamięć operacyjna*, 2017）等近 40 部诗集。其作品被译为 40 多种语言在很多国家出版。

《安全模式下的爱情》收录了 20 多首抒情诗歌，探讨爱情和亲密关系在不断变化的世界中的不同状态。诗人关注现代数字世界同长存于人类历史中的语言和想象、存在和不安之间的碰撞与冲突。全书饱含诗人对世界的爱,以及她与现实生活深刻的情感联系。丽普斯卡在诗中以灵活的语言、巧妙的讽刺展现对周遭环境的批判性思考。受"新浪潮"诗歌关注语言本身这种风格的影响,她很喜欢"玩语言",作品中常常会将文字游戏和各种隐喻巧妙地结合起来。批评家维多利亚·杰格勒(Wiktoria Ziegler)称:"《安全模式下的爱情》是一部女性抒情诗的合集,饱含思念、遗憾、爱等种种情感,并将对存在主义和诗歌本源问题的思考糅合于其中。诗集中有的诗作十分精炼,甚至仅由两节组成,其语言的凝练性和情感上的丰富性可见一斑。"

2. 亚当·扎加耶夫斯基(Adam Zagajewski,1945—):《真实的生活》(*Prawdziwe życie*)

扎加耶夫斯基是波兰战后最重要的诗人之一,同时也是小说家、翻译家、评论家和散文作家,同斯坦尼斯瓦夫·巴兰恰克(Stanisław Barańczak)、雷沙德·克雷尼茨基(Ryszard Krynicki)、朱利安·科恩豪瑟(Julian Kornhauser)并称为"新浪潮"作家。他的作品多为"自由"诗歌,不过多地注重韵律。同时,他将诗歌定义为再现和重构心理表达的艺术。与波兰文坛流行的后现代主义风格相反,他认为诗歌最重要的特征不是建构语言,而是表达思想。

诗集《真实的生活》以时光流逝为主题,强调记忆的拯救之力。诗人搜寻自己已逝的童年和青春,讲述父母的故事,追忆自己深爱过的地方,回忆自己的各种旅行、观赏过的艺术品和读过的书籍。这种对过往的回溯,激起了作者淡淡的忧郁和浅浅的不安。另一方面,诗人对所处时代的忧虑并未影响他对诗歌的信仰。正如雅努什·泽乌茨基(Janusz Dzewucki)评价的,"他相信命运会给今天和明天带来些什么,哪怕当我们对现实生活感到疑惑不解并意欲反抗之时,他也依然选择相信。"(*Prawdziwe życie, życie zwyczajne*)诗人用他的诗歌提醒读者,幸福蕴藏于小事之中,应该仔细地观察并记住这个注定要毁灭的世界的美好和残酷。

3. 康拉德·戈拉(Konrad Góra,1978—):《玛雅历法》(*Kalendarz majów*)

康拉德·戈拉所著的《玛雅历法》同时获得了尼刻文学奖和格丁尼亚文学奖两项波兰最为重要的文学奖项的提名。作为一名诗人和社会活动家,戈拉在《奥德拉》(*Odra*)、《砖块》(*Cegła*)、《文化熔炉》(*Tygiel Kultury*)等文学期刊上发表了一系列诗歌作品。他于2008年出版的处女作诗集《给萨达姆·侯赛因的安魂曲和精神贫瘠者的其他诗歌》(*Requiem dla Saddama Husajna i inne wiersze dla ubogich duchem*),集合了之前创作的作品。此外,戈拉还创作有《视觉空间》(*Pokój widzeń*)、《英式小豆子》(*Fasolka po brytyjsku*)、《不》(*Nie*)等诗集。

诗集《玛雅历法》包括数十首大胆控诉社会现实的诗歌。诗人仿佛置身于某年某处的"亡者世界",却丝毫不愿迷失在令人眼花缭乱的俗务之中。诗人自陈,诗篇中大量出现的政客的名字,暗示了对权力游戏的蔑视和抨击。波兰著名女诗人乌舒拉·科尧乌(Urszula Kozioł)曾这样评价戈拉的作品:"他的诗歌极具原创性和表现力,饱含着一种从个人化的感受和沉思中流淌出的愤怒。"(*Konrad GÓRA: Kalendarz majów*)戈拉的作品有时似乎难以理解,他经常在作品中使用古语、方言、俚语,甚至粗言鄙语,利用"扭曲"的句法彰显其特有的、充满愤怒的语言风格,他数次在接受访谈时表明过自己的无政府主义倾向,希冀为愤怒的年轻一代发声。他努力书写波兰的社会现实,以敏锐的视角和凝练的语句描绘波兰转型后"困苦不堪"的社会生活画面。

三、百花齐放的非诗体文学创作

2019年波兰的非诗体文学创作可谓百花齐放。以格丁尼亚文学奖提名名单为例,往年这一单元的提名作品一般为五部,2019年入选的优秀作品则高达十部。正如著名作家亚历山大·纳瓦莱茨基(Aleksander Nawarecki)所说:"2019年的非诗体文学创作不仅数量颇丰,质量也令人满意。高知名度作家的作品夺人眼球,新生力量的处女作也令人惊喜。"

1. 乌舒拉·扎雍奇科夫斯卡(Urszula Zajączkowska,1978—):《条与茎》(*Patyki, badyle*)

在格丁尼亚文学奖非诗体作品的提名名单中,青年作家扎雍奇科夫斯卡的散文集《条与茎》十分引人瞩目。扎雍奇科夫斯卡不仅是一名小说家,也是诗人和影像艺术家。他此前出版的两部诗集《原子》(*Atomy*,2014)和《最小值》(*Minimum*,2017),分别获得了波兰弗罗茨瓦夫席勒修斯诗歌奖提名和科希切尔斯基文学奖。《条与茎》获得了波兰政治护照奖提名,并获得了波兰图书协会颁发的金玫瑰奖。

扎雍奇科夫斯卡曾先后获得植物学的博士学位和高级博士头衔。她不仅对自己感兴趣的题材有着敏锐的洞察力,还特别关注在描述我们触手可及的世界时所使用的语言。这本以植物为主题的文集,试图通过细致入微的叙述,带领读者进入植物的世界。扎雍奇科夫斯卡的讲述在宏观和微观视角之间保持平衡,展示出大自然之美,同时强调它的伟力及其重生的潜能。批评界认为,扎雍奇科夫斯卡专注于描写植物,促使读者重新思考自己在世界上的位置,并意识到人类只是伟大、迷人的大自然中的诸多元素之一,这令她跻身于波兰日益流行的自然写作流派。评论家索菲亚·克鲁尔(Zofia Król)指出,扎雍奇科夫斯卡重视对书写语言本身的雕琢,有意识地将注意力转移到不同画面、不同文字之间的碰撞上,从而真正改变我们看待万物的眼光和心态。(Na skrzyżowaniach pajęczyn)

2. 伊莎贝拉·莫尔斯卡(Izabela Morska,1961—):《消失:小说就是强心针》(*Znikanie. Proza jak zastrzyk w serce*)

尼刻文学奖的提名作品中,亦有几部小说和散文集可圈可点。莫尔斯卡的上述作品就是典型代表。莫尔斯卡于1992年发表处女作《死亡与螺旋》(*Śmierć i spirala*),迅速成为波兰文坛最具辨识度也最具争议的人物之一。此后她发表了《绝对失忆》(*Absolutna amnezja*,1995)、《蓝色幻想》(*Niebieska menażeria*,1997)、《给年轻少女的创作》(*Twórcze pisanie dla młodych panien*,1999)、《Em书》(*Księga Em*,2005)等具有成长小说特点的作品,书写女性成长,以女性视角关注社会现实。《消失:小说就是强心针》仍旧坚持这种风格。这部作品糅合了小说、自传、报告文学、散文,甚至哲学论文的特征。作者深入刻画了自己罹患莱姆病、饱受病痛折磨的经历,同时通过描述治疗过程展示了波兰医疗系统的现状。值得注意的是,莫尔斯卡将自己患病的经历视为对波兰生活的一种特殊隐喻。"她把波兰的政治形势比作莱姆病,而她在寻找一些能够描述自我状态的、既冲突又缥缈的隐喻。"(Kinga Dunin)莫尔斯卡试图通过作品展示如何以个体疾病为基础去描述更为广泛的社会现象。故事里的很多地方都具有强烈的自我讽刺,充满表现性和反抗性。她以自己的方式反对人们对苦难的忽视和过度的官僚主义。

3. 萨尔恰·哈瓦斯（Salcia Hałas，出生年份不详）:《洪水》（*Potop*）

另一部尼刻文学奖提名的小说《洪水》是青年作家哈瓦斯的作品。哈瓦斯在波兰文坛初露头角便引发关注，她的处女作《给阿姆法的烤肉》（*Pieczeń dla Amfy*）获得了 2017 年尼刻文学奖提名。这部小说讲述了居住在格但斯克著名的公寓波浪大楼里的女人们的故事。《洪水》是哈瓦斯的第二部作品，故事发生在格丁尼亚，一个小区的地面出现了一些奇怪的天坑，小动物纷纷死去，周遭日益荒芜，大家都被这越来越多的毁灭征兆所震惊，只有三位女主人公意识到，大洪水要来了，灭绝不可避免，并且人类对此无能为力。

这本书在形式上并不是传统的小说，作者创新性地采用了"诗歌散文"的形式进行创作。她运用具有魔幻现实主义的诗歌化语言，创造了一个因洪水到来而面临威胁和毁灭的世界。如玛格达莱娜·拉切克（Magdalena Raczek）所评价的，小说所创造的世界好像出自贝克特（Samuel Beckett）的荒诞派戏剧，有点像《等待戈多》（*En attendant Godot*），期待着某种永远不会出现甚至可能根本不存在的东西，又有点像鲁热维奇（Tadeusz Różewicz）的《人生末班车》（*Stara kobieta wysiaduje*），人类眼睁睁看着世界濒临毁灭。（Pieśń o końcu świata – "Potop" Salci Hałas）

4. 米科瓦伊·沃金斯基（Mikołaj Łoziński，1980—　）:《施特拉默》（*Stramer*）

尼刻文学奖提名作品《施特拉默》是小说家沃金斯基的最新作品。沃金斯基于 2006 年发表处女作小说《旅行狂热》（*Reisefieber*），一举获得科希切尔斯基文学奖，并获尼刻文学奖提名。他的第二本小说《书》（*Książka*，2011）获得了政治护照奖。他还著有《给伊达的童话》（*Bajki dla Idy*）和《给孩子们的书》（*Książki dla dzieci*）。

沃金斯基重视在家庭生活记录的语境下，思考童年经历对每个家庭成员认同感形成的重要作用。《施特拉默》就是作者以自己的家族为原型创作的，讲述了一个生活在塔尔诺夫的犹太家庭的故事。这是一部具有史诗性质的小说，叙事节奏明快，人物心理刻画令人叹服。故事开始于20世纪初，主人公们工作、学习，聚散离合。他们的生活色彩斑斓又紧张刺激，但当这样的生活与不可逆转的历史潮流同向而行之时，一些暂时难以察觉的、细微的、不断升级的暴力迹象逐渐显现，战争一触即发，犹太家庭的命运随着战争的爆发彻底改变。施特拉默一家与世界秩序对抗，在这样的状态中学习生存的要义。《施特拉默》将隐秘的家庭历史融入宏大的社会洪流之中，不仅是在给每个具体家庭重书历史，更是展示了20世纪头几十年间人类的悲惨命运。

5. 亚当·扎加耶夫斯基：《无序的存在》（*Substancja nieuporządkowana*）

扎加耶夫斯基的创作尤其凸显了2019年波兰文坛量质齐高的盛况。除了出版诗集，他创作的散文集《无序的存在》获得了尼刻文学奖提名。扎加耶夫斯基的散文创作始于1974年出版的《未被展示的世界》（*Świat nie przedstawiony*），这是他同科恩豪瑟合著的作品。此外，他还创作有《另一种美》（*W cudzym pięknie*，1998）、《抵制狂热》（*Obrona żarliwości*，2002）和《给初学者的诗》（*Poezja dla początkujących*，2017）等散文集。

在《无序的存在》中，扎加耶夫斯基将他对哲学、音乐和超现实文学空间的思考娓娓道来。在创作这些散文之初，作家并未有意将其看作一个严密紧凑的整体，而最终这些合集作品的上下关联性，却让它们不经意间浑然天成又满溢着文学趣味，有力地传递出作家重要的文学价值观，展现了一个兼具现实、文学、文化等多重意义的魅力世界。黑格尔、威尔第、米沃什、恰普斯基、赫贝特、布罗德斯基、吉德罗伊奇、哈特维格、斯坦纳、舒尔茨、鲁热维奇、马勒等一长串闪亮的名字都出现在这部作品集中，书中文字看似信手拈来却又深刻透彻，作家对人文学科不同领域的兴趣之广泛、学识之渊博可见一斑。作者通过对这些名人思想的思考，探讨关于上帝、生命意义、死亡、艺术、文学、音乐、文明等话题，解读现代与传统之间的关系。雅努什·科瓦尔赤克（Janusz R. Kowalczyk）分析扎加耶夫斯基的作品时中肯地评价道："作者并未在《无序的存在》中提出什么简单、唯一的正确答案，也没有给读者指出最舒适的捷径，而是为我们绘制了一个路标。"（Adam Zagajewski, "Substancja nieuporządkowana"）

结语

通观2019年波兰文学界的创作、研究和批评，我们不难看到以下趋势。

首先，奥尔加·托卡尔丘克获得诺贝尔文学奖，极大提升了波兰文学的国际知名度，激发了波兰文学家的创作热情，提升了波兰作家和读者的自信心。波兰学界普遍认为，托卡尔丘克代表着波兰文坛的创作理念和价值观，而这种理念和价值观在西方乃至世界文坛得到了认可。托卡尔丘克的受奖词以宏大的视野、博大的胸襟、细腻的关怀和深刻的洞察，向世界宣示了波兰文学的宽广与深邃。

此外，2019年波兰文学创作文类多样，主题丰富，涌现出一批高质量作品；同时，小说、诗歌、散文等文学形式的界限越发模糊。小说可能具有散文的叙述风格，又可能如同自传，包含讲述者私密故事的内容。诗歌的语言越来越散文化,而散文也有可能带有诗歌的韵律。在一部小说之中,作者可以使用魔幻现实主义的诗体语言,描述一个映照现实的想象中的世界。

也许托卡尔丘克的受奖词恰能印证波兰作家的群体志趣:文学能够保留"所有怪诞、幻想、挑衅、滑稽和疯狂的权利",文学家能够拥有"高屋建瓴的观点和远远超出我们预期的广阔视野",文学作品是"能够表达最模糊的直觉"的人类语言,包含"能够超越文化的差异"的深刻隐喻。

参考文献:

Ciechanowicz, Artur. "Olga Tokarczuk: pisanie jest dla mnie jak organiczny nawyk." 11 Oct. 2019. Web. May 2020.
<https://instytutksiazki.pl/aktualnosci,2,olga-tokarczuk-pisanie-jest-dla-mnie-jakorganiczny-nawyk,4193.html>.

Czuma, Beata. "Andrzej Duda napisał list gratulacyjny do Olgi Tokarczuk. 'Pani kunszt pisarski znalazł najwyższą ocenę'." 12 Oct. 2019. Web. Jun. 2020.
<https://wiadomosci.wp.pl/andrzej-duda-napisal-list-gratulacyjny-do-olgitokarczuk-pani-kunszt-pisarski-znalazl-najwyzsza-ocene-6455230675781761a>.

Dunin, Kinga. "Jestem tylko inteligenckim ścierwem", " Krytyka polityczna". 1 Oct. 2019. Web. Jun. 2020.
<https://krytykapolityczna.pl/kultura/czytaj-dalej/kinga-dunin-czyta/izabelamorska-znikanie-recenzja/>.

Dzewucki, Janusz. "Prawdziwe życie, życie zwyczajne." Jan. 2020. Web. May 2020.
<http://tworczosc.com.pl/artykul/prawdziwe-zycie-zycie-zwyczajne/>.

"Konrad GÓRA: Kalendarz majów." 13 May 2019. Web. Mar. 2020.
<https://www.biuroliterackie.pl/biuletyn/konrad-gora-kalendarz-majow/>.

Kowalczyk, Janusz R. "Adam Zagajewski, 'Substancja nieuporządkowana'." May 2019. Web. May 2020.
<https://culture.pl/pl/dzielo/adam-zagajewski-substancja-nieuporzadkowana>.

Koziołkiem, Ryszardem. "Mieszkają w nas różne duchy, czyli czego uczy nas Olga Tokarczuk. Rozmowa z prof." Gazecie Uniwersytecka UŚ, 2019, nr 3 (273).

Król, Zofia."Na skrzyżowaniach pajęczyn." July 2019. Web. June 2020.
<https://www.dwutygodnik.com/artykul/8369-na-skrzyzowaniach-pajeczyn.html>.

"Nobel dla Olgi Tokarczuk. Głosy ze świata literatury." 11 Oct. 2019. Web. Apr. 2020. <https://instytutksiazki.pl/aktualnosci,2,nobel-dla-olgi-tokarczuk-glosy-ze-swiataliteratury,4198.html>.

Raczek, Magdalena. "Pieśń o końcu świata – 'Potop' Salci Hałas." 26 Feb. 2019. Web. Jun. 2020. <https://kultura.trojmiasto.pl/Piesn-o-koncu-swiata-Potop-Salci-Halas-n132161.html>.

"Senat przyjął uchwałę z okazji przyznania literackiej Nagrody Nobla Oldze Tokarczuk." 18 Oct. 2019. Web. Apr. 2020. <https://dzieje.pl/kultura-i-sztuka/senat-przyjal-uchwale-z-okazji-przyznanialiterackiej-nagrody-nobla-oldze-tokarczuk>.

Ziegler, Wiktoria. "Emocje na wierzchu – Ewa Lipska – 'Miłość w trybie awaryjnym'." 29 Jul. 2019. Web. Jun. 2020. <https://www.gloskultury.pl/milosc-w-trybie-awaryjnym-recenzja/>.

奥尔加·托卡尔丘克:《温柔的讲述者》,李怡楠译,载《世界文学》,2020年,第2期。

帕·瓦斯特伯格:诺贝尔文学奖颁奖词,吕洪灵译,载《世界文学》,2020年,第2期。

赵刚:《以柔情和敏锐为静默的世界发声——读托卡尔丘克获奖演说》,载《世界文学》,2020年,第2期。

作者单位:北京外国语大学欧洲语言文化学院

2019 年德国文学概览

邱袁炜

内容提要：2019 年的德国文坛，德国本土作家表现中规中矩，虽然菲采克和席拉赫等本土作家的作品在畅销书排行榜上依然领先，但是德语文学两个最重要的专业奖项均旁落他人。以萨沙·斯坦尼西奇为代表的移民文学逐渐成为德国文坛的亮点，他们的双元视角和问题意识触动着德国读者的心灵，也为德国文学注入了新的活力。此外，德国战后最重要的诗人之一君特·库纳特逝世。刘慈欣的科幻文学仍然是中国当代文学德译的主要对象。

一、图书排行榜

畅销书排行榜是反映一个国家文学创作现状和读者阅读口味的直观指标。德国《明镜周刊》(*Der Spiegel*) 每周都会出一份《书情报告》("Buchreport")，列出各类图书销售量的排名情况。2019 年度的统计显示，蝉联文学类畅销榜冠军的是塞巴斯蒂安·菲采克 (Sebastian Fitzek, 1971—) 的惊悚小说《礼物》(*Das Geschenk*)。该作品于 2019 年 10 月出版，仅用两个月时间便一举摘下年度头名。故事的主人公是一位叫米兰·博格的男人，一天，他站在路口等红绿灯的时候，一辆车在他身旁停下，坐在后座的女孩把一张便条摁在车窗玻璃上，并向他示意。无奈米兰看不懂便条上的文字——因为他是文盲——但是他感觉这个女孩正身处险境。于是，米兰开始寻找她，开启了一次噩梦般的冒险旅程。这次经历最终让米兰认识到：真相是可怕的，无知才是世界上最好的礼物。菲采克选取了一个与社会高度相关但经常被忽视的题材，用细腻的笔触描绘了鲜为人知的"文盲"的世界：文盲在日常生活中受到哪些限制？如何向外部世界隐藏自己缺少读写能力？作为靠语言文字为生的作家，菲采克所描述的主题与他的个人生活有着鲜明的对比，但是他出色的叙事能力让米兰的恐惧始终伴随着读者：要如何才能不被人发现自己是一个文盲。

文学类榜单排名第二和第三的分别是萨沙·斯坦尼西奇（Saša Stanišić，1978— ）的小说《我从哪里来》（*Herkunft*）和费迪南德·冯·席拉赫（Ferdinand von Schirach，1964— ）的自传体散文集《咖啡和香烟》（*Kaffee und Zigaretten*）。

同菲采克的新峰崛起不同，席拉赫则是该榜单上的常客。席拉赫出生于慕尼黑，在成为作家之前，席拉赫做了25年的刑事辩护律师，多年的职业生涯帮助他洞悉人性的秘密，也为他提供了丰富的创作素材。席拉赫直到45岁才出版了自己的第一部作品——短篇小说集《罪行》（*Verbrechen*，2009），此后两年他又接连出版了《罪责》（*Schuld*，2010）和《科里尼案件》（*Der Fall Collini*，2011），这些作品均长期占据文学类畅销书排行榜前列，并被翻译成多种文字。由于多年的职业训练，席拉赫的文字简洁、准确，论辩的经验让他具备了高明的叙述技巧。

《咖啡与香烟》是一部篇幅不长但内容繁杂的作品，全书分成48章，涉及席拉赫重要的人生经历和相遇、转瞬而逝的幸福瞬间、孤独和忧郁、失乡和望乡、艺术和社会、案件和辩护、法律的理念和人性的尊严、启蒙的遗产，等等。席拉赫在书中将个人经历、日常笔记、社会观察交织杂糅，"友善、平和，章节之间联系不大——但是他的散文让人想起那种高级的阅读艺术。"("FERDINAND VON SCHIRACH: Die gar zu große Umweltverträglichkeit")

二、文学奖项

（一）毕希纳文学奖（Georg-Büchner-Preis）

德国文坛最重要的奖项毕希纳文学奖由德语语言文学院设立，以作家格奥尔格·毕希纳（Georg Büchner, 1813—1837）命名，用以表彰"用德语写作，创作了卓越的作品并真正参与了当代德国文化生活构建的作家"，每年秋季颁发。这一奖项考察的并非作家的某一部作品，而是对作家创作及影响的整体评价。可以说，能获得毕希纳文学奖，即意味着步入了殿堂级作家的行列。毕希纳文学奖也被称为德语作家诺贝尔文学奖的摇篮，2019 年诺贝尔文学奖得主、奥地利作家彼得·汉德克（Peter Handke, 1942— ）曾在 1973 年获得过毕希纳文学奖。

2019 年的毕希纳文学奖授予了瑞士戏剧家、小说家和散文家卢卡斯·贝尔福斯（Lukas Bärfuss, 1971— ）。这是毕希纳文学奖连续两年将奖项授予用德语写作的非德国作家，贝尔福斯也成为继马克斯·弗里施（Max Frisch, 1911—1991）、弗里德里希·迪伦马特（Friedrich Dürrenmatt, 1921—1990）和阿道夫·穆施格（Adolf Muschg, 1934— ）之后，第四位获得毕希纳奖的瑞士作家。

评委会在授奖词中写道：卢卡斯·贝尔福斯的作品风格高度统

一，形式变幻多样，他一直在用新的和另类的方式审视现代生活中的基本生存状态。在他的戏剧和小说作品中，扣人心弦的政治危机意识同对典型个案的社会分析能力、心理敏感性同探究真相的意志相互交织在一起，形成了一种截然不同又神秘莫测的图像语言。这一文学品质也同时体现在他的散文中，他在这些作品中以无畏的、审视的、迷惘的和欣赏的目光伴着世界同行。("Die Deutsche Akademie für Sprache und Dichtung verleiht den Georg-Büchner-Preis 2019")

贝尔福斯出生于瑞士图恩，中学毕业后做过烟农、叉车司机等多种职业，16岁到20岁期间还曾多次流离失所。1997年，他完成了书店学徒学业，开始成为一名自由作家。贝尔福斯从1998年开始进行剧本创作，并逐渐成为最成功的德语剧作家之一，他的剧本被翻译成多种语言，并在世界各地排练上演。他最著名的剧本包括：《我们父母的性神经症》(*Die sexuellen Neurosen unserer Eltern*，2003)、《公交车》(*Der Bus*，2005)、《施密茨女士》(*Frau Schmitz*，2016)等。

作为小说家，贝尔福斯2008年出版的首部长篇小说《百日》(*Hundert Tage*)即获得巨大成功。作品以卢旺达的种族屠杀为背景，讲述了一名白人志愿者与卢旺达当地图西族黑人姑娘之间的爱情悲剧。小说借此反思了国际援助在卢旺达种族悲剧中所扮演的角色。该小说被翻译成15种语言，并在2009年获得了玛拉·卡森斯奖(Mara-Cassens-Preis)。2014年，贝尔福斯出版了第二部长篇小说《考拉》(*Koala*)。他将自己弟弟的自杀事件作为素材，将自己家庭的历史与澳大利亚的殖民历史一起交织呈现，探讨了"生与死"这一永恒主题。贝尔福斯凭借《考拉》获得了2014年瑞士图书奖(Schweizer Buchpreis)。

贝尔福斯的作品笔锋犀利，社会批判性很强，他通过作品参与公共政治讨论，一直是瑞士民族保守和自由经济政策的尖锐批评者。2015年10月瑞士议会选举前三天，贝尔福斯在《法兰克福汇报》(*Frankfurter Allgemeine Zeitung*) 上发表了题为《瑞士疯了》("Die Schweiz ist des Wahnsinns") 的文章，激烈抨击了瑞士的政治、社会经济和文化生活现状，极尽嘲讽之能事，他认为"在全球化的世界里，身为瑞士人已经无话可说。虚弱的感觉可以用大话来弥补，一旦大话说尽，就只剩流氓手段了。"("Reiche Extremisten an der Macht") 文章在瑞士国内掀起轩然大波。对于他这种"挑衅者"的角色，有人称赞他继承了马克斯·弗里施和弗里德里希·迪伦马特的立场与风格，也有人认为他这种左派知识分子式的表达只是表面文章。

深邃透彻的文学家还是离经叛道的挑衅者？也许我们可以从戏剧编排家尤迪特·格尔斯滕博格（Judith Gerstenberg）的话中找到一个更好的答案："他的演出、每一本书、每一篇文章都是对话的延伸，我、读者、听众、观众都是那个对话的对象——所以人们会觉得跟他没有距离——也正是这样，大家会认真对待他的所有错误。[……] 他是一个启蒙者，因为启蒙是一种思维模式，正如我们知道的那样，它是没有终点的。他从未停止过提问：这意味着什么？关于社会、关于他自己、关于他的生活、关于他的角色，谁对此拥有解释的权利？"("Laudatio von Judith Gerstenberg")

（二）德国图书奖（Deutscher Buchpreis）

2019年10月，德国图书奖在法兰克福书展揭晓，德国作家萨沙·斯坦尼西奇（Sasă Stanišić, 1978— ）凭借长篇小说《我从哪里来》(*Herkunft*, 2019) 获得该奖项。这是斯坦尼西奇继2008年的沙米索文学奖（Adelbert-von-Chamisso-Preis）、2014年的莱比锡书展大奖（Preis der Leipziger Buchmesse）之后获得的第三个德语文学重要奖项。

小说从2008年主人公在德国移民局申请入籍填写生平时开始。2009年，因战争逃亡到德国的主人公回到故乡探望祖母，第一次和她一起来到奥斯科卢沙村：一个只剩下13个居民的村庄，祖父生在这里，也葬在这里。此前，主人公并不觉得故乡作为家族发源地有什么特殊的意义，地点也没有承载太多的归属感，而踏入这个村庄之后，他对于故乡和归属产生了新的思考。

德国图书奖评委会认为：萨沙·斯坦尼西奇是一位优秀的叙述者，以至于他并不信任叙述。这部小说的字里行间并无可靠的起源（Herkunft）可言，而这同时恰好又成为了叙述的驱动力。可靠的起源则是以片段、虚构和对故事可能性的把玩这样的面目出现的。作者用他丰富的想象力赋予读者出色的阅读体验，把他们从传统的编年体、现实主义和精确纪事中释放出来。在小说中，他借用第一叙述者的口吻说："犹疑不决从来不能把一个故事讲好。"作者用幽默使扭曲的历史叙事和自身的故事融为一体。《我从哪里来》描绘了一幅"不断重新叙述自身的"当下的图景。这幅"祖先的自画像"也因此成为一部有关欧洲生命之旅的小说。（"Preisträger 2019"）

斯坦尼西奇出生于波斯尼亚东部小城维舍格勒（Višegrad）。1992年，由于战乱，斯坦尼西奇同父母一起逃亡到德国海德堡，并在那里上学、定居。在海德堡大学就读期间，他开始了自己的文学创作生涯："十岁的时候我就想成为一名作家……在大学里待的时间越久……成为一名纯粹的作家（nur schreiben）的童年梦想也愈发强烈。"（"BLOCKADEN KENNE ICH NICHT，NUR LANGES NACHDENKEN"）

2005年，斯坦尼西奇开始在文坛崭露头角，凭借短篇小说《我们在地下室玩什么……》（*Was wir im Keller spielen...*）入围了当年的巴赫曼文学奖（Ingeborg-Bachmann-Preis）。2006年，斯坦尼西奇出版了他的长篇小说处女作《士兵如何修理留声机》（*Wie der Soldat das Grammofon repariert*），在德语文坛引起了巨大轰动。这部半自传体小说仍然以波斯尼亚战乱为背景，刻画了一位跟随父母背井离乡、逃亡到德国的波斯尼亚青年人的形象。它因此入围了次年的德国图书奖短名单，并在2017年获得不来梅城市文学奖（Literaturpreis der Stadt Bremen）。经过数年的沉淀之后，斯坦尼西奇在2014年出版了他的第二部长篇小说《我们与祖先交谈的夜晚》（*Vor dem Fest*）。本书讲述了一个东德小村庄费斯滕菲尔德（Fürstenfelde）在当地传统节日安娜节前夜的故事，勾勒出一个小村庄的历史与现实，以及身处大时代之中的小人物的众生相。斯坦尼西奇凭借着出众的叙述能力在社会现实与艺术虚构之间自由来去，小说中的场景与人物变换自如且平衡得当。

斯坦尼西奇是德国新生代移民作家的代表，他幼时所经历的战乱和逃亡是他创作素材的源泉，在德国接受教育又使他获得了不同的文化熏陶，两者结合给了他与众不同的观察视角和创作语境，让他的作品既有独特的历史感又有鲜活的时代感。此外，斯坦尼西奇优秀的语言天赋也让他的创作如虎添翼，虽然德语并非他的母语，但是他对于德语语言的掌握超于常人，其文字鲜活、准确。

对于斯坦尼西奇来说，移民背景和他的文学创作密不可分，人生的经历变成笔下叙述的主题，叙述的力量帮助他找到排解幼时阴影的出口。这也就不难理解，为什么他对同样与南斯拉夫有着不解之缘的汉德克有着强烈的排斥感。斯坦尼西奇在德国图书奖颁奖礼的答谢词中对诺贝尔文学奖评委会将2019年诺贝尔文学奖授予奥地利作家彼得·汉德克（Peter Handke, 1942—　）的决定提出了尖锐的批评：

"我有幸能逃脱那些在彼得·汉德克著述中所未能描写的东西……他的获奖让我感到震惊。我今天站在这里是为了庆祝另一种文学。我所祝贺的是文学的另外一半。我所祝贺的是奥尔加·托卡尔丘克（Olga Tokarczuk，1962— ）。我所庆祝的文学应当无所不能，并竭尽所能地用语言在政治斗争中进行抗争。"（"Erschüttert, dass sowas prämiert wird"）斯坦尼西奇质疑的便是汉德克对于南斯拉夫那段历史的暧昧态度。

三、文学巨匠君特·库纳特逝世

2019年9月21日，德国诗人、作家君特·库纳特（Günter Kunert，1929—2019）因肺炎辞世。库纳特1929年出生于柏林。由于父亲是雅利安人，母亲是犹太人，他虽然逃过了被投入集中营的命运，但也因纳粹的种族政策而不得不从文法中学退学。二战以后，库纳特居住在东柏林，并结识了当时东德的两位文学旗手布莱希特（Bertolt Brecht，1898—1956）和贝歇尔（Johannes R. Becher，1911—1958），他早期的诗歌便深受布莱希特的影响，风格上偏重教诲性批判（pädagogisch-kritisch）。1979年，库纳特同妻子一起离开东德，定居在德国北部石荷州的小村庄凯斯博尔斯特（Kaisborstel），直到去世。

库纳特是一位高产作家，创作领域涵盖诗歌、短篇小说、寓言、散文、箴言、童话、科幻小说、影视剧本、广播剧、游记等。1950年，库纳特在东德出版了他的首部作品——诗集《路标与墙上的刻字》（*Wegschilder und Mauerinschriften*）。此后他又陆续出版了多部诗集和短篇小说集，而真正使他在德国文坛声名鹊起的是他于上世纪60年代在慕尼黑卡尔·汉瑟出版社（Carl Hanser Verlag）出版的两部作品：诗集《对一颗行星的回忆：来自50年代的诗歌》（*Erinnerung an einen Planeten. Gedichte aus fünfzehn Jahren*，1963）和散文集《白日梦》（*Tagträume*，1964）。库纳特是德国战后最重要的诗人之一，被认为是继承了海涅的诗歌传统。他的出版人乔·兰德勒曾如此评价他："在大多数作品中，库纳特以一个政治思考者和观察者的身份示人。但是，对他来说，诗歌才是最重要的，是他的立身之本。"（"Ein politisch denkender und beobachtender Mensch"）

2019年2月，库纳特在90岁生日前夕出版了他最后一部长篇小说《第二个女人》（*Die zweite Frau*）。这部小说其实早在45年前便已写作完成，只因内容政治性过强，语言过于粗鲁而无法在当时的东德出版。库纳特2018年在自己的档案柜中偶然发现了小说的手稿，才交由瓦尔斯坦恩出版社（Wallstein Verlag）出版。2019年9月24日，库纳特去世之后第三天，他最后一部诗集《做客迷宫》（*Zu Gast im Labyrinth*）出版，遗憾的是作者并未得以亲见。瓦尔斯坦恩出版社预计在2020年出版一部库纳特的短篇小说集，其中将收录约20篇库纳特的遗作。

库纳特的一生经历了魏玛共和国、纳粹统治、二战、德国的分裂和统一，他是这个历史过程中所有重大事件和转折的亲历者和见证者。他不停地用文字来感知、记录和反思，他用作品构筑了一部时代的编年史，其中既有对史实的艺术还原，也包含了作者本人对于社会形态从希冀到失望再到悲观的变化历程。

四、中国文学德译

继2017年出版《西游记》德文全译本之后，瑞士汉学家林小发（Eva Lüdi Kong, 1968— ）继续着她的西游之路。对于德国读者来说，《西游记》的复杂性毋庸讳言，为此，林小发选编并翻译出版了《〈西游记〉资料汇编》(*Der Schlüssel zur » Die Reise in den Westen«: Entstehung und Deutung des Romans*, 2019)，其德文译名意为"打开《西游记》的钥匙：小说的产生和意义"。林小发在这部译作中不仅向德国读者展示了原著的产生历史及其"儒-道"背景，而且还通过添加评论的方式消弭不同文化间的差异，帮助德国读者更好地理解原著小说。

《三体 III·死神永生》(*Jenseits der Zeit*, 2019) 由德国翻译家白嘉琳（Karin Betz, 1969— ）翻译完成并出版。至此，刘慈欣的《三体》三部曲德译工作已经全部完成。此外，短篇小说集《流浪地球》(*Die wandernde Erde: Erzählungen*, 2019) 由马海默（Marc Hermann）、唐悠翰（Johannes Fiederling）和白嘉琳共同翻译出版。

结语

综上所述，2019 年的德国文坛，菲采克和席拉赫等德国本土作家的作品在文学类作品销量排行榜上依然保持领先，"当代惊悚小说之王"菲采克仍然保持着强劲的势头，蝉联了排行榜冠军。然而，在专业奖项方面，德语文学最重要的个人奖和作品奖桂冠均旁落他人。衡量作家个人成就的毕希纳奖授予了极具争议性的瑞士作家贝尔福斯，衡量作品水平的德国图书奖则花落移民作家斯坦尼西奇。斯坦尼西奇的异军突起表明，以他为代表的移民作家已经成为当今德国文坛的一支重要力量，他们对于社会现实、生存困境以及人类未来的思考给德国文学增添了新的表现维度和反思视角。作为战后德国最重要的诗人之一，库纳特在 2019 年走完了波澜壮阔的一生，正像他诗集的名字一样，他所见证的历史已经随他的文字深深地刻在了墙上。除了刘慈欣的科幻作品以外，中国文学德译在 2019 年的热度较前两年有所下降。

参考文献：

Andrea Jäger. Schriftsteller aus der DDR. Ausbürgerungen und Übersiedlungen von 1961-1989. Frankfurt am M. 1996.

"BLOCKADEN KENNE ICH NICHT, NUR LANGES NACHDENKEN." *Universität Heidelberg Online*. Jul. 2015. Web. 23 Jun. 2020.
<https://www.uni-heidelberg.de/de/universitaet/heidelberger-profile/alumni-interviews/blockaden-kenne-ich-nicht-nur-langes-nachdenken>.

"Die Deutsche Akademie für Sprache und Dichtung verleiht den Georg-Büchner-Preis 2019." Deutsche Akademie für Sprache und Dichtung Online. 2 Nov. 2019. Web. 23 Jun. 2020.
<https://www.deutscheakademie.de/de/auszeichnungen/georg-buechner-preis/lukas-baerfuss/urkundentext>.

"Ein politisch denkender und beobachtender Mensch." Deutschlandfunk Online. 22 Sept. 2019. Web. 23 Jun. 2020.
<https://www.deutschlandfunk.de/zum-tod-von-guenter-kunert-ein-politisch-denkender-und.691.de.html?dram:article_id=459363>.

"Erschüttert, dass sowas prämiert wird." ORF Online. 14 Okt. 2019. Web. 27 Jun. 2020.
<https://orf.at/stories/3140837/?fbclid=IwAR1-EbGoIB7u5iG8M8AFAbccyCosv87fc5vrgN0EMGqikWgHXgrrtJy3qW8>.

"FERDINAND VON SCHIRACH: Die gar zu große Umweltverträglichkeit." Frankfurter Rundschau Online. 28 Feb. 2019. Web. 30 Jun. 2020.
<https://www.fr.de/kultur/literatur/grosse-umweltvertraeglichkeit-11808017.html >.

"Günter Kunert ist tot: Die Schrift an der Wand." Frankfurter Rundschau Online. 22 Sept. 2019. Web. 23 Jun. 2020.
<https://www.fr.de/kultur/literatur/guenter-kunert-tot-schrift-wand-13027800.html>.

"Laudatio von Judith Gerstenberg." Deutsche Akademie für Sprache und Dichtung Online. 2 Nov. 2019. Web. 23 Jun. 2020.
<https://www.deutscheakademie.de/de/auszeichnungen/georg-buechner-preis/lukas-baerfuss/laudatio/>.

"Preisträger 2019." Deutscher Buchpreis Online. 12 Okt. 2019. Web. 25 Jun. 2020.
<https://www.deutscher-buchpreis.de/archiv/jahr/2019/>.

"Reiche Extremisten an der Macht." Nachtkritik Online. 15 Okt. 2015. Web. 25 Jun. 2020.

<https://www.nachtkritik.de/index.php?option=com_content&view=article&id=11639:presseschau-vom-15-oktober-2015-in-der-faz-sieht-lukas-baerfuss-die-schweiz-auf-dem-falschen-rechten-weg&catid=242:presseschau&Itemid=62>.

"Shortlist 2006." Deutscher Buchpreis Online. 2006. Web. 25 Jun. 2020. < https://www.deutscher-buchpreis.de/archiv/autor/134-stanisic/>.

作者单位：北京外国语大学德语学院

2019年俄罗斯文学概览

孔霞蔚

内容提要：2019年度，俄罗斯文坛设立了专门面向文学评论家和青年作家及其作品的两个文学奖项，激励这两个特殊群体继续在俄语文学的土地上深耕。在创作方面，"三十岁一代"作家表现优异，他们和知名作家一起，在作品的主题和写作手法上进行探索，丰富、拓展了文学的样式与深度。表现小人物及特殊族群生活的小说、动物小说、神话小说成为这一年度俄罗斯文学的重要看点。

一、文坛事件：文学奖的设立与青年作家的成长

2019年初，大型文学杂志《阿利翁》（«Арион»）宣布停刊，退出了耕耘将近二十年的俄罗斯文学历史舞台。这使得刚刚在前一年因重要的文学网络资源——期刊阅览厅（Журнальный зал）停更而备受打击的俄罗斯文学界再次受挫。幸运的是，2019年下半年期刊阅览厅找到了新的网络平台，其原有资源几乎悉数转移到由从事网络出版的高尔基传媒所提供的网站（https://magazines.gorky.media/）上，从而获得了重生。此外，令作家和评论家们备受鼓舞的是，该年度设

立了两个独特的文学奖项：一个是面向全俄罗斯文学批评家的"狂暴的维萨里昂"[1]奖（премия Неистовый Виссарион），另一个是专为35岁以下青年作家设立的"虚构35"文学奖（премия ФИКШИН 35）。

"狂暴的维萨里昂"奖的重要意义在于，它是俄罗斯首个以文学评论家及其文学批评作为评选对象的奖项，旨在鼓舞处于逆境中的当代文学评论家。自20世纪90年代起，文学评论家们陷入边缘化的尴尬境地。这一奖项的设立，或许能起到提振评论家士气的作用。

值得一提的是，进入21世纪以来，优秀的俄罗斯文学评论家们在写作评论文章及专著的同时，积极涉足创作领域，成就最突出的要数帕维尔·巴辛斯基（Павел Басинский，1961— ）和列夫·达尼尔金（Лев Данилкин，1974— ），前者凭借《列夫·托尔斯泰：逃离天堂》（«Лев Толстой: бегство из рая»，2010），后者凭借《列宁：光尘之王》（«Ленин: Пантократор солнечных пылинок»，2017），分别获得2010年度、2017年度大书奖（премия Большая книга，上述两部作品均为传记性长篇小说）。2019年，知名女评论家瓦列里娅·普斯托瓦雅（Валерия Пустовая，1982— ）也推出了长篇小说处女作《欢乐颂》（«Ода радости»）。小说写的是带有作者自身印记的"我"在一年之内经历的生与死："生"是主人公期盼已久的孩子———一个新生命的降生；"死"，则是主人公的母亲，在忍受几个月的病痛折磨后撒手人寰。生与死带来的喜与悲，在短促的时间内接连出现，在之后的岁月中悠长延绵。这部集叙事、抒情、哲理于一体的作品，因其主人公是一位女性文学工作者而具有了超乎同类主题作品的文学性和思考深度，受到读者和评论界的关注。

1　"狂暴的维萨里昂"指的是俄罗斯著名批评家、作家、思想家维萨里昂·别林斯基（1811—1848），是其友人对他的一种称呼。

与评论家们从事作品创作所带来的惊喜不同,年轻一代作家的成长为俄罗斯文坛不断注入活力,因而也一贯广受关注。近些年来,先有处女作奖(2000—2016年),后有普希金皇村奖(2017年开始),专注于发掘和培养俄语文学新生力量。2019年设立的"虚构35"文学奖,则更进一步加强了对青年作家的支持。该奖项将35岁作为重要分水岭,规定由35岁以下的读者讨论并从自己的同龄人中选出同样不到35岁的获奖者。这意味着,相关年龄范围内的文坛新人和成熟作家同样重要。事实上,每年都有三十几岁的青年作家脱颖而出,其中的佼佼者如2015年俄语布克奖得主亚历山大·斯涅吉廖夫(Александр Снегирев, 1980—)、2016年民族畅销书奖得主安娜·科兹洛娃(Анна Козлова, 1981—)等。而在2019年,更有多位出生于20世纪80年代的青年作家及其作品出现在各奖项的评选名单中。他们是格里高利·斯卢日杰利(Григорий Служитель, 1983—)的《萨维利的时光》(«Дни Савелия», 2018)、叶甫盖尼娅·涅克拉索娃(Евгения Некрасова, 1985—)的《卡列奇娜-玛列奇娜》(«Калечина-Малечина», 2018)、谢尔盖·萨姆索诺夫(Сергей Самсонов, 1980—)的《守住这土地》(«Держаться за землю», 2018),以及维亚切斯拉夫·斯塔维茨基(Вячеслав Ставецкий, 1986—)的《阿·格的生活》(«Жизнь А. Г.», 2019)等。据此,评论家叶甫盖尼·阿卜杜拉耶夫(Евгений Абдуллаев, 1971—)指出,"2019年的一个趋势是——三十岁一代(作家)的到来"[2];作家阿列克谢·鲍里亚利诺夫(Алексей Поляринов, 1986—)也认为,2019年是属于"新的三十岁一代"的年份,在这一年,文学乃至文

---

2 <https://magazines.gorky.media/druzhba/2020/1/slom-ierarhij-blogery-obzhivayut-real.html>.

化正在进行代际更替。他还进一步做出评价:"新的三十岁一代(作家)不仅不惮于讲述新近的历史,而且——与他们的先辈不同——还是公开而坦率地讲述,避免隐喻,从不试图遮掩和以讽刺来稀释自己的思想……现在,在新的环境下,他们的作品看起来是年轻的新一代小说的典范,在他们的小说中,真挚和勇气是最重要的,与此同时,后现代主义写法——讽刺和虚无主义——迅速失去了市场。"[3] "三十岁一代"作家正在逐渐形成一股强劲的力量,加入到俄罗斯文学史的书写当中。

二、作品层面

(一)非虚构创作"一枝独秀"

2019 年度,俄罗斯文学创作继续呈现多样化态势。这一年的非虚构类创作虽然总体上乏善可陈,但还是有一部作品获得了最重要的文学奖项——大书奖。获奖作品是由奥列格·列克曼诺夫(Олег Лекманов,1967—)、米哈伊尔·斯维尔德洛夫(Михаил Свердлов,1966—)和伊利亚·希曼诺夫斯基(Илья Симановский,出生年份不详)集体创作的《维涅季科特·叶罗菲耶夫:局外人》(《Венедикт Ерофеев: посторонний》,2018)。在俄语布克奖于 2018 年停办之后,大书奖便成为俄罗斯当前最具影响力的文学奖项。将如此重要的大奖颁给一部由三人合写的非虚构作品,实属罕见,其原因主要在于这是关于独具个性的俄罗斯作家维涅季科特·叶罗菲耶夫(1938—1990)的首部传记,而叶罗菲耶夫和他的小说《从莫斯科到彼图什

---

[3] <https://magazines.gorky.media/druzhba/2020/1/slom-ierarhij-blogery-obzhivayut-real.html>.

基》(«Москва—Петушки», 1970)，分别是俄罗斯后现代主义文学的奠基人和开山之作。在这部传记中，介绍叶罗菲耶夫生平的章节与专题研究《从莫斯科到彼图什基》的章节交叉出现，提供了关于作家及其创作的丰富资料。

（二）以不同手法书写历史与现实

与略显寂寞的非虚构创作相比，2019年度的虚构类作品创作异彩纷呈。历史、现实题材小说，具有神话特点的幻想类小说、动物小说，都有不俗表现。

历史大潮中小人物的悲欢离合，历来是俄罗斯作家钟爱的主题。进入21世纪后依旧如此。2016年，初登文坛的古泽里·雅辛娜（Гузель Яхина，1977—　）凭借其关于20世纪20—30年代鞑靼族女性命运的小说《祖烈伊哈睁开了眼睛》，进入俄罗斯当代经典作家行列。2019年她的新作《我的孩子们》(«Дети мои», 2018)再次受到瞩目，获得大书奖第三名。这部小说仍然聚焦于社会-政治题材，在内容上，诸如时代背景、主人公的出身背景等方面，都与《祖烈伊哈睁开了眼睛》有颇多相近之处；不同的是，其叙述手法在朴实、纯粹的现实主义之上增加了魔幻成分。小说写的是20世纪上半期，生活在伏尔加河沿岸地区的一个特殊族群——俄罗斯日耳曼裔的遭际。围绕主人公雅克布·巴赫的经历，小说展现了从十月革命到20世纪40年代的社会变迁。小说的题名"我的孩子们"，是具有深刻内涵的点睛之笔。历史上，18世纪俄国女沙皇叶卡捷琳娜二世出于政治考量，邀请自己的母国——德国的农民迁至俄国，这些人在伏尔加河沿岸数百公里的土地上定居下来。十月革命后，这里的日耳曼人先后遭受了饥荒、流放和被遣返回德国等一系列厄运。"我的孩子们"正是当年叶卡捷琳娜对那些来到俄国的日耳曼人的称呼。保留对一群被从俄罗斯历史上抹去印迹的人、一段令人扼腕的真实历史的记忆,是这部小说的宗旨之一。另一方面,个人在特殊环境下的历练、成长,也是雅辛娜在其创作中探索的题目。雅克布·巴赫在困苦而多变的世道下经历了一系列个人与历史的悲剧性事件,而后最终获得了独立人格,实现了生命的升华。在叙事手法上,魔幻元素首先体现在作家对雅克布所居住的小村落的描述上。那是一处与世隔绝的世外桃源,主人公在那里平静、安然地独处,创作神话故事,照顾身边的孩子;其次,雅克布所写的神话故事具有预言性质,他在神话中写到的丑恶内容一一变成可怕的现实;此外,在小说的后半部分,被没收土地和生产工具后雅克布试图投河自杀,他沉入伏尔加河水底,在那里见到了已故的长者、饿死的孩子、被宰杀的牲畜以及一些失却的物件——所有这些都是当地日耳曼人与物的残迹和历史的碎片。神话与现实、真相和臆想,在这部小说中紧密交织,丰富了作品所提供的想象和思考空间。

和雅辛娜一样喜爱从历史中勾陈往事、思考小人物与大历史之关系的著名作家叶甫盖尼·沃多拉兹金(Евгений Водолазкин, 1964—),则继续沿用传统的现实主义笔法,反映生活在20世纪后半叶至当下的俄罗斯人的困惑。他的最新著作——长篇小说《布里斯班》(«Брисбен», 2018),成为2019年度"最成功的作品之一",这不仅体现在其6.3万册的年销售量上,更体现在它所获得的高度评价上。帕维尔·巴辛斯基认为,"这是一部欧洲水平的小说"[4]。《布里斯班》的主人公格列布·亚诺夫斯基是一位享誉世界的吉他演奏大师。他因

---

4 <https://litrossia.ru/item/pyat-sobytij-sovremennyj-russkij-roman/>.

患帕金森病而不得不放弃如日中天的演艺事业。与此同时，他与偶遇的作家涅斯托尔达成一致，后者将为他撰写一部传记。之后的几年二人定期见面，共同完成这部作品。格列布的札记与涅斯托尔的记述在小说文本中交替出现，赋予这部社会－心理小说以复调特点。和沃多拉兹金以往几部小说的主人公一样，格列布为寻求内心的平静，始终在寻找自我，探索生命的意义。然而，他一直深切信仰的音乐和爱都无法帮助他抵达永恒，而所有曾经的美好和苦痛都将留在记忆中。小说标题中的"布里斯班"，是所有人物都未曾到过的神秘之地，是格列布的母亲一直心向往之的彼岸世界，也是格列布对一位失去孩子的精神病患者母亲所说的善意的谎言。在这里，"布里斯班"是沉重的肉身永远无法抵达的海市蜃楼。值得一提的是，小说将一系列重大历史事件串联起来，如20世纪70年代的基辅、90年代的列宁格勒（现名"圣彼得堡"），是童年和青年时代同时也是苏联留在格列布心中的印记；而1991年"8.19"事件时列宁格勒伊萨克广场上的集会、2014年发生在基辅的"广场革命"事件，格列布不管出于有意还是偶然，都卷入其中，成为历史的见证者。有评论家认为，沃多拉兹金在小说中插入上述情节纯属多余之举。其实并非如此。格列布姓名中的"亚诺夫斯基"，是发端于乌克兰的伟大作家果戈理的家族传统姓氏。沃多拉兹金在接受采访时曾谈到这一点，他表示，果戈理因素之所以出现在《布里斯班》中，是因为果戈理虽然强烈地热爱乌克兰，但仍坚持认为自己是广义上的俄罗斯人。[5] 和格列布一样，沃多拉兹金本人也出身于俄乌结合家庭，在乌克兰度过了童年、少年时代，上大学后才来到彼得堡并定居下来。对于他和他笔下的格列布来说，俄罗斯与乌克兰何时能够重拾2014年之前兄弟般的深厚情谊，也如

---

5 <https://news.rambler.ru/other/41297474-brisben-o-chem-novaya-kniga-evgeniya-vodolazkina/>.

"布里斯班"一样遥不可及。这层痛楚,或许是小说的另一层隐意。

近年来,随着乌克兰国内武装冲突不断升级,俄罗斯文学界日益关注发生在那里的战事。2019 年,青年作家谢尔盖·萨姆索诺夫凭借其描写冲突热点地区——顿巴斯的长篇小说《守住这土地》,获得亚斯纳亚·波良纳奖(премия Ясная Поляна)。萨姆索诺夫曾获得处女作奖,两次入围民族畅销书奖短名单,一次入围大书奖短名单。他也是一位擅长书写大历史条件下的小人物这一主题的作家。《守住这土地》讲述战争利剑下普通顿巴斯人的武装对峙,时间背景是 2014 年乌克兰政府与民间武装发生大规模冲突的几个月。战争撕裂了顿巴斯,撕裂了当地形形色色的居民,他们或自愿或被迫卷入到这场战争中来,在拿起武器战斗的同时,每个人的内心深处都经历着人生与人性的煎熬,承受着无法抑止的创痛。小说中的矿工、煤炭部门官员、民兵以及正规部队的军官,构成了两派敌对阵营,或保护或破坏着他们共同的家园——顿巴斯。小说采用了多种声音并存的叙述方式,让不同人物讲述自己因何而战。作为一部关涉当今重大政治危机的战争小说,作家并未突出所写事件的政治性,而是对敌对双方持不偏不倚的中立态度。对此,作家的解释是:"我站在苦难和痛苦一方。"[6] "小说所呈现的是人的命运,我们看到,在这场战争的背后,全都是普普通通的人。读完这部小说,再也不想去理会那些政治纷争。"著名作家、评论家弗拉基斯拉夫·奥特罗申科(Владислав Отрошенко,1959—)对《守住这土地》的评价切中要害。[7]

青年作家格里高利·斯卢日杰里的动物小说《萨维利的时光》赢

---

[6] <https://mosregtoday.ru/culture/sergey-samsonov-vsyakaya-revolyuciya-pahnet-sortirom/>.

[7] <http://blog.cety.ru/georgiy-rzaev-shah-tahtinskiy/14433-bolshaya-literatura-v-bolshom-premiya-yasnaya-polyana-2019.html>.

得了2019年度亚斯纳亚·波良纳奖之读者评选奖和大书奖第二名。该书主人公是一只名叫萨维利的猫咪，不过这可不是一只普通的小猫，它有着猫的各种反应，同时又博学、睿智，能够像人类一样思考。它先后被多位主人收留，又多次"离家出走"，在经历了若干曲折，深爱的"女朋友"死后，它也选择了离开这个世界。透过萨维利的眼睛，我们看到了莫斯科的街头流浪汉、刚刚跨出校园的毕业生、特列齐亚科夫画廊的看门人、善良的中亚打工仔、猫咪宠物店的主人，等等。世间冷暖，悲欢离合，都在猫咪与这些普通人身上上演。这些特点使得作品带有深刻的哲理意味。小说唯一遭人诟病之处，在于主人公（同时也是叙事者）过于按照人类的方式思考和阐述自己的思想。而针对这一说法，斯卢日杰里有着自己的理解："这确实是一个猫的故事，尽管有人难免会将它与我们这个世界直接画上等号。简而言之，这本书写的是失去，是离别，写的是那些我们没有答案的问题……此外这本书还告诉我们，这个世界有多么奇怪和恐怖，同时又是多么美好。"[8]

（三）古代神话的重写与当代神话的构建

在客观存在的现实世界之外，还存在着别样的、想象的世界。2019年度有两部优秀的幻想作品，为我们提供了当代俄罗斯作家心目中想象世界的样本。

凭借若干部"残酷现实主义"小说在近些年的俄语文坛斩获多项大奖的作家安德烈·鲁巴诺夫（Андрей Рубанов, 1969—　），于2019年终于拿到了他的第一个民族畅销书奖，而此次的获奖作品，

---

[8] <https://www.obzor.lt/news/n52263.html>.

是一部被他本人称为"斯拉夫幻想小说"的长篇神话——《菲尼斯特——光明之鹰》(«Финист—ясный сокол»，2019)。菲尼斯特——光明之鹰的故事早已有之，是俄罗斯人民耳熟能详的民间故事，1947年著名作家安德烈·普拉东诺夫(Андрей Платонов，1899—1951)执笔，使这个短短的神话有了精美的文字版本。传统的菲尼斯特的故事相当简单，讲的是一个姑娘在三位善良女巫的帮助下克服重重困难，找到并从情敌手中夺回心上人——长着翅膀、会飞的菲尼斯特——的故事。虽然这个古老的神话构成了鲁巴诺夫小说的蓝本，但他的新版本要复杂得多。在他笔下，三个善良的女巫被三名精壮的男子汉所取代，在构成小说整体的三个独立成篇的部分中，他们既是讲述者又是主人公。此外，作家在小说中有意增加或凸显了某些重要的斯拉夫元素：首先，三个男子汉的名字都叫伊万。众所周知，"伊万"是一个有着特殊文化内涵的名字，是古罗斯民间传说中几乎所有大智若愚的青年男子最常用的名字；其次，俄罗斯古老的动物寓言和神话传说中的妖魔鬼怪——古老的蛇、林中女妖、狼人、给人带来好运的巫婆等形象，在小说中悉数登场；另外，作家也尽可能多地运用俄罗斯民间口头语，竭力避免拉丁语等外来词汇的出现。凡此种种，一方面是为了使小说的整体氛围与所设定的时代背景(3—4世纪)更加吻合[9]，另一方面，也是鲁巴诺夫这位具有强烈斯拉夫意识的作家之个性使然。当然，作为一部当代神话，小说中的"当代元素"同样必不可少。三个伊万全都深爱着女主人公玛利亚，甘愿为她赴汤蹈火却不计回报，而玛利亚魂牵梦萦的始终是远在天边的菲尼斯特。这样的情节颇有当下时髦的"玛丽苏剧"的味道。此外，小说中菲尼

---

[9] 在9世纪之前，古罗斯在宗教、文化等方面受外来影响非常小。

斯特所在的天空之城，伫立于半空中，是高级人种——飞鸟人的栖居之所。而在下方的地面上，生活着被他们视为"野蛮人"的地球人。作家笔下的天空之城，与当代科幻小说中的外太空城市有着相似之处。用当代的方式成功地讲述古老的故事，鲁巴诺夫创造了一个新的神话。

《菲尼斯特——光明之鹰》是美好的古老神话扩容后的变体，而叶甫盖尼娅·涅克拉索娃的《卡列奇娜-玛列奇娜》则是一部原创的、令人惊骇的"新莫斯科神话"。这部长篇小说在2019年度的大书奖和民族畅销书奖评选中均入围短名单，虽然最终未能折桂，但在读者和评论家中的口碑却好得惊人，甚至有人称其为年度民族畅销书奖的"无冕之王"。著名作家德米特里·贝科夫（Дмитрий Быков，1967— ）认为涅克拉索娃写了一部"一流小说"，称她是"普拉东诺夫的直接继承者"，甚至说"我感觉，一个大作家诞生了"。[10] 小说题目中的"卡列奇娜-玛列奇娜"原本是对一种俄罗斯传统儿童数数游戏的称呼，1907年，作家列米佐夫创作了一首同名童谣。在小说中，这首童谣是11岁的小主人公卡佳的重要安慰剂，每当她感到孤独、悲伤、无助时，就会哼唱这首童谣抚慰自己。卡佳和她的父母居住在莫斯科近郊一栋破败的老式高楼中，家庭经济状况拮据，父母无心也无力照顾她，在学校她是同学甚至老师羞辱的对象。一天，当绝望的卡佳躲进厨房试图自杀时，神话传说中的厨房女妖从炉子后面钻出来，之后她俩结盟，开启了一段"邪恶的"冒险经历，向伤害过她们的人展开残酷报复。《卡列奇娜-玛列奇娜》既是一部具有迫切现实意义的教育小说，涉及原生家庭、校园霸凌等当下社会关注的问

---

10 <https://sobesednik.ru/dmitriy-bykov/20180803-knizhnaya-polka-dmitriya-bykova-tri-glavnyh-knigi-iyulya-2018>.

题，也是一部探索善与恶及其相互转化、探索人类孤独的永恒主题小说。涅克拉索娃喜欢称自己是"社会魔幻现实主义者"[11]。将民间故事、神话传说与当代日常生活和种种社会问题编织进自己的故事世界，是她创作的一大特点。

综上所述，知名作家与新生代作家构成了2019年度俄罗斯文坛上的主力军。他们合力为俄罗斯文学注入了新鲜活力与当代元素，他们的文学创作在内容和主题上继承了俄罗斯的文化传统，同时对当下的社会现实问题又有着深切的关注。他们在作品的创作题材上不拘一格，以多元化的写作方式描述和思考现实，拓展文学表达的可能性，在这些尝试中，神话（魔幻）的书写尤为引人注目。

参考文献：

Дружба народов, номер 1, 2020. "Слом иерархий: блогеры обживают реал Литературные итоги 2019 года." Web. 16 Feb. 2020.
<https://magazines.gorky.media/druzhba/2020/1/slom-ierarhij-blogery-obzhivayut-real.html>.

Павел Басинский. "Пять событий: современный русский роман Выбор литературного критика Павла Басинского." 4 Oct. 2019. Web. 18 Dec. 2019.
<https://litrossia.ru/item/pyat-sobytij-sovremennyj-russkij-roman/>.

Рамблер. "«Брисбен»:о чем новая книга Евгения Водолазкина?" 20 Dec. 2018. Web. 03 Nov. 2019.
<https://news.rambler.ru/other/41297474-brisben-o-chem-novaya-kniga-evgeniya-vodolazkina/>.

Оксана Полякова. "Сергей Самсонов：Всякая революция пахнет сортиром." 17 Oct. 2019. Web. 08 Jan. 2020.
<https://mosregtoday.ru/culture/sergey-samsonov-vsyakaya-revolyuciya-pahnet-sortirom/>.

Георгий Рзаев -Шах-Тахтинский. "Большая литература в Большом. Премия «Ясная Поляна» – 2019." 20 Oct. 2019. Web. 17 Nov. 2019.
<http://blog.cety.ru/georgiy-rzaev-shah-tahtinskiy/14433-bolshaya-literatura-v-bolshom-premiya-yasnaya-polyana-2019.html>.

---

11 <https://uralcult.ru/news/libraries/i105453/>.

Даля Бартулите. "Григорий Служитель: Дни Савелия - роман о потерях и расставании." 18 Aug. 2019. Web. 18 Dec. 2020.
<https://www.obzor.lt/news/n52263.html>.

Быков Дмитрий. "Книжная полка Дмитрия Быкова: три главных книги июля-2018." 04 Aug. 2018. Web. 20 Nov. 2019.
<https://sobesednik.ru/dmitriy-bykov/20180803-knizhnaya-polka-dmitriya-bykova-tri-glavnyh-knigi-iyulya-2018>.

Культура Урала. "Творческая встреча с писательницей Евгенией Некрасовой." 11 Nov. 2019. Web. 25 Dec. 2019.
<https://uralcult.ru/news/libraries/i105453/>.

作者单位：中国社会科学院外国文学研究所

2019年法国文学概览

田妮娜

内容提要：法国历来是一个文学大国，富有才华的作家层出不穷，文学出版市场繁荣，文学、文化活动在法国也有良好传统和读者基础。2019年的法国文学图景延续了近年来精彩纷呈的基本面貌。小说依然占据了大半江山，通过对历史、旅行、家庭等主题的演绎探讨了现实与虚构的关系，用文学的语言构筑了具有时代特征的精神世界。诗歌在展现隐秘的内心世界方面依然具有强大的表现力，戏剧不论是创作主题还是表演方式都呈现出大众化的趋势。总的来说，2019年的法国文学体现出了强烈的人文关怀。

在今天这个视觉文化、网络文化大流行的数字时代，法国人对于文学，尤其是传统纸媒文学，可谓热情不减，一年两度"文学回归季"（la rentrée littéraire）的热闹景象便是很好的佐证。每年8月下旬，当度假的人们纷纷回归，学生们也开始为开学做准备的时候，法国的秋季文学回归季便拉开帷幕。在接下来的两个多月里，数百部新作涌入大小书店和网络销售平台，各式封面占据书店橱窗，获奖作品或名家名作会被加上红底白字的书腰，放在书店最显眼的位置；作者会受邀参加新书推介、读书活动或媒体访谈；而秋季文学回归季又恰逢法国主要文学奖的评奖期，知名奖项从提名阶段起就让人津津乐道。本文将在 2019 年获奖作品的基础上，对小说、诗歌、戏剧三大体裁的作品进行概述，力图展现 2019 年法国文学的基本面貌。

一、小说——回忆与现实的交响

在 2019 年的年度新作当中，小说依然是主流，出版数量、销量、奖项数量都远远领先于其他文学体裁。从内容上看，2019 年的小说题材广泛，形式多样。法国近年来出现的对主流价值观的质疑、社会动荡以及信息化技术对生活的改变也反映在作品中。

（一）历史启示

法兰西学院小说大奖（le Grand Prix du roman de l'Académie française）是法国夏季文学回归季最早揭晓的奖项。2019 年 10 月 31 日，在经过了四轮投票后，法国作家洛朗·比内（Laurent Binet，1972— ）的小说《文明》（Civilizations）最终胜出。对于法国文学回归季而言，洛朗·比内并不是一个陌生的名字，他的小说或多或少与历史有联系，数量不多，但每一部都获得了读者和颁奖机构的认可。《文明》是比内的第三部作品，是一部虚构历史小说，时间跨度从公元 1000 年左右到 16 世纪。1000 年前后，著名维京人探险家红发埃里克（Erik le Rouge）的女儿弗莱迪丝（Freydis Eiriksdottir）离开格陵兰岛前往美洲大陆，他们途经玛雅文明的主要城市奇琴伊察，最终到达了中美洲，遇到了当地土著民族，她把他们称作"斯格林"。格陵兰人为当地人带去了炼铁工艺和对抗瘟疫的医术。几个世纪后的 1492 年，哥伦布和他的船队被伊斯帕尼奥拉岛的泰诺人俘虏，哥伦布在岛上去世,没能把发现新大陆的消息捎回欧洲。1530年,南美印加帝国第十三代皇帝阿塔瓦尔帕由于被皇弟追杀,带领他的士兵和后宫逃往伊斯帕尼奥拉岛避难,后驾驶哥伦布遗留的帆船一路向东航行,于次年抵达了葡萄牙里斯本。此时里斯本刚好发生了大地震,阿塔瓦尔帕趁乱击败了查理五世,夺取了西班牙的政权,他继续向东推进,建立了欧洲的印加帝国。

小说《文明》是对历史的虚构和戏仿,而小说的标题采用了英语拼写[1],与著名的电子游戏系列《文明》(*Civilization*)同名,玩家在这个策略性游戏中可以通过角色扮演体验人类文明的进程。法国《宗教世界》(*Le Monde des religions*)杂志载文评论道:"洛朗·比内创造了从电子游戏到书本的改编。"(André)比内也坦言,自己深受法国历史学家帕特里克·布琼(Patrick Boucheron,1965—)的影响,后者认为世界历史发展到15世纪时完全有可能出现另一种全球化,即欧洲航海家们没有发现新大陆,来自世界其他地方的文明登陆欧洲。历史发展固然有必然性,但偶然因素也不可忽略。当然,法国近年来的社会动荡也催生了"西方文明危机"意识,使人们开始重新审视西方价值观下的社会困境与社会发展前景。

出现在2019年"文学回归季"的还有另一个读者熟悉的名字:阿梅丽·诺冬(Amélie Nothomb,1966—)。这位比利时法语作家从1992年开始,以每年一部的节奏,至今共在法国阿尔班·米歇尔(Albin Michel)出版社出版了27部小说,并多次获奖。在2019年的小说《渴》中,诺冬以丰富的想象力书写了一部当代的"耶稣受难记"。作者把话语交给了这段故事的中心人物耶稣,后者用第一人称

---

[1] "文明"一词的法语是civilisation,而英语是civilization。

讲述了自己在人间的最后时光。读者将跟随耶稣的步伐走出宣判场，随他一道登上骷髅山顶到达受刑地，接受他在世间最后的苦难，而全书大部分内容都是耶稣在十字架上丰富而人性化的内心世界。爱与恨、快乐与痛苦、信仰与背弃、希望与死亡、瞬息与永恒等一系列文学与哲学的永恒命题在耶稣的脑海中纠缠交错。他受天父之命来到尘世传播信仰，这一趟人间之旅对他而言是充实而感性的。他结识了朋友，体验了爱情，受人敬仰却也遭人诽谤，他在迦拿的婚礼上变水为酒，尽情畅饮，他认为天父派他来人间布道的计划不错，但以殉道的方式谢幕却令他懊恼。当然，进入他思绪的还有我们耳熟能详的《圣经》里的人物，他们与主人公耶稣一样，都是有血有肉的个体，例如背叛了耶稣的犹大是个干瘦黝黑的小伙，背负十字架的古利奈人西门让耶稣感受到了友谊，抹大拉的马利亚是耶稣的女追随者，更是与他相拥而眠的爱人。耶稣不但拥有了人的血肉之躯，还拥有了人的感知和性情，以及感性而不失幽默的语言。诺冬笔下耶稣的经历是法文中"passion"一词的世俗意义与宗教意义的统一[2]，它表现为耶稣临刑前的"渴"，作者在书中也点明了"渴"的意义，"要感受到渴，就必须要活着"。

另一部取材于历史事件的小说是女作家维多利亚·马斯（Victoria Mas，1987—　）的处女作《疯妇舞会》（*Le bal des folles*），该小说获得了斯坦尼斯拉斯首部小说奖（le Prix Stanislas du premier roman），入围了勒诺多文学奖（le Prix Renaudot）的首轮评比名单，并最终夺得中学生勒诺多文学奖（le Prix Renaudot des lycéens）。小说以历史事件为蓝本，讲的是发生在1885年巴黎萨伯特慈善医院的故事。每

---

2 法文中"passion"一词既指人的激情、热情，又指宗教意义上的"受难"。

年巴黎狂欢节期间，萨伯特慈善医院都要为收容的"疯女人"们举办一场特殊的化装舞会。巴黎的名流人士受邀到场，与这些精神错乱的女人们在华尔兹或波尔卡的节奏中翩翩起舞。然而这光鲜亮丽的舞会却只是著名神经科医生沙尔科设计的活人试验。小说从两位原本没有交集的女性讲起，一位是已经在萨伯特慈善医院住了三年的年轻女子路易丝，她在被叔叔强奸后便患上了癔症，是沙尔科医生最喜欢的病人，他每周都要为路易丝进行催眠治疗。另一边是女孩欧也妮·克蕾里，她声称自己能与死人对话，被亲生父亲送进了这座监狱般的医院。两个角色的故事渐渐相互缠绕。

马斯的小说塑造了一个个"怪异"的女性形象，她们的"怪癖"是以男性视角来定义的。19世纪末的法国显然仍是一个男权社会，女性的任何越轨行为都被认为是病态的，将受到"治疗"。一个多世纪后的今天，当我们直视这段历史时仍不寒而栗，当男性像观赏动物般贪婪地注视着慈善医院的疯癫女人们时，他们的目光何尝不是一种"疯狂"呢？

（二）人在旅途

"他处"（l'ailleurs）是法国文学中的一个古老命题，不论是宏大的东方主义、异国情调，还是来自内心的梦幻、臆想，都是"他处"的变奏。寻找能为人类精神困境提供出路的他处，在他处回望当下，是2019年法国小说作品的一大主题，而在交通和通信空前发达的今天，通往"他处"的方式也变得多样化。

2019年1月，法国知名作家米歇尔·维勒贝克（Michel Houellebecq, 1956— ）的第七部小说《血清素》（*Sérotonine*）出版，该书第一版印数就高达32万册，问世后10天之内热销9万册，受追捧程度在法国出版界实属罕见。维勒贝克从上世纪90年代初起活跃于文坛，是法国当代最炙手可热同时又最受争议的作家之一。《血清素》的主人公是46岁的中年男子弗洛朗－克洛德·拉布鲁斯特，他患有抑郁症，任职于法国农业部，工作是为欧盟或法国农业所经营的相关协商参事起草报告文案，他的日本女友比他年轻20岁。一次，他从西班牙度假返回巴黎后，觉得眼前的工作和日本女友都令他生厌，遂决定不辞而别，人间蒸发。此时他的抑郁症愈发严重，只能靠服用心理医生开出的抗抑郁药物来维系，而该药品的功效正是促进大脑分泌血清素，使病人获得更多的快乐。在此期间，他回忆了与三位女性的情感往事，拜访了在诺曼底经营农庄的老朋友埃梅里克，这位贵族出身的老友酗酒成性，妻离子散，农庄也经营不善，时值欧洲农业危机，农产品价格骤跌。弗洛朗－克洛德决定搬到农庄与老友为伴，甚至多次试图帮助老友走出农庄经营的困境，但每次都以无果告终。埃梅里克在参与一次农业经营者组织的抗议活动后自杀，而弗洛朗－克洛德则偶遇了他的前女友卡米尔，正当他想追寻往事旧梦的时候却发现早已物是人非。

法国新闻电台（Franceinfo）发表评论说："爱情从未在维勒贝克的作品中得到如此充分的探讨，大喜大悲皆源于此。"（Houot）同时，小说一如既往地体现着维勒贝克对当代西方社会种种弊病的冷静观察："从来没有任何一个社会是建立在对劳动的酬谢上的"，"金钱总是涌向金钱，并与权力为伴"。小说尤其反映了法国农业的困境，甚至在一定程度上预言了2019年席卷法国全境的"黄背心"运动。

勒诺多文学奖每年与龚古尔文学奖（le Prix Goncourt）几乎同时颁奖，是法国六大文学奖之一，它的评选过程也备受关注。2019年，获此殊荣的是一位旅行作家西尔万·泰松（Sylvain Tesson，

1972—　），他的小说《雪豹》（*La Panthère des neige*）起初并没有进入提名名单，最后却出人意料地征服了评委。该书在很大程度上是泰松与动物摄影师文森特·穆尼埃（Vincent Munier，1976—　）在中国青藏地区的游记。为了寻找高原珍稀物种雪豹，泰松与穆尼埃夫妇以及一名助手来到青藏高原。他们一行四人首先到达了青海省玉树市，并前往杂多县附近的澜沧江河谷。他们历尽艰辛，在海拔四五千米的高山上安营扎寨，那里夜间温度常常低至零下20度，然而十天过去了，除了看到大量家养牦牛外一无所获。于是，摄影小组决定继续向西北进发，在昆仑山南麓，他们观察到了大量的野生牦牛群，但依然没有见到雪豹的踪影。一周后，他们不得不回到杂多县的营地。稍作休整后，他们去往澜沧江一条支流的河谷继续寻找，功夫不负有心人，雪豹竟然三度现身，且驻足良久，回报了一行人多日来的艰辛。这次旅行对于泰松而言有着非凡的意义。地理学出身的他不仅记录了所到之处的地理、人文环境，也记录了自己的冥思。纯净、严酷、安详的雪域高原是绝佳的冥想之地。在物质、技术统治了世界秩序的今天，这里依然在极大程度上保留了信仰和美学至高无上的地位。而在追寻雪豹的过程中，泰松学会了与自然相处的全新方式：等待、隐匿、静止、沉默，让躁动被沉静所取代，让自我与自然融为一体。

确切地说，《雪豹》是一部散文性质的游记，作者在讲述行程的同时加入了大量遐想和哲思，对雪豹的追寻事实上是对内心世界、精神世界的朝圣之旅，是对急功近利的物质社会的反思。文学批评家贝尔纳·毕佛（Bernard Pivot）在法国《星期日报》（*Le Journal du Dimanche*）上撰文评论说："西尔万·泰松的游记是一首对自然和动物的美好赞歌。在抒情的语言背后总是藏着旅行者对本真的追求。"

法国作家、翻译家西尔万·普吕多姆（Sylvain Prudhomme, 1979— ）2019年8月出版的小说《在路上》（*Par les routes*）进入了法兰西学院小说大奖、勒诺多文学奖和联盟文学奖（le Prix Interallié）的提名名单，继10月将朗德尔诺读者文学奖（le Prix Landerneau des lecteurs）收入囊中后，又于11月在评委首轮投票中摘得2019年费米娜文学奖。小说主人公萨沙是一个年近不惑的单身男子、作家。在巴黎生活多年后，他厌倦了大城市的喧嚣。为了能更专注地投身于写作，他决定搬到法国东南部宁静的小城V市开启全新的生活。在那里，他偶遇了阔别17年的老友。萨沙称他为"拦车人"，因为在学生时代，萨沙曾跟随他搭顺风车游历四方。这位老友除了略微上了年纪之外没什么变化，并且看上去已经有了一个幸福的家庭，他的妻子玛丽是一名意大利语翻译，儿子已有十来岁。然而，尽管已有家室，"拦车人"依然不能适应循规蹈矩的生活。他常常独自出门旅行，并保留了搭顺风车的爱好，享受着与形形色色的陌生人一路同行的乐趣。在与这位故交重逢后，萨沙经常到访，而奇怪的是，"拦车人"却渐渐从这个家庭中消失了，他的旅行变得越来越频繁，时间越来越长，最后他的存在竟然化作了旅途中寄回的一张张明信片，而萨沙与玛丽的关系却越来越亲密，老友似乎有意将自己的家庭托付给萨沙。

普吕多姆笔下的"拦车人"是一个神秘人物，他在书中没名没姓，没有正经职业，靠在建筑工地打零工过活；每次出发说走就走，没有具体规划；他生硬地剥夺着亲人的家庭生活，却对旅途中萍水相逢的陌生人充满同情心。在通信设施如此发达的今天，他如同一个旧式独行客，不论是搭顺风车的出行方式，还是对手机的抗拒，以及寄明信片的习惯都与当下的时代格格不入。而随着阅读的推进，读者将渐渐理解这位有些古怪的"拦车人"。事实上,"独行"是对被各种通信手段绑架的现代生活的一种补偿,是将碎片化的个人时空重新弥合的一种方式。而小说中的其他两位主人公也以各自的方式试图重塑完整的自我,萨沙求诸写作,而玛丽从事的翻译工作则是两种语言之间的孤独旅行。可以说,普吕多姆的小说为如何从纷纷扰扰的社会生活中抽身,保持个人体验的完整性提供了多种途径。

2019 年,比利时作家让-菲利普·图森(Jean-Philippe Toussaint,1957—)的小说《U 盘》(*La Clé USB*)可以说是最让读者期待的作品之一。图森在法国当代文坛享有很高的声誉,他自 1972 年起定居法国,所有小说均由法国著名的子夜出版社出版,被视为法国"新新小说"的代表人物。《U 盘》的主人公让·德特莱是一名虚拟网络经济专家,他在位于布鲁塞尔的欧盟总部未来发展署工作。一天,来自一家区块链发展专业咨询公司的两名说客造访,有意无意间在德特莱脚边遗留下一枚 U 盘。德特莱拾到后浏览了其中的文件,发现其内容涉及决定网络设备的"后门"隐患。出于好奇,他决定利用赴日本东京参加虚拟经济会议之机,前往中国大连暗访一家"比特币挖矿机"的制造商。这是一次秘密行动,同事和亲人都不知道他的计划。然而在旅途中,他的笔记本电脑不幸被盗,使他焦虑陡增,导致他在东京会场发言失败,尴尬收场。等他疲惫不堪地返回布鲁塞尔时,却收到父亲病重的消息。

图森的小说题目偏爱不带修饰的、中性的名词,《U 盘》这部新作亦是如此。这个看起来没有任何感情色彩的物品却是小说情节发展的关键,是一个现代意义上的潘多拉之盒,打开一枚陌生的 U 盘便卷入了一场冒险行动。小说在诸如区块链、比特币、芯片等技术词汇的外表下,试图反映的是当下人们对于网络虚拟世界的焦虑,或者从更普遍的意义上说，是对未来世界、未知世界的焦虑。正如主人公在反思自己的职业时所感叹的那样："不论我们拥有多么强大的工具，未来都是无法预知的，怎么可能预见一个尚未存在的事物呢？"（Toussaint, 15）在面对这种焦虑时，"过去"确定性的价值便显现出来。主人公在经历了一场忐忑不安的旅行后终于回到布鲁塞尔，回到父亲身边，而父亲恰恰象征着过去的自我。图森坦言，回到父亲榻前的这一情节是迄今为止他的小说作品中自传性最强的片段，是向往昔的致敬。

（三）"家家有本难念的经"

家庭是社会的细胞，也是社会的缩影。在近年来的法国，恐怖袭击、移民问题、福利削减以及2018年下半年爆发的"黄背心"运动使社会动荡因素增多，家庭作为社会生活的起航点和避风港，越来越多地成为人们反思的对象。夫妻关系、亲子关系是人的社会性的基本面。在2019年六大文学奖的获奖小说中，有三部都将家庭关系作为探讨主题。

2019年8月，小说家、记者、编剧让-保罗·杜布瓦（Jean-Paul Dubois, 1950— ）出版了新作《所有人都不会以同样的方式生活》（*Tous les hommes n'habitent le monde de la même façon*），并凭借此书获得了法国第117届龚古尔文学奖。小说以第一人称讲述了加拿大蒙特利尔市监狱中一名囚犯保罗·汉森的回忆。在一间6平米的"用被囚禁的痛苦建造的小世界"里，斯文又单纯的老实人汉森与虎背熊腰、满身文身的杀人犯霍顿共处一室。入狱两年来，汉森一直在回忆自己的生活片段。他的父亲是一名来自丹麦北部的新教牧师，母亲是法国图卢兹人，在当地经营着一家小型私人电影院。1968年

"五月风暴"带来了性解放思想，母亲开始在自己的影院放映色情电影，这显然与父亲的价值观背道而驰，最终导致父母关系破裂，父亲远赴加拿大魁北克的塞特福德矿城继续担任牧师。一年后，汉森也追随父亲来到加拿大。在经历了四处打零工的生活后，汉森终于在蒙特利尔市的一个居民小区当上了小区总管，他工作尽职尽责，和蔼又能干。这个出了名的热心肠又怎么会锒铛入狱呢？答案直至全书末尾才揭晓。原来，小区里来了新的业主委员会主席，处处与汉森作对，忍无可忍的汉森最终对他痛下杀手。在汉森的生活中，死亡的阴影一直挥之不去。他的父亲在一次祷告中中风而死，远在法国的母亲也相继去世；他挚爱的妻子是驾驶小型飞机的飞行员，在一次事故中不幸罹难；就连他们收养的那只善解人意的小狗也抛下了他们。汉森在回忆这一切的同时与狱友霍顿建立了特殊的友谊，外表看上去格格不入的二人最终能相互理解、惺惺相惜。

小说在局促狭小的囚室时空中穿插了从丹麦到法国再到加拿大、从童年到中年大跨度的回忆时空。曾经的家乡、离散的父母、远去的爱人，这些回忆在主人公的脑海里不断闪回。小说中包含了杜布瓦作品中常见的主题，例如家庭、自然、故乡图卢兹，等等，也体现了杜布瓦一贯的伤感而怀旧、幽默中透出冷漠的文风。此书一经出版便大受欢迎，在获得龚古尔奖之前就售出近十万册。法国《快报》(*L'Express*) 评论说这是一部"理想的龚古尔奖获奖作品"，"代表了真正的小说的胜利，是一种纯粹的虚构乐趣"。(Peras)

2019 年，女作家卡丽娜·蒂尔（Karine Tuil, 1972— ）凭借其第 11 部小说《人情世故》(*Les choses humaines*) 获得了联盟文学奖，成为六大文学奖中唯一获奖的女性作家。接着，又因其"细腻又有力的文字"以及"对我们的行为和人情世故的深刻思考"摘得中学生龚古尔文学奖（le Prix Goncourt des lycéens）。此外，该小说还同时入围了龚古尔奖和费米娜奖的评选，可谓广受好评。学法律出身的卡丽娜·蒂尔一向以社会观察者的身份进行文学创作。小说《人情世故》的内容围绕一起强奸案展开。法莱尔一家是一个富裕的法国精英家庭，父亲让·法莱尔是著名电视新闻主持人、政坛记者，母亲克莱尔是一位知名评论家和活跃的女权主义者，儿子亚历山大则是斯坦福大学的高材生，前途本来一片光明。然而这个家庭却是貌合神离，父亲专断、强势、控制欲极强，一直有情人，母亲比父亲小27岁，爱上了犹太学校的教师亚当。一天，警察突然出现在亚历山大家中，说有人指控他强奸，亚历山大被拘留。而指控他的人正是克莱尔情人亚当的长女米拉。原来，亚历山大曾与米拉一起参加年轻人的聚会，其间二人在垃圾房内发生了性关系。在亚历山大看来，这不过是年轻人在酒精和兴奋剂作用下你情我愿的游戏，既没有后果也无需承担责任。而在米拉的叙述中事情却完全是另一番景象。她说当时亚历山大向自己表白时带有一把防身的小刀，其强行把她拉入垃圾房，她害怕被伤害，始终没有反抗，被迫就范，因此亚历山大的行为构成了对她身体、人格、自由的多重侵犯。双方在法庭上各持己见。最后，法院在双方意见之间做出裁决，亚历山大被判5年缓刑。

卡丽娜·蒂尔的作品直击性侵害、女性地位、家庭关系、家庭教育、阶层分化等民众关心的"人情世故"，法国《观察家》（*L'Obs*）周刊的评论认为小说《人情世故》指出了"两性关系的堕落"（Julliard）。而作者的法律学教育背景也让这部作品揭示了当代法国司法体系的缺陷。法律条文看似严密、中立，实则具有不确定性和模糊地带，处处需要人为的阐释和界定，而判决方向在很大程度上也受到社会舆论、固有观念的影响，难以达到所谓的"公正"。

另一部令人反思当代家庭关系，尤其是父母与子女关系的作品是2019年8月吕克·朗（Luc Lang, 1956— ）出版的新作《诱惑》（*La Tentation*），该书获得了美第奇文学奖（le Prix Médicis）。小说主人公弗朗索瓦是法国里昂市一位著名的外科医生，受人尊敬。他五十来岁，爱好打猎，祖上三代行医，家境富足，而打猎也是一项代代相传的活动，他的家族甚至在阿尔卑斯山区拥有自己的狩猎驿站。然而主人公的家庭可谓分崩离析。他希望一双儿女能延续家族的传统职业。然而儿子马修选择了学习金融，毕业后成功地进入纽约一家知名银行做了证券交易人，还娶了一名时尚模特为妻。22岁的女儿玛蒂尔德倒是如他所愿正在学医，却爱上了一个从事金融犯罪的男子，而此人正是她哥哥的一个客户。妻子玛丽亚少言寡语，经常隐身于修道院。她在女儿幼年时曾经亲眼目睹其溺水而无动于衷，妻子的冷漠和残忍让弗朗索瓦感到不可理喻。他在家庭中倍感孤独，不仅由于亲人之间缺乏语言交流，更是因为他所认同的价值观难以延续到下一代，甚至被年轻一代颠覆。作为外科医生，他崇尚知识和劳动，他的财富和名望是用双手在职业劳动中积累起来的，而儿子从事的是"用钱来赚钱"的行业，女儿也跟一个投机倒把的男子纠缠不清。儿子甚至认为父亲的职业陈旧落伍，终将被机器人所取代。年轻一代的成长意味着父辈们所代表的传统世界的崩塌。此外，弗朗索瓦还需要面对自身的认同危机。长期以来，医生和猎手两个身份在他身上是和谐统一的，它们都是人类历史上最古老的职业，它们需要同样的品质：专注、果断、精准。然而在一次打猎行动中，一头逃跑的猎物使代表救死扶伤的医生身份与代表杀戮的猎手身份产生了冲突，弗朗索瓦需要做出抉择。

值得一提的是，《诱惑》一书在叙事结构上很有特色，同样的事件被多次重复叙述,每一次都从几乎一模一样的字句开始,渐渐出现了细微的差别,这些差别最终将叙述带往不同的方向。每一次的叙事视角并不完全相同,时而如手术过程一样精确细致,时而浮想联翩。多次叙述叠加之后故事的全貌才渐渐被勾勒出来。这种叙事方式如同画家在绘画过程中保留了历次修改的手迹,最终呈现出丰富的层次。

二、诗歌——隐秘的内心花园

诗歌在法国文学史上占有重要地位,为其设置的奖项众多。除了大家熟知的纪尧姆·阿波利奈尔诗歌奖(le Prix Guillaume-Apollinaire)、马拉美诗歌奖(le Prix Mallarmé)、马克斯-雅各布诗歌奖(le Prix Max-Jacob)、泰奥菲尔-戈蒂耶诗歌奖(le Prix Théophile Gautier)、龚古尔诗歌奖(le prix Goncourt de la poésie),近年来还出现了一些鼓励新生代诗人创作的奖项,如文人协会诗歌新秀奖(le Prix SGDL Révélation de Poésie)。而从2014年以来,巴黎大区公交公司每年都举行巴黎公交诗歌大奖(le Grand Prix de Poésie de la RATP),获奖者的诗作将被印刷在巴黎地铁车厢内供来往的乘客们品鉴,2019年的参与者竟达到了十万之众,可见在今天的法国,仍不乏写诗、爱诗、读诗之人。

纪尧姆·阿波利奈尔诗歌奖是法国诗坛最重要的奖项,设立于1941年,奖励具有独创性和现代性的诗作。2019年,奥利维耶·巴尔巴朗(Olivier Barbarant,1966—)的诗集《重要时刻》(*Un grand instant*)获此殊荣。在其中收录的28首诗中,诗人试图重现人生中那些看似微不足道的"重要时刻",逝去的时光带着水果的芬芳、浴场的气味、爱人的体味复活于诗人笔端,童年、祖父母、羊角面包、没刷洗的咖啡杯,被时间冲刷的生活中零星地散落着往昔的遗迹。诗集的标题来自当代法国俄裔哲学家弗拉基米尔·扬科列维奇（Vladimir Jankélévitch，1903—1985）的随笔式哲学著作《论死亡》（La Mort，1966），诗人在题铭中引用道："在茫茫永恒之海中，整个生命若不是一个'重要时刻'又是什么呢？"

无独有偶，另一位崭露头角的诗人也以展现生活细微之处而获得了认可。2019年，来自比利时的诗人塞巴斯蒂安·费弗里（Sébastien Fevry，1976— ）在法国谢纳（Cheyne）出版社出版了首部诗集《孤独欧洲》（Solitude Europe），一举获得2019年文人协会诗歌新秀奖和法兰西学院弗朗索瓦·戈贝诗歌奖（le Prix François Coppée de l'Académie française）。普通人的平凡生活是诗人创作的素材，比如没完没了的会议、共和广场上的游行、夏日的野餐、令人兴奋的傍晚、电视剧里的明星、童年的回忆，等等，这些司空见惯的时刻正因其"日常"才成为了当下这个时代的代言人，它们来自一个可感可触的世界，带着人间的烟火气，使人免于陷入沉闷的绝对之中。

2019年法兰西学院诗歌大奖（le Grand Prix de poésie de l'Académie française）颁给了86岁的诗人皮埃尔·奥斯泰尔（Pierre Oster，1933— ），以表彰他的全部作品。奥斯泰尔的第一部诗集《五月田》（Le Champ de mai）出版于1955年，获得当年的费内翁文学奖（le Prix Fénéon）。奥斯泰尔早期的主要诗集有《光之孤独》（Solitude de la lumière，1957）、《历久弥新的名字》（Un nom toujours nouveau，1960）、《神灵》（Les Dieux，1970）等。1962年，在出版人让·保朗（Jean Paulhan，1884—1968）的引荐下，奥斯泰尔结识了当时赫赫有名的法国诗人圣-琼·佩斯（Saint-John Perse，1887—1975），后者对他产生了重要影响。奥斯泰尔以诗作赠诗人，于1992年发表了诗集《圣-琼·佩斯》（Saint-John Perse），收录了多年来题赠给圣-

琼·佩斯的诗篇，2009年又将它们收入《赞美的实践》(*Pratique de l'éloge*)。奥斯泰尔的诗作含蓄而内敛，擅长捕捉转瞬即逝的光芒，记录人性中最隐秘角落里的阵阵涟漪，情景交融，寄托着人生探索的哲思，是法国浪漫主义抒情诗在当代的延续。

三、戏剧——大众化的高雅艺术

法国从二战后开始大规模的"戏剧去中心化运动"(le mouvement de décentralisation théâtrale)，政府设立国家级剧院、戏剧中心、国立剧场等公立机构，同时资助私人剧院。由法国戏剧导演让·维拉尔(Jean Vilar, 1912—1971)于1947年创立的阿维尼翁戏剧节是目前全世界最大的戏剧节之一，有力地推动了戏剧艺术的民间化。这些去中心化的努力扩大了戏剧的受众，也使当下法国的戏剧创作呈现出大众化的趋势。

2019年法国戏剧界最引人注目的成就当数剧作家兼戏剧演员贝努瓦·索莱斯(Benoit Solès, 1972—)创作的《图灵机》(*La Machine de Turing*)。索莱斯是当下法国戏剧界非常活跃的人物，此前他已经参演过7部电影、20多部电视剧和超过30部的戏剧。《图灵机》将英国20世纪数学家艾伦·麦席森·图灵(Alan Mathison Turing, 1912—1954)搬上了舞台。图灵被誉为计算机科学之父，他设想的计算模型"图灵机"是现代计算机的鼻祖。1952年的一天，图灵家中失窃，来到曼彻斯特警察局报案。接待他的警官罗斯并不在意这位数学教授被盗窃了多少财产，倒是对教授的过往经历饶有兴趣。随着谈话的深入，教授的个人生活渐渐铺陈开来，比如他幼年时对数字的热爱、对动画片《白雪公主》的痴迷、他在破译著名的英格玛密码中扮演的关键角色，以及为当时社会所不容的同性恋行为，等等。图灵的命运是悲剧性的,他在生命的最后时分,像白雪公主那样拿起一个有毒的苹果,咬了一口后中毒而亡,而那个缺失了一部分的苹果成为了今天最著名的图标之一。索莱斯既创作剧本,又在剧中饰演主人公图灵,他因此获得2019年莫里哀最佳作者奖(le Molière de l'auteur)和莫里哀最佳演员奖(le Molière du comédien),成为同时获得以上两项奖励的第一人。值得一提的是,该剧目正是借阿维尼翁官方OFF戏剧节[3]之机大获成功后,才在巴黎的米歇尔剧院上演的。

另一位具有影响力的剧作家是帕斯卡·朗贝尔(Pascal Rambert,1962—),他自1988年以来创作的剧本超过30部。2019年,他为年轻女演员萝拉·吉乌丝(Lola Giouse,1993—)量身创作了话剧《丢包》(Perdre son sac)。在这出完全由独白构成的独角戏中,一名擦玻璃的保洁女工不断地向路人倾吐胸中的烦闷,她感到孤独、气愤、迷茫,她丢失了一个手提包,也失去了爱人,在生活中找不到属于自己的位置,不能理解为什么现今社会上只有两种人:"功成名就的人"和"一无是处的人",她时而咆哮,时而低语,正如剧作副标题所指示的那样,她"在雨中呐喊出缺席和空虚"。为演员定制剧本是朗贝尔的创作特色,《爱的开端》(Le Début de l'A,2001)、《爱的落幕》(Clôture de l'amour,2011)、《彩排》(Répétition,2014)和《重建》(Reconstitution,2017)等剧目都是为特定演员而创作的。此外,如《丢包》一样,朗贝尔的多部作品都包含大段的独白,加上人物社会关系的缺失、扁平化的故事情节、极简主义的舞台布景,作品的全部力量几乎都汇集在语言本身,对演员的表演技巧有极高的要求。

2019年的戏剧界也不乏新人新作。电影人出身的女剧作家露

---

3 每年的阿维尼翁戏剧节分为两个部分,一是阿维尼翁官方戏剧节,也称为阿维尼翁IN戏剧节,汇集了正式受邀的剧团;二是阿维尼翁OFF戏剧节,旨在为民间剧团提供展示自己的平台。

西·德坡（Lucie Depauw，1978— ）创作了首部戏剧《某约翰》（*John Doe*），获得了当年的剧作家联合协会奖（le Prix des Écrivains Associés du Théâtre）。该剧情节围绕一次审判展开，主人公在一家位于卢森堡的审计公司工作，他无权无势，是一名再普通不过的员工，却阴差阳错地发现这家公司有大规模的偷税行为，于是他决定以"某约翰"的身份向法院告发。然而检举自己供职的公司并非易事，主人公承受着巨大的心理压力。与此同时，主人公的家庭生活也似乎陷入了困境，他的妻子刚生下一个婴儿，正被严重的产后抑郁症折磨，孩子的哭声使她身心俱疲，夫妻关系也变得十分脆弱。这位普通男人在职业和家庭的双重重压下正在经历一场危机。事实上，从作品的题名，也即主人公的名字便不难看出，作品的主题正是"普通人"。英文中的"John Doe"意即"某约翰"，类似汉语中的"张三"，普通人的遭遇同时具有普遍性和偶然性。在一个看似衣食无忧的社会，做一个安逸闲适的无名氏实则是一种奢望，普通人往往在无意间被逼成赤手空拳的英雄。

法国戏剧界另一项有分量的大奖是创设于1980年的法兰西学院戏剧大奖（le Grand Prix du Théâtre de l'Académie française），用以表彰某位剧作家的全部作品。2019年，在戏剧、电视、电影方面都颇有影响力的埃德瓦·贝耶（Edouard Baer，1966— ）获此殊荣。这位集演员、歌手、编剧、导演、制片人于一身的犹太艺术家从1997年开始从事戏剧写作，至今已创作了7部戏剧。他擅长以幽默风趣的文字从不同角度思考当前人们关心的社会话题，剖析当代人的心理问题。

结语

综上所述，2019年法国文学一如既往地精彩纷呈，优秀作品层出不穷。我们可以将 2019 年法国文学的特点按照小说、诗歌、戏剧三大体裁概括如下。其一，回忆和现实是小说创作的两大主题，有的在集体记忆的基础上对历史进行戏仿或改编，抚今追昔，诘问当下；也有的试图从个人回忆中汲取面对当前或未来的力量，比如身陷囹圄之人重温逝去的安详时光，或在旅途中回忆新欢旧爱，又或通过对家庭生活的回忆剖析夫妻或亲子关系，等等，作家们希望通过回忆与现实之间的碰撞来审视人与自我、人与人、人与社会之间的联系，揭示我们所处时代的人文特征。其二，诗歌这一精致高雅的语言艺术在今天的法国仍拥有大量爱好者，新诗人的涌现、新奖项的设立、新的传播技术的使用都为今天的法国诗坛注入了新的活力，在这个信息冗杂的时代，如何唤醒丰富、敏感、生动的内心世界是诗人们关注的焦点。其三，2019 年的戏剧作品无论从题材上，还是从表演方式上都体现出大众化的趋势。总的来说，法国文学中的人文主义精神延续至今，人的生存境遇是文学创作的一个永恒话题。能呼唤人性、诠释人情、抚慰人心的作品在今天这个信息化、智能化、物质化的时代中显得尤为宝贵。

参考文献：

André, Jérémy. "Civilizations par Laurent Binet." 29 Oct. 2019. Web. 18 Mai. 2020.
    <http://www.lemondedesreligions.fr/papier/2019/98/civilizations-par-laurent-binet-29-10-2019-8351_254.php>.

"Avec 524 romans annoncés, la rentrée littéraire 2019 est la plus réduite depuis 20 ans." 19 Aug. 2019. Web. 20 Mai. 2020.
    <https://www.francetvinfo.fr/culture/livres/la-rentree-litteraire/avec-524-romans-annonces-la-rentree-litteraire-2019-sera-la-plus-reduite-depuis-20-ans_3522307.html>.

Houot, Laurence. "Pourquoi «Sérotonine» est le plus houellebecquien et le plus triste des romans de Houellebecq." 15 Jan. 2019. Web. 16 Mai. 2020.
    <https://www.francetvinfo.fr/culture/livres/roman/pourquoi-quot-serotoninequot-

est-le-plus-houellebecquien-et-le-plus-triste-des-romans-de-houellebecq_3303525. html>.

Imhof, Fabien. "Pourquoi « Un monologue comme un cri du cœur»." 3 Sept. 2019. Web. 1 Mai. 2020.
<http://lapepinieregeneve.ch/un-monologue-comme-un-cri-du-coeur/>.

Julliard, Claire. "Le prix Interallié 2019 pour Karine Tuil et « les Choses humaines »." 13 Nov. 2019. Web. 31 Mai. 2020.
<https://www.nouvelobs.com/prix-litteraires/20191113.OBS21038/le-prix-interallie-2019-pour-karine-tuil-et-les-choses-humaines.html>.

"La panthère des neiges de Sylvain Tesson. Entretien." Web. 20 Mai. 2020.
<http://www.gallimard.fr/Media/Gallimard/Entretien-ecrit/Entretien-Sylvain-Tesson.-La-panthere-des-neiges>.

"Les Français et la lecture en 2019." 11 Mar. 2019. Web. 18 Mai. 2020.
<https://centrenationaldulivre.fr/donnees-cles/les-francais-et-la-lecture-en-2019>.

Peras, Delphine. "Jean-Paul Dubois, un prix Goncourt pour «un pur plaisir de fiction»." 5 Nov. 2019. Web. 10 Mai. 2020.
<https://www.lexpress.fr/culture/livre/jean-paul-dubois-un-prix-goncourt-pour-un-pur-plaisir-de-fiction_2105732.html>.

Pivot, Bernard. "Sylvain Tesson remporte le Renaudot 2019 : retrouvez la chronique de Bernard Pivot." 25 Oct. 2019. Web. 10 Mai. 2020.
<https://www.lejdd.fr/Culture/Livres/sylvain-tesson-a-laffut-la-chronique-de-bernard-pivot-3926773 >.

Richeux, Marie. "Amélie Nothomb: «Ce livre, je l'ai écrit au corps»." 4 Nov. 2019. Web. 18 Mai. 2020.
<https://www.franceculture.fr/emissions/par-les-temps-qui-courent/amelie-nothomb-ce-livre-je-lai-ecrit-au-corps>.

Toussaint, Jean-Philippe. *La Clé USB*. Paris: Minuit, 2019.

作者单位：北京外国语大学法语语言文化学院

2019 年非洲文学概览

胡 燕 李 凯

内容提要：2019 年继续见证了非洲新老作家在文坛的努力与成果。总体而言，非洲作品在风格上一以贯之地保持本土传统色彩，在创作手法上具有实验性，在主题上关注政治、文化、女权、地区冲突、教派战争、创伤、流散、腐败、弱势群体的困境与流离失所，以及后殖民生活状况下的现实社会问题。在各种文类中，尤以小说最为丰产。在非洲各国中，又以尼日利亚的英语文学创作最为繁荣。

一、重要文学奖项

1. 凯恩非洲文学奖（The Caine Prize for African Writing）

尼日利亚作家莱斯利·恩内卡·阿里马哈（Lesley Nneka Arimah, 1983— ）凭借短篇小说《剥皮》（*Skinned*, 2018）获得 2019 年凯恩非洲文学奖桂冠。小说预设了这样一个社会：未婚女性处于未被认领（unclaimed）地位，被强制裸体，直到她们与男性成婚，才能用妻子的衣服（wife's cloth）遮盖身体。主人公伊洁姆发现自己身处这个令人厌恶的传统之中。更糟糕的是，她尚未做好准备，就要被拽下

"父亲的衣服"(father's cloth),否则将要面对制裁和审判。她在这个男人是贵族,女人只被认领、保护和使用的父权社会里飘荡,渴望寻找自己的"家"。因为裸露着身体,她甚至失去了儿时的密友奇丁玛,后者害怕她会利用赤裸的身体引诱自己的丈夫。在混乱中挣扎生存的伊洁姆后来遇到奥迪娜卡,其经济上的富足给了她反抗社会规范的筹码,并希望创造一个唯有自愿女人才会自己脱掉衣服的世界。在奥迪娜卡的指引下,伊洁姆开始以自己的方式面对世界,反抗不公,炫耀"自我衣服"(self-cloth),虽然享受到尊重和钦佩,但其反抗也充满曲折。作品从一位拥有智慧、远见和神秘想象力的女性角度出发,探讨女性身体的自主性和独立意识。彼得·基马尼(Peter Kimani,1971—)称:"今年凯恩非洲文学奖的获奖作品展现了女性为融入一个被仪式所规范的社会而奋身拼搏……《剥皮》颠覆了既有的社会等级制度,挑战了传统的价值观念,为全世界女性设想了新的可能性。"(Daka)尼日利亚总统穆罕默杜·布哈里(Muhammadu Buhari)亦盛赞这部作品所提出的女性包容主题以及作家深刻的洞察力和娴熟的写作技巧。

2. 英联邦短篇小说奖(Commonwealth Short Story Prize)

姆博兹·海姆贝(Mbozi Haimbe)以短篇小说《夫人的妹妹》(*Madam's Sister*,2016)荣膺2019年非洲地区英联邦短篇小说奖,成为第三位获此殊荣的赞比亚作家。小说叙事简洁有力,采用第一人称,以门卫塞夫斯为叙述者,讲述了夫人的妹妹从伦敦回到非洲后,本地人对于非洲侨民的刻板印象,以及由此导致的冲突矛盾。小说事实上是非洲流散群体的女性叙事,展现了非洲侨民所处的不同环境以及情感,从黑人女权主义者的角度表达了对这一社会问题的看法。作者的创作灵感来源于非洲女性如何面对来自流散经历的、直接或间

接的挑战。小说以开放性结局收尾，预示女主人公的故事并未完结。(Akinsiku)

3. 布鲁内尔国际非洲诗歌奖（Brunel International African Poetry Prize）

布鲁内尔国际非洲诗歌奖成立于2012年，数年来极大地推动了非洲诗歌的发展。2019年第七届布鲁内尔国际非洲诗歌奖共同颁发给了两位年轻的女性诗人。一位是来自埃及的纳德拉·马布鲁克（Nadra Mabrouk），另外一位是索马里诗人嘉米拉·奥斯曼（Jamila Osman）。马布鲁克善用视觉隐喻，诗行间意向灵动，色彩丰富，充满蓬勃的生命力。在诗歌《我们去抓萨马克》("Let's Go Get Sammak", 2019）中，诗人通过想象化静为动，化墨为布，为读者描绘了"知更鸟的羽毛""血色的翅膀"和"从睫毛上垂下的云线"。(Olorunnisola) 奥斯曼是第三位问鼎该奖项的索马里诗人。她精于用意象表达感情，讨论了父权社会中的女性声音、普通民众的流离失所、民族语言的消亡等议题。(Masinga)《原罪》("Original Sin", 2019) 一诗揭示了隐含在亚当和哈瓦宗教寓言（fable of Adam and Hawa）中的虚伪，即我们的社会总是拒绝让男人为其轻率行为担责，反而将责怪强加于女性。奖项评委蕾拉·查蒂（Leila Chatti）、菲力帕·雅·德·维勒（Phillippaa Yaa de Villers）和马修·谢诺达（Matthew Shenoda）对两位非洲诗人做出如下评述："在纳德拉·马布鲁克的作品中，诗行交叠，展现了当下与历史之间的神奇变化。她的诗歌常常通过赞颂明晰的日常事物，探寻那些展现人性的微妙瞬间。她善于将纯粹的语言之美变成音乐，这种能力是现代诗歌中具有治愈性的宽慰剂。嘉米拉·奥斯曼在诗中向读者展示了她对节奏韵律的熟练运用和诗歌技巧。她对个人与集体记忆的细致见解创造了一个诗歌

空间,既浸染着海外流散的墨印,其轨迹又永远根植于她的索马里故乡。"(Olorunnisola)

4. 诺莫奖(Nommo Award)

2019年诺莫奖授奖活动于10月在拉各斯的阿凯图书与艺术节上举行。诺莫奖设立于2016年,旨在表彰非洲艺术家创作的最优秀的奇幻或科幻作品。奖项分为四大类:最佳长篇小说奖、最佳中篇小说奖、最佳短篇小说奖和最佳漫画或平面小说奖。非洲推理小说协会(African Speculative Fiction Society)提名各奖项入围作品并为获奖者投票。2019年,尼日利亚作家阿克瓦厄科·厄莫奇(Akweake Emezi,1987—)的小说《淡水》(*Freshwater*, 2018)摘得最佳长篇小说桂冠。

南非作家纳琳·多尔曼(Nerine Dorman)以《火鸟》(*The Firebird*, 2018)获得最佳中篇小说奖。《火鸟》的故事发生在一个小岛上,岛民不断与恶魔和怪物进行斗争。芬纳林教团(Fennarin Order)的一名成员拉达为了对抗威胁家园的恶魔和叛乱分子,离亲叛众,加入教团组织。当她失散多年的兄弟艾拉勒被捕时,教团的长老们要求拉达监督对他的审判,但此时,面对审判的不只是她的兄弟,更是她自己。她必须自我审视,思考哪一方才是正确的。小说通过拉达的大篇幅独白传达诸如政治宣传、腐败和权力等严肃议题。小说叙事中尤为出彩的是作者对于拷问的细节描写,其营造的恐怖氛围令读者生怖。(ABNeilly)

尼日利亚作家艾柯佩基·唐纳德(Ekpeki Oghenechovwe Donald)创作的短篇小说《巫时》(*The Witching Hour*, 2019)获得最佳短篇小说奖。小说讲述了一对女巫师徒的生活故事。姐姐发现妹妹也是女巫,决定收她为徒。姐妹俩夜间以猫头鹰和夜莺的形态穿行于树林间,为了使自己更强大,她们需不断汲取人类的灵魂和精力。在尼日利亚的传统信仰中,所有与巫术相关的元素如变形、入门和夜间出行均出现在这部作品中，最典型地表现为鸟类、蛇类和野生猫科动物被电线缠住，变成人形。作者成长于一个传统的尼日利亚大家庭，自幼亲历宗教巫术对社团的影响，这种经验成为其日后小说创作的素材，《巫时》因此充满本土色彩。(Akinsiku)

此外，2019年最佳漫画或平面小说奖颁给了尼日利亚裔美国作家尼狄·奥考拉夫（Nnedi Okorafor，1974— ）的漫画小说《苏里》（*Shuri*，2019），该作中的主人公现已改编成美国漫威漫画旗下的超级英雄。

5. 创意写作年度图书奖（Book of the Year Award – Creative Writing）

创意写作年度图书奖为杰出的非洲文学作品授奖，作品为非洲作家往年出版的小说、非小说类散文、戏剧或诗集。尼日利亚诗人、小说家蒂莫西·奥吉内（Timothy Ogene，1984— ）的小说《如往日一般结束》（*The Day Ends Like Any Day*，2017），在2019年创意写作年度最佳书籍评选中拔得头筹。这是一个成长故事，主人公山姆成长于20世纪80年代尼日利亚的平民街区，父亲酗酒，个性强势的母亲认为他与其四个兄弟姊妹并无不同，无视其对自身性取向的怀疑。小说分为三个部分，第一部分聚焦于主人公的童年生活，第二部分叙述山姆对所见所闻产生的困惑与疑问，第三部分讲述山姆在与不同人物交往的过程中，对自己不同性取向的发现，以及与帕·斯库的相遇和后者给予他的启蒙。帕为山姆开启了心智，为他打开了一个广阔的文学、艺术、音乐和哲学世界。主人公在故事中像放电影一般向读者介绍了他成长历程中遭遇的形形色色的人物，讲述者本人则出入于文本之间[1]，从家人居住的小公寓到大学，如同带领读者进行一场从过去到

---

[1] 非洲口传文化流行讲故事（story telling），说书人在表演过程中常常自由跳出故事文本，或对故事进行评议，或进行道德宣扬。蒂莫西·奥吉内在该作中的叙事显然与这种本土叙事模式相呼应。

现在的远足。约阿娜·达娜依拉（Ioana Danaila）称这部精彩的小说是一种新形式的成长小说：山姆的故事也是一次穿越书籍和记忆的旅程，因而生命的旅程不仅是向前的，也是向后的。[2] 小说充满情感和活力，富有挑战性，是对一个尼日利亚青年多重人格与身份的记述。当前，世界各地普遍存在强烈的民族主义情绪和对外来者的恐惧，这部小说不仅揭示了不同文化间的差异，更为重要的是，强调了不同文化之间有着不可磨灭的联系，且共相多于分歧。

6. 温德姆－坎贝尔诗歌文学奖（Windham-Campbell Literature Prize in Poetry）

夸梅·塞纽·内维尔·道斯（Kwame Senu Neville Dawes，1962—　）被授予 2019 年温德姆－坎贝尔诗歌文学奖，奖项评委会给予他的授奖词是："夸梅·道斯以其迫切的、发自肺腑而令人刻骨铭心的抒情风格，使其诗篇富有同情心、道德严肃性以及深度，在世界各大洲引起共鸣。"夸梅·道斯是一位评论家、编辑和诗人，出生于加纳，在牙买加长大。他是一位丰产的作家，写过 20 本诗集，多部小说和非虚构作品。他深受加勒比非裔族群的美学、知识和政治传统的影响。其第一部诗集《空气的后代》（*Progeny of Air*，1994）关注家园与移民、创新与传统、自由与困境等问题。诗人在后来的作品中继续探讨这些冲突关系，例如，他 1996 年出版的诗集《杰克·雅各布斯》（*Jacko Jacobus*，1996）重新审视了牙买加人眼中关于以扫和雅各的圣经故事；2006 年的诗集《紫藤》（*Wisteria*，2006）探索了美国南卡罗来纳州的种族主义和隔离问题。道斯是一个博学的诗人，其丰富的作品展示了娴熟的抒情技巧、强大的叙事力量，以及对诗歌之历史和

---

[2] 在非洲传统世界观中，生命是往复循环的过程，死者、生者和未生者之间的世界相互联通，无明确分界，因此生命的方向既是向前的，也是向后的。

地理根源的深刻理解。("Windham Campbell Prizes–Kwame Dawes")

7. 非洲作家奖（Prix Les Afriques）

非洲作家奖由塞纳文学协会（La Cene Littéraire）创立，每年为一位非洲或非裔作家授奖，获奖作品多反映非洲人或非裔的意识形态、政治、文化、经济或历史问题。2019年该奖项由尼日利亚作家埃纳森·约翰（Elnathan John，1982— ）获得，获奖作品为其首部小说《生于星期二》（Born on a Tuesday，2017），现已由赛琳·夏勒（Céline Schwaller）译成法语版本（Né un mardi）于2018年出版。小说主人公丹塔拉讲述了自己在北尼日利亚的极端政治与宗教背景下曲折而不幸的成长故事。他原是尼日利亚西北部巴彦拉依一名学习《古兰经》的天真聪慧的学生，偶然遇见一群在街头寻衅滋事的男孩，并与他们成为玩伴。他们在选举期间被小党（Samll Party）收买，放火烧毁了大党（Big Party）总部。丹塔拉因此逃进索科托的一所清真寺，被毛拉谢赫·贾马尔收为爱徒。在避难所生活期间，丹塔拉饱受青年期成长的烦恼和家庭分裂之苦——往日的兄弟加入敌对教派，母亲因家庭巨变精神失常，最后去世。随着政治和宗教矛盾升级，与清真寺的毛拉阿卜杜勒－努尔与谢赫·贾马尔发生意见分歧，双方陷入武装冲突，丹塔拉骑墙于二人之间，其忠诚之心在暴力流血中受到考验。当政府重新控制该地区时，丹塔拉被捕入狱，9个月后他获释并且回到了索科托街角的旧房间，精神几近崩溃，并得知心爱的女孩已嫁为人妇。这部作品深入挖掘媒体对"博科圣地"（Boko Haram）暴行的报道，再现了一幅强大的、极具个性的当代北尼日利亚生活画卷。懵懂的年轻人被政客利用犯下暴行；母亲需要依靠施舍和怜悯抚育孩子；政治权力腐败泛滥；教派纷争惨不忍睹。主人公在乱世中极有可能选择错误的生存道路。小说看似简单，实则反映了极端主义和

宗教激进主义对一个少年的毁灭性影响。但作者并未让希望彻底破灭，宗教信仰仍是引领救赎的生命之光。(Rocco)

二、重要文学作品

除了以上获奖作品之外，非洲作家在 2019 年还创作了许多值得一提的优秀作品。后现代主义和后殖民主义传统最重要的非洲作家之一——尼日利亚诗人、小说家本·奥克里（Ben Okri, 1959—   ）于 2019 年出版了他的第 11 部小说——《自由艺术家》（*The Freedom Artist*）。这是自其 1991 年布克奖作品《饥饿之路》（*The Famished Road*, 1987）发表以来最重要的小说。在这篇寓言性小说中，年轻女子阿玛兰蒂斯只因问了一个简单的问题——这个囚犯是谁？——而被捕。阿玛兰蒂斯消失后，其爱人卡纳克开始疯狂地寻找她，并渐渐明白，要找到她，首先必须明白她所问的问题。这种找寻将他引入一个充满谎言、暴力、迫害和恐怖的世界——监狱的中心。阿玛兰蒂斯失踪的问题贯穿整部小说，直到结尾，变成了每个读者向自己提出的问题；而答案就隐含在故事的核心启示中。英国出版商宙斯之首（Head of Zeus）称这部小说是对自由和正义的慷慨陈词，也是对后真理社会中自由如何受到威胁的深刻审视。奥克里将神话与敌托邦编织在一起，为捍卫自由精心布置了强有力的战斗呼告，这部小说基调愤怒、极富政治意味、耐人寻味，而故事就发生在当下这个令人不安的世界之中。作者本人表示，这部小说是他长久以来一直想写的作品，欲在黑暗之墙上打出一记光明之拳。(Onwuemezi)《卫报》（*The Guardian*）评论称，该小说以一种多层次的寓言式叙事方式，使读者想起自柏拉图到博尔赫斯文学中将人类境遇比况为监狱或梦境的情形，直入当下政治和文化痼病的核心，同时又保有一种神秘主义。(Merritt)

尼日利亚作家希戈奇·奥比奥马（Chigozie Obioma，1986— ）的新作《少数派乐团》（*An Orchestra of Minorities*，2019）讲述了一个神秘而不幸的浪漫爱情故事。故事发生在 21 世纪初始十年的尼日利亚乌米亚（Umuahia）郊区。主人公是一个以养鸡为生的年轻农民奇农索，在看到一个名叫恩达利的女人因男友与另一个女人结婚而轻生、试图从高速公路大桥往水下跳的瞬间，他的生活发生了改变。他用两只珍贵的鸡成功地挽救了恩达利，二人因此坠入爱河。但恩达利来自富裕家庭，对她而言，在鸡舍旁构筑未来是难以想象的。她的家人也因奇农索未受过教育而反对二人结合。于是奇农索变卖家产前往海外求学，却在塞浦路斯被人所骗。奇农索在绝望中遇上旅居的德国护士，被其短暂收留，但护士的丈夫因此心生妒忌，破坏了他的回乡计划。奇农索于是对这个不断将他边缘化的世界感到愤怒，他与他的梦想、爱人和他称之为家的农场越行越远，最后沦为行凶者。这部小说由一位活了几百年的神灵——非洲神话中的个人守护神灵"chi"讲述。奥比奥马继承了伊博文学传统的神话叙事风格，用形象生动的语言编织了一部关于命运和抉择的动人史诗，探索了当下值得深思的话题：受害者可能变成罪犯。

尼日利亚诗人、获奖小说家海伦·哈比拉（Helon Habila，1967— ）于 2019 年发表了他的第四部小说《旅行者》（*Travelers: A Novel*，2019）。小说分为六个部分，各部分讲述不同的人物与故事，通过一位不具名的叙述者进行联串。叙述者是土生土长的尼日利亚人，在美国完成学业并安身立命。在陪同他的美国妻子前往柏林进行艺术交流的过程中，他遭遇了一个由非洲移民和难民组成的共同体。此前，他过着特权人士的安全生活，非洲难民的生存状态似乎与他相隔甚远。与移民和难民的接触使他的身份感开始瓦解，他发现自己无法与其他非洲人的恐惧或与非洲分离。在与难民群体的不同个体建立友情和联系的过程中，叙述者了解了许多难民逃亡的悲惨故事，以及目前面临的不确定前景。如，来自马拉维的马克原本拥有国籍身份，如今因"失去身份"而面临被驱逐的危机；来自利比亚的前医生马努，如今是一名夜总会保镖，他与妻儿在沉船事故中失散，每个星期天，马努都会在查利检查站（Checkpoint Charlie）寻找他们……叙述者自己也丢失了身份证件，被驱逐到意大利的一个难民营，亲身体验了难民的绝望、错位感和身份的丧失。值得注意的是，哈比拉从未把这一连串的故事主人公当作同情的对象，而是奉其为具有巨大忍耐力和适应力的人类典范。("Traveller")小说通过讲述非洲移民群体的故事，再度审视了两个大陆之间的关系，让读者产生了一种似乎无法调和的、强烈的还原感和流离失所感，并重新理解关于欧洲的隐含意义：其种族主义、困惑、吸引力、不一致性和安全性。作品引典丰富，为故事的起承转合和叙事增添了丰富色彩。（Docx）

埃纳森·约翰是尼日利亚当代著名讽刺作家，曾两次入围凯恩非洲文学奖，除上述作品《生于星期二》获2019年非洲作家奖外，同年，他还担任国际布克奖评委，并出版新作《成为尼日利亚人：一个指南》[Be(com)ing Nigerian: A Guide]。在这部作品中，作者指出，成为一个尼日利亚人，就是做一个欺骗者（hustler）。在尼日利亚，一切都是欺骗，而这个国家正诞生于白人的欺骗中。故事始于殖民时代，纵向发展至现代，作品在结构和语言上戏仿了《圣经》里的章节，如：第一章开篇与《创世记》相呼应，以《圣经》模式讲述尼日利亚的由来，"英国人说：'要有尼日利亚'，就有了尼日利亚"；第七章戏谑地重述"至福"（beatitude），即，被赐福的是那精神贫瘠者，因为他们的王国在英国人的欺骗、掠夺下获得了政治重生。作者从精神、疾病、卫生、时间、工人阶层、法律、政治活动、国际交往、宗教信仰等多重维度，阐述了如何"成为"（becoming）尼日利亚人；探索了权力在私人和公共关系中的滥用和宰制影响；揭露了政治、商业、宗教机构和家庭生活中的不公。这种作品既是一种布道、一种挑衅，也是一种呼吁。作者对尼日利亚社会生活的各个方面进行讽刺，尖锐抨击了社会体制的腐化和个人思想的狭隘，催促人们自省，教导人们摒弃羞耻和傲慢。（Alessandra）

尼日利亚诗人、作家朱莫克·维里西莫（Jumoke Verissimo, 1979— ），曾凭借首部诗集《我是记忆》（*I am Memory*, 2008）于2009年获得卡洛斯·伊德兹亚·艾哈迈德奖（Carlos Idzia Ahmad Prize）一等奖和安东尼·阿博奖（Anthony Agbo Prize）二等奖，其诗歌已被译为多种语言。2019年，维里西莫出版小说处女作《小沉默》（*A Small Silence*, 2019）。故事伊始，患有精神分裂症的人权活动家阿肯尼教授刚从十年监禁中获释。此时国家虽然已从军政独裁转变为民主执政，但过去军事统治给他造成的创伤仍难以消弭。当他身陷黑暗泥潭之际，女学生德西雷来到他身边，与他分担伤痛。然而，难以抹去的伤痕如洪水猛兽一般，仍旧每夜反复折磨阿肯尼，并让他日益远离德西雷的陪伴。（Olofinlua）维里西莫凭借令人回味的叙事和富有诗意的描写语言为读者营造了一个真实的、充斥着政治压迫创伤的空间，令人不安的历史事实和后殖民时期的民族苦难相互交织。主人公在黑暗中的挣扎，恰恰预示了即便处在后军事时代的黎明时分，独裁历史仍阴霾般笼罩着民众的生存和国家的建构。维里西莫在小说中成功地将个人遭际与民族命运融合在一起，提出了心理健康、人际关系、自由、激进主义等重要问题，也揭示了创伤是如何渗透到每个人的生活之中的。

契卡·乌尼圭（Chika Unigwe, 1974— ）是一位多次获奖的尼日利亚女作家，代表作为《黑人姐妹街》(*Black Sisters Street*，2007)和《暗夜舞者》(*Night Dancer*，2011)。2019 年，其短篇小说集《永远不要迟到》(*Better Never Than Late*) 一经出版，即广受关注。该作收集了 10 则相互关联的故事，记录了一群尼日利亚人在比利时的流散生活与爱情故事。故事围绕女主人公普洛斯佩勒斯和丈夫阿谷以及每周聚集在其所居公寓的访客展开，探讨了他们在异国的奋斗与成功。乌尼圭用幽默、睿智的方式，探索了尼日利亚男性为了婚姻和生活远赴欧洲的行为、人们对此怀有的深刻种族偏见以及主人公徘徊于归去与离开的矛盾之间的情形。小说的叙述多以对话形式呈现。同时，作品关涉女性的成长与变化。普洛斯佩勒斯跟随伴侣来到比利时，起初扮演屈从的角色，隐藏智慧，压抑天性，以示对丈夫的支持。但随着主公人活跃于各种社交团体活动，她跃出厨房一隅，在与丈夫以及访客的交流中展现出敏捷的思维和外露的情感，呈现了全新的女性生活图景。(Lindasbookrag)

结语

　　回顾 2019 年非洲作家获奖与新作发表情况，新锐作家持续崭露头角，文学生产一如既往地混杂传统与域外元素，再现当下非洲经验，构建了一个在全球化语境下多样化发展的文学空间。作品多从多个维度关注社会现实问题，尤以女性、流散、宗教、创伤、冲突、战争、难民问题最为突出，引发全球读者与评论家的关注。小说的丰产使诗歌、戏剧等文类的创作相形见绌。在非洲各国中，以尼日利亚的英语文学创作最为繁荣，各国文学发展呈现出明显的不平衡性。由于非洲涉及国别众多，各国情况殊异复杂，本文所述作家与作品极为有限，但这无论如何并不表示，未被收集的作品不重要。

参考文献：

ABNeilly. "Author: Nerine Dorman. Title: The Firebird. Review." 14 Mar. 2018. Web. 10 May 2020.
<https://abneilly.com/2018/03/14/author-nerine-dorman-title-the-firebird-review/>.

Akinsiku, Barakat. "Of the African in the Diaspora and Afrofuturism: A dialogue with Mbozi Haimbe." 25 Nov. 2019. Web. 12 May 2020.
<https://africaindialogue.com/2019/11/25/of-the-african-in-the-diaspora-and-afrofuturism-a-dialogue-with-mbozi-haimbe/>.

—. "Traditional Beliefs and Dystopic Futures: A Dialogue with Donnald Ekpeki. Oghenechovwe." 16 Mar. 2020. Web. 10 May 2020.
<https://africaindialogue.com/2020/03/16/traditional-beliefs-and-dystopic-futures-a-dialogue-with-ekpeki-donald-oghenechovwe/>.

Alessandra. "Book Review: 'Be(com)ing Neigerian', by Elnathan John." 30 Jul. 2019. Web. 14 May 2020.
<http://literandra.com/book-review-becoming-nigerian-by-elnathan-john/>.

Daka, Terhemba. "Presidency greets writer Arimah for winning 2019 Caine Award." *The Gaudian*. 10 Jul. 2019. Web. 11 May 2020.
<https://guardian.ng/news/presidency-greets-writer-arimah-for-winning-2019-caineaward/>.

Danaila, Ioanna. "The Day Ends Like Any Day." *The African Book Review*. 1 Mar. 2017. Web. 10 May 2020.
<https://theafricanbookreview.com/2017/03/01/the-day-ends-like-any-day/>.

Docx, Edward. "Travellers by Helon Habila review – bravura exploration of the refugee crisis." *The Guardian*. 21 Jun. 2019. Web. 14 May 2020.
<https://www.theguardian.com/books/2019/jun/21/travellers-by-helon-habila-review>.

Iwunze-Ibiam, Chioma. "Book Review / Elnathan John's Becoming Neigerian – A Guide." 15 May. 2019. Web. 14 May 2020.
<https://www.creativewritingnews.com/book-review-elnathan-johns-becoming-nigerian-a-guide/>.

Lindasbookrag. "*Better Never Than Late* by Chika Unigwe." 26 Nov. 2019. Web. 16 May 2020.
<https://lindasbookbag.com/2019/11/26/better-never-than-late-by-chika-unigwe/>.

Masinga, Nkateko. "A Dialogue with Jamila Osman." 27 May. 2019. Web. 12 May 2020.
<http://africaindialogue.com/2019/05/27/brunel-international-african-poetry-prize-a-dialogue-with-jamila-osman/>.

Merritt, Stephanie. "The Freedom Artist by Ben Okri review – Wake-up call of a world without books." *The Guardian*. 12 Feb. 2019. Web. 13 May 2020.
<https://www.google.com/amp/s/amp.theguardian.com/books/2019/feb/12/the-freedom-artist-ben-okri-review>.

Obi-Young, Otosirieze. "Zambia's Mbozi Haimbe Awarded 2019 Commonwealth Short Story Prize for Africa Region." 10 May 2019. Web. 13 May 2020.
<https://brittlepaper.com/2019/05/zambias-mbozi-haimbe-awarded-2019-commonwealth-short-story-prize-for-africa-region/>.

Olofinlua, Yemitavo. "In the Dark: Review of Jumoke Verissimo's 'A Samll Silence'." 16 Sept. 2019. Web. 16 May 2020.
<https://africainwords.com/2019/09/16/in-the-dark-review-of-jumoke-verissimos-a-small-silence/>.

Olorunnisola, Kanyinsola. "Brunel Prize 2019 Poems Review | Part 5: Inua Ellams & Narda Mabrouk." 18 Apr. 2019. Web. 12 May 2020.
<https://brittlepaper.com/2019/05/brunel-prize-2019-poems-review-part-5-inua-ellams-nadra-mabrouk/>.

Onwuemezi, Natasha. "Ben Okri signs 'significant' new book with HoZ." 22 Jun. 2018. Web. 14 May 2020.
<https://www.thebookseller.com/news/signficant-and-timely-new-ben-okri-book-hoz-818711>.

Rocco, Fiammetta. "Growing Up in Radicalized Nigeria: A New Novel Shows the Gritty Reality." *The New York Times*. 1 Jul. 2016. Web. 14 May 2020.
<https://www.nytimes.com/2016/07/03/books/review/born-on-a-tuesday-elnathan-john.html>.

"Traveller." Web. 14 May 2020.
<https://www.publishersweekly.com/978-0-393-23959-1>.

"Windham Campbell Prizes – Kwame Dawes." Web. 14 May 2020.
<https://windhamcampbell.org/festival/2019/recipients/dawes-kwame>.

"Winners of the 2019 Nommo Awards." Web. 14 May 2020.
<https://brittlepaper.com/2019/11/winners-of-the-2019-nommo-awards/>.

—. "2019 Winner – Lesley Nneka Arimah, Nigeria." Web. 13 May 2020.
<http://caineprize.com/the-winner-2>.

作者单位：北京外国语大学非洲学院；上海师范大学外国语学院

2019年非洲葡语文学概览

周 森

内容提要：2019年，非洲葡语文学延续了上一年度蓬勃发展的势头，小说、诗歌及少年儿童文学创作愈加丰富多彩。一方面，非洲葡语国家（包括与葡萄牙和巴西）之间文学对话加深，享誉世界的著名作家笔耕不辍，不断探索新的创作方式；另一方面，新生代作家以大胆的想象和灵动的语言挖掘国家历史、关注并反思社会现状，新作广受好评。本年度非洲葡语文学表现为关注社会现实，作家们以此写作姿态推动各国深化社会改革，同时促进文学发展。

2019年最受关注的非洲葡语文学创作无疑是米亚·科托（Mia Couto，1955— ）和阿瓜卢萨（José Eduardo Agualusa，1960— ）的小说《优雅的恐怖分子和其他故事》（*O Terrorista Elegante e Outras Histórias*）。这两位国际知名的作家、非洲葡语文坛的领军人物——分别来自莫桑比克和安哥拉——通过他们的友谊和合作，为读者们奉献了一部巧妙的"四手联弹"。本文将首先介绍这部跨越国界的不凡作品，并关注2019年阿瓜卢萨获得的奖项和科托发表的另一本新书。之后，按照非洲各葡语国家葡文国名的首字母排序，我们将依次介绍安哥拉（Angola）、佛得角（Cabo Verde）、几内亚比绍（Guiné-Bissau）、莫桑比克（Moçambique）及圣多美和普林西比（São Tomé e Príncipe）在2019年的文学创作。

一、科托和阿瓜卢萨里程碑式的联合创作

《优雅的恐怖分子和其他故事》由三个故事组成，依次是《杀手之路上爱如雨下》（"Chovem Amores na Rua do matador"）、《黑匣子》（"A Caixa Preta"）和《优雅的恐怖分子》（"O Terrorista Elegante"）。正如每个故事的名字所示，这是一部令人悲喜交加，充满黑色幽默，既有尖锐讽刺又不乏轻松玩笑的作品。

《杀手之路上爱如雨下》讲述一位男子为了从激情和疯狂中解脱，决定杀死自己生命中苦恋的三个女人，却未能如愿的故事。《优雅的恐怖分子》中，一位着装优雅、富有贵族气质的安哥拉先生查尔斯·普瓦捷·本蒂纽（Charles Poitier Bentinho）被误认为是恐怖分子而遭到逮捕；在狱中，他声称自己能够飞翔，并与画在墙上的小鸟对话交流，学习如何飞向自由。《黑匣子》则讲述战争阴霾下，神秘蒙面人在街上杀戮寻仇，一户人家困在屋中寸步难行，困境中，家庭内部的矛盾和死守的秘密逐渐浮出水面。

这三个玄机重重的故事都洋溢着奇特的想象，有着出人意料的情节转折，且都围绕着自由和禁锢的大主题。《杀手之路上爱如雨下》中饱受激情折磨的男子被自己的疯狂所禁锢，最终发现爱情的疯狂是无法通过杀戮来解脱的。《优雅的恐怖分子》的故事看似荒诞，却是以里斯本机场发生的真实事件为灵感，反思人们如何被种族和阶级偏见所禁锢，而这些偏见又是如何渗透于西方社会——尤其是美国联邦

调查局——对恐怖分子的形象构建的。《黑匣子》中的几代人被战争所禁锢，不得不直面每个人精神中的阴暗面。三个故事的主题虽然深刻，具有警示意义，叙述的笔调却非常活泼大胆，闪烁着两位作家灵感碰撞的火花。该书的创作过程颇为独特，可谓文学创作形式的一次勇敢尝试。两位作家通过交换短信，以及面对面即兴写作的方式，你一言我一语，将故事构造出来，刻意模糊了创作主体，从而真正达到了"你中有我，我中有你"的创作境界。科托在接受卢莎社采访时表示，他一直认为，作家创作的过程并不像传统认为的那样，是神圣、孤独而又不可共享的。他建议作家同仁挑战传统，借鉴音乐家多人同时演奏的形式，开拓合作写作的空间，创造出更多令人惊喜的作品。从科托和阿瓜卢萨创作的形式和成果来看，《优雅的恐怖分子》一书可称得上是一部里程碑式的作品。

同样在 2019 年，阿瓜卢萨荣获安哥拉国家文化艺术奖（Prémio Nacional de Cultura e Artes em Angola）。评委会认为，阿瓜卢萨丰富的文学创作有着深厚的基底，作家对安哥拉历史进行了认真的研究，达到了深刻的理解，对安哥拉严峻的社会问题也有着深切的体会和思索；他的作品获得了世界的肯定，极大地提升了安哥拉文学的国际知名度。

在与阿瓜卢萨一同发表《优雅的恐怖分子》一书之后，科托发表了一部杂文集，题为《一沙一宇宙》（Universo num Grão de Areia, 2019）。该书集结了这位著名小说家的散文作品，集结了作者在非洲、美洲、欧洲一些大学和媒体所做的演讲和采访，展现了他对当今世界的思索，尤其是人类在经济全球化进程中遇到的问题和挑战。作者认为，"地球村"的概念引起了不少误解，有很多贫困的人群并不能通过互联网和世界相连，而偏远地区的人民所面对的困难也很少受到外界的关注。作者因此呼吁大家重视经济全球化表象之下各地巨大的文化差异和经济鸿沟，共同努力创造一个更为公平的世界。葡萄牙总统马塞洛·雷贝洛·德索萨（Marcelo Rebelo de Sousa）参加了该书在葡萄牙的发布会，肯定了作者的国际化视野，盛赞科托是葡萄牙语在全球的大使。

二、非洲葡语国家 2019 年重要作品

1. 安哥拉

2019 年年初开始，安哥拉总统若昂·洛伦索（João Lourenço）继续深化反腐和改革工作，获得了国际社会的认同。然而，由于过分依赖石油出口，受全球大环境影响，安哥拉经济明显衰退，社会治安形势日益严峻。改革依然困难重重的安哥拉，变局和转机相交织，在这个复杂的大背景下，安哥拉作家直面社会问题，创作了一系列具有时代意义的作品。

围绕着严肃而沉重的主题，安哥拉医生、诗人、作家若昂·塔拉（João Tala，1959— ）创作了一部两卷本小说《夜晚之外》（*Além da Noite*，2019）。该小说以回忆录的形式描绘了战后罗安达郊区的社会现实，揭露了诸多问题，如民族矛盾、极端贫困、暴力犯罪（抢劫、强奸），等等。作品叙事方式比较杂糅，直白的现实主义叙述时常被梦幻诗意的超现实主义手法所渲染，表现出作者多样化的视角和不拘一格的创作风格。

另一部以史为鉴、批判现实的小说《我们人生的日子》（*Dias da Nossa Vida*，2019），由作家、记者伊萨基尔·柯里（Isaquiel Cori，1967— ）所著。该书以幽默而讽刺的笔触，讲述了安哥拉某省情报组织头领雷纳尔多·巴尔托洛梅欧（Reinaldo Bartolomeu）的生活。

雷纳尔多自诩生于间谍世家，号称祖上曾有人做过恩津加·姆班德 (Njinga Mbande) 女王的亲信。然而光辉的家史只是更加强烈地反衬出主人公的堕落。恩津加·姆班德女王，又名安娜·德索萨 (Ana de Sousa，约 1583—1663)，历史上确有其人，曾多次抵抗葡萄牙殖民者。阿瓜卢萨曾写过以她的传奇人生为主题的后殖民主义小说《津加女王》(*A Rainha Ginga*，2014)，在葡语世界引起强烈反响。柯里的小说共有十一章，每章开头都有作家以第一人称展开的一段评论，在作者与其批判对象之间划出距离，强化了该作品的社会批判性。

同样值得关注的另一部小说是《没有心的巨人》(*O Gigante Sem Coração*，2019)，作者是 90 后作家西奥·罗贝托 (Márcio Roberto，1990—　)。这是一部非常符合当代青少年读者口味的作品，虽然篇幅不长，但情节跌宕起伏。故事中，为了解救罗安达的守护神——美人鱼齐安达 (Kyanda)，迷途知返的巨人和机智的小女孩安娜贝拉 (Anabela) 联手，勇闯海底世界，最终战胜了邪恶的黑暗之王 (Senhor Trevas)，使得家乡重返安宁和平。作者以安哥拉当地传说为灵感，将故事背景设置在当代罗安达，比较自然地将社会现实和传奇世界融为一体。作品的人物塑造较为成功，尤其是少儿形象。作者也比较善于在人物对话中穿插短小精悍而富有教育意义的语句，增强青少年读者的社会责任感。

2. 佛得角

近年来，佛得角的经济发展较快，领先于其他非洲葡语国家和西非国家。佛得角的经济发展主要以旅游业作为支撑，开放性很强，注重吸引外商投资，同时值得关注的是，该国非常注重发展文化旅游，支持文艺创作。文化和创新工业部每年组织图书节活动，邀请各葡语国家的重要文化人士参加，逐渐将佛得角打造为一个国际性的文学、文化交流平台。在政府部门的大力支持下，佛得角作家、诗人们也着力挖掘本土文化的魅力，尤其是对本土语言的传承和发扬。

著名女作家和人权卫士薇拉·杜阿尔特（Vera Duarte，1952— ）在2019年与其侄女苏珊娜·杜阿尔特（Susana Duarte，生年不详）合作发表了游记《佛得角：情感路途》（*Cabo Verde: Um Roteiro Sentimental*）。作品以两代人的视角展示了佛得角的各个岛屿，在描绘各地风土人情的同时介绍当地的历史文化与民间传说。作者们希望读者可以去佛得角亲身体验，循着她们推荐的路线开启一段文化之旅。

长期为非洲妇女儿童权益奔走的佛得角著名女作家迪娜·萨卢斯蒂奥（Dina Salústio，1941— ）将原定于2018年底发表的小说《维洛马尔》（*Veromar*）推迟至2019年5月发布。该小说具有典型的魔幻现实主义色彩，没有特定的主角，只是通过书中的母亲之口，娓娓讲述被抛弃的孩子的故事。海岛维洛马尔是作者创造出来的一个地点，既是佛得角的化身，也是充满悲欢离合的人世之缩影。萨卢斯蒂奥指出，书中反复出现、背景一般的童谣，是佛得角传统歌谣《船工师傅》（*Sr. Barqueiro*）。歌谣中，神秘的船工总是要求母亲留下一个孩子，作为他的人质或礼物。作者围绕这个看似荒诞、残酷的民间传说，激发读者思考当代佛得角社会中常见的留守儿童现象，以及大众对女性的冷漠。

佛得角总统若热·卡洛斯·丰塞卡（Jorge Carlos Fonseca）参加了新书发布会，肯定了女作家的新作对佛得角文学和文化教育的贡献。

佛得角总统丰塞卡是一位法律学者，同时也是著名的作家和诗人。2019年，丰塞卡总统获得了葡萄牙格拉·容凯罗奖（*Prémio Literário Guerra Junqueiro*）。该奖以反教权、极力推动葡萄牙共和制的著名诗人格拉·容凯罗（Guerra Junqueiro，1850—1923）命名，由诗人的故乡、位于葡萄牙东北的弗雷索市（Freixo de Espada à Cinta）组织颁发，获奖者多为长期积极投身于社会事业的诗人和作家。为了纪念葡裔佛得角诗人安东尼奥·佩德罗（António Pedro，1909—1966）诞辰110周年，丰塞卡总统创作了诗集《我之夜晚的诱人墨水》（*A Sedutora Tinta de Minhas Noutes*，2019）。该书收录了作者此前未发表的诗作和一些著名的作品，由2009年获得卡蒙斯奖的佛得角著名诗人阿梅尼奥·维埃拉（Arménio Vieira，1941— ）作序，集合了学界对丰塞卡作品的评论。维埃拉认为，丰塞卡的诗歌保持着鲜明的超现实主义特色，深受葡萄牙现代诗歌影响，尤其是里斯本超现实主义诗人马里奥·塞萨里尼（Mário Cesariny，1923—2006）和马德拉岛诗人温贝托·埃尔德（Humberto Hélder，1930—2015）。

佛得角文化部前部长、著名作家、语言学家和大学教授曼努埃尔·韦加（Manuel Veiga，1948— ）出版了小说《阿里–本–坦布预言》（*Profecias do Ali-Ben-Ténpu*，2019）。该书由葡萄牙语和佛得角本土混合语交错写成（葡语一章，本土混合语一章，依次反复）。故事借用佛得角民间传说，讲述佛得角的历史并思考当地海岛文化精髓中的温柔性（morabeza）、开放性和坚韧性，展望佛得角文化能为人类未来做出贡献。作者是佛得角本土语言的坚定拥护者，希望能够通过该创作鼓励本国人民大胆继承并发扬传统文化精神。值得关注的是，佛得角文化部近年来坚持推动母语教育，去年还特别发布了佛得角本土语言手册，帮助本国人民掌握母语。尽管当地语言和葡萄牙语混合形成的语言在非洲葡语国家大量存在，我们注意到只有佛得角习惯使用"佛得角语"（língua cabo-verdiana）替换混合语（crioulo），这在一定程度上表现出了佛得角越来越强大的文化自信。

佛得角诗人若泽·路易斯·塔瓦雷斯（José Luiz Tavares, 1967—　）用佛得角本土语言翻译了卡蒙斯（Luís Vaz de Camões，约1524—1580）的65首十四行诗，以双语形式出版，名为《以何声》（*Ku ki vos / Com que voz*, 2019）。卡蒙斯的抒情诗和史诗被公认是葡语文学的一座高峰，塔瓦雷斯以佛得角本土语对话卡蒙斯（译者承认其中有一些诗句是他对卡蒙斯的再创造），既表现出他对母语的维护意识，也表明了他对葡萄牙语文学经典的传承。在塔瓦雷斯2019年发表的新诗集《沉船后使用说明书》（*Instruções para Uso Posterior ao Naufrágio*）中也能看出作者独特而开放式的、横贯古今的视角。该诗集哲思深沉，耐人寻味，在看似平实的絮语中，穿插进给人以惊奇感的意向，或是广阔的天地宇宙或是微观的量子世界，捕捉现代人生存状态中的纤毫感触，可见诗人精微的敏感度和表现力。这部诗集荣获2018年度葡萄牙国家出版社－铸币局/瓦斯科·格拉萨·莫拉奖（Prémio INCM / Vasco Graça Moura）。该奖以葡萄牙当代著名诗人、翻译家瓦斯科·格拉萨·莫拉（1942—2014）命名，每年奖励当年新创作且尚未发表的葡语诗歌作品。

3. 几内亚比绍

近年来，几内亚比绍国内政局动荡，贫困问题仍然比较严重，文盲人口数量居高不下，状况堪忧。几内亚比绍的作家们继续探索前行，通过写作青少年文学作品表达他们对教育的关注。2019年，音乐家、作家埃内斯托·达布（Ernesto Dabo, 1949—　）发表了一部本土混合语和葡萄牙语双语诗集，名为《蜗牛》（*Olonko*，书名为几内亚比绍本土语）。作者希望以该诗集唤起几内亚年轻人对历史和文化的兴趣，以文学的力量对抗愚昧。

常年旅居葡萄牙的几内亚比绍女作家卡蒂娅·卡西米罗（Kátia

Casimiro，1979— ）在 2019 年为少年读者带来了一个可爱的小故事《骄傲的秃鹫》（*O Abutre Vaidoso*），教育少年们友善待人，挖掘内心深处的美好。故事讲述了一只骄傲、自私而愚昧的秃鹫，没有任何朋友，有一天，他终于看到了自己的丑陋，并且明白了这丑陋并非来自外表，而是来自一颗没有爱的心。

4. 莫桑比克

莫桑比克 90 后作家塞尔吉奥·西芒·雷蒙多（Sérgio Simão Raimundo，1992— ）去年荣获了葡萄牙国家出版社－铸币局/埃乌杰尼奥·里斯本文学奖（Prémio Literário INCM / Eugénio Lisboa）。该奖为鼓励莫桑比克的文学创作而设，以出生于莫桑比克的著名作家、学者埃乌杰尼奥·里斯本（1930— ）命名。雷蒙多的获奖作品是《混血儿之岛》（*A Ilha dos Mulatos*，2019），该作品是一部新颖的侦探小说，以警察调查莫桑比克岛上的葡裔人家发生的几桩命案为主线，讲述了破案的过程。作品采用复调的叙事结构（每一个人物讲述自己的故事），娴熟运用了意识流手法，获得了评委会的一致肯定。故事中的人物经受了战乱、种族歧视、同性恋歧视和病痛（阿尔茨海默病、唐氏综合征，等等）的折磨，令人同情。

莫桑比克文化部前部长、诗人阿尔曼多·阿图尔（Armando Artur，1962— ）2018 年出版的散文诗集《存在的再造和石头的疼痛》（*A Reinvenção do Ser e a Dor da Pedra*）在当年获得了商业投资银行文学奖（Prémio BCI de Literatura）。2019 年，阿图尔发布了新诗集《月：更高自我的挽歌》（*Muery: Elegia em SI Maior*）。根据作者的解释，月（muery，莫桑比克赞比齐亚地区楚瓦布语，意为月亮、月份）在该诗中与爱、激情、记忆、欢乐和对更高自我的追求紧密结合。诗人认为，诗歌能够将个人的经历与全人类连接起来；对人生、大自然和人性的诗意解读，可以使人们获得片刻心灵的宁静，也能促使人们追求一种更为自由的生存状态。

女诗人、国会议员伊冯·索阿雷斯（Ivone Soares，1979— ）在2019年发表了诗集《水和太阳的泼洒——我的诗意自我》（*Salpicos de Águas e Sóis – Meu Eu Poético*），延续了莫桑比克抒情诗歌缠绵悱恻、情感与自然万物水乳交融的创作传统。她用大胆而真切的诗歌语言，书写了个人的心路历程、梦想和信念。

著名作家、记者阿德利诺·蒂莫特奥（Adelino Timóteo，1970— ）出版了传记性作品《阿方索·德拉卡马：漫长的保卫民主之战》（*Afonso Dhlakama: A Longa Luta em Defesa da Democracia*，2019）。该书讲述了莫桑比克最大反对党——全国抵抗组织（Resistência Nacional Moçambicana）领导人阿方索·德拉卡马（1953—2018）的曲折人生，展现了这位颇受诋毁的反对派领袖敏感而充满人性的一面，反思了1977至1992年间莫桑比克内战期间激烈的政治斗争和复杂的国内外关系网。

5. 圣多美和普林西比

阿德里亚诺·内图（Adriano Neto，1965— ）出版了一部带有自传色彩的小说《人生之船》（*O Barco de Uma Vida*，2019），讲述出身贫寒、不受欢迎的小男孩阿玛里尔在爸爸的鼓励下勇敢成就自己的人生，进入心仪的大学，并学习成材的故事。作者以饱满的情感，激励圣多美和普林西比少年儿童努力求知，把握自己的生活轨迹。

女诗人、社会工作者玛丽娅·若泽·拿撒勒（Maria José Nazaré，生年不详）出版了诗集《岛屿是一只放大镜》（*A Ilha É Uma Lupa*，2019）。作品以爱情为主题，抒发诗人对人间悲欢离合的感触。诗歌语言朴实而富有节奏感，包含许多圣多美民谣，十分耐人寻味。

结语

　　2019 年的非洲葡语文学依然多姿多彩，生机勃勃。可以观察到，安哥拉和莫桑比克文学创作形式愈加多样化，对社会现实和国家历史的挖掘也愈加深刻、多面。佛得角文学创作越来越繁荣，对本地语言、文化传统的保护和传承也越来越坚定。几内亚比绍、圣多美和普林西比文学与青少年教育的结合依然紧密，充分发挥着文学的社会功能。随着非洲葡语国家政局的逐步稳定，改革开放的节奏日益加快，非洲葡语文学与葡萄牙、巴西文学的对话也更加活跃，相信它在未来也会继续焕发异彩。

参考文献：

"Adriano Neto lança obra literária *O Barco de uma Vida*." 23 Ago. 2019. Web. 23 Jun. 2020.
　　<www.stp-press.st/2019/08/23/adriano-neto-lanca-obra-literaria-o-barco-de-uma-vida/>.

Agência Lusa. "José Eduardo Agualusa entre vencedores do Prémio Nacional de Cultura e Artes em Angola". 29 Out. 2019. Web. 22 Jun. 2020.
　　<https://africa21digital.com/2019/10/29/jose-eduardo-agualusa-entre-vencedores-do-premio-nacional-de-cultura-e-artes-em-angola/>.

—. "Livro de Mia Couto e Agualusa nasce de uma amizade e brinca com coisas sérias". 12 Out. 2019. Web. 23 Jun. 2020.
　　<https://www.publico.pt/2019/10/12/culturaipsilon/noticia/livro-mia-couto-agualusa-nasce-amizade-brinca-serias-1889781>.

—. "Novo livro de Mia Couto é publicado em Outubro e tem *o Universo num Grão de Areia*." 14 Set. 2019. Web. 23 Jun. 2020.
　　<https://www.dnoticias.pt/5-sentidos/novo-livro-de-mia-couto-e-publicado-em-outubro-e-tem-o-universo-num-grao-de-areia-NI5219971>.

Amaro, Vagner. "Dez escritores africanos que você precisa conhecer." 28 Mai. 2020. Web. 15 Jun. 2020.
　　<https://biblioo.cartacapital.com.br/dez-escritores-africanos-que-voce-precisa-conhecer/>.

"Armando Artur lança *Muery*." 30 Abr. 2019. Web. 27 Jun. 2020.
    <https://www.jornalnoticias.co.mz/index.php/recreio/89315-armando-artur-lanca-muery>.

"À terceira edição, feira do livro Morabeza chega ao Fogo e traz Ramos-Horta a Cabo Verde." 24 Out. 2019. Web. 23 Jun. 2020.
    <https://muzika.sapo.cv/eventos/novidades-eventos/artigos/a-terceira-edicao-feira-do-livro-morabeza-chega-ao-fogo-e-traz-ramos-horta-a-cabo-verde>.

"Cabo Verde lança livro de bolso para ajudar quem fala crioulo." 20 Fev. 2019. Web. 23 Jun. 2020.
    <https://m.portalangop.co.ao/angola/pt_pt/noticias/africa/2019/1/8/Cabo-Verde-lanca.livro-bolso-para-ajudar-quem-fala-crioulo>.

Dias, Pedro. "Um agente que vem de "uma dinastia de bufos" no novo livro de Isaquiel Cori." 17 Mar. 2019. Web. 23 Jun. 2020.
    <https://www.voaportugues.com/a/um-agente-que-vem-de-uma-dinastia-de-bufos-no-novo-livro-de-isaquiel-cori/4834844.html>.

"Escritor guineense Ernesto Dabo lança livro de poemas em crioulo e português." 9 Ago. 2019. Web. 23 Jun. 2020.
    <https://www.angop.ao/angola/pt_pt/noticias/africa/2019/7/32/Escritor-guineense-Ernesto-Dabo-lanca-livro-poemas-crioulo-portugues>.

"Guiné-Bissau: Lançamento do livro *Olonko*, de Ernesto Dabo." 21 Ago. 2019. Web. 23 Jun. 2020.
    <https://www.instituto-camoes.pt/sobre/comunicacao/noticias/guine-bissau-lancamento-do-livro-olonko-de-ernesto-dabo>.

"João Tala apresenta obra de ficção sobre a recente História de Angola." 27 Ago. 2019. Web. 27 Jun. 2020.
    <www.neovibe.co.ao/news/details/eda8ab7e-418b-4fcd-8bd7-c9848227cc0a>.

"Lançamento do livro *A Ilha é Uma Lupa* na UCCLA." 20 Nov. 2019. Web. 23 Jun. 2020.
    <https://www.uccla.pt/eventos/lancamento-do-livro-ilha-e-uma-lupa-na-uccla>.

"Lançamento de *O Abutre Vaidoso* na UCCLA." 9 Nov. 2019. Web. 23 Jun. 2020.
    <https://www.uccla.pt/eventos/lancamento-de-o-abutre-vaidoso-na-uccla>.

Moura, Francisco. "*O Terrorista Elegante e Outras Histórias* | Mia Couto e José Eduardo Agualusa." 3 Dez. 2019. Web. 27 Jun. 2020.
    <https://deusmelivro.com/mil-folhas/o-terrorista-elegante-e-outras-historias-mia-couto-e-jose-eduardo-agualusa-3-12-2019/#.XveubW1KiM9>.

Pereira, José Carlos Seabra. *As Literaturas em Língua Portuguesa (das origens aos nossos dias)*. Lisboa: Gradiva, 2019.

"Poeta José Luiz Tavares lança o seu mais recente livro na sede do IILP." 21 Out. 2019. Web. 27 Jun. 2020.

<https://iilp.wordpress.com/2019/10/21/poeta-jose-luiz-tavares-lanca-o-seu-mais-recente-livro-na-sede-do-iilp/>.

"Presidente da República de Cabo Verde lança livro em Oeiras." 18 Fev. 2019. Web. 23 Jun. 2020. <www.cm-oeiras.pt/pt/agenda/Paginas/lancamento-livro-jorge-carlos-fonseca.aspx>.

"Profecias do Ali-Bem-Ténpu, novo livro de ficção de Manuel Veiga." 29 Jun. 2019. Web. 23 Jun. 2020. <https://anacao.cv/profecias-do-ali-ben-tenpu-novo-livro-de-ficcao-de-manuel-veiga/>.

Remédios, José dos. "Águas, sois e beijos... muitos beijinhos no lançamento do livro de Ivone Soares." 5 Dez. 2019. Web. 23 Jun. 2020. <opais.sapo.mz/aguas-sois-e-beijos-muitos-beijos-no-lancamento-do-livro-de-ivone-soares->.

"Sérgio Simão Raimundo vence a 3ª edição do Prémio Literário INCM/Eugénio Lisboa 2019." 23 Dez. 2019. Web. 22 Jun. 2020. <https://www.instituto-camoes.pt/sobre/comunicacao/noticias/sergio-simao-raimundo-vence-a-3-edicao-do-premio-literario-incm-eugenio-lisboa-2019>.

"Vera Duarte e Susana Duarte lançam livro *Cabo Verde: Um Roteiro Sentimental.*" 3 Jul. 2019. Web. 23 Jun. 2020. <https://muzika.sapo.cv/eventos/novidades-eventos/artigos/vera-duarte-e-susana-duarte-lancam-livro-cabo-verde-um-roteiro-sentimental>.

作者单位：葡萄牙科英布拉大学

2019 年芬兰文学概览

任 静

内容提要：纵观芬兰近几年的文学作品，我们不难发现，大量作品创作的角度逐渐从本土转向世界。2019 年芬兰三大文学奖获奖作品很好地体现了这一点。《博拉》的故事使芬兰人对南斯拉夫战争感同身受。《我们之后的森林》向芬兰人民展示了芬兰森林的贫瘠景象，号召芬兰人认识到目前肩负的保护环境的重任，希望芬兰人为改善气候问题贡献自己的一份力量。儿童文学获奖作品一如往常，体裁新颖有趣，内容对青少年成长富有教育意义。《心脏的口袋》为成年人打开了一扇通往童年的大门，引导读者思考时间的意义。

芬兰文学奖（Finlandia-palkinto）是芬兰最负盛名的文学奖，创办于 1984 年，由芬兰图书基金会（Suomen Kirjasäätiö）每年颁发，以此表彰优秀的长篇小说作家。自 1989 年起，芬兰图书基金会开始每年授予优秀的非虚构文学作者芬兰非虚构文学奖（Tieto-Finlandia-palkinto）。自 1997 年起，芬兰图书基金会开始向芬兰儿童文学或青少年文学作家颁发芬兰儿童少年文学奖（Finlandia Junior-palkinto）。此外，每年优秀的处女作品被授予《赫尔辛基日报》文学奖（Helsingin

Sanomien kirjallisuuspalkinto），受到芬兰人的广泛关注。这些获奖作品反映出每年芬兰人民关注的话题和喜好。本文将从 2019 年这四个奖项的获奖作品着手探索 2019 年芬兰文学界的热门话题。

一、芬兰文学奖

帕伊蒂姆·斯塔托夫齐（Pajtim Statovci，1990— ）凭借小说《博拉》（*Bolla*，2019）获得 2019 年芬兰文学奖。《博拉》讲述了战争给日常生活带来的灾难以及对文化传统的破坏。小说的主人公阿里西姆是一位居住在科索沃地区的阿尔巴尼亚人，也是一名文学专业的学生。他梦想着在日益困难的普里什蒂纳（Pristina）开启作者生涯。南斯拉夫解体破坏了科索沃地区的自治，塞尔维亚政权公开限制科索沃地区阿尔巴尼亚人的权利。学习文学并梦想着成为一名作家的阿里西姆不得不离开普里什蒂纳大学去其他地方学习。随着科索沃战争的爆发，阿里西姆不得不带着妻子逃离阿尔巴尼亚，来到一个完全陌生的国家。在陌生国度的阿里西姆一方面自身无法获得认同感，另一方面又十分思念远在科索沃的米勒斯。"博拉"在小说中有三层含义：1. 幽灵，野兽，恶魔；2. 未知的动物物种，蛇状生物；3. 外来者。每一层含义都可以在小说中找到解释。其中第二层含义来自小说中的一个故事。故事中上帝与他的女儿同居后生了一个有心脏缺陷的盲人女孩。上帝将这个有缺陷的孩子给了魔鬼。魔鬼将盲人女孩和蛇一起关在了山洞里。过了一段时间，女孩与蛇合二为一。在魔鬼第一次见到这个与蛇合为一体的女孩的那一刻，阳光穿过洞口照在女孩身上，生出一种奇怪的美感。魔鬼便称女孩为"博拉"。其他的含义也可以从小说中找到。例如阿里西姆和米勒斯内心总是被隐形的"恶魔"折磨。他们像两只无处可逃的野兽，被整个社会拒之门外。他们又似乎在许多方面都表现异常，是这个世界的"外来者"。

小说采用第一人称叙述视角，并按照事件发生的时间顺序进行叙述。阿里西姆的生活和米勒斯的镜头交替出现，后者以日记的形式碎片式呈现在读者面前。该故事表述简洁明了，没有多余的情节并且有很强的吸引力，读者总好奇下一刻是否会发生点什么意料之外的事情。获奖理由这样写道："这是一部令人震惊且感动的小说，其表现力令人着迷。这本书讲述的故事有失去的爱人、残酷的战争、万物的徒劳和最亲近的人的不理解，还涉及人性在灾难中散发的光辉和隐藏的黑暗。战争作为故事背景以许多种不同的方式影响着人民的命运。

斯塔托夫齐是芬兰阿尔巴尼亚裔作家，出生于科索沃地区，两岁时随父母移居至芬兰。处女作《我的猫叫南斯拉夫》（*Kissani Jugoslavia*）出版于2014年。该小说在2014年11月获得了《赫尔辛基日报》文学奖，还入围了国际IMPAC都柏林文学奖（The International IMPAC Dublin Literary Award）。第二部小说《地拉那之心》（*Tiranan sydän*，2016）获得了由赫尔辛基大学芬兰文学学生会颁发的最佳文学奖（Toisinkoinen-palkinto），其英译本在2019年入围美国国家图书奖。

二、芬兰非虚构文学奖

2019年芬兰非虚构文学奖获奖作品是报告文学作品《我们之后的森林》（Metsä meidän jälkeemme, 2019），该作品有四位作者：詹妮·莱纳（Jenni Räinä, 1980— ）、贝卡·约迪（Pekka Juntti, 1980— ）、安娜·鲁奥宁（Anna Ruohonen, 1985— ）、阿西·约基兰塔（Anssi Jokiranta, 1984— ）。该书向我们展示了芬兰森林的现状，并对森林遭到破坏的现象表示深切关注，引导读者意识到保护森林的重要性。作者提出，虽然目前纸浆业是芬兰的经济支柱型产业，但如果继续大量砍伐木材，进行大规模纸浆投资，恐怕最后国家很难扭转环境的恶况。该书最后针对未来的可持续森林管理提出了建议方案。

评审团评委这样评价道："森林这个话题对芬兰人来说很重要。我们每个人都和森林息息相关。我们时常去森林里采浆果、采蘑菇、狩猎。芬兰的经济一直依赖于森林。林业对芬兰出口业和整个国民经济至关重要。然而该书向我们展示了芬兰森林贫瘠的景象，观点客观且具有批判性。芬兰大部分森林并不是天然林，而是经过砍伐的商品林。为了发展工业，芬兰大片的森林早已在政府的批准下变成了砍伐林。该小说提出的有关森林的观点引发了芬兰境内关于森林政策的激烈讨论。此外，该作品结构合理，撰写方式新颖，插图十分震撼。"（Like Kustannus Online）该书不仅受到评审的青睐，也深受芬兰读者喜爱。该作品在非虚构文学类别丛书读者投票中名列榜首。

尽管芬兰是一个森林大国，森林无处不在，但芬兰人似乎很少见过书中记载的天然森林。这一现象引发了作者对自然的关注和好奇：这片古老的荒野森林和土地上发生过什么？书中记载的以及上几代人描述的大片古老森林去哪了？我们面前的水渠和田野是如何一步步替代古老森林的？通过该书，我们可以了解到，大多数芬兰人实际上从未在他们的家乡见过天然林。随处可见的都是年轻的人工林。第二次世界大战后的这几十年，芬兰森林发生了翻天覆地的变化。冬季战争期间，石油和煤炭的出口停滞不前，需要木材来替代。战争赔偿金的三分之一都是靠木材支付的。林业对芬兰战后经济恢复发挥了重要作用。木材的需求量和需求速度在过去几十年内增加迅速。1950年，芬兰森林面积的四分之一是未受破坏的天然林。五十年后，只剩下了百分之五。森林从自然资源转型为经济资源。贝卡·约迪表示，如今我们从森林中获取的资源已经对其可持续发展造成了威胁。虽然我们仍有足够多的树木，但树木的种类多样性在减少，森林物种种类状况也不容乐观。芬兰已经有 833 种森林物种濒临灭绝。

毫无疑问，这本书是自然保护者对芬兰人民的号召。作者希望读者特别是林业从业者看到商品林和天然林的区别，认识到自己究竟承担着什么样的责任。

三、芬兰儿童少年文学奖

2019 年获得芬兰儿童少年文学奖的小说是《太阳的黑暗面》（Auringon pimeä puoli, 2019），作者是玛丽莎·拉西－科斯宁（Marisha Rasi-Koskinen，1975— ）。

故事围绕十六岁女孩艾米莉亚的生活展开。女孩和祖父生活在一个名为胜利矿山（Victory Mine）的极权地区，该地区居民生活的一举一动都会受到监督。在君主的统治下，这里的居民要求保证完全忠诚。该社区只有被选中的人有发展前途，其他人无法接收外界的信息。艾米莉亚虽不在被选中人员列表内，但她和爷爷一直被允许住在该地区上层社会居住区内。房子的后院有一间十六年未打开过的房间。自从十六年前艾米莉亚的母亲去世后，从未有人踏进那间房半步。某天，爷爷为艾米莉亚打开了房间。艾米莉亚惊奇地在房间里发现了一幅自己十六岁的画像。这勾起了艾米莉亚对矿山的好奇心。在矿山成立纪念日那天，艾米莉亚和好朋友潜入矿山底部。他们在探险中偶然穿越到了过去。经过这场意外，她渐渐明白为什么她和祖父可以有权像上层社会的人那样平静地生活在社区。这趟"时光旅程"慢慢揭开了所有谜底。

该小说巧妙地结合了许多不同体裁：穿越故事，成长故事，反乌托邦。该书虽为"穿越故事",但主人公并不是在时空上借助电话亭或其他任何奇特工具穿越到过去的。这场旅程被作者定义为一种"意外"。"时光旅程"只是作品主人公在成长中进行反思的工具。作者在小说中借助这场意外展现了成长过程中承担责任和把握时机的重要性。

四、《赫尔辛基日报》文学奖

朱尼·特蒂宁(Jouni Teittinen, 1982—)凭借其处女作诗集《心脏的口袋》(Sydäntasku, 2019)获得了《赫尔辛基日报》文学奖。特蒂宁在该部诗集中反思了时间的本质,并描述了童年的时光以及童年时期个人身份形成的过程。

诗集的封面是一张红色的旧照片:三个孩子在海边喊叫着。其中一个张开双臂在岩石上站着,另一个凝视着大海,第三个踩在沙滩上。这张照片是作者母亲大约30年前在挪威罗弗敦群岛的旅程中拍摄的。图为作者和他的两个兄弟。作者一直认为童年的经历影响着人一生的成长。作者在该部诗集中从不同的时间层面对童年进行了描述。在某些诗歌中,作者站在成年人角度回忆着童年。在另一些诗歌中,作者以儿童的身份展望着自己的成年生活。某些诗歌中,不同的时间层面交替出现,为读者在童年和成年间架起一座互通的桥梁。

特蒂宁曾在图尔库大学获得博士学位。其研究方向为末日文学,研究问题为末日文学中的时间问题。作者表示,起初他并不认为该部诗集与自己的研究领域相关,但后来意识到,两者都涉及如何定义未来的问题。末日文学中反映了我们当下所做的选择影响着未来。该部诗集从小层面的个人角度出发探索童年对个人成长的影响。

童年虽然逝去,但它依然渗透于生活的角落。有时它会像已经脱离机器但仍在规律运转的一部分，有时它像失控的野兽一样影响着我们的当下和未来。作者在诗集中借助一系列意象带领读者再次走进童年时光，思考时间的意义。

结语

2019年芬兰三大文学奖项以及《赫尔辛基日报》文学奖获奖作品涉及历史、自然和成长。《博拉》的故事使芬兰人对南斯拉夫战争感同身受。《我们之后的森林》向芬兰人民展示了芬兰森林的贫瘠景象，号召芬兰人认识到目前肩负的保护环境的重任，希望芬兰人为改善气候问题贡献自己的一份力量。儿童文学获奖作品一如往常，体裁新颖有趣，书中创造的故事背景别具一格，故事内容对青少年成长富有教育意义。《心脏的口袋》为成年人打开了一扇通往童年的大门，引导读者思考时间的意义。

参考文献：

Kanerva, Arla. "Finlandia-ehdokas on kekseliäs kertomus aikamatkustamisesta ja psykologisesti tarkkanäköinen yhteiskuntakuvaus." 21 Nov. 2019. Web. 8 Jul. 2020.
<https://www.hs.fi/kulttuuri/art-2000006315209.html>.

"Kirja: Metsä Meidän jälkeemme." *Katastblogi Online*. 6 Feb. 2020. Web. 5 Jul. 2020.
<https://katastblogi.fi/kirja-metsa-meidan-jalkeemme/>.

Majander, Antti. "Nuoret miehet rakastuvat Kosovossa sodan kauhujen kynnyksellä: Pajtim Statovcin hieno romaani kysyy, mitä jää jäljelle, jos ihmisen unelma toteutuu." 1 Aug. 2019. Web. 24 Jun. 2020.
<https://www.hs.fi/kulttuuri/art-2000006190258.html>.

Mäkeläinen, Niina. "'Kesän päättyessä suljettiin aurinko'–Jouni Teittisen nostalgiset runot vievät lapsuuden kesäpäiviin." 18 Jun. 2020. Web.19 Jul. 2020.
<https://yle.fi/aihe/artikkeli/2020/06/18/kesan-paattyessa-suljettiin-aurinko-jouni-teittisen-nostalgiset-runot-vievat>.

"Marisha Rasi-Koskisen nuortenromaani Auringon pimeä puoli voitti lasten-ja

nuortenkirjallisuuden Finlandian 2019." *WSOY Online*. 28 Nov. 2019. Web. 9 Jul. 2020.
    <https://www.wsoy.fi/uutiset/marisha-rasi-koskisen-nuortenromaani-auringon-pimea-puoli-voitti-lasten-ja-nuortenkirjallisuuden-finlandian-2019>.

"Metsä meidän jälkeemme-kirjan kirjoittajille." *Maaseudun Tulevaisuus Online*. 27 May 2020. Web. 6 Jul. 2020.
    <https://www.maaseuduntulevaisuus.fi/puheenaiheet/mielipide/artikkeli-1.1102468>.

"Metsä meidän jälkeemme." *Metsälehti Online*. 28 Nov. 2019. Web. 7 Jul. 2020.
    <https://www.metsalehti.fi/keskustelut/aihe/metsa-meidan-jalkeemme/>.

"Metsä meidän jälkeemme on vavahduttava tietokirja Suomen vihreän kullan rappiosta." *Like Kustannus Online*. 30 Apr. 2019. Web. 7 Jul. 2020.
    <https://www.sttinfo.fi/tiedote/metsa-meidan-jalkeemme-on-vavahduttava-tietokirja-suomen-vihrean-kullan-rappiosta?publisherId=3930&releaseId=69857117>.

"Miltä näyttää metsä meidän jälkeemme?" *Koneen Säätiö Online*. 26 Sept. 2019. Web. 8 Jul. 2020.
    <https://koneensaatio.fi/milta-nayttaa-metsa-meidan-jalkeemme/>.

Petäjä, Jukka. "Tieto-Finlandian voittajat halusivat kertoa suomalaisesta metsästä myös muiden kuin talouden ja metsäteollisuuden näkökulmasta." 27 Nov. 2019. Web. 7 Jul. 2020.
    <https://www.hs.fi/kulttuuri/art-2000006322693.html>.

Vilhunen, Airi. "Pajtim Statovci:Bolla-hyvä ja paha rinnakkain." 9 Aug. 2019. Web. 23 Jun. 2020.
    <https://kirsinbookclub.com/2019/08/pajtim-statovci-bolla-hyva-ja-paha-rinnakkain/>.

作者单位：北京外国语大学芬兰研究中心

2019年韩国文学概览

金京善　郑丹丹

内容提要：2019年是韩国文学界新人新作辈出的年份，丰硕的文学作品给读者带来了一场文学盛宴。接续上一年度的态势，韩国科幻小说再创佳绩，特别是女性科幻小说作家的精彩作品令文坛和科幻文学爱好者为之眼前一亮，科幻与现实的融合使得这一体裁更加贴近大众读者。韩国各界为了促进韩国文学的发展不断推动文化及配套产业的积极运行。随着时代的发展，文学的阅读与表现形式逐渐多样化，关注来自不同媒介的有关文学的信息能够为了解一个国家的文学综合情况提供意想不到的惊喜与灵感。

一、2019年韩国文学界重要事件

1. 廉武雄（염무웅，1941—　）担任国立韩国文学馆（국립한국문학관）[1] 首任馆长

2019年5月2日，廉武雄从韩国文化体育观光部长官朴良雨（박양우）手中接过任命状，正式出任国立韩国文学馆第一任馆长，任期为3年（2019年4月23日—2022年4月22日）。廉武雄馆长本

---

[1] 具体介绍参见《外国文学通览：2018》。

科及硕士均毕业于首尔大学德语系，1964 年凭借《崔仁勋论》（「최인훈론」）获得《京乡报纸》（「경향신문」）新春文艺评论奖，此后正式踏入文坛，开启了文学评论之路。廉武雄一直辛勤耕耘，坚持不懈地创作文学评论作品，此外他还接连出任了《创作与批评》（「창작과비평」）杂志社代表、民族文学作家会议（민족문학작가회의）理事长、民族艺术者总联合会（민족예술인총연합회）理事长等职。同时，他还为促进朝鲜与韩国的文学交流不断付出努力。2018 年廉武雄牵头成立国立韩国文学馆建立运营所委员会（건립운영소위원회）及资料建设所委员会（자료구축소위원회），为国立韩国文学馆的设立打下了坚实的基础。廉武雄曾在 2018 年被韩国政府授予银冠文化勋章（은관문화훈장）。

2. 原州市（원주시）获选全球创意城市网络[2]文学之都

2019 年 10 月 30 日联合国教科文组织正式公布了获准加入 2019 年创意城市网络的城市名单，韩国原州市榜上有名。原州市正式成为创意城市网络文学之都。为了参评创意城市网络文学之都，原州市五年内进行了一系列的准备。2014 年 2 月原州市拟定《联合国教科文组织创意城市（文学）促进基本计划》[「유네스코 창의도시(문학) 추진 기본계획」]，2015 年 7 月成立创意城市办公室，2016 年 2 月制定《原州市文学创意城市促进条例》（「원주시 문학 창의도시 육성에 관한 조례」），2017 年 7 月以原州市具有代表性的文学及文化民间组织、学术界为中心，正式组建了原州市联合国教科文组织文学创意城

---

[2] 全球创意城市网络（UCCN:UNESCO Creative Cities Network）是联合国教科文组织于 2004 年推出的一个项目，旨在通过对成员城市促进当地文化发展的经验进行认可和交流，从而达到在全球化环境下倡导和维护文化多样性的目标。被列入全球创意城市网络，意味着对该城市在国际化中保持和发扬自身特色的工作表示认可。成员城市加入时需要得到联合国教科文组织批准，可以自由退出，联合国教科文组织也可以在其失去代表性后建议其退出。
<https://baike.baidu.com/item/ 全球创意城市网络 /9143911?fr=aladdin>.

市促进委员会（원주시 유네스코 문학 창의도시 추진위원회），负责将决定申请以来几年内的相关文化活动进行汇总并进一步开展形式更加多样化的民间活动。2018年6月原州市向教科文组织正式提交了文学创意城市申请书。申请书中针对未来如何围绕文化资源与文化传统促进城市发展进行了详细阐释，同时根据朝鲜半岛实际情况提出了开发和平文化与和平文学项目，以及持续发展土地文化财团作家故居项目等远景规划。内容翔实、地方特色突出、紧扣国情的未来发展计划使得原州市提交的申请书收获了良好评价从而最终获选。

3. 中日韩青年作家会议（한중일 청년작가회의）召开

2019年11月5—7日中日韩三国青年作家在韩国仁川聚集一堂，共同参加了由仁川文化财团韩国近代文学馆（인천문화재단 한국근대문학관）主办的中日韩青年作家会议。此次会议的主题是"仁川：文学之于我"（인천：나에게 문학을 묻는다）。仁川市被评为2019年"东亚文化之都"[3]，以此为契机，2019年三国青年作家会议在此召开。中日韩青年作家会议将焦点对准"青年"，旨在通过三国青年作家的交流不断地对中日韩三国文学的未来进行探索。出席此次活动的中国作家有路内、刘汀、顾广梅、魏思孝、郑小琼、金京花、孙文书等；韩国作家有全成太（전성태）、金旼廷（김민정）、尹高恩（윤고은）、朴相映（박상영）、金世喜（김세희）等；日本作家有绵矢莉莎、中上纪、崎滨慎、矢野利裕、文月悠光等。担任此次会议总策划的委员长、文学评论家崔元植（최원식）在会议上发表了讲话，提出从青年一代身上寻找令中日韩三国间融洽交流的新思路。

---

[3] 2019年"东亚文化之都"当选的城市分别是：中国西安、韩国仁川广域市、日本东京都丰岛区。为了加强中日韩三国间的文化交流，自2014年以来，每年会分别在三国内评选出一个城市作为"东亚文化之都"，并开展丰富多彩的文化交流活动。

二、重要文学奖项

1. 李箱文学奖（이상문학상）

2019年李箱文学奖大奖的获奖作品是中篇小说《他们的第一只和第二只猫》(「그들의 첫 번째와 두 번째 고양이」)。作者尹昇形(윤이형，1976—)，原名李瑟(이슬)，生于汉城(今首尔)，毕业于延世大学英语系。2005年尹昇形凭借短篇小说《黑色海星》(「검은 불가사리」)获得中央新人文学奖(중앙신인문학상)并正式踏上文学创作之路，2006年相继发表短篇小说《血之星期天》(「피의 일요일」)、《为了三人的华尔兹》(「셋을 위한 왈츠」)。她的小说作品中常萦绕着一种现实与幻想、现实与梦境之间的循环往复，这构成了她独特的文学创作模式。尹昇形的第一部小说集《为了三人的华尔兹》出版于2007年，其中所收录的作品多以非现实世界为背景，特别是其中的《血之星期天》穿插了游戏世界的背景，使得叙事结构具有鲜明的层次感。虽然在作品中加入了很多非现实的元素，但是尹昇形并没有采用二元对立的模式将现实与幻象进行鲜明的划分，她一直力求将二者加以融合，尽量发挥最大限度的文学想象力。她2011年出版的第二部小说集《大狼蓝蓝》(「큰 늑대 파랑」)延续了第一部小说的风格，其中收录的小说加入了想象空间、科幻、电脑程序、吸血鬼、赛博格等元素。2016年的第三部小说集《爱的复制品》(「러브 레플리카」)和2019年第四部小说集《小村庄同好会》(「작은 마을 동호회」)将焦点更多地对准社会热点问题，特别是第四部小说集收录的作品绝大部分都涉及当今社会女性的生存状态。

此次获奖的小说《他们的第一只和第二只猫》讲述了一对夫妻的情感经历。小说主人公政民(정민)婚后为了抚养孩子、维持家庭生

计放弃了自己的梦想选择成为一名普通的生产线劳动工人,熙恩(희은)同样在独自照看孩子的过程中深感疲惫不堪,在婚姻生活中二人逐渐失去了对对方的热情,也失去了自我。自从听到隔壁传来女人的尖叫声,获知隔壁女人是"分手暴力"的受害者后,熙恩每天的生活开始陷入深深的不安和惶恐当中。政民无法理解熙恩的这种情绪,两人之间的隔阂越来越深,最终选择离婚。从牺牲自我的婚姻中解脱出来逐渐开始独立生活的两人反而慢慢地找回了最初的那个自我。这部小说的创作灵感来自尹异形曾经喂养的一只猫。这只猫 2018 年离世,令尹异形悲痛万分,但同时也激起了她对诸如生与死这样沉重主题的思考。猫对于尹异形来说无异于是家人般的存在,谈到作品的创作动机时,她说:"与其一直深陷痛苦之中,不如写一部迎接新生活的作品,给自己鼓气,使自己获得心灵上的慰藉。"[4]

《他们的第一只和第二只猫》虽然以婚姻问题为主线,对婚姻生活进行探讨与思索,但并没有单纯地将男性和女性置于施害者、受害者这样刻板的对立关系当中,而是细腻地描绘出身处婚姻生活中双方不同层面的苦衷。不仅如此,小说对女性在婚姻生活中以及离婚之后的艰辛历程倾注了大量笔墨。读者能够深刻地感受到,无论是身处婚姻制度之中,还是脱离婚姻制度后,女性无疑都将面临更多的考验。另一方面,尹异形也在传达这样一种观念,婚姻制度看似是关乎男女双方的问题,但同时是社会大环境下人们生活场景的片段与缩影,家庭关系中所出现的诸多问题与整个社会发展及人们思想观念的转变息息相关。

2. 今日作家奖(오늘의 작가상)

今日作家奖 2019 年将大奖同时授予两位作家,分别是金初叶

---

[4] 이영경, "이상문학상 대상에 윤이형…'결혼제도의 모순·폐해에 나름대로 대안 써봤다'."
<http://news.khan.co.kr/kh_news/khan_art_view.html?artid=201901072043005&code=960205>.

(김초엽，1993— ）和韩贞贤（한정현，1985— ）。获奖作品分别是金初叶的短篇科幻小说集《我们如果无法以光速前行》(「우리가 빛의 속도로 갈 수 없다면」)和韩贞贤的长篇小说《朱丽安娜东京》(「줄리아나 도쿄」)。

金初叶曾凭借短篇小说《馆内丢失》(「관내분실」)、《我们如果无法以光速前行》分别获得2017年第2届韩国科学文学奖（한국과학문학상）中短篇小说部门大奖和佳作奖。2019年她出版了第一部短篇小说集，2017年的两篇获奖作品都收录在该小说集中，小说集以其中一篇《我们如果无法以光速前行》命名，作品一经问世便好评如潮。

《我们如果无法以光速前行》一共收录了7篇短篇小说，分别是《巡礼者们为何一去不回》(「순례자들은 왜 돌아오지 않는가」)、《光谱》(「스펙트럼」)、《共生假设》(「공생 가설」)、《我们如果无法以光速前行》、《感情的物性》(「감정의 물성」)、《馆内丢失》、《关于我的宇宙英雄》(「나의 우주 영웅에 관하여」)等。这里以金初叶的代表性小说《馆内丢失》为例，大致展示一下她的创作风格。在小说中所设定的时代背景下，即便是已经离世的人，包含有他的记忆与言行习惯的思维也能够被上传保存，并在他人有需要之时搜索调出。于是当对于某个已经离世的人产生诸如"如果他现在还活着，会说些什么呢？"这样的疑问之时，就能够前往图书馆找寻到保存着的已经离世之人的思维并解决这种问题。小说的主人公智敏（지민）与父母关系不和、长久不相往来，怀孕后她发现自己无法对腹中的孩子生出丁点儿母爱反而只感到沉重的压力，在她深感困扰之时她下定决心要去寻找死去的母亲的思维来解答自己的人生困惑。然而当智敏搜寻母亲的信息时却发现关于母亲的索引已经被删除。小说中主要刻画了在图书馆内寻找丢失的母亲的思维的女主人公形象，但在这之前小说细腻地

描绘出身为一个女人,智敏在社会、家庭中渴望确立自身价值与地位的过程中所遭遇到的种种挫折。虽然采用了科幻小说的叙事手法,但作品也深刻地反映出了社会现实问题。科幻与现实的结合仿佛是一面镜子,以更加丰富的层次和视角展现出了当今甚至也可能是未来,女性所面临的各类现实问题和苦恼。读者在阅读过程中除了感受到科幻小说所带来的特有的新奇体验之外,也能够感受到现实问题用全新的方式进行阐释后所产生的别样的阅读效果,发散的思维、看问题的不同角度引领读者不由自主地深入作品内部审视现实社会中的客观问题。

  金初叶的作品能够获得大众及专家的认可绝非偶然,这也折射出科幻小说在韩国文学界地位的提升。说到科幻小说[5],就不得不提到韩国科幻小说在近几年来的飞速发展。金初叶曾表示过自己的偶像是科幻作家金宝英(김보영),金宝英被称作是"韩国的特德·蒋",2019年金宝英与美国最大的出版集团之一哈珀·柯林斯签约,授予其出版三篇短篇小说的翻译出版权。金宝英的创作历程反映出韩国科幻作品的发展缩影。据金宝英回顾,截至2016年,已完成的科幻作品想要寻求能够发表的纸面还是一件难事。直到2017年科幻小说作家组成了韩国科学小说作家联盟(한국과학소설작가연대,SFWUK),2018年科幻爱好者们组成了韩国科幻协会(한국 SF 협회,KSFA),韩国科幻小说的市场才逐渐被打开,特别是伴随着韩国科幻作家作品被译介到国外,越来越多的国内外读者开始认识并热爱上韩国的科幻作品,韩国国内专门出版科幻作品的出版社也应运而生,不少媒体也开始为科幻小说开辟出专属版面。根据韩国书店教保文库(교보문고)的统计[6],韩国国内科幻小说销售量增长率从 2017 年的 9.6%,

---

5 有关韩国科幻作品的相关介绍也可参见《外国文学通览:2018》。
6 권재혁,"한국 SF 문학 빅뱅이 시작됐다."
 <https://weekly.donga.com/3/all/11/1942586/1>.

到 2018 年的 11.7%，再到 2019 年的 35.7%，始终保持增长态势。韩国正在掀起一股科幻小说热潮，而且优秀的女性科幻小说家不断进入大众视野，她们的作品也受到国内外科幻小说爱好者的好评和青睐。

此次今日作家奖另一位获奖者是韩贞贤，她的获奖作品是《朱丽安娜东京》。2015 年她凭借小说《阿道夫和阿尔伯特的语言》(「아돌프와 알버트의 언어」) 荣获《东亚日报》(「동아일보」) 新春文艺短篇小说部门奖项并开始步入文坛，此次获奖的长篇小说《朱丽安娜东京》是她出版的第一部作品。这部长篇小说讲述了一个悲凉却不乏温馨的故事。女主人公韩珠在与男友的相处过程中遭受到"约会暴力"，在持续的、残忍的暴行下韩珠患上了"外语症候群"。韩珠彻底忘却了母语，却鬼使神差地开始精通日语。为了生存下去，韩珠只身逃往东京并在一家书店谋得工作，在此过程中她遇到了同事、同性恋者雪野。同样是内心饱受创伤的韩珠与雪野在相处中逐渐向对方敞开心扉，他们从彼此身上寻得慰藉。小说中还出现了一个人物叫金秋，是一个文化研究学者。韩珠、雪野、金秋三个人以及他们的家人由于各种缘由都与一个叫做"朱丽安娜东京"的夜店扯上了千丝万缕的关系。围绕这家夜店，整部小说中涉及了诸多方面的社会问题，比如"约会暴力"、同性恋、女性劳动者、单亲母亲，等等。韩贞贤在谈到创作初衷时表示，生活中充满困难，但是，"在每个人的生命中，总会有那么一束光亮能够支撑你去克服重重困难。我们要坚信并怀抱希望。至少在我的作品中，我希望能够存在这样的主人公，希望在光亮绽放的瞬间人们能共同去体会。"[7] 正如同作者所追求的一样，在阅读

7　임종명, "제 43 회 '오늘의 작가상', 김초엽·한정현 공동 수상."
　　<https://newsis.com/view/?id=NISX20191126_0000841315&cID=10701&pID=10700>.

小说的过程中，读者能够发现小说一方面揭露出社会上人情凉薄、物质不均衡带来的生存差异以及对弱势群体的鄙夷等令人心寒的现象，但另一方面也阐释出人间仍有温情，还是会有善良的人愿意体谅他人、彼此亲近、互相取暖。

3. 东仁文学奖（동인문학상）

2019 年第 50 届东仁文学奖大奖获得者是崔秀哲（최수철，1958—　），他的长篇小说《毒之花》（「독의 꽃」）获得评委的一致认可。崔秀哲在 1981 年凭借作品《盲点》（「맹점」）获得《朝鲜日报》（「조선일보」）新春文艺奖项并步入文坛，此后他又相继获得过李箱文学奖、尹东柱文学奖（윤동주문학상）、金裕贞文学奖（김유정문학상）等多项文学奖项。崔秀哲本人创作了大量文学作品，同时他兼具小说家、诗人、翻译家等多重身份。长篇小说《毒之花》从构思到完成耗时近十年，同时这也是崔秀哲时隔五年后携新作回归。《毒之花》采用第一人称的叙述方式讲述了一个又一个和"毒"相关联的人物，包括先天性身体含有毒性的人、惧怕毒的人、盲目地痴迷毒的人、通过毒麻痹自我的人，等等。"毒"在这部作品中是一个矛盾综合体，由"毒"引出了形色各异的登场人物。换句话说："小说中的人物便是'毒'的化身。"[8]《毒之花》中的主要人物是一个叫做赵梦九的人，他体质异常、动辄头疼，整个成长过程中身边几乎没有朋友，自从某一天由于昏迷被送进医院后，成为"我"的观察对象。"我"观察着医院中每一个和"毒"有着微妙关系的人，阐释了毒和药之间的关系。"毒"在这部小说中无法被进行单一的定义，它可以说是一种隐喻，由毒生发出人类的自私、愤恨、贪欲、傲慢、虚伪等

8　작가정신，"최수철 '독이 약이 된, 심리적 연애소설'."
　　<http://ch.yes24.com/Article/View/38949>.

各种各样的表现和意识。"毒"成为整部小说的一个核心元素，故事的人物、情节由这个元素来界定并加以扩展。可以说这是崔秀哲长期以来的一个创作特点。崔秀哲在创作小说前往往会预先设定一个关键性要素作为小说的核心素材，在他以往的作品中，"床""椅子""鼠疫"等都曾作为核心素材出现。崔秀哲曾表示："所谓好的素材，是那些与我们的生活密切相关的，又具有丰富的故事性及深刻的象征意义的某种东西。"[9] 在《毒之花》中，"毒"就是一个含义丰富的素材。小说中同时加入了大量心理描写、象征性描写并采用了专业性较强的临床医学记录方式以及推理小说创作手法，使得故事的层次和主题意识变得更为丰富和深刻。

三、从统计数据看韩国文学

每年年末或新年初始，韩国一些图书馆、大型综合性书店、图书销售网络平台等媒介会针对上一年的图书借阅、销售、关注度、点评等进行不同层面的总结。这些统计数据所提供的关于文学或书籍的信息与各大文学奖项所透露出的信息或许是不同的。文学奖项可能更多地体现出专家、学者、作家的审美或评判，而这些统计数据的背后会更广泛地融合进读者、文学爱好者、社会大众的选择。因此，通过这些数据来浏览一番有关文学或文化的统计，也会给我们理解韩国文学带来些许新鲜的灵感。

1. 韩国国立中央图书馆（국립중앙도서관）统计数据发布

2019 年 12 月 23 日，韩国国立中央图书馆发布了《2019 年公共图书馆最具人气借阅图书及借阅现状分析结果》（「2019 년 공공도서

---

9 작가정신，"최수철 '독이 약이 된, 심리적 연애소설'."
 <http://ch.yes24.com/Article/View/38949>.

관 최고의 인기대출도서와 대출 현황 분석결과」)。[10] 根据国立中央图书馆综合全国 948 所公共图书馆的数据进行分析，文学类图书借阅量排在第一位的图书仍然是赵南柱（조남주）的长篇小说《82 年生的金智英》(「82 년생 김지영」)[11]，这部作品已经连续两年位居借阅量第一。特别是随着 2019 年 10 月根据该小说改编的电影上映，更是带来了借阅热潮。

2. 2010—2019 年韩国文学代表性作家投票

韩国大型图书销售网络平台阿拉丁（알라딘）于 2019 年 12 月以读者为对象进行了一项投票活动，此次投票旨在选出 2010—2019 年韩国长篇小说、小说集、诗集三个领域内最优秀的作品。参与投票的读者共计 86 万名，投票对象为 2010 年 1 月—2019 年 10 月出版的所有韩国小说、诗集作品。最终结果显示各领域第一名分别是：赵南柱的长篇小说《82 年生的金智英》、金英夏（김영하）的短篇小说集《只是两人》(「오직 두 사람」)、朴潽（박준）的诗集《为了给你起名我耗费了几天》(「당신의 이름을 지어다가 며칠은 먹었다」)。此外，分别被选入各领域第二名和第三名的作品有：韩江的《少年来了》(「소년이 온다」)、金英夏的《杀人者的记忆法》(「살인자의 기억법」)、金爱兰（김애란）的《外面是夏天》(「바깥은 여름」)、崔恩英（최은영）的《祥子的微笑》(「쇼코의 미소」)、罗泰柱（나태주）的《看你似看花》(「꽃을 보듯 너를 본다」)、朴劳解（박노해）的《因此你不要消失》(「그러니 그대 사라지지 말아라」)。[12]

10　오윤지,"국립중앙도서관, 2019 년 공공도서관 대출현황 분석 결과 발표." <http://www.mhns.co.kr/news/articleView.html?idxno=361041>.

11　对于该作品的详细介绍可参见《外国文学通览：2018》。

12　对于这部作品的详细分析可参见《外国文学通览：2018》。
　　조용철,"'조남주, 김영하, 박준' 알라딘 독자 선정, 2010 년대 한국문학 대표 작가." <https://www.fnnews.com/news/202001090939253494>.

结语

回顾2019年韩国文坛，我们可以看到如下一些动向。

首先，在信息来源丰富多样化的当下，文学的发展也不断发生着日新月异的变化，呈现出异彩纷呈的模式。诸如科幻小说这样曾经较为小众的文学体裁也逐渐迎来了春天，科幻作品的发展在近些年是显而易见的，科幻佳作不仅在韩国国内拥有越来越庞大的粉丝群体，越来越多的韩国科幻小说作家及作品也逐步开始迈出国门，备受国外科幻界的关注。科幻作家也纷纷在韩国各大文学奖项中崭露头角、收获佳绩。主营科幻作品的出版社、报纸刊物的科幻专栏如雨后春笋般逐渐增多。

其次，韩国政府及民间团体不断加强对文化及文学的投入。韩国政府及民间团体依旧在促进文学与文化发展事业方面进行着不懈的努力，在文学场馆建设、文化项目申请的过程中，无论是国家还是地方层面都在积极做出各种尝试。文学成为促进城市甚至国家发展，弘扬国家及地方文化特色，促进国际、国内交流的有效方式。

最后，新人新作辈出，中坚作家依旧保持着旺盛的创造力。2019年的不少文学奖项颁发给了踏入文坛不久的新人，他们的作品加入了契合时代发展的新元素，给读者带来一种新鲜的阅读感。与此同时，中坚作家也纷纷献上全新力作，深厚的笔力与缜密的故事构思令读者为他们的精彩作品深深折服。

参考文献：

"全球创意网络城市"百度词条
<https://baike.baidu.com/item/ 全球创意城市网络 /9143911?fr=aladdin>.

권재혁, "한국 SF 문학 빅뱅이 시작됐다." 3 Jan. 2020. Web.15 Jun. 2020. <https://weekly.donga.com/3/all/11/1942586/1>.

신효령, "'한중일 미래와 문학의 미래' 청년에 달렸다." 22 Oct. 2019. Web. 15 Jun. 2020. <https://newsis.com/view/?id=NISX20191022_0000806525&cID=10701&pID=10700>.

오윤지, "국립중앙도서관, 2019년 공공도서관 대출현황 분석 결과 발표." 23 Dec. 2019. Web. 15 Jun. 2020. <http://www.mhns.co.kr/news/articleView.html?idxno=361041>.

이영경, "이상문학상 대상에 윤이형…'결혼제도의 모순·폐해에 나름대로 대안 써봤다'." 7 Jan. 2019. Web. 15 Jun. 2020. <http://news.khan.co.kr/kh_news/khan_art_view.html?artid=201901072043005&code=960205>.

이전호, "원주시, 유네스코 '문학창의도시' 네트워크 지정." 31 Oct. 2019. Web. 15 Jun. 2020. <https://www.nocutnews.co.kr/news/5236370>.

임종안, "제 43회 '오늘의 작가상', 김초엽·한정현 공동 수상." 26 Nov. 2019. Web. 15 Jun. 2020. <https://newsis.com/view/?id=NISX20191126_0000841315&cID=10701&pID=10700>.

작가정신, "최수철 '독이 약이 된, 심리적 연애소설'." 30 May. 2019. Web. 15 Jun. 2020. <http://ch.yes24.com/Article/View/38949>.

조용철, "'조남주, 김영하, 박준' 알라딘 독자 선정, 2010년대 한국문학 대표작가." 9 Jan. 2020. Web. 15 Jun. 2020. <https://www.fnnews.com/news/202001090939253494>.

作者：北京外国语大学亚洲学院；河南财经政法大学外语学院

2019年荷兰语文学概览

林霄霄

内容提要：2019年的荷兰语文坛，在主题方面延续了近年来的热点：关注个人内心世界及成长经历，同时，开始深入探讨移民问题和外来世界对本土文化的冲击。本文将从荷兰语地区重要文学奖项评审结果和主流媒体年度新书榜单两个方面，概述2019年荷兰语文学发展概况。

一、2019年荷兰语文学界主要文学奖项得奖情况

荷兰语文学界最具分量的奖项之一"荷兰语文学奖"三年评选一次，上一届是在2018年，因此2019年自然空缺。不过，2019年，荷兰语文学界其他奖项同样绚丽多彩。

1. P. C. 霍夫特奖（P. C. Hooft-prijs）

P. C. 霍夫特奖是为纪念荷兰17世纪著名的诗人、剧作家和历史学家P. C. 霍夫特（Pieter Corneliszoon Hooft, 1581—1647）而于1947年设立的文学终生成就奖，每年5月21日（即霍夫特忌日）前后颁发，散文、随笔或诗歌类作品皆可入围。从1988年起，该基金会增

设了面向青少年文学的提奥·泰森奖（Theo Thijssen-prijs），每三年颁发一次；从 2007 年起，又增设了三年一度的马克斯·菲尔忒斯奖（Max Velthuijs-prijs），用于鼓励图书插画家的成就。

和绝大多数荷兰语文学界奖项的颁奖时间不同，P. C. 霍夫特奖是在每年年末宣布下一年的获奖者。在 2018 年末，荷兰当代著名女作家马尔加·明科（Marga Minco, 1920— ）获得了 2019 年度的 P. C. 霍夫特奖。她的作品立足于现实生活，代表作《苦难的生活》（*Het bittere kruid*，或译为《苦草药》）被视为欧洲最好的二战小说之一。在 2019 年年底，基金会则宣布荷兰作家马克西姆·二月（Maxim Februari, 1963— ）为 2020 年度的获奖者。

马克西姆·二月本名马克西米利安·特伦斯（Maximiliaan Drenth），是一位专栏作家和小说家。他于 1989 年出版了首部小说《视角之子》（*De zonen van het uitzicht*），并获得了次年的穆尔塔图里奖（Multatuli-prijs，阿姆斯特丹艺术奖的前身，是 1972 至 2003 年间，由阿姆斯特丹艺术基金会颁发的文学奖项）。此后，他的小说《文学圈》（*De Literaire kring*, 2007）和《结块》（*Klont*, 2017）均广受好评，获得多个文学奖项的提名。此外他还出版了若干本散文集。评委会尤为欣赏他在关于两性的科普作品《可造之人——关于变性的注意事项》（*De maakbare man. Notities over transseksualiteit.*）中所展现出的坦荡的写作态度和幽默感，认为他的作品的"视角都是作者的视角……叙述的风格让读者在阅读时无法产生明确和坚定不移的观感。同时，这种风格让讽刺不至于沦为嘲讽，让自嘲不至于沦为虚荣"。（P. C. Hooft-prijs, 2019）

此外，在 2019 年，基金会把马克斯·菲尔忒斯奖颁发给了插画家西尔维亚·韦弗（Sylvia Weve, 1954— ）。韦弗起初是为荷兰的各大报纸绘画,从 1980 年起开始出版绘本,作品《闪开,我不是你奶奶!》(*Aan de kant,ik ben je oma niet!*)等曾多次获得包括金铅笔奖在内的各种插画奖和童书奖。她是一位才华横溢的画家,插图作品风格多样,同时不失专业性和精准度。

2. 书点文学奖(BookSpot Literatuurprijs)

书点文学奖设立于 1987 年,每年颁发一次,组织者是独立的年度虚构和非虚构文学奖基金会(Stichting Jaarlijkse Literatuurprijs voor fictie en non-fictie)。2019 年度,该奖项进行了改革,一共颁出了三个奖,分别是虚构文学奖、非虚构文学奖和读者奖。

虚构文学奖的得主是威瑟·特·古森克罗(Wessel te Gussinklo,1941—),获奖作品是小说《预科生》(*De hoogstapelaar*)。《预科生》是一部描写青少年成长的心理小说,主人公是一位名叫艾沃茨·迈斯特的 17 岁少年。他认为自己对这个世界已经足够了解,也足够聪明,可以操控身边那些愚蠢的同龄人。他不断试图证明自己的影响力,却反而逐渐被自身的抑郁和恐惧所支配。《绿色阿姆斯特丹人报》(*De Groene Amsterdammer*)评价此书充满了金句,"用诙谐的语言风格牢牢抓住读者,让我们无处可逃"。(Hart,2019)评审团认为,获奖作品"不仅应让读者惊讶,而且应让读者保持惊讶"。而古森克罗通过对作品的把控,以及他所创造出的和书中主人公的距离感,完美地做到了这一点。读者在阅读时"身临其境,却对主人公的悲剧命运无能为力",从而为此书所折服。(BookSpot Litaratuurprijs,2019)古森克罗在大学时读的是心理学专业,这也反映在了他日后的文学作品中。值得一提的是,艾沃茨也是他此前两部小说《禁忌花园》(*De verboden tuin*,1986)和《任务》(*De opdracht*,1995)中主人公的名字,所以坊间普遍将这三部小说视为"艾沃茨·迈斯特成长三部曲",而这两本小说,则分别讲述了 10 岁儿童对天堂般童年的追忆,以及 14 岁少年力图证明自己重要性的努力。

非虚构文学奖的得主是申恩·斯海恩斯(Sjeng Scheijens, 1972—),获奖作品是《先锋派:1917—1935 年的俄罗斯艺术革命》(*De avant-gardisten. De Russische Revolutie in de kunst*,*1917—1935*)。这是一部历史著作,介绍了苏联早期艺术家与共产党人在艺术创作方面的合作与矛盾。斯海恩斯是一位斯拉夫学者,曾为俄罗斯芭蕾舞团创始人谢尔盖·狄亚基列夫(Sergei Diaghilev,1872—1929)作传。评审团认为作者在本书中展现了他对所写内容的熟稔和精通,很好地向读者展示了这一近代史中相当动荡的时期。"在这一时期,艺术和政治试图共同雕刻出一个新的时代,在这些先锋派的思想中,乌托邦超越了现实,而现实则重重地回击了他们。"(BookSpot Literatuurprijs, 2019)

彼得·布瓦尔达(Peter Buwalda,1971—)的小说《奥特马尔的儿子》(*Otmars zonen*)获得了 2019 年度的读者奖。这部作品是作者的第二本小说,同时是作者计划创作的小说三部曲中的第一部,讲述了一名石油公司员工在受到环境污染冲击后对事业产生的怀疑。在 Bol(荷兰最大的图书网站)和推特等社交媒体上,读者在肯定此书宏大的世界观和悬疑性之余,也有声音质疑作者过于渴望创造出经典作品,从而导致语言的冗杂和情节的凌乱。

3. 利布里斯文学奖(Libris Literatuur Prijs)

利布里斯文学奖是仿英国布克奖(Booker Prize)模式于 1994 年设立的虚构文学奖项,组织者是文学奖基金会(Stichting Literatuur Prijs)。本年度的获奖作品是罗勃·范·艾森(Rob van Essen,1963—)的作品《好儿子》(*De goede zon*)。范·艾森擅长科幻小说,天马行空的科幻元素中不乏动人的情节与优美的语句,作品兼具娱乐性与文学性。《好儿子》也是一部科幻小说，故事发生在距今不远的未来，讲述了主人公——一名年过60、父亲刚刚去世的失败恐怖小说家——一边和朋友旅行，一边回顾自己一生的故事。这本书在2018年曾被多家媒体推荐为年度好书。

评审团认为，范·艾森创造了一个虽然并不猎奇，但颇为有趣的未来世界：机器人和电脑随处可见，人类拥有更多的闲暇时间，但受到了更严密的管控。书中的故事让读者以别样的方式脱离自身，审视人生中的不足和挑战。(Libris Literatuur Prijs，2019)

4. 荷兰图书公众奖（NS Publiekprijs）

荷兰图书公众奖也被称为"年度好书奖"（Boek van het jaar），从1987年起开始颁发，组织者是荷兰图书集体宣传基金会（Stichting Collectieve Propaganda van het Nederlandse Boek）。这个奖项起初是一个终身成就奖，从1992年起转变为现有的年度好书评选，目前使用的名称来源于该奖项2001年起的赞助商荷兰国铁（NS）。该奖的评审对象是每年（前一年度7月1日至本年度7月1日之间）出版的荷兰语虚构文学作品和纪实文学作品。每年年底时，书商和图书馆会推举出6本好书，然后交由大众投票，大众投票的对象也可不局限于这6本书。此外，还会有275名"核心评委"，在阅读这6本书后投票。两项投票结果共同决定最终的获奖图书。所以这个奖项相对而言，最能体现荷兰普通读者的喜好。

2019年度的获奖作品是马尔蒂内·拜尔（Martine Bijl，1948—2019）的《纽结叮当》（*Rinkeldekink*）。拜尔是一名演员、歌手和作家，《纽结叮当》讲述了她本人2015年脑出血后的复建过程。作为话剧演员，脑出血后的语言功能丧失让拜尔倍受打击，她在本书中忠实地记录了关于恢复训练的点点滴滴，同时又不失一贯的幽默感。作者用轻松的笔触描绘了沉重的主题,但正因如此,本书才更加直击人心。(De Veen,2019)《纽结叮当》在此前的年度好书榜单上鲜少为人提及,却在社交媒体上引发了热烈的讨论和好评,加之作者本人在本书出版后不久便离世了,这本书最终赢得 2019 年的"年度好书奖",也不算太过令人意外。

5. 比利时法兰德斯区文化类综合奖乌提马斯奖(de Ultimas van de Vlaamse cultuur)

2019 年,由比利时文化、青少年和媒体部主办的文化类综合奖项乌提马斯奖,将文学类别的奖项颁给了摩洛哥裔比利时女作家拉希达·朗姆拉贝(Rachida Lamrabet,1970—)。朗姆拉贝 1972 年随父母移民到比利时,是一位很有天赋的作家,2007 年的首部小说《女性之国》(*Vrouwland*)就赢得了比利时出版界的新秀奖,次年又凭借小说《神的孩子》(*Een kind van God*)赢得了荷兰银行文学奖(BNG Nieuwe Literatuurprijs 2008)。移民和身份认同是她作品中不变的主题,真实则是她一贯的文风。在最新的作品《告诉某人》(*Vertel het iemand*,2018)中,朗姆拉贝选择了第一次世界大战这一在比利时文学中极其常见的主题,但她聚焦的是在这段历史中被忽视的人群:牺牲于一战中的突尼斯、阿尔及利亚、摩洛哥和塞内加尔士兵群体。通过主人公——被派往法国前线的摩洛哥裔士兵阿玛辛——的日记,作者描绘了战争的恐怖,以及军队中盛行的种族主义。评审团认为,朗姆拉贝的作品"迫使读者深入思考种族主义、身份认同和社会不公等主题",是法兰德斯区文学中不可或缺的声音。("Motivatietekst Ultima Letteren 2019")

6. 欧洲文学奖(Europese Literatuurprijs)

欧洲文学奖的表彰对象是前一年翻译成荷兰语的欧洲小说,荷兰文学基金会是主办方之一。2019年，评委会将这个奖授予了《龙墙山下》(Onder de Drachenwand，原名 Unter der Drachenwand)。原著出版于2018年，作者是奥地利作家阿尔诺·盖格尔（Arno Geiger，1968—　）。《龙墙山下》的故事发生在1944年，即二战末期。主人公维特是一名年轻的国防兵，他在苏联战场上受了重伤，不得不从前线退回老家修养。在与信奉法西斯主义的父母不欢而散后，他机缘巧合地来到龙墙山下的村庄里休假。在奥地利山区独特的乡村风光中，他一边与新结识的当地村民畅想战争结束后能过上"正常的人生"，一边又不得不与战争带来的梦魇斗争。

盖格尔从1996年起开始发表作品，小说《流放的老国王》(Der alte König in seinem Exil，2011) 和《我们过得还行》(Es geht uns gut，2005) 已出版了中文译本。《龙墙山下》的译者威尔·汉森（Will Hansen）是一位资深的出版社编辑和翻译，曾将彼得·汉德克（Peter Handke，1942—　）、卡勒德·胡赛尼（Khaled Hosseini，1965—　）等知名作家的作品译为荷兰语。

评委会认为本书是一部伟大的欧洲小说，也是盖格尔目前为止的巅峰之作，"很好地结合了日记体、书信体和文学性的历史叙述"，将读者深深吸引进了这个在二战结束前夕、德国濒临崩溃时发生的故事里。而汉森的翻译，"将原著转化为生动活泼的荷兰语，并很好地体现了原著的语言风格"。(Nederlands letterenfonds，2019)

二、2019年度新书

通过分析每年年底的各类图书榜单，可以一窥这一年文坛的大致情况。在2019年度的各大好书推荐榜单中，出现频率较高的作品均为小说，这一点和前两年相比略有区别，因为前两年的推荐榜中，都会有一两本诗集位列其中，而畅销榜的榜首依旧为翻译小说。

下面将依据畅销榜排行顺序，并结合外界评价，介绍2019年度荷兰语文学界最具代表性的几部作品。

1. 伊利亚·莱昂纳德·普费弗（Ilja Leonard Pfeijffer，1968—　）的小说《欧洲大饭店》（*Grand Hotel Europa*），2019年最畅销的荷兰语小说，并获得利布里斯文学奖提名。

在2019年，出版于2018年底的小说《欧洲大饭店》可谓名利双收，既位居畅销榜前列，又登上了荷兰、比利时两国各大主流媒体的年度好书推荐名单，还获得了利布里斯文学奖和荷兰图书公众奖等文学奖项的提名。这部小说讲述了一个发生在意大利的故事，主人公"我"因为与女友克里奥感情生变，搬进了破败的欧洲大饭店。故事以主人公回忆往事的方式展开叙述，展现了两人在意大利多个地方的浪漫之旅。在回忆往事的同时，小说讲述了欧洲大饭店里的全球化景象。这里的人仿佛来自更古老也更优雅的时代，令人难忘，深深吸引着主人公。但另一方面，即使是在这种时光仿佛凝滞的古老饭店中，全球化的身影也已经开始显现，并逐渐影响了这里的生活。

普费弗在这部小说中糅合了很多元素：破碎的爱情、意大利的凄美、卡拉瓦乔、移民、大众旅游等。比利时《时代》（*De Tijd*）报的书评认为这部作品"写的就是欧洲的衰败"。（Van Puymbroeck，2019）

《欧洲大饭店》的主题与作者的个人经历密切相关。普费弗曾是荷兰莱顿大学的一名古典学家，同时也是一位多产的作家，他的作品无论是诗歌、话剧还是小说，都曾多次获奖。在这部小说中，他关于大众旅游的观点让不少读者产生了共鸣。普费弗认为，欧洲现在已经沦为来自世界其他地区游客的消遣之地，但大众旅游给欧洲带来的影响却是负面的。正如他在小说中所写的那样："欧洲欢迎白人探寻过往,却阻止黑人寻求未来。"

2. 马侬·于普霍夫(Manon Uphoff, 1962—)的小说《坠落如飞》(*Vallen is alsvliegen*),该书入围书点文学奖的候选名单,并最终成为"最受学生喜爱"的图书。

马侬·于普霍夫是一位荷兰女作家,从1995年起开始发表作品。她曾多次获得各大文学奖项的提名,《坠落如飞》是一本半自传体小说,讲述了主人公由于受到姐姐突然死亡的刺激,而深陷脑内的记忆迷宫中,回忆起了自己童年和青少年时代所遭受的虐待。故事主题沉重,但作者采取的文风非常特别。她将黑暗的童年描绘成了一个神话故事,施暴的继父就像是米诺斯迷宫里的怪物米诺陶洛斯,而家庭里被虐待的孩子们,包括作者本人,则成了送入迷宫的祭品。此外,作者用大量比喻和诗意的词句淡化了主题的沉重。荷兰《真理报》(*Trouw*)认为,于普霍夫用《坠落如飞》证明了"小说作为一种艺术形式,不仅是充满了生机的,也完全是必要的。她用文学虚构将恐怖的自传升华为艺术品"。(*Trouw*,2019)

3. 乌克·德·容(Oek de Jong, 1952—)的小说《黑棚子》(*Zwarteschuur*),该书出版后,获得多家主流媒体力荐。

乌克·德·容是一位资深作家,从1975年起开始发表作品。艺术史的学习经历让他非常善于描绘作家、画家等艺术家群体。《黑棚子》是他的第五部长篇小说,故事的主角马里斯是一位著名画家,小说开篇场景,便是他和妻子盛装赶往阿姆斯特丹市立博物馆——他的个人作品回顾展即将在那里开幕。家庭和睦,事业有成,鲜花和掌声包围着他,马里斯在59岁时达到了人生的巅峰。然而在开幕式当天,周刊头条却发表重磅消息,直指一起发生在45年前的凶杀案与马里斯有关。于是镜头回到了马里斯14岁时的荷兰泽兰省乡间。向往艺术、颇有异性缘的马里斯，偏偏与发生在乡间小黑棚子里的一桩女性被杀案产生了关联。小说的中间部分则是两条主线交织：马里斯的艺术奋斗史和与内心阴影的个人斗争史，在叙述中，作者很好地展现了这40多年间的社会变迁。在小说的最后，作者则通过一个问题点出了本书的主题：为什么大众对艺术的兴趣，最终会转变为对艺术家个人生活的窥私欲？

德·容写作时并不喜欢铺排修饰性的文字，但极其重视细节，所以读者在阅读时的代入感极强。他也很擅长用书中的其他人物烘托主人公，无论是对其他角色的叙述，还是对时代背景的描写，都是为凸显主人公的形象而服务的。《真理报》认为他"……非常了解内心与灵魂"，用经典的写作手法，表现了色情与暴力。（Trouw，2019）

4. 翻译小说：卢辛达·里雷（Lucinda Riley，1968— ）的《七姐妹》（*The Seven Sisters*）出版后不久即登上畅销榜首位。

《七姐妹》是爱尔兰作家卢辛达·里雷出版于2014年的"七姐妹"系列小说的第一本，荷兰语译本则出版于2018年，在2019年一共卖出了23.3万册，位列畅销榜首位，而排名第二的《欧洲大饭店》与之差距明显，销售量为14.5万册。"七姐妹"系列目前已经出版了六本，讲述了七个姐妹在养父逝世后，根据他留下的线索，分赴世界各地，追寻自己身世之谜的故事，特点是对上世纪初风土人情的描绘以及略带神秘的异域风情。

该系列小说在英语世界并不算有名，荷兰语版由多位译作寥寥的译者合作完成。网络上对此书不乏"肤浅、缺乏新意"等负面评价，在2018年和2019年的荷兰语主流媒体推荐书单上，我们也都无法找到这套书的身影，但这并不妨碍荷兰语读者对本书的追捧。这种不寻常的现象，让这套书成为2019年荷兰语出版界热议的话题之一。

在 2019 年下半年，另一本翻译小说——加拿大女作家玛格丽特·阿特伍德（Margaret Atwood，1939—　）的《使女的故事》(*The Handmaid's Tale*) 的销量也非常抢眼，隐隐有后来者居上的趋势。这部小说假想未来世界变为男性统治的极权宗教国家，据此改编的同名美剧在世界范围内广受好评。翻译小说在荷兰和比利时的图书市场上，依然拥有极强的竞争力。

除了上述书籍，获得书点文学奖的《预科生》也出现在了多家主流媒体的推荐书单中。

结语

荷兰的皇家书业联合会（KVB）常年委托德国市场调研公司捷孚凯（GfK）对荷兰语图书市场的各项指数进行调研。2019 年 9 月，该组织发布了《荷兰读者阅读喜好》调研报告，结果表明，60% 的荷兰读者认为文学是必要的，最受欢迎的文学作品种类依次是休闲小说、纪实小说和文艺小说。2019 年的各项图书榜单和文学奖项获奖情况，均印证了以上结论。2019 年，荷兰语文学界的优秀作品基本延续了前一年的特点，即在关注自我和个人经历的基础上，进一步思考一些当今的社会问题，比如移民的影响、欧洲以外世界对欧洲本土的冲击等。令人欣喜的是，这一年出现了一批风格独特的作品，或写作手法新颖，或以娴熟的技巧令传统的小说形式重新焕发出光彩。以《欧洲大饭店》和《黑棚子》为代表的一些作品，将个人情感与深刻的社会问题完美融合，立意深远，同时又不乏可读性和文学性，受到了大众的欢迎，也成为各大文学奖项评选时呼声很高的作品。这些优秀作品证明了有深度的作品，一样可以畅销。

参考文献:

"De motivatie van de jury." BookSpot Literatuurprijs. 6 Nov. 2019. Web. 15 Jun. 2020.
<https://www.bookspotliteratuurprijs.nl/jurytekst-def/>.

De Veen, Thomas. "Wijlen Martine Bijl wint NS Publieksprijs met 'Rinkeldekink'." NRC Handelsblad. 20 Nov. 2019. Web. 15 Jun. 2020.
<https://www.nrc.nl/nieuws/2019/11/20/wijlen-martine-bijl-wint-ns-publieksprijs-met-rinkeldekink-a3981050>.

Hart, Kees't. "De beste boeken van 2019." De Groene Amsterdammer. 18 Dec. 2019. Web. 15 Jun. 2020.
<https://www.groene.nl/artikel/de-beste-boeken-van-2019>.

"Juryrapport winnaar Libris Literatuur Prijs 2019." Libris Literatuur Prijs. 6 May 2019. Web. 15 Jun. 2020.
<https://www.librisprijs.nl/winnaars-2019>.

"Literatuur anno 2019." *KVB Boekwerk*. 3 Sept. 2019. Web. 15 Jun. 2020.
<https://www.kvbboekwerk.nl/consumentenonderzoek/literatuur-anno-2019>.

"Motivatietekst Ultima Letteren 2019." Ultimas. 18 Feb. 2020. Web. 15 Jun. 2020.
<https://www.ultimas.be/sites/default/files/Motivatietekst%20Ultima%20Letteren%202019.pdf>.

"Nieuws." P.C. Hooft-prijs. 25 Mar. 2019. Web. 15 Jun. 2020.
<https://www.pchooftprijs.nl/>.

"Onder de Drachenwand Arno Geiger Vertaald uit het Duits door Wil Hansen (De Bezige Bij)." Nederlands letterenfonds. 11 Nov. 2019. Web. 15 Jun. 2020.
<https://www.europeseliteratuurprijs.nl/2019/winnaar.php>.

Redactie Trouw. "De beste boeken van 2019 volgens onze recensenten." *Trouw*. 14 Dec. 2019. Web. 15 Jun. 2020.
<https://www.trouw.nl/recensies/de-beste-boeken-van-2019-volgens-onze-recensenten~b1ad2269>.

Van Puymbroeck, Rik. "De beste boeken van 2019 volgens de redactie van De Tijd." *De Tijd*. 6 Dec. 2019. Web. 15 Jun. 2020.
<https://www.tijd.be/dossiers/terugblik-2019/de-beste-boeken-van-2019-volgens-de-redactie-van-de-tijd/10188748.html>.

作者单位:北京外国语大学欧洲语言文化学院;北京外国语大学国际中国文化研究院

2019年柬埔寨文学概览

卢 军

内容提要：2019年是柬埔寨文学领域的收获之年。职业和业余作家新作频出，积极参加因陀罗黛维王后奖、佛学院文学奖、湄公河文学奖等文学比赛和评奖，并且涌现出一批新晋作家。国家读书日、高棉文学节和国家图书展成为深受柬埔寨作者、文学爱好者和广大人民喜爱的文化盛宴。柬埔寨作家协会一方面注重写作人才的培养，一方面加强基础教育的普及，同时继续扩大与地区和世界各国文坛的合作与交流，促进柬埔寨文学迈入世界舞台。本文重点从2019年文学奖及文学比赛、文学界重要事件、柬埔寨作家协会的主要活动等三方面介绍2019年柬埔寨文学的总体面貌。

2019年柬埔寨文学领域出现了近年来少有的繁荣景象。柬埔寨政府、柬埔寨作家协会（下文简称"柬埔寨作协"）和文化产业从业者积极参与促进阅读文化的活动，并取得成效。年初的国家读书日、年中的高棉文学节以及年末的全国图书展已成为柬埔寨文学领域和文化市场的三场"重头戏"，获得了柬埔寨人民，尤其是年轻一代的青睐。2019年小说与诗歌创作大赛的参赛作品为历年来最多，佛学院文学奖的设置为推动柬埔寨宗教文学的复兴注入了新活力。柬埔寨作协对内处理文坛工作，对外增进合作交流，不断推动柬埔寨文学事业稳步发展。

一、2019年文学奖项获奖作品

1. 因陀罗黛维王后奖（ពានរង្វាន់ព្រះនាងឥន្ទ្រទេវី）

截至2019年，柬埔寨文化与艺术部（ក្រសួងវប្បធម៌និងវិចិត្រសិល្បៈ）已经组织了21届小说与诗歌创作大赛，每届皆以柬埔寨历史上著名的国王、知名人士或已故作家冠名，如安东国王奖（ពានរង្វាន់ព្រះបាទអង្គដួង）、尊纳僧王奖（ពានរង្វាន់សម្តេចព្រះសង្ឃរាជ ជួន ណាត）、洪森亲王奖（ពានរង្វាន់សម្តេច ហ៊ុន សែន）、努功奖（ពានរង្វាន់លោក ន៊ូ កន）等。文化与艺术部书籍和阅读署组织的2019年文学创作大赛被命名为"因陀罗黛维王后奖"。因陀罗黛维王后是柬埔寨古代著名国王阇耶跋摩七世的第二任王后，也是一位才华出众、能力过人的作家，其撰写的诗文以颂扬阇耶跋摩七世的文治武功为主。她还协助国王推动高棉民族文化的发展，因此阇耶跋摩七世在位期间，柬埔寨的文学呈现出空前繁荣的景象。因陀罗黛维王后文学奖始创于1960年，曾在1960、1963和1967年举办过三届，后因柬埔寨国内局势不稳而停办。2002年起文化与艺术部重新设立该奖项，而此后每年以不同名称来命名。文化与艺术部还决定从2019年开始，固定使用因陀罗黛维王后奖这一名称，以保持民族文学的传承和延续。

往届比赛都规定创作主题，而近两三年来，一方面为了利于作者自由发挥，另一方面为了避免发生一些参赛者文不对题的现象，组委会不再规定大赛主题。比赛从2019年1月29日开始征集作品，截稿日期为6月30日。评委会依然从作品意义、创作形式及内容价值三个方面来对作品进行评判。

本届文学奖的突出特点是"三多":一是参赛作品多,职业和业余作家都可以参赛,共有91名参赛者提交了作品,是参赛作品最多的一届,其中包括小说68篇,诗歌23首。大赛两类作品各设一至五等奖1名,以及5名荣誉奖;二是新选手、青年作家多,报名参赛的往届选手仅占30%,新选手达到了70%,而且以80后、90后的青年作家居多;三是女性获奖者增多,20名获奖者中,女性作家有9名,显示出女性作家在柬埔寨文坛的巨大潜力。

2019年获得小说一等奖的作者是本·占波罗布(ប៊ុន ចន្ទប្រសព្វ,出生年份不详),作品是《吉祥三色》(សិរីបីពណ៌);获得二等奖的作者是占·玛妮(ចាន់ មណី,出生年份不详),作品是《灵丹妙药》(ឱសថទិព្វ);获得三等奖的作者是滕·武提(ធៀន វុទ្ធី,1996—   ),作品为《凶狠的老师》(គ្រូកាច);四等奖是谢·东海(ជា តុងហៃ,1992—   )的《我见到了鬼》(ខ្ញុំមើលឃើញខ្មោច);五等奖是古伊·根姆(គូយ គឹម,出生年份不详)的《回忆的味道》(ក្លិនអនុស្សាវរីយ៍)。

诗歌奖获奖作品同样丰富。棱姆·潘娜(លឹម ប៉ាន់ណា,1990—   )的叙事诗《淑女》(សោភ័ណស្ត្រី)获得一等奖。棱姆·潘娜是一位90后女作家,近年来,她在小说、诗歌、歌词创作方面成绩斐然。《淑女》是一首七音节诗,全诗共254句。作品表达了在解决家庭问题,尤其是当丈夫有外遇时,妻子不应气急败坏地使用暴力手段,也不要责骂其他女性,而要谨慎思考,相互尊重,寻找恰当的解决方式。作者称诗歌以"សោភ័ណស្ត្រី"为题,不仅是为了纪念因陀罗黛维王后这位集智慧与美貌于一身的卓越女性,也与诗歌主题相契合。评委会认为该诗韵律整齐,蕴含劝导女性在解决问题时应谨慎思考、不愠不怒的教育意义,因此评选为一等奖。诗歌部分内容现摘译如下:

丈夫若是不花心，任她外人来撒娇，
妩媚诱惑不贪心，不背妻子改初心。
穆妮紧抓姐姐手，面带笑容脸温柔，
姐姐想得更清楚，耐心对待不发怒。
与众不同她思想，不去辱骂发癫狂，
坚强女人不急躁，思考办法多动脑。
责备争吵无益处，只会招致臭名扬，
若是失手酿灾祸，原配变成阶下囚。
便给丈夫留好处，怀抱新欢无所顾，
得意忘形有候选，愈发恶劣胜从前。

叙事诗二等奖作品是《月儿低垂》（ចន្ទបន្ទាបកាយ），作者是翁·索丕（វង្ស សុភាជ，出生年份不详），三等奖作品《战火中的爱情》（ស្នេហ៍ក្នុងភ្លើងសង្គ្រាម）的作者为孟·松囊（ម៉ឿន សំណាង，1988— ），四等奖作品《两颗宝石》（ត្បូងពេជ្យ២គ្រាប់）的作者是拉·莱伊胡（រ៉ា ឡៃហូ，出生年份不详），五等奖作品是迪·利庆（ទី លីឈៀង，1999— ）的《黑莲子》（គ្រាប់ឈូកខៅ）。

2. 湄公河文学奖（ពានរង្វាន់អក្សរសិល្ប៍ទន្លេមេគង្គ）

为保护和提升民族文学价值，同时加强与澜沧江－湄公河流域中国、柬埔寨、缅甸、泰国、老挝、越南等六国的团结、友谊与合作，2019 年 2 月 14 日，柬埔寨作协发布第 10 届湄公河文学奖参赛通知，开始在国内遴选短篇故事和诗歌作品。本届文学奖的主题是"生命与湄公河的可持续性"（ជីវិត និងនិរន្តរភាពទន្លេមេគង្គ）。经过评选，8 月 7 日作协公布了代表柬埔寨参赛的两篇作品，分别是班·瑟塔琳（ប៉ែន សេដ្ឋារិន，1954— ）的短篇故事《生命之河》（តង្វាជីវិត）和孟·松囊的诗歌《河上爱情》（ស្នេហ៍លើផ្ទៃទន្លេ），两篇作品都展现了湄公河流域人民多姿多彩的生活。10月11日至14日，两位获奖者与作协代表同赴缅甸仰光参加了颁奖典礼。

柬埔寨裔日籍作家班·瑟塔琳1954年出生于金边。1974年她获得日本文部省提供的奖学金赴日留学，本科毕业后，由于柬埔寨国内动乱不断，她一直无法回国，便在日本继续深造，并于1981年获得了教育学和心理学硕士学位。瑟塔琳长期在日本各所大学教授柬埔寨文学，并用柬埔寨语和日语创作了多篇文学作品，柬埔寨语代表作包括反战题材自传体长篇小说《东京的蓝天下》（ក្រោមមេឃពណ៌ខៀវនៃតូក្យូ）、跨国恋情题材短篇小说《克楞占科勒斯纳之墓》（ផ្នូរខ្លឹមចន្ទក្រិស្នា），等。瑟塔琳非常热爱故乡柬埔寨，在柬埔寨实现全面和平与稳定后，便回到祖国，投身于她热爱的柬埔寨文学中，她的作品常常涉及跨国婚姻或跨国恋情，字里行间透露出作者超越国家、超越民族、超越阶级的理想世界主义思想。《生命之河》讲述了一段在与疾病抗争的过程中、从湄公河之旅中领悟出生命真谛的故事。主人公的母亲是柬埔寨人，父亲是日本人。她因罹患白血病，身心遭受病痛折磨，对生命渐感失望。一次手术后，她提出到母亲的故乡看看吴哥窟，并乘船从越南沿湄公河直上游览柬埔寨、老挝和泰国。湄公河沿岸迤逦的自然风光、普通人朴实勤劳的生活使她深受感动。她赞美雄伟壮观的吴哥窟是高棉祖先的伟大成就。在吴哥窟中，主人公和高棉祖先的灵魂相互交流与碰撞，最终激发了她勇于与病魔做斗争、心怀希望、坚强活下去的坚定意志。小说颂扬了湄公河代表的大自然力量，赞美了沿岸人民质朴乐观的天性。与此同时，作者通过小说表达了寄望，希望湄公河沿岸的国家和人民要热爱湄公河这条生命之河，热爱、尊重、珍惜现在的和谐生活，不应贪婪地只想到各自利益，要让湄公河流域成为属于整个人类世界的祥和、幸福的天堂。

新生代诗人孟·松囊出生于磅士卑省,笔名是湄公河诗人（កវីមេគង្គ），他擅长运用不同的柬埔寨古代诗体创作现代诗歌。《河上爱情》叙述了一个湄公河上渔民与渔霸斗智斗勇的故事。在湄公河上生活着一对情侣,他们一个捕鱼,一个卖鱼,生活虽不富裕,但充满了欢乐。由于女主角拒绝了渔霸的提亲,渔霸为此恼羞成怒,多次伺机报复。渔霸横行乡里、非法捕鱼、行贿官员的行径损害了人民的利益。渔民们向省里起诉,最终政府依法查办了渔霸。这对情侣也终成眷属,并且通过辛勤劳动,拥有了自己的渔场,过上了幸福生活。诗篇共十三章,每章都以不同诗体创作而成,即"开篇"（七行四音节诗）、"爱的誓言"（八音节诗）、"爱的魔鬼"（四行诗,第一、三行五音节,第二、四行六音节）、"湄公河上的雨水"（六音节诗）、"鱼产卵忙农活的季节"（接尾韵诗）、"爱的灾难"（九音节诗）、"渔民的反击"（四行四音节诗）、"恶魔之罪"（三行诗,第一、三行六音节,第二行四音节）、"捕捞成果"（四行诗,第一、三行四音节,第二、四行六音节）、"生命伴侣"（十音节诗）、"徜徉湄公河"（三行诗,第一行六音节,第二、三行四音节）、"增加生计"（四行诗,每行八音节）和"渔场主人"（七音节诗）,十三种诗体融为一体,展示出诗人熟练的创作技巧和扎实的语言功底。诗歌在叙述故事时穿插描绘了湄公河上鱼儿嬉戏、雨打泛舟的自然美景,渔民捕鱼、辛勤耕作的劳动场景,以及过年、婚礼等柬埔寨传统习俗,展现出一幅充满生活气息、具有湄公河特色的天然画卷。诗歌赞扬了人民追求幸福美满生活的美好愿望,肯定了正义的人民终将战胜邪恶的力量。同时将湄公河比喻成流经各国的宝石,呼吁人们不仅要遵守人类的法律,也要尊重自然的法则,妥善管理湄公河的自然资源,实现可持续发展。

3. 佛学院文学奖（ពានរង្វាន់អក្សរសិល្ប៍ពុទ្ធសាសនបណ្ឌិត្យ）

为重振柬埔寨文学的辉煌，提升宗教价值，柬埔寨宗教事务部佛学院（ពុទ្ធសាសនបណ្ឌិត្យនៃក្រសួងធម្មការនិងសាសនា）于 2018 年筹办了首届佛学院文学奖。文学奖参赛作品体裁为小说，主题是"通过宗教实现社会和谐"（សុខដុមនីយកម្មក្នុងសង្គមតាមរយៈសាសនា）。佛学院院长邵·索克尼（ស សុខនី）称，宪法规定佛教是柬埔寨的国教，同时也尊重和接受其他信仰和宗教。制订该主题正是为了促进消除偏见，赋予信仰价值，使各种宗教习俗符合国家和谐发展的目标。因此文学奖对参赛作品内容有四项要求：用非暴力、和平主义的方式解决故事中的问题，消除歧视，提高其他信仰和宗教的价值，消除对宗教的偏见思想。

佛教对当代柬埔寨社会文化、文学艺术、思想观念、风俗习惯乃至政治经济影响广泛而深远，为此佛学院将 2019 年第二届文学奖的主题定为"柬埔寨社会发展中的佛学思想"（ពុទ្ធទស្សនៈក្នុងការអភិវឌ្ឍសង្គមខ្មែរ），参赛作品体裁分为短篇故事和诗歌，收稿日期为 2019 年 1 月 27 日至 5 月 31 日。本年度获奖作品如下。短篇故事类一等奖为《无墙教室》（ថ្នាក់រៀនឥតជញ្ជាំង），作者丁·比瑟（ទៀង ពិសិដ្ឋ，出生年份不详）；二等奖为《生命的篇章》（ទំព័រជីវិត），作者利姆·达拉（លីម ដារ៉ា，出生年份不详）；三等奖为《生命之光》（ពន្លឺជីវិត），作者棱姆·潘娜。诗歌类一等奖为《生命的安宁》（មង្គលជីវិត），作者萨姆·索尼（សាម សុនិត，出生年份不详）；二等奖为《业报》（កម្មផល），作者雷德·萨伦（រេត សារុ៉ន，出生年份不详）；三等奖为《行善积德美好人生》（ការប្រតិបត្តិធម៌មានសណ្តាប់ធ្នាប់ជីវិត），作者迪·利庆。

二、文学界重要事件

1. 2019 年国家读书日（ទិវាជាតិអំណានឆ្នាំ២០១៩）

2019 年 2 月 25 日，柬埔寨政府专门发布关于筹备国家读书日的通告，要求各级相关部门全力配合教育、青年与体育部，办好第四届国家读书日。如要求新闻部利用包括广播、电视、报纸、杂志、电子媒介及社交网络在内的政府和私人媒体做好国家读书日的宣传报道；要求宗教事务部号召僧侣、沙弥等在各个寺院或其他宗教场所宣传读书日活动；要求旅游部通过各类旅行社和旅游从业者向国内外游客广为宣传，吸引他们前往参加活动；要求经济与财政部拨出专款用于举行读书日活动，等等。

2019 年 3 月 9 日至 11 日，第四届国家读书日活动在金边柬埔寨科技学院举行，主题为"阅读培养终生学习文化"（ការអានបណ្ដុះវប្បធម៌ការសិក្សាពេញមួយជីវិត）。教育部大臣洪·尊纳伦（ហង់ ជួនណារ៉ុន）出席活动并指出：在信息时代，人们可以通过不同的方式阅读，阅读得越多，获得的知识越多，获得的工作机会就会更多。政府每年举行读书日活动，正是为了培养人力资源，实现教育国民的目标。为期三天的读书日活动共有 58 家机构参加，设有 69 处展台，吸引了约 5 万人参加。读书日期间举行了文章阅读、诗歌朗诵、文学创作竞赛和知名作家文学研究讲座等活动，出版社和作者还举办了图书展销和趣味阅读活动。此外，主办方提供了 4000 册文学书籍，以及其他慈善人士捐赠的图书，免费供学生和青年取阅，以此鼓励青年人多多阅读。

2. 第三届高棉文学节（មហាស្រពអក្សរសិល្ប៍ខ្មែរ, Khmer Literature Festival）

第三届高棉文学节于 2019 年 10 月 11 日至 13 日在柬埔寨首都金

边举行。10月11日文学节在金边帕花中心开幕，12日及13日的活动则在柬埔寨国家图书馆举行。本届高棉文学节的主题是"文学与和平"（អក្សរសិល្ប៍និងសន្តិភាព）。为期三天的文学节举办了"'文学与和平'的意义何在""文学和作家在促进社会发展中的作用""文学翻译的现状""从文学到舞台"等多场专题论坛；召开了创意写作研讨会，由知名作家讲解如何创造主要角色；组织表演了话剧《飞歌传书》《百依百顺》等，为新晋作家和文学爱好者介绍了专业的写作知识，传授了丰富的创作经验，呈现了精彩的文艺演出。文学节期间举办的以"文学的传承"（មរតកអក្សរសិល្ប៍）为主题的书籍展销活动，展出了20世纪六七十年代柬埔寨国内文学繁荣时期的一批文学作品，使年轻一代读者有机会重温经典。书展上还首发了文学节2018年获奖作品集《由手至心》（ពីដៃទៅបេះដូង），展示了文学节的最新成果。

高棉文学节创始人女作家邵·丕娜（សូ គីណា，出生年份不详）称，经过多年的努力，当前柬埔寨文学的创作数量有所增加，但作品的质量仍然有待加强。创建文学节旨在推动探索创作意义和作家价值的文学运动，促进个人和国家的发展，从逐渐增加的关注度和参与度来看，如今已初见成效。

3. 2019年柬埔寨图书展（ពិព័រណ៍សៀវភៅកម្ពុជានៅឆ្នាំ២០១៩，Cambodia Book Fair 2019）

第八届柬埔寨图书展由柬埔寨文化与艺术部，联合教育、青年与体育部及新闻部组织，于2019年12月13日至15日在首都金边国家图书馆举行。本届图书展的主题是"手握书香，开启梦想"（ផ្តើមក្តីស្រមៃ ដៃកាន់សៀវភៅ，Start your dream with books in your hands）。文化与艺术部副国务秘书根·比农（គឹម ពិនុន）表示，第八届书展有五个重要目的：一是帮助新老作家出版各类书籍，并进入国内和国际市场；二是促进柬埔寨人民养成阅读的习惯，使青年认识到阅读在学习和工作中的价值；三是增加讲述故事和创作绘画的活动，从小培养少儿热爱阅读的兴趣；四是支持柬埔寨的出版业；五是鼓励作家、研究人员和艺术家创作更多新作。

此次书展，共有 800 多家出版机构参加，售出图书 30 多万册。除了特价图书展销，还举行了数字出版论坛、剧本写作经验交流会、作家见面会，以及书籍交换、为少儿讲故事、儿童游戏、音乐演奏、短剧演出、歌曲演唱等活动。为了使民众阅读到更多的书籍，首相洪森向图书展赠送了 4 万册图书，供民众免费领取。柬埔寨新闻部大臣乔·干那烈（ខៀវ កាញារីទ្ធ）出席书展开幕式并表示，多阅读不仅会使自身的知识面更加广阔，也将给予那些为了向我们整个社会和国家提供教育和知识而耗费了大量心智、精力和时间的作家、研究者和出版商以极大的鼓舞。

4. 著名翻译家逝世

2019 年 6 月 7 日，柬埔寨著名外交家、教育家、翻译家，柬埔寨作协成员吞·恒（ធន់ ហ៊ិន，1945—2019）因病逝世，享年 74 岁。吞·恒一直在政府外交部门工作，精通多国语言，如法语、英语、西班牙语和葡萄牙语。工作之余，吞·恒一直潜心柬埔寨语言和印度–柬埔寨文化与文明的研究，他在印度工作时曾多次研读印度史诗《摩诃婆罗多》的英文版本，并决心将其翻译成柬埔寨语。经过 20 多年的努力，最终翻译出 9 章 1200 多页的《摩诃婆罗多梗概》（រឿងមហាភារត:សង្ខេប）柬埔寨语版本，并于 2018 年 5 月 26 日正式出版。此外，他还翻译了很多资料，撰写了多部著作，如《罗摩衍那词典》(បទានុក្រមនៃរឿងរាមាយណៈ)、《伦理学》(អភិសមាចារ)、《柬埔寨语语法》(វេយ្យាករណ៍ខ្មែរ)、《柬埔寨语中的王族用语》

（រាជសព្ទខ្មែរ）、《尊纳语法》（វេយ្យាករណ៍ ជូន ណាត），等等。这些著述与译著为柬埔寨人民留下了宝贵的文化财富和精神食粮。

三、柬埔寨作家协会的主要活动

2019年柬埔寨作协依然积极组织筹备各类创作培训研讨和图书展销活动，宣传推广各项文学奖项评选和文学艺术节日，不遗余力地提升柬埔寨文学的社会价值和影响。除此之外，其工作侧重于开办第33期作家培训班和推广柬埔寨语正字法软件。2019年1月23日，作协发布第33期作家培训班报名通知。作家培训班不仅针对作协成员，还面向社会大众、僧侣、中小学生和大学生，文学爱好者都可以报名参加，培训共100学时。培训期间，作协邀请知名作家和学者为学员做了《柬埔寨语写作中的用词方法》（របៀបប្រើពាក្យតែងនិពន្ធខ្មែរ）等多场专题讲座。在推广文学的同时，作协十分重视保持柬埔寨语言文字的纯洁性，在各项文学竞赛中多次强调正确使用柬埔寨语文字的重要性。为此，作协开发了一套柬埔寨语正字法软件，用于检查和校准使用电脑输入柬埔寨语时出现的拼写错误。6月25日文化与艺术部著作权和类似权利署为作协颁发了该软件的著作权证。此后，作协陆续前往新闻部、文化与艺术部、皇家研究院国家高棉语理事会介绍该软件，倾听、搜集政府部门和专家学者们的意见和建议，以便早日将该软件推广到全社会，进一步推动柬埔寨国内的语言文字标准化工作。

在对外交流与合作方面，柬埔寨作协不仅加强了与区域各国的联系，而且逐渐迈向国际舞台。2019年2月16日，作协代表团赴越南河内参加了第四届越南文学推介国际会议和第三届国际诗歌节，与来自世界46个国家和地区的200多名作家、译者和艺术家就文学、翻译、出版进行了交流和探讨。3月8日至10日，作协与到访的泰国作家代表团举行了创作经验分享和诗歌朗诵等活动，深化了两国作家间的交流与合作。5月15日，作协主席布棱·布劳内随柬埔寨代表团赴中国北京参加了亚洲文明对话大会。7月25日，作协赴中国云南昆明参加了首届中国－东盟文学论坛，论坛以"文学新丝路"为主题，柬埔寨作家代表与中国和其他国家的作家围绕"我的文学之路——从一部作品谈起"和"心灵·命运·未来"两个议题展开演讲、讨论和交流。此外，作协还参加了8月22日至26日在泰国曼谷举行的东盟文学关系研讨会（ASEAN Literature Relations Seminar），以及9月6日在哈萨克斯坦努尔苏丹举办的首届亚洲作家论坛，增进了与地区和世界文坛的交流。

结语

　　政府高度重视，作协大力推广，作者辛勤创作，各界积极支持，各种因素促使柬埔寨文学事业在2019年获得了喜人成果。读书日活动促进人们阅读习惯的逐步养成，各种文学奖和文学节催发新老作者推出新的作品，再经图书展向广大民众尤其是向青少年读者宣传推介，使更多的优秀作品进入大众视野，获得文学爱好者的认可，激发他们阅读和购书的兴趣，而作者们也能从中获得更多收益，形成创作新作品的动力。这种由政府和相关机构主导的作家－市场－读者相互促进的良性循环已在柬埔寨初显端倪，并将推动柬埔寨文学事业进一步向前发展。

参考文献：

បណ្ណាល័យរាជបណ្ឌិត្យសភាកម្ពុជា.ការប្រកួតតែងនិពន្ធពានរង្វាន់ព្រះនាងទ្រនៃទេវីឆ្នាំ
　　២០១៨. 21 Nov. 2019. Web. 23 Mar. 2020.
　　　<http://libraryrac.com/index.php/Home/neweventdetail/27>.

ប៉ាន់វិទ្យា. ករិ្យស្រីឈ្នះការប្រកួតតែងកំណាព្យលេខ១ ពានរង្វាន់ព្រះនាងឥន្ទ្រទេវី. 22 Dec. 2019. Web. 23 Mar. 2020.
<https://www.postkhmer.com/ជីវិតកម្សាន្ត/ករិស្រីឈ្នះការប្រកួតតែងកំណាព្យលេខ-១-ពានរង្វាន់ព្រះនាងឥន្ទ្រទេវី>.

ប៊ូសាគុន. មហាស្រពអក្សរសិល្ប៍ខ្មែរជំរុញយុវជនស្វែងយល់ពីសារសំខាន់នៃការតែងនិពន្ធ. 13 Oct. 2019. Web. 20 Mar. 2020.
<https://thmeythmey.com/?page=detail&id=83860>.

រ៉ាសុនីកា. «ផ្ដើមក្ដីស្រមៃ ដែកាន់សៀវភៅ» ប្រធានបទថ្មីនៃពិព័រណ៍សៀវភៅកម្ពុជាលើកទី៨. 12 Dec. 2019. Web. 22 Jun. 2020.
<https://www.khmertimeskh.com/50669520/ជតមកដសរម-ដ>.

សុតសុខហេង.លោកធន់ហ៊ីនចំណាយពេលមួយជីវិតជាមួយការងារការទូតនិងចងក្រងសៀវភៅ. 6 Aug. 2018.Web. 1 Jun. 2020.
<https://www.lotus-radio.com/2018-profile-of-thon-hin/>.

សេមពិសី. កម្ពុជារៀបចំប្រកួតប្រជែងតែងនិពន្ធអក្សរសិល្ប៍ប្រលោមលោកដើម្បីលើកកម្ពស់តម្លៃសាសនា. 28 Nov. 2017. Web. 7 Jun. 2019.
<https://www.lotus-radio.com/2017-buddhist-institute-organized-writing-competition/>.

ហៀងវត្ត.ចូលរួមដោយសេរី! មហាស្រពអក្សរសិល្ប៍ខ្មែរ លើកទីព នៅថ្ងៃទី១១-១៣ ខែតុលា នេះហើយ. 7 Oct. 2019.Web. 12 Jun. 2020.
<https://www.clicknews.com.kh/articles/2300>.

ឡាយសុការតី.«សោភ័ណស្ត្រី»ដែលបង្ហាញពីដំណោះស្រាយក្នុងគ្រួសារជួយឱ្យកញ្ញាជាន់ឈរជាប់ជ័យលាភីកំណាព្យលេខ១. 25 Nov. 2019.Web. 22 May 2020.
<https://www.postkhmer.com/ជីវិតកម្សាន្ត/ករិស្រីឈ្នះការប្រកួតតែងកំណាព្យលេខ-១-ពានរង្វាន់ព្រះនាងឥន្ទ្រទេវី>.

អុំមរិរុនារីរតន:.ក្រសួងអប់រំយុវជននិងកីឡាត្រៀមប្រារព្ធវិវាជាតិអំណានឆ្នាំ២០១៩. 2 Mar. 2019. Web. 12 Jun.2020.
<https://www.information.gov.kh/detail/275372>.

陈显泗:《柬埔寨两千年史》,郑州:中州古籍出版社,1990年。

任维东:《首届中国东盟文学论坛举行》,2019年7月25日,访问时间2020年5月16日。
<http://difang.gmw.cn/yn/2019-07/25/content_33028822.htm>.

作者单位:解放军信息工程大学洛阳校区

2019 年捷克文学概览

覃方杏

内容提要：本文选取在捷克具有影响力的四个文学奖项，通过介绍 2019 年度获奖作品，展现 2019 年捷克文学创作的主题及其发展现状。从获奖作品来看，2019 年捷克文坛呈现出寻求"突破"、鼓励变革的趋势：对西方后现代主义哲学的突破，对传统捷克语写作规范的突破，对现代探求内在自我主题的突破，对异域文化固有印象的突破。跨文化叙事在 2019 年受到捷克文学奖项的青睐。此外，捷克文坛延续了近几年来鼓励年轻作者、培育文坛新秀的举措，并积极引导年轻一代更多地阅读捷克文学。

2019 年捷克文学创作延续了战后对历史、社会、个体命运进行批判与思考的传统议题，在纪念天鹅绒革命 30 周年的社会文化背景下，对捷克社会体制转型及欧洲文明当下的价值危机进行反思，寻求新的手法和题材展现当下社会问题。新生代作家更是拓展了对异域文化的理解与吸收。本文选取了四个著名的捷克文学奖项，从获奖作品切入，阐述 2019 年捷克文学创作的主题及风格。

一、雅罗斯拉夫·赛弗尔特奖（Cena Jaroslava Seiferta）

雅罗斯拉夫·赛弗尔特奖创立于 1986 年，旨在奖励近三年在国内外出版的优秀文学作品，促进捷克文学。该奖以著名捷克诗人、诺贝尔文学奖得主雅罗斯拉夫·赛弗尔特（Jaroslav Seifert，1901—1986）的名字命名，于每年 9 月 22 日，即诗人诞辰前夜，揭晓获奖结果。2013 年，该奖项理事会决定每两年进行一次评比（Ústav pro českou literaturu）。2019 年，哲学家米罗斯拉夫·佩特日切克（Miroslav Petříček，1951— ）凭借评著《黑暗时期的哲学》（*Filosofie en noir*，2018）荣获该奖项。

佩特日切克出生于布拉格，在捷克查理大学哲学院取得硕士及博士学位，现任查理大学哲学院教授，研究方向为哲学艺术、电影、文学、美术哲学以及现当代法国哲学。佩特日切克在《黑暗时期的哲学》里详细解读了埃德蒙德·胡塞尔、雅克·德里达及米歇尔·福柯等重要思想家们的哲思，以期将这些哲学思想汇聚成二战大屠杀后黑暗天空中的一束希望之光。他指出，思想与其所处的年代相呼应，大屠杀灾难造成了战后哲学书籍的晦涩难懂。哲学要保持其生命力，担负起见证其所处时代的重责，必须对 20 世纪下半叶以后的哲学传统进行重新整理。《黑暗时期的哲学》正是这种变革的见证者。佩特日切克从 20 世纪 90 年代初期撰写《当代哲学导论》（*Úvod do současné filosofie*，1991）时便开始寻求西方哲学传统的变革，即对后现代主义的突破。他借用德里达后期的解构主义对后现代主义进行了仔细的研究。（Fischer）

雅罗斯拉夫·赛弗尔特奖评审委员会赞扬了佩特日切克教授一直为使哲学突破纯粹的科学边框并进行跨学科研究所做出的努力，尤其是他将哲学与文学和艺术相结合的成就；虽然是一部哲学作品，但

《黑暗时期的哲学》并非枯燥无味的文本，而是具有极佳的可读性。(Czechlit)

二、玛格尼西娅文学奖（Magnesia Litera）

玛格尼西娅文学奖是捷克最重要的文学奖项之一，创立于 2002 年，旨在宣传高质量的文学作品及优秀出版物。该奖共设置十个奖项，本文仅选取最具分量与标志性的年度书籍奖进行分析。2019 年，拉德卡·德内玛尔科娃（Radka Denemarková, 1968—　）的小说《铅之时》（*Hodiny z olova*, 2018）获评年度书籍奖，该书还入围了同年玛格尼西娅小说奖项提名。德内玛尔科娃是 21 世纪以来捷克文坛的佼佼者，她从 2004 年开始全职自由写作，其创作形式多样，涉及小说、戏剧、影视编剧、散文及德语文学翻译。写作风格以短句为主，常用跳跃和怪诞不经的比喻、拟人，使得文字充满戏剧张力。《铅之时》的获奖使得她成为唯一一位四度荣获玛格尼西娅文学奖的作家。

《铅之时》与其说是长篇小说，不如说是德内玛尔科娃个人的政治文学宣言，将近 800 页的庞大篇幅、复杂的多层叙事以及富有争议性的选题展现了其引发广泛影响力的雄心：正在崛起的现代中国与欧洲文明价值观的崩溃，个体命运的抗争与剧烈变化的社会。面临家庭创伤与危机的不同代际的欧洲人寄望于到中国净化他们的生活，然而他们的世界仍在崩塌，欧洲的文明与价值观面临种种危机与困境。铅之时，即沉重的时间，在时空地点中切换，不断邂逅各个人物的生活与命运。德内玛尔科娃塑造的现代中国与欧洲文明危机互为镜鉴，她称之为"中国的时间，我们的时间"（*Hodiny z olova*, 163）及"中国在我们之中，我们在中国之中"（*Hodiny z olova*, 752）。文中直指中产阶级在消费主义时代普遍的冷漠及价值观的缺失，亦不乏对西方精英阶层的批判。《铅之时》延续了德内玛尔科娃鲜明的个人写作风格：以角色的职业取代其姓名，以凝练的短句冷静而有力地展开叙事，大量拟人和比喻的运用看似荒诞却又入木三分，充满戏剧般的画面感与独特的语言腔调。

尽管德内玛尔科娃称《铅之时》是她对整个人类世界的全部理解与困惑（Demelová and Zbořil），但捷克评论家指出，这本书并不是对现实世界的综合艺术呈现，"它是意识形态的呈现，尽管以艺术的手段包装"（Heller）。过多的道德审判及预设立场还使得整本书充斥着刻板的意识形态色彩，仿佛20世纪50年代的官方文学（Pavlova）。

自捷克20世纪80年代末期社会转型以来，在捷克的传媒、大众舆论及精英阶层中充斥着反对共产主义的"政治正确"，涉华话语意识形态化与负面标签化。很遗憾，德内玛尔科娃亦未能跳脱西方对中国固有的傲慢与偏见，将中国与西方不同的政治制度进行非黑即白的道德划分，片面强调西方自由主义民主制度对于"自由"和"人权"的定义。政治与意识形态议题在德内玛尔科娃的作品中并不少见，她常常将历史人物进行解构与再创作，前捷克斯洛伐克总统爱德华·贝奈斯（Edvard Beneš）等都曾被她重塑。

玛格尼西娅文学奖的另外九个奖项分别为小说奖、诗歌奖、青少年儿童文学奖、科普文学奖、纪实文学奖、出版成就奖、翻译奖、年度新人奖及读者奖等。2019年小说奖授予了帕芙拉·霍拉科娃（Pavla Horáková，1974—　）的处女作《怪诞理论》（*Teorie podivnosti*，2018），诗歌奖颁发给了伊万·维尼斯赫（Ivan Wenisch，1942—　）的诗集《伯南布哥》（*Pernambuco*，2018），青少年儿童文学奖由维杜拉·伯鲁夫科娃（Vendula Borůvková，1977—　）的《1918：我如何在整个捷克斯洛伐克面前打进一球》（*1918 aneb Jak jsem dal gól přes celé*

Československo，2018）获得，科普文学奖授予了扬·沃迪普卡（Jan Votýpka，1972— ）等合著的《关于寄生虫和人类》（*O parazitech a lidech*，2018），纪实文学奖颁发给了杰克斯·鲁普尼克（Jacques Rupnik，1950— ）的《中欧像一只眼睛在脑后的鸟：关于捷克的过去和现在》（*Střední Evropa je jako pták s očima vzadu：O české minulosti a přítomnosti*，2018），出版成就奖由伊日·佩兰（Jiří Pelán，1950— ）等编辑的《博胡米尔·赫拉巴尔作品集 1—7》（*Spisy Bohumila Hrabala 1-7*，2018）获得，翻译奖授予了雅尔卡·威尔波娃（Jarka Vrbová，1950— ）翻译的游记《海洋之书》（*Kniha o moři*，Morten A. Strøksnes，2015）。

三、乔治·奥尔丹奖（Cena Jiřího Ortena）与捷克书籍奖（Cena Česká kniha）

2019年，捷克文坛新秀安娜·茨玛（Anna Cima，1991— ）凭借处女作《我在涩谷醒来》（*Probudím se na Šibuji*，2018）一举斩获乔治·奥尔丹奖与捷克书籍奖两项大奖以及玛格尼西娅文学奖年度新人奖。

茨玛毕业于捷克查理大学日语系，现在日本学习日本战后文学，她将自己在日本的生活及个人的成长经历融入到小说当中。小说《我在涩谷醒来》讲述了 24 岁的捷克查理大学日语系学生雅娜在布拉格努力申请赴日留学的奖学金，却因翻译一位名不经传的日本作家的短篇小说而意外邂逅了 17 岁身处东京涩谷的自己，两个雅娜的命运就此奇妙地串联在一起。小说共分为十个部分，对雅娜与第二自我在东京和布拉格的情节及时空进行穿插叙述，时间线相互交错却叙述清晰。全文采用高度口语化的语言，不乏大量网络用语，节奏明快，叙事轻松，形成了作者鲜明的语言风格，在捷克文学里显得非常独特。虽然采用口语化语言，但遣词造句并不简单，读者可以感受到作者深思熟虑的选择和句子结构布局的用心。正是这种罕见的生活化语言，让作者将她对日本的了解与研究以一种可信的、易于理解的、吸引人的方式全面地传递给读者。作者没有局限于浅显地描绘漫画、浴袍、日本料理等欧洲人眼中的日本文化象征，而是深入浅出地将一种异域文化呈现在本民族文字中，传达出作者关于如何理解与吸收不同文化的观点。

评审委员会认为，茨玛大胆地打破了捷克文学已有的标准与写作规则，像是捷克小说领域一次独特的出游，意义非凡。更重要的是，过去几十年来，捷克小说的叙述局限于捷克本土，只对发生在捷克的事件感兴趣，并不断重复着对过去的探寻；大部分的捷克小说关注内在的自我、自我在童年及青春期的记忆，或是自我与周围世界的对话。而茨玛的《我在涩谷醒来》开启了跃出捷克本土、超越自我之外的环游世界的旅程，并向不同的甚至有着奇怪规则的世界及文化表示尊敬。《我在涩谷醒来》不仅是捷克文学有关日本文化研究的突破，亦是对人文学科研究的突破。（Bílek）

玛格尼西娅文学奖则认为《我在涩谷醒来》巧妙地将不同的小说文体结合在一起，将大学生活与异国情调两个空间进行融合，形成了一个现实与精神世界奇妙碰撞的整体。此外，异域画面在捷克当代文学中较为少见，加之该小说独特的语言，以及对欧洲人关于日本刻板印象的打破，让它更显独特。（"DILIA Litera pro objev roku"）

结语

通过对上述奖项获奖作品的简析，我们可以观察到，2019 年捷克重要文学奖项的获奖者既有年长的哲学家、成熟的中生代小说家，又有年轻的文坛新秀；获奖作品的主题涉及欧洲战后历史及哲学思潮、当代东西方政治制度、社会变革与价值观危机、跨文化叙事等。虽然获奖作品的主题与文风各异，但都体现出捷克文坛寻求突破传统与鼓励变革的趋势，即对哲学思想、捷克语书面写作规范、欧洲－捷克主题范围及既有叙事角度的突破与变革。对不同文化的理解、吸收与塑造成为2019年备受青睐的新亮点。捷克文学奖项继续支持年轻的新兴作者，鼓励新鲜血液的注入。同时亦需指出，意识形态评判仍占据捷克文学重要一席，受到主流文化的追捧。

参考文献：

Bílek, Petr A. "Vítězkou 32. ročníku Ceny Jiřího Ortena se stala Anna Cima." Web. 26 Jun. 2020.
<https://www.cenajirihoortena.cz/file/wisiwig/files/anna_cima.pdf >.

"Cena Jaroslava Seiferta." Ústav pro českou literaturu. Web. 26 Jun. 2020.
<http://www.ucl.cas.cz/ceny/?c=5>.

"Česká kniha s japonskou příchutí." Cena Česká kniha. 16 Apr. 2019. Web. 26 Jun. 2020.
<http://www.ceskakniha.com/CZ/CK2019_CZ.php?lang=CZ>.

Demelová, Karolína and Zbořil, Jonáš. "'Chtěla jsem se podívat době pod sukni, ' říká Radka Denemarková o románu Hodiny z olova." 17 Jan. 2019. Web. 26 Jun. 2020.
<https://wave.rozhlas.cz/chtela-jsem-se-podivat-dobe-pod-sukni-rika-radka-denemarkova-o-romanu-hodiny-z-7728601>.

Denemarková, Radka. *Hodiny z olova*. Brno: Host, 2018.

"DILIA Litera pro objev roku." Magnesia Litera. 30 Apr. 2019. Web. 26 Jun. 2020.
<https://www.magnesia-litera.cz/rocnik/2019/>.

Fischer, Petr. "Svědek ztráceného času. Petr Fischer nad knihou Miroslava Petříčka." Nocinky. cz. 4 Jun. 2018. Web. 26 Jun. 2020.
<https://www.novinky.cz/kultura/salon/clanek/svedek-ztraceneho-casu-petr-fischer-nad-knihou-miroslava-petricka-18002>.

Heller, Jan M. "Denemarková, Radka: *Hodiny z olova*." 17 Apr. 2019. Web. 26 Jun. 2020.

<http://www.iliteratura.cz/Clanek/41415/denemarkova-radka-hodiny-zolova>.

"Laureátem Ceny Jaroslava Seiferta 2019 je Miroslav Petříček." Czechlit. 23 Sept. 2019. Web. 26 Jun. 2020.
<https://www.czechlit.cz/cz/laureatem-ceny-jaroslava-seiferta-2019-je-miroslav-petricek/>.

"Magnesia Litera Kniha roku." Magnesia Litera. 30 Apr. 2019. Web. 26 Jun. 2020.
<https://www.magnesia-litera.cz/rocnik/2019/>.

Pavlova, Olga. "Příliš těžké hodiny: Nad novým románem Radky Denemarkové." A2. Web. 12 Jul. 2020.
< https://www.advojka.cz/archiv/2019/12/prilis-tezke-hodiny>.

作者单位：北京外国语大学欧洲语言文化学院

2019年拉脱维亚文学概览

吕 妍

内容提要：2019年拉脱维亚文学市场发展稳定。社会纪念活动促使经典作品再次回到读者和文学研究的视野，文学作品外译数量继续增加，中拉两国间文学交流日趋频繁。本文主要从拉脱维亚重要文学奖项、主要文学作品和重要文学活动等方面梳理和介绍2019年度拉脱维亚的文学情况。

一、重要文学奖项及主要作品

（一）拉脱维亚文学年度奖（Latvijas Literatūras gada balva）

拉脱维亚文学年度奖是拉脱维亚文学界中最具影响力的奖项。2019年度有五部文学作品分别获得了拉脱维亚文学年度奖的五个奖项：雅尼斯·瓦东斯（Jānis Vādons，1979— ）的诗集《沉默的形状》（*Klusuma forma*，2019）获得最佳诗集奖，英卡·盖莱（Inga Gaile，1976— ）的小说《美丽绽放》（*Skaistās*，2019）获得最佳散文奖，勒文斯·瓦尔代（Rvīns Varde，1985— ）的短篇散文集《此间纪事》(*Kas te notiek*,2019)获得最佳新作奖,乌尔迪斯·贝尔津什(Uldis Bērziņš,1944—)翻译的《熙德之歌》(*Dziesma par manu Sidu*,西班牙语:*Cantar de Mio Cid*)获得最佳外国文学翻译奖,维艾斯图尔斯·切鲁斯(Viesturs Ķerus,1984—)的《森林女孩麦雅》(*Meža meitene Maija*)获得最佳原创儿童文学奖。

《沉默的形状》是诗人瓦东斯的第三部诗歌作品,收录了诗人从2014至2018年创作的诗歌。作品保留了以往常用的叙事风格,但扩大了题材范围,在继续探索艺术、历史、文化的同时,引入了对家庭生活主题,尤其是与孩子相处之道的探讨。诗歌使用了一些拉脱维亚方言词汇,更加直接地表现出地方文化意蕴;同时巧妙地将意象与复杂的句式结合起来,突破了诗歌短小的篇幅对语言运用造成的限制。诗人将自己对人生的哲学感悟暗藏在字里行间,留给读者细细品味。正如评奖委员会专家所指出的,瓦东斯的诗歌存在着不同的解读方式,反复的阅读会带来不同的理解与感受。

盖莱是拉脱维亚著名的诗人、剧作家和导演,早期主要从事诗歌创作。其家庭诗集《后排能听见我的声音吗?》(*Vai otrā grupa mani dzird?*,2014)获得过拉脱维亚文学年度奖最佳原创儿童文学奖,诗集《复活节》(*Lieldienas*,2018)获得过拉脱维亚文学奖提名。2016年,盖莱出版了小说《玻璃碎片》(*Stikli*,2016),此次的获奖作品《美丽绽放》是《玻璃碎片》的续篇。小说以20世纪40年代至21世纪初的历史时期为背景,采用多人交叉独白的形式,从女性的视角审视了二战集中营和二战后集权政治制度下的生活,揭示了历史创伤,反思了文明社会存在暴力的原因,讲述了在人性缺位的年代,女性是如何在外表、心灵受到双重摧残之下,依然绽放个人美丽的故事。

《此间纪事》是杂志《里加时间》(*Rīgas Laiks*)的编辑、专栏作家和鸟类摄影师瓦尔代的随笔集，书中记录了作者平时在电车、咖啡馆等地编辑杂志文章时的观察与思考，被作者称为"生存的编年史"。该作品形式新颖、语言幽默，扎根于日常生活的记事很容易引起读者的共鸣。在图书设计上，章节间的普通间隔标记也被五种"青蛙"图标所取代，而"青蛙"正是作者姓氏在拉脱维亚语中的含义，这又为作品增添了一份趣味。

《森林女孩麦雅》是鸟类学专家切鲁斯以自己长女为原型创作的儿童读物，讲述了小姑娘麦雅作为守林人家庭中的一员，每日徘徊在林间，观察鸟类栖息繁衍，与大自然和谐共处的故事。书籍在为孩子带来趣味故事的同时还传授了生物知识。书中印有二维码，为孩子演示了各种各样在拉脱维亚具有代表性的鸟类的声音。

本届拉脱维亚文学年度奖终身成就奖获奖者为尤里斯·兹维尔格斯京什（Juris Zvirgzdiņš, 1941— ），特别贡献奖颁给了文学哲学杂志《点》（*Punctum*），表彰其将拉脱维亚 20 世纪中后期最有影响力的现代主义女诗人蒙塔·克洛玛（Monta Kroma, 1919—1994）重新带回文学研究和大众读者的视线中。

兹维尔格斯京什是拉脱维亚著名的儿童文学家，自 20 世纪 90 年代以来创作了 30 多部儿童文学作品。他塑造的小熊形象托比阿斯（Tobiass）深入人心，已经成为拉脱维亚儿童文学界的经典形象。而在他的系列作品中，小熊托比阿斯常常与其他国家的儿童文学形象进行互动，也使得其作品成为联通孩子与世界文化的一座重要桥梁。

（二）雅尼斯·巴尔特威勒克斯儿童文学奖（Jāņa Baltvilka balva）

2019 年雅尼斯·巴尔特威勒克斯儿童文学奖获奖作品为埃瓦尔斯·克利阿维斯（Aivars Kļavis, 1953— ）的青少年历史小说三部曲"通往未知世界的道路"("Ceļš uz Nezināmo zemi")和阿奈黛·麦莱采(Anete Melece，1983—)的儿童插画书《报刊亭》(*Kiosks*，2019)。

"通往未知世界的道路"分为三部，分别为《黑石》(*Melnais akmens*，2018)、《逃离蛇国》(*Bēgšana no čūsku valstības*，2018)和《琥珀之血》(*Asinis uz dzintara*，2018)。作者以史实为基础，通过艺术想象，展现了波罗的海地区部落发展、文明繁衍的景象，在精彩刺激的故事中也为青少年传递了友谊、竞争、欲望、爱情、道德和责任等价值观念，以及它们对人生的引导作用。三部曲还获得了2019年拉脱维亚文学年度奖最佳原创儿童文学奖的提名。

《报刊亭》改编自麦莱采2013年创作的动画短片，该短片在瑞士等多个国际电影节上受到了广泛的认可。故事发生在里加闹市区，一位卡在报刊亭里无法出去的大块头售货员奥尔加日复一日耐心地招呼顾客，却在夜深人静时寂寞度日，以憧憬远方海滩落日的童话生活来慰藉孤单。然而，一天发生的意外事件，使得奥尔加连同整个报刊亭一起掉进了河里，他们随着河漂流，终于来到了大海，最终停靠在海边。整个故事虽然寥寥数语，但构思奇特，插画色彩对比强烈，给人的视觉和思想带来很大的冲击。目前该书已译为英语、汉语、瑞典语、意大利语和德语等多国语言。

为纪念诗人雅尼斯·巴尔特威勒克斯诞辰75周年，2019年的雅尼斯·巴尔特威勒克斯儿童文学奖还将针对引进儿童文学的国际奖项从之前的波罗的海三国扩大到整个欧洲区域。此次国际奖项颁给了意大利作家安吉拉·纳内蒂(Angela Nanetti，1942—)，其获奖作品是《我的祖父曾经是一棵樱桃树》(*Mans vectēvs bija ķiršu koks*，2018)，该书由拉脱维亚翻译家达采·麦耶莱(Dace Meiere，1973—)翻译。

（三）其他重要作品

1. 诗集《人行道》（*Trotuārs*，2019）

2019 年在拉脱维亚女诗人蒙塔·克洛玛诞辰 100 周年之际，文学哲学杂志《点》和拉脱维亚大学文学民俗艺术研究院举行了一系列纪念活动并发行了诗集《人行道》，使女诗人克洛玛再次回到大众关注和文学研究的焦点地带。

克洛玛的主要文学创作期为 20 世纪后半叶，其创作风格经历了从社会现实主义到现代主义的转变，最终成为拉脱维亚诗坛现代主义代表人物。诗集《人行道》节选了克洛玛自 20 世纪 50 年代末转型后创作的九部诗集中的诗歌，以及一些在当时由于受时代和文学环境排斥而未发表的作品。这些作品表达了诗人对工业城市生活的感受，在当时是极具创新意识的，也是对拉脱维亚现代主义、城市诗歌和女性文学开展研究的重要材料。

2. 根据同名小说改编的电影《灵魂暴风雪》（*Dvēseļu putenis*）

2019 年是拉脱维亚建军 100 周年，改编自阿莱克桑德尔斯·格林斯（Aleksandrs Grīns，1895—1941）同名小说的电影《灵魂暴风雪》登上荧幕，该电影刷新了拉脱维亚自再次独立以来的票房纪录，甚至击败了国际热门影片《泰坦尼克号》和《阿凡达》在该国的记录。《灵魂暴风雪》是拉脱维亚作家、翻译家格林斯的半自传体小说。小说通过乡村男孩、少年步兵战士阿尔图尔斯·瓦纳格斯的经历，讲述了从 1915 年德国军队占领拉脱维亚到 1919 年拉脱维亚解放这一时期拉脱维亚步兵通过艰苦战斗赢得民族、国家独立的历史故事，探讨了民族、国家自由独立的代价。

二、重要文学事件及活动

（一）# 不要终止活动（#nedzēsārā#donotend）——争取政府财政支持运动

为筹备 2018 年伦敦书市，拉脱维亚政府自 2016 年起提供了为期四年的专项财政支持，用于在国际社会推广拉脱维亚文学。这四年间拉脱维亚形成了一股文学热潮，建立了文学推广平台"拉脱维亚文学"（Latvian Literature）。以该平台为依托，拉脱维亚四年间向国外出售了 165 部作品的版权（其中向英语国家出售了 45 部，向非英语国家出售 120 部），资助作家、出版商参加伦敦、法兰克福、莱比锡、博洛尼亚等数十个国际书展，发布了数十个作品外译的出版和译者项目，组织了一系列作家、译者、图书设计工作坊的交流活动，还创立了"我很内向"的宣传品牌。这不仅提高了拉脱维亚文学在国际，尤其是欧洲市场的认知度，而且还引起了本国对文学更广泛、深入的参与与讨论。

此项财政专项计划于 2019 年年底到期，为了巩固已有成果，推动拉脱维亚文学的持续发展与繁荣，拉脱维亚文学平台于 8 月在社交平台上发起了"# 不要终止活动"，邀请公众支持拉脱维亚文学推广工作，提高政府对文学发展的关注度和支持力度。这项活动得到了拉脱维亚作家和出版商的广泛关注和参与。

（二）对 21 世纪第二个十年拉脱维亚文学的总结

纵观拉脱维亚文学这十年的发展，诗歌作品在数量上连续多年超越散文作品，增长的速度也远高于散文作品。这一方面归功于拉脱维亚诗歌传统和活跃于诗坛、具有创造力的诗人，而另一方面也显示了诗歌领域中出现的新趋势。近年来，个人出版的实用性诗歌作品在拉脱维亚盛行，这类作品多作为礼品或颂歌，很难引起文学评论家的关注，文学界对其在文学市场中的作用也褒贬不一。散文作品开始更多转向现实主义，注重历史讲述，诞生了"我们，拉脱维亚，二十世纪"等多部历史系列小说，出现了多名现象级女性作家以孩童和女性视角创作的作品，如诺拉·伊克斯特娜（Nora Ikstena，1969— ）的《母乳》（*Mātes piens*，2015）、英卡·盖莱的《玻璃碎片》和《美丽绽放》、玛拉·扎丽苔（Māra Zālīte，1952— ）的《五指小屋》（*Pieci pirksti*，2013）和《天堂之鸟》（*Paradīzes putni*，2018）等。多名作家在完成历史小说的写作后又转向关注现今社会生活和热点事件。题材的变化也使得散文语言出现崇尚简洁、直接、去诗性化的表达趋势。而这一趋势也扩大了文学的受众，拉脱维亚本土文学近些年逐渐超越翻译文学而稳登图书销售榜单前列。

文学翻译领域诞生了多部世界民族经典文学译作，如《古兰经》（*Korāns*，2011）、《圣经》（*Bībele*，2012）、冰岛史诗《埃达》（*Eddas dziesmas*，2015）、爱沙尼亚史诗《卡列维之子》（*Kalevdēls*，2018）、西班牙史诗《熙德之歌》等，这从另一侧面体现了拉脱维亚文学正在进行的寻根之旅。而文学评论领域，在经济危机的影响之下，本十年初文学评论先后失去《旗帜》（*Karogs*）、《文化论坛》（*Kultūras Forums*）这两个重要阵地，之后文学刊物进入了一段低潮期，多种新创刊物均未能实现长期发展。直到 2016 年，文学、出版及历史刊物《破折号》（*Domuzīme*）问世，打破了该局面。2017 年后又出现了多家发展稳定的数字化文学、文化刊物，如《语境》（*konTEKSTS*）、《顿悟》（*Satori*）、《点》、《沉思》（*UbiSunt*）等，一些主流新闻门户网站也开设了文学、文化专栏。

(三) 文学外译与交流活动

2019 年，拉脱维亚国家文化基金会和文化部继续支持拉脱维亚文学外译与出版项目，全年共组织了四次申报和评审，共有 28 项出版项目和 25 项译者项目获得资助。最受国外出版商和译者青睐的作品仍是伊克斯特娜的《母乳》和雅尼斯·约涅夫斯（Jānis Joņevs，1980— ）的《叶尔加瓦 94》(*Jelgava 94*，2013)。2019 年《母乳》又被译为德语、日语、立陶宛语和乌克兰语出版，累计已被译为 13 种语言；而《叶尔加瓦 94》的保加利亚语版、立陶宛语版和匈牙利语版发行，累计已被译为 10 种语言。在 2019 年拉脱维亚出口的文学中，儿童文学占了半壁江山，英国爱玛出版社年初出版了拉脱维亚儿童口袋书系列，数部儿童文学作品被译为多种语言，如扎奈·祖斯塔（Zane Zusta，1982— ）的《小猫头鹰走失记》(*Ucipuci meklē mājas*，2015)，甚至在国外登上了最受欢迎儿童文学的榜单。《小猫头鹰走失记》是祖斯塔根据个人家庭经历改编的儿童安全教育故事，小猫头鹰玩偶伍茨布茨被小主人遗落在意大利的旅馆，它在鼓足勇气之后踏上了寻家路，在这个过程中它结交了好朋友、学习了新知识、磨炼了意志，也逐渐学会了如何应对生活的意外。

2019 年中拉两国间的文学交流取得了前所未有的丰硕成果。莫言的小说集《师傅越来越幽默》(*Meistar, jo tālāk, jo trakāk!*，2019) 在拉脱维亚出版，这是拉脱维亚市场为数不多的中国当代作家作品。该小说由长期旅居上海的拉脱维亚译者莱蒙德斯·雅克斯（Raimonds Jaks，1976— ）翻译，并获得了拉脱维亚文学年度奖最佳外国文学翻译奖提名。扎丽苔的诗歌精选《诗十五首》(*15 dzejoļi*，2019) 的中拉双语对照版也在拉脱维亚发行,该诗集由拉脱维亚汉学家弗朗克斯·克劳斯哈尔斯(Franks Kraushārs, 1967—)及其团队翻译,是第一部翻译成中文的拉脱维亚诗集。同时,拉脱维亚的儿童文学作品也走进了中国市场,海豚出版社引进了祖斯塔的《小猫头鹰走失记》,这也是在中国出版的第一部由拉脱维亚语直接翻译成中文的原创文学作品。祖斯塔还应邀参加了在北京举办的第四届中欧国际文学节,向中国读者介绍了拉脱维亚文学。台湾三民书局引进了麦莱采的《报刊亭》(又译《小报亭》),在中国台湾地区发售。此外,四川大学出版社还获得了拉脱维亚文学外译项目立项,翻译拉脱维亚俄语文学诗人塞姆约恩斯·哈尼恩斯(Semjons Haņins, 1970—)的诗集《并不是那样》(*Bet ne ar to*, 2017)。

结语

相较于2017年和2018年文学界为庆祝拉脱维亚独立100周年而出现的热潮,2019年拉脱维亚的文学发展虽然略显平淡,但还是出现了多个亮点:经典作家作品重归公众视线,女性作家现象级作品持续出现,中拉文学交流结出丰硕成果,等等。近两年取得的成果让文坛和社会意识到国家经费投入和文学推广平台对文学发展的重要作用。为促进文学持续发展,知识界积极争取政府支持,着力打造文学品牌。这些因素都将继续推动拉脱维亚文学向前发展。

参考文献:

Baklāne, Anda. "Latvijas literatūra 2010-2019: vēstures drudzis un eksports." *Satori*. 23 Jan. 2020. Web. 30 Jun. 2020.
    <https://satori.lv/article/literatura-2010-2019-vestures-drudzis-un-eksports>.
Baumane-Andrejevska, Līvija. "Klusējot noberzt sapni no sejas." *LA. LV*. 19 Jun. 2019.

Web. 30 Jun. 2020.
<https://www.la.lv/klusejot-noberzt-sapni-no-sejas>.

DELFI Kultūra. "Izdota Montas Kromas dzejs izlase 'Trotuārs'." *Delfi*. 28 May 2019. Web. 30 Jun. 2020.
<https://www.delfi.lv/kultura/news/books/izdota-montas-kromas-dzejas-izlase-trotuars.d?id=51131361>.

"Laureāti 2020. *Kas te notiek.*" LALIGABA mājaslapa. Web. 30 Jun. 2020.
<https://www.laligaba.lv/index.php/lv/2020-laureats-kas-te-notiek>.

"Laureāti 2020. *Klusuma forma.*" LALIGABA mājaslapa. Web. 30 Jun. 2020.
<http://www.laligaba.lv/index.php/lv/dzeja-2020/klusuma-forma>.

"Laureāti 2020. *Skaistās.*" LALIGABA mājaslapa. Web. 30 Jun. 2020.
<https://www.laligaba.lv/index.php/lv/2020-laureats-skaistaas>.

Lesīte, Anete. "Baltvilka balva bērnu literatūrā piešķirta Aivaram Kļavim." *LSM*. 24 Jul. 2019. Web. 30 Jun. 2020.
<https://www.lsm.lv/raksts/kultura/literatura/baltvilka-balva-bernu-literatura-pieskirta-aivaram-klavim.a326697/>.

—. "Kara sekas un skaistuma nozīme–Ingas Gailes romānā《Skaistās》." *LSM*. 30 Dec. 2019. Web. 30 Jun. 2020.
<https://www.lsm.lv/raksts/kultura/literatura/kara-sekas-un-skaistuma-nozime--ingas-gailes-romana-skaistas.a343275/>.

LSM. lv Bērnu satura redakcija. "Noslēdzas vēsturisko romānu triloģija jauniešiem《Ceļš uz Nezināmo zemi》." *LSM*. 26 Nov. 2018. Web. 30 Jun. 2020.
<https://www.lsm.lv/raksts/dzive--stils/vecaki-un-berni/nosledzas-vesturisko-romanu-trilogija-jauniesiem-cels-uz-nezinamo-zemi.a300900/>.

LSM. lv kultūras redakcija. "Atkārtoti izdots Aleksandra Grīna romāns《Dvēseļu putenis》." *LSM*. 21 Nov. 2019. Web. 30 Jun. 2020.
<https://www.lsm.lv/raksts/kultura/literatura/atkartoti-izdots-aleksandra-grina-romans-dveselu-putenis.a339167/>.

Muižniece, Jolanta. "Iznākusi Rvīna Vardes grāmata《Kas te notiek》." *LSM*. 17 Sept. 2019. Web. 30 Jun. 2020.
<https://www.lsm.lv/raksts/kultura/literatura/iznakusi-rvina-vardes-gramata-kas-te-notiek.a332301/>.

—. "Par šodienu, ar skatu pasaulē. Aizvadītā gada spilgtākie notikumi literatūrā." *LSM*. 19 Dec. 2019. Web. 30 Jun. 2020.
<https://www.lsm.lv/raksts/kultura/literatura/par-sodienu-ar-skatu-pasaule-aizvadita-gada-spilgtakie-notikumi-literatura.a343025/>.

"Nominācijas 2019. *Ceļš uz Nezināmo zemi.*" LALIGABA mājaslapa. Web. 30 Jun. 2020.
<https://www.laligaba.lv/index.php/lv/berniem-2019/cels-uz-nezinamo-zemi>.

Simsone, Bārbala. "Viņas ir skaistas. Ingas Gailes romāna Skaistās recenzija." *Diena*. 20 Jan. 2020. Web. 30 Jun. 2020.
<https://www.diena.lv/raksts/kd/recenzijas/vinas-ir-skaistas.-ingas-gailes-romana-_skaistas_-recenzija-14234042>.

Žolude, Inga. "2019. gads literatūrā. Viss mierīgi." *Diena*. 23 Dec. 2019. Web. 30 Jun. 2020.
<https://www.diena.lv/raksts/kd/literatura/2019.-gads-literatura.-viss-mierigi-14232579>.

作者单位：北京外国语大学欧洲语言文化学院

2019 年老挝文学概览

陆慧玲　陆蕴联

内容提要：2019 年，老挝文学界继续保持良好发展态势：众多新作出版，呈现出不同体裁和主题，出现了新亮点；诗歌《芬芳的老挝大地》获东南亚文学奖；长篇小说《终结于帕梯》和诗歌《湄公河下游的斗士》获湄公河文学奖；多样的文学活动助力老挝文学发展。本文将介绍 2019 年老挝文学获奖作品、文学新书以及文坛大事记，希望为老挝文学研究者提供有价值的参考。

一、诗歌《芬芳的老挝大地》获东南亚文学奖

2020 年 7 月 24 日，老挝新闻文化和旅游部举行了 2019 年度东南亚文学奖获得者宣布仪式。根据东南亚文学奖评奖规则，诗歌《芬芳的老挝大地》以 311 票的绝对优势一举摘得此桂冠。诗歌的作者是帕湃湾·玛拉翁（ພຣະໄພວັນ ມາລາວົງ，1990—），实际名为湃湾·玛拉翁，"帕"指"僧侣，和尚"。帕湃湾·玛拉翁成为获东南亚文学奖的首位僧侣，他同时也是老挝目前最年轻的东南亚文学奖获得者。

帕湃湾·玛拉翁 1990 年出生于占巴塞省勐孔县顿嘎殿村的一户农民家庭。顿嘎殿村坐落在一个小岛上，于是帕湃湾给自己的笔名取为"路顿嘎殿"（ລູກດອນກະເດີມ），意为"顿嘎殿孩子"或"嘎殿岛之子"。他于 2000 年在家乡剃度出家，成为沙弥，2009 年在首都万

象的一所寺庙受具足戒，成为比丘；2006年成为老挝作家协会成员；2010年毕业于翁德僧侣学院老挝语言文学专业，2011—2016年在该学院担任教师；2013年和2016年分别取得老挝国立大学老挝语言文学学士和硕士学位；2020年获得泰国朱拉隆功大学佛教文学专业博士学位。目前，他担任老挝国立大学文学院语言文化专业硕士课程和教育学院老挝语言文学师范专业的教师，同时还是老挝国立大学老挝语研究中心的成员之一。

帕湃湾不但创作诗歌，获得了很多奖项，还有丰富的学术研究成果，例如：《史诗〈陶洪陶壮〉中的政治思想》(ແນວຄິດທາງການເມືອງ ໃນມະຫາກາບທ້າວຮຸ່ງທ້າວເຈືອງ, 2014)、《文学评论原则》(ຫຼັກການວິຈານວັນນະຄະດີ, 2015)、《老挝宋干节起源》(ສິງການລາວມາແຕ່ໃສ, 2017) 等。此次获奖的诗歌《芬芳的老挝大地》[1] 曾于2017年获得老挝国内最重要的文学奖——信赛文学奖一等奖。老挝媒体评论这首诗歌"内容突出、有特色，具有社会意义；体现了老挝党和政府政策的正确性；作品有很高的创作艺术；反映了老挝文化的价值。语言简浅易懂、紧凑"。[2]

二、两部作品获湄公河文学奖

2019年9月13日，在老挝国立大学文学院，老挝作家协会举行了2019年湄公河文学奖[3] 评审结果发布会。共有18篇作品投稿参加评选，其中长篇小说4篇、诗歌6篇、短篇小说7篇、回忆录1

---

[1] 关于诗歌内容介绍，参见《外国文学通览：2017》。
[2] "ບົດກະວີ ຫອມແຜ່ນດິນລາວ ຖືກຄັດເລືອກເຂົ້າຮັບລາງວັນ ຊີໄຊ ປະຈຳປີ 2019" ຂ່າວສານປະເທດລາວ 24 Jul. 2020. Web. 15 Sept. 2020.
<http://www.kpl.gov.la/detail.aspx?id=53464>.
[3] 关于湄公河文学奖的介绍，参见《外国文学通览：2016》。

部。经评审,最终获湄公河文学奖的作品是盛詹·苏卡色穆(ແສງຈັນ ສຸຂະເສມ,1956—)的长篇小说《终结于帕梯[4]》(จุดจิบยู่ยาที่, 2018)以及贤璞赛·殷塔维坎(ແສງພູໄຊ ອິນທະວິຄຳ,1969[5]—)的诗歌《湄公河下游的斗士》(ນັກສູ້ແຫ່ງລຸ່ມແມ່ນ້ຳຂອງ,2018)。

1. 盛詹·苏卡色穆与《终结于帕梯》

盛詹出生于老挝万象市,自 2016 年开始文学创作,最初撰写短篇小说,之后开始写作诗歌和长篇小说。他的多篇短篇小说被发表在报纸、杂志上。他的第一篇短篇小说《澎阳》(ແພງຢາງ)获得 2016 年信赛文学奖一等奖,之后出版了短篇小说集《生命旋律》(ທຳນອງຊີວິດ)(第 1 册,2017;第二册,2018)以及长篇小说《终结于帕梯》。

《终结于帕梯》以 1966 年的帕梯战役为素材,讲述了老挝军民充分发挥英勇才智攻克敌人在帕梯的阵地并最终取得帕梯战役胜利的历史。帕梯山位于老挝北部华潘省省府市区西北 68 公里处,地势险峻,高达 1700 多米,是一座天然堡垒,也是老挝的军事要地。当时的帕梯地区受老挝王国政府[6]控制。美国中央情报局看到该地的战略地位,便在此建设了小型机场和"塔康"战术无线电导航台,之后又在此建设了利马–85 号雷达站,由美军和美国扶植的老挝苗族将领王宝率领的苗族武装分子严密防守。发生于 1966 年的这场帕梯解放战役持续了 116 天,老挝–越南联军灵活运用战术、精密布局,在不懈的努力下最终艰难地攻下了这座固若金汤的堡垒,彻底解放了帕梯地区,取得了以少胜多的奇迹。

---

4 "帕梯"是山名的音译,有的译为"黑山"。
5 作者在自己的脸书上标的出生年份为 1967 年。
6 当时老挝大体分为两个区域:由老挝王国政府控制的区域和老挝爱国阵线控制的解放区。20 世纪 60 到 70 年代,美国在老挝开展了"秘密战争"。

作者在多方搜集相关史料的基础上撰写了这部长篇小说。小说在真人真事的基础上进行创作，语言浅显易懂，描写细致，读后让人产生身临其境的感受，十分引人入胜，可读性强。小说彰显了老挝军民英勇奋战的精神和坚强意志，细致地还原了夺取帕梯战役胜利的历史，为后人展示了这场战役的原貌。老挝优秀文学艺术家欧铜·康殷苏（ໂອທອງ ຄຳອິນຊູ）评论道："作品语言通俗易懂，适合所有人阅读。"

2. 贤璞赛·殷塔维坎与《湄公河下游的斗士》

贤璞赛出生于川圹省勐堪县，曾在报纸杂志上发表了许多短篇小说和诗歌，出版的主要作品有：《英雄村－东邦村：老挝革命运动中的勇士》（ດິງບັງ ບ້ານວິລະຊົນ : ຄົນເກັ່ງກ້າອາດຫານ ໃນຂະບວນການປະຕິວັດລາວ, 2013）、短篇小说集《自然环境问题》（ບັນຫາສິ່ງແວດລ້ອມທາງທຳມະຊາດ, 2014）以及回忆录《出于内心的爱——红色亲王》（ດ້ວຍຮັກຈາກໃຈ ເຈົ້າຊາຍແດງ, 2019）。2015年，在老挝作家协会举办的纪念老挝人民革命党成立60周年、老挝人民民主共和国成立40周年全国诗歌歌谣征文比赛中，他创作的《大地的孩子》（ລູກຮັກຂອງແຜ່ນດິນ）获诗歌类三等奖。2019年初，在纪念老挝革命根据地万赛县建立50周年的征文比赛中，他的回忆录《可爱的万赛县》（ວຽງໄຊທີ່ແສນແພງ）获一等奖，同年他的诗歌《湄公河下游的斗士》获湄公河文学奖。

《湄公河下游的斗士》以诗歌的形式叙述了老挝重要领导人苏发努冯亲王的一生，向读者展示了苏发努冯亲王克服种种难题的坚强意志、高度的爱国精神和优秀的革命品质。苏发努冯亲王为人善良、平易近人，虽有皇族血统，但是不自负且生活朴素，一直为了人民的幸福和国家的解放事业而奋斗。诗歌部分内容也谈及苏发努冯亲王的夫人薇昂坎女士，介绍了她为老挝解放斗争事业所做出的牺牲。

三、新书速递

2019 年出版的新书与往年相比,有所增长。新出版的书籍涵盖了不同的体裁和主题。

1. 短篇小说集《待到金链花盛开时,阿巧就回来》(ອີ່ແກ້ວຈະກັບເມືອເມື່ອດອກຄູນບານ)

作者是奔塔维·龚帕潘[7](ພະອາຈານ ບຸນທະວີ ກິມພະພັນ, 1990—),去年他凭诗歌《母亲织的筒裙布》获信赛文学奖一等奖。作者选取经济全球化以及全球化背景下老挝文化和社会受到冲击而产生的种种问题作为题材,创作了 20 个故事,收录进这本短篇小说集。老挝作家出版社总编、2018 年湄公河文学奖获得者松翟·詹塔翁评论道:"该短篇小说集中的许多故事所反映的社会问题值得我们细细思索。当前,经济全球化不断发展,老挝文化受到了不小的冲击,读者或许也曾碰到过书中描述的问题。"

短篇小说集的第一个故事即是《待到金链花盛开时,阿巧就回来》,讲述了一位叫阿巧的姑娘到湄公河对岸的泰国去打工的故事。阿巧为了让自己和家人过上好生活,决定到繁华的泰国务工。临行时,她告诉母亲,等到新年金链花盛开时,她就会回来。可是新年到来时,母亲望穿秋水,却始终不见阿巧的踪影,也没有阿巧的任何消息。故事到此戛然而止,阿巧的结局如何,作者没有点明,而是让读者发挥自己的想象:或许她仍在他乡务工,或许已然遭遇不测。随着时代的发展,人们追求美好生活的愿望越来越强烈。与老挝相比,泰国发展较快。由于泰语与老挝语相近,两国人民的交流没有太大障碍,所以,很多老挝的年轻人选择到泰国发展。他们背上行囊,带着梦

---

[7] 关于奔塔维·龚帕潘的详细介绍,参见《外国文学通览:2018》。

想，奔赴异国他乡。然而事实并非都像他们想象的那样美好。一些涉世不深的年轻人尤其是那些正处于青春妙龄的姑娘被骗、被拐卖，或被卖进青楼；有的被劫掠钱财，甚至有人被夺去生命。作者创作这个故事就是要警示人们尤其是那些年轻人，要擦亮自己的眼睛，不要为了追求钱财而上当受骗。只要勤劳，在自己的祖国也能发财致富，过上幸福的生活。

2. 长篇小说《炮尔－龚梦 橡胶树下的约定》(ພາວເອີ-ກິ່ງເມີ້ງ ສັນຍາໃຕ້ຮົ່ມຕົ້ນຍາງ, 2018)

《炮尔－龚梦 橡胶树下的约定》是女作家婉麦·苏龚弥 (ວັນໄມ ສຸກກອງມີ, 1960—2019) 的遗作。婉麦·苏龚弥笔名婉迈 (ວັນໃໝ່, 意为"新的一天")，是老挝作家协会的成员，曾获 2005 年信赛文学奖一等奖和 2008 年湄公河文学奖等多个奖项。

小说以橡胶园为故事发生的背景，讲述的是两位有着不同成长背景的青年男女的爱情故事。女主角龚梦在城市里长大，而男主角炮尔是在农村长大的负责打理园子的苗族青年。作者通过对两人之间的对话语言的雕琢，向读者展示了不同成长背景对人们价值观和生活方式的影响。小说在刻画主角形象的同时，还间接向读者展示了苗族人民的生活方式以及习俗文化。以往的老挝文学作品多是赞美大自然的美丽，或是以救国斗争、男女爱情、破坏环境等内容为主题，而该小说选材较为新颖。作者创造性地以 20 世纪 80 年代后老挝发展家庭经济背景下所发生的故事为主题，可谓是一个新的尝试，丰富了老挝文学作品的主题。

3. 诗歌集《生活季》(ລະດູການຊີວິດ)

《生活季》是帕湃湾·玛拉翁发表的新作。诗歌集收录了他获东南亚文学奖的作品《芬芳的老挝大地》，该书记录了老挝普通村民的故事，展示了他们的生活方式、信仰、习俗和文化。诗歌语言细腻、韵律和谐、优美流畅。"生活季"在诗歌集中指的是老挝 12 个月中的传统节日以及相关习俗。这些节日和习俗正随着时间的流逝而不断消逝，或许在不久的将来，这些节日可能只存在于对后代的讲述和介绍中。因此帕湃湾用诗歌的形式记录下这些内容。除此以外，诗歌集还收录了其他主题的诗歌。所有这些诗歌都蕴含了帕湃湾自身的思考，值得读者细细琢磨。

4. 志怪故事集《湄公河传说——果铜码头怪事》（ພື້ມແມ່ຂອງ ເຣື່ອງທ່າກີກທອງ，2018）

该书的作者是烨·匹拉贡（ແຫຍງ ພີລາກອນ，1959— ），笔名有匹拉贡（ພີລາກອນ）、纳萨栋（ນາກສະດຸ້ງ）、凯航纳（ໄຂ່ທາງນາກ）、岛宁（ດາວໜີງ）、勒腊·路邦勃（ລຶກລັບ ລູກບັງບິດ）、坂珀（ບັນພິດ）等。烨·匹拉贡出生于占巴塞省勐孔县华敦桑派村，1982 年开始从事文学创作，现在是老挝作家协会成员。他发表的作品涵盖诗歌、短篇小说、长篇小说等体裁，他还将不少越南文学作品翻译成老挝语，如《失踪的美人》（ຄົນງາມທາຍສາບສູນ）等。他曾多次获奖，如他的诗歌《哥们儿》（ສ່ຽວຮັກ-ສ່ຽວແພງ）曾获 2014 年信赛文学奖一等奖。

故事集收集了流传于占巴塞省的 15 则故事。这些故事在当地百姓之间口口相传，反映了当地人民的本土信仰、习俗以及他们对神秘力量的看法。老挝作家出版社认为："尽管部分故事可能被口述者添枝加叶，但这也是当地人民发挥自己的想象力进行创作的成果，具有'大众性'，可以视为大众文学的一部分。"此外，该故事集收录的部分故事具有警示意义，值得后人深思。如本书的第四个故事讲述的是发生在作者的朋友阿努身上的怪事。阿努梦见一位美丽的女子，她告诉阿努，如果想要变得富有，便要娶她为妻，并告诉他在僧侣布施回到寺庙前,到昨天他耕过的那块田的一个角落可以挖到金子。第二天阿努醒来,就到田里挖金子,果然挖到了四个金镯子。他的妻子、岳母以及一些村民们认为,阿努梦中的女子是女鬼,如果留下这些镯子,阿努便会死去并成为女鬼的丈夫。阿努很害怕,便把镯子扔到果铜码头的河水中。故事警示人们这些不劳而获得来的财富可能伴随着不幸和厄运。

5. 学术著作《〈陶洪陶壮〉史诗中的原始信仰和文化》(ຄວາມເຊື່ອ ແລະ ວັດທະນະທຳດັ້ງເດີມໃນມະຫາກາບ ທ້າວອຸ່ງທ້າວເຈືອງ)

《陶洪陶壮》是老挝文学宝库中的重要作品,可以说是老挝最经典的古典文学作品之一。《〈陶洪陶壮〉史诗中的原始信仰和文化》一书是帕湃湾·玛拉翁对《陶洪陶壮》进行研究的最新成果。著述分析了史诗《陶洪陶壮》中的原始信仰、佛教信仰和习俗文化,揭示出老挝的文化渊源。该书分为三章。第一章概述史诗中出现的人物以及史诗涉及的老挝原始信仰和佛教信仰,并介绍了该史诗的主要内容。第二章分析这部史诗中提及的一些原始信仰,如占卜、解梦等内容。第三章介绍这部史诗中提及的老挝传统习俗,如饮酒、丧葬等。这本书可以说是研究《陶洪陶壮》十分重要的参考书之一。

四、重要活动和重要事件

1. 纪念老挝革命根据地万赛县建立 50 周年征文评选活动

2019 年 1 月 30 日,万象市国家图书馆举行了纪念老挝革命根据地万赛县建立 50 周年征文评选颁奖仪式。老挝新闻文化与旅游部副部长博银·沙普翁(ບົວເງິນ ຊາພູວົງ)亲自向获奖者颁奖。此次参评的作品中,共有回忆录 76 篇,短篇小说 52 篇,叙事诗 138 篇。三种体裁分别设置一等奖一名、二等奖两名、三等奖三名和鼓励奖若干名。

有不少年轻人参加此次评选活动,这说明老挝文学界后备力量正在迅速成长。

2. "追求艺术俱乐部"成立

为了促进文学创作活动的发展,尤其是鼓励青年、学生参与创作,老挝著名作家、诗人、优秀文学艺术家以及东南亚文学奖获得者维瑟·莎翁色萨(ວິເສດ ສະແຫວງສີກສາ)在自己的住宅创立了追求艺术俱乐部。该俱乐部成立于2019年5月2日,隶属于老挝作家协会。该俱乐部将成为老挝作家交流文学创作经验、推动文学创作发展的平台。

3. 老挝-泰东北诗歌晚会

2019年8月3日,老挝作家协会在万象市赛谢塔县普泰提拉园举办了"诗语友谊长青"诗歌晚会。参加活动的有来自老挝和泰国东北部的著名作家和诗人。活动上,两岸作家、诗人就促进阅读、诗歌创作等问题进行了交流。此外,两岸诗人还上台朗诵了自己创作的诗歌作品。此次活动进一步加强了老挝和泰国东北作家协会的联系,是两岸作家和诗人进行文学创作经验分享的重要机会。

4. 文学创作培训班

2019年8月31日至9月22日,老挝《文艺》杂志社在万象市举办了文学创作培训班。培训班在每周末举行,共计8天,参加培训的学员共有47人。老挝出版局、作家协会给予了大力支持,许多知名作家担任授课教师,极大地鼓舞了学员们对文学创作的热情。此次培训班的举办具有重要意义,它不仅向对写作感兴趣的学生、社会人员介绍了文学创作的相关知识,还为学员开始自行创作提供了机会,有利于为老挝文坛培养更多潜在的作家、诗人。

5. 第一届和第二届万象市阅读推广节

第一届万象市阅读推广节于2019年3月7日至17日在万象市西

沙达纳县国际贸易中心举办,除了图书展销外,阅读推广节还举办了常识问答、作家见面会等活动。由于收效不佳,万象市教育体育厅决定于 2019 年 10 月 19 日至 27 日在万象中心举办第二届万象市阅读推广节。为了提高此次阅读推广节的吸引力,主办方设置了丰富多彩的活动,包括东盟知识问答、老挝语演讲比赛、英语演讲比赛、舞蹈表演、微电影评选、照片评选以及"护照"打卡抽奖活动。与第一届万象市阅读推广节相比,第二届万象市阅读推广节的人流量更多,图书展销量有所提高。活动期间,老挝作家的作品得到进一步推广。

6. 老挝文坛几颗璀璨明星陨落

除了前文介绍的婉麦·苏龚弥于 2019 年 3 月 19 日离世外,老挝文坛还有几位著名作家在 2019 年上半年先后驾鹤西去。他们是:詹托安·铁昂缇翁萨 (จันทอม ท្่ງເທບວົງສາ)、岛维昂·布那柯 (ດາວວົງ ບຸດມາໂຄ)、苏克依·诺拉欣 (ສຸຂີ ນໍລະສິລປ์)

詹托安·铁昂缇翁萨生于 1932 年 7 月 10 日,于 2019 年 2 月 9 日辞世。他是一名老革命家、思想家、作家、诗人,在 2010 年被国家授予"老挝优秀文学艺术家"称号。他著有许多作品,如《照亮道路的火光》(ແສງໄຟເຍືອງທາງ, 2005)、诗歌集《"红色亲王":苏发努冯的生平》("ລະເດັດແດງ": ປະຫວັດຂອງທ່ານສຸພານຸວົງ, 2007) 等,他曾在 2007 年获湄公河文学奖。

岛维昂·布那柯于 2019 年 3 月 6 日病逝。他也被国家授予"老挝优秀文学艺术家"称号。岛维昂 1954 年 8 月 3 日出生于占巴塞省勐孔县齐纳村。他作品众多,出版的作品有《纪念》(ທີ່ລະນຶກ, 1990)、短篇小说集《阿孔——南方人》(ບັກໂຄນ...ຄົນໄທໃຕ້, 2004, 合著)、诗歌选集《萤火虫》(ທີ່ງຫ້ອຍ, 2009) 等。此外,他还创作了 300 多首歌曲。

苏克依·诺拉欣于 2019 年 4 月 10 日病逝。他曾获"老挝优秀文学艺术家"称号,生前曾是老挝作家协会执行委员会委员。他于 1960 年加入文坛,1969 年开始创作,作品有短篇故事、长篇小说、诗歌等。其中,诗歌《丹巴琴声》(ສະເໜ່ສຽງດຳບເບົາ)获得 2012 年湄公河文学奖,诗歌《少年往事》(ຄວາມຫຼັງຄັ້ງເຍົາໄວ)获得 2013 年东南亚文学奖,他的遗作《隔墙有耳》(ຝາມີຫູ ປະຕູມີຕາ)即将出版。

上述作家的去世是老挝文学界的重大损失,但他们杰出的艺术成就对于年轻一代来说是宝贵的文化遗产,将激励新一代努力创作。

结语

2019 年,老挝文坛仍保持活跃态势。新作数量有所增长,多种活动的举办推动了老挝文学创作的发展。追求艺术俱乐部如期成立,文学创作培训班顺利举办,这些都有利于培育文坛新人,促进文学长足发展。年轻作家、诗人的成长,将为老挝文学界的可持续发展提供源源不断的生机和活力。

参考文献:

ແສງຈັນ ສຸຂະເສມ. ຈຸດຈົບຢູ່ຜາຕີ່. ວຽງຈັນ: ສຳນັກພິມລາວດວງເດືອນ, 2018.
ແສງພູໄຊ ອົມທະວົງຄຳ. ນັກສູ້ແຫ່ງລຸ່ມແມ່ນ້ຳຂອງ. ວຽງຈັນ: ສຳນັກພິມນັກປະພັນລາວ, 2018.
ທອງພັນ ແກ້ວພອງພັນ. ອີ່ແກ້ວຈະກັບເມືອເມື່ອດອກງິ້ວບານ. ວຽງຈັນ: ສຳນັກພິມນັກປະພັນລາວ, 2019.
ພອນອາລຸນ. ຮຽນຮູ້ການປະດິດແຕ່ງບົດປະພັນວັນນະຄະດີ. ວັນນະສິນ, ສະບັບທີ 5 ປີ 2019.
ພຣະໄພວັນມາລາວົງ. ຄວາມເຊື່ອ ແລະ ວັດທະນະທຳດັ້ງເດີມໃນມະຫາກາບ ທ້າວຮຸ່ງທ້າວເຈືອງ. ວຽງຈັນ: ສຳນັກພິມລາວດວງເດືອນ, 2019.
ພຣະໄພວັນ ມາລາວົງ. ລະດູການຊີວິດ. ວຽງຈັນ: ສຳນັກພິມລາວດວງເດືອນ, 2019.
ໄພຫຼ້າ ຄຳມະນີສອນ. "ຈຸດຈົບຢູ່ຜາຕີ່" ສູ່ລາງວັນວັນນະກຳແມ່ນ້ຳຂອງ. ວັນນະສິນ, ສະບັບທີ 5 ປີ 2019.

ວັນໄມ ສຸກກອງມີ. ພາວະວິ-ກິງເມັ່ງ ສັນຍາໃຕ້ຮົ່ມຕົ້ນຍາງ. ວຽງຈັນ: ສຳນັກພິມນັກປະພັນລາວ, 2018.

ແຫງງ ພິລາກອນ. ພື້ນແມ່ຂອງ ເຮືອກທ່າກີກທອງ. ວຽງຈັນ: ສຳນັກພິມນັກປະພັນລາວ, 2018.

"ສົ່ງເສີມການອ່ານ-ການຂຽນກະວີຂອງນັກຂຽນສອງຝາກຝັ່ງ" ຂ່າວສານປະເທດລາວ 6 Aug. 2019. Web. 22 Mar. 2020.
 <https://v1. vientianemai. net/khao/21918. html>.

"ບຸນມະໂຫລານສົ່ງເສີມການອ່ານ ບະຄອບຫວງວຽງຈັນ ຄັ້ງທີ 2 ມີຫຍາກຫາຍກິດຈະກຳ" 21 Oct. 2019. Web. 22 Jan. 2020.
 <http://insidelaos. com/2019/10/21/15734/>.

"ເຫຼືອໄວ້ແຕ່ຜົນງານ ແລະ ຄວາມຊົງຈຳ ທ່ານ 'ສຸຂີບໍ່ຕະສິລປ໌' ສີລະປິນດີເດັ່ນ ຈາກໄປແລວຢ່າງສະຫງົບ" 5 Apr. 2019. Web. 20 May 2020.
 <http://201. 130. 151. 203. sta. inet. co. th/49855/>.

"ຮວມໄວ້ອາໄລ 'ອຈດາວວຽງບຸດມາໂຄ' ສີລະປິນດີເດັ່ນແຫ່ງຊາດສາຂາວັນນະກຳຂອງລາວ" 7 Apr. 2019. Web. 20 May 2020.
 <https://muan. sanook. com/47759/>.

ໄກແລ້ມູ ອະໄພຍະວົງ. "ບັ້ນກວດສອບການຂຽນບົດບັນທຶກ, ເລື່ອງສັ້ນ, ກອນເລົ່າ ເລື່ອງເມືອງວຽງໄຊ-ຖານທີ່ໝັ້ນການປະຕິວັດລາວ ຄົບຮອບ 50 ປີ" ໜັງ ສືພິມກອງທັບປະຊາຊົນລາວ 13 Feb. 2019. Web. 22 Jan. 2020.
 <https://www. kongthap. gov. la/index1. php?lang=lo&at=at&hide=none&page=48 &fullnews=1615&ct=10&j=active1>.

ມະນິທອນ. "ນະວະນິຍາຍ ຈຸດຈົບຢູ່ຜາທີ່ ແລະ ກະວີ ນັກສູ້ແຫ່ງລຸ່ມແມ່ນຳ້ຂອງ ໄດ້ຮັບລາງວັນ ວັນນະກຳແມ່ນຳ້ຂອງ 2019" ຂ່າວສານປະເທດລາວ 16 Sept. 2019. Web. 20 Mar. 2020.
 <http://kpl. gov. la/En/Detail. aspx?id=48179>.

"ບົດກະວີ ທອມແຜ່ນດິນລາວ ຖືກຄັດເລືອກເຂົ້າຮັບລາງວັນ ຊີໂຣ ປະຈຳປີ 2019" ຂ່າວສານປະເທດລາວ 24 Jul. 2020. Web. 15 Sept. 2020.
 <http://www. kpl. gov. la/detail. aspx?id=53464>.

作者单位：北京外国语大学亚洲学院

2019年美国文学概览

谢登攀

内容提要：2019年的美国文坛，新老作家创作势头强劲。其中，女性和少数族裔作家继续闪耀美国文坛，他们佳作频出，连获大奖。从创作主题来看，族裔问题、性别问题、阶级问题和生态环境问题依旧备受关注，显示出当代美国社会和文化思潮的多元主义倾向。本文结合2019年美国文坛最具标志性的文学奖项评选结果和重要的文坛事件，概述美国文学在该年度的主要发展动向。

引语

2018年美国少数族裔作家包揽了国家图书奖的四大奖项，其中有三位是女性少数族裔作家。2019年的美国国家图书奖依然是女性和少数族裔作家的天下，国家图书奖四大奖项的获奖作家中有三位是少数族裔作家，其中有两位是女性。文坛老将理查德·鲍尔斯（Richard Powers）在沉寂多年之后以环境为主题创出佳作，圆梦普利策小说奖。在戏剧创作方面，女性作家成绩斐然，连续三年折桂普利策戏剧奖。普利策文学奖的六大奖项中，女性和少数族裔作家也占据了半壁江山。

一、国家图书奖

美国国家图书奖（American National Book Award）是美国图书出版界的最高荣誉之一，也是历年美国文坛的风向标。根据评奖委员会公布的数据，本届国家图书奖共收到1712部推荐作品，其中小说类作品397部，非小说类作品600部。经过激烈角逐，最终在小说类、非虚构类、诗歌类和青少年文学类四大奖项中拔得头筹的作品分别为：《信任练习》(Trust Exercise)、《黄房子》(The Yellow House)、《视线》(Sight Lines)、《改变美国的1919年》(1919 The Year That Changed America)。此外，埃德蒙·怀特（Edmund White）获得了2019年美国国家图书奖终身成就奖。

《信任练习》的作者是苏珊·崔（Susan Choi），她1969年出生于印第安纳州，父亲是韩裔，母亲为犹太裔。9岁时，父母离婚，她随母亲移居得克萨斯州。1990年她获得耶鲁大学文学学士学位，后又在康奈尔大学获得艺术学硕士学位（MFA）。1998年，苏珊·崔出版首部小说《留学生》(The Foreign Student)，旋即获得评论界的关注，该小说获得当年的亚裔美国文学小说奖（Asian American Literary Award for Fiction）。她2003年出版的第二部小说《美国女人》(American Woman) 成功入围普利策小说奖。她的第三部小说《嫌疑犯》(A Person of Interest, 2008) 曾入围2009年笔会/福克纳小说奖（PEN / Faulkner Award for Fiction）。

获得2019年国家图书奖最佳小说奖的《信任练习》是一部成长小说，故事发生在20世纪80年代美国南方一所戏剧学校中。故事的主角大卫和莎拉是该校的一年级学生，他们家庭背景迥异，大卫家境殷实，莎拉却和母亲相依为命，生活困顿。堕入爱河的两个青少年面临着一系列人生挑战。该小说因在叙事技巧上的大胆创新而受到评论界的广泛好评。书评家罗恩·查尔斯（Ron Charles）在《华盛顿邮报》（The Washington Post）上撰文称该小说情节引人入胜、耐人寻味。德怀特·加纳（Dwight Garner）在《纽约时报》（The New York Times）上撰文对该小说的心理描写大加赞许，称该小说能同时打动读者的头脑和心灵。除获得国家图书奖外，2019年12月，美国前总统奥巴马在社交媒体上宣称将该小说列为自己年度最爱小说。

本年度国家图书奖最佳非虚构类奖得主莎拉·M. 布鲁姆（Sarah M. Broom）是一位年轻的非裔女作家，她1979年出生于路易斯安那州新奥尔良，在加州大学伯克利分校获得传媒硕士学位，现居纽约，在哥伦比亚大学艺术学院执教。布鲁姆曾为《纽约客》（The New Yorker）等知名杂志撰稿。此次获奖的作品《黄房子》是她的第一本书，也是她的个人回忆录。小时候，布鲁姆一家人生活在新奥尔良东部一个以黑人居民为主的社区，那里经济凋敝、贫穷落后。布鲁姆家中共有12个孩子，她是其中最小的一个。她父亲是一名维修工，工作之余在一个爵士乐队里演奏乐器。2005年，卡特里娜飓风横扫新奥尔良，也给这个大家庭带来了严重创伤，家庭四分五裂，成员流落到各个地方继续艰难谋生。《明星论坛报》（Star Tribune）认为《黄房子》"一口气道尽了非裔美国人的故事"。《科克斯书评》（Kirkus Reviews）认为该书既是一部充满温情的家族史，也是一部严肃的历史叙事，展现了新奥尔良的社会不公。《纽约时报》的德怀特·加纳写道："我认为这是一本非常重要的书，会成为这个令人烦恼的十年中不可或缺的一部回忆录。"除获得国家图书奖外，该书还被《纽约时报书评》（The New York Times Book Review）和《华盛顿邮报》评为年度十佳图书。

2019年国家图书奖诗歌类的获奖作品是华裔美国诗人施家彰（Arthur Sze）的诗集《视线》。施家彰1950年出生于纽约市，毕业于加州大学伯克利分校，现居新墨西哥州圣塔菲。他从上世纪70年代开始创作诗歌，其诗作常见于《纽约客》和《巴黎评论》（*The Paris Review*）等著名文学杂志，不少作品被收入多部文学选集，并被翻译成多国文字出版。自1972年出版第一部诗集《柳风》（*The Willow Wind*）以来，施家彰共创作出版了十本诗集和一本英译中国诗集《丝龙》（*The Silk Dragon*，2001）。他的诗集《罗盘玫瑰》（*Compass Rose*）曾入围2014年普利策诗歌奖。他还获得过美国图书奖（American Book Award）、古根海姆奖（Guggenheim Fellowship）和兰南诗歌文学奖（Lannan Literary Award for Poetry）等。他曾在布朗大学等高校担任驻校作家，并担任过美国诗人学会会长（Chancellor of the Academy of American Poets，2012—2017）。2017年，施家彰入选美国艺术与科学院院士（American Academy of Arts and Sciences）。

此次的获奖作品《视线》是施家彰的第十本诗集，主要收录的是诗人近年来创作的新诗。从当代中国老大爷在公园水泥地上蘸水练习书法，到托马斯·杰佛逊在白宫地板上拼凑恐龙骨架，再到美西螈灭绝前的惊鸿一瞥，诗集中收录的诗篇主题纷繁，时空交错。诗人采用了多重叙述声音，其中既有屋顶落寞的青苔，也有人生失意的主人公。施家彰翻译过很多中国古诗，其创作带有很强的中国印记。他的诗作多情景交融，既有中国唐诗的庄重，也有日本禅宗诗人的轻灵。他是描写自然的行家里手，善于捕捉大自然中的各种意象，其诗作体现出天地万物相互依赖、人只是生态环境中普通一员的当代生态哲学思想。

国家图书奖评审委员会认为，施家彰的诗作语言优美、富有创造力并充满了深切的情感。《视线》犹如在水中慢慢散开来的一滴浓墨，充盈着对自然世界的沉思冥想。《出版者周刊》（Publishers Weekly）认为该诗集警醒读者要将世界想象成一个有机的整体系统，需要人们关爱其中每一个相互依存的部分。

获得2019年美国国家图书奖青少年文学奖的是马丁·桑德勒（Martin W. Sandler）的《改变美国的1919年》。桑德勒集作家、教育家、影视编剧和制作人于一身，曾在马萨诸塞大学安姆斯特分校教授历史和美国研究。他非常多产，迄今已出版90余部著作，其写作主要聚焦于美国历史，较为著名的有"国会图书馆青年美国历史"（Library of Congress Young People's American History）系列丛书和"美国的运输"（Transportation in America）系列丛书。《改变美国的1919年》探讨了1919年的美国历史，内容包括禁酒令、妇女争取选举权和全国罢工等重大事件。桑德勒以客观的角度回顾历史，且以史为鉴，在叙述历史的过程中反思当今美国社会现状。《出版者周刊》高度称赞桑德勒的叙事技巧和对细节的关注，并称书中包含的大量档案图片是非常珍贵的史实资源。

本年度国家图书奖终身成就奖颁给了埃德蒙·怀特（Edmund White）。怀特1940年出生于俄亥俄州，毕业于密歇根大学，是美国著名的同性恋作家，其作品多关注同性之爱和艾滋病问题。1977年，他与另一位同性恋作家查尔斯·西尔弗斯坦（Charles Silverstein，1935— ）合著《同性之悦》（The Joy of Gay Sex），受到评论界关注。怀特的自传三部曲小说《一个男孩自己的故事》（A Boy's Own Story，1982）、《那美丽的房间是空的》（The Beautiful Room Is Empty，1988）和《告别交响曲》（The Farewell Symphony，1997）受到评论界的广泛好评。怀特目前是普林斯顿大学创意写作教授、美国艺术暨文学学会（American Academy of Arts and Letters）会员。2018 年，怀特曾获得美国笔会 / 索尔·贝娄美国小说终身成就奖（PEN / Saul Bellow Award for Achievement in American Fiction）。

二、普利策奖

获得 2019 年普利策小说奖的是美国文坛实力派老将理查德·鲍尔斯。鲍尔斯 1957 年出生于伊利诺伊州，1975 年进入伊利诺伊大学巴纳-香槟分校（UIUC），大学时期曾主修物理，后转学文学。他是一位知识面非常宽广的作家，其作品多探索现代科学技术的发展对人和社会的影响，具有很强的科幻色彩。他的首部小说《三个农夫去跳舞》(*Three Farmers on Their Way to a Dance*，1985) 获得美国艺术暨文学学会颁发的罗森塔尔奖（Rosenthal Award of American Academy of Arts and Letters）和笔会 / 海明威特别奖（PEN / Hemingway Special Citation）。出版于 1988 年的小说《囚徒困境》(*Prisoner's Dilemma*) 也受到批评界好评，他的另一部小说《金甲虫变奏曲》(*The Gold Bug Variations*，1991) 被评为当年《时代周刊》年度图书 (*Time Magazine* Book of the Year)。鲍尔斯的第四本小说《迷魂行动》(*Operation Wandering Soul*，1993) 获国家图书奖提名。1999 年，鲍尔斯获兰南文学奖，同年被《绅士》(*Esquire*) 杂志选为五位"九十年代最佳作家"之一。2006 年，他的力作《回声制造者》(*The Echo Maker*) 获得美国国家图书奖。

此次获奖作品《上层林冠》(*The Overstory*) 是鲍尔斯的第十二部小说，是一部反思人与自然关系的环境小说。小说延续了作者擅长使用的多声部叙事，以九个普通美国人的生活经历为主线，展现人与自然的关系。故事中的人物原本素不相识，但与树木的经历将他们的生命历程联系起来。为了保护森林免受砍伐，他们中的一些人甚至铤而走险，纵火烧毁伐木场。小说由一个个看似寓言的故事串接而成，向读者揭示了人与自然关系的另一种可能，颠覆了人类中心主义的自然观，倡导人们善待所有非人类生命。虽然小说的主题是生态环保问题，但鲍尔斯在写作中糅入了大量的自然书写和植物学知识，丝毫没有很多当代环境小说惯常具有的说教气息。

环境小说是本世纪文学创作的热点，美国成名小说家安妮·普鲁（Annie Proulx，1935— ）、科马克·麦卡锡（Cormac McCarthy，1933— ）等都曾以人与环境为主题创作出力作，并都曾获得过普利策小说奖，对这一主题的持续关注也凸显了当代美国作家的环境伦理意识以及普利策奖对环境问题的关注。在获奖后的连线采访中，鲍尔斯说道："对环境小说而言，这个奖有着别样意义。普利策文学奖是我们国家最重要的文学奖项之一，评委会把这个奖颁给了我的作品——一本希望人们更加重视非人类生命、更加重视人类与其他生物之间关系的书，这对环境小说作者有着巨大的鼓励作用。"除获得普利策小说奖外，《上层林冠》还获得2019年美国笔会/福克纳小说奖，并入围英国布克小说奖（The Booker Prize for Fiction）。

2019年普利策戏剧奖的获奖作品是杰姬·西布利斯·德鲁里（Jackie Sibblies Drury）的《美景镇》（*Fairview*）。德鲁里生于新泽西州。她本科毕业于耶鲁大学，后在布朗大学获得艺术硕士学位，专攻剧本写作，并曾获得大卫·威克姆剧本创作奖（David Wickham Prize in Playwriting）。《我们骄傲地做一个关于纳米比亚赫雷罗族人的报告，纳米比亚1884—1915年间名为西南非洲，是从德语Sudwestafrika来的》（*We Are Proud to Present a Presentation About the Herero of Namibia, Formerly Known as South West Africa, From the*

German Sudwestafrika, Between the Years 1884—1915）[1]是德鲁里的一部主要剧作。该剧在 2012 年上演，以喜剧的形式呈现了 1904 年到 1908 年发生在西南非洲的种族屠杀事件。她的另一部剧作《社会性生物》（Social Creatures）在 2013 年上演，也颇受评论界和观众欢迎。该剧是一部科幻剧，讲述了一群人在一栋废弃的大楼里与僵尸搏斗的故事。

此次的获奖作品《美景镇》是一部家庭喜剧，和德鲁里以前的作品一样，该剧主要关注族裔和身份认同问题。弗莱泽一家人在紧锣密鼓地准备外祖母的生日宴会，但就在这时，家里少了几件银器，收音机也坏了，一切都乱了套。女主人贝弗莉要尽力化解这些危机，她的丈夫却一点儿也不帮忙。德鲁里的创作与她的族裔身份紧密相关，她由母亲和外祖母抚养长大，她们都是牙买加移民。德鲁里小时候就读于一所私立学校，学校里有各个族裔的学生，学生们也会因此结成各样的小团体。德鲁里曾言，这样的经历给了她挥之不去的记忆，即使在看似和谐的环境中，种族隔离现象也会发生。《美景镇》以喜剧的形式揭露了美国根深蒂固的种族问题。《纽约时报》赞誉该剧"令人眼花缭乱，而且丝毫不留情面"。

值得一提的是，美国女性剧作家近期成就斐然。连续三年，普利策戏剧奖均被女性剧作家摘得。2018 年的获奖作品为马蒂纳·马约克（Martyna Majok，1985— ）的剧本《活着的代价》（Cost of Living），2017 年的普利策戏剧奖被林恩·诺蒂奇（Lynn Nottage，1964— ）的《汗水》（Sweat）摘取。

本年度的普利策历史著作奖由大卫·威廉·布莱特（David

---

[1] 纳米比亚 1884—1915 年沦为德国殖民地，1966 年"西南非洲"更名为"纳米比亚"。

William Blight）的《弗雷德里克·道格拉斯：自由的先知》(*Frederick Douglass: Prophet of Freedom*) 获得。布莱特是著名的历史学家、耶鲁大学历史系斯特林讲席教授，他 1949 年出生于密歇根州，1985 年在威斯康星大学麦迪逊分校获博士学位。他曾在哈佛大学等高校任教，2003 年开始在耶鲁大学执教。布莱特是研究弗雷德里克·道格拉斯的专家，曾编撰过多部道格拉斯的选集，并有多部研究专著出版。

《弗雷德里克·道格拉斯：自由的先知》是一部传记作品，详述了道格拉斯（1817—1895）的一生。道格拉斯是 19 世纪最著名的非裔美国人，也是重要的废奴运动领袖之一，他毕生从事争取黑人权利的斗争，其自传《弗雷德里克·道格拉斯：一个美国奴隶的生平自述》(*Narrative of the Life of Frederic Douglass, an American Slave*, 1845) 曾引起轰动，也令他成为非裔美国文学史上的重要人物。《弗雷德里克·道格拉斯：自由的先知》是布莱特近年来最新研究成果的集大成之作。该书引用了诸多以前从未公开披露的史料，内容涵盖道格拉斯的恋爱、婚姻、家庭生活和工作等多个方面，内容翔实，文笔优美。除获得普利策历史著作奖外，该书还荣获《洛杉矶时报》传记图书奖（*Los Angeles Times* Book Prize for Biography）和林肯奖（Lincoln Prize）。《纽约时报》2019 年 4 月的一份报道称，奥巴马夫妇将出任制片人，将该书改编为电视连续剧。

获得本年度普利策传记作品奖的是《新黑人运动：阿兰·洛克的一生》(*The New Negro: The Life of Alain Locke*)，由牛津大学出版社出版，作者是杰弗里·C. 斯图尔特（Jeffrey C. Stewart）。斯图尔特 1950 年生于芝加哥，现任教于加州大学圣芭芭拉分校。

阿兰·勒罗伊·洛克（Alain LeRoy Locke，1885—1954）是著名非裔美国作家、教育家和哲学家，1918 年获得哈佛大学哲学博士学位。他在20世纪20年代编撰了系列文集，提出了"新黑人"（New Negro）的哲学思想，在当时的黑人文坛引起很大反响，被誉为"哈莱姆文艺复兴"（Harlem Renaissance）之父。在这部传记作品中，作者记录了阿兰·洛克的成长和教育历程，重点叙述了他在哈佛大学和牛津大学的求学经历。此外，该书也记录了他的私人生活，包括他与母亲和亲友的关系，以及他作为一名同性恋者的情感纠葛。该书长达900多页，资料翔实、考证严密、文笔畅达，受到评论界和普通读者的广泛好评。该书也是2018年美国国家图书奖非虚构类的获奖作品。

2019年普利策诗歌奖的获奖作品是弗罗斯特·甘德（Forrest Gander）的诗集《同在》（Be With）。甘德1956年出生于加利福尼亚州，在弗吉尼亚州长大，主要从事诗歌创作、评论和翻译，目前已经出版了十本诗集和数本翻译诗集。甘德拥有地质学和英语文学两个学位，其诗歌关注人以及人赖以生存的环境，常有很多景观和地质学的隐喻。他的诗集《来自世界的核心样本》（Core Samples from the World）曾获2012年普利策诗歌奖提名并入围美国国家书评人协会奖（National Book Critics Circle Award）。此外，他还获得过怀丁作家奖（Whiting Writers' Award，1997）等多项奖励。甘德目前是布朗大学文学艺术与比较文学荣休教授、美国艺术与科学院院士、美国诗人学会会长。

《同在》中收录的诗篇主要分为三个部分。第一部分是一组挽诗，甘德从自己的诗歌翻译经历出发，融合了一位西班牙神秘主义诗人的诗歌，深深悼念2016年离世的妻子。第二部分诗作基于他在美国西部地区的游历，由多种语言写成，主要讲述美墨边境地区的地质史和文化史。诗集的第三部分记录了诗人深情陪伴身患阿尔茨海默病的母亲的经历。除了情感真挚和内容上的包罗万象，甘德的诗作也以语言精妙考究而受到评论界的赞誉，被誉为自哈特·克莱恩（Hart Crane，1899—1932）以来措辞最考究的美国诗人之一。

本年度的普利策非虚构类作品奖由《和睦与繁荣——一个家庭与美国的裂变》（*Amity and Prosperity: One Family and the Fracturing of America*）获得，作者是伊莱莎·格里斯沃德（Eliza Griswold）。格里斯沃德1973年出生，1995年毕业于普林斯顿大学，后赴约翰斯·霍普金斯大学学习创意写作，她以时政评论的写作见长，也进行诗歌创作和翻译，其作品常见于《纽约客》等美国著名报纸杂志。她曾获得2011年美国非虚构写作奖卢卡斯奖（J. Anthony Lukas Book Prize）、2012年获古根海姆奖。此外，她的诗歌翻译2015年还曾获得美国笔会诗歌翻译奖（PEN Award for Poetry in Translation）。格里斯沃德目前是《纽约客》杂志特约撰稿人，纽约大学杰出驻校作家。

《和睦与繁荣》记录了一个美国小镇的发展与环保之困。宾夕法尼亚州的和睦镇发现了页岩油气田，大石油资本闻风而至，一时间小镇开始卡车隆隆，和睦镇不再和睦。更可怕的是，小镇上连续出现宠物不明原因死亡的情况，很多小孩也患上了莫名其妙的疾病。该书以斯泰西·汉尼一家人的经历为主线，讲述了个体对工业资本的抗争，从各个方面反映了后工业时代经济发展与环境保护所面临的矛盾问题。格里斯沃德近十几年来多次在这个小镇上进行实地采访，聚焦水力压裂法油气开采对环境的巨大危害。早在2011年，她就在《纽约时报杂志》（*The New York Times Magazine*）上发表过长篇纪实报告《宾夕法尼亚州的裂变》（*The Fracturing of Pennsylvania*）。普利策奖评选委员会认为《和睦与繁荣》是"一个引人入胜的经典美国故事"，讲述了一个阿巴拉契亚地区的普通美国家庭如何与工业资本斗争，并维护自己中产阶级地位的经历。

三、重要文学事件

2019年8月5日，非裔美国女作家托妮·莫里森（Toni Morrison）在纽约逝世，享年88岁。莫里森本名克洛伊·安东尼·沃福德（Chloe Anthony Wofford），1931年2月18日出生于俄亥俄州，1953年在霍华德大学取得文学学士学位，1955年在康奈尔大学获得文学硕士学位。其后，她在美国几所大学短暂任教，1965年开始在兰登书屋教科书部担任编辑，两年后成为兰登书屋小说部首位非裔女性高级编辑。在担任编辑期间，她积极推介非裔作家的作品，为非裔美国文学发展做出了巨大贡献。

1970年，她以笔名托妮·莫里森发表首部小说《最蓝的眼睛》（The Bluest Eye），旋即受到读者和评论界的好评。至2015年出版最后一部小说《上帝保佑孩子》（God Help the Child），莫里森共有11部小说问世，其中以《所罗门之歌》（Song of Solomon，1977）和《宠儿》（Beloved，1987）最为评论界所关注，前者为她赢得了美国国家书评人协会奖，后者更是斩获了1988年普利策小说奖。1993年，托妮·莫里森登上了世界文坛的巅峰，被授予诺贝尔文学奖。她是继赛珍珠以来第二位获得诺贝尔文学奖的美国女性，也是首位获得诺奖的非裔美国作家。莫里森的小说主要关注黑人在美国的悲惨境遇和心灵创伤，性别、种族和阶级问题在她所建构的世界中时常交织在一起。她的作品笔触细腻、想象力丰富，不仅是畅销书，更是广获评论界好评。2006年，《纽约时报》评选出25年来全美最佳小说，莫里森的《宠儿》名列榜首。2012年，奥巴马总统为她颁发了"总统自由勋章"（Presidential Medal of Freedom）。

莫里森的逝世是美国文学，尤其是非裔美国文学的重大损失。在她逝世之际，奥普拉·温弗瑞（Oprah Winfrey）在悼词中说："很难想象没有托妮·莫里森的美国文学，她是我们的良心，她是我们的先知，她是真相的讲述者。"奥巴马也在社交媒体上发文悼念，称莫里森为美国的"国宝作家"（national treasure）。

两个月后，美国文坛又一巨星陨落。2019年10月14日，文学评论家哈罗德·布鲁姆（Harold Bloom）在美国康涅狄格州的纽黑文去世，享年89岁。布鲁姆是当代美国极富影响力的文学理论家和评论家，耶鲁大学斯特林讲席教授。他著作等身，一生共出版40余部著作，其中包括轰动学术界的《影响的焦虑》（*The Anxiety of Influence*, 1973）和颇受争议的《西方正典》（*The Western Canon*, 1994）。他个性鲜明，特立独行，是耶鲁大学最著名的英语教授，也是各路媒体上文学评论界的耀眼明星。他经常接受媒体访谈，时常口无遮拦，语出惊人。他提倡阅读经典文本，推崇莎士比亚和约翰逊等经典作家。在女性主义、文化唯物主义和新历史主义等理论风潮席卷评论界之时，他却称这一类批评家为"怨恨学派"（School of Resentment）。他认为《哈利·波特》的作者J. K. 罗琳（J. K. Rowling）文笔粗糙，对2003年美国国家图书奖评选委员会给史蒂芬·金（Stephen King）颁发美国文学杰出贡献奖（Medal for Distinguished Contribution to American Letters）感到愤怒。在2007年英国女作家多丽丝·莱辛（Doris Lessing）获得诺贝尔文学奖时，布鲁姆却称其获奖原因是"纯粹的政治正确"，并讥讽莱辛最近15年来的作品都不值一读。尽管对布鲁姆的各种质疑声从未中断，却难以撼动他在美国文学评论界泰山北斗的地位。英国《卫报》曾称布鲁姆为"美国最著名的文学评论家"，《纽约时报》也曾赞誉他是"当代最具天赋的评论家"。

布鲁姆1930年出生于纽约市一个俄罗斯犹太移民家庭，从小接受犹太教正统派教育，说意第绪语，6岁时才开始正式学习英语。少年时，他在图书馆邂逅一本哈特·克莱恩的诗集，从此与诗歌结下了不解之缘。之后，布鲁姆进入康奈尔大学英语系学习，曾受教于大名鼎鼎的批评家M. H. 艾布拉姆斯（M. H. Abrams, 1912—2015）。1951年大学毕业后，布鲁姆进入耶鲁大学英语系读研，并于1955年取得博士学位。在耶鲁求学时，他不仅成绩突出而且不同流俗，曾与包括著名批评家威廉·维姆萨特（William K. Wimsatt, 1907—1975）在内的多位新批评派耶鲁教授发生过激烈争执（多年后，布鲁姆把自己的学术巨作《影响的焦虑》致献给了维姆萨特）。博士毕业后，布鲁姆开始在耶鲁英语系执教。60余年来，他一直致力于本科生教学，耶鲁大学的讣告称，布鲁姆去世前4天，仍在坚持为学生授课。

结语

概言之，纵观2019年的美国文坛，新老作家创作势头强劲。族裔问题、性别问题、阶级问题和生态环境问题依旧是作家和评论界最为关切的问题，当代美国社会和文化思潮的多元主义倾向依旧十分明显。作为敏锐的社会观察者，当代美国作家通过文学创作的方式，积极参与社会热点问题的讨论，记录并反思着美国社会的变迁。

参考文献：

Garner, Dwight. "Times Critics' Top Books of 2019." *The New York Times*. 5 Dec. 2019. Web. 5 Jun. 2020.
　　<https://www.nytimes.com/2019/12/05/books/times-critics-top-books-of-2019.htmlDec.5, 2019>.

—. "'The Yellow House' Is a Major Memoir About a Large Family and Its Beloved Home." *The New York Times*. 5 Aug. 2019. Web. 5 Jun. 2020.

<https://www.nytimes.com/2019/08/05/books/review-yellow-house-sarah-broom.html>.

Gibney, Shannon. "Review: 'The Yellow House,' by Sarah Broom." *Star Tribune*. 9 Aug. 2019. Web. 5 Jun. 2020. <https://www.startribune.com/review-the-yellow-house-by-sarah-broom/528533311/>.

Kermode, Frank. "Review: Genius by Harold Bloom." *The Guardian*. 12 Oct. 2002. Web. 2 Jun. 2020. <https://www.theguardian.com/books/2002/oct/12/featuresreviews.guardianreview14>.

Koblin, John. "The Obamas and Netflix Just Revealed the Shows and Films They're Working On." *The New York Times*. 30 Apr. 2019. Web. 3 Jun. 2020. <https://www.nytimes.com/2019/04/30/business/media/obama-netflix-shows.html>.

<https://news.yale.edu/2019/10/15/harold-bloom-literary-critic-beloved-teacher-original>. Web. 5 Jun. 2020.

<https://www.hollywoodreporter.com/news/jackie-sibblies-drurys-fairview-wins-2019-pulitzer-prize-drama-1202093/>. Web. 5 Jun. 2020.

<https://www.nationalbook.org/books/sight-lines/>. Web. 3 Jun. 2020.

<https://www.nationalbook.org/books/trust-exercise-henry-holt-company-macmillan-publishers/ >. Web. 2 Jun. 2020.

<https://www.oprahmag.com/entertainment/a30362154/barack-obamas-favorite-books-2019/>. Web. 5 Jun. 2020.

<https://www.oprahmag.com/entertainment/books/a28621629/oprah-toni-morrison-death/>. Web. 5 Jun. 2020.

<https://www.pulitzer.org/prize-winners-by-year/2019>. Web. 1 Jun. 2020

<https://www.usatoday.com/story/life/books/2013/11/17/nobel-author-doris-lessing-dies/3618307/>. Web. 5 Jun. 2020.

<https://www.washingtonpost.com/graphics/2019/entertainment/books/best-books-of-2019/>. Web. 5 Jun. 2020.

作者单位：北京外国语大学英语学院

2019年蒙古文学概览

刘娟娟

内容提要：2019年，复杂动荡的政治局势给蒙古文坛笼罩上了一层阴霾，但这并未能阻止作家们的思考和创作。在创作领域，涌现了《没有夜的寺庙》《机缘》《彩虹谷》等一大批深受读者喜爱的本土文学作品；"水晶杯""金羽毛"等年度文学奖项如期进行。在翻译领域，国外文学经典，如《简·爱》《源泉》《地球往事》被译介到蒙古。此外，由政府主导的春秋季图书节顺利举行；以蒙古作家协会成立90周年为契机，全国各地开展了多项丰富多彩的庆祝活动。

2019年初，因执政的人民党内部争斗，蒙古国内政局陷入动荡，国家大呼拉尔等国家机构甚至一度停摆。但得益于政府指导下的宏观经济稳步运行，作家们的创作热情仍然延续了2018年的好势头，一大批高质量本土原创文学作品得到了广大母语读者的青睐和喜爱，多部享誉世界的文学作品被译介到蒙古，促使蒙古图书市场在2019年仍然呈现出一片欣欣向荣的丰收景象。同时，国家大呼拉尔主席Г.赞丹沙塔尔（Г. Занданшатар）等国家领导人亲临春秋季图书节和庆祝蒙古作家协会成立 90 周年系列活动，为蒙古上下一心振兴和发展文学事业注入了强劲动力。

一、本土文学

2019 年 12 月，蒙古著名阅读网站 unread 根据当年的图书销量和读者反馈，评选出了 10 部最受读者欢迎的图书。尽管 10 部书中只有 3 部是文学作品，且本土文学只有 1 部，但从各大出版社列出的图书出版清单来看，蒙古本土文学在 2019 年仍然保持了较高的产量。

1. 中长篇小说

作为唯一一部入选 2019 年度最受读者欢迎图书排行榜前 10 的本土文学作品，Л. 吐德布（Л. Түдэв）[1] 的《没有夜的寺庙》（Оройгүй сүм）由包勒日苏达尔（Болор судар）出版社出版发行。小说以一个名为桑吉（Санж）的男孩为主人公，通过记述他在面对人生大事时的选择与经历，生动地刻画了宗教在近代蒙古社会发挥的作用，鲜明地对比了普通人的愚昧无知与喇嘛们所谓的无所不知。同时，作家还花费大量笔墨描写了藏传佛教的教规、教义和禁忌等，极大地丰富了作品的内容和表现形式，为人们透视和反思宗教与世俗的关系打开了一扇窗。

X. 呼勒姆苏伦（X. Дуламсүрэн）的《机缘》（Учрах тавилан）是蒙古文坛近年来少见的上百万字篇幅的长篇小说。作者以扎实细腻的笔触叙述了女主人公萨日乃与男主人翁策勒木格从相识、相知、相爱，再到结婚后因为柴米油盐等家庭琐事陷入相看两厌的故事。全篇虽然时间跨度并不大，但却以丰富复杂的故事情节和鲜活生动的人物

---

[1] 出生年份不详，下文未标注出生年份的作家均如此。

群像，揭示出挣扎在社会底层的普通人相爱容易相守难的残酷现实。作品以主人公的社会生活为中心伸延开来，将无数人的命运遭际与时代发展紧紧结合在一起，在虚与实、对与错、喧嚣与寂寞、欢乐与痛苦、幽默与讽刺的参差错落中向读者展现无以言说的社会现实，既发人深省，亦引人叹惋。

Б. 秀德尔其其格（Б. Шүүдэрцэцэг）是蒙古当代最知名的女性作家之一，素来以高产而著称。2019 年作家依旧笔耕不辍，先后推出了《一百八十度》(180 хэм)、《别人的》(Хүнийх)、《意外的礼物》(Гэнэтийн бэлэг)、《身体与医生的对话》(Ганц бие эмчийн яриа) 和《呼兰》(Хулан) 等多部中短篇小说。其中，中篇小说《呼兰》以呼兰为主人公，记叙了她、阿那德和图布辛三个年轻人之间的爱恨纠葛。作家将故事发生的时间定位在没有智能电话、脸书和即时通信工具的新世纪之初，生动地描写了善良质朴的呼兰从得知怀孕时的欣喜，到找不到孩子父亲图布辛时的害怕，再到决定独自抚养孩子时的坚定，以及图布辛再次出现时的不安。其间各色人等穷形尽相，体现出作者叙事手段的精准与老道。"呼兰"一名在蒙古颇有名气，20 世纪蒙古著名作家 С. 额尔德尼（С. Эрдэнэ）在 1980 年也曾以"呼兰"为名创作了中篇三部曲《呼兰与我》(Хулан бид хоёр)。其故事情节与秀德尔其其格的这篇《呼兰》颇具异曲同工之妙，但由于时代背景大相径庭，人物的内心活动也出现了天壤之别。

《噬心之城》(Сэтгэл залгигч хот) 是作家 Б. 萨仁图雅（Б. Сарантуяа）的最新力作，叙述了女主人公阿骇在一座城市中的生活经历。与其他城市不同，阿骇生活的这座城市由世界上最具声望、权势和财富的男人所建，所有生活在城里的人都为他工作。在这里，这个男人即是天神，决定着所有人的苦乐哀愁，没有人能挑战他的权威，也没有人能违反他的命令。为此，有人不惜摧残自己的肉体，有人不惜放弃自己的理想，还有人不惜出卖自己的灵魂。作者将他们的悲欢离合、彷徨失措、抗争奋斗细腻地展现在读者面前，通过一幕幕生活场景的描写，对他们的行为给予了极富人情味的评说——或表示同情，或加以谅解，或寄予希望。其中，作家通过主人公阿骇的奋斗与抗争极力渲染了对理想主义的追求，启迪和警醒读者千万不要在纷繁复杂的社会现实中迷失自己。

为更好地向读者宣介蒙古历史、传承蒙古文化，作家 Б. 巴亚尔呼（Б. Баярхүү）在 2019 年创作了长篇小说《对抗》（Эсрэг）。作品通过主人公达米兰在日本、俄罗斯、美国和非洲的冒险经历，展现了古代蒙古极盛时期在世界各地遗留的古迹、文化和习俗，并进而歌颂和赞扬了蒙古人民的聪明才智。值得一提的是，作家前几部作品中的人和事在这部作品中都会有所反映，或出现在某个时刻，或出现在某个地点，让读者在阅读时总能产生强烈的延续感。

Д. 贡乌－伊勒斯（Д. Гүн-Үйлс）的《彩虹谷》（Солонгон хөндий）共分为三部分，分别是"像梦一样的生活"（Зүүд шиг амьдрал）、"像生活一样的梦"（Амьдрал шиг зүүд）和"梦与生活"（Зүүд ба амьдрал）。作者在作品中依据梦境与现实两条故事线索分别展开，一方面以梦境表现现实，另一方面又以现实折射梦境，最后在两条线索的融汇交织中揭示人心中最本质的想法。这种平行叙事结构尽管在世界文坛上屡见不鲜，但在蒙古作品中却比较少见。作者并没有将梦境与现实设为对立面，而是将二者紧紧交织在一起，通过描写梦境中看似虚幻的心理活动和生活中看似真实的行为举止，揭示人类最终的归宿是自己的内心，所有的喜怒哀乐、悲欢离合都逃不开心底的最深处。

此外，从本年度出版发行的单行本中长篇小说来看，蒙古作家群体们主要倾向于围绕以下主题开展创作。一是以歌颂爱情为主题，例如 Д. 普日布（Д. Пүрэв）的《蛇花》（Могой цэцэг）、Ц. 道尔吉高陶布（Ц. Доржготов）的《爱情游戏》（Бурханы хайртай тоглоом）、С. 普日布苏伦（С. Пүрэвсүрэн）的《山影下沉》（Уулын сүүдэр буухаар）和《多么珍贵》（Нэг л нандин）、Ж. 额尔德尼皮勒（Ж. Эрдэнэншил）的《充满爱的幸福》（Хайр бялхсан аз жаргал）、С. 凯特尔（С. Кантер）的《贝壳》（Дун）等。二是以描述历史为主题，例如 Г. 索伊勒格日勒（Г. Соёлгэрэл）的《仇人的怀抱》（Өстний өвөрт）、Р. 额木金（Р. Эмүжин）的《蓝月亮的事》（Хөх сарны явдал）、Ц. 奥云巴图（Ц. Оюунбат）《沉默的先驱》（Чимээгүй одогсод）、Ж. 额尔尼（Ж. Эрдэнэпил）的《思考的颜色》（Бодлын өнгө）等。三是以刻画现实为主题，例如 Б. 恩赫巴图（Б. Энхбат）的《背影》（Хойд дүр）、Ж. 额尔德尼皮勒的《生活圈》（Амьдралын тойрог）、Л. 皮奥聂耳（Л. Пионер）的《生活》（Амьдрал）、С. 阿努达尔（С. Анудар）的《四不是四》（4 биш 4）、Л. 吉米（Л. Жиймий）的《追梦人》（Мөрөөдөгч）、Ц. 白格勒玛（Ц. Байгалмаа）的《猎梦者》（Хүслийн ангууч）、Х. 包勒日额尔德尼（Х. Болор-Эрдэнэ）的《奔跑的女人》（Гүйж яваа эмэгтэй）等。四是以反思人与自然关系为主题，如 Ж. 阿木尔赛罕（Ж. Амарсайхан）的《太阳升起是多么美好》（Нар мандахыг л харах сайхан даа）、Ш. 索伦高（Ш. Солонго）的《雪山》（Цасан уулс）、Го. 阿克姆（Го. Аким）的《天狗》（Тэнгэрийн нохой）、Т. 巴特尔（Т. Баатар）的《人与狼》（Хүн чоно）、Э. 阿木尔扎雅（Э. Амарзаяа）的《恐龙谷》（Үлэг гүрвэлийн хөндий）、Б. 巴亚尔呼（Б. Баярхүү）的《天边》（Тэнгэрийн хаяа）等。

2. 中短篇小说集

包勒日苏达尔公司于 2019 年举办了 "蒙古中篇" 文学作品大赛，并选取其中的优秀作品集结出版了《蒙古中篇 1》与《蒙古中篇 2》(Монгол туужис 1, 2)。其中，《蒙古中篇 1》主要包括 П. 迈巴亚尔（П. Майбаяр）的《永远的驼运》(Мөнхийн хөсөг)、Б. 奥伊德布（Б. Ойдов）的《鸿雁的微笑》(Хун шувууны инээмсэглэл)、Ч. 蒙兀勒呼（Ч. Монголхүү）的《父亲、我和妻子》(Аав, би, гэргий)、Ж. 宾巴赛罕（Ж. Бямбасайхан）的《抽屉》(Шургуулга)、Ч. 达格米格玛（Ч. Дагмидмаа）的《汗苏尔小溪的私语》(Хансуры горхины шивнээ)；《蒙古中篇 2》主要包括 П. 巴图呼亚格（П.Батхуяг）的《狗海的浪花》(Нохойн далайн зомгол)、Ч. 卓力格图巴特尔（Ч. Зоригтбаатар）的《贝尔赫的作品》(Бэрхийн тууж)、М. 巴图图木尔（М. Баттөмөр）的《唯一的白雪》(Ганц цагаан цас)、Д. 冈苏伦（Д. Гансүрэн）的《椅子》(Сандал)、Т. 巴彦那顺（Т. Баяннасан）的《冰天雪地之下》(Мөстэй тэнгэрийн доор)、Н. 巴达姆扎布（Н. Бадамжав）的《男人和女人》(Эрчүүд бас бүсгүй）等。

С. 普日布苏伦的中篇小说集《蓝石的魔法》(Хөх чулууны шид) 是一部纪实体文学作品，通过 4 个中篇故事讲述蒙古老人的真实生活，反映了蒙古杭爱山区中普通蒙古牧民为实现人生理想而在人生道路上奋斗的辛酸与苦泪。该部作品是作家继《祖辈传记》(Өвгөдийн цадиг) 和《祖辈品质》(Өвгөдийн жудаг) 之后的第三部作品，在蒙古深受老年读者的青睐和喜爱。

М. 普日布玛（М. Пүрэвмаа）的《孩子》(Үр сад) 是一部中篇集，包括《我爱你》(Би чамд хайртай) 和《孩子》两个故事。两个故事各自独立，但又相互映照，以母亲的视角书写着人间大爱，字里行间流露出对子女、对家庭、对生活的无限热爱，能够引起无数家庭的共鸣。值得一提的是，作家虽以家庭琐事为主线开展叙事，但作品中处处体现着博爱的思想，通过一件件家庭小事向读者传递着"上天赐予我们两只手，一只手用来帮助自己，另一只用来帮助别人"的普遍价值观。

短篇小说集《回报》（Золиос）出自年轻文学家 Ц. 额尔德尼其其格（Ц. Эрдэнэцэцэг）之手，汇集了作家近年来创作的精品。作家在选取作品时，注重以普通人的生活为主题，重点反映蒙古近 30 年的社会变迁，力图透过文字展现当代蒙古人奋发向上的时代精神。

除上述单独集结的中短篇小说合集外，许多发表在期刊上的短篇小说也得到了读者的喜爱。例如，Б. 朝吉楚龙其其格（Б. Цоожчулуунцэцэг）的《被放逐的妻子们》（Цөлөгдсөн эхнэрүүд）和《桎梏》（Дөнгө）、Т. 布姆额尔德尼（Т. Бум-эрдэнэ）的《妻子》（Эхнэр）、Л. 恩赫图雅（Л. Энхтуяа）的《命运》（Хувь тавилан）等。这些作品以细腻的笔触刻画了生活的艰辛与无奈，歌颂了现代女性在追梦路上披荆斩棘的勇气与毅力。Ж. 达希泽格维（Ж. Дашзэгвэ）的《多余的蒙古包》（Илүү гэр）和 О. 巴图毕勒格（О. Батбилэг）的《库苏古尔湖的传说》（Хөвсгөл нуурын домог）等通过对牧区生活的生动描写，形象地展现了传统游牧文化的特点。О. 巴图毕勒格的《父亲》（Эцэг）、《爸爸、儿子和乌鸦》（Аав хүү ба хэрээ）和 Д. 恩赫包勒德巴特尔（Д. Энхболдбаатар）的《十二月小姐》（Арван хоёрдугаар сарын бүсгүй）等从具有鲜明人物形象的普通人出发，探讨个人与家庭、个人与社会、个人与时代的关系，引发读者反思。С. 额尔德尼的《佛灯》（Хонгорзул）、《匮乏的生活》（Тарчиг амьдрал）和 С. 达木丁道尔吉（С. Дамдиндорж）的《三度》

（Гурван хэмжээс）等则将宗教与生活结合起来，揭示了现代人在面对信仰缺失时的徘徊惶恐与不知所措。

3. 口头文学

作为蒙古民族文学的重要表现形式之一，口头文学一直是蒙古文学评论家和文学爱好者们最为青睐的研究对象之一。2019 年，继前一年蒙苏达尔公司（Монсудар）推出 9 册装"蒙古文化"（Монгол утга соёл）丛书并取得成功后，索音布出版有限公司（Соёмбо Пресс ХХК）出版发行了由歌曲（Дуу）、仪式语（Зан үйл）、老话（Хуучин яриа）、故事（Үлгэр）、祝赞词（Ерөөл магтаал）、史诗（Тууль）、成语谚语（Зүйр цэцэн үг）和神话（Домог）等 8 个分册组成的"口头文学精品"（Аман зохиолын дээжис）系列丛书。不同于以往解读式的口头文学作品，此次出版的"口头文学精品"在编写上更侧重于还原作品本来的面貌，通过收录各口头文学主要体裁中最具代表性的作品，向读者宣介民族传统文化、传递民族精神品质，对于后世了解和掌握蒙古口头文学具有十分重要的作用和意义。

二、国外译著

蒙古的作家、学者们历来十分重视外国著名文学作品的翻译和介绍工作，蒙苏达尔公司从 2016 年起开始出版发行的"蒙苏达尔文学"（Монсудар уран зохиол）系列作品就是该领域的佼佼者。2019 年该系列继续延续，但只有 3 部作品问世。按照编号顺序，依次为第 26 卷石黑一雄（Казүо Ишигүро）的《浮世画家》（Хөвөлзөх ертөнцийн зураач）、第 27 卷弗兰兹·卡夫卡（Франц кафка）的《审判》（Шүүх ажиллагаа）和第 28 卷约瑟夫·康拉德（Жозеф Конрад）的《黑暗的心》（Харанхуй зүрх）。与此相比，包勒日苏达尔出版社不仅集中出版了英国作家托马斯·马因·里德（Томас Майн Рид）的《无头骑士》（Морь унасан толгойгүй хүн）、《白人领袖》（Цагаан бээлий）、《勇敢的猎人》（Зоригт анчин бүсгүй），而且再版了俄国作家费奥多尔·米哈伊洛维奇·陀思妥耶夫斯基（Ф. М. Достоевский）的经典作品《罪与罚》（Гэм Зам）、《卡拉马佐夫兄弟》（Карамазовын хөвүүд）、《赌徒》（Мөрийчин）、《少年》（Хөвүүн заяа）、《白痴》（Солиот）、《群魔》（Албингууд）等，受到了读者的追捧和推崇。此外，安答出版社（Анд хэвлэлийн газар）还推出了亚历山大·仲马（Александр Дюма）的《三个火枪手》（Шадар гурван цэрэг）、《玛戈王后》（Тачаалын хатан хаан）等多部译著，为读者带来了一场文学盛宴。

1. 中长篇小说

根据 unread 网站的评选，俄裔美国作家安·兰德（Айн Рэнд）的《源泉》（Эх сурвалж）和中国作家刘慈欣（Лю Цысин）的《地球往事》（Гараг Дэлхийн Өнийн Хэрэг）是 2019 年度最受读者欢迎的两部外国文学译著。此外，本年度还出版发行了多部国内外著名作家的文学作品译著，包括夏洛蒂·勃朗特（Шарлотта Бронте）、伊塔罗·卡尔维诺（Итало Кальвино）、尹学芸（Ин Шүэ Юүн）、余华（Үй Хуа）、博·赫拉巴尔（Бохумил Храбал）、马克·吐温、杰罗姆·К. 杰罗姆（Жером К. Жером）、沙莉·格林（Салли Грийн）、德佳斯维尼·尼朗佳纳（Т. Ниранжана）、太宰治（Дазай Осаму）、吉莉安·弗琳（Гиллиан Флинн）、乔乔·莫伊斯（Жожо Мойес）、艾哈迈德·乌米特（Ахмэт Үмит）、查尔斯·布可夫斯基（Чарльз Буковски）、莫泊桑（Ги Де Мопассан）、阿奈丝·宁（Анаис Нин）、罗尔德·达尔（Рөулд Даал）、尼古拉斯·斯帕克斯（Николас

Спаркс)、斯科特·菲茨杰拉德（Ф. Скотт Фицджеральд）、儒勒·凡尔纳（Жюль Вери）、艾萨克·巴什维斯·辛格（Исаак Зингар）、克里斯汀·汉娜（Кристин Ханна）、大江健三郎（Кензабγро Оэ）、米洛拉德·帕维奇（Милорад Павич）、大卫·拉格朗兹（Давид Лагеркранц）、乔治·马丁（Жорж. Р. Р. Мартин）、玛格丽特·阿特伍德（Маргарет Этвγγд）、加夫列尔·加西亚·马尔克斯（Габриель Гарисиа Маркес）、乔治·萨德（Жорж Санд）等。

2. 中短篇小说集

作为中国当代文学最具影响力的作家之一，迟子建（Чи Зи Жиан）的作品一向受到蒙古读者的青睐。继《白雪的墓园》（Цаст булш）之后，曾获得和平鸽（Тагтаа）出版社创作比赛杰出翻译作品奖的《雪窗帘》（Цасан хөшиг）在蒙古正式出版发行。《雪窗帘》是一部汇集了 14 个故事的短篇小说精选集，最初出版于 2016 年，代表了作家文学创作 30 年的最高成就。蒙古读者认为，迟子建始终将女性的存在、女性的世界、女性与人和自然的关系以及她们的思维、悲伤和孤独作为创作的主题，以细腻的笔触揭示死亡、乡情、自然和生存，是"圣洁清澈"的作家。

为了向读者介绍当前世界文学的发展趋势，更好地定位蒙古文学的发展水平，和平鸽出版社集结出版了当代著名短篇小说集《沁人心脾》（ДУР БУЛААМ）。该小说集由蒙古知名作家 Б. 巴亚斯格朗（Б. Баясгалан）担任首席翻译，历经 3 年编撰而成，汇集了奇玛曼达·恩戈齐·阿迪奇埃（Чимамандо Нгози Адичи）、扎迪·史密斯（Зади Смит）等十几位当代世界著名文学作家的顶尖作品，对于蒙古读者了解世界文学发挥了重要作用。正如作家巴亚斯格朗所说："这部作品是从 13 本专业文集、2462 页作品中精选而来的，不论是在翻译质量还是在作品代表性上，绝对经得起时间的考验，是一本值得收藏的经典之作。"

索音布出版社集中推出了《莫泊桑经典小说集》(Ги Дө Мопассан Шилдэг өгүүллэгүүд) 和《法国作家选集》(Франц зохиолчдын бүтээлээс) 两部外国短篇小说合集。前者汇集了莫泊桑十余部经典短篇小说，后者则集结了法国多位知名作家的优秀作品。

为表达蒙古读者对俄国著名作家陀思妥耶夫斯基的喜爱，绝密传媒公司 (Маш нууц медиа ХХК) 出版发行了《陀思妥耶夫斯基短篇小说集》(Ф. М. Достоевский Өгүүллэгүүд)。此次出版的合集收录了作家的多篇经典名著，由 Д. 巴桑嘉尔嘎勒 (Д. Баасанжаргал) 主笔翻译。

三、文学奖项

蒙古国内文学奖项众多，既有以体裁或题材分类的专门性文学赛事与奖项，又有囊括全年所有文学作品的综合类评选。目前，蒙古国内较为权威的文学奖项主要有"金羽毛"(Алтан өд) 年度优秀作品奖、"意义的修饰"(Утгын чимэг) 短篇小说大赛和"水晶杯"(Болор цом) 诗歌大赛等。上述三个奖项皆以年度为单位评选，所以每年的颁奖时间大都定于当年年底或次年年初。此外，2019 年度还举行了"和平鸽"(тагтаа) 奖和"祖国诗歌"(Эх орон яруу найраг) 大赛的评选。

1. "金羽毛"年度优秀作品奖

2019 年，由蒙古作家协会于 2001 倡议发起的"金羽毛"年度优秀作品评选大赛已进入第 18 个年头。12 月，组委会揭晓了进入第二阶段 8 个奖项角逐的 29 部年度优秀作品名单。12 月 27 日，"金羽毛"2019 年度优秀作品评选盛典在儿童艺术中心隆重举行。Д. 达希敦德布（Д. Дашдондов）的《合适的深度》（Зохист гүн）获得诗歌类年度优秀作品奖，Б. 巴亚斯格朗（Б. Баясгалан）的《满世界的问题》（Дэлхий дүүрэн асуулт）获得儿童文学年度优秀作品奖，М. 乌彦苏赫（М.Уянсүх）的《冠军木》（Аварга мод）获得长篇叙事文学类年度优秀作品奖，П. 迈恩巴亚尔（П. Майнбаяр）的《一半无一半沙》（Хагас нь эс хагас нь элс）获得短篇叙事文学类年度优秀作品奖，Ц. 策伦（Ц. Цэрэн）的《林钦（第二卷）》获得文学研究与评论类年度优秀作品奖，Т. 布姆额尔德尼（Т. Бум-Эрдэнэ）的《努尔泽德去哪里》（Нүрзэд хаачив）获得戏剧电影文学类年度优秀作品奖，О. 扎尔嘎勒赛罕（О. Жаргалсайхан）的《根吉作品集》（Гэнжийн туульс）获得文学翻译类年度优秀作品奖，幽默和推理文学类年度优秀作品奖空缺。

2."意义的修饰"短篇小说大赛

该奖项设立于 1990 年，原名为"灰青鸟"（Шувуун саарал），1993 年改为现名，是当前蒙古国内最权威的短篇小说赛事，除 2001、2004、2007 和 2008 年间断外，每年都举行。2019 年 12 月，作为蒙古作家协会成立 91 周年的庆祝活动之一，第 25 届"意义的修饰"短篇小说大赛正式拉开帷幕。为了纪念蒙古国文化功勋作家纳楚克道尔基和蒙古作协奖获得者、"意义的修饰"大赛组委会名誉主席 Д. 纳姆斯莱（Д. Намсрай）诞辰 70 周年，本次大赛还得到了纳姆斯莱的家乡——库苏古尔省拉沙特县驻乌兰巴托委员会的大力支持。截至 12 月 15 日的收稿日期，共有 65 位作家向组委会提交了参赛作品。根据规则，所有作品均为参赛选手独立完成，并在此前从未出版或发表过。

2020 年 1 月 9 日，颁奖仪式在蒙古儿童剧院隆重举行，Д. 诺日布（Д. Норов）凭借作品《乌鸦的眼泪》（Хэрээний нулимс）第三次摘得冠军头衔，蒙古作家协会奖获得者、诗人 П. 巴图呼拉亚（П. Батхуяг）凭借《无时之地》（Цаггүй газар）第四次获得亚军，С. 普日布苏伦（С. Пүрэвсүрэн）凭借《父与子》（Аав хүү хоёр）获得季军。此外，2018 年度凭借《三度》（Гурвын хэмжээс）获得冠军的诗人 С. 达木丁道尔吉和凭借《多多益善》（Олон бололорой）获得亚军的作家协会奖获得者 Т. 布姆额尔德尼（Т. Бум-Эрдэнэ），2017 年度凭借《山与老人》（Уул өвгөн хоёр）获得冠军的文化功勋 С. 普日布（С. Пүрэв），以及 2016 年度凭借《认出白头翁之时》（Яргуйныг үлдлэх цагаар）获得冠军的记者、诗人 Б. 勒哈格瓦苏伦（Б. Лхагвасүрэн）还被大赛评选为优秀选手。

3. "水晶杯" 诗歌大赛

2019 年 4 月，蒙古作家协会第 37 届 "水晶杯" 诗歌大赛在首都乌兰巴托市拉开帷幕。截至收稿日期，共有 100 多位诗人通过网络提交了作品。从其中有 11 位入围作家与去年相同的情况来看，蒙古已形成了比较稳定的诗人队伍。2020 年 1 月 4 日，第 37 届 "水晶杯" 诗歌大赛获奖名单揭晓。诗人 Б. 扎姆巴勒道尔吉（Б. Жамбалдорж）凭借作品《自然的雪》（Жамын цас）获得 "冠军诗人" 称号，Б. 恩赫扎尔嘎勒（Б. Энхжаргал）位列第二，Т. 巴彦桑（Т. Баянсан）排名第三，О. 辰德阿尤喜（О. Цэнд-Аюуш）和 Э. 冈图勒嘎（Э. Гантулга）获得特别奖。此外，组委会还根据近年来作家们的表现，评选出了杰出女诗人，分别是 Б. 巴亚尔扎尔嘎勒（Б. Баяржаргал）和 Г. 达瓦苏伦（Даваасүрэн）；蒙古作家协会期刊名家获得者为 Т. 巴亚姆苏伦（Т. Баямбасүрэн）；爱国诗人获得者为 М.

奥特根巴亚尔（M. Отгонбаяр）；巴嘎诺尔区名家获得者为 M. 阿木尔呼（M. Амархүү）、巴彦奥其尔（Баян-Очир）、Б. 楚龙其其格（Б. Чулуунцэцэг）。

4."为母亲写信"全国征文大赛

2019 年 3 月 10 日，由国家公共广播电视台（Монголын үндэсний олон нийтийн радио, телевиз）、社会民主蒙古妇女联合会（Нийгмийн ардчилал Монголын эмэгтэйчүүдийн холбоо）共同举办的第 11 届"为母亲写信"（Ээждээ захидал бичээрэй）全国征文大赛颁奖典礼举行。此次征文大赛的冠军由来自后杭爱省其其尔拉格县的 A. 图木尔苏赫（A. Төмөрсүх）获得，亚军由来自乌兰巴托市苏赫巴托区第四小学六年级学生 Б. 普日布奥其尔（Б. Пүрэв-Очир）获得。

四、重大文学活动

1. 庆祝蒙古作家协会成立 90 周年

为庆祝蒙古作家协会成立 90 周年，2019 年甫一开年，各种庆祝活动便接踵而至。1 月 2 日，蒙古作家协会在日报社举行新闻发布会，正式宣布庆祝活动的日程安排。1 月 3 日，"诗人画像—2019"（Яруу найрагчдын хөрөг-2019）照片展在蒙古艺术家协会（Монголын Урчуудын Эвлэл）顶尖艺术画廊举行。1 月 4 日起，蒙古作家协会先后举办了第 36 届"水晶杯"诗歌大赛和"金羽毛"2019 年度优秀作品评选的颁奖典礼。1 月 8 日，蒙古作家协会在蒙古国立大学图书馆召开了"蒙古新时代文学现状和未来发展趋势"主题研讨会，在蒙古少年宫举办了"意义的修饰"2019 年度短篇小说大赛的颁奖典礼。1 月 9 日，作家协会全体成员向纳楚克道尔基墓敬献花环，并向成吉思汗和苏赫巴托塑像致敬，"蒙古作家 90 年"（Монголын Зохиолчид-90）照片展和"图书修饰"（Номын чимэг）图片展拉开帷幕。当天下午，蒙古作家协会在国家歌舞剧院举行了隆重的庆祝大会。会上，蒙古教科文体部部长 Ц. 朝格卓勒玛（Ц. Цогзолмаа）根据总统令授予蒙古作家协会劳动功勋红旗奖章，向对蒙古文学发展和民众教化事业做出突出贡献的文学评论家 А. 蒙克奥尔格勒（А. Мөнх-Оргил）、作家 Т. 索勒根（Т. Сулган）、М. 苏赫巴托（М. Сүхбаатар）、А. 勒哈格瓦（А. Лхагва）以及翻译家 Ж. 奥云其其格（Ж. Оюунцэцэг）等人颁发了纳楚克道尔基奖。在此期间，地方各省市作家协会还相继举办了"蒙古新时代文学现状与发展趋势"（Монголын шинэ үеийн уран зохиолын өнөөгийн төлөв, ирээдүйн чиг хандлага）、"蒙古现代文学—文化新遗产"（Монголын орчин үеийн уран зохиол-соёлын шинэ өв）等学术研讨会，以及记录作家机构历史发展的《智慧的起源》（Оюун билгийн уурхай）纪录片展映活动和作家图片展活动等。

2. 举办春秋季图书节

蒙古国家图书节（Үндэсний номын баяр-2019）由时任国家大呼拉尔委员的 Г. 赞丹沙塔尔倡议举办，从 2007 年起迄今已进入第 13 个年头。得益于 Г. 赞丹沙塔尔在 2019 年 1 月被推选为国家大呼拉尔主席，今年的春秋季图书节显得格外热闹。

2019 年 5 月 25 至 26 日，由蒙古国政府主办的春季图书节在苏赫巴托广场如期举行。此次图书节由"图书文化世界"（Номын соёлт ертөнц）非政府组织承办，不仅吸引了 NEPKO、蒙苏达尔、包勒日苏达尔、书轮（Номын хүрд）与和平鸽等多家知名出版社参加展销，而且邀请了人民文学家 П. 巴达尔其（П. Бадарч）和刚刚获颁法国荣誉军团勋章的知名翻译家 Т. 图木尔呼勒格（Т. Төмөрхүлэг）等多位重量级嘉宾，Г. 阿克姆（Г. Аким）、Ж. 无名（Ж. Нэргүй）、Д. 包勒德巴特尔（Д. Болдбаатар）、О. 青卓力格（О. Чинзориг）、Б. 岗其木格（Б. Ганчимэг）、Б. 秀德尔其其格、Б. 奥伊德布、Д. 贡乌伊勒斯（Д. Гүн-Үйлс）等作家还在现场举行了新书发布会。此次图书节除展出大量新书和罕见的经典书籍外，有声书和立体书等新型图书形式均为首次亮相，为读者带来了一场文化盛宴。

2019 年 9 月 15 至 16 日，第 26 届蒙古国家图书节在苏赫巴托广场举行。国家大呼拉尔主席 Г. 赞丹沙塔尔亲自出席开幕式并发表讲话，俄罗斯高尔基文学院副院长 С. Ф. 德米特伦科（С. Ф. Дмитренко）和该院儿童文学系主任、知名作家 А. П. 托罗普塞夫（А. П. Торопцев）等纷纷到场祝贺。Г. 赞丹沙塔尔在讲话中指出，之所以倡议举办图书节主要有三点考虑：一是近年来蒙古人读书量骤降，无法获得前沿信息；二是社会正处于大变革时期，在第四次工业革命开启的现在时刻，最应得到支持的不是有世界影响力的公司、集团，而是能够实现自我价值的人；三是图书是我们文化不可分割的一部分，读书是年轻一代的蒙古人传承文化的重要方式之一，我们必须在社会中广泛推广。除重量级嘉宾出席外，本届图书节还首次评选了"好书"（Онцлох ном）、"杰出读者"（Шилдэг уншигч）、"图书世界功勋人物"（номын ертөнцийн гавьяатан）以及国家大呼拉尔主席命名的"智慧图书"（Мэргэн ном）等奖项。最后，蒙古国劳动英雄、人民文学家、国家奖和文化功勋奖获得者、诗人 Б. 勒哈格瓦苏伦（Б. Лхагвасүрэн）创作的《马市蜃景》（Морин зэрэглээ）获得"好书"奖，作家、诗人 Б. 纳明其木德（Б. Наминчимэд）获得"图书世界功勋人物"奖，Н. 恩赫赛罕（Н. Энхсайхан）获得"杰出读者"奖。

3. 蒙古作家协会代表团访问中国

2019 年 8 月 19 日，作为中蒙建交 70 周年庆祝活动的一部分，由蒙古作家协会管理委员会主任、小说家 Д. 辰德扎布（Д. Цэнджав）率领的蒙古作家协会代表团到访中国作家协会，与中国作家代表就两国各门类文学创作情况以及中蒙两国文学交流和出版等话题开展座谈。座谈会上，来访的蒙古作家分别介绍了蒙古作家协会管委会概况、文学奖项的评选、各门类文学创作等情况，从不同角度谈到了中国与蒙古在文学翻译和文学交流等方面的情况以及期望。他们表示，此次来访的最主要目的就是希望与中国作家协会建立更密切的联系，对中国作家和中国文学有更深的了解，以及希望通过座谈使今后的合作有更多的可能性。

4. "中蒙联合图书展"系列文化活动

9 月 10 日，为落实中蒙两国元首今年 4 月达成的共识，庆祝中蒙建交 70 周年，全面展示 70 年来中蒙出版交流和文化互译成果，由中国国家新闻出版署主办，中国教育图书进出口有限公司及中国文化译研网（CCTSS）协办，蒙古国公共广播电视台、蒙古国立中央图书馆等合作单位支持，为期 4 天的"中蒙联合图书展"系列文化活动在乌兰巴托中央文化宫展厅开幕。此次参展的图书中既有《伟大也要有人懂：小目标 大目标 中国共产党一路走来》《中国梦与浙江实践》等深入阐释习近平主席系列讲话精神、展现新中国成立 70 年来的发展成就等蒙文版中国主题类图书，也有反映两国人文生活、经贸、金融等领域最新研究成果的优秀出版物。《四书》《孟子》《明史》《四大名著》《宋词选》《狼图腾》《三体》《活着》《茶的故事》等经典图书吸引了蒙古国读者的目光。两国多家出版社和大学代表参加了此次活动。

5. 推荐作家参加诺贝尔文学奖评选

2019 年 1 月，针对诺贝尔奖委员会提出的推荐蒙古国作家参加诺贝尔文学奖评选的建议，蒙古作家协会召开会议，决定继 2018 年之后再次推荐蒙古著名作家 Д. 乌梁海（Д. Урианхай）参加诺贝尔文学奖评选。蒙古国著名作家 Д. 乌梁海于 1940 年 7 月 29 日出生在布尔干省乌尼特县，1964 年毕业于苏联普列哈诺夫人民工业学校后开始进行文学创作。1972 年推出诗集《致人类》（Хүн танаа），1974 年创作中篇小说《您的新朋友》（Таны шинэ танил），1978 年赴高尔基文学院进修后出版短篇小说集《候鸟》（Өвлийн шувуу）。2017 年 11 月，在韩国光州市举办的亚洲文化节上，曾荣获"亚洲诗人"称号，是第一位获得亚洲级文学奖项的蒙古作家。其他代表作还有《我非常爱那个地方》（Би тэрхүү газарт маш хайртай）等。

6. 为策·达木丁苏伦立碑

2019 年 5 月 6 日，为国家奖获得者、人民文学家、伟大学者策·达木丁苏伦（Ц. Дамдинсүрэн）[2]竖立纪念碑活动在国家公园隆重举行，乌兰巴托市市长 С. 阿木尔赛罕（С. Амарсайхан）、蒙古国总统文化与宗教政策顾问 Ц. 呼兰（Ц. Хулан）、蒙古作家协会执行委员会主席 До. 多辰德扎布（До. Цэнджав）、国家中央图书馆馆长 Б. 伊亲豪勒劳（Б. Ичинхорлоо）以及地方领导人出席。纪念碑由蒙古艺术家协会委员会奖获得者、塑造艺术家 А. 奥其尔包勒德（А. Очирболд）设计。

7. 授予巴达尔其国家奖

2019 年 2 月 1 日，根据蒙古国总统令，蒙古国功勋文化工作者及人民文学家称号获得者，曾经获得三次国家奖提名的蒙古国现代著名诗人、作家 П. 巴达尔其（П. Бадарч）被授予国家奖（Төрийнсоёрхол）。

---

[2] 关于策·达木丁苏伦的介绍详见《外国文学通览：2018》第 386 页。

颁奖典礼于 2019 年 2 月 4 日隆重举行。

巴达尔其 1939 年 8 月 17 日出生于中央省巴彦嘉日格勒县一个普通牧民家庭，家乡的文学传统和文化风俗对他日后的文学创作产生了很大影响。1960 年，巴达尔其开始进行文学创作，先后出版了《马群》(Морьд)、《六个银星星》(Зургаан мөнгөн мичид)、《克鲁伦》(Хэрлэн) 等作品。其中，诗作《马群》于 1962 年获得了蒙古作家协会刊物《星火》(Одон гал) 的年度奖，并得到了当时蒙古国著名文学家 С. 额尔德尼的赏识。1970 年，巴达尔其参军做了一名边防军官。边疆独特的生活经历极大地激发了他的创作热情，他创作了《拜塔格石》(Байтагийн чулуу)、《唯愿边疆天永晴》(Хилийн тэнгэр цэлмэг байгаасай)、《在边境线上对祖国说的话》(Эх орны хилээс эх орондоо хэлэх үг) 等许多以抒发爱国之情与赞美民族英雄为主题的诗歌。1972 年，巴达尔其写下了自己的成名作《九宝之国》(Есөн эрдэнийн орон)。这首诗的题材与纳楚克道尔基的《我的祖国》(Миний нутаг) 相似，但是创作手法上却采用了借物抒情的方式。诗人将天空、阳光、朝霞、山脉、火焰、草原、蒙古包、奶食和蒙古人等在蒙古最具典型意义的事物，比作金、银、珊瑚、珍珠、绿松石、天青石、贝、钢、铜九种宝物，以此唤起蒙古人的民族自豪感。诗中常常出现"三""九"等在蒙古传统文化里具有吉祥、尊贵之象征意义的数字，极易引起普通民众在价值观上的共鸣，作品问世后即在蒙古广泛流传，并在 1988 年获得纳楚克道尔基奖。此后，巴达尔其又陆续创作了《金色尘埃》(Алтан тоос)、《一颗白珍珠》(Ширхэг цагаан сувд) 等作品。1999 年，巴达尔其获得功勋文化工作者称号。2005 年，巴达尔其被授予人民文学家称号。近年来，巴达尔其开始转向历史剧本的创作，已完成一部关于成吉思汗的歌剧，另一部关于匈奴帝国领袖阿提拉汗的歌剧正在创作当中。此外，巴达尔其还撰写了关于策·达木丁苏伦、巴·仁亲、额尔德尼、达希道尔布等老一批文学家的回忆录，为蒙古近现代文学家研究工作的开展提供了许多第一手资料。

8. 召开国际学术研讨会

2019年11月22日，为了传承20世纪蒙古宝贵的文学和文化遗产，向公共宣介蒙古作家和艺术家们的才能与成就，用文字艺术展示蒙古传统文化的精深内涵，助力年轻一代汲取蒙古民族伟大的历史与文化，以"蒙古民族文学的今天和明天"（Монголтуургатныуранз охиолынөнөөдөр，маргааш）为主题的国际学术研讨会在博格多汗宫博物馆举行。此次会议是献礼蒙古作家协会成立90周年的系列活动之一，此前乌兰巴托大学（УБИС）、科学院语言文学研究所（ШУА-ийн Хэлзохиолынхүрээлэн）、蒙古国立大学（МУИС）、蒙古教育大学（МУБИС）和蒙古国自由作家联合会（МҮЧЗХ）曾以"蒙古族文学对话"（Монголтуургатныуранзохиолынхэлхээхолбоо）为主题共同举办了座谈会。

结语

总体来看，2019年蒙古文坛总体表现相比于2018年稍有下滑之势，这与国内政治局势的动荡和读者阅读量的减少不无关系。就蒙古本土文学来看，尽管作家仍然保持了比较高的产量，但能够形成广泛影响力的优秀作品并不多见。与此同时，翻译文学依然势头强劲，对蒙古本土文学的整体发展造成了一定冲击。如何在本土文学与译著作品中保持平衡，更好地激发本土优秀作家的创作热情，让读者在低迷的经济环境中仍然能够保持旺盛的阅读兴趣与爱好，是摆在蒙古政府和文坛面前的一道难题。

参考文献：

"2019 оны онцлон санал болгох номууд." 22 Dec. 2019. Web. 27 Apr. 2020. <http://www.unread.today/c/2019-bestbooks>.

"Шинэ ном: Энэ хавар монгол хэлээр орчуулагдан гарах онцлох 7 ном." 26 Mar. 2019. Web. 27 Apr. 2020. <http://ub.life/p/shine-nom-ene-khawar-mongol-kheleer-orchuulagdan-garakh-ontslokh-7-nom>.

"Миний 2019 оны онцлох ном." 29 Jan. 2020. Web. 27 Apr. 2020. <https://medium.com/@enkhbayarbatsukh/миний-2019>.

"2019 оны онцлох хүүхдийн номууд." 27 Dec. 2019. Web. 27 Apr. 2020. <https://www.reader.mn/posts/view/292/>.

史习成:《蒙古国现代文学》, 北京：昆仑出版社，2001 年。

作者单位：解放军信息工程大学洛阳校区

2019年缅甸文学概览[1]

申展宇

内容提要：2019年，缅甸文学继续平稳发展，成就斐然。政府和文学界联合举办了庆祝"国民作家"敏杜温诞辰110周年活动。"缅甸经典100卷"计划持续推进，包括三部缅甸现代白话小说早期代表作的长篇小说集（第二卷）于年底面世。文学宫评选出2019年度终身文学奖和其他优秀获奖作品，获奖者不乏文坛新秀。数位文坛名宿在本年度出版新作，文学出版业呈现欣欣向荣之势。本文从缅甸文坛重大事件、政府重要文学计划、国家级文学奖与重要文学作品四个方面来概述2019年缅甸文学领域发展动态和文学创作情况。

2019年缅甸举行了多场大型文学活动，如作家诞辰纪念活动、图书展销会和各类文学庆典等。宣传部在多个大城市的镇区图书馆定期举办文学沙龙，以期推动文学发展、提高缅甸人民阅读量和知识水平。国务资政昂山素季于8月底前在内比都、仰光、曼德勒举行了三次规模隆重的作家见面会，邀请当地著名作家、漫画家和学者赴宴，代表

---

[1] 本文为2017年度国家社科基金重大项目"新世纪东方区域文学年谱整理与研究2000—2020"（17ZDA280）的阶段性成果。

政府对广大作家以诚挚的致敬,呼吁作家深入社会、服务人民,创作出更多体现时代特色、弘扬联邦精神和彰显民族文化的优秀作品。

一、敏杜温诞辰 110 周年

2019 年 2 月 10 日,缅甸文坛在仰光隆重举行"国民作家"敏杜温(မင်းသုဝဏ်,1909—2004)诞辰 110 周年纪念大会,会上推介了敏杜温的散文集《他们眼中的敏杜温》(သူတို့မြင်သော မင်းသုဝဏ်)。敏杜温原名吴温(ဦးဝင်း),是缅甸著名诗人、文学评论家、语言学家、教育家和历史学家。敏杜温是 20 世纪 30 年代缅甸"实验文学"运动的发起者和力行者。他从 16 岁开始写作,一生笔耕不辍,著作甚丰,其作品包括诗歌、短篇小说、戏剧、散文、文学翻译、工具书等,还参与修订了多本官方教材。敏杜温的代表作有诗歌集《胜利花和其他诗歌》(သမြေညှိနှင့် အခြားကဗျာများ,1941)、儿童诗歌集《写给貌奎们的诗》(မောင်ခွေးဖို့ ကလေးကဗျာများ,1940)、短篇小说集《敏杜温短篇小说选》(မင်းသုဝဏ်ဝတ္ထုတိုများ,2002)、故事集《儿童故事选》(ကလေးပုံပြင်များ,2004),另外还有译著《鲁迅》(လုရှန်,1956)、《李尔王》(လီယာမင်းကြီး,1984)、《五百五十本生故事》(၅၅၀ ဇာတ်ပေါင်းချုပ်,1989)等。敏杜温的诗歌擅用重叠、排比等手法,格式工整、音调优美、用词生动、意境深远,常以婉转曲折的手法表达对祖国的热爱。他的多部作品在民间流传甚广,写作手法和风格深深影响了数代缅甸人。

二、"缅甸经典 100 卷"计划

"缅甸经典 100 卷"计划是缅甸政府宣传部从 2018 年开始推动的文学世纪工程。"缅甸经典 100 卷"的遴选范围是从缅甸文学肇始的蒲甘时期至 2000 年期间创作的优秀作品和经典著作,涵盖长篇小说、短篇小说、诗歌、戏剧等文类。计划发行 25 卷长篇小说集、4 卷短篇小说集、3 卷诗歌集、2 卷剧本、1 卷散文和 3 卷小说指南。此举目的在于让新一代缅甸青年品读缅甸文学，体会经典著作的韵味情趣，深入了解传统文化和社会生活，洞察缅甸人民的思想与智慧，同时也为世界各国学者学习或研究缅甸哲学、文化传统、语言文学提供丰厚资料。2019 年底，宣传部推出"缅甸经典 100 卷"中的第二卷长篇小说集，该集包含了吴腊（ဦးလတ်，1866—1921）的《瑞卑梭》（ရွှေပြည်စိုး，1914）、瑞乌当（ရွှေဥဒေါင်း，1889—1973）的《耶德那崩》（ရတနာပုံ，1917）、B.A. 貌巴丹（ဘီအေ မောင်ဘသန်း，出生年份不详—1962）的《永恒的情谊》（ထာဝရမေတ္တာ，1920）。

《瑞卑梭》的故事发生在缅甸末代国王锡袍王被英国人俘虏前后的一段时期，男主人公貌貌梭与女主人公钦钦泰一见钟情，旋即钦钦泰为躲避杀身之祸逃往他乡，于是貌貌梭开始了寻找爱人的冒险之旅，历经重重艰险和波折后，最终貌貌梭和钦钦泰结为夫妻。《瑞卑梭》是缅甸现代小说走向成熟的转折点，小说采用双线复式结构，主线是貌貌梭、钦钦泰的探险经历与爱情故事，其满足了读者的消遣娱乐需求，副线则以仰光知识分子阶层为背景，聚焦于现实社会，塑造出貌当佩、貌格底、吴耶觉等鲜明的人物形象。小说《瑞卑梭》是缅甸当时已彻底沦为殖民地社会的真实写照，吴腊热情讴歌了缅甸人的传统习俗和价值观，揭露了当时仰光的黑暗社会现实，对一些西式作派的缅甸人进行了辛辣讽刺，表达了作者对英国人的入侵以及西方文化渗透的强烈不满。吴翁佩（ဦးဘုးလေ，1917—2008）评论吴腊的这部小说是"时代的一面镜子"，佐基（ဇော်ဂျီ，1907—1990）认为小说《瑞卑梭》"为缅甸文学史在白话文方面的发展开辟了新阶段"。

《耶德那崩》是一部言情小说,女主人公钦盛枝与律师貌通妙相爱后结婚育子,然而钦盛枝经受不住诱惑误入歧途,最终身心俱疲,带着对孩子们的恋恋不舍黯然离世。瑞乌当是缅甸现代著名的作家、翻译家,他以英国小说家亨利·伍德夫人(Mrs. Henry Wood)的小说《东林怨》(*East Lynne*)为蓝本进行再加工,改编后变成了一部缅甸韵味浓厚的小说——《耶德那崩》,文笔流畅,讲述自然,小说出版后深受读者喜爱,成为了当时最畅销的书籍。

《永恒的情谊》讲述了来自瑞波的貌巴伦通过考核进入了仰光学院,与一个名叫玛埃钦的女同学相恋的故事。这是缅甸最早的一部描述大学生活的小说,为增加小说的消遣性和可读性,作者驾轻就熟地将连韵诗(လေးချိုး)、四节诗(လေးဆစ်)穿插在小说之中,达到了取悦各层次读者的目的。爱情小说是缅甸殖民地时期的一个重要小说流派,爱情是这一时期小说作家常用的题材。这三部爱情小说广泛触及了殖民地社会生活的各个领域,具有强烈的现实色彩和一定的进步意义。另外,这三部爱情小说与缅甸现代白话小说在语言运用的通俗化和受众多且基础化上有共同点,被视为缅甸现代白话小说的早期代表作。

三、国家级文学奖

1. 缅甸文学宫颁发 2019 年度文学奖

为了促进国家文学发展,缅甸宣传部定期召集国内作家与学者举办文学报告会、座谈会和评奖委员会,对上个年度国内发行的书籍进行遴选,为反映缅甸人民思想、弘扬缅甸价值观、维护传统文化与风俗的优秀作品授奖并资助优秀文稿出版。目前,缅甸文学宫每年颁发国民文学终身成就奖、国民文学奖与文学宫文稿奖,这三个奖是缅甸最高级别的文学奖。国民文学奖包括长篇小说奖、短篇小说集奖、诗歌奖、儿童文学奖、散文奖、翻译奖等 18 个奖项。文学宫文稿奖的奖项设置与国民文学奖类似，某些奖项下面又分一、二、三等奖。2019 年 11 月 27 日是缅甸第 75 个文学节，缅甸各界以多种形式庆祝文学节，缅甸文学宫也在当天颁发了国民文学终身成就奖、国民文学奖和文学宫文稿奖。

2019 年国民文学终身成就奖获得者是著名作家、翻译家吴丁貌敏（ဦးတင်မောင်မြင့်，1936—　）。吴丁貌敏长期担任杂志编辑，退休后进入了文学创作和翻译的黄金期，他的译品除了部分知识类书籍，更多的是文学作品。代表性译作有《居里夫人传》（မဒမ်ကျူရီ，2001）、《杀死一只知更鸟》（တောင်ပံ့ သင်းကွဲတေးဆိုငှက်，2004）、《黑色的梦与甜蜜的情谊》（အနက်ရောင်အိပ်မက် စိမ်းမြေ့မက္ကာ，2007）、《等待》（မျှော်，2011）、《罪与罚》（ပြစ်မှုနှင့်ပြစ်ဒဏ်，2012）等。吴丁貌敏的翻译作品数量繁多、文体不一，尽管有语言和文化背景的差异，但凭借其高超的翻译技巧，都能够将原著的风格较为完整地呈现出来，在最大程度上对原著的人物形象进行完整移植，同时注重考虑缅甸本土文化的接受背景，使译著在一定程度上符合本土文化规范。吴丁貌敏的译著品质优良，在缅甸文学界深得认同和赞誉，在此次获奖之前，他就曾五次获得过国民文学奖翻译奖。

2. 重要获奖文学作家与作品简介

珠（ဂျူး，1958—　），原名丁丁温（တင်တင်ဝင်း）。她的小说《用彩虹织成的披肩》（သက်တံ့တို့ဖြင့်ရက်ဖွဲ့ ချစ်သူရဲ့ခြုံလွှာ）获 2019 年度国民文学奖长篇小说奖。这部小说描写了居住在努透基镇附近一个叫做妙瓦底的小村庄里数位女性的爱情和生活。珠在小说中不仅详细地讲述了缅甸传统纺织艺术和披肩织造艺术，而且多角度地展示了传统艺术背后的文化底蕴。珠是缅甸当代文坛最具影响力的作家之一，其小说叙事手法深受西方文学影响,被誉为浪漫主义小说家。珠在本年度一举斩获国民文学奖中最具分量的长篇小说奖,这不仅是对珠的高度褒奖,更是对她长年坚持自由创作的最终肯定。

密久因(မြစ်ကျိုးအင်း,1981—)凭借短篇小说集《在那个捕捉希望之光的下午》(မျှော်လင့်ခြင်းကို မျှားတဲ့ညနေ)获得2019年度国民文学奖短篇小说集奖。密久因是博客作家,他的博客小说擅长在有限的篇幅中构造精巧的故事情节,以此来吸引读者。小说集《在那个捕捉希望之光的下午》中包括16篇短篇小说,其中15篇是作者的博客小说或旅居海外期间的作品。他的小说所涉题材十分庞杂,通过讲述海外旅行和工作经历表达生活体会以及对生命的感悟。作为新生代作家,密久因的博客小说在语言风格和表达方式上呈现出强烈的自由审美品格,文本内容多聚焦作者的自我生活体验。

哥丹通(ကိုသန်းထွန်း,1952—)的诗集《夜深人静讲故事的人》(ညနို့ပုံပြောသူ)获得2019年度国民文学奖诗歌奖。这部诗歌集包括51首诗,每一首诗自成一个故事,作者在诗歌中将故事中的人和事娓娓道来,表明自己不惧困难和挫折,坚信一定能熬过黑暗迎来光明。

都迪奥巴(သုတိဩဘာ(ဆင်ပေါင်ဝဲ),1978—)的故事集《德寿善寺庙》(တစ်ဆုပ်ဆန်ကျောင်းအပါအဝင်အခြားဝတ္ထုတိုများ)获得文学宫文稿奖短篇小说集一等奖。作品包括16篇短篇小说,《德寿善寺庙》是其中一篇小说的篇名,"德寿善"在缅文中的意思是"用手一抓的米的分量",常用来比喻做布施时不在乎东西贵贱多寡,有善心即可。在小说中,作者详细描述了当今缅甸农村地区的僧侣们的贫困生活状态和群体感受。通过作者的描写,我们可以深入了解僧侣和施主间的互动关系、法师圆寂后的丧事文化和农村地区的传统风俗。都迪奥巴以一位僧侣的视角窥探乡村社会的发展与变迁，表达了对佛像、贝叶经等珍贵物品保护失序的担忧，流露出对嗜酒成性的乡村青年进行尽力劝谕后的惆怅和迷茫。都迪奥巴是一位极具时代观的僧侣作家，他的小说不仅内容新颖，而且用词简洁又不失文雅，适时适处幽默频现，可读性很强。

四、年度重要作品

1. 班梭威（ဗိုလ်စိုးဝေ，1944— ）与《班梭威诗歌集》（ဗိုလ်စိုးဝေကဗျာပေါင်းချုပ်）

班梭威原名吴内昂（ဦးနေအောင်），是缅甸当代著名诗人，现代诗歌的开创者、践行者，他的诗歌相对于传统诗歌而言，在体式、音节、语言方面都有很大的解放，显示出新的特色。为纪念班梭威诞辰75周年，《班梭威诗歌集》收录了1977年以来作者发表在各类文学报纸和杂志上的诗歌作品，以飨读者，诗歌集包括134首短诗和10首长诗。班梭威的诗歌记录平时点滴的生活，或感于物而作，诗歌没有格式和韵律羁绊，形式自由，陈述直率，语言平白，意涵丰富。班梭威早期的诗歌多是意境幽美的写景抒情短诗，积极发掘和探索人生的意义，映照出时代的投影，在思想感情的表现上尤为真挚、细腻、新颖，显得别有韵味。后期的诗歌更多通过比喻、象征来体现思想情感，在看似平淡的生活叙述中，不经意间流露出诗人的理想志趣。

2. 貌道噶（မောင်သော်က，1928—1991）的《年老病终短篇小说集》（လူကြီးရောဂါဝတ္ထုတိုများ）

《年老病终短篇小说集》包括9篇短篇小说，作者通过塑造多样的人物形象和一系列具有因果关系的故事情节，展现作家的生活态度和对现实矛盾的理解，在人物形象和故事情节中寄寓思想意义。例如该小说集中的同名小说《年老病终》讲述了两位老人抱憾青春往事的故事，小说男主人公巴丁在学生时代对嫒梅暗生情愫，但两人在毕业后各自拥有了完全不同的人生际遇。世事流转，年迈的巴丁竟与垂垂老矣的嫒梅再度重逢，此时两人的伴侣都已离世，巴丁依旧对嫒梅饱含感情，他的性格还和年少时一样过于懦弱而羞于表白。一天，巴丁终于鼓起勇气向嫒梅吐露心声，但他的言辞充满不确定和躲闪，冷静又克制的嫒梅表示正是因为巴丁的胆怯，年轻时他们没能一起，现在仍然不会有结果。在小说中，作者通过大量的人物对话，向读者交代了两位老人的前尘往事，在增强了小说的可读性的同时也淋漓尽致地展现了人物性格。嫒梅与巴丁的最后一段对话，似乎是作者人生经历的独白，告诉读者面对一份感情时应持积极和勇敢尝试的人生态度。小说的结尾是报纸刊登了一则年老病终的讣告，公布了巴丁的死讯。讣告内容与小说标题相呼应，故事至此戛然而止，令人回味无穷。

3. 布尼钦（ပုညခင်，1972— ）的长篇小说《慢慢揭开的刺》（တနှေးနှေးဆွသော ဆူး）

布尼钦是缅甸当代知名高产作家，她在高中时期开始发表诗歌、小说和散文。先后从事小学教师、报刊编辑、记者、剧作家、公司职员等多个职业，利用工作闲暇时间创作了大量文学作品。2015 年后，布尼钦转变写作风格，以政治、历史、法务、文物遗产和自然环境为创作题材发表了多部颇具文学感染力的长篇小说。目前，布尼钦共创作了 70 多篇短篇小说、100 多篇长篇小说以及大量的文学评论。作者在长篇小说《慢慢揭开的刺》中，通过两位女性——玛瑞觉和玛薇道的人生经历来打量社会、观察人性、品味生活的得与失。布尼钦通过这部小说向读者表达她的为人处世原则，强调不要对他人的过失和粗鲁一味忿恨，也不要过分关注或评论他人的好与恶，要时时刻刻检点自己的言行。

4. 玛珊达（မစန္ဒာ，1947—　）的作品集《文海拾贝》（ကောက်သင်းကောက်တဲ့စာ）

玛珊达是缅甸最著名的现当代女性作家之一。1971年开始创作，至今已在期刊杂志上发表各类小说100多篇，曾获得文学宫文稿奖、国民文学奖长篇小说奖、国民文学奖短篇小说集奖。《文海拾贝》是一部综合性文集，收录了玛珊达近50年创作生涯中作者自认为值得推荐的22篇短篇小说，此外还包括7篇散文和2篇文学评论。玛珊达的小说有明显的思想倾向和情感倾向，用女性语态传达了独特的女性体验和女性心理，细腻而又敏感的女性体验与广阔的社会生活、民族历史、时代精神相碰撞，使其作品具有独特的韵味和价值。

结语

通过对2019年缅甸文坛重要文学活动和文学奖项的梳理，我们可以发现，缅甸文学事业继续呈现出蓬勃发展的良好态势。一方面，政府一如既往地支持和推动文学发展，继续推行经典文学著作再版计划。出版业持续繁荣，该年度发行的文学类书籍数量较去年略有增加，各类文学作品如雨后春笋，诗歌和小说精品不断涌现。另一方面，缅甸文坛整体氛围更加开放和自由，作家关注民生，多角度地探索和剖析了庞杂繁复的发展现象和社会问题。国家级文学奖评选和授奖更具权威性和代表性，网络作家和僧侣获奖是年度文学宫奖最具新颖之处。文坛名宿出版新作，新生代作家成就可喜。展望2020年缅甸文坛的发展前景，我们充满期待，希望缅甸文坛继续健康发展、持续繁荣。

参考文献：

ကိုသန်းထွန်း၊ *ညဉ့်ပုံပြောသူ*၊ နှစ်ကာလများစာပေ၊ ရန်ကုန်၊ ၂၀၁၉။

ပုညခင်၊ *တန္ဖိုးရှိသော ဆုး*၊ ပုညခင်အုပ်တိုက်၊ ရန်ကုန်၊ ၂၀၁၉။

ပိုင်စိုးဝေ၊ *ပိုင်စိုးဝေ ကဗျာပေါင်းချုပ်*၊ နှစ်ကာလများစာပေ၊ ရန်ကုန်၊ ၂၀၁၉။

မစန္ဒာ၊ *ကောက်သင်းကောက်တဲ့စာ*၊ စိတ်ကူးချိုချိုအနုပညာပုံနှိပ်တိုက်၊ ရန်ကုန်၊ ၂၀၁၉။

မောင်သော်က၊ *လူကြီးရောဂါ ဝတ္ထုတိုများ*၊ စိတ်ကူးချိုချိုအနုပညာပုံနှိပ်တိုက်၊ ရန်ကုန်၊ ၂၀၁၉။

မြစ်ကျိုးအင်း၊ *မျှောက်လင်ခြင်းကို များတဲ့ညနေ*၊ ငါတို့စာပေတိုက်၊ ရန်ကုန်၊ ၂၀၁၉။

မြန်မာနိုင်ငံကဗျာဆရာသမဂ္ဂ၊ *ကဗျာဆရာ ပိုင်စိုးဝေ ၇၅ နှစ်ပြည့် အမှတ်တရ စာကဗျာစုများ*၊ ဝိုင်းမော်စာအုပ်တိုက်၊ ရန်ကုန်၊ ၂၀၁၉။

"အမျိုးသားစာဆိုတော်ကြီး မင်းသုဝဏ်၏ နှစ် (၁၀၀)ပြည့် မွေးနေ့အထိမ်းအမှတ် စာပေဟောပြောပွဲနှင့် သူတို့မြင်သော မင်းသုဝဏ် စာအုပ်မိတ်ဆက်ပွဲအခမ်းအနား ကျင်းပ"၊ ကြေးမုံ၊ ဖေဖော်ဝါရီ ၁၁၊ ၂၀၁၉။

"နိုင်ငံတော်၏အတိုင်ပင်ခံပုဂ္ဂိုလ် ဒေါ်အောင်ဆန်းစုကြည်နှင့် စာရေးဆရာများ မိတ်ဆုံညစာစားပွဲ ကျင်းပ"၊ ကြေးမုံ၊ သြဂုတ် လ ၁၇၊ ၂၀၁၉။

"မြန်မာဝဏ္ဏဝင်အတွဲ(၁၀၀)စာစဉ် အတွဲ ၂ ထုတ်ဝေဖြန့်ချိ"၊ ကြေးမုံ၊ ဒီဇင်ဘာလ ၂၆၊ ၂၀၁၉။

"ရှေ့နေနှင့် ကောက်သင်းကောက်တဲ့ မစန္ဒာ"၊ ကြေးမုံ၊ သြဂုတ်လ ၁၊ ၂၀၂၀။

"မြန်မာဝဏ္ဏဝင်အတွဲ(၁၀၀)စာစဉ်ဝတ္ထုရှည် အတွဲ(၁၊ ၂၊ ၃) စာအုပ်ထုတ်ဝေခြင်း အခမ်းအနားကျင်းပ" <https://www.moi.gov.mm/?q=news/3/12/2018/id-22274>.

2019年墨西哥文学概览

周 维

内容提要：2019年的墨西哥文坛呈现出蓬勃发展的景象。法达内依、谢利丹、佩雷阿、莫拉比托、博洛萨等"50后""60后"作家斩获国内外多项文学大奖，与此同时，"70后""80后"作家展现出锐意进取之势，佳作频出。他们从经典题材中翻出新意，重视移民、贫富分化、暴力、女性命运等与墨西哥社会现实密切相关的主题，作品探讨的问题也不断向纵深发展。许多作家采用了讽刺的笔法，题材选择与情节设计带有黑色幽默的色彩，而此类作品也受到了墨西哥评论界与读者的欢迎，该趋势的发展值得关注。

2019年度瓜达拉哈拉国际书展罗曼语族文学奖（Premio FIL de Literatura en Lenguas Romances）得主、墨西哥诗人大卫·乌埃尔塔（David Huerta，1949— ）在11月30日发表的获奖演讲中说道："世界上最好的诗歌是那常驻我们心中，凭借多首而非一首诗歌的力量，彼此共鸣，历经岁月沧桑构成的一张由形象、感觉和意义组成的无垠巨网。"2019年的墨西哥文坛仿佛一曲由老中青三代作家合力演奏的振奋人心的交响乐。多位文坛老将斩获国内外终身成就奖与年度作品奖，一批中青年作家锐意进取、佳作频出，移民、贫富分化、暴力、女性命运等主题受到持续关注，作品探讨的问题也不断向纵深发展。

一、重要文学奖项

在 2019 年度的重要文学奖项中，首先引起我们注意的是马萨特兰文学奖（Premio Mazatlán de Literatura）的变化。2019 年 2 月，这一有重要影响力的墨西哥国家级奖项在锡那罗亚州马萨特兰文化学院揭晓。通常情况下，评委会会从上一年度出版的作品中评选出一部佳作予以隆重表彰，但与往年不同的是，本届评委一致认为应回归奖项设立的初衷，将马萨特兰文学奖授予作家本人，因为 1965 年第一位马萨特兰文学奖得主、诗人何塞·格罗斯蒂萨（José Gorostiza，1901—1973）即因他的全部作品获奖。

让评委们做出这一改变的作家是吉列尔莫·法达内依（Guillermo Fadanelli，1960— ）。他生于墨西哥城，是 20 世纪 80 年代以先锋和离经叛道著称的文学艺术杂志《霉菌》（*Moho*）及同名出版社的创始人，也是墨西哥国家艺术创作者联盟（Sistema Nacional de Creadores de Arte）的成员。法达内依勤奋而高产，至今已出版长篇小说 12 部、短篇小说集 7 部、纪实文学 3 部、散文集 8 部，并在《先锋报》（*Vanguardia*）、《改革报》（*Reforma*）、《自由文学》（*Letras Libres*）、《枢纽》（*Nexos*）等国内外报纸杂志上发表多篇文章。他的小说《洛克·哈德森的另一副面孔》（*La otra cara de Rock Hudson*，1997）曾获国家文学奖（Premio Nacional de Literatura，1998），《淤泥》（*Lodo*，2002）曾获科利马叙事文学作品奖（Premio Nacional de Narrativa Colima），并入围 2002 年罗慕洛·加列戈斯小说奖（Premio Rómulo Gallegos）的评选，《我死去的女人们》（*Mis mujeres muertas*，

2012）曾获 2012 年格里哈尔博小说奖（Premio Grijalbo de Novela）。

本届马萨特兰文学奖评委会指出，法达内依的作品游走于文学虚构与对现实生活的思考之间，带有强烈的批判色彩。（Redacción El Universal）在法达内依近期发表的作品中，文集《来自地下的沉思》（*Meditaciones desde el subsuelo*，2017）和《缺乏信任：民主在墨西哥的沉没》（*Desconfianza: El naufragio de la democracia en México*，2018）延续了他一贯的犀利文风及对社会现实的关注，而自传体小说《范德依》（*Fandelli*，2019）则是作家在自我虚构上的一次精彩尝试。

2019 年 4 月，另一项虽然年轻但颇具分量的文学奖——豪尔赫·伊瓦古恩戈伊蒂亚奖（Premio Jorge Ibargüengoitia）颁发给了散文家、文学批评家吉列尔莫·谢利丹（Guillermo Sheridan，1950—　）。该奖项由瓜纳华托大学于 2018 年以墨西哥著名作家伊瓦古恩戈伊蒂亚（1928—1983）90 周年诞辰为契机设立，在历史悠久的瓜纳华托大学书展期间颁发，旨在表彰对墨西哥文学发展做出卓越贡献的作家。今年的伊瓦古恩戈伊蒂亚奖评委会由来自瓜纳华托大学、大都会自治大学的学者与上一届获奖者、作家胡安·维略罗（Juan Villoro，1956—　）组成。评委们认为，谢利丹创作的大量散文树立了他在学界和读者中的威信，而他抢救性的整理工作为伊瓦古恩戈伊蒂亚研究做出了决定性贡献。（Aguilar Sosa）

谢利丹曾编纂拉蒙·洛佩斯·维拉尔德（Ramón López Velarde，1888—1921）、何塞·胡安·塔布拉达（José Juan Tablada，1871—1945）、卡洛斯·佩利塞尔（Carlos Pellicer，1897—1977）、何塞·格罗斯蒂萨等墨西哥重要诗人的作品集，并因在伊瓦古恩戈伊蒂亚逝世后，编辑整理作家于 1969 至 1976 年发表在《至上报》专栏的文章，出版在墨西哥散文史上有重要地位的文集《墨西哥生存指南》

(*Instrucciones para vivir en México*，1990）而在学界享有盛誉。

在研究方面，谢利丹专注于墨西哥现当代诗歌，他出版的关于墨西哥当代派诗人、流亡墨西哥的西班牙诗人以及诺贝尔文学奖得主、墨西哥诗人奥克塔维奥·帕斯（Octavio Paz，1914—1998）的研究著作已成为相关领域的经典。1989年，谢利丹凭借《一颗沉醉的心：拉蒙·洛佩斯·维拉尔德的一生》（*Un corazón adicto: La vida de Ramón López Velarde*）获得哈维尔·比利亚乌鲁蒂亚奖（Premio Xavier Villaurrutia）。谢利丹的其他学术著述有：《昨日当代派》（*Los Contemporáneos ayer*，1985）、《1932年的墨西哥：民族主义之争》（*México en 1932: La polémica nacionalista*，2004）、《理想之刃：内战中的奥克塔维奥·帕斯》（*El filo del ideal: Octavio Paz en la Guerra Civil*，2008）等。在创作方面，谢利丹出版了小说《金手指》（*El dedo de oro*，1996）、《一张明信片》（*Una postal*，2013），文集《北部边境与其他尽头》（*Frontera norte y otros extremos*，1998）、《去故土中心的旅行》（*Viaje al centro de mi tierra*，2011）、《一生与我为伴》（*Toda una vida estaría conmigo*，2014）等。此外，与伊瓦古恩戈伊蒂亚一样，谢利丹也常年为报纸撰写时事评论文章，用犀利的言辞积极地介入社会现实。评委维略罗认为，历史唤起了谢利丹梳理文学谱系的热情，让他带着钟表匠一般的平静分析诗歌，而新闻却能立刻激怒他，让他极尽讽刺挖苦之能事，但"谢利丹是一个有益的反对派，因为他的文章能让那些与他想法不一致的人思考得更加深入"（Alejo Santiago）。谢利丹对过去与现在的不同态度成就了他丰富而立体的文学世界。

2019年9月，另一位在文学和文化研究领域成绩斐然的作家埃克托尔·佩雷阿（Héctor Perea，1953—　）获阿方索·雷耶斯国际奖（Premio Internacional Alfonso Reyes）。该奖为纪念墨西哥著名作家阿方索·雷耶斯（Alfonso Reyes，1889—1959）而设立，由国家文化艺术协会、国家艺术文学院、阿方索国际协会与新莱昂自治大学等机构联合颁发。1973年，首届阿方索·雷耶斯国际奖授予了阿根廷文豪豪尔赫·路易斯·博尔赫斯（Jorge Luis Borges，1899—1986），随后该奖项逐渐发展成为拉美文坛最有影响力的终身成就奖之一。胡安·何塞·阿雷奥拉（Juan José Arreola，1918—2001）、马里奥·巴尔加斯·略萨（Mario Vargas Llosa，1936—　）、费尔南多·德尔帕索（Fernando del Paso，1935—2018）、塞尔希奥·皮托尔（Sergio Pitol，1933—2018）等作家都曾获此殊荣。

佩雷阿1953年生于墨西哥城，曾就读于墨西哥国立自治大学新闻与传播专业，后赴西班牙马德里康普顿斯大学学习，获新闻学博士学位。他是墨西哥当代文学文化领域的专家，曾出版多部关于拉蒙·洛佩斯·维拉尔德、奥克塔维奥·帕斯、卡洛斯·富恩特斯（Carlos Fuentes，1928—2012）等重要作家的专著。他对墨西哥与西班牙文化交流的研究也颇有影响力，《时间之轮：在西班牙的墨西哥人》（*La rueda del tiempo: Mexicanos en España*，1996）曾获何塞·雷布埃尔塔斯国家散文奖（Premio Nacional de Ensayo Literario José Revueltas）。在创作方面，佩雷阿以散文和随笔见长。他的《逃逸的风》（*El viento en fuga*，1990）、《水之印》（*Sellos de agua*，1999）、《光的声音》（*El sonido de la luz*，2005）等文集根植于墨西哥文学传统，受到评论界和读者的好评。

佩雷阿最为人称道的当属关于阿方索·雷耶斯的研究。正如本次阿方索·雷耶斯国际奖评委会在揭晓评奖结果时指出的，佩雷阿的获奖归功于他在文学研究领域广泛扎实的工作以及他本人丰富的文学创作，但更为突出的是他在研究和推广雷耶斯作品上的成就，以及他一直以来就雷耶斯及其同时代作家对后世产生的影响所做的研究。(Rivera) 他在墨西哥国内外出版的关于雷耶斯的文集，如《抚摸形式：雷耶斯与电影》(*La caricia de las formas: Alfonso Reyes y el cine*，1988)、《阿方索·雷耶斯：肖像集》(*Alfonso Reyes: Iconografía*，1989)、《阿方索·雷耶斯作品中的西班牙》(*España en la obra de Alfonso Reyes*，1990)、《雷耶斯的眼睛》(*Ojos de Reyes*，2009) 等，为深入研究这位世界级文学大师提供了许多新颖别致的视角，其中《阿方索·雷耶斯：肖像集》曾获墨西哥出版业协会奖（Premio CANIEM）。他还曾编辑整理了雷耶斯与阿根廷女作家、文学杂志《南方》的创始人维多利亚·奥坎波（Victoria Ocampo，1890—1979）之间的通信，出版了《阿方索·雷耶斯与维多利亚·奥坎波往来书信集（1927—1959)》[*Cartas echadas. Correspondencia Alfonso Reyes-Victoria Ocampo (1927—1959)*，2009]，并参与策划、组织了著名的"阿方索·雷耶斯：人生与虚构间的路"（Alfonso Reyes: El sendero entre la vida y la ficción）国际巡回展，为大众更全面地认识雷耶斯及其作品的艺术价值做出了重要贡献。

二、阅读·暴力·女性：年度重要文学作品奖

在本年度各大文学作品奖的角逐中，关注文学价值与墨西哥当下社会现实的作品备受青睐。2019 年 6 月，法比奥·莫拉比托（Fabio Morábito，1955—　）的小说《上门朗读者》(*El lector a domicilio*，2018) 获得哈维尔·比利亚乌鲁蒂亚奖。莫拉比托生于埃及的亚历山大港，祖籍意大利，15 岁时随父母从米兰迁居墨西哥，18 岁开始从事文学创作和翻译，曾将意大利文艺复兴晚期的诗人托尔夸托·塔

索（Torquato Tasso，1544—1595）和隐逸派诗人埃乌杰尼奥·蒙塔莱（Eugenio Montale，1896—1981）等的作品翻译成西班牙语。莫拉比托在散文、诗歌和小说领域均颇有建树，除常年为国内外著名文学文化刊物撰稿外，还著有《母语》（El idioma materno，2014）等6部文集，《无用的筹码》（Lotes baldíos，1985）等8部诗集，《杰拉尔德与床》（Gerardo y la cama，1986）等6部短篇小说集，以及长篇小说《埃米利奥，笑话与死亡》（Emilio, los chistes y la muerte，2009）。

本次获奖的《上门朗读者》是作家的第二部长篇小说。评委会认为该书风格独特，重新诠释了由一个反英雄化的小人物担当主角的类型化小说，意料之外的反转以水到渠成的方式自然呈现。（Alejo Santiago）全书篇幅虽然不长，但涉及了孤独、衰老、诗歌、犯罪等众多严肃话题。34岁的家具店店主爱德华多因一起交通事故被判罚做一年义工，上门为有需要的病人和老人朗读小说和诗歌。尽管他的嗓音富有磁性，但因为他并不喜欢阅读，很难理解词句背后的含义，所以对自己朗读的内容无法产生共鸣。爱德华多的听众因此责备他，要求他不仅要读出声音，还要读出感情，而爱德华多为了达到这一看似并不困难的要求想尽办法并开始重新审视自己的人生。小说用朗读这一行为作主题，探究读者面对文本的个人体验以及文学在日常生活中的作用。在出版这本小说之前，作家并不认识与爱德华多所做工作相仿的上门朗读者，甚至不清楚现实中是否存在这样的义工。让他感兴趣的是，如果强迫一个声音优美、有表现力，但本身不被自己朗读内容打动的人去为别人朗诵小说和诗歌，这位朗读者会发生怎样的变化。（Talavera）虽然现在的阅读更多地是以书本为媒介，但文字也是有声的，文学的源头是口口相传，人们应当重视诵读故事与诗歌的传统。

在作品获奖方面，同样值得一提的是墨西哥作家在国外的亮眼表现。2019 年 12 月，卡门·博洛萨（Carmen Boullosa，1954— ）凭借《草垛中的小针》（*La aguja en el pajar*）获西班牙美洲之家诗歌奖（XIX Premio Casa de América de Poesía Americana）。该奖项自 2001 年设立以来，每年颁发给一部尚未付梓的诗集。博洛萨是墨西哥著名的诗人和小说家。在她的作品中，女性自我意识的觉醒与对历史的重新审视占据了重要地位，这源自作家对女性命运与墨西哥社会现实的关注。1989 年她凭借诗作《蛮女》（*La salvaja*，1988）、小说《往事》（*Antes*，1989）和《不负责任的角色》（*Papeles irresponsables*，1989）获哈维尔·比利亚乌鲁蒂亚奖。她的代表作还有政治历史题材小说《奇女》（*La milagrosa*，1993），诗集《线的忘却》（*El hilo olvida*，1979）、《荒山野岭》（*Soledumbre*，1992）、《不眠的祖国》（*La patria insomne*，2011）等。

博洛萨的诗歌创作生涯始于 15 岁，当时，母亲的去世让她感到周围的世界支离破碎，必须再创造出一个自己的星球，而博洛萨的星球就是文学。诗歌对她而言不止是赖以生存的氧气，也成就了她独特的自我。(Gómez de Montis) 本次获奖的诗集《草垛中的小针》收录了博洛萨近 5 年来的 20 首诗作，既蕴含着作家对人文精神衰落的思考，也有对暴力、气候变化与环境危机等社会现实问题的担忧。诗集标题源自一句西班牙语谚语："落入草垛，小针难寻。"（Una aguja en un pajar, es difícil de encontrar.）这句话常用来比喻某事极难办到或某物极难找到。在与诗集同名的短诗中，诗人别出心裁地从一根迷失在草垛中、远离布与线的小针的视角，表现人的孤独感与无法实现自身价值的苦闷。正如评委会在授奖词中所言，博洛萨的诗歌个性鲜明，既能以文字为游戏，充分挖掘语言的潜力，又能将诗歌作为观

照墨西哥社会的镜子,她的诗句饱含对现实深刻的反思,令人难忘。(Casa de América)

2019年另一位引人注目的女作家是费尔南达·梅尔乔(Fernanda Melchor,1982—)。她生于墨西哥东部的港口城市韦拉克鲁斯,曾出版多部小说和纪实文学作品,代表作有《我的韦拉克鲁斯》(*Mi Veracruz*,2008)、《这里不是迈阿密》(*Aquí no es Miami*,2013)、《假兔子》(*Falsa liebre*,2013)、《飓风之季》(*Temporada de huracanes*,2017)等。2019年5月,梅尔乔因"以勇敢的方式和诗意的想象直面我们这个时代的重大问题"获得德国安娜·西格斯文学奖(Premio Anna Seghers)。该奖项由安娜·西格斯基金会颁发,旨在表彰"用文学手段为一个更平等、更人性化的社会而奋斗"的年轻作家(EFE)。6月,梅尔乔又与《飓风之季》德语版译者安赫丽卡·阿玛尔(Angelica Ammar,1972—)共同获得了由柏林世界文化宫(HKW)颁发的第十一届国际文学奖(Premio Internacional de Literatura)。评委会认为,小说描绘了在21世纪资本全球化的影响下,由贫富分化引起的对女性、同性恋者和其他弱势群体的暴力行径,揭露了弱者之间相互倾轧的残酷现实。(Alcaraz)《飓风之季》在德语世界获得的成功使得这本2017年出版的长篇小说重回墨西哥读者的视野,成为本年度文坛最受关注的作品之一。

《飓风之季》讲述了一起发生在韦拉克鲁斯的骇人听闻的凶杀案。人们在海边发现了一具女尸,死者是附近村镇的"女巫",凶手是她的前男友。他因为害怕女子使用巫术迫使自己回到她身边而将其杀害。虽然梅尔乔在叙述中营造了血腥暴力的气氛,但《飓风之季》并不是一部侦探小说。作家并不在意追捕真凶的过程,而是着力描绘卷入"女巫"之死中形形色色的人以及他们对暴力的看法,揭示隐藏在情杀背后的社会问题。作家在题记中引用了伊瓦古恩戈伊蒂亚经典的犯罪小说《死去的女人》(*Las muertas*, 1977)开头的话:"本书讲述的部分情节是真实的。所有的人物都是虚构的。"小说中人是无数墨西哥人的文学化身,虽然每个角色都没有对应的真实原型,但他们可能就生活在读者身边,甚至就是读者自己。书中运用了大量韦拉克鲁斯地区的方言词汇,特别是一些脏话和街头混混的黑话。作家试图塑造出一种真实得甚至让普通读者感到不适的语言氛围,从而让人们认识到诞生这些暴力残忍故事的世界离自己并不遥远。

三、移民·反讽·失语:年度重要作品

除上述获奖作品外,几位青年作家的新作同样让人眼前一亮。引起广泛关注的移民题材小说《响亮的沙漠》(*Desierto sonoro*)是瓦莱里娅·路易塞利(Valeria Luiselli, 1983—)的第三部长篇小说,也是她第一部用英语撰写的小说。英文版原名《失踪儿童档案》(*Lost Children Archive*),于2019年2月出版,西语版由墨西哥小说家、翻译家丹尼尔·萨尔达尼亚(Daniel Saldaña, 1984—)与路易塞利本人共同翻译,于同年9月出版。

该书将公路小说与流亡小说的传统模式结合起来,讲述了一对夫妇带着10岁的儿子和5岁的女儿驾车从美国东部的纽约驶向西南部与墨西哥接壤的亚利桑那期间发生的故事。丈夫是录音师,妻子是记者,二人四年前因参与一个记录城市声音的项目相识,后来带着各自的孩子组成了新的家庭。他们此行的目的有两个:丈夫正在寻找最后一批向美国军队投降的阿帕切人的遗迹,妻子则希望搜集有关从南方边境偷渡至美国寻求庇护的孩子的资料。在这趟穿越美国广袤土地的旅程中,两个坐在后排的孩子既是参与者又是旁观者。他们听着父母

关于历史上的印第安人大屠杀与当下移民危机的对话，透过孩童懵懂的眼光和敏感的心灵，通过想象将历史与现实交织在一起，为读者展现了关乎家庭、国家乃至整片大陆的探索之旅。作家在小说中剖析了现代家庭关系的脆弱性，对人们记录个体存在和历史的方式提出质疑，并不断追问在一个非人的世界里生而为人的意义。

路易塞利对移民题材一直非常关注。2016年曾出版文集《走失的儿童》（*Los niños perdidos*），书写了美墨边境年轻移民群体遭受的不公待遇与生存困境。在《响亮的沙漠》中，作家对移民这一社会敏感题材进一步深挖，小说主人公的家庭之旅与数千名墨西哥儿童试图穿越边境进入美国的流亡之旅相呼应，引人深思。在美墨关系紧张、美国总统特朗普执意修建边境隔离墙的背景下，小说显得格外具有现实意义。2019年底，美国前总统奥巴马在推特账号上分享了该年度他最喜爱的书，其中就有路易塞利的《响亮的沙漠》。小说被《时代周刊》评为2019年百部佳作之一，被《纽约时报》列入年度十佳图书名录。2020年3月，路易塞利凭借此书获得了英国福里奥文学奖（Rathbones Folio Prize）。

2019年另一部引人瞩目的作品是爱德华多·拉巴萨（Eduardo Rabasa, 1978—　）的短篇小说集《命运是一只向你发号施令的兔子》（*El destino es un conejo que te da órdenes*）。拉巴萨毕业于墨西哥国立自治大学政治学系，从学生时代起就对不同领域中的权力关系及其复杂性产生了浓厚的兴趣，毕业论文即以乔治·奥威尔作品中的权力观为题。他的处女作《零和》（*La suma de los ceros*, 2014）也是一部政治讽刺小说，在塑造带有墨西哥风格的"老大哥"的同时，生动刻画了因恐惧和怯懦向权力屈服、丧失底线之人的可悲与不幸。第二部长篇小说《黑腰带》（*Cinta negra*, 2016）则以幽默的口吻，通过讲述主人公费尔南多在追求象征公司高层精英的黑腰带的过程中所发生的一系列滑稽可笑的故事,反思了利益至上的企业文化对员工的影响。在公司只求结果、不问过程的氛围里,人们为了升迁不计代价,在不知不觉中沦为没有灵魂的劳动机器,自愿放弃了自己应有的权利。

2019年的新作《命运是一只向你发号施令的兔子》延续了拉巴萨一贯的讽刺幽默风格。书名源自电影《死亡幻觉》(Donnie Darko)中神秘的兔子人及片尾曲《疯狂的世界》("Mad World"),其讽刺对象一目了然。八个短篇主题各异,暴力、种族主义、贫富分化、阶级歧视等社会问题以荒诞不经的方式逐一展现在读者面前。作家试图探究日常生活中、家庭里、伴侣间及职场中的权力关系,而反讽的手法和黑色幽默的写作风格将现实推到荒唐的极致,将人们习以为常的种种不合理之处暴露在聚光灯下。拉巴萨在接受采访时指出:"在墨西哥这样一个荒诞的事如同每天吃的面包一样司空见惯的国度,讽刺手法尤为有益。"(Marcial Pérez)有评论认为,拉巴萨为每个叙事者安排了独一无二的声音,将想象力发挥得淋漓尽致,精湛的叙事才能令人赞叹。(Pliego)

同样因作品中的黑色幽默色彩而备受瞩目的是豪尔赫·科门萨尔(Jorge Comensal,1987—)的《突变》(Las mutaciones)。该小说曾在2016年由羚羊出版社(Antílope)出版,2019年由塞依斯·巴拉尔出版社(Seix Barral)重新推出。在第33届瓜达拉哈拉国际书展上,科门萨尔入围2019年度八位墨西哥青年才俊名单,《突变》一书引发评论界与读者的热议,该书的英语、意大利语、法语、德语等译本也相继问世。文学评论家克里斯托弗·多明戈斯·迈克尔(Christopher Domínguez Michael,1962—)将小说主人公比作墨西哥版的伊凡·伊里奇,并认为:"在近年来的墨西哥小说中,几乎没有一部能像科门萨尔的《突变》一样令我印象如此深刻。"

在小说中,科门萨尔用幽默的语调讲述了一个喜剧外壳包裹下的悲剧故事。主人公拉蒙本是一位能言善辩的律师,来势汹汹的癌症却使他被迫切除了舌头。在拉蒙深陷无法言语的痛苦之时,女佣埃洛迪亚为了让他振作起来,从集市上买来一只脾气暴躁的秃毛鹦鹉贝尼托,希望它能够代替拉蒙说话,帮拉蒙与人沟通,一段荒诞而讽刺的故事由此展开。通过描写拉蒙的妻子、孩子、主治医生等人对待拉蒙因舌癌失语一事的不同态度,作家试图展现社会对癌症的种种偏见,更着重探讨了言说的重要意义。科门萨尔在接受采访时表示,当人们被剥夺了用语言表达自己的能力,作为社会人的自我便在客观上被孤立起来了。失语让我们变成了流亡者,被世界排斥在外。(Romero)如何发声不仅是书中以说话为业的律师要解决的现实问题,更是身处复杂国际环境中的墨西哥需要思考的问题。

结语

回顾 2019 年的墨西哥文坛,"50 后""60 后"作家在国内外文学大奖的评选中备受青睐。他们中既有墨西哥文学传统的建构者和捍卫者,也有墨西哥文学文化的研究者与推广者,他们的获奖可谓实至名归。与此同时,一批兼具家国情怀与国际视野的"70 后""80 后"作家也已脱颖而出。他们勇于书写移民、贫富分化、暴力、疾病等全人类面临的共同问题,许多作品采用讽刺的笔法,题材的选择与情节的设计都带有黑色幽默的色彩。正如拉巴萨所言:"幽默是让恐怖的现实不那么难以忍受的唯一方法。"(Vega)面对复杂多变的国内外局势与问题重重的社会现状,年轻一代作家努力探索属于自己的言说方式,他们的作品值得期待。

参考文献：

Aguilar Sosa, Yanet. "Guillermo Sheridan: Jorge Ibargüengoitia tuvo el valor civil de enfrentar al régimen." *El Universal.* 6 Apr. 2019. Web. 3 Feb. 2020.
<http://www.eluniversal.com.mx/cultura/sheridan-ibarguengoitia-tuvo-el-valor-civil-de-enfrentar-al-regimen>.

Alcaraz, Yetlaneci. "La escritora mexicana Fernanda Melchor recibe el Premio Internacional de Literatura 2019." *Proceso.* 18 Jun. 2019. Web. 10 Jun. 2020.
<http://www.proceso.com.mx/588814/la-escritora-mexicana-fernanda-melchor-recibe-el-premio-internacional-de-literatura-2019>.

Alejo Santiago, Jesús. "Fabio Morábito gana premio Xavier Villaurrutia de Escritores." *Milenio.* 30 Apr. 2019. Web. 16 Jun. 2020.
<http://www.milenio.com/cultura/fabio-morabito-gana-premio-xavier-villaurrutia>.

—. "Reconocen la trayectoria de Sheridan, un 'provechoso opositor'." *Milenio.* 7 Apr. 2019. Web. 19 Jun. 2020.
<http://www.milenio.com/cultura/reconocen-la-trayectoria-de-sheridan-un-provechoso-opositor>.

Boullosa, Carmen. *La aguja en el pajar.* Madrid: Visor Libros, 2019.

Casa de América. "Carmen Boullosa, XIX Premio Casa de América de Poesía Americana." *Casamérica.* 24 Sept. 2019. Web. 10 Jun. 2020.
<http://www.casamerica.es/es/carmen-boullosa-xix-premio-casa-de-america-de-poesia-americana>.

Comensal, Jorge. *Las mutaciones.* Barcelona: Seix Barral, 2019.

—. *Las mutaciones.* México: Antílope, 2016.

Domínguez Michael, Christopher. "Novísimos. Nuestro Iván Ilich." *El Universal.* 31 May 2017. Web. 8 Jun. 2020.
<http://www.eluniversal.com.mx/entrada-de-opinion/columna/christopher-dominguez-michael/cultura/2017/05/31/novisimos-nuestro-ivan>.

EFE. "La escritora mexicana Fernanda Melchor recibirá el Premio Anna Seghers." *EFE.* 14 May 2019. Web. 8 Jun. 2020.
<http://www.efe.com/efe/america/mexico/la-escritora-mexicana-fernanda-melchor-recibira-el-premio-anna-seghers/50000545-3976010>.

Gómez de Montis, María. "Carmen Boullosa, premio Casa de América: contra la muerte del planeta, poesía." *EFE.* 18 Nov. 2019. Web. 12 Jun. 2020.
<http://www.efe.com/efe/espana/cultura/carmen-boullosa-premio-casa-de-america-contra-la-muerte-del-planeta-poesia/10005-4113695>.

Huerta, David. "El mejor poema del mundo. Discurso del Premio FIL de Literatura en Lenguas Romances 2019." *Nexos.* 30 Nov. 2019. Web. 23 Jun. 2020. <https://cultura.nexos.com.mx/?p=18956>.

Luiselli, Valeria. *Desierto sonoro.* Trans. Daniel Saldaña y Valeria Luiselli. México: Sexto Piso, 2019.

—. *Los niños perdidos.* México: Sexto Piso, 2016.

—. *Lost children archive.* New York: Vintage, 2019.

Marcial Pérez, David "Literatura mexicana a ras de suelo." *El País.* 2 Dec. 2019. Web. 19 May. 2020. <https://elpais.com/cultura/2019/12/01/actualidad/1575233887_633475.html>.

Melchor, Fernanda. *Aquí no es Miami.* Oaxaca: Almadía, 2013.

—. *Falsa liebre.* Oaxaca: Almadía, 2013.

—. *Mi veracruz.* Veracruz: Ayuntamiento de Veracruz, 2008.

—. *Temporada de huracanes.* México: Literatura Random House, 2017.

Morábito, Fabio. *El lector a domicilio.* México: Sexto Piso, 2018.

Pliego, Roberto. "La promesa del desfiladero." *Milenio.* 23 Nov. 2019. Web. 19 May. 2020. <http://www.milenio.com/cultura/laberinto/destino-conejo-ordenes-eduardo-rabasa-critica>.

Rabasa, Eduardo. *Cinta negra.* Logroño: Pepitas de Calabaza, 2016.

—. *El destino es un conejo que te da órdenes.* Logroño: Pepitas de Calabaza, 2019.

—. *La suma de los ceros.* Oaxaca: Sur+, 2014.

Redacción El Universal. "El escritor Guillermo Fadanelli gana por unanimidad el Premio Mazatlán de Literatura 2019." *El Universal.* 16 Feb. 2019. Web. 21 Jan. 2020. <http://www.eluniversal.com.mx/cultura/letras/el-escritor-guillermo-fadanelli-gana-el-premio-mazatlan-de-literatura-2019>.

Rivera, Niza. "El ensayista y narrador Héctor Perea es 'Premio Internacional Alfonso Reyes' 2019." *Proceso.* 3 Sept. 2019. Web. 23 Jun. 2020. <http://www.proceso.com.mx/598213/el-ensayista-y-narrador-hector-perea-es-premio-internacional-alfonso-reyes-2019>.

Romero, Ruth. "Jorge Comensal presenta *Las mutaciones* en Guadalajara." *Informador.* 21 Jun. 2019. Web. 4 Jun. 2020. <http://www.informador.mx/cultura/Jorge-Comensal-presenta-Las-mutaciones-en-Guadalajara-20190621-0133.html>.

Talavera, Juan Carlos. "'El lector a domicilio', nueva novela de Fabio Morábito."

Excelsior. 12 Jan. 2019. Web. 15 Jun. 2020.
<http://www.excelsior.com.mx/expresiones/el-lector-a-domicilio-nueva-novela-de-fabio-morabito/1289796>.

Vega, Néstor Ramírez. "El humor hace tolerable lo terrible: Eduardo Rabasa." *El Universal.* 2 Feb. 2020. Web. 19 May 2020.
<http://www.eluniversal.com.mx/cultura/letras/el-humor-hace-tolerable-lo-terrible-eduardo-rabasa>.

作者单位：北京外国语大学中文学院、首都师范大学外国语学院

2019年葡萄牙文学概览

金心艺

内容提要：2019年，葡萄牙80后、90后作家越发活跃，其中，女性作家的表现尤为突出。该年度的小说创作依然延续以真实案件或社会事件为素材、纪实调查与虚构创作相结合的趋势，审视并批判社会阴暗面，以个体经历折射社会现实，同时持续关注难民和移民的生存问题，反思历史；诗歌创作则愈发朝抽象化、哲理化的道路发展，揭示人与时间、世界、文明之间的复杂关系；一些作家在体裁或创作手法上实现突破；总体创作基调略显灰暗。本文将从年度小说作品、年度诗歌作品和其他类型文学作品三个方面出发，为读者介绍2019年葡萄牙文学概况。

一、年度小说作品：真实与虚构、现实与批判

2019年10月，葡萄牙青年作家阿丰索·雷斯·卡布拉尔（Afonso Reis Cabral，1990— ）凭借长篇小说《糖面包》（*Pão de Açúcar*，2018）斩获2019年度萨拉马戈文学奖，受到媒体及评论界的广泛关注及好评。

《糖面包》是卡布拉尔的第二部长篇小说，取材于一个真实事件：

2006年，波尔图警方在一处名为"糖面包"的大楼工地里发现一具尸体，死者是从巴西非法移民到葡萄牙的变性人吉斯贝尔塔，法医证实，她在死前曾遭受数日的毒打及虐待，最后被扔进十五米深的水井，溺水而亡，犯下这一残忍罪行的竟是一群12岁到16岁不等的青少年。该案件令葡萄牙举国哗然，引起社会各界的激烈讨论。12年后，人们逐渐淡忘了这桩惨案，卡布拉尔却从中找到了创作的切入点。他对当年涉及此案的所有文献做了详尽的阅读和调查，与相关人员交谈，走访案件相关地点，甚至研究了案发期间的天气状况等诸多细节，却没有将这本书作为非虚构文学去创作。事实上，出于对未成年犯罪者的保护，该案件从未在警方调查和媒体报道中得到全面、充分的剖析，卡布拉尔正是以此为出发点，在尊重事实材料的基础上，找到了虚构而不失真实的创作空间。他把叙事焦点对准这群青少年罪犯，向读者揭示了一个从未被触及的主题：究竟是什么让一群孩子面对吉斯贝尔塔，从心怀善意甚至些许依恋的友好开端，走向只有小说才能重现的可怕结局。(Notícia)卡布拉尔从犯罪团伙中的一员——少年拉斐尔的第一人称视角，深入挖掘这群青少年的心理和精神世界，展现他们的挫折与迷茫、脆弱与愤怒、恐惧与仇恨，还有"平庸之恶"与"沉默的良心"；(Notícia)同时，正如学者保罗·塞拉所说，本书也揭露了一座城市乃至一个国家对吉斯贝尔塔所属的弱势群体毫无怜悯的阴暗面（Serra, 260）。卡布拉尔的笔调简洁克制，人物语言逼真、形象鲜活，他能对读者早已了然于胸的事件进行巧妙的重组，以强劲的节奏呈现人物在短短七周内快速发酵的群体心理意识，同时又对悬念的设置有着很好的掌控力，这在年轻作家中实属难得。

萨拉马戈文学奖成立于1999年，每年嘉奖一位当年不超过

35 岁的优秀葡语作家，卡布拉尔是该奖项历史上第一位 90 后。他 15 岁出版首部诗集《冷凝》(*Condensação*)，后凭借长篇处女作《我的兄弟》(*O Meu irmão*, 2014) 获得雷亚文学奖 (Prémio LeYa, 2014)、大卫·莫朗-费雷拉欧洲奖 (Prémio Europa David Mourão-Ferreira, 2017) 与文学新人奖 (Prémio Novos na categoria de Literatura, 2018)。2019 年，卡布拉尔沿葡萄牙二号国道徒步旅行七百多公里，将沿途所见所感写成游记出版，即为最新作品《带我走吧》(*Leva-me contigo*)。

2019 年 10 月 16 日，葡萄牙作家协会中长篇小说大奖 (2008) 得主茹列塔·蒙吉尼奥 (Jolieta Monginho, 1958—) 以长篇小说《道路中央的一道墙》(*Um Muro no Meio do Caminho*) 获 2019 年度费尔南多·纳莫拉奖 (Prémio Fernando Namora)，并于同年 11 月拿下葡萄牙笔会小说奖 (Prémio PEN Clube Português)。这是蒙吉尼奥的第 11 部作品，从一位难民营志愿者的视角出发，观察并讲述一群难民为躲避战乱，逃到希腊某营地艰难求生的故事。在等待与追寻希望的漫漫长路中，来自欧洲的志愿者和文化背景截然不同的难民不断遇到沟通与理解的壁垒，面临着生存、融合与价值体系的严酷挑战。小说中只有志愿者 J 在现实生活中有原型，其余全是虚构人物，然而，蒙吉尼奥在其中融入了亲身经历并借鉴了许多真实案例：2016 年，她曾在希腊希俄斯岛做过志愿者，回到葡萄牙后，又在本地政府部门处理与难民相关的事务 (Público)，这使得她的书写呈现出极高的真实性，对欧洲就难民问题所持态度的反思和批判也具有重要的现实意义。

2019 年 12 月 5 日，海洋葡语文学奖 (2019) 前三名揭晓，其中，80 后安哥拉裔葡萄牙女作家翟米丽娅·佩雷拉·德·阿尔梅达

（Djaimilia Pereira de Almeida，1982—　）以长篇小说《罗安达，里斯本，天堂》(*Luanda*，*Lisboa*，*Paraíso*，2018）揽下第一名[1]。该作品还获得2018年度伊内斯·德·卡斯特罗基金会文学奖（Prémio Literário Fundação Inês de Castro）和2019年度埃萨·德·凯罗斯基金会文学奖（Prémio Literário Fundação Eça de Queiroz），并进入2019葡萄牙作家协会（APE）中长篇小说大奖的决选名单。作品细致入微地描述了后殖民时代，非洲葡语国家移民在葡萄牙的边缘化处境，展现了他们的孤独、幻想与希望的破灭。

　　2019年4月与11月，阿尔梅达又先后为读者带来两部新作：杂文及短篇故事集《以脚着色》(*Pintado com o Pé*）和中篇小说《植物的视像》(*A Visão das Plantas*）。后者的创作灵感来自葡萄牙著名作家劳尔·布兰当（Raul Brandão，1867—1930）的代表作品《渔民》(*Os Pescadores*，1923）。阿尔梅达选取了其中一个人物——老船长塞莱斯蒂诺——作为新小说的主人公。根据布兰当的描述，塞莱斯蒂诺有着腥风血雨的过往，晚年却独自一人回到家乡的祖宅，守着后院里的花草树木，平静地等待死亡。阿尔梅达没有进一步交代老船长的历史，只以闪回的方式透露出些许影像，却着重描写了他如何悉心打理后院，以及植物、虫鸣和风雨阳光如何成为老人生活的全部。正如小说所述，植物看待失明的老园丁，没有怜悯同情，也没有审视批判；植物也不关心老园丁的死活，如果他死了，它们就自由生长，占领整座老宅。对塞莱斯蒂诺来说，大海从未给他带来生活，后院里植物的漠然却能带来慰藉，满足他抹除身份的需求。阿尔梅达曾在接受媒体采

---

[1] 由于该作家有较强烈的安哥拉身份认同感，已作为安哥拉作家被写入《2018年非洲葡语文学概览》（周淼、季朝阳，211—226），读者也可从该文中查阅作品《罗安达，里斯本，天堂》的详细介绍。

访时表示,《植物的视像》与《罗安达,里斯本,天堂》一样,关注"不对称关系中权力所在不甚明朗"的现象(Jornal de Letras),但显然,小说迷雾般的叙事手法将主题的边界也模糊化了,无论是后殖民时代的权力关系,还是历史遗留的身份问题,抑或审判与救赎、生命与死亡,事实上,读者可以在这部作品中挖掘出不同层面的主题。

2019年海洋文学奖第二名的获得者是葡萄牙知名女作家杜尔塞·玛丽亚·卡多佐(Dulce Maria Cardoso, 1964—),获奖作品为长篇小说《埃利艾特》(*Eliete*, Tinta da China)[2]。作品展现了一位中产阶级女性在乏味的当代社会、空虚的城市生活和社交网络中所产生的孤独感("Prêmio Oceanos 2019"),以及她如何通过精神的流亡去体认自身存在的状态。除此之外,该奖项决选名单中还有多部葡萄牙长篇小说值得关注,例如2009年萨拉马戈文学奖得主若昂·托尔多(João Tordo, 1975—)[3]的《请教我在屋顶上飞翔》(*Ensina-me a voar sobre os telhados*),以及新锐作家若泽·加尔迪亚扎保(José Gardeazabal, 1966—)的首部长篇政治小说《半人半鲸》(*Meio Homem Metade Baleia*)。

2019年9月,葡萄牙文坛老将安东尼奥·洛博·安图内斯(António Lobo Antunes, 1942—)出版了第30部长篇小说《海的彼岸》(*A Outra Margem do Mar*),他将目光投向1961年安哥拉北部马兰热省卡桑热下区的棉花种植园。那里的工人不堪压迫发动起义,导致葡萄牙武装部队发动空袭,屠杀了数千名非洲人。该事件最终成为安哥拉独立战争的导火索。在这一背景下,来自安哥拉本土或"海的彼岸"(葡萄牙)的众多人物纷纷上场,安图内斯再次以标志性的

2　关于作家生平及作品详细介绍,可查阅《2018年葡萄牙文学概览》(金心艺,416—433)。
3　关于作家概况,可查阅《2017年葡萄牙文学概览》(金心艺,439—455)。

多声部叙事、意识流、时空场景的并置与交错等手法,将人在历史和记忆的巨轮碾压下看不到方向和终点的漂流状态赤裸裸地呈现在读者眼前。

2019年1月,葡萄牙著名女作家迪欧琳达·热尔桑(Teolinda Gersão,1940—)发表短篇小说集《"门后"与其他故事》(*Atrás da Porta e Outras Histórias*)。该书由十四个故事组成,忧郁和悲观的基调贯穿始终,人物既有活得平凡而籍籍无名的男男女女、被疯狂的世界所折磨的精神病人,也有20世纪80年代白手起家,却被腐败社会湮没的女银行家,书中有大段的内心独白,或述说个人生活无处不在的缺憾,或对战争、腐败等国际性问题进行抨击;他们都为颓乏的日常生活与病态的社会感到窒息,试图找到存在的意义却始终看不到逃离的可能。

热尔桑是葡萄牙当代最重要的女作家之一,至今共有十八部作品出版,《"门后"与其他故事》是其第五本短篇小说集。她的作品已被译介到二十个国家,曾获葡萄牙作家协会中长篇小说大奖(1995)、葡萄牙笔会小说奖(1982/1990)、费尔南多·纳莫拉文学奖(2001/2015)以及卡米洛·卡斯特洛·布兰科短篇小说大奖(2017)等多个重要奖项。2018年,热尔桑荣获马奎斯世界名人录终身成就奖(Marquis Lifetime Achievement Award)。

二、年度诗歌作品:人,时间,世界

2019年3月,葡萄牙诗人、文论家及学者费尔南多·吉马良斯(Fernando Guimarães,1928—)出版了诗集《石畔》(*Junto à Pedra*),并于2020年6月凭借此作斩获2019年度葡萄牙作家协会玛丽亚·阿玛利亚·瓦斯·德·卡尔瓦略诗歌大奖(Grande Prémio de

Poesia Maria Amália Vaz de Carvalho）。吉马良斯于 1956 年开始发表诗作、文论、小说和戏剧，多次获得重要葡语文学奖项，如葡萄牙作家协会诗歌大奖（1992 / 2006 / 2013）、葡萄牙笔会诗歌奖（1989 / 2012）等。

作为葡萄牙 20 世纪下半叶至今颇具代表性的哲学家诗人，吉马良斯的诗歌总是与其哲学、美学文论中的思想保持高度一致，具有鲜明的哲学表现力，言说先于抒情，诗中的隐喻和形象也往往是为了表达哲思，因此简明、清晰、立意深刻。《石畔》就是这样一部与众不同的作品。开篇题记便向读者点明了书名中的"石头"所指为何，即中世纪英格兰逻辑学家奥卡姆的威廉（Guilherme de Ockham）提出的简约法则——"奥卡姆剃刀"[4]。根据该原则，我们对世界的认知需要被净化，要剔除那些繁杂的、代表事物"普遍本质"的名词和概念，回归偶然、自发的主观个体经验，从而认识到生命的独特性。吉马良斯将全书 96 首诗分为四个部分："关于奥卡姆剃刀 I"（38 首）、"耕种"（15 首）、"关于奥卡姆剃刀 II"（34 首）和"在西斯廷礼拜堂"（9 首）。除最后一部分的 9 首诗严格按照三节四行诗体写成以外，其余诗歌均为行数不等的单节诗。如果说第一、三部分的诗歌是诗人对哲学立场的直接思考与探讨，那么第二、四部分则是对这种哲学观的实践，以诗性语言为认知工具，重新审视人与自然、宇宙的关系以及人类文明留下的艺术瑰宝。整部作品有强烈的结构感和统一性，虽为哲学诗，但其语言同样具有"简约""净化"的特点，且与本国当代文坛常见的隐晦诗风形成鲜明对比。

2019 年 5 月，葡萄牙著名女作家莉迪亚·若热（Lídia Jorge，1946—　）出版首部诗集《暂息书》（*O Livro das Tréguas*）。书名中的

---

[4] 即"如无必要，勿增实体"。

"暂息"是相对于作者的小说创作生涯而言的。事实上，从1980年起，莉迪亚就以小说作品享誉葡语文坛，如今她的小说已被译成二十多种语言，近二十次获得国内外重要文学奖项。相较于堪称辉煌的小说成就，莉迪亚的诗歌则鲜为人知。在这部《暂息书》中，莉迪亚选择了五十首写于不同时期的诗歌，将它们按"起源""训诫""事实""传说"和"时间"五个篇章分组排列，形成了一部带有自传性质的诗集。然而，正如莉迪亚在小说中擅长以个体为切入点展现整个社会的时代变迁，她在诗集中对自我的书写，也同样涵盖了与人类、世界和时间相关的宽广主题。例如，"起源"部分的诗歌明显带有《创世记》的影子，其中"诞生"与"童年"的概念包含了"我""我们/世界"和"文字/文本"三层主体；"训诫"部分的诗歌与中世纪书写女性心声的抒情歌谣、家族女性世代承续的传统价值以及20世纪葡萄牙女权先锋作品等交相辉映，集中表达了莉迪亚的女性主义立场；"事实"体现了诗人作为见证者，对当下社会现实的热切关注；"传说"则历数了诗人智识成长过程中起到关键性作用的小说与真实生活中的人物，犹如一部个人"神话史"，在时间的长河里徐徐展开；最后的篇章，诗人直面"时间"这一终极主题，指出时间的永恒性就存在于我们对世间生活的凝视之中。《暂息书》让读者领略到莉迪亚·若热作为诗人的才华和创造力，是2019年葡萄牙文坛的一大惊喜。

2019年11月，葡萄牙笔会诗歌奖揭晓，获奖者为青年女诗人塔蒂安娜·法雅（Tatiana Faia, 1986—　），获奖作品为《雅典的一个房间》（*Um Quarto em Atenas*）。法雅目前在英国生活，从2011年开始出版作品，《雅典的一个房间》是其第三部诗集。和莉迪亚·若热的《暂息书》不同，法雅在这部诗集中将时间与人类精神或身体的游离状态相联系。笔会评审团发言人保罗·若泽·米兰达（Paulo José Miranda）认为，《雅典的一个房间》充满了对时间的追怀，这时间是逝去的历史，属于古典神话和过去的诗人（PEN Club Português），而我们自身所在的时间却在混乱糟糕的社会环境中被全然忽略了。法雅在这部作品中展现出对长诗的驾驭能力，她用浪潮般此起彼伏、娓娓道来的诗句，揭示了当代人"在别处"的生存现状。

2019年5月，格洛丽亚·德·圣安娜国际葡语文学奖揭晓，85后女诗人萨拉·F. 科斯塔（Sara F. Costa, 1987— ）凭借其第五部作品——诗集《饥饿变形术》（*A Transfiguração da Fome*）——将该奖收入囊中。科斯塔是近年来活跃于中国和国际各大诗歌节的葡萄牙新锐诗人，曾在中国学习和生活。《饥饿变形术》是一部超现实主义色彩浓厚的诗集，70首作品组成了一幅幅光怪陆离的都市与自然图景，诗人的视角时而如横冲直撞的普通行人，时而如俯瞰城市的上帝，时间与空间仿佛可以流动，其中一些诗具有明显的东方元素，例如"宇宙中心"，写的正是被戏称为"宇宙中心"的北京五道口。透过频繁跳跃的碎片化意象，我们可以看到人在现代生活洪流下的忧郁与不安。

三、其他类型文学作品

2019年7月，葡萄牙作家协会颁布本年度爱德华多·普拉多·科埃略杂文大奖（Grande Prémio de Ensaio Eduardo Prado APE），获奖者是波尔图大学文学院的助理教授乔安娜·马托斯·弗里亚斯（Joana Matos Frias，出生年份不详），获奖作品是《图像的私语》（*Murmúrio das Imagens*）。该书试图重构"诗歌"与"图像"之间的联系，探讨两者之间的历史渊源，是一部横跨修辞学、诗学和美学的跨学科文集。

葡萄牙作家协会还公布了文学专栏及散文大奖（Grande Prémio de Crónicas e Dispersos Literários），作家马里奥·德·卡瓦略（Mário de Carvalho, 1944— ）凭借《我在苹果桶里听见了什么》（*O que eu ouvi na barrica das maças*）揽下该奖。作品集结了卡瓦略20世纪八九十年代撰写的专栏文章，凝聚了作者以不同身份对社会诸多方面进行的多维度观察与思考。

2019年2月，一部十分特殊的费尔南多·佩索阿（Fernando Pessoa, 1888—1935）英文传记在葡萄牙问世，书名为《多面诗人：传记与诗选》（*The Poet with Many Faces: A Biography and Anthology*，下文简称《多面诗人》）。佩索阿是葡萄牙20世纪最著名的代表性诗人，曾于1896—1904年随家人赴南非生活，而《多面诗人》的作者——英国学者休伯特·D. 詹宁斯（Hubert D. Jennings, 1896—1991）则在第一次世界大战结束后移居南非，进入佩索阿曾经就读的德班高中工作，机缘巧合下了解到这位天才诗人的经历与作品。《多面诗人》成稿于20世纪70年代初，是英语世界第一部讲述佩索阿生平的传记，其中包含的30余首译诗也是最早的佩索阿诗歌英译本之一。该书原计划于1974年出版，却因葡萄牙爆发康乃馨革命而作罢。后来手稿一度遗失，直到2013年才被重新发现。此次出版的成书经过编订者严格的校对、修订与增补，在作者完稿近半个世纪后的今天，依然能为热爱佩索阿的读者们带来新的内容和启发。

结语

综上所述，2019年的葡萄牙文坛主要是青年作家尤其是女性作家的舞台，但一些文坛老将依然稳定产出新作，甚至为读者带来惊喜。小说创作方面，作家们延续前几年的趋势，在事实调查或真实经历的基础上进行虚构和再创造，审视与批判当代社会痼疾，强调个体生命体验同样可以折射出现实社会普遍的阴暗面，同时持续关注难民和移民问题，反思过往历史；诗歌创作则以净化语言和抽象化的表达方式为特点，哲思程度较高，深度挖掘人与时间、世界以及文明之间的复杂关系。不少作家在创作手法或体裁上实现了突破，对当前社会的书写表现出一定的忧虑和悲观色彩。随着 2019 年过去，葡萄牙以及国际社会也将面临全新的考验，作家们会有怎样的视角、遇见怎样的挑战，让我们拭目以待。

参考文献：

Duarte, Luís Ricardo. "Djiaimilia Pereira de Almeida: Literatura, liberdade e alegria". Jornal de Letras. 2 Jan. 2020. Web. 6 Jun. 2020.
<https://visao.sapo.pt/jornaldeletras/letras/2020-01-02-djaimilia-pereira-de-almeida-literatura-liberdade-e-alegria-2/>.

Notícia. "Afonso Rei Cabral vence o Prémio Literário José Saramago de 2019". Fundação José Saramago. 8 Oct. 2019. Web. 3 Jun. 2020.
<https://www.josesaramago.org/afonso-reis-cabral-vence-o-premio-literario-jose-saramago-de-2019/>.

—. "Cerimónia de Entrega dos Prémios PEN 2019." PEN Club Português. 13 Dec. 2019. Web. 4 Jun. 2020.
<http://www.penclubeportugues.org/cerimonia-de-entrega-dos-premios-pen/>.

—. "Prêmio Oceanos 2019". 5 Dec. 2019. Web. 4 Jun. 2020.
<https://associacaooceanos.pt/premio-2019/>.

Pereira, Ana Cristina. "Um livro urgente". Público. 15. Jul. 2018. Web. 30. Jun. 2020.
<https://www.publico.pt/2018/07/15/opiniao/cronica/um-livro-urgente-1832246/>.

Silva, João Céu e. "O romance do traveca assassinado por gunas desalmados". Diário de Notícias. 16. Sept. 2018. Web. 3. Jun. 2020.
<https://www.dn.pt/cultura/o-romance-do-traveca-assassinado-por-gunas-desalmados-9911454.html>.

Serra, Paulo. "Afonso Reis Cabral, *Pão de Açúcar.*" Revista Colóquio/Letras, No. 202, Fundação Calouste Gulbenkian, setembro/dezembro de 2019, pp. 258-260.

金心艺:《2017 年葡萄牙文学概览》,《外国文学通览:2017》,北京:外语教学与研究出版社,2018 年。

——:《2018 年葡萄牙文学概览》,《外国文学通览:2018》,北京:外语教学与研究出版社,2019 年。

周淼、季朝阳:《2018 年非洲葡语文学概览》,《外国文学通览:2018》,北京,外语教学与研究出版社,2019 年。

作者单位:北京外国语大学西班牙语葡萄牙语学院

2019年日本文学概览[1]

秦 刚

内容提要：日本是唯一沿用年号纪元的国家，因明仁天皇生前退位，2019年成为"平成"与"令和"的交替之年。平成时代的日本文学将如何定位？令和时代的文学将如何开启？本年度为日本文学总结既往、瞻望未来提供了绝佳的历史时机。本文试从历史题材创作、跨语际写作、女性文学、科幻文学、年度文学主题等几方面概述2019年日本文坛的热点与动向，并重点介绍获主要文学奖项的作品。

2019年4月30日，明仁天皇退位，平成时代落下帷幕。5月1日德仁天皇即位，日本开启了令和时代。这也是日本宪政史上首次因天皇生前退位而改元。官方强调新年号出自日本最早的和歌总集《万叶集》，但随即有民间人士指出，被认定为出典的歌序中的词句，源于对东汉张衡《归田赋》中词句的化用。对新年号的诠释，凸显出文化传统必然是重塑民族与国家认同的重要资源。在求新求变的一年

---

[1] 本文为国家社科基金重大项目"新世纪东方区域文学年谱整理与研究2000—2020"（17ZDA280）的阶段性成果。本文在2020年5月15日《文艺报》发表的文章《改元之年的日本文学》基础上改写而成。

中，文学如何记录和镌刻这个时代？本文将对改元之年的日本文学的动态与创作略做概述。

一、改元之年的历史回望

令和改元是一次经过事先计划的纪元更替，这为回首平成时代31年的文学成果提供了机遇。2019年3月《朝日新闻》根据120位书评家和文化人的问卷调查公布了"平成的30本书"，其中村上春树（むらかみはるき，1949— ）的长篇小说《1Q84》位列榜首。文艺期刊《新潮》2019年5月号以"平成的终结"为主题，刊出了26位作家的对于改元的思考与感想，小说家平野启一郎（ひらのけいいちろう，1975— ）概括说："我对于平成的印象，就是时代自身始终处于'寻找自我的旅途'中。"小说家中村文则（なかむらふみのり，1977— ）对互联网时代毫无责任担当的话语在网络空间与政治领域泛滥的现象做出尖锐批评，强调有必要以文学的力量进行对抗。文艺期刊《昴》5月号策划的"平成与文学"特辑中，高桥源一郎（たかはしげんいちろう，1951— ）与斋藤美奈子（さいとうみなこ，1956— ）以对谈的方式"回顾平成时代的小说"，两位作家还分别列出了"思考平成"的10部代表性作品；评论家佐佐木敦（ささきあつし，1964— ）的《我的平成文学编年》一文，为平成31个年份逐一选取了年度代表作。

进入令和之后，村上春树在《文学界》上陆续发表"第一人称单数"系列短篇小说 With the Beatles（『ヴィズ・ザ・ビートルズ』）、《养乐多燕子队诗集》（『ヤクルト・スワローズ詩集』）、《谢肉祭》（『謝肉祭（Carnaval）』）等。但最引发关注的，是他在《文艺春秋》6月号发表的题为《弃猫——提起父亲时我要讲述的往事》（『猫を棄

てる——父親について語るときに僕の語ること』）的特稿，该文首次披露了 11 年前去世的父亲在战时三度应征入伍，曾参加侵华战争的往事。他在年幼时曾听父亲讲到所属部队用军刀残杀俘虏的情景，这一幕成为他从父亲那里部分继承来的关于战争施害方的"创伤"和"历史"。在这样的时间点讲述父辈经历的战争，体现了村上春树对传承战争记忆的危机意识。

历史记忆依然是本年度文坛的一个重要议题，2019 年《昴》8 月号刊出的"思考战争"特辑，体现出直面历史的意识与姿态。直木奖获奖作家奥泉光（おくいずみひかる，1956— ）和历史学者加藤阳子（かとうようこ，1960— ）以《将战争体验"体验化"的叙事》（『戦争体験を"経験化"する語り』）为题，探讨了文学话语叙说历史的可能性；同时收录的还有对作家高桥弘希（1979— ）的专访《为何现在要写战争小说？》（『なぜいま戦争小説なのか？』）；特辑中还刊发了著名学者、文艺评论家小森阳一（こもりよういち，1953— ）从东京大学退休时的最终讲义《战争时代与夏目漱石》（『戦争の時代と漱石』）。

作家赤坂真理推出的长篇小说《箱子里的天皇》（『箱の中の天皇』，2019），大胆讨论了战后"天皇制"及"象征天皇"等敏感问题，这是本年度备受关注的一部政治寓意小说。小说运用魔幻式的虚构手法，让名叫真理的主人公穿越时空，目睹了"联合国军"总司令麦克阿瑟和昭和天皇通话，隔空引来昭和天皇的灵魂，将其装进一个小盒子的场面。之后，真理在横滨遇到一位老妇，对方拿出两个形状相同的小盒子交给真理，其中一个是空的，一个装着昭和天皇的半个灵魂。老妇托付她用那个空盒去换回麦克阿瑟手里的盒子，但如果她不小心拿错，日本就有可能灭亡。作者通过兼具隐喻性和奇幻性的情节设计，让主人公与麦克阿瑟讨论昭和天皇的战争责任，向明仁天皇问询其退位的本意。在令和改元的标志性时刻，《箱子里的天皇》追问了日本"漫长的战后"的历史延续性与"象征天皇制"的未来。

在近现代历史题材的创作中，最为突出的一部当属荣获 2019 年下半期第 162 届直木奖的川越宗一（かわごえそういち，1978— ）的长篇小说《热源》（『熱源』）。这部作品以库页岛为历史舞台，讲述了两个不同国籍的历史人物的人生交集，一位是参加过日本首次南极探险的阿伊努人山边安之助，另一位是波兰文化人类学家布罗尼斯瓦夫·佩托·毕苏斯基。小说透过两个生存于民族国家夹缝中的特殊人物的人生轨迹，聚焦库页岛的原住民的近代化历程，从一个边缘化的历史视角，重构了明治初期直到二战结束的大半个世纪的东亚近代史。

二、"国语"危机与"越境文学"

作家片山恭一（かたやまきょういち，1959— ）曾在 2001 年推出销量超过 300 万册的畅销小说《在世界中心呼唤爱》。本年中他又推出了非虚构作品《在世界中心呼唤 AI》（『世界の中心で AI をさけぶ』），探讨了人工智能发展将给人类带来的深刻影响。书名的一字之差，正反映出本世纪以来 AI 技术的迅猛发展。2018 年以来，新一轮的人工智能浪潮汹涌而来，2019 年 6 月日本政府制定的《人工智能战略 2019》出台。

在由上至下渲染人工智能未来前景的潮流之下，文部科学省发布了将于 2022 年开始实施的《高中国语新学习指导要领》，将原有高中"国语"课程细分为"论理国语"和"文学国语"，侧重培养学生解读实用型文章的能力，却因此大幅压缩了经典文学作品的阅读比例。继 2015 年文部科学省提出裁撤国立、公立大学的文学部、教育学部之后，人文学科的存在意义再度遭到挑战，日本文学的经典作品有可能被挤出国语教材，文学教育将会在未来高中国语课中缺席，这一指导要领受到了教育界与文化界的强烈质疑。AI 时代应该构建怎样的人文知识体系？2019 年《昴》7 月号的"教育的变化与改变教育"、《文学界》9 月号的"文学缺席的国语教育危机"、《中央公论》12 月号的"国语大论争"等特辑纷纷对此展开热议。

本世纪以来，使用日语写作的外裔作家备受瞩目，旅居海外的日裔作家的母语写作及双语创作成就斐然，跨语际、跨国界的"越境文学"为日本文学带来了多元文化元素。生于中国台湾的日语作家温又柔（おんゆうじゅう，Wen Yourou，1980— ）和旅居德国的双语作家多和田叶子（たわだようこ，1960— ）都是其中的代表者，她们在 2019 年 1 月号《文学界》上就"移民将如何改变日语文学？"展开对谈，针对日本社会外来移民增多的未来趋势，探讨了语言与文学随之变化和丰富的可能。2019 年多和田叶子的长篇小说《被星引航》（『星に仄めかされて』）在《群像》上连载完成，这部作品是她一年前出版的长篇小说《镶嵌在地球上》（『地球にちりばめられて』，2018）的续篇，延续了在多语言文化背景中探索日语表现的未来可能性的小说主题。

两年前以首篇日语创作《独舞》步入文坛的中国台湾女作家李琴峰（りことみ，Li Qinfeng，1989— ）2019 年连续发表了《数到五即出新月》（『五つ数えれば三日月が』）、《月星夜》（『星月夜』）等反映作家自身的文化与语言越境体验兼女同性恋主题的小说，前者还入选了 2019 年上半期第 161 届芥川奖候选作品。

2019 年两部来自东亚国家的翻译作品受到日本读者的欢迎，形成了独特的文化现象。韩国作家赵南柱出版于 2016 年的小说《82 年生的金智英》(『82年生まれ、キム・ジヨン』)被译成日语在《文艺》2019年秋季号"韩国·女性主义·日本"专辑刊载,杂志上市后两次加印,累计销售1.4万册,并发行了单行本。中国作家刘慈欣获雨果奖的科幻小说《三体》(『三体』,2019)第一部的日语版出版后,首印1万册即告售罄,一周内加印十余次,销量迅速突破10万册,掀起势头强劲的"三体热"。本年度《三田文学》春季号、《SF杂志》8月号以及《文艺》2020年春季号都推出了中国科幻文学的专辑,毫无疑问,2019年是中国科幻文学进入日本图书市场的标志性年份。

三、丰富多样的女性写作

进入平成时代以来,女性文学势不可挡,在日本文学中占据越来越重要的位置。2019年女性作家的创作依然光彩夺目,各年龄层的作家都有佳作问世。

令和时代评选出的首届芥川奖和直木奖即被女性作家包揽,今村夏子(いまむらなつこ,1980—)凭借叙述两名互不相识的女性的神秘关系的著作《穿紫裙子的女人》(『むらさきのスカートの女』)获2019年上半期第161届芥川奖;大岛真寿美(おおしまますみ,1962—)则以讲述江户时代净琉璃剧作者近松半二传奇人生的《涡妹背山妇女庭训魂结》(『渦妹背山婦女庭訓魂結び』)获第161届直木奖。

诗人、小说家川上未映子(かわかみみえこ,1976—)一直通过创作探求现代社会中女性身体意识与性别角色的认知问题,她的新作《夏物语》(『夏物語』,2019)由两部构成,第一部改写了十年前的芥川奖获奖作品,描写了三名不同年龄段女性的自我身体意识的《乳与卵》，第二部则描述了八年之后主人公夏子决意通过人工授精的方式怀孕生育的心理过程和内心冲突。窪美澄（くぼみすみ，1965— ）也是一位多年来执着于女性问题书写的作家，她的长篇新作《三位一体》（『トリニティ』）获得好评，摘得2019年第36届织田作之助奖。小说讲述了经济高速增长时期在编辑部工作的三名职业女性的人生道路，"三位一体"代表三个人生选项，即在"男人、事业、婚姻、孩子"中如何取舍，三名女性的人生轨迹折射了从昭和到平成的女性史。

在以女性视角探究男女情感关系方面，凪良悠（なぎらゆう）的小说《流浪之月》（『流浪の月』，2019）独树一帜。曾经被社会定性为拐骗事件的受害方幼女与加害方的大学生在事发15年后重逢。小说交叉运用男女双方的视角，交替叙述两人重逢后的故事。他们之间确立起了不同于一般的男女之爱，也是一种难于为世俗观念所理解的依存关系。这部小说获得了由书店店员选出的2020年书店大奖。

村田沙耶香（むらたさやか，1979— ）的《生命式》（『生命式』，2019）是一部短篇小说集，收录的12篇作品营造出颠倒的未来世界，解构了男性中心主义秩序，从女性视角探究了人类生殖与死亡的本质意义。这部小说集的腰封上，印有"文学史上最危险的短篇集"的宣传语，可见其对"正常"观念与秩序的冲击力。

2019年11月获得第41届野间文艺新人奖的古谷田奈月（こやたなつき，1981— ）的《神前醉狂宴》（『神前醉狂宴』），则以发生在高级婚宴会馆的趣味横生的故事，揶揄了现代社会婚礼与婚宴虚伪的仪式感。

74岁的著名女作家村田喜代子（むらたきよこ，1945— ）凭借《飞族》（『飛族』，2019）荣获了2019年第55届谷崎润一郎奖，

作品讲述了九州的一座离岛上年龄最大的 97 岁的女性去世之后，岛内仅有 88 岁和 92 岁的两位老妇人居住，她们以捡拾海藻、钓鱼耕田为生。按岛上习俗，人们相信人死去后会变成飞鸟，因此她们开始在悬崖上练习飞升起来的鸟舞。作品在反映老龄化社会严峻现实的同时，也表达出作者理想化的生死观。

四、科幻文学的预言与越界

本世纪以来日本科幻文学异常繁荣，其创作成果也越来越被世界所关注。科幻作家小川一水（おがわいっすい，1975— ）创作的小说《天冥之标》2019 年出齐了最终卷《天冥之标 X　青叶必将丰茂》（『天冥の標 X　青葉よ、豊かなれ』）全 3 册，宣告这一历时 10 年，完成后共计 10 卷、17 本的超长篇科幻巨作最终完结。这是一部跨越千年时空、推演疫病流行如何改变人类与地球文明的超长篇"太空歌剧"，集中了末日灾难、外星智能、人体改造、太空移民、宇宙战争等几乎所有类型的科幻元素，被誉为本世纪日本科幻文学的代表作。

此外，酉岛传法（とりしまでんぽう，1970— ）的《宿借之星》（『宿借りの星』）、伴名练（はんなれん，1988— ）的短篇集《光滑的世界与它的敌人》（『なめらかな世界と、その敵』）也都是本年度大受欢迎的科幻佳作，前者也是第 40 届日本科幻大奖的获奖作品。

在纯文学创作领域，有机融合了科幻文学元素的作品早已十分常见。2019 年作家阿部和重（あべかずしげ，1968— ）推出的"神町萨迦"三部曲的完结篇《有机体》（『オーガ（ニ）ズム』）即为此类的代表。以《精育无籽大麻》（『シンセミア』，2003）、《雌蕊》（『ピストルズ』，2010）、《有机体》组成的"神町萨迦"系列融合了科幻、

推理等通俗文学元素，同时大量借用电影元素，以跨媒介式的混杂性与现代感鲜明的叙事文体为突出特点。

《有机体》的主人公和作者同名同姓，年龄、职业等个性特征也与作者高度重合。2011年东京永田町发生直下型地震，以日本国会议事堂为核心的国家行政机构彻底崩溃。震后首都东京的部分功能迁移到了山形县东根市区神町。2014年美国总统奥巴马准备访日的前夕，一名美国中央情报局特工造访阿部和重的住所，请求阿部陪同前往神町协同调查。调查的对象涉及实际控制新首都的菖蒲家族，此家族掌握着单子相传的秘笈，而且有可能策划对访日的美国总统发动核袭击。菖蒲家族明显影射天皇家族，主人公面对美国中央情报局特工时自称"属国人"，结尾处还点明，2040年的日本已成为美国的第51个州。这部作品刻意将现代史变形为虚设的"架空历史"，反而获得了在虚构中影射战后日美关系和天皇制等政治现实的穿透力。

五、"寻找自我"的年度主题

回顾2019年获得评论界好评的几部长篇小说，可以发现这些作品不约而同地呈现出一个相通的主题或结构，若用一个关键词归纳，可以借用平野启一郎用以概括平成时代特征的"寻找自我"。关于"我是谁？"的自我迷失与身份探寻，似可视作改元之年日本文学的年度主题。

2019年2月获第70届读卖文学奖的平野启一郎的小说《某个男人》(『ある男』，2018)探讨了出身、户籍、身份与真实自我之间的反差和抵牾。离婚后带着儿子从横滨回到宫崎县娘家的里枝，与林场工人谷口大祐再婚，几年后大祐突然在一场林场事故中死亡。事发一年后，从群马县赶来的大祐兄长，坚称死去的人并非他的弟弟。律师城户章良接受里枝委托，调查生前冒名谷口大祐的男性"X"的真实身份，最后发现死者的真名叫原诚实，其父亲是三重县发生的一起杀人纵火案的罪犯，为了逃脱真实身份，他和一个离家出走的原籍群马县的年轻人交换了户籍。而调查此事的律师城户是"在日"韩国人的后代，高中时虽取得了日本国籍，却仍然要面对身份歧视。同时，他正为得知妻子出轨而苦恼，内心潜藏着意欲逃离自我的愿望。这部作品是平野启一郎对多年来持续探索自我多重人格的小说主题的进一步深化。

与《某个男人》相似的核心情节，也出现在2019年3月获第53届吉川英治文学奖的作品《镜子的背面》（『鏡の背面』，2018）中，这是推理小说家篠田节子（しのだせつこ，1955— ）的新作。专门收容各类弱势女性群体的救助康复机构新艾格尼丝寮的经营者小野尚子，在一场火灾中为营救一对母女身亡，警察在尸检后却宣告尸体并非小野本人。一名作家和康复机构的工作人员一起，在记者的配合之下探寻真相，发现冒名小野尚子主持新艾格尼丝寮20多年的，竟然是一名犯下连续凶杀案的凶犯。作者以引人入胜的推理手法，探寻了身份与人格转换背后的复杂心理机制及人性中的善恶。

作家川上弘美（かわかみひろみ，1958— ）推出了题为《某》（『某』，2019）的长篇新作，其构思与上述两部作品有异曲同工之处。叙述者"我"没有性别、记忆和名字，是被称之为"某"的非人类的特殊属类，却有能变成任何一个人的特殊能力。在医师建议下，"我"先后变化为新转学的女高中生、与前者同级的男生、学校里的男性事务员、酒吧女招待、中年建筑工人等。作品的每一章"我"都会转换为新角色，在经历不同性别、年龄、个性与职业的种种人生的过程中，"我"不断获取人类体验，学会与他者建立关系，而且发现，在这个世界上"谁也不是"的"某"其实也有自己的同类。

此外，2019 年 12 月获野间文艺奖的两部作品，也都与探求自我存在的哲学主题相关。其中，获得第 41 届野间文艺新人奖的小说《逃逸线》（『デッドライン』，2019）是新锐哲学家千叶雅也（ちばまさや，1978— ）的首部文学创作。这是以 2001 年为叙述时间的一部青春小说，主人公"我"是就读于法国哲学专业的硕士研究生，他为自己的同性恋身份以及与他人的交往倍感不安，同时也在为能否如期提交德勒兹研究的硕士论文而焦虑。在思考德勒兹关于"逃逸线"和"少数"等问题的过程中，"我"在自我意识中试图突破与他者的壁垒，甚至转换女性视角体验自我存在。

获得 2019 年第 70 届野间文艺奖的松浦寿辉（まつうらひさき，1954— ）的长篇小说《人外》（『人外』，2019），是从外部视角审视整个人类的哲学小说。成为小说标题的"人外"，是从巨大的青冈树的树杈下生出的一种四脚行走的怪兽。泥土中死者的意识与记忆，经由青冈树的根须被吸入树液，化为"人外"从青冈树的树杈下落地而生。小说的叙述者"我"就是"人外"，是无数死者记忆与意识的聚合体。"我"为了寻找不知为何物的"他"，行走在疫病大流行后已化为废墟的人界，积聚起来的记忆让"我"不断展开关于生命、意识、时间的思索，既能想起过去，也能预见未来。当遇到人时，"我"又会向对方提问——"你是谁？"松浦寿辉将怪兽化叙述视角、神性般的哲学思辨与诗性化的叙事语言相结合，构筑出一部为人类意识寻找本源的实验性作品。

结语

平成时代虽已在 2019 年落下帷幕，但年号改元未必一定成为文学发展的分水岭。2019年的文学在很大程度上依然延续了平成文学的特点，女性文学空前繁荣、异彩纷呈，历史记忆的主题成为更多中青年作家的关注点，高度国际化已成为日本文学日益显著的标志性特点，科幻、推理等各种类型的文学百花齐放、争奇斗艳，相当一部分主流作品都表达了后现代社会生存境遇下深刻的身份焦虑，文学评论界保持着对现实政治和文学动向的敏锐洞察，持续警示时代性危机的存在。同时，日本文学在亚洲及欧美各主要国家的认知度与影响力也在稳步提升。

参考文献：
新潮（新潮、文艺杂志），日本：新潮社，2019年1–12月号。
文学界（文学界、文艺杂志），日本：文藝春秋，2019年1–12月号。
群像（群像、文艺杂志），日本：講談社，2019年1–12月号。
すばる（昴、文艺杂志），日本：集英社，2019年1–12月号。
文藝春秋（文艺春秋、综合杂志），日本：文藝春秋，2019年1–12月号。
<https://www.bookbang.jp/>. 读书家综合信息网站 Book Bang
<https://book.asahi.com/>. 朝日新闻 book 网站"好书好日"

作者单位：北京外国语大学日本学研究中心

2019年瑞士文学概览

陈玮

内容提要：2015年，瑞士联邦出台了2016—2020年支持出版与传播计划，四年来的努力成绩斐然，直接体现在2019年文坛出现的新气象与新成就上。文学创作持续活跃，翻译与传播积极推进。本文聚焦于2019年瑞士文学奖获奖作家及其作品在瑞士国内外的出版与传播，同时介绍2019年毕希纳文学奖及其他一些与瑞士文学有关的重要奖项，以此说明这项五年新政对瑞士这一多语言国家的多元化文坛的繁荣的推动作用。

引言

多语言性是瑞士的重要特征之一，这一点同样体现在瑞士文学创作领域。保持语言的多样化就是保持多元文化的共存，有利于加强民族凝聚力。为了保持多语言、多文化特质，瑞士联邦出台了2016—2020年支持出版与传播计划，通过一系列新政鼓励文学创作与文化传播，使得文学创作与翻译传播生机盎然。

一、瑞士文学奖——多语言国家多元文化政策的文学奖

瑞士文学奖在瑞士国内外享有广泛知名度,用于表彰在文学创作领域成绩卓越的作家,每年年初由瑞士联邦文化局授予并发布,包括 7 位来自不同语区、以过去一年中出版的优秀文学作品获得"瑞士文学奖"的作家,以及 1 位"瑞士文学大奖"获奖作家。瑞士文学大奖不同于瑞士文学奖,它是针对一位杰出作家的整体创作进行突出表彰。与此同时,与瑞士文学密切相关的翻译特别奖和传播特别奖两年一评,后者可以颁发给个人或者机构。

2019 年时值两年一度的传播特别奖颁奖年,该奖由设在法语区的洛桑大学的洛桑文学翻译中心(Centre de traduction littéraire de Lausanne)和总部设在德语区的苏黎世韦内茨豪森(Wernetshausen)的洛伦译者之家(Übersetzerhaus Looren)共同获得。

洛桑文学翻译中心成立于 1989 年,时值欧洲众墙倒塌的时刻。从那时起,该中心就通过一项重要的有关阅读、研讨会、教学培训和出版的工作计划,不懈地致力于展示文学翻译这一长期不为人知或被边缘化的艺术的重要性,思考文学翻译的利害关系,并探索其财富与乐趣。成立于 2003 年的洛伦译者之家是一个非营利的翻译家社团,来自各种背景的文学翻译家在此得到专业的翻译培训,查找资料、建立行业联系、从事翻译写作,译者之家因此成为翻译者相互交流和创作的中心,也为他们的翻译实验、思考和更新创造了一个无可取代的环境。瑞士联邦文化局将传播特别奖授予洛桑文学翻译中心和洛伦译者之家,旨在奖励它们在促进文学翻译方面的开拓性工作及其在文学调解与传播中所发挥的重要作用。

二、2019 年瑞士文学奖作家创作概述

1. 2019 年瑞士文学奖的 7 位获奖作家

2019 年 2 月 14 日在首都伯尔尼的国家图书馆举行了瑞士文学奖颁奖仪式，7 位来自不同语区的得主分别是：德语区的朱莉娅·冯·卢卡杜（Julia von Lucadou，1982— ）、帕特里克·萨沃莱宁（Patrick Savolainen，1988— ）、克里斯蒂娜·维拉格（Christina Viragh，1953— ）；法语区的艾丽莎·舒·迪萨潘（Elisa Shua Dusapin，1992— ）、何塞-弗洛尔·塔皮（José-Flore Tappy，1954— ）；意大利语区的亚历山大·赫敏（Alexandre Hmine，1976— ）、安娜·鲁查特（Anna Ruchat，1959— ）。他们均以过去一年中出版的一部优秀文学作品而获得嘉奖。

（1）朱莉娅·冯·卢卡杜的小说《高层运动衫》（*Die Hochhausspringerin*，2018）

小说讲述了心理学家仁美的故事，她被指派监视从事高层跳跃的体育明星丽瓦。丽瓦在摩天大楼顶部跳跃的惊险运动吸引了数百万的粉丝和众多的资本，也让她生活在一个镁光灯闪烁的光彩夺目的世界里。由于生活出现危机，她突然拒绝训练和继续这项运动，并拒绝与她的赞助商合作。仁美的工作是使丽瓦重新具有竞争力、重返这项高难运动。为此，心理学家被授权可以访问并获取所有可用的数据和图像，可以使用所有观察工具——每个房间中的摄像头，以及无处不在的面部识别，还可以访问所有通信数据以及健康状况档案并进行数据分析。她威胁丽瓦，若她不履行职责，就有可能被驱逐到市郊的"外围"地带，生活在贫困肮脏的环境中，无法再为社会服务。然而，患者与心理医生从未见面，监视病人的医生也不断受到监视，因为在这

个似乎一切皆有可能的世界上,提供高质量的工作很重要。服从成为一种美德,人体的生理能力成为最宝贵的财富。仁美终于明白她和丽瓦都不想让自己适应一个看似很炫酷,实则很冷酷的未来,二人想以值得生活的方式活在当下。

这个监视计划以失败而告终,但卢卡杜却因此成功地揭示出一个极权主义的卫生系统。医疗保健行业一直在探索将医疗保健应用数据和客户数据标准化,以形成与保费相关的健康档案,当局靠大数据无微不至地照顾其公民,而这些福利只被精英之城的少数人所乐享,那些挣扎在贫病交加、犯罪猖獗的城郊的"外围"人则与此无缘。但海量的信息泛滥成灾,成为文明消亡的一部分原因,所有数据、信息以及监视措施都无法阻止丽瓦的个人危机。新闻界的黑暗和警方的不公正等诸多弊端更使人感受到"福利社会"平静的表层下所潜伏的深刻危机。

这部小说是关于公权主义精英体制的现代寓言。卢卡杜并没有借助情节的划分,而是以平实、冷静的语言和微妙的手法白描了一个充满利害关系、健身和体育活动高于一切的社会,不动声色地呈现了扭曲的现实生活:社交媒体无处不在,演员系统也无处不在,文化事物和技术都始终带有充满希望的 TM 标志。该书第一句话就是"想象一下世界",比如它是一台运转良好的机器,试图消除所有困扰它的东西。实际上,人与人之间不再需要直接讨论交流,通信只能通过平板电脑上的远程呈现系统进行,而平板电脑还包括必备的 GPS 跟踪器。读者面对这样一个问题:在大数据时代到来之际,到底什么能让人们在正常工作时富有人性?

(2) 帕特里克·萨沃莱宁的小说《法兰泰纳》(*Farantheiner*,2018)

这本书是作者将美国得克萨斯州多产的言情小说家桑迪·斯汀

(Sandy Steen，1944— ）所写的小说《爱之后》(*After the Loving*, 1997) 当作模型，以滑稽模仿的方式对其中平庸无奇、毫无悬疑的爱情故事所作的叙事解构。

原著的故事通俗易懂：美丽的贝尔·法伦蒂诺与牛仔凯德·麦克布莱德做了一笔交易，但是凯德有一个条件——他要求贝尔与他一起过一晚。面对失去遗产的危险，尚未结婚的贝尔快绝望了，她必须在 30 天内结婚，否则她的遗产将会失效。只有桀骜不羁又帅气性感的凯德能帮助她，那就是让他娶她——当然只是名义上的夫妻。她给了爱过即走的牛仔拥有自己的大牧场的梦想，但凯德对贝尔已痴迷多年。可她是香槟和丝绸床单，他是啤酒和露营睡袋，她和他在一起怎么能幸福呢？然而，凯德无法拒绝她。他假装做游戏并打赌，一个神奇的做爱之夜将说服贝尔让他成为全职的丈夫，然后就出现了一个炽热的爱情之夜……读者可以继续想象。

在《法兰泰纳》中，萨沃莱宁以一种新的特殊方式进行叙述，对无话可讲的庸俗生活的所有方面进行大胆剖析和重写。他反复引用原始文本，并结合其不同的表达模式加以变化，结果变成了关于得克萨斯太阳下某处事件的元叙事：牛仔凯德骑马穿越大草原，将受伤严重的老法兰泰纳带回家，这与后者的遗嘱有关。法兰泰纳在马厩里，死在女儿贝尔的面前。随之而来的纠缠将遗产的继承与复杂的浪漫关系混为一谈，而后来的偷牛事件则使故事更加复杂。萨沃莱宁仍然借用了桑迪·斯汀毫无创意的色情小说中的一夜，但他将原始情节分解为不同的部分重新组装，并通过梦境和详细计划进行扩展。

萨沃莱宁通过尝试多种不同的叙述形式，对这一故事模型进行处理：有时像在倾听某个人努力回忆故事情节；随后，又重新开始阅读像事件日志般单调的文本，或者同一个句子的不同变体被排列在一起。这样，随着时间的流逝就会产生一种真空：由于已经预先确定了大型故事弧，作者不必在意叙事的经济性，而是可以随意扩展、压缩、跳过或放慢场景。因此，近200页的《法兰泰纳》变成了一个文学实验场：有一章只包含了对人物梦境极富诗意的描绘；还有许多段落，经过反复组装，并通过排版突出显示桑迪·斯汀的原文，造成了妙趣横生的逆向阅读效果。

以实验性的游戏手法完成的《法兰泰纳》既是小说与风格习作的同台呈现，也是对文学平庸性的模仿。无论人们阅读后想到的是类型文学，还是如今备受年轻作家推崇的单调现实主义，这部作品不断地把自己推上试验台：它重新调整了我们已习惯的一切，作者别出心裁的选择无不产生了不同寻常的别样后果。读者会发现自己也陷入了这场游戏：叙事开始为之着迷，随后新鲜感便逐渐消失了。这部实验作品突破了基本的叙事视角，巧妙地挫败了读者对经典处女作的期待，也对文学叙事提出了质疑。它出自作者一个新奇又简单的想法：当无话可讲时，有时会讲得更好。

（3）克里斯蒂娜·维拉格的小说《那些夜晚中的一夜》（*Eine dieser Nächte*，2018）

小说讲述的是，在从曼谷飞往苏黎世的12小时飞行中，能说会道、富有魅力的美国人比尔逐渐吸引了另外五名不同国籍的邻座乘客，包括瑞士女作家艾玛（作者的化身）。他们最初并不想倾听和了解这个喋喋不休的美国人，但慢慢受到他渴望讲述的感染，开始无序加入，添枝加叶，不断扩散出一个个引人入迷的故事。各种意想不到的参照和应合都围绕着"消除恐惧"这个神秘中心展开，使看似毫不相干的叙事者彼此同情并产生共鸣。艾玛发现，口述故事可以排除她面对计算机极客制作视频时遇到的写作障碍。极客以一种令人不安的方式进行数字化采集,并混淆了时间、空间、人及其隐私。比尔在长途飞行中的叙事与之非常相似:他汇集并混合了自己生活中的不同故事,这些故事与飞行同伴不时想起、说出或写下的故事相互穿插、交织在一起。人们之间的交流至关重要,他们都在试图理解自己所听到或经历过的事情。这就是口头叙事的优势:它在对话中总是包含着听众(可能)的反应,从而允许对相同的基本材料和主题表达多种多样的观点。作家该说就说,艾玛也打算以后用"比尔叙事法"讲述故事。

起初像是专业叙述者的一个把戏,结果却变成了一个心烦意乱的人和他邻座相互叙说的主要动机:他们的故事围绕着一些不解之谜,这些谜团定夺了如今对他们变得很重要的人的生死,而且都与一些古老的画面相关,比如堪萨斯草原上一个池塘的漩涡,吞噬了从险恶的流沙上向它靠近的所有人。这些人在池塘的漩涡中消失,不会留下任何痕迹。而在叙事的旋风中消逝的人绝不会被抹去痕迹。在小说的结尾,不仅旅伴们对比尔同情又着迷,读者也被其迷人的故事所吸引。尽管他的故事始终围绕着基本相同的主题,但我们一直紧张地跟随他的讲述和由飞行舱引发的泛泛长谈,因为闲聊总是产生新的细微差别和变化,类似于一部出色的音乐作品。作者精湛的语言变化也具有音乐效果。声音和视角的倍增如同节奏和乐音的增多。

多重声音的回声揭示了机舱内的邻座同伴与其故事之间的联系,这些联系既非出自必要,亦非偶然所致。维拉格的文学写作始终假设"没有任何事物源自其他事物",而传统叙事的固有逻辑是:一个源自另一个。然而在多种声音的回声中,这些故事可与其他故事产生共鸣,比如,漫画或歌曲所描述的故事。小说中来自堪萨斯州的一首歌,其中心动机从讲意大利语的瑞士人迈克尔和美国人比尔的叙述中都可以找到。

比尔的叙述是在没有方向感的黑暗夜航中"制造坐标"。他痴迷并反复提及"有狮子"的非洲未开发地区和头足类动物的活动领域，这一主导主题令人想起对制造帝国境外战乱的古罗马人的恐惧：与他们在一起有被撕裂和吞噬的危险。在每飞行一个小时讲两个故事的清晰分项中，比尔试图消除当今人们对类似危险的恐惧并创造秩序。邻座们的反应打乱了他的叙事程序，使他可以推动由此引发的新的叙事话题。这是小说的强大力量，同时也是比尔的失败。

维拉格在之前的作品中一直追求前卫的文学蒙太奇表现手法，现在她意识到可以使用口述的传统来实现这一目标：声音混合，那是一种"我们之前听到过的声音和我们从未听过但以为听过的声音"[1]的混合体，正如比尔在书中所说。他经常评论自己的叙述和其他人的叙述，尽管是一名酗酒者，却是一位深思熟虑而敏锐的叙述者。

作者借艾玛之声在小说里反思了自己的写作意图。其引人注目的不仅是比尔的故事与相互交织的同伴的故事，还有她在飞机上的叙事安排。就像传统的小说系列丛书一样，一群人"在同一屋檐下的一个狭窄小屋里"（歌德）时，他们就会不停地讲述。这正是比尔和他邻座们的处境。就像《天方夜谭》里的舍赫拉查德，必须在一千零一夜内不断讲述故事以避免死亡，并通过未完成的情节保持聆听者的好奇心，比尔也因此消除了对"那些夜晚中的一夜"的恐惧，并道出了一位越南圣人的名言："谜题就是谜底。"[2]

（4）艾丽莎·舒·迪萨潘的小说《弹珠球》（*Les Billes du Pachinko*, 2018）

《弹珠球》是艾丽莎·舒·迪萨潘的第二本小说，像2016年的第

---

[1] <https://www.viceversalitterature.ch/book/17217>. Web. 4 May 2020.
[2] Ibid.

一部小说《束草的冬天》（*Hiver à Sokcho*）一样，展现出清新简洁的风格。小说主人公30岁的克莱尔前往东京，与她的祖父母在那里度过夏天。她试图说服祖父离开他经营的弹珠机，与祖母一起去看看二战后久违的韩国故乡。与此同时，她对日本小姑娘三枝子产生了好感，照顾她并教她学习法语。迪萨潘擅长描述家庭关系的矛盾性，在这部亲情小说中，她用朴实无华的文笔描绘了人物的内在情感和心理世界，使读者沉浸在东亚历史酿造的无声风暴中。克莱尔显然是作者的化身，如何在不同的语言文化之间、在原籍国和收养国之间生活、平衡、转换，是东西方不同文化背景的作家，在瑞士这个多语言的多元文化环境里始终要面临和不断思考的问题。作品包括多个主题，如代际关系、跨文化沟通、背井离乡和孤独等。

（5）何塞-弗洛尔·塔皮的诗集《特拉兹蒙提斯》（*Trás-os-Montes*，2018）

《特拉兹蒙提斯》分为"夜黑之前"和"白色时光"两大部分，彼此相对又互补，各由若干诗节组成。"夜黑之前"描述了一位住在"外山省"（特拉兹蒙提斯）这个偏乡僻壤的妇女从早到晚的劳碌。她的工作、她谦卑而古老的手势动作，使她的生活井然有序、顺时而行。"白色时光"的主题则是"我"的抒情旅程，与现实世界发生冲突和对抗的身心需要安慰。

小货车经过，满载着成箱的水果；一位农妇擦洗地砖，整理樱桃。塔皮的诗歌深深植根于人类活动的世界，它本身就是一种努力锤炼的语言结果。一直生活在偏乡老屋的农妇犹如：

> 褪色的
> 圣母像

>   几乎遗忘在
>   这些潮湿的穹顶下
>
>   她悲凉的目光
>   凝视着空虚
>   历经多少沧桑
>   犹记何处偏乡
>   她为谁
>   幽咽心伤[3]（陈玮译，下同）

　　她用孜孜不倦、专注其中的工作和生活惯例，抚慰着周围的人。她不仅锚定在实实在在的具体事物中，而且当她专心整理成熟的水果时，她似乎通过触摸意识到了一个秘密而古老的非物质意义："她仿佛在测量／一个远古的梦想／她用指尖去拜访。"[4]

　　"我"敏感于这富有诗意的日常生活的优雅，将自己的写作与这位默默无闻的女性的劳作进行比照：

>   像纸帕一样薄弱
>   我的页面，我擦拭
>   直到黑暗压倒文字，
>   将它毁灭
>
>   而她，每天早起，
>   像一枚深钻的铁钉

---

3 <https://www.viceversalitterature.ch/book/17538>. Web. 4 May 2020.
4 Ibid.

> 冒着寒冷，前行，
> 将她所有的想法凝聚在
> 沉默的一点，
> 一个唯一的伤痛点[5]

一个在脆弱的页面上，徒劳地与毁灭性的黑暗斗争；而另一个在黎明时就开始忙碌。她们因各自谦卑的工作而相关联，同时又面对失语和沉默的痛苦。两者都坚持把分散的东西聚集在一起，无论是物品还是文字，以深刻的利他行为将其排序、连接并赋予意义。诗人向这位令人敬佩、爱戴，有时令人羡慕的女性致敬："我，想要，/凝望她忙碌的工作/重新聆听/即使片刻/那窃窃私语的蜜蜂。"[6]一个谦卑地生活在偏远地区并且知道如何使自己的孤独"比柔软和稀有的皮革更珍贵"[7]的人作为典范出现了，因为她成功地使令人恐惧的远离变成了一种归宿。

"夜黑之前"中的妇女"从不剥夺/任何人/为邻里/划十字做面包"，"在固定的时间/摆好饭桌"，"执着地转向/尚存的共同生活"[8]。与这位久居家中的女性相反，"白色时光"中的妇女在岛上行走，寻找一个地方，"轻轻地，存放记忆/让它入眠"[9]。她勇敢面对黑暗："我跨出门槛溜到外面/刺入漆黑的夜晚。"[10]

岛上有石子小径、开花的果园，但也有肮脏的街道、嘈杂的车辆、刺鼻的气味、被旅游业"污染的地方"。她观察并体验周围的世

5　\<https://www.viceversalitterature.ch/book/17538\>. Web. 4 May 2020.

6　Ibid.

7　Ibid.

8　Ibid.

9　Ibid.

10　Ibid.

界,寻求一种平衡,一条"坚定不移的路",重新找回一个完善的自我:"谁将在沥青之上／把灯高举,照亮／我们的路?那条熟悉的路／从未出生,永不变老,只通向／我们自身,修复我们的双脚。"[11]

塔皮的诗歌热情而克制,协调连贯,诗句具有铰链式衔接感,较多地运用了词语并置的艺术,而不是使用并列连词或从属连词。即使被诗歌的顿挫打断,句子的碎片也像是创造了一个呼吸的空间,充满活力。诗篇形式朴素,节奏与共鸣使诗歌结构灵活,不拘一格。表达自然顺畅,并通过隐喻,营造出一种融合自然与心灵的朦胧氛围,在破碎与流畅、痛苦与安抚之间获得了自我平衡。

(6) 亚历山大·赫敏的小说《牛奶里的钥匙》(*La chiave nel latte*,2018)

作品讲述了提契诺州一个摩洛哥裔男孩的成长故事。小说以片段、回忆为主要策略展现主人公从童年到成年的经历,将许多场景一一呈现,如童年的玩具、宗教节日、马路上的曲棍球比赛、狂热与痴迷,以及十年后重返故土,在卡萨布兰卡度过的假期,表现了移民在融入瑞士本土社会过程中,质疑个人身份、尝试多种语言、调和不同的文化身份的奋斗与艰辛。

(7) 安娜·鲁查特的故事集《海王星的地球岁月》(*Gli anni di Nettuno sulla terra*,2018)

作品包含按特定规则写成的 12 个故事,这些故事发生在 12 个不同的月份,故事时间从 20 世纪 70 年代到 2000 年不等,展现了不同人物的生活,讲述了家庭和夫妻关系的复杂性:一位年迈的母亲和心烦意乱的独生女在家境衰败后艰难地生活;一个不再年轻的男人清晨坐在办公桌前,准备向妻子解释他要离开她和孩子的原因。变幻莫测

---

11 <https://www.viceversaletteratura.ch/book/17538>. Web. 4 May 2020.

的生活也折射出与特定月份的故事有关的真实事件，如：1970 年 5 月在瑞士投票通过"施瓦森巴赫反对造林倡议"（Schwarzen bachcontre la foresterie），1975 年在罗马发生的齐尔切奥（Circeo）屠杀，1983 年成立的瑞士花园文化协会，2000 年发行的比利时邮票，2008 年 4 月 16 日的加沙冲突等。一个统领全集的结构将一系列时有交错的不同故事结合在一起，自始至终展现出时间流逝的基本主题。

2. 2019 年瑞士文学大奖

2019 年 1 月 17 日，瑞士联邦文学评审委员会将一年一度的瑞士文学大奖授予了瑞士的德语作家、诗人和文学翻译家苏珊娜·加泽（Zsuzsanna Gahse，1946— ）。评委会认为，加泽出版的 40 余部书和发表的众多作品及文学评论介于散文与诗歌之间，无论是她对语言文字的关注、对社会现象的细腻观察，还是她笔端的铿锵之声与节奏变化，以及蕴含其中的讽刺和幽默，都令人称赞。瑞士新闻社的艺术总监和《反之亦然文学》年刊的负责人露特·甘特（Ruth Gantert, 1967— ）在颁奖词中称赞她为杂志、选集、戏剧作品、艺术评论、媒体、出版，还有匈牙利语文学的翻译做出的重要贡献。

加泽生于布达佩斯，幼年随其家庭离开匈牙利相继到奥地利和德国避难并读完中学。自 1969 年起，她开始在斯图加特为巴登－符腾堡州北部隶属于国家广播公司的南德广播电台（Süddeutscher Rundfunk）撰写文学作品和评论。1983 年由慕尼黑利斯特出版社（List）出版的散文集《零》（Zero）获德国电视二台（Zweites Deutsches Fernsehen）颁发的 ZDF 文学奖，这一奖项将她带入文学界的视野并受到关注。此后她出版了小说《服务员的小说》（Kellnerroman，1996）、《川流不息》（Durch und durch，2004），随笔《不稳定的文本》（Instabile Texte，2005）、《航海日志》（Logbuch / Livre de bord,

2007)，组诗《多瑙河立方体》（*Donauwürfel*，2010），散文集《扬，扬卡，扎拉和我》（*JAN, JANKA, SARA und ich*，2015），诗体散文《七十七个兄弟姐妹》（*Siebenundsiebzig Geschwister*，2017）等30多本书。

　　辗转于不同国家的生活经历，显然影响了加泽对国家、移民、文化等问题的看法，也深刻触发了她对语言文字的敏感和研究兴趣。她用生动的文笔和一个"多国人"的视野重新理解语言和文化之间的微妙断层。无论是她满怀同情描写的多由移民从事的服务员的小说，还是充满历史想象、集乡村故事与集体记忆于一体的戏剧，无论是形式严格的多瑙河史诗，还是各种艺术评论和旅行随笔，她的作品都超越了一般界限。她将随笔与诗歌、舞台文本和"叙事岛"结合在一起，软化了体裁间的边界，并因此而获得一种新奇又引人深思的阅读体验。她在《七十七个兄弟姐妹》中说，要避免像瘟疫一样的符号。阅读她的文字令人耳目一新，她鲜活的文字与凝固的语言和陈词滥调形成鲜明的对照。她先后获得很多荣誉和重要奖项，其中包括斯图加特文学奖、蒂博尔·德里翻译奖（Tibor-Déry-Preis für Übersetzung）、博登湖文学奖、阿德尔伯特–冯–察米索奖（Adelbert-von-Chamisso-Preis）、德国最高荣誉翻译奖约翰·海因里希·沃斯奖（Johann-Heinrich-Voß-Preis）、沃纳–贝尔根格鲁恩奖（Werner-Bergengruen-Preis）等。

　　加泽的作品介于散文与诗歌之间，游弋于叙事文本与舞台文本之间，这一风格在《多瑙河立方体》的组诗中表现得淋漓尽致。在《多瑙河立方体》中，她追随这条河，从源头到大海，并将它诗意地升华。她搜索许多有关水、历史轶事和词源等方面的资料，使这条欧洲大河成了传说、回忆、幻想和目光的汇集地。它的地质变化、水涨水落，还有游弋其中的鲟鱼和鲑鱼以及岸上人家的日常生活，都影影绰绰地映现出无数消失、巨变和重生的历史图景。它的波浪映照天空，也映照着灾难，混合着无数溪流河水，变换着不同的颜色，流过不同的风景和语区，载着不同的语言和景物，并向前流淌，涌入黑海。《多瑙河立方体》也是一个宏大的隐喻，正如该书法译本（*Cubes danubiens*，2019）译者玛里昂·格拉夫（Marion Graf，1954— ）所言："跟随多瑙河，……是要促进人们清醒而有距离地回归历史，那是与记忆、流亡和各种不稳定的身份联系在一起的复杂经历，混合着不同的情感、幽默和义无反顾的勇气。"[12]

像多瑙河一样，这组诗在形式约束与表达自由之间流动。作者采用了极其严格的形式：10 行 10 个音节的诗句组成一个正方形，10 个正方形构成多瑙河的一个水立方，由 27 个水立方构成了一部声势浩荡的多瑙河史诗。加泽选择一种固定的形式来书写一条流动的河，不断地将诗歌推向叙事，又将叙事荡回诗歌，彰显出语言的成熟。她极富创意、颇具才智的写作手法及她对语言和文字的热情，为读者展示了一种奇异的艺术形式。

在散文集《扬，扬卡，扎拉和我》中，加泽对人与自然的关系这一全球课题做了诗意的回应。在威伦贝格的高原上，住着扬、扬卡、扎拉和所有其他名字里有元音 A 的人。他们定期到录音棚，面对麦克风录音，讲述比伦镇的前世今生，通过 23 个人的故事和观察，传达他们对这座不断发展的城市的印象，逐渐描绘出一幅实际上纯属虚构的地形图。一个自称为"我"的叙述者一言不发，她从山谷深处看着发生在那里的一切，把自己对事物的看法写进了这个复调合唱团的说唱中。全书由 156 篇短文组成，有时只有几行，很少超过一页。加泽在这本散文体的书中编织了一个文本和人物的拼图游戏，这些人物

---

12 <https://www.viceversalitterature.ch/article/21438>. Web. 4 Jul 2020.

被千丝万缕的联系链接在一起——文笔机智、明晰。但是，小镇比伦却因此而变得越来越神秘……

加泽爱好歌剧，从音乐和美术中获取灵感，发明了诸如"音乐会剧场""散片""单色文本""静物"和"不稳定的文本"等多种体裁。《七十七个兄弟姐妹》可能是迄今为止其各种体裁中最激进并充满活力的混合体。"Ge-Fieder 有很多羽毛，Ge-Birge 与几座山有关，Ge-Schwister 是几位兄弟姐妹。"[13] 作者以语言为基础，运用散文、叙事和诗意的方式，在 18 章中处理兄弟姐妹的话题，每章都用不同的 DNA 字母组合，将诗歌和散文混合在一起。它包含了回忆，对社会和语言、动物和人的反思，以及文学、歌剧和电影中人物的回声，从独生女海蒂到该隐和该隐的兄弟，从双胞胎到契诃夫的三个姐妹，几乎每个人都说每个人应该说的话，十分风趣，给读者带来别具一格的阅读体验。

三、2019 年瑞士境内外其他重要文学奖获奖概况

2019 年，除以上介绍的瑞士联邦文学奖之外，收录在瑞士文学年刊文学大事记中的文学奖项林林总总不下 60 个，分别由瑞士作家以及生活在瑞士境内外的外籍作家获得。伴随着四大语区此起彼伏的各种文学节、诗会、读书朗诵会、图书沙龙、国际文学翻译节、文学翻译研讨会与讲习班等一系列活动的举办，瑞士文坛继续借力瑞士联邦 2016—2020 年度支持出版五年新政的实施（详见《外国文学通览：2016》），呈现了欣欣向荣、争奇斗艳的景象。瑞士作家在国际文学奖中收获颇丰，体现出世界文坛对瑞士文学的充分肯定。其中最引人瞩目的是瑞士著名作家卢卡斯·贝尔福斯（Lukas Bärfuss, 1971—　），其荣获 2019 年德国毕希纳文学奖（Georg-Büchner-Preis）。

13　<https://www.viceversalitterature.ch/book/17115>. Web. 10 Jul 2020.

素有"诺贝尔奖风向标"之称的毕希纳文学奖是德国最重要的文学奖项，被视作德语文学的诺贝尔奖。该奖以德国历史上著名的革命者和剧作家格奥尔格·毕希纳（Georg Büchner，1813—1837）的名字命名，于1923年由黑森州政府与毕希纳的出生地达姆施塔特市共同设立，最初的奖励对象是为德国文化做出重要贡献的德语作家、诗人、艺术家、演员以及歌手，1951年改由德国语言与文学协会颁发，转为专项德语文学奖。1958年制定的评奖章程明确规定："该奖项颁发给用德语写作并表现突出的作家和诗人，获奖者本人应对现今德语文学的发展起到巨大的推动作用。"[14] 德国当代文学史上的诸多名家及多位德语国家诺贝尔奖得主都曾获此殊荣，如君特·格拉斯（Günter Grass，1927—2015）、海因里希·伯尔（Heinrich Böll，1917—1985）和埃利亚斯·卡内蒂（Elias Canetti，1905—1994）等。颁奖仪式在达姆施塔特德国语言文学科学院举行。

2019年毕希纳文学奖得主贝尔福斯是近年来瑞士文坛最成功的戏剧家之一，是从事影视剧创作的瑞士艺术家团体400 asa剧团的合伙创始人。其作品屡获文学大奖，并被译成多种语言在世界各地公演。代表作包括荒诞剧《迈恩伯格之死》（Meienbergs Tod，2000）、戏剧《石油》（Öl，2009）。贝尔福斯还是出色的小说家。长篇小说《百日》（Hundert Tage，2008）先后获得安娜·西格斯文学奖（Anna Seghers-Preis）、席勒文学奖（Schillerpreis）、雷马克和平奖（Erich-Maria-Remarque Friedenspreis）等六项重要大奖。小说通过一个白人志愿者与图西族黑人姑娘之间的爱情悲剧，探究联合国及国际社会在卢旺达种族大屠杀中扮演的角色和应负的责任。长篇小说《考拉》（Koala，2014）探讨了世间最为厚重的话题——生与死。

14　陈壮鹰：《瑞士争议文坛新星摘得德语文学桂冠》，载《文汇报》，2019年7月15日，第7版。

7月15日的《文汇报》发表了陈壮鹰教授撰写的文章,从中可以了解评委团在颁奖词中对贝尔福斯的评价:"表彰他作为小说家和戏剧家对当代德语文学的卓越贡献。他的创作语言独特、神秘而生动,清晰明了地展现出敏锐的政治危机意识、心理敏感性和探求真相的意志,并且有能力对典型个案进行社会剖析。他的小说与戏剧风格独树一帜,形式变化多端,总能探索现代生活中新的和不同的生存境遇。这些特征同样适合贝尔福斯的散文,他在文中大胆地用审慎、惊讶和欣赏的目光陪伴着今天的世界。"贝尔福斯被公认为当代瑞士文学界最耀眼的一颗星,必将在世界德语文学史上占据一席之地。

2019年与瑞士文学有关的其他重要文学奖如下。

美国著名女作家西瑞·胡斯维特(Siri Hustvedt,1955—)的《确定的奇迹》(Les mirages de la certitude,2018)获瑞士夏尔·韦荣欧洲随笔奖(Prix Européen de l'Essai Charles Veillon)。

德国女作家卡琳·杜维(Karen Duve,1961—)以其全部作品荣获瑞士索洛图恩文学奖(Solothurner Literaturpreis)。塞内加尔-法国作家达维德·迪奥普(David Diop,1966—)的小说《灵魂兄弟》(Frère d'âme,2018)获瑞士阿玛杜·库鲁马奖(Prix Ahmadou Kourouma)。瑞士著名女诗人伊尔玛·拉库萨(Ilma Rakusa,1946—)获德国克莱斯特文学奖(Kleist-Preis)。德国-瑞士女作家西比勒·贝尔格(Sibylle Berg,1962—)获两年一度的德国图林根文学奖(Thüringer Literaturpreis),她的戏剧作品《仇恨—三联画—走出危机的出路》(Hass-Triptychon-Wegeaus der Krise,2019)获奥地利内斯特罗伊戏剧作家奖(Nestroy-Theaterpreis / Lebenswerk),《GRM—脑残》(GRM. Brainfuck,2019)获得瑞士图书奖(Schweizer Buchpreis)。捷克女作家拉德卡·德内玛科娃(Radka Denemarková,

1968— ）获瑞士施皮赫尔：洛伊克文学奖（Spycher: Literaturpreis Leuk）。海地–法国著名作家路易–菲利普·达朗贝尔（Louis-Philippe Dalembert，1962— ）的《地中海墙》（*Mur Méditerranée*，2019）成为2019年龚古尔文学奖瑞士评选获得者（Choix Goncourt de la Suisse）。以色列著名女作家茨鲁娅·沙莱夫（Zeruya Shalev，1959— ）的《痛苦》（*Pain*，2019）获瑞士扬·米哈尔斯基文学奖（Jan-Michalski-Literaturpreis）。

结语

2019年是瑞士联邦出台的2016—2020年支持出版的一系列新政、鼓励文学创作的多项措施后的第四个年头，瑞士文学继续得益于这一五年计划的实施，呈现了文学创作与翻译传播共荣的活跃景象。大大小小的国内、国际性文学及文学翻译、阅读、表演、展示、讲座、研讨、教学培训活动在瑞士各语区接连不断、此起彼伏；瑞士作家在国内外获奖丰富。德、法、意三大语区作家获奖人数比较平衡。很多作家本身也是文学翻译家，写作与翻译齐头并进，互相裨益。不同语言间的相互翻译与传播力度更大，德语区洛伦译者之家和法语区洛桑文学翻译中心功不可没。从7位瑞士文学奖获奖作家的作品中还可以看出，表达个人在多元文化环境中身份认同的愿望、了解并反思历史与现代的关系、调和不同语言文化间的差异等主题受到广泛关注。2019年卢卡斯·贝尔福斯为瑞士文坛再夺毕希纳文学奖，成为瑞士第四位获得德语文学最高奖的作家。瑞士的多元化文坛的特点也一如既往促进了瑞士文学的境内外传播和与外国文学的交流，一些外籍作家也获得很多重要的瑞士文学奖项。这些都与瑞士联邦2016—2020年支持出版、鼓励文学创作的新政密切相关，既是瑞士多语言文学繁荣发展的成果，更是瑞士保持多元文化共存、加强民族凝聚力、促进社会互信、提高国际影响力的写照。

参考文献：

Dusapin, Elisa Shua. *Les Billes du Pachinko*. Genève: Zoé, 2018.

Gahse, Zsuzsanna. *Cubes danubiens*. Traduction de Marion Graf. Lyon: Hippocampe, 2019.

—. *Donauwürfel*. Wien: Edition Korrespondenzen, 2010.

—. *Durch und durch*. Wien: Edition Korrespondenzen, 2004.

—. *Instabile Texte*. Wien: Edition Korrespondenzen, 2005.

—. *JAN, JANKA, SARA und ich*. Wien: Edition Korrespondenzen, 2015.

—. *Kellnerroman*. Hamburg: Europäische Verlagsanstalt, 1996.

—. *Logbuch / Livre de bord*. Trad. de l'allemand par Patricia Zurcher. Lausanne: En bas / Limmat, 2007.

—. *Siebenundsiebzig Geschwister*. Wien: Edition Korrespondenzen, 2017.

—. *Südsudelbuch*. Wien: Edition Korrespondenzen, 2012.

Hmine, Alexandre. *La chiavenel latte*. Mendrisio: gabrielecapelli editore, 2018.

Lucadou, Julia von. *Die Hochhausspringerin*. Berlin: Hanser, 2018.

Ruchat, Anna. *Gli anni di Nettuno sulla terra*. Como-Pavia: Ibis, 2018.

Savolainen, Patrick. *Farantheiner*. Biel: Verlag die brotsuppe, 2018.

Steen, Sandy. *After the loving*. Toronto: Harlequin Temptation, 1997.

Tappy, José-Flore. *Trás-os-Montes*. Chêne-Bourg: La Dogana, 2018.

Viragh, Christina. *Eine dieser Nächte*. Zürich: Dörlemann, 2018.

贝尔福斯:《百日》，陈壮鹰译，上海：上海译文出版社，2011年。

—.《考拉》，陈壮鹰译，杭州：浙江文艺出版社，2017年。

陈壮鹰:《瑞士争议文坛新星摘得德语文学桂冠》，载《文汇报》，2019年7月15日。

<https://theworldnews.net/at-news/nestroy-preise-andrea-breth-wird-fur-ihr-lebenswerk-geehrt>.Web. 10 Jul. 2020. 奥地利世界新闻网

<https://www.douban.com/group/topic/136864235>. Web. 2 Jul. 2020. 2019世界各国文学奖

<https://www.babelio.com/auteur/Louis-Philippe-Dalembert/96192>. Web. 10 Jul. 2020. 法语图书网

<http://www.viceversalitterature.ch>. Web. 4 May 2020.《反之亦然文学》年刊网站

<http://www.bak.admin.ch/aktuelles/index.html?lang=fr>. Web. 19 Jun. 2019. 瑞士联邦文化局网站

<https://spycher-literaturpreis.ch/preistraeger/radka-denemarkova-2019/>. Web. 10 Jul. 2020. 瑞士施皮赫尔：洛伊克文学奖网站

<https://schweizerbuchpreis.ch>. Web. 6 May 2020. 瑞士图书奖网站

<http://www.litteraturesuisse.ch>. Web. 24 May 2020. 瑞士文学网站

<https://www.lyrikline.org/zh/poems/donauwuerfel-vierter-wuerfel-15111>. Web. 28 Jun. 2020. 诗歌在线网站

<https://www.worldliteraturetoday.org/author/D>. Web. 10 Jul. 2020. 世界文学网

作者单位：北京外国语大学法语学院

2019年塞尔维亚语文学概览

洪羽青

内容提要：2019年，塞尔维亚语文坛的几个重量级文学奖项基本由享有盛誉的作家、文学评论家及学者获得，因此评论家认为2019年是"塞尔维亚文学的复苏之年"。此外，国际及本土的两个重量级文学奖项——诺贝尔文学奖和《通讯周报》奖的颁发，在塞尔维亚语文坛引起了广泛讨论与争议。本文将以塞尔维亚语文坛主要文学奖项、主流媒体与文学评论家的评价与推介以及2019年塞尔维亚语文坛大事件为主，来概述2019年塞尔维亚语文学的发展情况。

一、塞尔维亚语文坛的重要奖项及获奖作品

1.《通讯周报》奖（NIN-ova nagrada）

《通讯周报》奖在塞尔维亚、波斯尼亚和黑塞哥维那、黑山等国文学界具有巨大的影响力，在巴尔干地区的影响力也很大。2020年1月20日，《通讯周报》奖评审团宣布，第66届《通讯周报》奖桂冠由萨沙·伊里奇（Saša Ilić, 1972—　）摘得，其获奖作品为小说《狗与低音提琴》（*Pas i kontrabas*, 2019）。

萨沙·伊里奇出生在塞尔维亚中部城市雅戈迪纳（Jagodina），毕业于贝尔格莱德大学语言学院，长期从事独立的文学写作。实际上，早在此次获得《通讯周报》奖之前，伊里奇已经在塞尔维亚语文坛有了一席之地。2005年，他的小说《柏林之孔》（*Berlinsko okno*）引起了较大的反响。当年获得了鲍里斯拉夫·佩吉奇基金（Fonda Borislav Pekić），也进入了当年《通讯周报》奖的最后一轮竞争之中，但最终与该奖项失之交臂。2010年，其小说作品《哥伦比亚的沦陷》（*Pad Kolumbije*）进入当年的《通讯周报》奖最后一轮竞选，但最后伊里奇宣布退出该奖项的竞选。

《狗与低音提琴》所探讨的终极问题是我们应该如何面对战争创伤。故事主人公本是一位爵士低音提琴演奏家，在南斯拉夫内战中成为了一名战争英雄，但在战后无法走出战争留给他的创伤，于是开始在塞尔维亚东北部的科温精神病院疗养。疗养院里大多是试图走出战争创伤的人。此时的主人公已经无法再演奏，他的精神与意识被困在战争之中，但对音乐的热爱又不断激励着他。故事围绕两个主题——战争与爵士乐展开。本书采取多线性的叙事结构，由主人公讲述自己对生命的观察：从南斯拉夫海军战舰到科温医院、危险的多瑙河畔、腐朽的机构、人道主义的虚伪，再到一个个才华横溢的叛乱者的命运、初恋、噩梦、光明、海洋、音乐、幻想，等等。

评审团团长泰奥菲尔·潘契奇（Teofil Pančić，1965— ）认为："萨沙·伊里奇的小说是一个复杂的故事，讲述了过去和现在的交互，以及个人与社会、生活和艺术之间的冲突。这一过程跨越了许多叙事视角，勾勒了现代错综复杂的世界的完整图景。《狗和低音提琴》一书意味着塞尔维亚语文学宏大叙事的回归，尝试以不同的、更具冲突性的视角来展示我们这个时代，也昭示我们应勇敢地面对所有塑造当今社会的民族性和社会性创伤。"[1]

2. 梅沙·塞利莫维奇年度图书奖（Nagrada "Meša Selimović" za knjigu）

弗拉迪米尔·皮什塔罗（Vladimir Pištalo，1960— ）的杂文集《小丑的意义》（*Značenje Džokera*，2019）获得了第 32 届梅沙·塞利莫维奇年度图书奖。

弗拉迪米尔·皮什塔罗出生于萨拉热窝，毕业于贝尔格莱德大学法学院，并在美国新罕布什尔大学获得博士学位。现于美国马萨诸塞州的贝克学院（Becker College）教授世界史与美国史。皮什塔罗曾以《特斯拉：面具中的自画像》（*Tesla, portret među maskama*，2008）获得第 55 届《通讯周报》奖。这一作品使得皮什塔罗跻身于塞尔维亚侨民文学代表性作家的行列，其文学作品在塞尔维亚及周边国家也很受欢迎。

《小丑的意义》一开头就提出问题："杂文是什么？"回答是："思想"。而表达思想的最好方式就是玩笑。这种"人与人之间的最短距离"公开地揭示了皮什塔罗的审美逻辑，他以短小、轻松、诙谐的方式观察自身、观察周边、观察世界。本书主要聚焦在作者对美国和故乡南斯拉夫地区、欧洲大陆文化现象的观察与体会上。皮什塔罗通过对西米奇（Charles Simić，1938— ，塞尔维亚裔美国诗人）的诗作、其融入美国主流文学文化界的努力、对推广南斯拉夫文学的贡献的梳理，对马克·吐温、亨利·路易斯·门肯作品讽刺性的分析，向南斯拉夫读者揭示了美国文化的历史、现状与本质，以消解其对美国文化的偏见和刻板印象，比如人们认为"美国是一个没有历史的国家"。

---

[1] 摘自《通讯周报》奖评审团颁奖词。
  <https://www.blic.rs/kultura/sasa-ilic-dobitnik-ninove-nagrade-pisao-sam-ovaj-roman-cetiri-godine/z9xkxvm>.

同时，皮什塔罗也在本书之中写到他回顾南斯拉夫解体历史及原因的新感悟。此外，他还梳理、分析了当下北美与欧洲大陆的大众文化现象。

3．安德里奇奖（Andrićeva nagrada）

南斯拉夫著名文学家、诺贝尔文学奖得主伊沃·安德里奇于1975年逝世。伊沃·安德里奇基金会根据安德里奇遗愿，为纪念安德里奇伟大的文学实践与成就，鼓励优秀的塞尔维亚语文学作品创作，于1975年设立了该奖项。2019年10月10日，第43届安德里奇奖的桂冠由德拉甘·斯托扬诺维奇（Dragan Stojanović，1945— ）摘得，其获奖作品为《西班牙斗士的女儿》（Ćerka španskog borca，2018）。

斯托扬诺维奇是塞尔维亚贝尔格莱德大学语言学院文学系教授，著有《海洋》（Okean，2005）、《有经验的编辑》（Urednik od iskustva，2009）等小说，《暴风雨的晚上》（Olujno veče，1972）、《尚未结束》（Nije to sve，2007）等诗集。此外，他在文学理论研究与文学翻译领域成果累累，著有《讽刺与意义》（Ironija i značenje，1984）、《伊沃·安德里奇的美丽品质》（Lepa bića Ive Andrića，2003）等作品。

《西班牙斗士的女儿》由三个短篇小说组成：《帕特罗》（Patro）、《埃里希之死》（Erihova smrt）和《西班牙斗士的女儿》。作者通过讲述战争英雄们的故事，以对角线叙事（diagonal storytelling）的手法将三个独立的故事串联起来，使得多个人物在不同的时空背景下相交，从而融合进一个特殊的叙事整体，展现了20世纪悲壮的塞尔维亚历史与混乱局面。斯托扬诺维奇继续发扬了安德里奇的写作方式和艺术手法，在作品中体现出历史和个人命运交织的悲剧性。

4．焦尔杰·约万诺维奇奖（Nagrada "Đorđe Jovanović"）

焦尔杰·约万诺维奇图书馆为纪念文学家、文学评论家、革命家焦尔杰·约万诺维奇于 1967 年设立了焦尔杰·约万诺维奇奖,表彰杰出的文学理论和文学批评著作。2019 年获焦尔杰·约万诺维奇奖的学者为杜什察·波蒂奇(Dušica Potić, 1962—),获奖作品为《遮蔽的诗学:斯特万·拉伊弛科维奇创作中的民俗范例》(*Poetika prikrivanja: folklorni obrasci u stvaralaštvu Stevana Raičkovića*, 2018)。

波蒂奇的著作具体分析了伟大诗人斯特万·拉伊弛科维奇创作中所运用的神话、民间传说和民间文学元素。通过这种方式,波蒂奇含蓄地对文学研究中的最新方法论提出了质疑。她反对将作家或诗人的思想简化为某种文化或社会群体的表达,因为这恰恰遮蔽了作者或诗人自身观念的能动性,也遮蔽了一位伟大的作家或诗人的形象。有评论认为,这部作品消解了以往研究与批评对拉伊弛科维奇创作与形象的遮蔽。[2]

波蒂奇在书中提出了伟大诗人的标准:伟大诗人能够将传统的各个层面结合在一起,以此为创新土壤,在其艺术创作中呈现出新的、现代的或后现代的艺术手法。她认为,拉伊弛科维奇就是符合这一标准的诗人。拉伊弛科维奇炉火纯青地运用借代这一修辞手法,融合了象征主义、民俗文学和神话意象,得到了诗坛的广泛认可,而创作后期他以前述手法为基础,进一步个人化了他的创作手法。

二、塞尔维亚语文坛大事件

1. 汉德克与诺贝尔文学奖争议

2019 年 10 月 10 日,诺贝尔文学奖揭晓,奥地利作家彼得·汉德克(Peter Handke, 1942—)因其文学创作的贡献获得该奖项。

---

[2] 摘自焦尔杰·约万诺维奇奖评审团的颁奖词。
<http://drustvosj.fil.bg.ac.rs/?tb_book=dusica-potic-poetika-prikrivanja-2>.

评论普遍认为，一同获得诺贝尔文学奖的奥尔加·托卡尔丘克（Olga Tokarczuk，1962— ）实至名归，而汉德克得奖则颇有争议。汉德克获诺贝尔文学奖一事在塞尔维亚同样引起轩然大波，塞尔维亚政界、文化界与公众都参与到对此事的热议之中。

长久以来，在西方媒体的主流叙事之中，塞尔维亚一方应承担南斯拉夫内战的主要罪责。但汉德克在其游记《梦想者告别第九王国》（*Abschied des Träumers vom Neunten Land*，1991）、《多瑙河、萨瓦河、摩拉瓦河和德里纳河冬日之行或给予塞尔维亚的正义》（*A Journey to the Rivers: Justice for Serbia*，1996）、《冬日旅行之夏日补遗》（*Summer Addendum to a Winter's Journey*，1996），以及戏剧《独木舟之行或者关于战争电影的戏剧》（*Voyage by Dugout*，1999）中反对了媒体的这种叙事。他认为西方主流媒体和舆论无视当时的现状以及问题的历史根源，只顾狂妄地向塞尔维亚方面发起攻势，忽视塞族人同为战争受害者这一现实。汉德克流露出的态度使其陷入争议。2006 年他公开出席斯洛博丹·米洛舍维奇（Slobodan Milošević，1941—2006）葬礼一事则更激化了西方文化界的批评之声。

本次汉德克获奖，同样在塞尔维亚引起了热议。塞尔维亚总统亚历山大·武契奇（Aleksandar Vučić，1970— ）就对汉德克获奖表示祝贺，还称他是塞尔维亚"真正的朋友"，是一位"勇敢和有尊严"的"杰出知识分子"，并邀请汉德克访问塞尔维亚。[3] 塞尔维亚公众也认为这是塞尔维亚长久以来遭受不公正待遇应得的补偿。

面对塞尔维亚政界与公众的这种情绪，塞尔维亚读书界并没有把

---

3 摘自《电报》。
<https://www.telegraf.rs/english/3131039-its-as-if-one-of-us-has-won-the-nobel-prize-vucic-congratulates-handke>.

汉德克看作西方媒体所说的"敌人",也没有简单地视之为"朋友"。他们普遍认为,公众应谨慎地看待汉德克得奖,不应不假思索地对此事表示赞许。

评论家斯维特拉娜·斯拉普莎克(Svetlana Slapšak, 1948—)在文章《彼得·汉德克：诺贝尔奖的悲哀》("Peter Handke: žalost Nobelove nagrade", 2019)中指出,汉德克南斯拉夫旅行的影响不应被过分夸大,因为他的动机未必就像他本人所说的那么有正义性。"汉德克不可遏制地希望借南斯拉夫分裂的题材来推动自己文学生涯和文学思想的发展,向外表现自己对历史和社会题材的涉猎。在当时的欧洲,这不算新鲜事。跟汉德克同时代的欧洲作家都倾向到战争时期的南斯拉夫'采风',如法国作家伯纳德-亨利·列维(Bernard-Henri Lévy, 1948—)选择了波斯尼亚,另一位法国作家阿兰·芬奇尔克拉特(Alain Finkielkraut, 1949—)则选择了克罗地亚,于是留给汉德克的只有塞尔维亚了。"除了对汉德克的动机进行质疑以外,她还批评汉德克表示评选文学奖项时应将作家的作品价值与个人的政治和道德观点分开的观点。此外,斯拉普莎克认为汉德克称塞尔维亚人应为他(获奖)感到高兴的说法是不谨慎的："他的这一表态说明了他对事物的理解,更直接地说,是对文学的理解。因为他的这句话,表明他眼里只有符合他'米洛舍维奇式想象'的塞尔维亚人,而持其他观点的塞尔维亚人在他眼中根本不存在,被他彻底抹杀了。对我而言,这就是一种'殖民者的宽容'——他以小国的圣人自居,反对大国,却把小的罪犯及其帮凶置于自己的羽翼之下。他甚至还表扬瑞典学院的'勇气',这进一步说明他的严重妄想。"

萨沙·伊里奇同样在文章《汉德克就如米洛舍维奇的幽灵》("Handke kao Miloševićeva sablast", 2019)中提出其观点：在汉德克这个问题上，塞尔维亚公众在表态前应该想得更深，不可以不惜一切代价为其辩护。否则这种全民为其获奖欢呼的行为将会像"米洛舍维奇的幽灵"一样，盘旋在巴尔干的上空。如果被民族主义者、民粹主义者和右翼势力所利用，用以煽动和鼓吹民族主义之风，本来就很脆弱的地区稳定必将面临不安。

2.《通讯周报》奖争议

第66届《通讯周报》奖获奖作品公布前夕，18位塞尔维亚作家、文学评论家、文学教授等文化界人士联名发布公开信，抗议《通讯周报》奖含金量下降。他们在公开信中指出："曾经大多数《通讯周报》奖评审委员在文学上的素养和智识上的诚实使得这一奖项中的非艺术标准在很大程度上服从于艺术价值，这是《通讯周报》奖的黄金时代。然而这一时代已经结束了。……长期以来，这个奖项的评选都是由专业上、道德上最无能的人来执行的。今年评审的随意性则达到了顶点。由系统阅读、追踪塞尔维亚国内文学作品的文学评论家来评选当年塞尔维亚文坛最佳小说，已是一个文学奖项应达到的最低标准。但是今年的评审团甚至连这个标准都没能达到。……（今年的评审）是一种将审美任意性当作意识形态多元主义，将徒劳的政治正确当作自由思想，将地方意识、殖民意识当作世界主义的尝试。"他们还敦促自己的出版商不要将出版物提交至《通讯周报》奖参与竞争，称"由于我们无法影响一家私营公司的决策，因此我们唯一的选择就是让自己不要参与到这场将成为耻辱的活动之中。我们不会参与一个曾经能够自由思考，如今却只能称得上是痴愚的文学奖项竞争"。

签署这一公开信的文化界人士中有著名导演埃米尔·库斯图里察（Emir Kusturica，1954— ），2018年《通讯周报》奖得主弗拉迪米尔·塔巴舍维奇（Vladimir Tabašević，1986— ），2005 年《通讯周报》奖得主、塞尔维亚科学艺术院院士米洛·武卡诺维奇（Miro Vuksanović，1944— ），2018 年安德里奇奖得主弗拉迪米尔·科茨马诺维奇（Vladimir Kecmanović，1972— ），2018 年焦尔杰·约万诺维奇奖得主斯洛博丹·弗拉杜什奇（Slobodan Vladušić，1973— ）等。

针对这次 18 位文化界人士联名抵制《通讯周报》奖，《通讯周报》文化专栏主编德拉甘·约维切维奇（Dragan Jovićević）表示，他并不清楚他们联名抵制《通讯周报》奖的意图为何。他还指出，签署此公开信的文化界人士之中，有两位曾是《通讯周报》奖得主，"当年他们可并没有质疑评审团的能力"。

有趣的是，本届《通讯周报》奖得主萨沙·伊里奇在退出 2010 年该奖项的竞争时，还对该奖项进行了猛烈的抨击与批判，称"尽管米洛舍维奇倒台了，但《通讯周报》奖作为政治的老女仆，会像以前一样在这段过渡时期继续服务于政治"。尽管也认可这一奖项有能力塑造与过去几十年的主流文学不同的文学方向，但伊里奇认为："这（指《通讯周报》奖评审组织）是一个僵硬的政治机构，其政治性从未减弱，并且直到今天它依然通过操纵评审团委员来展现其力量。"

公开信发布之后，《通讯周报》奖评审团及抵制方在南斯拉夫地区多家媒体上论战，双方的支持者也不断在社交媒体上交锋。这一场塞尔维亚文化届多位重量级人士对《通讯周报》奖的抵制及其带来的影响仍在持续发酵。

结语

通过对 2019 年塞尔维亚语文坛主要文学奖项、主流媒体与文学评论家的评价与推介和对塞尔维亚语文坛大事件的梳理与分析，我们不难看出 2019 年几个重量级文学奖项的得主均为从事文学写作、批评、理论研究已久的知名作家，因此评论家称 2019 年为"塞尔维亚文学的复苏之年"也并非言过其实。此外，由汉德克获得诺贝尔文学奖及文化界人士联名抵制《通讯周报》奖引发的争议，也说明塞尔维亚语文坛对南斯拉夫内战等历史问题、文学奖项的价值导向等的看法都存在着不同程度的分歧。但这种分歧、内部的批判与自省，恰恰是塞尔维亚语文学及文坛的活力所在。

参考文献：

"Bojkot i dodela NIN-ove nagrade: Roman godine je *Pas i kontrabas* Saše Ilića." Web. 20. Jan. 2020.
　　<https://www.danas.rs/bbc-news-serbian/bojkot-i-dodela-nin-ove-nagrade-roman-godine-je-pas-i-kontrabas-sase-ilica/>.
"Bojkot «Ninove» nagrade: Pisci ustali protiv terora političke korektnosti." Web. 20. Jan. 2020.
　　<https://www.novosti.rs/vesti/kultura.71.html:842549-Bojkot-Ninove-nagrade-Pisci-ustali-protiv-terora-politicke-korektnosti>.
"Gutenbergov odgovor." Web. 22. Mar. 2019.
　　<https://www.rts.rs/page/radio/sr/story/24/radio-beograd-2/3461507/gutenbergov-odgovor.html>.
"Handke kao Miloševićeva sablast." Web. 11. Dec. 2019.
　　<https://pescanik.net/handke-kao-milosaviceva-sablast/>.
"Na bojkot Ninove nagrade pozvalo 18 pisaca." Web. 20. Jan. 2020.
　　<http://www.politika.rs/sr/clanak/446153/Na-bojkot-Ninove-nagrade-pozvalo-18-pisaca>.
"Peter Handke: žalost Nobelove nagrade." Web. 12. Oct. 2019.
　　<https://pescanik.net/peter-handke-zalost-nobelove-nagrade/>.
"Saša Ilić, dobitnik Ninove nagrade: Pisao sam ovaj roman četiri godine." Web. 21. Jan. 2020.
　　<https://www.blic.rs/kultura/sasa-ilic-dobitnik-ninove-nagrade-pisao-sam-ovaj-roman-cetiri-godine/z9xkxvm>.
"Sunovrat 'Ninove' nagrade: Ugledni srpski pisci bojkotuju kultno priznanje." Web. 19. Jan. 2020.

<https://www.novosti.rs/vesti/kultura.71.html:842374-Sunovrat-Ninove-nagrade-Ugledni-srpski-pisci-bojkotuju-kultno-priznanje>.

彼得·汉德克:《痛苦的中国人》,刘学慧、张帆译,上海:上海人民出版社,2016年。

丹尼洛·契斯:《达维多维奇之墓》,王幼慈译,北京:中信出版社,2014年。

彭裕超:《汉德克与南斯拉夫》,载《世界文学》,2020年,第2期。

作者单位:南开大学历史学院

2019年土耳其文学概览[1]

彭 俊 丁慧君

内容提要：2019年，土耳其依旧面临物价飞涨、失业率居高不下等重重困难，但这些困难并未阻止作家的创作，反而成了他们灵感的源泉。作家们对社会乱象进行剖析，对历史问题进行反思，创作出不少佳作。众多女性作家在各大文学奖项的评选中脱颖而出，成为2019年土耳其文坛的一大亮点。此外，土耳其加强了文学和出版领域的国际交流，中土两国在文学出版领域的合作稳步推进。本文以土耳其重要的文学奖项和文学事件为切入点，概述2019年土耳其文学创作的总体情况。

物价飞涨、失业率居高不下，2019年的土耳其依旧困难重重。但作为一个有着深厚文化底蕴的国家，其文学创作却依然保持着旺盛的生命力。动荡的政局和尖锐的社会矛盾成了作家们灵感的源泉，他们对社会乱象进行客观的剖析，对历史问题进行深刻的反思，创作出不少精彩的作品。2019年，土耳其国内共评选出大大小小几十个文

---

[1] 本文为国家社科基金重大项目"新世纪东方区域文学年谱整理与研究2000—2020"（17ZDA280）的阶段性成果。

学奖项，本文将以其中重要的文学奖项以及文学事件和文学活动为切入点，梳理介绍 2019 年度土耳其文坛的基本情况。

一、重要文学奖项及获奖作家、作品[2]

（一）奥尔罕·凯马尔长篇小说奖（Orhan Kemal Roman Armağanı）

奥尔罕·凯马尔长篇小说奖是土耳其文坛含金量最高的奖项之一，素有土耳其的"诺贝尔文学奖"之称。2019 年，共有 70 余部长篇小说参与了该奖项的角逐。经过评委会的层层筛选，最终法鲁克·杜曼（Faruk Duman，1974— ）创作的长篇小说《髯猪》（*Sus Barbatus*，2018）获得这一奖项。

杜曼是土耳其著名的小说家。1997 年，杜曼出版了他的第一部短篇小说集《别样的声音》（*Seslerde Başka Sesler*）。在这之后，他先后出版了短篇小说集《打猎归来》（*Av Dönüşleri*，1999）、《石榴之书》（*Nar Kitabı*，2001），长篇小说《四十》（*Kırk*，2006）、《带着忧伤离去的豹》（*Ve Bir Pars，Hüzünle Kaybolur*，2012）等。其中，《打猎归来》荣获 2000 年度萨伊特·法伊克短篇小说奖，《悲伤骑手》（*Keder Atlısı*，2004）荣获 2004 年度哈尔敦·唐奈尔短篇小说奖，《无花果的历史》（*İncir Tarihi*，2010）荣获 2011 年度尤努斯·纳迪长篇小说奖。

此次获奖的作品《髯猪》是杜曼历时三年完成的一部长篇巨著。故事的主人公是生活在土耳其东部山村里的一对夫妻——凯南和泽伊内普。虽然生活窘迫，但夫妻二人依然乐观、坚强。一次偶然的机

---

[2] 对于在《外国文学通览：2017》（487—501）中已经介绍过具体发展历史的文学奖项，本文将不再重复介绍。

会，凯南听说山里有野猪，决定上山打猎。时值隆冬，大雪封山，在历经千辛万苦之后，凯南终于如愿打死了一头野猪，可冰天雪地里要把这样一个庞然大物运出山显然不是一件容易的事。凯南为此吃尽了苦头，还险些冻死在雪地里，一群为了躲避抓捕而逃到山里的革命党人救了他。与此同时，革命党人法鲁克在和宪兵的冲突中受伤被俘。为了治好法鲁克的伤，好从他的口中获得革命党的情报，宪兵司令决定用马车把法鲁克送到县上的医院。冰天雪地里，法鲁克这段特殊的"旅途"充满了危机……小说构思精妙，各章节之间的呼应以及穿插其间的小故事让整部小说联结得更为紧密。作者在对"寒冬""大雪""山林""野猪""狼"等意象进行描写时不吝笔墨、细致入微，并通过这些意象隐喻了1980年政变前夕土耳其国内恶劣的政治环境。评委会在颁奖词中如是评价："《髯猪》这部小说通过描写寒冬时节土耳其东部一个小山村里的人和事，成功地再现了1980年政变之前土耳其国内紧张的政局。小说的语言和文风别具一格，将人性的弱点以及边远地区普通民众面对现实的坚强刻画得淋漓尽致。"

（二）萨伊特·法伊克短篇小说奖（Sait Faik Hikaye Armağanı）

萨伊特·法伊克短篇小说奖是土耳其短篇小说界最具影响力的奖项之一。2019年，共有62部短篇小说作品参与了该奖项的评选。最终，由青年女作家梅莉萨·凯斯麦兹（Melisa Kesmez，1980—　）创作的短篇小说集《鹰嘴豆房子》（*Nohut Oda*，2018）从众多参选作品中脱颖而出，荣获这一奖项。

凯斯麦兹是一位才华横溢的青年女作家，曾在文学类期刊和杂志上发表过不少文章，还翻译、改编了数部小说和戏剧作品，著有短篇小说集《把马拴上，我们要在这儿过夜》（*Atları Bağlayın Geceyi*

Burada Geçireceğiz,2014)、《有时,春天》(*Bazen Bahar*,2015)等。

此次获奖的短篇小说集《鹰嘴豆房子》是凯斯麦兹的新作,出版于 2018 年 9 月。小说集一共收录了 5 则短篇故事,这些故事围绕着亲情展开叙述,主人公当中既有饱受别离之苦、孤苦无依的老妇人,也有在丧母之痛中难以自拔的中年男人;既有因为地震而濒临解体的家庭,也有幼年丧母、在母亲好友抚养下长大的姐妹俩……虽然主人公以及他们的遭遇各不相同,但"忧伤"的主基调却贯穿作品始终。没有华丽的辞藻,也没有花哨的技巧,但字里行间透出的"伤"与"痛"却直击读者的心灵。

(三)尤努斯·纳迪奖(Yunus Nadi Ödülleri)

尤努斯·纳迪奖创办于 1946 年,是土耳其文化和艺术领域历史最为悠久的奖项之一。2019 年,共有 495 部作品参加了该奖项的评选。最终,包括长篇小说、短篇小说和诗歌在内的 5 部作品一路过关斩将,最终获得尤努斯·纳迪奖文学类别奖项。具体如下。

1. 长篇小说类获奖作品:《来自光的国度》(*Işık Ülkesinden*,2018),作者泽伊内普·戈于什(Zeynep Göğüş,1952—)。

泽伊内普·戈于什是土耳其著名的女记者、作家,《来自光的国度》是她创作的第一部长篇小说,出版于 2018 年。一战后,被列强瓜分的奥斯曼帝国陷入了混乱。小说的主人公韦利贿赂司机,带着一大家子人偷偷登上火车,从色雷斯迁居到了戈兹泰佩。在整个国家都面临变革的大背景下,这个家族的生活也不可避免地受到了冲击……小说通过讲述巴伊拉克塔尔家族的迁居和发展,真实地再现了共和国成立后土耳其发生的深刻变化,以及这些变化给民众的生活和心理带来的巨大冲击。小说中,时间和空间跟随主人公的思绪巧妙地进行切换,使得"往昔"和"当下"之间的对比直接但不突兀。作者对于人物内心世界的刻画细致入微,让人们内心遭受的冲击显得更真实、更震撼。

2. 两部作品获得短篇小说奖,分别是:巴努·厄兹于莱克(Banu Özyürek,1979—)的《造型》(*Poz*)和托姆利斯·阿尔帕伊(Tomris Alpay,1943—)的《居尔蕊、阿贾乌妮和琪尔哈》(*Gülsün, Agavni, Zilha*)。

《造型》是厄兹于莱克创作的第二部短篇小说集,出版于 2019 年 2 月。小说集共收录了 16 则小故事,这些故事大多是围绕着"城里人"的喜怒哀乐展开叙述的,情节之间无关联、人物之间无交集,文风带有讽刺意味。和作者的第一部作品相比,《造型》的文风更加犀利,批判和讽刺的意味也更为浓厚。

《居尔蕊、阿贾乌妮和琪尔哈》出版于 2018 年 8 月。小说集以 20 世纪 50 年代的伊斯坦布尔为背景,讲述了一个女性群体的普通生活,展现了她们宽容善良、吃苦耐劳、彼此关爱的美德。不同的故事彼此交织,将那个特殊年代的伊斯坦布尔以及普通民众的真实生活展现在读者面前。整部作品形象鲜明、文笔精炼、语调舒缓,作者将自己的童年回忆和亲身体会融入其中,让作品更具感染力。

3. 两部诗集荣获诗歌奖,分别是:阿巴·穆斯利姆·切利克(Âba Müslim Çelik,1952—)的《伊尔汗的外套布满血渍》(*İlhan'ın Paltosu Kanlı*)和哈坎·萨乌勒(Hakan Savlı,1965—)的《愤怒嘉年华》(*Kırgın Karnaval*)。

切利克于 1989 年出版了第一部诗集《婆婆纳》(*Peryavşan*),并荣获杰伊浑·阿图夫·坎苏诗歌奖。在这之后,他又陆续出版诗集《华丽琴鸟》(*Lirkuşu*,2000)、《夜莺之死》(*Bülbülün Ölümü*,2006)

等。2008年，切利克凭借诗集《内贾提居尔》（*Necatigül*）荣获杰玛尔·苏莱亚诗歌奖。

此次获奖的诗集《伊尔汗的外套布满血渍》是为纪念20世纪70年代土耳其著名的左翼诗人伊尔汗而创作的组诗，出版于2018年11月。切利克通过想象艺术地再现了伊尔汗被捕入狱、遭受军警毒打并最终惨死狱中的场景。诗句简朴精炼、饱含深情，其中哥哥目睹弟弟惨死、呼唤弟弟醒来的那段诗，尤为感人，令人不禁掩卷长泣。

萨乌勒出版过不少诗集，如《被遗忘的童年回忆》（*Unutulmuş Çocukluk Eskizleri*，1995）、《浪花》（*Köpükler*，1996）、《围棋课》（*Go Dersleri*，2000）、《橙黄》（*Turuncu*，2005）等，并曾荣获萨布利·阿尔特奈尔诗歌奖（1994）、杰玛尔·苏莱亚诗歌奖（1995）和贝赫切特·内贾提吉尔诗歌奖（2001）。

此次获奖作品《愤怒嘉年华》是萨乌勒创作的第8部诗集，正式出版于2020年1月（获奖时该诗集尚未正式出版）。诗集一共收录了25首萨乌勒的最新诗作，其中部分作品或是歌颂爱情，或是向诗人和诗歌致敬，笔触细腻优美，尽显诗歌与爱情之美好；还有部分作品植根现实，以诗歌的形式对社会热点问题做出回应，文风犀利、寓意深刻。

（四）土耳其作家协会年度作家、思想家和艺术家奖（TYB Yılın Yazar, Fikir Adamı ve Sanatçıları Ödülleri）

年度作家、思想家和艺术家奖由土耳其作家协会于1978年创办，主要用以表彰为土耳其文化和艺术事业做出杰出贡献的人士，涵盖领域包括文学、文化和出版传媒等。2019年，在文学领域获得该奖项的作家和作品如下。

1. 布尔珠·葛文（Burcu Güven，1977—　）和他的长篇小说《梦幻世界指南》(*Alemi-Misal Rehberi*，2019)

《梦幻世界指南》是布尔珠·葛文的第一部长篇小说，该小说问世后广受读者好评，葛文也因此荣获土耳其作家协会年度作家、思想家和艺术家奖。小说主人公埃亚姆是一位对梦幻世界充满幻想的书商。一天夜里，他梦见了很多字符。醒来后，他根据梦中所见写下了一则预言。难解其中真意的埃亚姆向长老请教，长老则建议他将阿瑟姆（一个总是觉得自己是瞎子的杂货商）和麦斯图尔（一个同样对梦幻世界感兴趣的学徒）带在身边，一同前往梦幻世界，去拯救陷入恶魔之手的梦幻之神。于是，三个年轻人结伴同行，开启了一段前往梦幻世界的奇幻之旅。小说的构思颇为巧妙，现实与梦幻交织其中，让人难辨真假。此外，小说的语言极富哲理和梦幻色彩，在给人以教益的同时也勾勒出了一幅别样的伊斯坦布尔画卷。

2. 埃敏·居尔达穆尔（Emin Gürdamur，1980—　）和他的短篇小说集《最晚到的人》(*Herkesten Sonra Gelen*，2019)

短篇小说集《最晚到的人》是居尔达穆尔的第二部作品，出版于2019年2月。小说集一共收录了14则小故事，每则故事都围绕着一个不同的人物展开叙述，或是童话世界里的巫婆，或是陷入作品难以自拔的诗人，或是现代城市的迷失者，或是深夜恪尽职守的守卫……和其第一部作品相比，《最晚到的人》主题更为多样，既有忧愁与苦痛，也有梦幻与爱情。从创作角度来看，《最晚到的人》在人物内心的刻画上更为细腻，在情节设计和叙述上也更为清晰和直白。

3. 哈坎·沙尔克代米尔（Hakan Şarkdemir，1971—　）和他的诗集《纷争》(*Fiten*，2019)

1997年，沙尔克代米尔出版了他的第一部诗集《沉没的石磨》(*Batık*

Değirmenler)。在这之后，他又陆续出版诗集《点名》(Tadat, 2006)、《地心引力》(Yerçekimi Bilgisi, 2007) 以及随笔集《英雄的回归：关于现代抒情诗》(Kahramanın Dönüşü: Modern Epik Şiir Üzerine, 2008) 等。

此次获奖的诗集《纷争》是沙尔克代米尔的最新作品，出版于2019年5月。诗集收录了沙尔克代米尔近几年创作的诗歌，这些诗歌立足于生活和社会现实，抒写了现代化进程给人们带来的困扰以及当今社会普遍存在的痛苦和焦虑感等。和沙尔克代米尔以往的作品一样，诗集《纷争》节奏鲜明，韵律感十足。除此之外，诗集内容丰富但不显芜杂，诗句优美抒情但蕴含深意、发人深思。

二、重要的文学事件与文学活动

1. 文学大师的陨落：小伊斯坎德尔（Küçük İskender, 1964—2019）和努里·帕克蒂尔（Nuri Pakdil, 1934—2019）相继离世

2019年，两位重量级作家的相继离世给土耳其文坛蒙上了巨大的阴影，也给土耳其乃至世界各国的文学爱好者们带来了巨大的伤痛。

7月3日，在和癌症斗争了一年有余后，土耳其著名诗人、作家小伊斯坎德尔在医院与世长辞，享年55岁。小伊斯坎德尔原名戴尔曼·伊斯坎德尔·厄维尔（Derman İskender Över）。他是土耳其"垮掉派"诗人的代表人物，其作品主题以绝望、反叛和抨击社会为主，曾荣获穆拉特·阿勒布尔鲁诗歌奖（2000）、麦利赫·杰夫代特·安达伊诗歌奖（2006）、埃尔达尔·厄兹文学奖（2014）、贝赫切特·内贾提吉尔诗歌奖（2017）以及尤努斯·纳迪诗歌奖（2018）等诸多奖项。代表作有诗集《我的脸容不下我的眼》(Gözlerim Sığmıyor

Yüzüme，1988)、《幸福是可耻的》(*Çok Ayıp Bir Şey Mutluluk*，2004)、《这回很糟》(*Bu defa çok fena*，2011)。此外，他还出版了小说《双子座》(*İkizler Burcu Hikayeleri*，1993)、《伽利略的圆规》(*Galileo'nun Pergeli*，2009)以及多部随笔集。

10月18日，土耳其文坛的重量级人物努里·帕克蒂尔在安卡拉因病去世，享年85岁。努里·帕克蒂尔素有"七贤之一"和"耶路撒冷诗人"的美誉，在土耳其拥有众多的读者。1969年，他和拉希姆·厄兹德厄伦等人共同创办了《文学》杂志；1972年，他牵头创办了《文学》杂志出版社。他一生共创作了40余部作品，其中以诗集和随笔集为主，如《母亲与耶路撒冷》(*Anneler ve Kudüsler*，1981)、《文学之塔》(*Edebiyat Kulesi*，1984)、《笔城》(*Kalem Kalesi*，1998)等。帕克蒂尔是伊斯兰的坚定支持者，其作品的主题之一便是呼唤伊斯兰世界的团结、和平与繁荣。他曾荣获文化和旅游部的文化和艺术大奖（2010）、内吉普·法泽尔奖（2014）。2019年11月25日，土耳其总统府将年度文化和艺术大奖授予帕克蒂尔，以表彰和悼念这位为土耳其文学发展做出巨大贡献的文学家。

2. 首届"土耳其文学"夏令营活动在伊斯坦布尔举行

2019年7月22日至8月4日，由尤努斯·埃姆雷研究所主办的"土耳其文学"夏令营活动在伊斯坦布尔举行，来自20多个国家的百余名学员参加了此次夏令营活动。除了讲座、研讨会等传统活动外，主办方还邀请了玛里奥·列维、阿赫迈特·于米特、伊斯坎德尔·帕拉等土耳其知名作家和学员们进行了面对面的交流，让学员们近距离感受到土耳其文学以及文学大家的魅力。此外，夏令营期间学员们还参观了纯真博物馆、萨伊特·法伊克纪念馆等位于伊斯坦布尔的博物馆和作家纪念馆。

尤努斯·埃姆雷研究所是一个非营利性的公益机构，隶属于尤努斯·埃姆雷基金会。为了在世界范围内宣传和推广土耳其语，尤努斯·埃姆雷研究所每年暑假都会举办"土耳其语"夏令营。2019年是尤努斯·埃姆雷研究所成立十周年，因此今年的夏令营活动除了"土耳其语"外又增设了"文学""电影""考古"和"科学"等四个不同主题的夏令营活动。

3. 第7届伊斯坦布尔水仙国际诗歌节（Uluslararası İstanbulensis Şiir Festivaeli）在伊斯坦布尔举行

从2012年开始，伊斯坦布尔苏丹贝伊利区政府开始举办伊斯坦布尔水仙国际诗歌节。这是一项国际性诗歌交流活动，旨在提升民众对于诗歌的兴趣，促进诗歌的国际交流。2019年10月23—25日，第7届伊斯坦布尔水仙国际诗歌节在伊斯坦布尔内吉梅丁·埃尔巴坎文化中心举行，来自希腊、保加利亚、罗马尼亚、阿尔巴尼亚等10个国家的30余名诗人参加了此次诗歌盛会。

本次诗歌节的主题是"巴尔干风"，围绕着这一主题主办方举办了读诗会、作品展以及巴尔干风情音乐会等众多精彩纷呈的活动。活动中，诗人们带来了自己的最新作品，分享了对诗歌的理解以及创作中的感悟。此外，诗人们还走进伊斯坦布尔的校园，和热爱诗歌的青年学生们进行了零距离的交流。

4. 第38届伊斯坦布尔国际书展（Uluslararası İstanbul Kitap Fuarı）

2019年11月2—10日，第38届伊斯坦布尔国际书展在伊斯坦布尔图亚普会展中心举行。本届书展由图亚普会展公司与土耳其出版协会联合举办，共有来自20个国家的800多家书商和出版机构参加了本届书展。本届书展的主题是"五十年代文学"，主嘉宾是土耳其著名短篇小说作家阿德南·厄兹亚尔钦奈尔（Adnan Özyalçıner）。

书展期间，组委会组织了研讨会、读诗会、见面会和签售会等各类活动近300场。此次书展还专门组织了"我的处女作"活动，共有30余位青年作家带着他们的处女作参加了该项活动。

由中国国家新闻出版署主办、中国教育图书进出口公司协办的"中国图书展"也亮相本届书展。此次"中国图书展"以"阅读中国"为主题，展出了8个类别、800余册精品图书，反映了中国在人文社科和科技领域的最新研究成果。此外，展台还特别设立了"新中国成立70周年图书专架"，集中展示了新中国成立以来在政治、经济、文化、军事等各领域取得的巨大成就。活动开幕式上，中国展台还举办了书法、茶艺等中国传统文化表演活动，受到了主办单位和现场观众的一致好评。书展期间，加努特出版社等多家土耳其出版商同中国参展单位商谈了版权引进、合作出版等事宜。

结语

通过对2019年土耳其主要文学奖项和文学事件的梳理，我们可以看出：在经济形势严峻、社会矛盾加剧的现实面前，作家们通过不同的方式进行文学创作，以不同主题表达对国家历史和社会现实的看法。女性作家的文学成就尤其突出，在尤努斯·纳迪奖的评选中，有3位女作家获得该奖项。女作家们通过女性视角审视世界，用生动细腻的笔触展示了女性的生活和精神状态；此外，土耳其愈发重视文化输出，加强了文学和出版领域的国际交流，中土两国在该领域的合作稳步推进。

参考文献：

Aişe Hümeyra Bulovalı, Musa Alcan. "38. Uluslararası İstanbul Kitap Fuarı Sona Erdi."

10 Nov. 2019. Web. 7 May. 2020.
<https://www.aa.com.tr/tr/kultur-sanat/38-uluslararasi-istanbul-kitap-fuari-sona-erdi/1641107>.

Ayda Baloğlu. "Bir Devrin Anatomisi: Gülsün, Agavni, Zilha." 5 Apr. 2019. Web. 15 Apr. 2020.
<https://www.paros.com.tr/Makale/bir-devrin-anatomisi--gulsun--agavni--zilha>.

Ceren Kozalıoğlu. "Nohut Oda." Web. 17 Mar. 2020.
<https://kitap.yazarokur.com/nohut-oda>.

"Cumhurbaşkanlığı Edebiyat Ödülü Pakdil'e." 29 Nov. 2019. Web. 20 May 2020.
<https://www.sabah.com.tr/guney/2019/11/29/cumhurbaskanligi-edebiyat-odulu-pakdile>.

"Faruk Duman, Sus Barbatus romanı ile okurlarla buluşuyor." 13. Nov. 2018. Web. 22 Feb. 2020.
<https://www.cnnturk.com/kultur-sanat/kitap/faruk-duman-sus-barbatus-romani-ile-okurlarla-bulusuyor>.

"İşte, 2019'da kültür-sanat alanında yaşananlar…" 29 Dec. 2019. Web. 15 May 2020.
<https://www.krttv.com.tr/kultur-sanat/iste-2019da-kultur-sanat-alaninda-yasananlar-h23277.html>.

Mehmet Özçataloğlu. "Banu Özyürek'le Söyleşi." 12 Feb. 2020. Web. 7 Apr. 2020.
<https://edebiyatburada.com/banu-ozyurekle-soylesi/>.

"Nohut Oda Kitap Özeti ve Kısa Açıklaması." 3 Oct. 2018. Web. 17 Mar. 2020.
<https://sizekitap.com/hikaye/nohut-oda/>.

Ömer Yalçınova. "Arkadaşı değil yoldaşı olan şair: Hakan Şarkdemir." 15 Aug. 2014. Web. 3 May 2020.
<https://www.dunyabizim.com/arkadasi-degil-yoldasi-olan-sair-hakan-sarkdemir-makale,1388.html>.

Ömürcan Bozali. "Sus Barbatus! Kışın ömrü uzun mu?" 1 Mar. 2019. Web. 27 Feb. 2020.
<http://www.edebiyathaber.net/sus-barbatus-kisin-omru-uzun-mu-omurcan-bozali/>.

"Sait Faik Hikaye Ödülü Melisa Kesmez'in Oldu." 15 May 2019. Web. 10 Mar. 2020.
<https://boldmedya.com/2019/05/15/sait-faik-hikaye-odulu-melisa-kesmezin-oldu/>.

"Sait Faik Öykü Ödülü." 17 May 2019. Web. 10 Mar. 2020.
<http://www.aksisanat.com/2019/05/17/sait-faik-oyku-odulu/>.

Salih Bolat. "İlhan'ın Paltosu Kanlı." 20 Oct. 2019. Web. 22 Apr. 2020.
<https://www.gazeteduvar.com.tr/kitap/2019/10/20/ilhanin-paltosu-kanli/>.

"Son dakika: Yazar Nuri Pakdil vefat etti." 18 Oct. 2019. Web. 20 May 2020.

<https://www.ahaber.com.tr/gundem/2019/10/18/son-dakika-yazar-nuri-pakdil-vefat-etti>.

Tuğba Gürbüz. "Yazarsınız, iyiyse, iyi bir bileşimse öyküdür, kötüyse de öykü değildir." 22 Feb. 2018. Web. 10 Apr. 2020.
<https://www.mevzuedebiyat.com/yazarsiniz-iyiyse-iyi-bir-bilesimse-oykudur-kotuyse-de-oyku-degilir/>.

"Türk edebiyatı, dünya gençlerine öğretiliyor." 1 Aug. 2019. Web. 23 May 2020.
<https://www.haberler.com/turk-edebiyati-dunya-genclerine-ogretiliyor-12294505-haberi/>.

"Türk Edebiyatı Yaz Okulu başladı." 22 Jul. 2019. Web. 26 May 2020.
<https://www.haberler.com/turk-edebiyati-yaz-okulu-basladi-12267771-haberi/>.

"TYB'nin 2019 ödüllerinin sahipleri belli oldu." 1 Jan. 2020. Web. 25 Apr. 2020.
<https://www.sabah.com.tr/kultur-sanat/2020/01/01/tybnin-2019-odullerinin-sahipleri-belli-oldu>.

"Yazar Emin Gürdamur İlkadımlılarla buluştu." 12 Apr. 2018. Web. 3 May 2020.
<https://www.mynet.com/yazar-emin-gurdamur-ilkadimlilarla-bulustu-110104008788#7388183>.

Zeki Ordu. "Emin Gürdamur." 10 Nov. 2014. Web. 30 Apr. 2020.
<http://www.unyetv.net/icerik/kose-yazilari/emin-gurdamur/>.

"Zeynep Göğüş Işık Ülkesinden romanı Yunus Nadi Ödülü'nü kazandı." 2 Oct. 2019. Web. 25 Mar. 2020.
<https://724kultursanat.com/zeynep-gogus-isik-ulkesinden-romani-yunus-nadi-odulunu-kazandi/>.

"Zeynep Göğüş'ün İlk Romanı: Işık Ülkesinden." 3 Jan. 2019. Web. 25 Mar. 2020.
<https://kitapeki.com/zeynep-gogus-isik-ulkesinden/>.

"Zeynep Göğüş ve 'Işıklar Ülkesinden'." 2 Mar. 2019. Web. 2 Apr. 2020.
<http://www.24saatgazetesi.com/zeynep-gogus-ve-isiklar-ulkesinden/>.

"7. Uluslararası İstanbulensis Şiir Festivali." 27 Oct. 2019. Web. 12 May 2020.
<https://www.asanatlar.com/7-uluslararasi-istanbulensis-siir-festivali/>.

"38. Uluslararası İstanbul Kitap Fuarı Açıldı." 2 Nov. 2019. Web. 7 May 2020.
<https://www.fikriyat.com/kultur-sanat/2019/11/02/38-uluslararasi-istanbul-kitap-fuari-acildi>.

"48. Orhan Kemal Roman Armağanı." 31 May 2019. Web. 22 Feb. 2020.
<http://beyazgazete.com/haber/2019/5/31/48-orhan-kemal-roman-armagani-5084873.html>.

"48. Orhan Kemal Roman Armağanı, Faruk Duman'ın." 17 May 2019. Web. 2 Mar. 2020.
<https://www.kulturservisi.com/p/48-orhan-kemal-roman-armagani-faruk-

dumanin/>.

丁慧君,彭俊:《土耳其现当代文学作品选读》,广州:世界图书出版公司,2018年。

李婧璐:《电子工业出版社等亮相土耳其伊斯坦布尔国际书展》,2019年11月5日。
<https://www.chinaxwcb.com/info/557521>.

作者单位:解放军信息工程大学洛阳校区

2019年西班牙语文学概览

杨 玲

内容提要：2019年西班牙语文学从主题上呈现出一种"轮回"，几部作品都将历史与当下，甚至与未来相系，解读三者之间的循环往复，说明历史埋下的种子一定会生根发芽，当下的困境、未来的绝境必能在过去找到根源。此外，有的作品进一步解构了虚构与真实的关系，辩证诠释了艺术与生活之间的联系；另一些作品则借助悬疑惊悚、疯狂冒险的情节揭露社会问题。本年度涌现的文坛新秀不容小觑。青少年文学突破传统，立意深远，值得关注。

西班牙作家阿图罗·佩雷斯-雷韦德（Arturo Pérez-Reverte，1951— ）在创作了30部小说后，回到了西班牙文学的源头，创作了小说《熙德》（*Sidi*），从当代视角重新书写了西班牙文学第一部标志性作品中的英雄。这或许具有某种象征意义，启示了2019年西班牙语文学的整体特征，那就是从文学的源头上寻找灵感，从历史中寻找当代社会问题的根源。解构并重构虚构与现实、艺术与生活之间的关系是另一重要主题；悬疑、惊悚、冒险是回归情节、回归传统叙事的重要表现,但这些元素仅是手段,反思现实的社会问题才是作家的初衷。

一、历史与当下,未来与轮回

阿图罗·佩雷斯-雷韦德的小说《熙德》的基本情节来源于西班牙文学史上最早的、保存最完整的史诗《熙德之歌》,但并没有拘泥于传统,而是挖掘了英雄史诗的另一个侧面,也没有一味地强调荣誉的失而复得,而是突出了流放的主题,凸显了人在宿命的压迫下艰难求生的景象,写出了更真实的人性。故事还是我们熟悉的那个故事,熙德受佞臣诬陷,国王下令将其流放,于是熙德不得不离开卡斯蒂利亚王国,与摩尔人作战,攻占摩尔人治下的土地,以便找到容身之地。他在征战过程中,名扬四方,重新得到了国王的认可。然而,在佩雷斯-雷韦德的小说中,我们读到的不是金戈铁马、战无不胜的英雄气概,而是在突如其来的厄运下,一群别无选择的将士开启了看不到未来的流亡生涯,他们将生命作为赌注,投入到战争之中,身上整日混着汗臭、铁锈、马粪和柴火的味道,哪怕是最年轻的士兵也饱经风霜,眼角布满皱纹,双手尽是老茧。他们残忍地搏斗,死亡在他们眼中习以为常。佩雷斯-雷韦德向我们展示的是一个艰难的世界,虽然不乏同情与怜悯、荣耀和激情,但更多是残酷、挣扎和卑微。

哥伦比亚女作家安赫拉·贝塞拉(Ángela Becerra,1957—)的小说《某一天,今天》(*Algún día, hoy*,2019)堪称一部女性的史诗,以哥伦比亚历史上第一位女性罢工的领导者贝斯塔贝·埃斯皮纳尔为原型,讲述了一个发生在19世纪20年代的真实故事。在一个疾风骤雨的夜晚,一个私生女降生了,年轻的母亲甚至想把她塞回自己的腹中,又或是带着她一起跳入河中,只因为不想让女儿在那样一个女性地位极其低下的时代重复自己悲惨的命运。然而,没有人能料想到，这个女婴骨子里带着的与生俱来的女性力量，日后将冲破一切樊篱，领导哥伦比亚的纺织女工争取自己的权利，改变哥伦比亚的命运。这个从一出生就开始为生存权利而战的婴儿就是埃斯皮纳尔。小说将魔幻与现实融为一体，情节跌宕起伏，同时再现了姐妹情谊的女性主义主题。如果说埃斯皮纳尔的降生与不贞和死亡相伴，那么故事中的另一位女性人物——与埃斯皮纳尔同一天出生的卡皮托利娜的情况则截然相反，出身高贵而正统，本应集幸运与宠爱于一身，但两位女性却遭受了同样的命运，不但无人怜爱，甚至还要受人奚落和唾弃，因为在那个重男轻女的年代里，女性的出生本身就是一种罪过。小说中嵌入了女主人公的日记，不仅构成了"书中书"的结构，更通过日记体刻画了女主人公内心的不安、渴望、激情和勇气。贝塞拉凭借第一部小说《关于被拒绝的爱情》（De los amores negados，2003）成为"魔幻唯心主义"的代表作家，被认为是继加西亚·马尔克斯之后拥有最多读者的哥伦比亚作家之一。然而，此"魔幻"非彼"魔幻"，贝塞拉笔下的"魔幻"和马尔克斯的不同。"魔幻唯心主义"原本是德国浪漫主义作家诺瓦利斯提出的诗歌概念，这里的"魔幻"突出的是对精神力量的肯定，对唯理论的反对。诺瓦利斯认为人的灵魂与肉体具有相似性，宇宙的存在与其精神也有相似性，一如人的灵魂管理其肉体，宇宙的精神同样管理其存在，基于这种相似性，人与宇宙之间有着天然的联系，人可以通过自我的规划达到对世界的规划。而诗人则是这项使命的承担者，诗人将精神作用于物体，将非意志转化为意志，将宇宙精神化，使自然道德化。安赫拉·贝塞拉借鉴了这一思想，提出魔幻为情感服务，使情感得到表达，进而使现实被重新塑造。

智利女作家伊莎贝尔·阿连德（Isabel Allende，1942— ）的小说《大海中的长花瓣》(*Largo pétalo de mar*, 2019) 讲述了关于流亡的故事，时间跨度 60 年，从 20 世纪 30 年代一直到 90 年代，将西班牙内战和智利军事政变两段重要历史串联起来。小说标题中的"长花瓣"出自聂鲁达的诗句，在作家笔下，智利是一个黑与白、冰与火共存的神奇国度，宛如"大海和冰雪之中的长花瓣"(Neruda)。故事开篇，西班牙内战如火如荼，一名年轻的医生及其钢琴师女友不得不背井离乡，流亡法国，继而搭乘聂鲁达安排的温尼伯号海轮，与 2000 多名流亡者一起辗转来到智利。在这里，流亡者曾被奉为英雄，过上和平而自由的日子，直到智利政变，他们再次失去了家园。小说中，温尼伯号海轮象征着希望，而它的目的地智利的瓦尔帕莱索（意为"去往天堂"）更是流亡者心目中的伊甸园。小说结尾处，则是"失乐园"的再现，主人公不得不再次踏上流亡之旅。男主人公被设计为医生也颇具深意，更衬托出战争的可怖和生命的可贵。见惯生离死别的他，面对战争的残酷依旧无法超脱释然，抱着在他怀中死去的青年，其内心仿佛被撕裂，感叹随着生命一起消逝的是"过去的记忆，现在的意识，未来的希望"(Allende, 74)。聂鲁达及温尼伯号的故事也是小说中的重要背景。众所周知，西班牙内战爆发后，聂鲁达在得知好友西班牙著名诗人洛尔卡被佛朗哥军队残忍杀害，并目睹了生灵涂炭的战争景象后，开始坚定地支持西班牙共和派的反法西斯战争，创作了著名长诗《西班牙在我心中》(*España en el corazón*, 1937)，正如其在回忆录中所说的："改变我诗歌创作的这场西班牙战争，就这样以一位诗人的失踪而开始了。"("Biografía, Pablo Neruda") 1939 年，西班牙第二共和国战败，聂鲁达主动申请到巴黎担任西班牙难民事务特使，通过外交途径，帮助许多流亡法国的西班牙人获得智利签证，并租用了温尼伯号海轮，将 2000 多名流亡者成功送往智利。这段历史在小说中得以还原，聂鲁达作为人物出现在故事中，亲自接待了主人公，并帮助其登上温尼伯号海轮，由此伊莎贝尔·阿连德成功致敬了这位智利的伟大诗人。尽管在这位"穿裙子的加西亚·马尔克斯"的女作家的后期作品中，魔幻的成分逐渐隐去，小说中仍能窥见"魔幻"的影子，例如内战前后的牺牲者不计其数，以至于农民称土地里长出了血色的洋葱，又如海边出现的浑身长满鳞片的女孩等。在这样一个奥德赛式的流亡故事里，读者依然能感受到女作家将现实与虚构融为一体，及其超越现实的独特笔触。

墨西哥女作家埃莱娜·波尼亚托夫斯卡（Elena Poniatowska，1932— ）的小说《波兰情人》（*El amante polaco*，2019）堪称历史与当下之间关联的完美诠释，其将过去与现在交织在一起，也将其家族的历史融入其中。1743年，波兰王位继承战争已然展开，还是少年的斯坦尼斯瓦夫正和母亲欣赏着冬天的景色，从未想过自己将成为波尼亚托夫斯基王朝的缔造者和统治者。时光跳转到两个世纪以后，埃莱娜最后一次看着巴黎落下的雪花，等待她的是前往墨西哥的漫长旅行，因为她即将前往母亲的故乡，以躲避欧洲的战火。众所周知，埃莱娜·波尼亚托夫斯卡是波兰王室的后代，其祖父是波兰最后一位君主制国王的侄子。作家将跨越两个世纪的两段历史关联起来，通过平行叙事，将18世纪中叶风云变幻的欧洲和20世纪中叶文学沙龙方兴未艾的喧闹的墨西哥同时呈现在读者眼前，试图解读历史与当下之间千丝万缕的联系。

西班牙作家阿尔勃特·埃斯皮诺萨（Albert Espinosa，1973— ）的小说《轮回》（*Lo mejor de ires volver*，2019）讲述了一个未来世界和因果轮回的故事。2071年女主人公将满100岁，作为高寿的回报，她得到了一次决定他人命运的权利，可以裁判三个人的生死轮回，有权借此机会对给其一生造成痛苦的人施以惩罚。她需要做的只是把她决定惩罚的人的名字告诉负责执行的机器人。于是，她陷入了回忆之中。读者也跟随着她的回忆，回顾了 20 世纪 70 年代以降世界的种种变化。小说的每章都以主人公的回忆开篇，以机器人的思考结尾，结构也可谓独具匠心。

2020 年文学界最令人唏嘘的事件就是智利作家路易斯·塞普尔维达（Luis Sepúlveda，1949—2020）因新型冠状病毒肺炎而去世，而就在 2019 年，塞普尔维达出版了新作《白鲸的故事》（*Historia de una ballena blanca*，2019），真所谓世事无常。《白鲸的故事》是一部以白鲸为视角的寓言体小说。一个智利小男孩在海边拾到一枚贝壳，竟然听到从里面传来一个遥远的、充满智慧的声音。原来，这声音来自一头白鲸，几十年来它肩负重任，守护着这片海洋和生活在这里的人们，与那些不懂得尊重生命的捕捞者、捕鲸人不停地进行着斗争。塞普尔维达一向偏爱寓言体，2016 年发表的《忠狗轶事》同样是一部寓言体小说，以狗的视角，反观了现代文明的残忍，批判人类打破大自然之和谐的恶行。如今全球疫情爆发，反观塞普尔维达的寓言体小说，更觉触及内心，如此的作品诚然是这位智利作家给人类敲响的最后警钟。

二、虚构与现实，艺术与生活

西班牙作家胡安·何塞·米利亚斯（Juan José Millás，1946— ）的小说《人生百态》（*La vida a ratos*，2019）以日记体展开，作为主人公的胡安·何塞·米利亚斯出现在小说中，于是读者跟随着虚构的作家，走进他的写作工作室，进入他的创意写作课，又跟随他与心理医生进行治疗面谈，在城市的大街小巷中漫步，见证作家的幽默、焦虑，甚至是神经质，解构虚构与真实的界限。小说以一周时间为一章，时而记录的是一些零零碎碎的琐事或者趣闻，时而又是意识流似的断断续续的思考，而这些看似细碎而无序的事件之间实则存在着内在的逻辑和联系。小说开篇，作者由一个问题引入："很快我就要满66岁了。我老了吗？"（Millás, 1）继而，他借助元小说的方式，巧妙地交代了这部书的来龙去脉："于是我脑中就蹦出了写一本老年日记的想法。一本老年日记。从哪儿开始写呢？比如说，上个星期我在牙医那儿，他给我拔掉了上颌右侧最里面的一颗牙。这是我失去的第一颗牙……"（1）西班牙有一个风俗，小朋友掉牙时，神秘的小老鼠佩雷斯会给他们一个礼物，作为失去心爱之物的补偿。由此，作家推测，或许老年掉牙，也会得到一只名叫佩雷斯的大老鼠的眷顾："它会用一个叫做'死亡'的礼物来补偿你所有的损失。"（2）显然，老年是这部作品的重要主题之一，而且读者很快就会发现，书中表达的并非英雄迟暮的感慨，而是一位智者对当下的荒谬现实的感受和思考。当他在窄小的试衣间里手忙脚乱地试穿衣服时，他觉得自己仿佛处于一只装有镜子、垂直摆放的棺材里；他想把电视关掉，却找不到遥控器，手动按钮也坏了，濒临疯狂的他给维修公司打电话，得到的回复是拔掉插头，他当场愣住，因为在他看来，就好像电视和冰箱出售时就已经插上了电源；他购买新电视时，售货员劝说他购买保险，他认真地询问是否需要给会员卡也上一份保险；刚入住酒店的他想到的是火灾的可能性，于是先数了数灭火器的数量，又研究了建筑平面图，最后直接从楼梯跑下了15层楼。他与这个飞速发展的世界格格不入、水火不容，其笨拙而孤独的反抗只能换来堂吉诃德式的悲凉结局。《西班牙邮报》称，《人生百态》远非一般的日记体小说，而是胡安·何塞·米利亚斯创造的一种新体裁——"玄幻日记体"；《世界报》

则称其为"超现实主义日记"("La vida a ratos")。

西班牙作家古斯塔沃·马尔丁·加尔索（Gustavo Martín Garzo，1948— ）的小说《不存在的树枝》（*La rama que no existe*，2019）以抒情诗式的语言诠释了艺术与生活、爱与失去的关系，展现了当代人的孤独和痛苦。小说采用第一人称叙事，叙事者是一位沿海小镇的中学自然科学教师。一日，无聊而空虚的生活被一位新来学校的法国文学女老师打破。然而，神秘的女老师背负着往日的痛苦，无法自拔，因为正是由于她的驾驶事故，造成了儿子的离世。书中的另外一位主人公是曾与女主人公有过惊心动魄爱情的画家，因为内心的痛苦而失去了艺术的灵感，隐居世外。三人的故事交织在一起，通过片段式的回忆穿插在主线之中。小说的题目来自主人公画家的一幅画作的名字，而真正的出处则是西班牙诗人路易斯·塞尔努达的诗句："渴望是一个问题，/回答却并不存在，/它是一片树叶，树枝并不存在，/一个世界，天空却不存在。"作家在小说中借人物之口解读了人生的阙如和艺术的作用：艺术谈论的并非是我们所拥有的，而是我们所匮乏的艺术之美体现在世界以及我们内心的幽暗一面。

西班牙女作家克里斯蒂娜·加西亚·莫拉雷斯（Cristina García Morales，1985— ）的小说《轻松阅读》（*Lectura fácil*，2018）因其别具一格的原创性获得了2019年西班牙国家文学奖的叙事文学奖。小说讲述了四位被医学诊断为智障的女人的故事。她们人生的大部分时间都在社会为智障人士提供的疗养院中度过，最后相聚到一间公寓里，相互支撑，对抗生活的艰辛。智障人士的困境不仅在于自身，更体现在其与周围环境的关系中，但从四位主人公的身上，我们看到的是她们面对人生的逆境、环境的压迫所表现出的超乎寻常的能力。她们的生存环境便是当下社会问题普遍存在、压力无处不在、经济出现倒退的巴塞罗那：在这里，非同寻常的"占屋"运动如火如荼；在这里，有着与法律相抗衡的超现实般的西班牙草根组织；在这里，无政府主义泛滥，社会乱象百出。为了反映这样一个光怪陆离的社会，作家将多种文体的文本"拼贴"在小说中，例如针砭时弊的杂志文章，主人公回击人身侮辱的声明，草根组织的章程等。小说的题目"轻松阅读"一词源于英文"easy read"，又译为"易读"，是一种呈现信息的方法，旨在减轻阅读困难。作家既借此展现作为智障人士的主人公解读世界的方式，同时也将这样一种理念运用到自己的叙事技巧和语言风格之中，对代表着资本主义表达方式的文学修辞提出质疑，使作品达到了耳目一新的效果。评论界认为，莫拉雷斯是"西班牙当代文学中最具潜力、最富创造力和创新力的80后作家"（"Cristina Morales，Premio Nacional de Narrativa 2019"）。

智利女作家玛尔塞拉·塞拉诺（Marcela Serrano，1951— ）的小说《披肩》（*El manto*，2019）是一部非虚构作品，以日记和散文的形式回忆了自己的童年以及种种或温馨或忧伤的往事，犹如一曲挽歌，探讨了对死亡与生命的思考，以纪念2017年去世的姐姐。关于作品的文体，作家坦言，在撰写这部作品时，她仿佛觉得虚构不过是一种游戏，与现实相比，是一个闪光的空间，正是现实的残酷使得她暂时远离了虚构。

三、悬疑、惊悚、冒险与社会问题

西班牙作家哈维埃尔·塞尔卡斯（Javier Cercas，1962— ）的小说《铁拉阿尔塔》（*Terra Alta*，2019）堪称一部经典的黑色侦探小说，荣获2019年行星文学奖。评奖委员会认为，小说成功地将心理学引入侦探小说，并且完美地呈现了两段交织在一起的故事。作家称，这部小说作为悬疑惊悚类作品，"与自己之前创作的小说截然不同，却又完全忠实于它们"("Premio Planeta con la novela *Terra Alta*")。几桩恐怖的案件打破了西班牙加泰罗尼亚小镇铁拉阿尔塔的平静：镇上最大企业的几位股东相继被杀，而且手段极其残忍。年轻的警官从巴塞罗那赶来调查。随着调查的深入，年轻警官也被卷入其中，一段不堪回首的犯罪往事被逐步揭开。无论是情节和主人公的设定，还是叙事，小说都与《悲惨世界》有着密切的互文关系。整部小说堪称一部寻找自我的史诗，同时对法律的价值、正义的界限、复仇的合法性等问题进行了反思。主人公年轻警察的犯罪故事或许会让我们联想到塞尔卡斯在 2012 年发表的小说《边境法则》(*Las leyes de la frontera*)，其中也涉及了被作家称为"转型时期的巨大黑洞"的青少年犯罪问题，在他看来，青少年犯罪体现了 20 世纪七八十年代西班牙民主转型时期整整一代年轻人的困惑和迷茫，社会舆论非但没有正视这些社会问题，反而促使桀骜不驯的失足青年成为更多青年的"偶像"。因此，这一代迷失的年轻人正是那个特殊历史时期的牺牲品。

西班牙女作家多洛蕾斯·雷东多（Dolores Redondo，1969— ）的小说《心灵的北面》(*La caranorte del corazón*, 2019) 是其代表作《巴斯坦三部曲》(*Trilogía del Baztán*) 的前传。三部曲于 2013 年至 2014 年间出版，一度成为畅销书，并被译成多种语言。小说主人公出生在巴斯坦山谷，是一位双面性格的女侦探，既有强大的内心，也有柔情的一面。富有个性的主人公，接二连三的神秘谋杀案，一个个难解的谜团，再加上巴斯克地区特有的文化风情，构成了小说吸引读者的几大要素。《心灵的北面》开篇将时间倒退到这位女侦探十二三岁的时候，她在阴冷幽暗的森林中迷失了方向。这段童年的经历成为挥之不去的阴影，在女主人公成为干练的女侦探后仍然是其恐惧的源头。除了女主人公寻找自我的主题，当代社会的畸形和病态是小说的另一主题。此次连环谋杀案的凶手每次都利用自然灾难爆发时作案，而且选择的对象都来自社会边缘群体，例如吸毒者、妓女、流浪汉、非法移民等。

西班牙作家爱德华多·门多萨（Eduardo Mendoza，1943— ）的三部曲小说"运动三定律"（"Trilogía Las tres leyes del movimiento"）中的第二部《阴阳交错》（El negociado del yin y el yang，2019）出版。该系列的第一部是2018年出版的《国王迎接》（El rey recibe），通过主人公———名记者的奇遇，展现了20世纪70年代世界的巨大转变。此次发表的《阴阳交错》同样既涉及历史，又充满悬疑色彩，并且不乏对现实入木三分的冷嘲热讽。故事的主人公依然是第一部中的记者卢弗，背景是佛朗哥即将寿终正寝的1975年，流亡美国的卢弗抱着对全新时代的憧憬，打算回到祖国西班牙，却意外接到一位神秘的东方某国王子的邀请。王子希望他能帮助自己夺回王位，实现复国，于是主人公开始了一场疯狂的冒险。小说涉及的三个重要地点——巴塞罗那、纽约和东方的神秘城市——都与门多萨年轻时的经历有关，颇具自传元素，门多萨在接受采访时也坦言，他创作的人物历经了他所认为的最重要的历史时刻和事件，却绝非"伪装的"回忆录，而是小说。同时，作家指出，三部曲的主题与牛顿的运动三定律有关，例如任何作用力都有其反作用力，物体或运动或静止，其状态的改变都是外力使然。从中，我们也不难推测出其中的象征意义，即任何历史事件都能够找到其根源所在。

四、新人新作

原为西班牙影视导演的拉蒙·坎波斯（Ramón Campos，1975— ）

开启了自己的作家生涯，处女作小说《首饰匠》(*El orfebre*, 2019)一举成功，获得了读者的认可。《首饰匠》讲述了一个 19 世纪的爱情故事。首饰作坊的学徒爱上了贵族千金，为了赢得爱情，历尽艰辛，从巴塞罗那到阿姆斯特丹，又从荷兰到南非，凭借其智慧和手艺，成为珠宝大亨。流浪汉小说式的故事主线虽然简单，情节却跌宕起伏，为赢得爱情而成为商业大亨的情节让人联想到加西亚·马尔克斯的《霍乱时期的爱情》，雕琢艺术品的首饰匠人的传奇人生与隽永爱情，又让人不由得想起我国作家霍达笔下的《穆斯林的葬礼》。

智利女诗人伊沃内·科努埃卡（Ivonne Coñuecar, 1980— ）2019 年出版的小说处女作《科伊艾科》(*Coyhaiqueer*) 得到批评界认可，一举夺得 2019 年圣地亚哥文学奖的小说奖。小说讲述了上世纪八九十年代作家的故乡、智利南部小城科伊艾科的故事。一如智利作家何塞·多诺索在《没有界限的地方》中所塑造的思想保守、充满苦难的小镇，旅游业兴旺的科伊艾科表面一派繁荣，暗中却隐藏着贫富分化、军事与宗教力量割据、统治阶层腐败等致命毒瘤，百姓的生活犹如一潭死水。年轻人用自己的方式进行着反抗，自杀、吸毒、远走他乡、抵制婚姻和家庭等。小说结尾，女主人公决定勇敢承认自己的同性恋情，并且继续留在这座落后保守的小城里，或可视为作家对家乡寄予的一线希望。

委内瑞拉女作家卡里娜·塞恩斯·伯尔戈（Karina Sainz Borgo, 1982— ）的处女作小说《西班牙女人的女儿》(*La hija de la Española*, 2019）被美国《时代周刊》选入 2019 年最重要的百部作品。小说从女性主人公的视角，讲述了委内瑞拉当代社会的困境。委内瑞拉拥有丰富的石油储量，曾被视作南美最富有的国家，近年来的经济却急转直下，从峰顶跌落谷底，人民的正常生活成为问题。小说在死亡和绝望的象征中开篇,年轻的女主人公前往墓地准备安葬久病不治最终去世的母亲,而到达墓地时,发现母亲在生前竟然已经为母女两人挖好了墓穴。于是,女主人公如何在崩溃的边缘自我拯救成为全书的主线。《纽约时报》的评论称,塞恩斯·伯尔戈的"叙事紧凑繁复,与库切的风格十分相似"("Karina Sainz Borgo")。

五、儿童文学与青少年文学

智利作家塞尔吉奥·戈麦斯(Sergio Gómez,1962—)2018 年发表的小说《闪电》(Rallo,2019)获得智利圣地亚哥文学奖的青年文学奖。作品从普通人的视角,以回忆的形式,再现了 20 世纪 70 年代至新世纪初智利的面貌。故事开篇,正在参加足球训练的孩子们从河里捡到一只盒子,打开后从里面跑出一只惊慌失措的小狗,它像闪电一般跑走了,于是孩子们给它起名"闪电",从此它陪伴主人公——年轻的医生兼少年足球教练经历了少年足球队的兴衰,也见证了智利历史的沉浮,即从政变到独裁,再到民主转型的几度转折。小说语言幽默精致,叙事技巧娴熟,从侧面真实地反映了智利那段黑暗复杂的历史,并且能从多处看出与美国作家杰克·伦敦和保罗·奥斯特小说之间的互文,受到评论界赞赏。

西班牙作家莱蒙·波尔特(Raimon Portell,1963—)用加泰罗尼亚语创作的小说《水之路》(Caminsd'aigua,2018)获得 2019 年西班牙国家文学奖之儿童与青少年文学奖,评委一直认为这部作品"以富有文学性的叙述将读者引入一场冒险之旅中"("Raimon Portell, Premio Nacional de Literatura Infantil y Juvenil")。小说是作家计划撰写的"亚瑟之光"("La luz de Arturo")三部曲中的第二部,明显属于"反乌托邦"题材,主人公是一个生活在战争中的小女孩,阴错阳差穿越到了19世纪的欧洲，开启了一段神奇的旅程，揭开了不为人知的秘密。

西班牙女作家艾莉亚·巴尔塞罗（Elia Barceló，1957——　）的小说《弗兰肯斯坦效应》（*El efecto Frankenstein*）融合了侦探小说与哥特式小说的特点，以精湛的叙事技巧讲述了一个曲折离奇的故事，一举夺得西班牙颇具盛名的"伊德贝"青少年小说奖。从小说题目中可以看出，作品与玛丽·雪莱的《弗兰肯斯坦》具有主题相似性。作品讲述了一个跨越时空的故事，探讨了科学与伦理、传统与现代之间的悖论。女主人公是一名医学院学生，在一次狂欢节化装舞会上意外邂逅了来自18世纪的男主人公，一段离奇的故事由此展开。女主人公跟随男主人公穿越时空，来到了18世纪末的英国，即维克多·弗兰肯斯坦创造其科学怪人的时代。女主人公不仅见证了弗兰肯斯坦的科学试验，更是引导他对科学与道德之间的界限进行了思考，走出了困境。同时，作家透过女主人公的视角，对19世纪女性的不平等地位、贫富差异带来的社会不公进行了批判，也对两个世纪以来所谓的"进步"进行了反思。

西班牙作家阿尔弗雷德·戈麦斯·塞尔达（Alfredo Gómez Cerdá，1951——　）的小说《受伤的仙女》（*Ninfa rota*，2019）获得西班牙阿纳亚出版社儿童与青少年文学奖。这是一个关于成长的内省式的故事，懵懂的爱情、少男少女的友谊以及难以摆脱的嫉妒、虚荣和迷茫是小说的主题。初尝的爱情虽然甜蜜，却不能以失去自我为代价，否则会像蟒蛇一样吞噬自己的内心。小说语言优美流畅，从青少年的视角展开了对两性平等的思考。

西班牙女作家马伊特·卡兰萨（Maite Carranza，1958——　）的小说《非洲狩猎》（*Safari*，2019）从儿童的视角反观了现代生活的孤独、人与自然的不和谐等问题。生活在现代城市的小男孩患上失语症，被惆怅的父母带到非洲散心，却意外迷失在大草原上，被黑猩猩当成了自己家族中的一员。在与黑猩猩交往的过程中，小男孩逐渐恢复了交流的能力。从失语到倾心交流，从现代文明造成的压力与窘迫到与大自然的和谐共融，读者跟随小主人公重新思考了人生的意义，完成了成长的蜕变。

结语

综上所述，2019 年的西班牙语文学将历史与当下联系起来，打破虚构与现实、文学艺术与日常生活的界限，借助悬疑、惊悚与冒险的情节来反映社会转变带来的问题，解读内心的孤独与恐惧的源头。我们或许可以用获得 2019 年塞万提斯文学奖的西班牙诗人胡安·马格利特（Joan Margarit，1938— ）的一首小诗《不要扔掉情书》（"No tires las cartas de amor"，2019）来结束本文，因为从中我们读出时间的流逝和历史的轮回，懂得浮华过后，一切都会回到最初，唯有爱可以超越时间的侵蚀，慰藉心灵的痛苦："不要扔掉情书。/ 它们从不会抛弃你。/ 时间会逝去，欲望会抹杀，/ 后者宛如一只暗箭，/ 性感的面庞，美貌和智慧，/ 会在你的身上隐去，藏在镜子的深处。/ 岁月落下。你会厌倦书籍。/ 你会更加堕落，/ 你甚至会失去诗歌。/ 玻璃窗中城市的噪音，将成为你唯一的音乐，/ 而你曾收藏的情书，/ 将成为你最后的文学。"（Margarit）

参考文献：

Allende, Isabel. "Es un orgullo que me digan la García Márquez con faldas." Web. 31 May 2020.
    <http://www.bibliotecanacionaldigital.gob.cl/bnd/628/w3-article-280776.html>.

—. *Largo pétalo de mar.* Barcelona: Plaza & Janes Editores, 2019.

"Biografía, Pablo Neruda." *Centro Virtual Cervantes.* Web. 31 May 2020. <https://cvc.cervantes.es/literatura/escritores/neruda/biografia.htm>.

Cernuda, Luis. "No decía palabras." Web. 15 May 2020. <https://www.poesi.as/lc31040.htm>.

"Cristina Morales, Premio Nacional de Narrativa 2019." Web. 30 May 2020. <http://www.libreriasdezaragoza.com/noticias/cristina-morales-premio-nacional-de-narrativa-2019>.

Farré, Natàlia. "Eduardo Mendoza: Hago lo que me da la gana como siempre he hecho." Web. 15 May 2020. <https://www.elperiodico.com/es/ocio-y-cultura/20180904/eduardo-mendoza-publica-el-rey-recibe-7017682>.

"Karina Sainz Borgo." Web. 10 May 2020. <https://circulodetiza.es/autores/karina-sainz-borgo/>.

"La vida a ratos." *El Correo Español.* Web. 24 Mar. 2020. <https://www.megustaleer.com/libros/la-vida-a-ratos/MES-089234>.

Margarit, Joan. "No tires las cartas de amor." *La Razón.* Web.7 Jun. 2020. <https://www.larazon.es/cultura/20191114/cccxacpksjad7ju5o4c3mqycv4.html>.

Millás, Juan José. *La vida a ratos.* Madrid: Alfaguara, 2019.

Neruda, Pablo. "Cuándo de Chile." Web. 31 May 2020. <https://www.neruda.uchile.cl/obra/obrauvasyelviento6.html>.

"Premio Planeta con la novela *Terra Alta.*" Web. 15 May 2020. <https://www.eluniversal.com.mx/cultura/letras/javier-cercas-gana-el-68o-premio-planeta-con-la-novela-terra-alta>.

"Raimon Portell, Premio Nacional de Literatura Infantil y Juvenil." *El Cultural.* 14 Oct. 2019. Web. 10 May 2020. <https://elcultural.com/raimon-portell-premio-nacional-de-literatura-infantil-y-juvenil>.

Sánchez, Marta. "La rama que no existe. Gustavo Martín Garzo nos habla del amor, la soledad y el arte." 5 Jun. 2019. Web. 10 May 2020. <https://www.alejandradeargos.com/index.php/es/noticias-arte/41732-la-rama-que-no-existe-gustavo-martin-garzo-nos-habla-del-amor-la-soledad-y-el-arte>.

作者单位：首都师范大学外国语学院

2019年匈牙利文学概览

郭晓晶

内容提要：2019年的匈牙利文坛活跃，原创作品丰富，尤以小说和诗歌佳作偏多，题材倾向于关注社会、人与权力的关系，女性问题与人际关系，显示出对历史发展和制度变革的深刻反思。年轻作家创作力旺盛，老一辈作家佳作频出。与此同时，匈牙利的文化和文化政策潜移默化地发生着变化。本文聚焦于匈牙利重要文学奖项与获奖作品，概述2019年匈牙利文学特点，探析匈牙利文学发展的态势。

一、利布里文学奖（Libri irodalmi díj）之年度十佳好书榜

利布里文学奖由利布里图书出版贸易公司创立于2016年。该奖项的设立最初是公司普及阅读项目的一部分，目的是提高人们对阅读重要性的认识，关注当代匈牙利文学的最优秀成果，现已逐渐成为最重要的文学奖之一。该奖项分为"利布里年度十佳好书""利布里文学奖""利布里文学大众奖"这三类，由专业评审委员会在"年度十佳好书"榜单中选出。

2019年度利布里的"年度十佳好书"涵盖51家出版商出版的

179 本书。2019 年获得"年度十佳好书"的作品中，以小说为主，关注的焦点是制度变革、人与权力的关系、女性问题以及人际关系，年轻作家创作力旺盛，老一辈作家佳作频出。

2019"年度十佳好书"如下：鲍鲍尔奇·埃斯特（Babarczy Eszter，1966— ）的《中毒的女人》（*A mérgezett nő*）、鲍尔纳斯·费伦茨（*Barnás Ferenc*，1959— ）的《直到生命的尽头》（*Életünk végéig*）、波多尔·阿达姆（Bodor Ádám，1936— ）的《无处》（*Sehol*）、达尔沃希·拉斯洛（Darvasi László，1962— ）的《匈牙利人鱼》（*Magyar sellő*）、格雷乔·克里斯蒂安（Grecsó Krisztán，1976— ）的《薇拉》（*Vera*）、兰格·佐尔特（Láng Zsolt，1958— ）的《博亚伊》（*Bolyai*）、纳达斯迪·阿达姆（Nádasdy Ádám，1947— ）的《显而易见我在这里闲荡》（*Jól láthatóan lógok itt*）、彼得尔菲·盖尔盖伊（Péterfy Gergely，1966— ）的《杀死普希金的子弹》（*A golyó, amely megölte Puskint*）、托特·克里斯蒂娜（Tóth Krisztina，1967— ）的《白狼》（*Fehér farkas*）、扎瓦达·帕尔（Závada Pál，1954— ）的《迷雾中的船》（*Hajó a ködben*）。

2019 年度利布里文学奖获奖作品是兰格的人物传记小说《博亚伊》。该书讲述了 19 世纪的匈牙利数学家亚诺什·鲍耶（János Bolyai，1802—1860）的一生。鲍耶被称为数学界的莫扎特，也被称为音乐界的爱因斯坦，他不仅为非欧几何学的发展奠定了基础，同时也在音乐理论的研究中取得了里程碑式的发现。该书不仅讲述了数学家的生平，而且研究了其手稿，穿越了时空的界限，在历史、想象与现实的融合中与其实现了对话。

2019 年度利布里文学大众奖获奖作品是格雷乔的《薇拉》。这是一部成长小说。《薇拉》的故事发生在 1980 年，主人公薇拉是一名正在读小学四年级的女孩,她是一名好学生,也是一名出色的运动员。爸爸在部队工作,妈妈每天接她放学。然而,薇拉平静的生活被打破了。起因不明的事件接连不断,宛如被推翻的多米诺骨牌。格雷乔在书中讲述了揭露家族秘密不仅是一种意识,还是一种勇气。在一系列的经历中,薇拉意识到在某些时候我们必须过早地成为成年人,并且可能为了某些目的而成长。小说发生的背景是体制变革前十年,透过小女孩的挣扎,折射出匈牙利人民的挣扎。小说以第一人称书写,语言轻快,但是正是令人舒适的语言引人深思,使人关注行将改变的时代变革。

在这些作品中,《直到生命的尽头》和《杀死普希金的子弹》以深刻的社会主题和幽默、隐喻的笔触引起关注。《直到生命的尽头》描述的是一位患有神经衰弱的哲学史学家,由于一本童年自传小说《个体发生》(Ontogenea),成为了众所熟知的小说家。他爱上了一名比他年轻很多岁的人类学家。他们的爱情热烈而甜蜜,却始终处于疾病的阴霾之下。这位小说家的年迈母亲在他小说出版两个月后就去世了。在葬礼上,他认为母亲并非如死亡报告上所写的那样死于癌症,在不断探寻真相的过程中,越来越多的家族黑暗秘密浮出水面。当我们屏息观看这出十一口之家的戏剧时,当今分裂的匈牙利政治和文化世界也在我们面前展开。小说语言诙谐幽默,直击人心灵深处,同时富含同理心。《杀死普希金的子弹》讲述了一段令人匪夷所思的爱情。男孩卡尔从4岁开始就爱上大她20多岁的瓦尔斯坦家族的女儿。通过卡尔的回忆,他的情感起源得以追溯,透过他的描述,我们追忆了瓦尔斯坦家族的过去,也重塑了20世纪和21世纪的东欧社会。小说的题目给人一种误导,事实上,该书并没有讲述普希金的生活细节。众所周知,普希金死于决斗,小说题目只是一种隐喻,子弹象征价值被破坏后的空虚、野蛮以及传统的断裂。

《匈牙利人鱼》反思了人与权力的关系,故事发生在一个虚构的浪漫主义时期的德国小城中。雾气丛生的秋末,一条匈牙利人鱼在被送回她的栖息地的过程中逃脱,与一个名叫约卡布的烧煤工男孩发生了一段奇特的恋情。居住在这座城市的朴实的公民们总是希望用妥协换取生存的空间和幸福,但在大多数情况下,他们付出的代价都是巨大的。在这一切发生的同时,所有人都在寻找人鱼。作者用一种时而粗犷、时而细腻,技巧十足却恰如其分的写作手法展现了权力与人之间互相牵制的关系,且叙事和语言风格都颇具海因里希·冯·克莱斯特(Heinrich von Kleist,1777—1811)[1] 的味道。

《中毒的女人》是一部女性题材小说,讲述了一名女性蜕变的历程,揭露了外部环境和社会因素对女性身份和角色的限制。小说刻画了一个"陌生女人"的角色,在孤独、压迫、伤害和痛楚中,为了尊严、爱情和外界的认可而不断抗争,被迫面对来自周围或是狭隘或是宽容的要求和期许。作者通过时而热情洋溢、时而鞭辟入里的文字展现了女性在不同年龄所经历的心理和身体上的痛苦——言语上的鞭笞,以及来自家庭、父母、子女和两性关系的影响。

《迷雾中的船》是部家族传记小说,主人公是匈牙利最大的商业帝国——曼弗雷德·韦斯(Manfréd Weiss)工业集团的继承人,他们是经济、政治和文化领域的知名人士,彼此之间的关系网庞大且错综复杂。在充满杀机的1944年春天,由于犹太人的血统和巨额的财富,这个短暂而辉煌的家族在20世纪匈牙利历史中留下了浓重的一笔。《迷雾中的船》试图忠实地还原这段历史,围绕主人公的人生,讲述了他们在为了生存和爱情而斗争的过程中所经历的妥协、背叛以及英

---

[1] 德国诗人、戏剧家、小说家,其作品简洁明了、风格多变,表现了理想与现实间的矛盾冲突。

雄式的反抗，事业与内心，逃离与留下，生存与死亡，在这一系列家族命运所带来的矛盾中，一部家族传记史徐徐展开。

二、2019 年的其他匈牙利文学奖项以及获奖作家

匈牙利大大小小共有 23 个文学奖。2019 年颁布的重要奖项包括科苏特奖（Kossuth-díj）、尤若夫·阿提拉文学奖（József Attila-díj）、阿尔蒂斯尤斯文学奖（Artisjus Irodalmi Díj）和荷兰全球保险集团 AEGON 艺术奖（AEGON Művészeti Díj）。

1. 科苏特奖

科苏特奖是匈牙利文学类最高级别的奖项。该奖由匈牙利国民议会设立于 1948 年，以纪念匈牙利 1848 年革命一百周年，并以匈牙利政治家、革命家科苏特·拉约什命名。该奖授予在科学、艺术、文学以及在社会主义建设中取得杰出成就的人士。2019 年文学领域的获奖者是阿奇·玛格丽特（Ács Margit，1941—　）和科多拉尼·久洛（Kodolányi Gyula，1942—　）

阿奇，作家、艺术评论家，匈牙利艺术学院院士。她的获奖理由是："阿奇·玛尔吉特坚持不懈地追寻社会批判的真理，她关于匈牙利政治体制变革的著作填补了该领域的空白。她对于多个文学体裁的全方位、多层次的驾驭驾轻就熟，小说和文学评论作品对匈牙利文学发展意义重大。"[2] 阿奇的创作生涯非常多元化，她于 20 世纪 60 年代后期成为一名成功的散文作家，在此期间，在不同的出版社担任过编辑，并定期撰写文学评论。在体制变革的几年间，其小说的类型和文学批评逐渐发生变化，在 80 年代后期以出版随笔为主。最近几年逐渐回到长篇小说、短篇小说的创造中来。代表作有《只有水和空气》

---

2 <https://www.magyarhirlap.hu/kultura/20200315-kihirdettek-a-kossuth-dij-es-a-szechenyi-dij-kituntetettjeit>. 访问时间 2020 年 7 月 23 日。

（*Csak víz és levegő*，1977）、《毫无怀疑的旅行者》（*A gyanútlan utazó*，1988）和《决斗》（*Párbaj*，2016）。小说的语言充满了不确定性和实验性，在她的叙述中，女性角色鲜明，充斥着对外部世界的体验以及内在价值冲突的描述，有评论家认为阿奇·玛格丽特是"女性灵魂的代言人"[3]。

科多拉尼，诗人、文学翻译家、文学史学家、匈牙利艺术学院院士。获奖理由是："他对当代匈牙利抒情诗的发展产生了深远的影响，特别是他对盎格鲁-撒克逊现代诗歌的研究。此外，他还重新创办了《匈牙利评论》（*Magyar Szemle*）杂志，对匈牙利的民族传统进行了重新诠释。"[4] 科多拉尼的诗歌创作独树一帜，在保留匈牙利诗歌传统的同时丰富了内涵，他的诗学受英美后现代主义诗歌的影响很大，又融入了东方元素，尤其是中国诗歌。他的诗歌不追随韵律，不迎合审美语言的传统。他认为，诗歌并不仅仅是诗歌的写作，而是一种诗意的表达方式：一首诗是记录诗意视野的经历。最终的"美"在于它的独特性和精确性。"它不是语言，而是对期望的解构"[5]。代表作有《海和风永不停息》（*A tenger és a szél szüntele*，1981）、《梦在梦中》（*Álom az álomban*，1985）、《光层》（*A fény rétegei*，2010）、《走吧，去你想去的地方》（*Járj, merre tetszik*，2012）。

2. 尤若夫·阿提拉文学奖

尤若夫·阿提拉文学奖创立于 1950 年，奖励在文学创作领域做出杰出贡献的作家。本年度共有 6 位文学创作者获得了尤若夫·阿提拉文学奖。他们分别是鲍比奇·伊姆雷（Babics Imre，1961— ）、

3　\<https://mmakademia.hu/alkoto/-/record/MMA8423\>. 访问时间 2020 年 7 月 23 日。

4　同上。

5　\<https://mmakademia.hu/alkoto/-/record/display/manifestation/MMA18338/ad9a6617-9f89-4def-be4c-c10ed1e943cc/0/10/0/207/score/desc\>. 访问时间 2020 年 7 月 23 日。

格罗·盖什帕尔（Gróh Gáspár, 1953— ）、曼迪奇·久尔吉（Mandics György, 1943— ）、塔尔诺克·佐尔坦（Tárnok Zoltán, 1943— ）、蒂马尔·阿提拉（Thimár Attila, 1969— ）、乌格隆·若尔纳（Ugron Zsolna, 1978— ）。

鲍比奇，诗人，曾担任《太阳大道》（*Napút*）杂志专栏的负责人，是 20 世纪末新一代诗人中的领军人物。他对东方哲学很感兴趣，尤其是古典著作，例如史诗和俳句[6]等。代表作品有：诗歌《蓝调骑士团》（*A Kék Ütem Lovagrend*, 1989）、《荒野的牧草，盲人的窗户》（*Abrak a vadnak, ablak a vaknak*, 2017）；史诗《匈牙利人的花园》（*Magyarok kertje*, 1991）、《被拆开的黑盒子》（*A széthajtogatott fekete doboz*, 1993）；俳句《别针镜子》（*Tűtükör*, 2016）；小说《秘密知识》（*Gnózis*, 2013）。

格罗，文学史学家、评论家，《匈牙利评论》杂志的主编，曾任匈牙利共和国总统内阁负责人。2007 年获得佩托·山多尔奖（Pethő Sándor-díj）。格罗凭借其批判性著作成为当代匈牙利文学界的决定性人物。他的作品有两个最重要的特征：主题多样化以及在多变主题中始终保持不变的独特风格。代表作品有：《我们彼此支持》（*Egymásért vagyunk*, 2000）、《萨博·戴热：被遗忘的脸》（*Szabó Dezső: Az elfelejtett arc*, 2001）、《被埋没的作家——纪念萨博·戴热》（*Az elsodort író. In memoriam Szabó Dezső*, 2002）、《无理由的边界》（*Határ. Ok nélkül*, 2006）、《后果之国》（*A következmények országa*, 2011）、《匈牙利的目标》（*A magyarság rendeltetéséről*, 2013）。

曼迪奇，诗人、作家、记者、散文作家。曼迪奇的研究领域涉及文学、数学、符号学、文字史、文化人类学等，并且在这些领

---

6 俳句是日本最短的一种诗歌形式，由 3 句 17 音组成。

域均取得了杰出成就。代表作品有:《被操纵的革命》(*A manipulált forradalom*,2009)、《铁翼飞鸟》(*A vastollú madár*,2015)、《将圆变方》(*A kör négyszögesítése*,2017)。

塔尔诺克,记者、作家。多年担任《当代》(*Kortárs*)杂志的编辑和审校,后担任杂志《移动的世界》(*Mozgó Világ*)的专栏作家以及审校。代表作品有:《喜剧》(*Végjátékok*,1977)、《眩晕》(*Szédülés*,1985)、《蜂蜜和毒药》(*Méz és méreg*,1993)、《阴影》(*Az árnyék*,1996)、《墙上的十字架》(*Kereszt a falon*,2018)。

蒂马尔,2010年3月以来,担任《当代》杂志科研专栏的负责人,目前任该杂志的主编。蒂马尔·阿提拉开创了研究匈牙利文学机构系统的先河,在匈牙利国家科研基金计划(OTKA)的支持下,他建立了关于文学机构历史的数据库。

乌格隆,匈牙利作家、记者。2010年乌格隆的第一部小说《埃尔代伊的少女们》(*Úrilányok Erdélyben*)出版,随即成为当时最畅销的书籍之一。她的历史系列小说的第一册《埃尔代伊的婚礼》(*Erdélyi menyegző*)于2013年出版。2014年,乌格隆的"妇人"(*Úrasszonyok*)三部曲的第二册《巴拉丁伯爵的女人》(*A nádor asszonyai*)出版。以上两部小说均高居畅销榜数周之久。

3. 阿尔蒂斯尤斯文学奖

该奖项由阿尔蒂斯尤斯匈牙利版权保护协会创立于2001年,2006年协会增设阿尔蒂斯尤斯文学奖,目的是鼓励当代匈牙利音乐和文学创作活动的发展。文学类奖项分为阿尔蒂斯尤斯文学大奖和阿尔蒂斯尤斯文学奖,前者颁发给上一年杰出的、有突出价值作品的创作者,后者颁发给有创作天赋的人士并激励他们继续创作。本年度,科瓦奇·安德拉什·费伦茨(Kovács András Ferenc,

1959— ）获得阿尔蒂斯尤斯文学大奖，柴勒尼·贝拉（Cselényi Béla，1955— ）、科瓦奇·尤迪特（Kováts Judit）、萨伊贝伊·米哈伊（Szajbély Mihály）、马尔顿菲·马尔塞尔（Mártonffy Marcell，1955— ）获得阿尔蒂斯尤斯文学奖。

科瓦奇·安德拉什·费伦茨，匈牙利诗人、散文家、编剧、剧作家和文学翻译家。他自1977年开始出版诗歌，从1981年开始出版儿童诗歌，目前拥有43部诗集。代表作有：《埃尔代伊的碎片》（*Erdélyi töredék*，2011）、《深色墨水，无声墨水》（*Sötét tus，néma tinta*，2002）等。其作品已被翻译成多种语言出版。本次的获奖作品为《安魂曲》（*Requiem Tzimbalomra*，2019），这本诗集收录了科瓦奇·安德拉什·费伦茨从生平作品中为其60岁生日挑选出的诗歌，可以说这部诗集是诗人抒情的自画像。

柴勒尼的代表作有《棕色小鸟》（*Barna madár*，1979）、《私人邮票》（*Magánbélyeg*，1983）、《鸟的惩罚》（*Madárbüntető*，1998）等。2019年度获奖诗集《钟表游戏与青铜父亲》（*Órajáték bronzapával*，2019）源自诗人过去十年间的所思所感。

科瓦奇·尤迪特最初是一名历史学家和档案工作者，发表过许多有关宗教改革的学术著作。代表作有《拒绝》（*Megtagadva*，2012）、《分裂》（*Elszakítva*，2015）、《无家可归的人》（*Hazátlanok*，2019）。获奖小说《无家可归的人》讲述了一名二战末期的历史见证者、女学生莉莉的经历，由于德国国籍，她与母亲、怀孕的姐姐和姐夫一起被关押进集中营，随后被驱逐至废墟中的巴伐利亚，她在前犹太集中营内孤立无援、苦苦挣扎，备受饥饿和疾病的煎熬，目睹了复仇的大屠杀。在和平时代的头几年，她举目无亲，无家可归，之后又经历了瘟疫，但依然体面地活了下来。

萨伊贝伊是一位文学史学家。主要研究领域是19世纪和20世纪初的匈牙利文学、南斯拉夫的匈牙利文学史、新闻和媒体历史、文学媒体史、体裁种类。代表作有《查特·盖佐生平与作品》(*Csáth Géza élete és munkái*,2019)、《约卡伊·莫尔》(*Jókai Mór*,2010)等。获奖作品《查特·盖佐生平与作品》描述了匈牙利作家查特·盖佐充满传奇的一生。萨伊贝伊是研究查特·盖佐的专家,该书既是查特·盖佐的传记,解读了他"多元艺术生涯和传奇的一生"[7],同时也是对其生平作品的深入解析。

马尔顿菲[8]是一位文学史学家,研究方向为20世纪的中欧文学、神学和文学的跨学科问题。获奖作品为《皮林斯基文章中的〈圣经〉传统和历史——诗学与神学(二)》(*Biblikus hagyomány és történelmi tapasztalat Pilinszky esszéiben-Poétika és teológia II.*,2019)。皮林斯基是20世纪匈牙利最伟大的诗人之一。他的作品对战后匈牙利诗歌产生了巨大影响,其风格融合了罗马天主教信仰和理智上的幻灭。他的诗歌经常集中展现生与死的潜在感受。马尔顿菲不仅从诗人的角度,还试图从神学家的角度解读皮林斯基作品中关于集中营的含义。这是首次将皮林斯基的作品从诗学与神学的角度进行解构,并放在历史的维度上加以分析。

4. 荷兰全球保险 AEGON 艺术奖

AEGON 艺术奖由荷兰全球保险集团(AEGON)匈牙利有限公司创立于2006年,目的是表彰和普及有价值的文学作品,以吸引公众对创作者的关注和支持,推广阅读习惯。该奖项授予在世的匈牙利

---

7 <http://arts.u-szeged.hu/hirek/szte-btk-2020-marcius/szajbely-mihaly-artisjus?objectParentFolderId=24891>. 访问时间 2020 年 7 月 31 日。

8 <https://papageno.hu/intermezzo/2020/02/kovacs-andras-ferenc-kapja-iden-az-artisjus-irodalmi-nagydijat/>. 访问时间 2020 年 6 月 3 日。

作家和诗人，表彰其在上一年创作出的杰出的纯文学作品。本年度纳达斯迪·阿达姆凭借诗集《显而易见我在这里闲荡》获得第 15 届 AEGON 艺术奖。该书也是利布里文学奖"年度十佳好书"之一。

《显而易见我在这里闲荡》是一部生动有趣、富有启迪性的诗集。读纳达斯迪的诗歌，我们不仅在阅读诗句，同时也在解读自己，探寻关于自身的奥秘。他的诗就像是一位睿智的朋友，总能在交谈中不经意地说出一些令人信服的话，让我们愿意聆听和付诸实践。

三、2019 年匈牙利文学重要事件

1. 裴多菲文学博物馆（PIM）馆长易主，潜在影响文学发展新导向

裴多菲文学博物馆在匈牙利文化领域意义重大，在传承、弘扬匈牙利文化方面举足轻重，历任政府均重视该博物馆领导人的聘任，某种程度上该博物馆起到引导文化舆论风向的作用。2019 年 2 月 1 日，埃尔代伊[9]作家戴迈泰尔·西拉尔德（Demeter Szilárd）接替 2018 年 11 月 1 日离任的普勒·盖尔盖伊（Pröhle Gergely），被任命为裴多菲文学博物馆的馆长。他表示，匈牙利文学具有"超越文学"的任务，即增强民族凝聚力，建设匈牙利民族的未来；裴多菲文学博物馆应该用"以读者为中心，以访客为中心"的理念取代"以作家为中心"的观念，发起并组织辐射范围更加广泛的社会活动，使整个喀尔巴阡盆地的读者群体都能够参与其中。[10]

2. 2019 年度重要文学事件

2019 年 6 月 13—17 日期间，匈牙利图书出版商和发行商协会（Magyar Könyvkiadók és Könyvterjesztők Egyesülése）在布达佩斯举办

9　即今罗马尼亚特兰西瓦尼亚地区，但匈牙利称该地区为"埃尔代伊"（Erdély）。

10　<https://hvg.hu/itthon/20190507_Kaslerek_milliardokkal_kistafirozott_erokozpontba_centralizalnak_a_kulturat?s=hk>. 访问时间 2020 年 6 月 2 日。

了第 90 届图书周庆典，本届庆典形式焕然一新，活动丰富多彩，这是以当代匈牙利文学为主题的最大型的露天活动，也是一年中最重要的文学活动之一。自 2001 年"阅读年"以来，儿童读书日活动已连续 18 年与图书周庆典同时举行。在读书周活动的中心场地，共有 200 多家匈牙利国内外的出版商在 150 个展台进行图书展销。此次活动期间共有 300 本新书出版[11]并亮相展台，包括诗集、散文集、论文集、文学和历史著作。在布达佩斯和其他城市[12]，出版商为作者组织了 100 多场签售会，感兴趣的读者可以在座谈会、推介会上了解新发行的图书，之后可以在出版商的展位上以非常优惠的价格购买新书。[13]

3．2019 年重要文学纪念日

2019 年是阿迪·安德莱（Ady Endre，1877—1919）逝世 100 周年。他是 20 世纪最杰出的匈牙利诗人之一，其诗歌的主题涵盖了人类生活所有重要领域。他撰写的关于爱情和祖国的诗歌与关于自由、平等、信仰和感叹时光易逝的诗歌一样，表达了人类生存的基本诉求。[14]为了纪念他，裴多菲文学博物馆举办了名为"复活的悲伤"的主题展览和一些其他活动。

2019 年也是匈牙利著名作家、记者和国会议员拜奈戴克·埃莱克（Benedek Elek，1859—1929）诞辰 160 周年和逝世 90 周年的纪念年。拜奈戴克·埃莱克是匈牙利儿童文学的奠基人之一。他致力于收

11　图书周的展出书单和出版的新书清单可以从以下网址下载：
　　<https://unnepikonyvhet.hu/sajto/konyvheti_jegyzek_es_ujdonsaglista>.

12　比如杰尔（Győr）、凯奇凯梅特（Kecskemét）、赛格德（Szeged）、大克勒什（Nagykőrös）、巴拉顿菲赖德（Balatonfüred）、奥兹德（Ózd）、埃斯泰尔戈姆（Esztergom）、索尔诺克（Szolnok）、霍德梅泽瓦莎海伊（Hódmezővásárhely）、尼赖吉哈佐（Nyíregyháza）、米什科尔茨（Miskolc）、多瑙新城（Dunaújváros）、大卡陶（Nagykáta）、塞克什白堡（Székesfehérvár）、德布勒森（Debrecen）、基什孔费莱吉哈佐（Kiskunfélegyháza）。

13　<https://unnepikonyvhet.hu/sajto/kozlemenyek/junius_13_an_nyit_a_90_jubileumi_unnepi_konyvhet>. 访问时间 2020 年 6 月 5 日。

14　<https://ng.hu/kultura/2019/01/28/ady-emlekev-2019-ben/>. 访问时间 2020 年 5 月 2 日。

集和整理民间故事，同时他创作的故事与民间诗歌联系紧密，因此具有极强的感染力，受到了读者的欢迎。2019 年，匈牙利阅读协会与民族传统研究中心（Hagyományok Háza）共同举办了以"出声阅读"为主题的会议。[15]

2019 年是作家兼诗人马洛伊·山多尔（Márai Sándor，1900—1989）逝世 30 周年。马洛伊早在 20 世纪 30 年代就已成为当时最著名和最受尊敬的作家之一。1948 年，他流亡海外，辗转欧洲各国，最后在美国度过了自己的一生。由于宣扬公民理想，反对独裁，他的作品在匈牙利被封禁，直到马洛伊去世之前，他的名字都不曾被提起。20 世纪 80 年代，他的作品才在匈牙利被重新发掘。2019 年 11 月 20—21 日，裴多菲文学博物馆在布达佩斯组织了关于马洛伊作品的学术会议。[16]

2019 年是匈牙利著名作家和文学翻译家凯尔泰斯·伊姆雷（Kertész Imre，1929—2016）诞辰 90 周年。凯尔泰斯曾获科苏特文学奖，此外，在 2002 年他因以大屠杀为主题的半自传式著作《无命运的人生》（*Sorstalánság*，1975）获得诺贝尔文学奖，成为第一位获得该奖项的匈牙利人。他的许多作品已被翻译成多种语言。罗兰大学文学院比较文学与文化研究系和现代匈牙利文学史系于 2019 年 11 月 7—8 日组织了为期两天的作品重读会。[17]

结语

纵观 2019 年的匈牙利文坛，延续了近年来的繁荣局面，尤其在

---

15 <https://www.baon.hu/kultura/hazai-kultura/konferenciaval-unnepli-a-nepmese-napjat-a-magyar-olvasastarsasag-2173275/>. 访问时间 2020 年 6 月 5 日。

16 <https://pim.hu/hu/marai-sandor/konferencia-marai-eletmuverol>. 访问时间 2020 年 6 月 6 日。

17 <https://btk.elte.hu/content/kertesz-90.e.4040>. 访问时间 2020 年 6 月 10 日。

小说创作方面，原创作品丰富，但与往年青年作家佳作频出不同的是，很多知名作家推出新作，质量上乘，引起极大关注。社会体制变革、女性问题、人与权力的关系仍然是作家和评论界最为关注的问题，体现了匈牙利体制变革以来作为知识分子的思考，这种思考通过小说、诗歌等文学形式或直接或隐晦地表达出来。通过系列文学活动，匈牙利文坛在坚持和传承文学传统的同时，记录并反思匈牙利社会的变迁。

参考文献：

Gergely, Zsófia. "Káslerék milliárdokkal kitömött erőközpontba centralizálnák a kultúrát." 7 Május. 2019. Web. 2. Jun. 2020.
  <https://hvg.hu/itthon/20190507_Kaslerek_milliardokkal_kistafirozott_erokozpontba_centralizalnak_a_kulturat>.

MTI. "Demeter Szilárd: A magyar irodalom infrastruktúrájának megújítására kaptam megbízást."

MTI. *Ki Kicsoda 2009*. Szerk. Hermann Péter. Budapest: Magyar Távirati Iroda. 2008.

Papageno. "Kovács András Ferenc kapja idén az Artisjus Irodalmi Nagydíjat." 25. Február. 2020. Web. 2. Jun. 2020.
  <https://papageno.hu/intermezzo/2020/02/kovacs-andras-ferenc-kapja-iden-az-artisjus-irodalmi-nagydijat/>.

Soós, Veronika. "Milyen évfordulók várnak ránk?" 13. Január. 2019. Web. 2. May 2020.
  <http://www.hirlevelplusz.hu/milyen-evfordulok-varnak-rank__trashed-2/>.

Új magyar irodalmi lexikon II. (H–Ö). Főszerk. Péter László. Budapest: Akadémiai. 1994.

Új magyar irodalmi lexikon III. (P–Zs). Főszerk. PéterLászló. 2. jav., bőv. kiad. Budapest: Akadémiai. 2000.

作者单位：北京外国语大学欧洲语言文化学院

2019年伊朗文学概览[1]

时　光

内容提要：受国内外政治、外交、经济局势动荡的冲击，2019年伊朗文学作品的创作总体上趋于平淡，重要文学奖项的获奖者大多为知名作家、诗人，青年文人佳作数量不多。在图书出版方面，一些国内书商改变了经营策略，加大了对外国文学作品的翻译与出版的投入。

一、2019年伊朗社会与图书出版界状况

对于伊朗来说，过去的2019年是一个充满荆棘与压力之年，3月份伊朗全国多地遭遇了数年不遇的大洪水，农业经济与人民生命财产损失巨大。同时，自2018年5月美国宣布单方面退出"伊朗核问题全面协议"后，对伊朗政治、外交、军事、经济等领域采取了所谓的"极限施压"政策，试图借此击垮伊朗经济并动摇其政权根基。2019年伊朗本国货币继续贬值，国内企业发展压力重重，普通百姓也面临愈来愈严峻的民生危机。

---

[1] 本文属于国家社科基金重大项目"新世纪东方区域文学年谱整理与研究2000—2020"（17ZDA280）的阶段性成果。

经济形势的持续恶化导致部分文学奖评选的预算与经费出现困难，古勒西里文学奖等一些非政府文学奖项的评选活动继续停办。据伊朗知名图书出版信息网站"书屋"（خانۀ کتاب）报道，在伊朗历 1398 年 [2] 伊朗图书种类销售数量（包括再版图书）较伊朗历 1397 年 [3] 上升了 20 个百分点，文学类图书出版册数达到 1527.6 万册，位居教材类与儿童类书籍之后。不过，也有出版界与文学界的分析人士指出，虽然文学类图书从发行种类上看数量有所上升，但其中属于伊朗国内作家、诗人的作品其实未见增长，原因在于近年来受国内外局势的影响，伊朗政府加大了对国内文学类出版物的审查，其审查力度甚至较引进的国外文学作品更加严格，因此伊朗国内书商逐渐开始倾向于出版一些在国外热卖的文学作品。在文学评论领域亦是如此，知名的文学评论家更愿意对当前国外畅销，甚至几年前热卖的外国作家著作发表观点，伊朗国内读者获知他们的评论之后，又会激励国内书商推动对国外文学作品的翻译与出版工作，以飨读者。上述产业链的形成势必会削弱伊朗国内文学界、出版界对初出茅庐、名气不足的年轻作家与诗人的关注与支持。

二、2019 年伊朗重要文学奖项获奖情况

1. 伊朗伊斯兰共和国年度图书奖（جایزۀ کتاب سال جمهوری اسلامی ایران）

伊朗伊斯兰共和国年度图书奖是伊朗出版界的最高奖项，评选伊朗最新出版的文学、语言学、历史学、哲学、宗教学、艺术学、科学、社会学等各学科领域的优秀图书。2019 年 2 月 5 日，第 36 届伊朗伊斯兰共和国年度图书奖颁奖典礼在首都德黑兰隆重举行，在文学

---

[2] 相当于公历 2019 年 3 月 21 日至 2020 年 3 月 19 日。

[3] 相当于公历 2018 年 3 月 21 日至 2019 年 3 月 20 日。

类评选中，礼萨·阿米尔汉尼（رضا امیرخانی, 1973— ）创作的长篇小说《解脱》（رهش）荣膺最佳当代散文奖，赛义德·礼萨·穆罕默迪（سیّد رضا محمدی, 1979— ）的《一位诗人的忧伤灵魂》（روح اندوهگین）与阿布扎尔·帕克拉旺（ابوذر پاکروان, 1980— ）的《多米诺》（دومینو）包揽最佳新诗奖。伊朗总统哈桑·鲁哈尼出席并为获奖者颁奖。

长篇小说《解脱》于 2018 年由伊朗地平线出版社（نشر افق）出版，该书讲述了居住在德黑兰的女建筑师莉因自己年仅 5 岁的孩子伊利亚患上肺病，与同行的丈夫阿拉对城市污染与不平衡发展产生了不同看法，并由此引发了夫妻间一系列的争执与摩擦。小说作者阿米尔汉尼在书中适时地反映了伊朗大城市居民的心声，即希望尽快从这些困扰中得到"解脱"，打造出宜居的城市环境，保障后代的健康成长。值得一提的是在波斯语中如果将本书书名"解脱"（رهش）一词倒过来拼写，恰好为"城市"（شهر）一词。《解脱》问世后因其新颖的风格与内容颇受读者的青睐，出版发行后加印多次，成为过去一两年里伊朗国内最畅销的小说之一。

赛义德·礼萨·穆罕默迪是一位在伊朗与英国工作与生活多年的阿富汗著名诗人与记者，此次其获奖诗集《一位诗人的忧伤灵魂》于 2018 年由伊朗文学城文化艺术社（مؤسسه فرهنگی هنری شهرستان ادب）发行，共包含 20 首诗歌，表达了长期背井离乡的诗人对祖国的思念之情，同时控诉了极端组织在阿富汗对当地民众实施的暴行。

2. 贾拉勒·阿勒阿赫玛德文学奖（جایزهٔ ادبی جلال آل احمد）

贾拉勒·阿勒阿赫玛德文学奖是由伊朗政府设立的年度文学奖项，该奖项以伊朗现代著名文学家、小说家贾拉勒·阿勒阿赫玛德（جلال آل احمد, 1923—1969）命名，旨在鼓励伊朗国内优秀文学作品的创作，2008年在伊朗文化革命最高委员会批准下举办了首届评选。该奖项以评选严格、宁缺毋滥而著称，数届评选中多次出现部分奖项获奖作品空缺的情况。2019年12月14日举行的第12届贾拉勒·阿勒阿赫玛德文学奖颁奖典礼中便再次出现这一情况，分量最重的两个奖项——最佳长篇小说及最佳短篇小说均未选出获奖作品，评委会仅宣布《环绕单行道》（دور زدن در خیابان یکطرفه）与《游手好闲》（وضعیت بیعاری）获得最佳长篇小说奖提名，《被震惊的我们》（افتاده بودیم در گردنه حیران）与《咖啡馆的图画》（نقاشی قهوه خانه）获得最佳短篇小说奖提名。

长篇小说《游手好闲》的作者哈梅德·贾拉利（حامد جلالی, 1970—   ）毕业于伊朗广播电视大学，在上个世纪90年代末开始自己的写作生涯后一直致力于创作短篇小说，并相继获得了伊斯法罕文学奖（2006）、马拉盖现代文学作品奖（2011，2013）、加迪尔文学奖（2013）、亚苏季波斯湾文学奖（2013，2014）。《游手好闲》是贾拉利创作的第一部长篇小说，这部作品其实在2014年就已经基本完成，但是由于文中涉及的部分敏感内容受到有关单位的质疑与批评，直至2018年才由伊朗文学城文化艺术社正式出版。小说共68章，讲述了自20世纪40年代第二次世界大战时期至80年代两伊战争期间一对爱人的生活遭遇。穆斯林姑娘哈利玛与属于西亚地区少数教派曼达派的青年拉姆相恋，但由于彼此宗教信仰的差异而无法成为合法夫妻，面对来自家族、宗教、社会等多重压力，两位恋人决定私奔，逃往一个名叫米努的小岛，过上了安宁幸福的生活，但是随着伊朗国内反抗巴列维王朝的斗争日趋激烈，拉姆毅然走上了革命的道路，并在之后的抗议活动中不幸遇难。哈利玛无法接受拉姆已经离世的现实，依然与他们的两个孩子居住在米努岛，然而此时两伊战争已经爆发，伊拉克军队已经兵临他们的家园……在小说中，两位恋人长达 40 年的故事由 11 位不同年龄、时代、阶层、文化背景的讲述者逐渐展开，成为本部作品的一大亮点。读者可以从不同维度来理解哈利玛与拉姆的重重遭遇，体验一种非常新颖的阅读方式。

3. 七境域文学奖（جایزهٔ ادبی هفت اقلیم）

七境域文学奖于 2010 年设立，是伊朗民间创立的一个相当有影响力的非官方小说类文学奖项，通常设立最佳长篇小说与最佳短篇小说集两个奖项。在 2019 年第 8 届七境域文学奖评选中《草药死亡指南》（راهنمای مردن با گیاهان دارویی）获得最佳长篇小说奖，《骗子回忆录》（خاطرات یک دروغگو）则获得最佳短篇小说集奖。

《草药死亡指南》是伊朗女作家阿提耶·阿塔尔扎德（عطیه عطارزاده, 1984— ）创作的首部长篇小说，于 2019 年由伊朗泉眼出版社（نشر چشمه）出版。小说主人公是一位年轻的失明女孩，在幼年一次事故中失明后一直闭门居家，长期处于与外界隔绝的状态，直到她的母亲开始悉心指导她使用各类器具来磨制及调配各类传统草药，长期生活在黑暗世界中的盲女才逐渐寻觅到生活的意义，也最终鼓起勇气跨出家门，走出孤独，迎接外面的世界，但是之后的一次外出——参加亲戚家的聚会，却再次改变了女孩的命运。阿塔尔扎德在小说中对失明女孩内心的黑暗世界与身外的光明世界进行了多次反复切换，将失明女孩面对的孤独展现得更加鲜明。

另一名伊朗女作家纳西姆·瓦哈比（نسیم وهابی, 1970— ）为短篇小说集《骗子回忆录》的作者，这部作品于 2019 年由伊朗中央出版社（نشر مرکز）出版，是瓦哈比创作的第二部短篇小说集。由于近年来经济发展举步维艰，移民欧美国家已逐渐成为伊朗社会中相当热门的话题，这部短篇小说集中便有多篇涉及伊朗民众移民的故事，引发了读者的深思，例如故事之一《骗子回忆录》讲述了一位女子移民他国后，信口雌黄已经成为其生活的一部分，在她眼中谎言已成为一种减轻自身压力、实现自己那些无法实现的愿望之工具；《德黑兰的天空》（آسمان تهران）借助一位游离在德黑兰机场的阴间女鬼之眼，展现了形形色色的伊朗旅客在登上德黑兰飞往巴黎的航班之前的悲欢离合；《满眼春秋》（چشمهای پر از بهار و پاییز）则描述了一位早年移民海外的男子已经逐渐忘记了自己的母语，在弥留之际甚至无法说出自己来自哪里，最后以一句用四种语言组成的话语结束了人生。

4. 曙光旬国际诗歌节（جشنواره بین المللی شعر فجر）

2019 年 2 月 2 日第 13 届曙光旬国际诗歌节闭幕式在德黑兰国家图书馆落下帷幕。在优秀诗歌研究作品奖评选中，马赫穆德·欧米德萨拉尔（محمود امیدسالار，1950— ）的《列王纪的诗歌技巧与策略》（بوطیقا و سیاست در شاهنامه）与哈桑·贾瓦迪（حسن جوادی，1938— ）的《波斯语文学对英语文学的影响》（تأثیرات ادبیات فارسی در ادبیات انگلیسی）两部作品脱颖而出并荣膺大奖。哈桑·图拉伊（حسن تولایی，1965— ）的《当心，小鸟们在早餐桌下！》（احتیاط کنید! پرنده ها پای سفرۀ صبحانه اند）与玛丽亚姆·伊斯拉米（مریم اسلامی，1977— ）的《秋日街道告别》（خداحافظی در خیابان پاییز）分别获得了优秀儿童与青少年诗歌作品奖的提名，但大奖最终未能评出。在优秀成年人诗歌作品奖的评选中，赛义德·礼萨·穆罕默迪凭借《一位诗人的忧伤灵魂》与《多米诺》的创作者阿布扎尔·帕克拉旺共同分享了成年人优秀诗歌作品奖。正如本文前述，这两位诗人作品同时还获得了 2019 年第 36 届伊朗伊斯兰共和国年度图书奖文学类（最佳新诗）的大奖。此外，按照往届惯例，本届诗歌节闭幕式对为伊朗诗歌发展做过突出贡献的人士给予了嘉奖，诗人赛义德·阿里穆萨维·加尔马鲁迪（سیّد علی موسوی گرمارودی，

1941—)被授予了终身成就奖,而已投身诗歌创作 40 载的诗人加塞米·阿汉宁詹(قاسم آهنینجان, 1958—)则受到了特别表彰。

三、2019 年伊朗文坛大事记

1.《长老传》最新校注版发行

穆罕默德·礼萨·沙斐仪·卡德坎尼(محمدرضا شفیعی کدکنی, 1939—)校注版《长老传》(تذکرة الاولیاء)于 2019 年出版。《长老传》为中世纪伊朗著名苏菲派诗人阿塔尔·内沙布里(عطار نیشابوری, 1145—1221)创作的一部波斯语散文作品,书中记录了多位苏菲派长老的生平轶事,为后人对伊朗地区苏菲派的研究留下了宝贵的历史资料。卡德坎尼是伊朗当代波斯语文学大师、德黑兰大学波斯语言文学系教授,他收集了 40 部不同时代的《长老传》手抄本,在历经 30 年的研究后完成了这部名作的校注工作,该书在 2019 年德黑兰国际图书展上获得文学研究爱好者的广泛好评。

2. 短篇小说大师新作

2019 年 4 月,德黑兰国际图书展期间举行了伊朗短篇小说家胡尚格·莫拉迪·克尔曼尼(هوشنگ مرادی کرمانی, 1944—)的短篇小说集新作《茶勺》(قاشق چایخوری)的首发式。作品包含 12 个并无关联的故事,其中《卡卡花园》(باغ کاکا)、《星辰》(ستاره)、《佩图斯·巴赫拉姆与佩图斯·内加尔》(پتوس بهرام, پتوس نگار)、《阿鲁苏》(عاروسو)均为爱情故事,刻画了几位年轻人的悲欢离合;故事《盐》(نمک)则描述了一场大地震之后监狱高墙轰然倒塌,一名死囚在短暂的欣喜之后发现自己将面对墙外充满死亡与毁灭的城市,在短短几个小时里经历了绝望、希望、再度绝望的轮回;《三轮车》(سه چرخه)、《亲爱的老爸》(بابا جان)则是两篇以战争为背景的故事。从整体上看,

《茶勺》这部短篇小说集叙述风格各异、情节动人、语言流畅，深受文学爱好者，尤其是青年读者的喜爱。

3. 畅销的"错别字"小说

2019 年 8 月，伊朗中央出版社出版了穆斯塔法·马斯杜尔（مصطفی مستور，1964— ）的小说《清白》（معصومیت）。马斯杜尔是伊朗当代知名小说家，创作了《亲吻真主的皎洁面颊》（روی ماه خداوند را ببوس）、《行走在月亮之上》（پیاده روی روی ماه）、《我不是麻雀》（من گنجشک نیستم）等优秀文学作品。《清白》中的主人公仅在学校上过十节课，小说以第一人称的口吻讲述了他在社会上的遭遇。有意思的是，该书中的一些叙述与对白段落故意出现了许多低级的单词拼写错误，甚至连书名《清白》一词也出现了拼写错误，不过这些错别字似乎引起了读者更大的阅读兴趣与"纠错"热情，"错别字"小说《清白》成为 2019 年下半年伊朗出版市场的热门小说之一。

4. 诗人阿希离世

2019 年 7 月 29 日，伊朗著名诗人侯赛因·阿希（حسین آهی，1953—2019）因病在德黑兰去世，终年 65 岁。侯赛因·阿希是伊朗诗人阿里·阿希（علی آهی，1928—2015）之子，在诗歌、文学、语言学领域有较高造诣，精通多门外语与伊朗古代语言，是《哈菲兹》（حافظ）、《文化世界》（کیهان فرهنگی）等伊朗国内著名学术期刊的长期撰稿人，同时在艺术与建筑出版社（نشر هنر و معماری）、时代出版社（نشر زمانه）发表了自己创作的多首抒情类诗歌，受到众多读者的喜爱。

5. 百次再版

《灯，我来熄灭》（چراغها را من خاموش می کنم）在 2019 年完成了第 100 次再版。这部由伊朗著名女作家佐雅·皮尔扎德（زویا پیرزاد，1952— ）创作的小说于 2002 年出版，并在 2003 年获得了第 20 届伊朗伊斯兰共和国年度图书奖。小说讲述了伊朗西南部城市阿巴丹的一位家庭主妇的生活经历，作者巧妙地通过琐屑的日常小事表现了女主人公内心多样、复杂的情感，为剧情的深入发展不断制造悬念。《灯，我来熄灭》问世之后一直深受读者喜爱，已成为伊朗历史上十大畅销小说之一。中国重庆出版社于2012年出版了这部作品的汉译本，译者为北京大学沈一鸣博士。

四、2019：中伊文学交流之年

第32届德黑兰国际图书展于2019年4月23日—5月4日在伊朗首都德黑兰隆重开幕，共吸引了伊朗国内2400家书商以及800家其他国家和地区的参展单位，向读者展出各类图书共44万册。受伊朗方面的邀请，中国作为主宾国出席本届图书展，共派出了由94家出版单位及20多名文学、翻译、出版等领域的作家与专家组成的代表团赴伊朗参展，向伊朗观展民众展示了约1.5万册来自中国的各类精品图书，成为本年度德黑兰国际图书展的亮点之一。

结语

伊朗的现当代文学发展一直与政治局势的变化息息相关，近年来引领文坛的优秀小说、诗歌作品一直是伊朗政治、社会、民生的直观反映。纵观2019年的伊朗文坛，由于伊朗政府对包括文学类作品在内的各类出版物审查日趋严格，在一定程度上打击了一些作家、诗人创作的积极性，同时削弱了国内出版商发行伊朗本土文学作品的动力，使得2019年发行的文学类新作总体上趋于平淡，且鲜有青年文人的佳作出版。年度重要文学奖项获奖者多为有一定知名度的作家、诗人，或许与此不无关系。同时，以伊朗伊斯兰革命、两伊战争为题材或创作背景的小说、诗歌、报告文学、纪实文学等文学作品则继续在伊朗文坛占据重要地位；而在文学研究领域，尤其是古典波斯语文学作品方面，伊朗继续保持了自己在波斯语文学研究的优势地位，诞生了新一批与波斯经典文学著作有关的校注、翻译、文学评论及比较文学著作。

撰写本文之时，新型冠状病毒已席卷全球，由于疫情在伊朗严重蔓延，多场本应在2020年上半年举行的重要文学奖项的颁奖大会已经被推迟，包括文学在内的各类文化艺术活动也大多被取消，处于停滞状态。伊朗文学爱好者只能通过当前在伊朗颇为流行的在线文学研讨会、诗歌朗诵晚会等网络文学活动弥补自己的遗憾。一些伊朗作家、诗人也在居家隔离的状态下坚持文学创作，或许一段时间的远离尘世会激发起他们更多的写作灵感。

参考文献：

"پایگاه اطلاع رسانی شهر کتاب"، نگاهی به ادبیات سال ۹۸. Web. 7 Jul. 2020.
  <http://www.bookcity.org/detail/20555>.
"خبرگزاری جمهوری اسلامی ایران"، روایت یک جدایی از قلب تابلوی دالی؛ «قوها انعکاس فیل‌ها». Web. 7 Jul. 2020.
  < https:www.irna.ir/news/83845782/>.
新华网：《第32届德黑兰国际书展开幕 中国为主宾国》，2019年4月24日，访问时间2020年7月7日。
  <http://www.xinhuanet.com/2019-04/24/c_1124406892.htm>.

作者单位：北京大学外国语学院

2019 年印度文学概览

曾 琼

内容提要：2019 年的印度文学奖项中，非虚构性作品较去年增加，小说和诗歌仍然是备受关注的体裁。对历史的关注和反思依然是文学创作的主题之一，关注点主要集中在殖民主义时期和印巴分治时期。普通人的生活、女性问题持续得到作家们的高度关注。语种文学作家重视对自身语言所属文化尤其是少数部族文化以及思想资源的挖掘和重写；神话、传说等传统文学资源在当代创作中再次获得活力。

一、主要文学奖项

（一）格杨比特奖（Jnanpith Award）

著名诗人阿金塔姆（Akkitham Achuthan Namboothiri, നമ്പൂതിരി അക്കിത്തം. അച്യുതൻ, 1926— ）荣获印度本土最重要文学奖项第 55 届格杨比特奖。授奖词称赞他"是一位难得的正直的诗人，其许多作品都被认为是经典。他的诗歌具有深切的同情，带有印度哲学和道德价值观的印记，是传统和现代之间的桥梁，并深刻思考了快速变化的社会中的人类情感"[1]。

阿金塔姆是当今最受尊敬的马拉雅拉姆语作家之一,是一位著名的诗人、散文家、编辑,以简洁流畅的文风著称。他的文学作品在 20 世纪 50 年代初开始引发广泛关注。叙事长诗《20 世纪史诗》(*Irupatham Noottandinte Ithihasam*,ഇരുപതാം നൂറ്റാണ്ടിന്റെ ഇതിഹാസം,1952)被誉为马拉雅拉姆语文学中第一首真正的现代主义诗歌,该作品为他赢得了人生中第一个文学奖项——1952 年的桑杰伊奖(Sanjayan Award)[2]。另一部叙事诗《巴利的愿景》(*Balidarshanam*,ബലിദർശനം,1971)获得 1971 年喀拉拉邦文学院奖、1973 年印度文学院奖。2016 年,喀拉拉邦授予他该邦最高文学奖伊祖塔查奖(Ezhuthachan Puraskaram)。2017 年,阿金塔姆获得印度政府颁发的莲花士勋章(Padma Shri)。

阿金塔姆迄今已出版了 45 部诗集。此外他还出版了数本散文集、文学批评集、儿童诗集。除了文学创作之外,他始终对社会改革怀有极大的热忱,曾在 1947 年参与支持达利特的和平抗议,并一直致力于参与改善喀拉拉邦南波奥提利(നമ്പൂതിരി, Namboothiri)[3] 种姓的社会活动。阿金塔姆长期投身于推广和普及"吠陀"文献的活动,其另一项载入马拉雅拉姆语文学史的成就是从梵语翻译了《博伽梵往事书》(*Srimad Bhagavatam*),译作达 14,613 节,2400 余页。阿金塔姆是甘地的信徒,反对暴力和坚信人性是其诗歌的要思想内容。在《20 世纪史诗》中他谴责印度社会的暴力,同情普通人的遭遇,并由衷相

---

[1] Anand, Madhusudan. "55th Jnanpith Award for 2019 to Akkitham Eminent Indian Poet writing in Malayalam." 29 Nov. 2019. Web. 10 May 2020.
  <http://www.jnanpith.net/media_image/announcement/55th%20Jnanpith%20Award%20for%202019%20goes%20to%20Akkitham.jpg>.

[2] 与印度国民志愿服务团(RSS)有内在联系的一个文学奖项。

[3] 马拉雅拉姆传统婆罗门种姓之一,在 1957 年喀拉拉邦土地改革运动中失去大量土地,因对传统仪式、正统习俗等的坚持而闻名。

信人们的"眼泪是珍贵的宝物",人们的真正力量"不在体力"之中。

(二)文学院奖(Sahitya Akademi Award)

2019年12月18日,当年的印度文学院奖公布,有7本诗集、4部长篇小说、6部短篇小说、3本非小说类书籍和4部散文,共计24部[4]作品获奖。笔者从中挑选出英语、印地语、乌尔都语、孟加拉语和泰米尔语作品进行简要介绍。

1. 沙希·塔鲁尔(Shashi Tharoor,1956—)

沙希·塔鲁尔是政治家、作家和联合国前副秘长,目前已出版了19部英语作品,其中既有畅销小说也有非小说作品。此外,他也是《纽约时报》《华盛顿邮报》《新闻周刊》和《印度时报》等的专栏作者。其获奖作品为英语非虚构类图书《黑暗时代:大英帝国在印度》(*An Era of Darkness: The British Empire in India*,2016)。

《黑暗时代:大英帝国在印度》聚焦自东印度公司成立到英国撤出印度这一历史时期,揭露英国在印度的殖民统治行为,及其给印度造成的灾难性后果。塔鲁尔分析了英国统治印度时的政策以及对不同行业的不同手段,对历史上某些评论家提出的"英国统治也为印度带来了好处"这一观点进行了批驳,认为英国殖民者造成了印度国家资源的流失,破坏了以纺织业为首的印度传统行业,对新兴的钢铁冶炼、航空运输等行业也造成了恶劣影响,同时还导致了印度农业结构的消极转变。他对所谓的由西方统治带来的民主政治、法治统治也提出了批评,认为印度需要一套自己的独特政治体系。塔鲁尔将他对文字的熟练掌握、独特的国际政治经历以及敏锐的思考结合在一起,完

---

4 除尼泊尔语外的23个语种均于2019年12月18日公布,尼泊尔语推迟到2020年1月21日公布。具体获奖名单可参见印度文学院官方网站。
"Press Release Sahitya Akademi Award 2019." Web. 5 Apr. 2020.
<http://sahitya-akademi.gov.in/pdf/sahityaakademiawards2019.pdf>.

成了这一部极具可读性和冲击性的作品。该书在英国和美国分别出版，获得广泛好评。

2. 南德·基索尔·阿查里亚（नंदकिशोर आचार्य, Nand Kishore Acharya, 1945—　）

南德·基索尔·阿查里亚，著名的印地语剧作家和诗人，已出版诗集 5 部，创作剧作和文学批评集多部，曾因其在戏剧上的成就于 2016 年获得印度政府颁发的歌曲戏剧学院奖（Sangeet Natak Akademi Award）。

本年度印地语获奖诗集是阿查里亚的《解剖自我》（अपने को छीलते हुए, Chheelate Hue Apne Ko, 2013）。阿查里亚是一个充满激情的创作者，始终保持着对自我的审视和追问，以及对文学创作的热爱。《解剖自我》是一部以自我反思和发现日常事物新意义为主题的诗集，他在诗集中的同名诗中写道，在解剖自我的死亡之诗中，诗歌中的爱随着被肢解的碎片散播，而这爱就是创作本身。他曾在受访中提入，只有创造所带来的满足感对他来说才是最重要的。

3. 萨法·吉德瓦伊（شافع قدوائی, Shafey Kidwai, 1960—　）

吉德瓦伊是一位印度学者、翻译家、作家，用乌尔都语和英语写作，迄今已经出版 12 本专著，2014 年出版的《乌尔都文学与新闻：批判的视角》（Urdu Literature and Journalism-Critical Perspectives）广受好评。2018 年获得北方邦政府颁发的阿米尔·霍斯鲁奖（Amir Khusro Award）。本年度乌尔都语获奖作品是他的《赛义德传记》（سوانح سرسید:ایک بازدید, Sawanah-e-Sir Syed-Ek Bazdeed, 2017）。该作品描述了赛义德·艾哈迈德·汗（al-Sayyid Ahmad Khan, 1817—1898）对印度近现代伊斯兰运动的贡献，以关注赛义德的文学成就和生平细节见长，发掘和补充了许多被以往传记作家忽视的内容，纠正了一些有偏差的信息。

4. 吉姆耶·古哈（চিন্ময় গুহ，Chinmay Guha，1958—　）

吉姆耶·古哈是孟加拉语散文家和翻译家，出版散文集和译作多部，曾获得西孟加拉邦颁发的文学翻译奖，于 2010 年和 2013 年被法国政府授予骑士称号，2019 年法国总统授予他国家功勋骑士勋章 (Chevalier de l'Ordre national du Mérite)。此次获奖作品为孟加拉语散文集《推开睡眠之门》（ঘুমের দরজা ঠেলে，*Ghumer Darja Thele*，2016）。

《推开睡眠之门》共包含 64 篇长短不一的文章，其中既有文学作品赏析、文化评论、作家品评，也有部分日常主题文章。在文学文化部分涉及的作家作品众多，涵盖印度内外。古哈刻意制造了一种暧昧的语境，以模糊时间和空间，并由此与各种文学人物展开对话，或对日常情境展开具有超现实性的描绘。古哈在这部散文集中始终保持着一种私人化的态度，其写作语言的诗歌化和诗意化无疑进一步加深了这一点。

5. 查·塔尔曼（சோ. தர்மன்，Cho Dharman，1953—　）

查·塔尔曼，原名 S. 塔尔玛拉吉（S. Dharmaraj），是一名泰米尔语小说家，20 世纪 80 年代以短篇小说步入文坛，目前为全职作家，迄今为止已经出版了 13 部作品。2019 年他获奖的作品是泰米尔语长篇小说《猫头鹰》（கூகை，*Koogai*，2016）。

《猫头鹰》描写了独立后泰米尔纳杜邦普通农民的苦难生活、传统农业的状况以及那里发生的水资源破坏事件。作者在创作中使用了雨林地区农民特有的语言，小说人物使用这种语言进行琐碎、日常的对话和闲谈。书中还加入了大量民间传说，因而作品在极具真实感的同时又具有魔幻色彩。猫头鹰在这里成为一个绝佳的隐喻，平时隐匿不语，只有在夜间和寻找猎物时才展示出强大的力量，象征着达利特阶层的力量。塔尔曼坦言他并不是一个达利特，但这并不妨碍他关注达利特群体、为达利特写作，他认为自己是一个达利特作家。

（三）文学院青年奖（Sahitya Akademi Yuva Purskar）

2019 年 6 月 14 日，印度文学院宣布了该年度的文学院青年奖获奖名单，共有 24 位[5] 35 岁以下的青年作家获此荣誉。24 部获奖作品中，包括 12 部诗集、6 部短篇小说、5 部长篇小说和 1 部文学评论集[6]。下面将介绍英语、印地语、乌尔都语、孟加拉语和泰米尔语的获奖作品和作家。

1. 塔努吉·索兰基（तनुज सोलंकी，Tanuj Solanki，1986—　），英语作家，获奖作品为英语短篇小说集《穆扎法尔纳格尔的排灯节》（*Diwali in Muzaffarnagar*，2018）。

穆扎法尔纳格尔位于印度北方邦，因 2013 年暴乱[7]而广为人知。《穆扎法尔纳格尔的排灯节》共包含 8 个故事，讲述了生活在（或曾经生活在那里但现在已经离开）穆扎法尔纳格尔的年轻人的经历，展现了当代年轻人在传统与现代、归属与挣脱之间的种种挣扎及其内心历程。在小说集同名故事中，主人公塔伦在排灯节按照习俗回到家乡穆扎法尔纳格尔，在经历一系列事件之后意识到自己有义务帮助家人，将自己和家人联系在一起的不是传统或仪式，而是对他们的责任感。《好人》（"Good People"）讲述了一对普通中产阶级新婚夫妇回到老家之后的经历。女主人公塔伦娜在 8 岁时曾遭到祖父

5　其中迈蒂利语（Maithili）获奖者及作品推迟至 2019 年 7 月 12 日宣布。

6　具体获奖名单可参见印度文学院官方网站。
　<http://www.sahitya-akademi.gov.in/pdf/Pressrelease_YP-2019.pdf>.

7　2013 年 8 月至 9 月，印度北方邦穆扎法尔纳格尔地区的印度教徒和穆斯林社区发生冲突，导致至少 62 人死亡，93 人受伤，超过 5 万人流离失所，并引发包括性侵害在内的后续系列事件。该次冲突被描述为"近来在北方邦发生的最严重的暴力事件"。

性侵,与相爱的丈夫在洒红节期间回老家,却发现父母正在照顾祖父。故事揭示了塔伦娜丈夫潜意识中一直存在的对待女性的落后观念,以及传统社会中对待此类事件的沉默与重压。《值得同情的理由》("Compassionate Grounds")讲述逃离了家乡的年轻女性古琼,为了在德里开始新生活斩断了与家人和过往的一切联系。在父亲去世后她不得不回到老家,最后与家人、家乡达成了和解。穆扎法尔纳格尔在作品中不仅仅是一个地理空间,同时也扮演某种作品角色,暗示着传统对主人公生活产生的持续影响。索兰基的小说语言风格简单、直接,他擅长从多方面调动人物,使其直面内心最深处的恐惧,他的短篇小说被评论界认为有艾丽丝·门罗(Alice Munco,1931—)之风。

2. 阿努吉·鲁根(अनुज लुगुन,Anuj Lugun,1986—),印地语诗人,获奖作品为印地语长诗《老虎与苏格纳·蒙达之女》(**की बेटी बाघ और सुगना मुंडा**,*Baagh Aur Sugna Munda Ki Beti*,2017)。

鲁根出生于蒙达部落(**मुंडा**,Munda)[8]家庭,蒙达部落传统故事和部落音乐为其主要研究方向。《老虎与苏格纳·蒙达之女》是一首以蒙达部落为主题的长诗,主体部分包括9章,前两章分别为《老虎》和《苏格纳·蒙达》,后面七章均为《苏格纳·蒙达之女》系列。诗歌主要内容为砍伐森林对老虎和其他动物造成的影响,随着老虎袭击村庄,人与动物之间的冲突加剧。长诗展示了部落社会在当今时代的状态,涉及了部落生活和部落人民身份的丧失、自然资源的商品化、动物栖息地的丧失以及霸权主义等主题,表现了作者对当代消费主义的抵抗,对自然的赞美以及对传统部落平等观念的提倡。这部诗以苏格纳·蒙达之女为主人公,也寄托了作者对历史上无数无名部落

---

8 印度主要表列部落之一,总人口超过百万,主要分布于贾坎德邦、比哈尔邦、西孟加拉邦和奥里萨邦。

妇女斗争的赞颂。鲁根认为，珍惜自然、保护自然，这不仅仅是部落社会的斗争，也是人类的斗争。他在长诗中通过苏格纳·蒙达之女宣称"这个地球不仅仅是为了人类"。鲁根用印地语和蒙达语创作了不少优秀诗歌，曾于 2011 年获得当年帕勒德·普山·阿格沃文学奖（Bharat Bhushan Agarwal Award）[9]，自然主义、关注部落生活、弘扬部落历史以及对抗当代社会对部落的侵蚀是鲁根诗歌一贯的主题。

3. 萨尔曼·阿卜杜斯·萨玛德（سلمان عبدالصمد, Salman Abdus Samad，1988— ），乌尔都语作家，获奖作品为乌尔都语长篇小说《血词》（لفظوں کا لہو, *Lafzon Ka Lahoo*，2016）。

萨玛德目前在尼赫鲁大学攻读博士学位，研究乌尔都语文学，《血词》是他的第一部长篇小说。《血词》以作者熟悉的新闻领域为创作题材，揭示了新闻领域中存在的欺诈、歧视等不道德行为，描绘了资深新闻从业人士的腐败和他们对年轻从业者的利用，以及对性别的偏见。小说的情节围绕着莫辛和他的两位妻子奈拉和贾妮拉展开。莫辛一家来自比哈尔的农村，他最初是一位满怀热情、投身于新闻行业的青年，崇拜自己的上司却被其利用，付出了努力却得不到分文报酬，最后为了养家糊口不得不辞别妻子孤身远赴沙特阿拉伯。他在异国同样遭受着心灵的煎熬，在与妻子奈拉的通信中痛述媒体的堕落和尊严的丧失。小说中人物众多，但都通过莫辛串联起来，各个人物都多少与新闻有关或受到新闻行业的影响。萨玛德对主人公的描绘随着情节展开而逐步推进，显示了较为成熟的叙述技巧。《血词》问世之后即广受好评，在获奖之前已拥有乌尔都语和印地语版本，并重印了 3 次。

4. 莫米达（মৌমিতা, Moumita, 1991— ），孟加拉语女作家，获奖作品为长篇小说《古德尔归来》（কুন্তল ফিরে আসে, *Kuntal Fire Ase*，

---

[9] 专门颁发给年度最佳诗作的文学奖，获奖者年龄一般要求为 35 岁以下。

2016)。

莫米达是一名执业医师，同时从事文学创作，已出版长篇小说4部，《古德尔归来》是其处女作。故事主人公是一位名叫古德尔的革命者和梦想者，他信仰极端左翼政治思想，认为革命虽然暂时失败了，但是最终将在这片土地上实现。故事涉及西孟加拉邦纳萨尔派的历史和政治斗争，传达了革命的意义是超越个体乃至一切生命之上的理念。古德尔的归来意味着革命也许会失败，但革命的梦想也许永远都不会失败。莫米达的作品往往以社会政治经济为题材，表达左翼政治思想主题。她文笔流畅，在作品中对人类价值观的表述往往与对当代社会的讨论融为一体。

5. 萨巴尼纳特（சபரிநாதன்，Sabarinathan，1990— ），泰米尔语诗人，获奖作品《尾巴》（வால்，Vaal，2016）是他的第二部诗集。

诗歌围绕着当代生活的不同方面展开，主题涉及诗人家乡的生活、现代生活的危机、一次次失去的爱，以及人们对自由生活的追求和对性的关注。《尾巴》中的诗意并不受限于某些现实的主题，而是超越这些现实而存在。萨巴尼纳特的诗歌语言贴近生活，富有个人色彩。

（四）萨拉斯瓦蒂奖（Saraswati Samman）

信德语著名诗人、文学家瓦斯德夫·莫希（واسديو موهي，Vasdev Mohi，1944— ）凭借短篇故事集《支票簿》（چیک بوک，Chequebook，2012）获得2019年度萨拉斯瓦蒂奖。

瓦斯德夫·莫希以阿拉伯字母信德语[10]创作，迄今已出版了25部诗集、2部短篇小说集，发表了若干文学评论文章。他被认为是信德语当代最著名的诗人，其诗歌主题涵盖社会、政治、爱情、复杂

---

10 信德语有阿拉伯字母和天城体字母两种书写体系。

的人物关系等多个方面，诗歌创作既具有传统抒情诗（Ghazal）的特点，又融入了现代性的敏感，深刻影响了信德语当代文学，尤其是当代诗歌的发展。莫希 1999 年凭借诗集《冰的构成》（*Barf jo Thahyal*，1996）获得印度政府文学院奖，2011 年获德里信德语文学院颁发的终身成就奖（Lifetime Achievement Award）。

故事集《支票簿》的核心主题是对现实生活中普通人生活的关注，表达了作者对底层人群、弱势群体的同情。同名作品《支票簿》的主人公是一位家庭女佣，她不仅深陷穷困之苦，还饱受丈夫虐待，生活于无尽的忍受和痛苦之中。在另一个故事《牺牲》中，一个贫困的家庭在生活的步步紧逼和重重矛盾之中，牺牲了唯一的家庭财产——一只山羊。莫希笔下的小说主人公都是挣扎在社会底层的普通人，他在故事中刻画了所谓的上层人士的自私和虚伪，也歌颂了人与人之间纯粹的友情与亲情。莫希的诗歌以文辞富于讽刺性、情感细腻真挚见长，这种对语言的熟练运用也体现在其短篇小说创作之中。《支票簿》具有鲜明的文体特色，很多情节完全在对话中展开推进，富有戏剧色彩。

（五）毗耶娑奖（Vyasa Samman）

印地语女作家娜希拉·夏玛（नासिरा शर्मा，Nasira Sharma，1948—　）凭借长篇小说《纸船》（कागज की नाव，*Kagaz ki naav*，2014）获得 2019 年度毗耶娑奖。

夏玛出生于北方邦阿拉哈巴德地区一个具有浓厚文学氛围的家庭，能熟练使用乌尔都语、印地语、波斯语、英语和普什图语。她已出版 10 部小说、6 部短篇小说集、3 部文集以及 7 部波斯语作品译作。长篇小说《宝树》（*Parijat*，2011）曾获 2016 年印地语文学院奖。

《纸船》围绕着一对来自比哈尔邦农村的夫妻展开，丈夫阿姆贾德与妻子玛吉碧育有两个女儿，和他们生活在一起的还有丈夫的父母和兄弟们。大家庭中矛盾不断，家庭关系日趋破裂，大家庭中的很多男性于是远离家人前往远隔重洋的海湾国家谋生，母亲和女儿被遗留在位于此岸的家中。"纸船"由此也具有了某种隐喻性，纸折成的船飘荡在黑色的水面，就像纸币飘过大洋来到留守家人的手中，象征着远隔重洋的剧中人物对家人的责任和情感。小说描述大家庭生活，涉及几代人，家庭人物之间的复杂关系和张力是小说展开的主要线索。小说反思了当前印度社会中日益增长的消费主义和以自我为中心的思想。此外，传统家庭和社会中女性的命运，以及女性对自我意义的探索是《纸船》的另一个重要主题。评奖委员会称赞这部小说展示了印度教徒和穆斯林和谐相处的历史，且，"与当下相关"，"有时代意义"。夏玛拥有出色的多语言能力，并能恰如其分地将其运用在小说中不同人物的塑造上。

二、其他重要文学奖项

（一）阿南德奖（Ananda Puraskar）

孟加拉语作家诺里尼·贝纳（নলিনী বেরা，Nalini Bera，1953— ）凭借长篇小说《黄金砂，黄金河[11]》（সুবর্ণরেণু সুবর্ণরেখা，*Subanarenu Subarnarekha*，2018）获得2019年阿南德文学奖。

诺里尼·贝纳在20世纪70年代以短篇小说步入孟加拉语文坛，迄今已经出版了24部长篇小说，发表了百余篇短篇故事，部落文化色彩是其创作的鲜明特点。

小说书名中的黄金河，流经西孟加拉邦和奥里萨邦边境，注入孟

---

11 Subarnarekha 音译为苏波纳雷卡河，因考虑书名前后文意义，意译为"黄金河"。

加拉湾。因传说经常可以在河边挖到金子,这条河得名"苏波纳雷卡",意为"沿线黄金"。作者贝纳的出生地恰尔格拉姆(Jhargram)地区即位于河边西孟加拉邦一侧,这里也是小说故事发生的地方。故事围绕着一位名叫纳林的年轻人展开,描绘了沿河风光和部落民众的生活:部落下等种姓缺衣少食,深山里挥之不去的种姓歧视,高等种姓对下等种姓的愚弄和压榨,山洪暴发之后部落无人问津的隔绝和孤立,部落女性穷困悲苦的一生,等等。生活在西孟加拉邦地区的多个非雅利安人土著部落的生活几乎在这部小说中都得到了表现。小说也展现了部落人民乐观、淳朴、幽默的精神品质。小说的语言极具特色。黄金河处于交界地带且部落众多,因此这里的人们使用一种混合了孟加拉语、奥里雅语(Odia)、库尔马里语(Kurmali)和桑塔利语(Santhali)的洋泾浜语说话,贝纳在创作中大量使用了这种语言,以使读者获得一种代入感。此外,这部小说也被认为是孟加拉语传统河流文学的一种延续和突破,其中展示了以往极少被孟加拉语作家关注的部落群体的生活。

(二)塔塔文学节年度图书奖(Tata Literature Live! Book Of The Year Award)

2019年塔塔文学节年度图书奖(虚构类)获奖作品为长篇小说《城市与海洋》(*The City and the Sea*, 2019),作者拉杰·卡玛尔·贾(Raj Kamal Jha, 1966—)。

拉杰·卡玛尔·贾是印度较有影响的日报《印度快报》(*The Indian Express*)的主编。贾用英文创作,被称为"新闻编辑室的小说家",其作品风格简洁明了,关注细节,能唤起读者强烈的情感共鸣。贾的小说主题植根于当代印度社会,关注社会新闻中的热门主题,范围涵盖家庭暴力、城乡差别、社会不公、对妇女的暴力、边缘人群，等等。他已经出版 5 部长篇小说，《城市与海洋》是其最新作品。

《城市与海洋》围绕一对母子展开，情节始终以"城市"和"海洋"两种条线索交错推进。母亲在德里的一家日报社当编辑，她一直梦想着去遥远的海边度假，并在那里订了一家旅馆，梦想着去看雪。在寒冷的 12 月的一天，她像往常一样离开家去上班，但是没有回来。孩子开始了在"城市"中寻找母亲的旅程，失业而又无能的父亲无法为他提供实际的帮助，警察也无能为力。在城市中四处漫游的孩子遇到了一个名为"十二月"的年轻人，他声称可以为男孩提供帮助，但在随后的情节中却显露出这个年轻人的堕落与冷酷。同时，孩子母亲因受到虐待而昏迷躺在医院里，在她模糊的意识里她仿佛是在遥远的波罗的海岸边的一个小旅馆中度假。"海洋"部分充满梦境意味和隐喻，仿佛想要掩盖一切，而又暗示了一切被抹去的东西都曾真实存在。小说中的男孩没有名字，因而也似乎可以是现实生活中的每一个人。值得一提的是，故事原型是 2012 年 12 月发生在德里的震惊世界的"黑公交轮奸案"，小说对女性遭受性侵及社会暴力事件的关注跃然纸上。由于小说始终围绕两条线索交错展开，且"海洋"部分有大量梦境和模糊意识，因此整部作品也具有较强的魔幻现实主义色彩。

三、重要文学事件

（一）2019 年印地语著名作家克里希娜·索波蒂（Krishna Sobti, 1925—2019）[12] 去世，这是印度文坛的巨大损失。索波蒂是著名的印地语女作家，她的创作大多聚焦于印巴分治，属于"分治文学"的一

12　关于克里希娜·索波蒂的详细信息，参见《外国文学通览：2017》。

部分。她擅长采用迂回的方式对分治进行反思，作品一般着眼分治之前时期，回溯不同信仰、不同种姓、不同社会地位的人们和谐共处的过往，以期唤醒人性之善与美，呼吁人们远离暴力与杀戮。索波蒂1980年曾凭借长篇小说《生命之书》(Zindaginama, 1979) 获得文学院奖，1996年当选为印度文学院院士 (Sahitya Akademi Fellowship)，2010年被印度政府授予莲花珍宝奖 (Padma Bhushan)[13]，2017年荣膺格杨比特奖，成为该奖设立以来第七位获此殊荣的女作家。

（二）2019年12月，为了抗议印度当局推行《公民身份法案（修正案）》，部分作家再次退还印度政府奖项，其中包括乌尔都语作家穆吉塔巴·侯赛因（Mujtaba Hussain）宣布退还政府颁发的莲花士勋章。有印度媒体将此之称为"退回奖项2.0"（Award Wapsi）运动。

结语

2019年的印度文学奖项中，非虚构类作品的获奖数量较去年有所增加，小说和诗歌仍然是获奖较多的文学体裁。文学创作的主题整体上延续了以往对历史的关注和反思，关注点主要集中在殖民主义时期和印巴分治时期。普通人的生活、女性问题持续得到作家们的高度关注。2019年文学奖项中另一个值得注意的现象是语种文学作家重视对自身语言所属文化尤其是少数部族文化以及思想资源的挖掘和重写；神话、传说等传统文学资源在当代创作中再次获得活力。

参考文献：

Avantika, Mehta. "Review: Diwali in Muzaffarnagar by Tanuj Solanki." 26 May 2018.

13　莲花珍宝奖设立于1954年，是印度政府颁发给印度普通公民的最高奖项，是莲花奖系列中的第二等荣誉，每年评奖由印度总理主持，用以奖励在各个领域做出了卓越贡献的印度公民。

Web. 10 May 2020.
<https://www.hindustantimes.com/books/review-diwali-in-muzaffarnagar-by-tanuj-solanki/story-dcu6Yj5jxZTbD36qJJhacO.html>.

Bishwabijoy, Mitra. "Sahitya Academy Award will inspire me to write more: Moumita." 21 Jun. 2019. Web. 7 May 2020.
<https://timesofindia.indiatimes.com/city/kolkata/it-will-inspire-me-write-more-moumita-on-winning-sahitya-academy-yuva-puraskar/articleshow/69887800.cms>.

M T Saju. "Tamil writer Cho Dharman wins Sahitya Akademi award for his novel 'Sool'." 18 Dec. 2019. Web. 8 Mar. 2020.
<https://timesofindia.indiatimes.com/city/chennai/tamil-writer-cho-dharman-wins-sahitya-akademi-award-for-his-novel-sool/articleshow/72869212.cms>.

Prabhat Khabar Digital Desk. "वासी संघर्ष की रचनात्मक अभिव्यक्ति है : अनुज लुगुन 'बाघ और सुगना मुंडा की बेटी'आदि." 15 Jun. 2019. Web. 7 Jun. 2020.
<https://www.prabhatkhabar.com/prabhat-literature/1295166 >.

Vineetha, Mokkil. "I prefer Kafka to Karan Johar, says Tanuj Solanki." 17 Aug. 2019. Web. 10 May 2020.
<https://www.thehindu.com/books/i-prefer-kafka-to-karan-johar-tanuj-solanki/article29108436.ece>.

غلام نبی کمار (Ghulam, Nabi Kumar)." میں لٹ پٹ معاشرہ" لفظوں کا لہو. 19 Dec. 2016. Web. 3 Apr. 2020.
< https://hamariweb.com/articles/85112>.

গৌতম চক্রবর্তী (Gautam Chakraborty). "আনন্দ পুরস্কারে সম্মানিত নলিনী বেরা." 27 Apr. 2019. Web. 7 May 2020.
<https://www.anandabazar.com/state/writer-nalini-bera-awarded-with-ananda-puraskar-in-2019-1.985071 >.

க.விக்னேஷ்வரன் (K Vigneshwaran)."சபரிநாதனுடனான நேர்காணல் 'கவிதையாகாத ஒன்றை கவிதையாக்க முடியாது' – கவிஞர்." 15 Jun. 2019. Web. 10 Mar. 2020.
< http://www.vasagasalai.com/interview-with-poet-sabrinathan/>.

季羡林:《印度古代文学史》,北京:北京大学出版社,1991年。

林承节:《印度史》,北京:人民出版社,2014年。

作者单位:北京外国语大学亚洲学院

2019 年英国文学概览

张 峰

内容提要：2019 年的英国政治动荡、社会分裂。英国文学紧扣时代脉搏，聚焦于脱欧、种族和族裔、性别与性取向、人工智能和机器人等题材，在创作风格上也有不少推陈出新的成功尝试。伯娜丁·埃瓦里斯托荣膺布克奖，成为第一位获此殊荣的英国黑人作家，具有里程碑意义。少数族裔和新生代作家逐渐成为文坛主力，不断给英国文学注入活力和希望。

2019 年对英国来说是极不平凡的一年，政治动荡不断、社会分裂加剧。由于英国"脱欧"僵局难破，6 月 7 日首相特雷莎·梅（Theresa May）引咎辞职。7 月 24 日保守党新党首鲍里斯·约翰逊（Boris Johnson）正式就任首相。12 月 12 日英国举行大选，约翰逊领导的保守党大获全胜，为 2020 年 1 月底前如期"脱欧"铺平了道路。"脱欧"进程一波三折，不断加剧的社会分裂给人们的生活带来了巨大冲击。

2019 年的英国文坛反思历史，触碰现实，取得了骄人的成就，诞生了一大批佳作，在创作题材与写作风格上均有不少推陈出新的成功尝试。本文主要以获得及入围 2019 年重要文学奖项的作品为线索，按小说、诗歌、戏剧等文类的顺序概述本年度的文学创作，以期呈现 2019 年英国文学的概貌。

一、小说

2019 年 10 月 14 日，布克奖（Booker Prize）[1] 揭晓。出人意料的是，有两位作家获得本届布克奖：加拿大作家玛格丽特·阿特伍德（Margaret Atwood，1939—　）和英国作家伯娜丁·埃瓦里斯托（Bernardine Evaristo，1959—　），获奖作品分别是《证言》（*The Testaments*）和《女孩，女人，他者》（*Girl, Woman, Other*）。这是自 1992 年布克奖制定不可共享奖金的规则后，首次由两位作家获奖，引发了不少争议。[2]

阿特伍德曾于 2000 年凭借小说《盲刺客》（*The Blind Assassin*）获得布克奖，此次二度折桂，成为布克奖历史上的最高龄得主。获奖作品《证言》是其反乌托邦小说《使女的故事》（*The Handmaid's Tale*，1985）的续篇。

埃瓦里斯托是布克奖设立 50 年以来第一位获得此奖的女性黑人作家，也是第一位获奖的英国黑人作家[3]，具有里程碑意义。获奖小说

---

[1] 2019 年起因赞助商更换，奖项名称从"曼布克奖"改回"布克奖"。
[2] 布克奖此前有过两次共享先例，即 1974 年的娜丁·戈迪默（Nadine Gordimer）和斯坦利·米德尔顿（Stanley Middleton），1992 年的迈克尔·翁达杰（Michael Ondaatje）和巴里·昂斯沃斯（Barry Unsworth），此后规则变更，不允许再出现一奖二得的情况，因为这样做等于变相贬低了获奖作品。今年评委会的违规做法引起文学界和舆论界的不解和不满。一位不愿透露姓名的布克奖前评委对有色妇女"毫无疑问地错失了这个创造历史的机会深感失望"（huge disappointment that the chance to make history emphatically was passed by, Flood, "Backlash"）。另一位前评委萨姆·利思（Sam Leith）认为，二人分享的决定是个"史诗般的败笔"（epic fail），从此立下了一个"恶臭的先例"（a rotten, rotten precedent），对两位作家都不公平（Flood, "Backlash"）。
[3] 埃瓦里斯托出生于伦敦，父亲是来自尼日利亚的黑人移民，母亲是英国白人。

《女孩，女人，他者》以时空交织和复调（polyphony）的叙事方式讲述了不同时代，在年龄、阶级、信仰、性取向等方面各异，同时又相互关联的12位黑人女性在英国的生活和挣扎，探讨了种族、性别、身份、政治、艺术等命题。小说以一位中年女同性恋剧作家艾玛的新剧首演作为故事的起点，以她为中心延伸出书中的12个角色，每个角色各为一个章节，故事各自独立又相互重叠。在多声部的合奏中，12个黑人女性的故事交错上演，凸显了英国黑人女性群体的多样性。这些故事的时间轴从20世纪20年代横跨至当代，全景般呈现了百年来黑人女性在英国社会面临的各种形式的歧视与困境。《女孩，女人，他者》在形式上融合了小说、诗歌和散文的特点，语言表达自由，不受句首大写或句号的限制，行文轻盈、流动，富有节奏感。评论界认为，这种独特的风格对于《女孩，女人，他者》的成功非常关键："作品的自由诗结构，让埃瓦里斯托的语句像瀑布一样倾泻而下，形成了一种介于散文和诗歌之间的文学模式，增强了叙述的节奏。这种复杂的实验性写作手法在她的手中运用自如，将所有女性的故事带到一个完美的和谐时刻，如同一曲宏伟的管弦乐接近尾声时，响起了一个完美的装饰音。"（Charles）

本年度科斯塔小说处女作奖（Costa First Novel Award）[4]获得者是牙买加裔作家萨拉·柯林斯（Sara Collins，1973— ），获奖作品是具有哥特小说特征的《弗兰妮·兰顿忏悔录》（*The Confessions of Frannie Langton*）。作品讲述了一个黑人奴隶从牙买加种植园到英国监狱的人生旅程。故事发生在1826年，主人公弗兰妮·兰顿被控谋

---

[4] 此外，本年度科斯塔小说奖的获奖作品是乔纳森·科（Jonathan Coe）的《英格兰中部》（*Middle England*, 2018），传记文学奖及年度图书奖获奖作品是杰克·费尔韦瑟（Jack Fairweather）的《志愿者：渗透到奥斯威辛集中营的抵抗英雄的真实故事》（*The Volunteer: The True Story of the Resistance Hero Who Infiltrated Auschwitz*），童书奖获奖作品是贾斯宾德·比兰（Jasbinder Bilan）的《艾莎与精灵鸟》（*Asha and the Spirit Bird*）。

杀了其雇主乔治·贝纳姆先生和夫人，而弗兰妮自己的回忆向读者展示了一段鲜为人知的经历，其中包括她在牙买加种植园期间目睹的可怕的种族实验以及到伦敦后与雇主夫人玛格丽特之间的情感纠葛。小说哥特元素丰富，情节曲折，节奏明快，引人入胜。有评论指出柯林斯承袭了夏洛蒂·勃朗特（Charlotte Brontë）、简·里斯（Jean Rhys）、萨拉·沃特斯（Sarah Waters）等前辈的文学传统。（"Meet"）

斯里兰卡裔青年作家盖伊·古那拉特纳（Guy Gunaratne, 1984—　）凭借其小说处女作《狂暴之都》（*In Our Mad and Furious City*）赢得了本年度的狄兰·托马斯奖（Dylan Thomas Prize）、Jhalak 奖（Jhalak Prize）[5] 及作家俱乐部小说首作奖（The Author's Club Best First Novel Award）。作品从几个年轻移民的视角讲述了在一名英国士兵被黑人谋杀[6]后的 48 小时内，全城骚乱下的伦敦住宅区生活。狄兰·托马斯奖评委会主席戴·史密斯（Dai Smith）认为，作品通过独特想象，使读者得以身临其境般地体验骚乱给移民带来的冲击，倾听这些边缘人物的声音。（Flood,"Guy"）

露西·埃尔曼（Lucy Ellmann, 1956—　）的新作《纽伯里波特的鸭子》（*Ducks, Newburyport*）入围布克奖决选名单并斩获金匠奖（Goldsmiths Prize）。作品以意识流的方式展示了美国俄亥俄州一名家庭主妇的生活，同时涵盖了对爱情、气候变化及枪支暴力等美国现实问题的探讨。令人惊叹的是，全书横跨 1000 多页，但在语法结构上只有一个句子，句子包含了 426,100 个单词。布克奖评委乔安娜·麦格雷戈（Joanna MacGregor）称这部小说是"一种极端的文学形式"

5　该奖设立于 2016 年，专门颁发给英国有色人种作家，奖金为 1000 英镑。
6　2013 年 5 月 22 日，英国士兵李·里格比（Lee Rigby）被两名宗教极端分子谋杀。该事件是《狂暴之都》故事灵感的一部分。

的典范，虽然小说很长却没有什么标点符号，但它流淌着"令人眼花缭乱的光和速度"（"The 2019 Booker Prize Shortlist Announced"）。评委们认为这本书"构思巧妙，以其精湛的技巧和独创性挑战了读者……充满幽默、暴力和文字游戏，它猛烈地触及家庭生活的碎片，也触及特朗普治下的美国"（"The 2019 Booker Prize Longlist Announced"）。

自 2016 年"脱欧"公投以来，"脱欧"这个话题就一直备受关注。2019 年，与这一主题有关的作品层出不穷。

2019 年 9 月，伊恩·麦克尤恩（Ian McEwan, 1948—　）推出了他在本年度的第二部小说《蟑螂》（*The Cockroach*）。该作品因高度反映现实、密切联系政治而格外引人注目。主人公吉姆·萨姆斯（Jim Sams）早上醒来后发现自己变成了一只巨型蟑螂，同时成为英国首相。经过这次变形，吉姆从以前无足轻重的小人物变为英国最有权力的人。他肩负着完成人民意愿的使命，以"要么做，要么死"（"Do or Die"）为口号，拥护非正统的"反转主义"（Reversalism）经济理论，引导英国陷入了一场广受赞誉的国家灾难。反对脱欧的麦克尤恩将对英国现状的担忧写入了这部政治讽刺（political satire）小说，并认为写作是作家唯一能应对英国现状的方法。（Cain, "Ian McEwan"）

朱利安·巴恩斯（Julian Barnes, 1946—　）的新作《穿红外套的男人》（*The Man in the Red Coat*）讲述的是 19 世纪法国医生塞缪尔-让·波齐（Samuel-Jean Pozzi, 1846—1918）的生平故事。巴恩斯在该书《后记》中把英国脱欧描述为"自欺欺人的、受虐式的"，非常清楚地指出了波奇所处的时代与英国人目前面对的支离破碎的政治之间的相似之处。（Adams）巴恩斯称，自己之所以沉浸在过去的法国故事里，是因为想要逃离英国脱欧带来的不适感。在他看来，历史故事让我们意识到当今时代的浅薄，也提醒我们，我们永远对当下的所作所为知之甚少。(Gelin)

德博拉·利维（Deborah Levy，1959— ）的小说《目睹一切的人》(The Man Who Saw Everything) 入围了布克奖初选名单。作品通过讲述主人公索尔·阿德勒在东欧的经历，结合英国脱欧，探讨了欧洲大陆的历史和现状。在这部"令人费解的作品中，利维以一种讽刺性幽默的方式探索了历史和政治的本质"(Eberstadt)。

约翰·兰彻斯特（John Lanchester，1962— ）的小说《围墙》(The Wall) 入围了布克奖初选名单和奥威尔奖（Orwell Prize）决选名单。这是一部后脱欧时代的反乌托邦政治寓言小说，"围墙"是脱欧的隐喻。作品讲述了在世界巨变（the Change）之后，人类生存所需的资源极度匮乏，而海平面急剧上涨，为此人们兴建了一道墙来阻挡墙外被称为"异人"(the Others) 的海上移民的破坏。在围墙的这边，燃料匮乏，人们不得不依赖核能源来供电，在农业无人机和机器人的帮助下食物充足，但大多数人都对未来不抱希望，很少有人选择养育后代，每个公民都作为守护人（Defender）轮流被派去守护围墙。叙事者约瑟夫·卡瓦纳就肩负着这个使命。如果被异人突破围墙，守护人就会被遗弃在荒凉的海洋中。而异人被抓捕后，要面临安乐死、被奴役或流放的处境。这是一部关于移民和气候变化的生存小说，但同时也像悬疑小说一样引人入胜，像爱情小说一样令人动容。小说展现了作家才华横溢的构思和完美的文笔，也仿佛预言了那个不是很久以后的未来。(Lalami)

阿莉·史密斯（Ali Smith，1962— ）的小说《春》(Spring) 是其"季节四部曲"("Seasonal Quartet") 的第三部。该系列作品之所以受人关注,是因为史密斯的写作紧紧把握住了英国社会和政治的脉搏,实时、并行地记录了后脱欧时代英国普通民众的日常生活。在这部小说中,史密斯以春天为纽带,讲述了处于不同时空中的人物的共性,将艺术、文学、人生有趣地结合在一起。

人工智能和机器人是本年度不少作家都触及的话题。

麦克尤恩在 2019 年 4 月出版的新作《像我这样的机器》(*Machines Like Me*)里讲述了一段人类和机器人之间的感情。故事设定在 20 世纪 80 年代伦敦的平行世界,讲述了主人公查理、米兰达和机器人亚当陷入的一段"三角恋"和道德困境。小说提出了一些基本问题:我们何以成为人类?是我们的外在行为,还是内心生活?机器人能够理解人类心灵吗?麦克尤恩称《像我这样的机器》是一部"反弗兰肯斯坦"(anti-Frankenstein)小说,也就是认为"科技在未来会崛起并反噬人类"这一观点并不完全正确。(Levis)

珍妮特·温特森(Jeanette Winterson,1959—)的小说《弗兰吻斯坦》(*Frankissstein: A Love Story*)入围了本年度布克奖初选名单,作品同样关注人工智能和机器人话题。温特森以玛丽·雪莱(Mary Shelley,1797—1851)的名作《弗兰肯斯坦》(*Frankenstein*,1818)为原型,讲述了一个穿越时空的故事,从一个名叫丽·雪莱(Ry Shelley)的跨性别超人类主义者(transgender transhumanist)的视角探讨了人类与机器的关系及其如何影响我们对性别的看法。人物对话俏皮诙谐,但在所有这些插科打诨的背后,温特森挖苦的是性别政治,同时探索了人类欲望这个复杂问题。

威尔·伊夫斯(Will Eaves,1967—)的小说《低语》(*Murmur*)收获了惠康图书奖(Wellcome Book Prize)和意识共和国奖(Republic of Consciousness Prize)两个奖项。作品以计算机科学之父、人工智

能及密码学家艾伦·图灵（Alan Turing，1912—1954）的经历[7]为基础，讲述了主人公——计算机天才和密码破解者——亚历克·普莱尔因同性恋"罪"而被判接受化学阉割，去医院进行"激素治疗"的故事，探索了意识、同性恋恐惧症、身份、人工智能等话题。《澳大利亚书评》（Australian Book Review）认为《低语》"恍惚与分析兼而有之，在探索意识与人工智能的过程中自由徜徉"。惠康图书奖评委会主席伊丽芙·夏法（Elif Shafak）评价说："令人印象深刻……《低语》将在第一页就让你深陷其中，故事进程使你痛心，而结尾处却意外地重新替你拼凑起对人的信念，也凸显他们无穷尽的恢复能力……一部未来的经典之作。"（Falvey）

当代英国移民文学三雄之一、被誉为"后殖民文学教父"的萨尔曼·拉什迪（Salman Rushdie，1947— ）推出了新作《吉诃德》（Quichotte），作品入围了布克奖决选名单。小说的主人公山姆·杜尚是一位印度裔美国作家，常写间谍惊悚小说，但笔法平庸。受《堂吉诃德》的启发，他创造了伊斯梅尔·斯米莱这个角色——一个温文有礼而又迂腐的药品销售员。伊斯梅尔沉迷于观看电视真人秀，并迷上了曾是宝莱坞明星的萨尔玛，以笔名"吉诃德"给她写情书。同时，他开着雪佛兰科鲁兹，带着他想象中的儿子桑乔游历美国各地，进行神奇的冒险，寻找萨尔玛。克莱尔·洛登（Claire Lowdon）在《星期日泰晤士报》上评论说："吉诃德是后现代主义文学中最令人愉悦的元小说人物之一……我们仍在观看大师的作品。"

此外，值得关注的获奖作品还包括：特立尼达和多巴哥裔作家克莱尔·亚当（Claire Adam，1974— ）的处女作《金童》（Golden

---

7　1952 年，图灵因自己的同性恋取向被定罪，随后接受化学阉割（雌激素注射）。1954 年 6 月 7 日，图灵吃下含有氰化物的苹果自杀身亡，年仅 41 岁。

Child）荣获德斯蒙德·艾略特文学奖（Desmond Elliott Prize）；苏格兰作家罗宾·罗伯逊（Robin Robertson，1955— ）的《长镜头》(*The Long Take*，2018）荣获沃尔特·司各特历史小说奖（Walter Scott Prize for Historical Fiction）；美国作家塔亚丽·琼斯（Tayari Jones，1970— ）的《美国式婚姻》(*An American Marriage*，2018）荣获女性小说奖（Women's Prize for Fiction）；本年度国际布克奖（The Booker International Prize）的获奖作品是阿曼作家约哈·阿尔哈西（Jokha Alharthi，1978— ）的阿拉伯语小说《天体》(*Celestial Bodies*），英文译者为牛津大学教授玛丽莲·布斯（Marilyn Booth，1955— ）。

二、诗歌

首先，梳理一下本年度英国诗歌界的几条重要资讯。

1. 2019 年 5 月 10 日，著名诗人西蒙·阿米塔奇（Simon Armitage，1963— ）接替卡罗尔·安·达菲（Carol Ann Duffy，1955— ），成为英国第 21 位桂冠诗人（Poet Laureate）。

2. 牙买加诗坛巨匠洛娜·古迪森（Lorna Goodison，1947— ）获得 2019 年度女王诗歌金质奖章（The Queen's Gold Medal for Poetry）。

3. 六位诗人荣获本年度的埃里克·格雷戈里奖（Eric Gregory Award）[8]，他们是：詹姆斯·康纳·帕特森（James Conor Patterson，1989— ）、索菲·柯林斯（Sophie Collins，1989— ）、陈曼简（Mary Jean Chan，1990— ）、多米尼克·伦纳德（Dominic Leonard，1992— ）、塞恩·休伊特（Seán Hewitt，1990— ）、菲比·斯塔克

---

8 埃里克·格雷戈里奖又称"英国青年诗歌奖"，于 1960 年由格雷戈里博士（Dr. Eric Gregory）出资设立，专门奖励 30 岁以下的青年诗人，每年由英国作家协会（Society of Authors）负责评选和颁发，奖金为每人 4725 英镑。

斯（Phoebe Stuckes，1996— ）。

4. 四位诗人荣获本年度的乔姆利诗歌奖（The Cholmondeley Awards）[9]，分别是：马里卡·布克（Malika Booker，1970— ）、弗雷德·达吉亚尔（Fred D'Aguiar，1960— ）、艾伦·费舍尔（Allen Fisher，1944— ）、杰米·麦肯德里克（Jamie McKendrick，1955— ）。

特立尼达和多巴哥裔配诵诗人（dub poet）罗杰·罗宾森（Roger Robinson，1982— ）凭借诗集《便携乐园》（*A Portable Paradise*）获得英国诗歌界最具价值和最令人向往的艾略特诗歌奖（T. S. Eliot Prize for Poetry），成为该奖项设立以来第二位出生于加勒比海地区的获奖者[10]。《便携乐园》基于诗人对日常生活的观察，抨击了种族主义、暴力以及发生在 2017 年 6 月的伦敦格兰菲塔公寓大火，也展现了充满个人记忆的美好时光。评委会主席约翰·伯恩赛（John Burnside）认为，罗宾森的诗歌除了反映黑人历史，还对包括伦敦大火和英国国家医疗服务体系（NHS）在内的社会议题进行思考，同时也展现了其个人生活。（Cain，"British-Trinidadian"）

出生于中国香港的青年诗人陈曼简不仅荣获埃里克·格雷戈里奖，而且凭借处女作《冲刺》（*Flèche*）斩获科斯塔诗歌奖（Costa Book Award for Poetry），成为该奖项迄今为止年龄最小的获奖者。诗集涉及双语、同性恋、殖民主义、文化身份、母女关系等多重主题。作品的标题是一个双关语，既指"肉体"（读音对应英语 flesh），又指"箭"及击剑运动中的进攻动作"冲刺"（对应法语 flèche）。作者少年时期曾从事过击剑运动，并参加过国际比赛。这个跨语言的双关

9　乔姆利诗歌奖于 1966 年由乔姆利侯爵夫人（Dowager Marchioness of Cholmondeley）捐资设立，每年由英国作家协会负责评选和颁发，主要颁给有杰出成就的诗人。自 1991 年以来，该奖项每年颁发给四位诗人，总奖金为 8000 英镑。

10　第一位是 2011 年获奖的圣卢西亚诗人德里克·沃尔科特（Derek Walcott，1930—2017）。

语将同性恋、非白人的身体呈现为脆弱的肉体，同时将其化作防御和进攻的武器，表达了诗人对摆脱保护性盔甲从而完全拥抱这个世界的渴望。科斯塔奖评委会认为《冲刺》中的诗歌是"个人与政治的完美结合，值得最广泛的读者阅读"("Costa Book Awards 2019")。

菲奥娜·本森（Fiona Benson, 1978— ）的第二部诗集《眩晕与幽灵》(*Vertigo and Ghost*) 获得了本年度前瞻诗歌奖（Forward Prizes for Poetry）之最佳诗集奖。作品清晰呈现了希腊神话世界与当代社会的相似之处，把希腊神话中的暴力代入到 #MeToo 运动的大背景下，把宙斯重塑为一个连环强奸犯，探索了女性的恐惧及男性的欲望与残暴。前瞻诗歌奖评委会主席沙希达·巴里（Shahidha Bari）称其为"一部不屈不挠、令人振奋的作品，充满了愤怒、恐惧、反抗以及持久的希望"(Hay)。

北爱尔兰诗人斯蒂芬·塞克斯顿（Stephen Sexton, 1988— ）的《假如世界与爱皆年轻如许》(*If All the World and Love Were Young*) 获得了前瞻诗歌奖之最佳诗集首作奖。诗集名称源自沃尔特·雷利爵士（Sir Walter Raleigh, 约 1552—1618）的名诗《仙女答牧羊人》("The Nymph's Reply to the Shepherd", 1596）中的第一行。在这部作品中，塞克斯顿以著名游戏"超级马里奥"(Super Mario World) 为参照，进行结构安排，探讨了悲伤、记忆、幻想等主题，"为病逝的母亲和远去的童年献上了一首感人的挽歌"(Phipps)。

三、戏剧

2019 年 9 月 17 日，《卫报》评出了"21 世纪 50 部最佳戏剧"("The 50 Best Theatre Shows of the 21st Century")。这份榜单由英国著名剧评人迈克尔·比灵顿（Michael Billington, 1939— ）主笔，旨

在勾勒出近 20 年英国戏剧的发展轨迹。从这份榜单中可以看出如下特点：1. 剧作家的构成呈现出多元态势。除卡罗尔·丘吉尔（Caryl Churchill, 1938— ）、杰兹·巴特沃斯（Jez Butterworth, 1969— ）、露西·柯克伍德（Lucy Kirkwood, 1983— ）等白人剧作家，其他族裔的剧作家也占了相当比例，如牙买加裔女剧作家娜塔莎·戈登（Natasha Gordon, 1976— ）、非裔剧作家伊努亚·艾兰姆斯（Inua Ellams, 1984— ）和卡托利·霍尔（Katori Hall, 1981— ）等。2. 改编自文学作品的戏剧较多，关注政治及迎合中产阶级审美趣味的剧作占了很大比例。

劳拉·韦德（Laura Wade, 1977— ）的剧作《我亲爱的家》（*Home, I'm Darling*, 2018）荣获本年度的劳伦斯·奥利弗奖（Laurence Olivier Awards）之最佳新喜剧奖。该剧讲述了朱迪和约翰尼夫妇因迷恋 20 世纪 50 年代的生活方式而尝试回归过去的故事。38 岁的朱迪辞掉工资优厚的律师工作，成为一名"21 世纪的 50 年代家庭主妇"（a '50s housewife in the 21st century），但回归家庭后的生活并不如意，怀旧的热情被意想不到的现实消磨殆尽。作品讽刺了试图通过回归过去来获得婚姻幸福的幻想。（Taylor）

由演员、作家洛丽塔·查克拉巴蒂（Lolita Chakrabarti, 1969— ）改编的剧目《少年派的奇幻漂流》（*Life of Pi*）[11] 获得英国戏剧奖之最佳新剧奖（UK Theatre Awards for Best New Play）。作品讲述了主人公少年派遭遇海难，家人全部丧生，他与一只孟加拉虎在救生小船上漂流了 227 天，人与虎建立起一种奇特的关系，并最终共同战胜困境获得重生的故事。《少年派的奇幻漂流》也是一次探求自我的精神航行，

---

11 改编自加拿大作家扬·马特尔（Yann Martel, 1963— ）出版于 2001 年的同名小说，作品曾获 2002 年的布克奖。

揭示了存在于人内心中的"神性"才是指引他脱离兽性，重返人类社会的力量。

由英国国家剧院艺术总监鲁弗斯·诺里斯（Rufus Norris）执导、著名剧作家海伦·埃德蒙森（Helen Edmundson，1964— ）改编的重磅剧目《小岛》（*Small Island*）[12]于2019年被搬上了舞台。40多名演员组成的庞大阵容，演绎了一曲扣人心弦的家国史诗。该剧讲述了二战前后一对伦敦白人夫妇和一对牙买加黑人移民夫妇的故事，探讨了牙买加和英国之间的复杂关系。作品重现了加勒比海地区向英国第一批大规模移民的历史，描述了"疾风世代"（Windrush Generation）[13]在英国遭受困境最终又重建希望的过程。《小岛》将这些被忽视和遗忘的故事带回了公众视野，这些故事不仅代表了加勒比裔英国人的声音，也揭示了西方所有后殖民移民子女所面临的共同现状。(Lea)《卫报》《每日电讯报》《观察家报》等主流媒体均给出全五星好评，证明了这部杰作不仅是两个国家、一代人的创伤记忆，还具有守卫生命尊严的普遍价值，深深打动了所有观众。

结语

回眸2019年，英国文坛佳作层出不穷，紧扣时代脉搏，聚焦于脱欧、种族和族裔、性别与性取向、人工智能和机器人等题材，在创作风格上也有不少推陈出新的成功尝试。伯娜丁·埃瓦里斯托荣膺布克奖，成为第一位获此殊荣的英国黑人作家，具有里程碑意义。少

---

12 改编自安德里娅·利维（Andrea Levy，1956—2019）出版于2004年的同名小说，该作品曾获2004年的奥兰治文学奖（Orange Prize）、惠特布莱德年度最佳小说奖（Whitbread Book of the Year）及2005年的英联邦作家奖（Commonwealth Writers' Prize）等奖项。

13 1948年6月22日，一艘载着492名英属殖民地牙买加和特立尼达岛移民的客船"帝国疾风号"（Empire Windrush）抵达英国伦敦蒂尔伯里（Tilbury）码头，揭开了战后移民的序幕。1948年及之后的移民浪潮是20世纪英国历史的分水岭，标志着民族多元化的开端。"疾风世代"泛指1948—1971年间从加勒比海地区英属殖民地移居英国本土的人。

数族裔和新生代作家逐渐成为文坛主力,不断给英国文学注入活力和希望。

参考文献:

Adams, Tim. "*The Man in the Red Coat* by Julian Barnes Review-out of the Surgery, into the Boudoir." 27 Oct. 2019. Web. 16 Jun. 2020.
 <https://www.theguardian.com/books/2019/oct/27/the-man-in-the-red-coat-julian-barnes-review>.

Allardice, Lisa. "Jeanette Winterson: 'I Did Worry about Looking at Sex Bots'." 18 May 2019. Web. 5 Jun. 2020.
 <https://www.theguardian.com/books/2019/may/18/jeanette-winterson-frankisstein-ai>.

Barnes, Julian. *The Man in the Red Coat*. London: Jonathan Cape, 2019.

Benson, Fiona. *Vertigo and Ghost*. London: Jonathan Cape, 2019.

"Books of the Year." *Australian Book Review* No. 417 (Dec. 2019). Web. 17 Jun. 2020.
 <https://www.australianbookreview.com.au/abr-online/current-issue/704-books-of-the-year/6061-books-of-the-year-2019>.

Cain, Sian. "British-Trinidadian Dub Poet Roger Robinson Wins T. S. Eliot Prize." 13 Jan. 2020. Web. 15 May 2020.
 <https://www.theguardian.com/books/2020/jan/13/roger-robinson-dub-poet-ts-eliot-prize>.

—. "Ian McEwan Announces Surprise Brexit Satire, *The Cockroach*." 12 Sept. 2019. Web. 10 Jun. 2020.
 <https://www.theguardian.com/books/2019/sep/12/ian-mcewan-announces-surprise-brexit-satire-the-cockroach>.

Chan, Mary Jean. *Flèche*. London: Faber & Faber, 2019.

Charles, Ron. "Bernardine Evaristo's *Girl, Woman, Other* Received Half a Booker Prize, but It Deserves All the Glory." 28 Oct. 2019. Web. 12 May 2020.
 <https://www.washingtonpost.com/entertainment/books/bernardine-evaristos-girl-woman-other-received-half-a-booker-prize-but-it-deserves-all-the-glory/2019/10/28/b22212fa-f97a-11e9-8906-ab6b60de9124_story.html?>.

Collins, Sara. *The Confessions of Frannie Langton*. London: Penguin, 2019.

"Costa Book Awards 2019: Category Winners Announced." 6 Jan. 2020. Web. 12 Jun. 2020.
 <https://costanewsroom.vuelio.co.uk/press/press-releases/739843ff-7272-4def-9606-0dc0d04fdc33/costa-book-awards-2019-category-winners-announced>.

Eaves, Will. *Murmur.* Edinburgh: Canongate Books, 2019.

Eberstadt, Fernanda. "Crossing Abbey Road: It's More Dangerous than You Might Think." 15 Oct. 2019. Web. 16 Jun. 2020.
<https://www.nytimes.com/2019/10/15/books/review/the-man-who-saw-everything-deborah-levy.html>.

Ellmann, Lucy. *Ducks, Newburyport.* Norwich: Galley Beggar Press, 2019.

Evaristo, Bernardine. *Girl, Woman, Other.* London: Hamish Hamilton, 2019.

Falvey, Deirdre. "Will Eaves Wins Wellcome Book Prize for Alan Turing-inspired Novel *Murmur.*" 1 May 2019. Web. 17 Jun. 2020.
<https://www.irishtimes.com/culture/books/will-eaves-wins-wellcome-book-prize-for-alan-turing-inspired-novel-murmur-1.3877738>.

Flood, Alison. "Backlash after Booker Awards Prize to Two Authors." 15 Oct. 2019. Web. 6 Mar. 2020.
<https://www.theguardian.com/books/2019/oct/15/bernardine-evaristo-margaret-atwood-share-booker-prize-award>.

—. "Guy Gunaratne Wins Dylan Thomas Prize for 'Urgent' London Novel." 16 May 2019. Web. 6 Jun. 2020.
<https://www.theguardian.com/books/2019/may/16/guy-gunaratne-wins-dylan-thomas-prize-in-our-mad-and-furious-city>.

Garner, Dwight. "In *Spring*, Ali Smith's Series Takes Its Most Political Turn." 29 Apr. 2019. Web. 8 Jun. 2020.
<https://www.nytimes.com/2019/04/29/books/review-spring-ali-smith.html>.

Gelin, Martin. "Julian Barnes's Anti-Brexit Belle Époque." 23 Apr. 2020. Web. 15 Jun. 2020.
<https://lareviewofbooks.org/article/julian-barness-anti-brexit-belle-epoque/>.

Gunaratne, Guy. *In Our Mad and Furious City.* London: Headline, 2019.

Hay, Emily. "Fiona Benson Wins Forward Prize with Greek Myth Poems for MeToo Age." 20 Oct. 2019. Web. 18 Jun. 2020.
<https://www.theguardian.com/books/2019/oct/20/fiona-benson-wins-forward-prize-greek-myth-poems-metoo>.

Haynes, Natalie. "*Home, I'm Darling* Review – Cupcakes, Cocktails and Fetishising Wifeliness." 4 Jul. 2018. Web. 26 Mar. 2020.
<https://www.theguardian.com/stage/2018/jul/04/home-im-darling-review-laura-wade-katherine-parkinson>.

Lalami, Laila. "Walled Off: John Lanchester's Speculative New Novel about Our Not-so-distant Future." 20 May 2019. Web. 10 Jun. 2020.
<https://www.thenation.com/article/archive/john-lanchester-the-wall-novel-book-review>.

Lanchester, John. *The Wall.* London: Faber & Faber, 2019.

Lea, Richard. "Andrea Levy, Chronicler of the Windrush Generation, Dies Aged 62." 15 Feb. 2019. Web. 1 Mar. 2020.
<https://www.theguardian.com/books/2019/feb/15/andrea-levy-chronicler-of-the-windrush-generation-dies-aged-62>.

Leith, Sam. "*The Cockroach* by Ian McEwan Review – Bug's Eye View of Brexit." 26 Sept. 2019. Web. 10 Jun. 2020.
<https://www.theguardian.com/books/2019/sep/26/the-cockroach-ian-mcewan-review-sam-leith>.

Levis, Helen. "Ian McEwan on His 'Anti-Frankenstein Novel,' *Machines Like Me.*" 17 Apr. 2019. Web. 8 May 2020.
<https://www.newstatesman.com/culture/books/2019/04/ian-mcewan-his-anti-frankenstein-novel-machines-me>.

Levy, Deborah. *The Man Who Saw Everything.* London: Hamish Hamilton, 2019.

Lowdon, Claire. "*Quichotte* by Salman Rushdie Review – *The Satanic Verses* Author Is back on Fine Form." *The Sunday Times.* 18 Aug. 2019. Web. 5 Mar. 2020.
<https://www.thetimes.co.uk/article/quichotte-by-salman-rushdie-review-rushdie-rides-again-3gsjg8dr9>.

McEwan, Ian. *The Cockroach.* London: Vintage, 2019.

—. *Machines Like Me.* London: Jonathan Cape, 2019.

"Meet the Hottest-tipped Debut Novelists of 2019." 13 Jan. 2019. Web. 12 Jun. 2020.
<https://www.theguardian.com/books/2019/jan/13/debut-novelists-of-2019-interviews-bev-thomas>.

Phipps, John. "Review: *Zonal* by Don Paterson & *If All the World and Love Were Young* by Stephen Sexton." 31 Mar. 2020. Web. 20 Jun. 2020.
<https://www.thelondonmagazine.org/review-zonal-by-don-paterson-if-all-the-world-and-love-were-young-by-stephen-sexton/>.

Pulley, Natasha. "*The Confessions of Frannie Langton* by Sara Collins Review – a Stunning Debut." 4 Apr. 2019. Web. 1 Mar. 2020.
<https://www.theguardian.com/books/2019/apr/04/the-confessions-of-frannie-langton-by-sara-collins-review>.

Robinson, Roger. *A Portable Paradise.* Leeds: Peepal Tree Press, 2019.

Rushdie, Salman. *Quichotte.* London: Jonathan Cape, 2019.

Smith, Ali. *Spring.* London: Hamish Hamilton, 2019.

Taylor, Paul. "*Home, I'm Darling*, National Theatre, London, Review." 1 Aug. 2018. Web. 20 Jun. 2020.
<https://www.independent.co.uk/arts-entertainment/theatre-dance/home-im-

darling-national-theatre-review-katherine-parkinson-it-crowd-a8472526.html>.

"The 2019 Booker Prize Longlist Announced." 23 Jul. 2019. Web. 2 Mar. 2020. <https://thebookerprizes.com/resources/media/pressreleases/2019-booker-prize-longlist-announced>.

"The 2019 Booker Prize Shortlist Announced." 3 Sept. 2019. Web. 2 Mar. 2020. <https://thebookerprizes.com/resources/media/pressreleases/2019-booker-prize-shortlist-announced>.

"The 50 Best Theatre Shows of the 21st Century." 17 Sept. 2019. Web. 20 Jun. 2020. <https://www.theguardian.com/stage/2019/sep/17/the-50-best-theatre-shows-of-the-21st-century>.

Winterson, Jeanette. *Frankissstein: A Love Story.* London: Jonathan Cape, 2019.

作者单位：北京外国语大学英语学院

2019年越南文学概览

杨 健

内容提要：本文梳理了2019年度越南文学发展概况，包括六项越南国内重要的文学奖项——胡志明文学艺术奖、国家文学艺术奖、文学艺术年度奖、作家协会奖、河内作家协会奖和胡志明市作家协会奖的颁奖情况，并介绍这一年具有重要影响的文学作品以及年度重要文学事件。

2019年，一些高水准的越南文学作品获得了国内颁发的重要文学奖项，这些获奖的小说、传记、诗歌和文学批评论著将越南民族经历的战争创伤以及对幸福和平生活的渴望表达得淋漓尽致，具有浓郁的民族特色。同时，海外越侨作家群体继续用英语或法语创作的文学作品将越南人的社会生活、思维、文化和价值观等带入了海外，如美籍越南裔作家王国荣（Ocean Vương，Vương Quốc Vinh，1988— ）荣获麦克阿瑟奖学金（MacArthur Fellows）的"天才奖"。2019年越南文学呈现出欣欣向荣的发展态势。

一、重要文学奖项的颁发与变化

1. 胡志明文学艺术奖（Giải thưởng HCM về Văn học nghệ thuật）和国家文学艺术奖（Giải thưởng Nhà nước về Văn học nghệ thuật）评奖要求发生变化

胡志明文学艺术奖和国家文学艺术奖是越南最重要的两个国家级文学奖项。2019—2020年这两个奖项因未到五年一届的颁奖时间未组织颁奖。但2018年10月3日，越南颁布政府第133号决议，修改评奖规则，强调若干要求。这对2019年以后越南国内其他文学奖项的评价起到了重要的引导作用。评奖要求具体修改和强调如下。

（1）强调胡志明文学艺术奖和国家文学艺术奖的获奖作者必须要忠诚于越南社会主义共和国，切实遵守、履行越南法律。

（2）参评国家级文学艺术奖项的作品自1945年9月2日即越南民主共和国（现为越南社会主义共和国）成立时算起。申报胡志明文学艺术奖的作品从省级提交评审档案开始起需要有5年的公示期，申报国家文学艺术奖的需要3年。

（3）胡志明文学艺术奖项参评作品要求：1993年以前的作品要求对越南革命事业和社会生活具有长远深刻的影响，对越南文学艺术的建设和保卫祖国的事业，起到改变认知的作用。对于1993年以后的作品，除了具备上述提到的条件外，还要求在由越南文化体育旅游部组织的各种竞赛、行业联欢会和展览上取得过金奖或一等奖；或者是由央属的文学艺术部门颁发的最高级别奖项的获奖作品。

（4）国家文学艺术奖项参评作品要求：1993年以前的作品，对教育培育新人、提高人民审美水平，对越南文学艺术的建设和保卫祖国的事业，要起到改变认知的作用。对于1993年以后的作品，除了具备上述提到的条件,还要求在由越南文化体育旅游部组织的各种比赛、行业联欢会和展览上获得过金、银、铜奖或一、二、三等奖;或者是由央属的文学艺术部门颁发的金、银、铜奖或一、二、三等奖的获奖作品。

2. 2019年度文学艺术年度奖(Giải thưởng Văn học nghệ thuật)

文学艺术年度奖由越南文学艺术协会组织申报、评选和颁奖,属于文学艺术类的行业年度重要奖项之一。

2020年1月6日,越南文学艺术协会组织颁发了2019年度越南的文学艺术奖。对此,越南文学艺术协会副会长、文学家颂典评价道:2019年提交的文学作品质量是过去20年最高的。很多文学作品在表现手法上进行了革新,但仍然贴靠生活和民族道德传统。特别是有许多作品关注时代问题,比如有关于边境和海岛的文学创作。

友进(Hữu Tiến,1945—)的小说《生活中的急流险滩》(*Ghềnh thác cuộc đời*)获优秀文学作品奖,该作品同时荣获2019年度越南少数民族文学艺术协会二等奖。高平省文学协会评价道:高平省因为有了友进才形成了独特风格的山区题材。小说运用少数民族语言描写了岱依族、侬族的春季庙会、丢沙包、婚俗等文化习俗,文风朴实、简单,具有浓厚的少数民族生活气息。友进善于巧妙地运用现实主义手法,文中也时常充满浪漫主义的隐喻。小说把主人公的人格置放于高尚与卑劣、善良与罪恶、光明与黑暗、人性与动物性之间。该作品虽然让读者领略了山区和人民生活的美,但给读者留下更深刻印象的是小说人物交织在一起的忐忑、渴望以及欲望。

河江省文学协会的岱依族作家韦庆雪(Vi Khánh Tuyết,1972—)的论著《岱依人的天琴——从文化的角度》(*Then Tày - từ góc nhìn văn hóa*)荣获一等奖。该书从构成、内容、语言和表演等方面描述了天琴艺术，理论性和说服力较强，受到该年度越南文学艺术奖专家的一致好评。

3．作家协会奖（Giải thưởng Hội Nhà Văn）

越南作家协会成立于1957年，由从事文学创作、文学批评理论和文学翻译的专业人士组成，是越南文学艺术协会组织的成员之一。越南作家协会文学奖每年进行一次评奖，是越南国内专业评价文学创作形势、文学作品艺术质量、鼓励文学创作创新的重要奖项之一。

2020年1月14日，越南作家协会在河内组织了2019年度作家协会奖颁奖仪式。越南作家协会此次集结了59部诗歌、散文、批评理论、翻译作品和儿童文学作品。其中，8部文学作品获奖，具体如下。

阮海燕（Nguyễn Hải Yến，1972— ）的短篇小说集《水神馆》（Quán thủy thần）和胡维励（Hồ Duy Lệ，1944— ）的传记文学《紧随》（Trụ lại）获得了业内高度评价，本文的重要文学作品部分对其有详细介绍，此处不再赘述。

阮友升（Nguyễn Hữu Thăng，1951— ）创作了越南汉字古诗经典的拉丁化拼音译本《剑湖怀古》（Kiếm Hồ hoài cổ）。阮友升为越南著名记者、诗人和翻译家，翻译了大量与中文和喃字相关的文学作品，代表翻译作品有《唐诗》《越南名儒汉诗》等。

陈光道（Trần Quang Đạo，1957— ）的《在梦中飞翔》（Bay trong mơ）和陈光贵（Trần Quang Quý，1955— ）的《源》（Nguồn）是诗歌集。《在梦中飞翔》共80首诗，分为8个部分：阳光大道上的启动、逆光的忐忑、瞬间的起飞、缥缈地在空中燃烧、迷惘的心、晴空的呼喊、诗的箴言和帮助读者在诗人的梦中飞翔。

此外，2019 年度文学批评类作品大丰收，潘重赏（Phan Trọng Thưởng）的《文学现象的辨识和理解》（Nhận diện và lý giải các hiện tượng văn học）、李怀秋（Lý Hoài Thu）的《越南文章活态》（Những sinh thể văn chương Việt）、陈登舜（Trần Đăng Suyền）《作家思想和风格：理论与实践》（Tư tưởng và phong cách nhà văn- Những vấn đề lý luận và thực tiễn）等三部文学理论著作获奖。

从 2019 年参加评奖的文学作品来看，这些作品强调爱国、民族、民主和融入世界的人文精神，与当代文学革新的潮流十分契合。

4. 河内作家协会奖（Giải thưởng Nhà văn Hà Nội）

河内作家协会文学奖每年进行一次评奖，是越南北部专业的重要文学奖项。

2019 年度河内作家协会文学奖由阮越河（Nguyễn Việt Hà，1962— ）的小说《市民小说》（Thị dân tiểu thuyết）、裴越胜（Bùi Việt Thắng，1951— ）的文学批评论著《从文章视野看河内》（Hà Nội từ góc nhìn văn chương）获得。

河内作家协会主席阮氏秋惠认为《市民小说》是阮越河最成功的作品。"小说以河内古街的空间和人为题材，文风独特，在犀利的词句后面隐藏着诸多的嘲讽。"散文协会主席依班认为："《市民小说》没有按照小说传统模式的写法，但其深刻的、条理性极强的书写吸引了读者。小说里各层各面的河内人活灵活现。此外，该书提及了很多有趣的与宗教相关的隐喻。"

作家黎明奎（Lê Minh Khuê，1949— ）荣获该年度的河内作家协会文学终身成就奖。黎明奎是越南著名的中短篇小说家，她的文学创作渗透着浓厚的爱国主义，同时也饱含浪漫主义气息。从 1969 年至今，黎明奎出版了 20 本小说和短篇小说集，获得了很多权威的文学奖项。代表作短篇小说集《远离城市的下午》(*Một chiều xa thành phố*, 1987)、《西北风里》(*Trong làn gió heo may*, 2001)、《吹过的风》(*Làn gió chảy qua*, 2017) 曾获越南作家协会奖。此外,黎明奎还荣获了 2008 年韩国李秉珠 (Byeong-ju Lee) 文学奖、2012 年越南国家文学艺术奖和 2019 年的东盟文学奖。

5. 胡志明市文学艺术奖 (Giải thưởng Văn học nghệ thuật TP. Hồ Chí Minh)

胡志明市文学艺术联合会是越南文学艺术协会组织的主要成员之一。胡志明市文学艺术奖是越南南部地区认可的重要文学奖项。

2019 年获得该奖项的作品是已故作家黎文草 (Lê Văn Thảo, 1939—2016) 的传记文学《在 R 地带:50 年后讲述的故事》(*Ở R-Chuyện kể sau 50 năm*, 2016)。该传记的具体内容详见后文介绍。

2019 年 12 月 26 日,胡志明市文学艺术联合会和胡志明市文化艺术出版社联合推广第二届荣获胡志明市文学艺术奖的文学作品。其中包括小说《向阳花》(*Hoa Hướng Dương*)、《在旋风里》(*Trong cơn lốc xoáy*)、《凤凰》(*Phượng hoàng*),诗集《传奇风声》(*Bước gió truyền kỳ*)、《日与夜》(*Giữa ngày và đêm*)、《梦想的风声》(*Âm thanh những giấc mơ*) 和传记文学《在 R 地带:50 年后讲述的故事》。

二、重要文学作品

2019 年,越南文坛有多位作家和文学作品获得国内外重要文学奖项,下列文学作品均为获奖作品或获奖作家的最新作品,深受读者喜爱,引发读者广泛讨论,并且得到业内高度评价。

1. 《让云静止》（*Cố định một đám mây*）

《让云静止》是越南当代著名作家阮玉思（Nguyễn Ngọc Tư，1976—　）凭借短篇小说集《无尽的原野》荣获德国 2018 年度自由文学奖（Literaturpreis）后出版的一部短篇小说集。

《让云静止》通过 10 个不同的故事，把读者带入人生百态的旅途中：有在海滩上翘首期待丈夫出海归来的妇女；有在绝望中挣扎的女孩，而她的爱情如同云彩一般消散不见；有在戏班子里，经过多少个不眠之夜，也不知道要到什么时候才到自己发声的戏子；有卡在与旧情人的情感漩涡中，无论如何努力也无法将其全部从自己头脑中拔除的人；有一直在路上奔波，几十年都来不及回家的人……小说运用具有越南南部方言特色的文字娓娓述说着百姓的命运，文风质朴，鲜活地刻画出形形色色的穷困百姓形象，描述了浓厚的越南南部风情，征服了无数读者。

2. 《沉默的父亲》（*Người cha im lặng*）

《沉默的父亲》（*Le Silence de Mon Père*，2016）是法籍越裔女作家段裴（Đoàn Bùi，1974—　）创作的一本关于移民主题的法语小说，获得了法国阿梅里戈·维斯普奇文学奖（Amerigo Vespucci）和金门文学奖（Porte Dorée）。

2019 年，该书译为越南语后，在越南国内读者中引发了强烈反响。这部带有自传性质的小说文风简练、紧凑冷静，与新闻的写作风格相似。小说勾勒出了一个越南难民家庭在法国的生活历程，这也是海外越侨对自己民族和文化起源的一种探索。小说非常真实地刻画了在不同年代不同国家生活成长的两辈越侨，他们之间存在着难以克服的分歧。比如父母说越南语而孩子讲法语是一个最明显的交流障碍，再比如两代人对生活方式的认知也不相同，在日常生活中这种东西方文化的冲突时隐时现。在法国成长的越南裔家庭无论怎样努力，黄皮肤的东方人在外形上还是无法完全融入西方人的世界。所以小说中的父亲教孩子们应对西方人讽刺的一句话："如果他们讥笑你们，你们就告诉他们说蛋黄总是要比蛋白香。"意思是黄皮肤要比白皮肤好。但是这句话还是无法说服在法国成长的越南裔孩子们。显然，《沉默的父亲》是一本让越南人可以深入透彻地了解越南与法国两种不同文化的传记文学。

3.《伤痕划过的夜空》（*Trời đêm những vết thương xuyên thấu*）

王国荣创作的诗集《伤痕划过的夜空》（*Night Sky with Exit Wounds*，2016）出版后轰动了美国以及世界英语文坛，荣获英语文学世界中的两个最重要的诗歌奖项——2017年度前瞻诗歌奖（Forward Prizes for Poetry）的最佳首批收藏奖和2017年度T. S. 艾略特诗歌奖（T. S. Eliot Prize for Poetry）。

2019年《伤痕划过的夜空》译成越南语在越南发行并受到众多越南读者的喜爱。《伤痕划过的夜空》中使用长短不一的诗句，把诸如孤独、战争、暴力、非人性的人类悲剧等主题描绘得淋漓尽致，诗作表现出既怀揣崇高梦想又不拘一格的诗风，看似残酷尖锐的诗句背后却隐藏着能够治愈创伤的信念。越南语语言与文化内涵在王国荣的文学创作中经常不受语言形式的限制，在《伤痕划过的夜空》的扉页上就印有越南语的两句谚语："没有什么比得上饭和鱼；没有什么比得上妈妈和孩子。"（Không có gì bằng cơm với cá / Không có gì bằng má với con）该诗集也被视为是受到西方文化洗礼的越南民族文化具有强大生命力的一种体现。

4.《棋局》（*Cuộc cờ*）

作家范光龙（Phạm Quang Long，1952—　）的小说《棋局》出

版后受到读者的广泛关注。该部小说是一个拿土地换基础设施建设预案的故事，讲述了不同人物在巨大的利益争夺中不断变化的命运。《棋局》清晰地再现了越南当代社会中一些激烈的矛盾，利益集团的"光明正大"，实质是一些有权有势的人按所谓的"规章"办事，却违背了自己的良心与责任，丧失了做人最起码的底线。范光龙并非专业作家，但因其小说题材经常触及深刻敏感的社会问题而备受读者关注。由于范光龙频频创作出优秀的、具有时代意义的文学作品，引发业内争论与关注，也被称为"年轻作家——范光龙"文学现象。

5.《亲爱的 20 岁》(*Tuổi 20 yêu dấu*)

《亲爱的 20 岁》由作家阮辉涉（Nguyễn Huy Thiệp，1950—　）完成于 2003 年，但因题材涉及敏感的毒品问题并未在越南出版，后被译成法语（*À nos vingt ans*）在法国出版，而且在法国、秘鲁、瑞士和加拿大发行。阮辉涉也因该部小说被认为是越南最有影响力的作家之一。2019 年《亲爱的 20 岁》回归越南国内市场，在读者中引发广泛影响。阮辉涉以现实生活中自己亲生儿子阿科为原型创作了这部作品，阿科是阮辉涉最疼爱的孩子，却因沉迷于毒品，三番五次被送进戒毒所。在《亲爱的 20 岁》中，作家把阿科的经历移植到了主人公阿奎身上，故事中阿奎的父亲是一位著名作家，母亲善于操持家务，还有一个对做生意很感兴趣的兄长。但 20 岁的阿奎还是离开家庭去寻找自己想要的生活，然而却在社会中成为一个失足青年。小说透过极具危害性的毒品，揭示了越南年轻人在面对社会转型时价值观的迷失与模糊，引发了青年读者的深刻思考。

6.《在 R 地带：50 年后讲述的故事》

《在 R 地带：50 年后讲述的故事》是已故作家黎文草获得胡志明

市文学艺术奖的一部传记文学,并且有作家自传的影子。黎文草是越南著名短篇小说作家,获得过2007年越南国家文学艺术奖、2012年胡志明文学艺术奖两项越南国家级文学奖。代表作《电闪雷鸣》(Cơn giông, 1997)获得过越南作协奖(2003)、东盟文学奖(2006)。

书名中的R指的是越共中央南方局的根据地,在与柬埔寨接壤的西宁省北面。该传记延续了黎文草创作于2012年的作品《耗费精力的岁月》(Những năm tháng nhọc nhằn)。如果说《耗费精力的岁月》讲述的是20世纪60年代西贡都市青年的苦闷,那么《在R地带:50年后讲述的故事》则讲述了1962年以后,西贡青年告别了繁华都市的街道转战战区的人生历程,揭示了南方年轻人告别了美国傀儡政权南越的虚假繁华,投身于热火朝天的抗美战争和统一战争的思想转变,体现出西方资产阶级价值观和共产主义人生观的碰撞,以及革命青年价值观的重塑过程。

7.《市民小说》

《市民小说》是阮越河的第5本小说,获年度河内作家协会奖。阮越河是越南当代代表性作家,曾出版小说《凯旋门》(Khải huyền muộn, 2005)、《喝酒的女人》(Đàn bà uống rượu, 2010)、《上帝的机会》(Cơ hội của Chúa, 2013)、《古街女孩》(Con giai phố cổ, 2013)。其中,《上帝的机会》还被译为法语在法国出版。

《市民小说》仍然是以河内的街道、巷子为故事空间,但是作家不只局限于行走在现实中的街区,还顺着古街区的整个历史轨迹,找寻古街中蕴藏的灵魂原委。在法属殖民时期,封建时代的旧知识分子——那些末代的儒士、法国殖民政府里的书记员、搞西学的人和缺少自信的文学家——脑袋里装着散落的记忆、模糊混乱的汉字和喃字,一方面是佛教和道教坚定的追随者,另一方面却由于西方文化的入侵必须隐藏在上帝身影下。这些穿着光鲜的文人无法仅仅满足于温饱,因此对于东西方文化的碰撞与融合,内心充满焦虑与煎熬。虽然阮越河谦虚地说此作品是"是一堆小小的赘述",但据河内作协主席友请(Hữu Thinh,1942—)的评价,"《市民小说》堪称是书写越南河内古街历史的巨大工程"。

8.《水神馆》

《水神馆》是阮海燕的短篇小说集,获2019年度越南作家协会奖。该小说以崭新的视角,运用细腻、敏锐和灵动的笔触,刻画了越南北部地区农民的新生活。即使对那些敏感、难以表达的问题,小说也将其刻画得非常纯熟、生动和深刻。河内作家协会主席评价道:"越南有过很多文学作品描写土地改革时期的错误、痛苦和社会的分裂,但是很少有作品涉及土改时期伤痕的抚平。而阮海燕做到了这一点,《水神馆》很好地刻画了土改的纠错和社会'裂痕'的'缝合',这一点对于当今社会而言也是必需的。"

9.《紧随》

越南广南—岘港地区的著名作家胡维励创作的传记文学《紧随》荣获2019年度越南文学联合会颁发的特别奖。《紧随》包括44个小的传记文学故事,英勇的战斗故事在广岘地区原特委书记陈慎的回忆中,像一部编年史一样一个个娓娓道来,刻画出广岘地区战争年代忠勇和坚强的人民形象。历史因素在该传记文学中扮演了重要的角色,成为主要线索。《紧随》是一部传记文学,因此不同于长篇、短篇小说和戏剧,其内容真实,忠于客观实际,且高于现实。它记录了从1927年抗法开始到抗美战争在广岘地区爆发的革命运动,把从红色农会、红色救济会刚刚成立到抗法党支部成立,集结向北,直到武装总起义、总攻击的历史生动地再现了出来。总的来说,《紧随》带领读者感受到了抗法抗美斗争进入高潮、困难坎坷的起伏变化。

因此，纪实文学《紧随》被评价为了解广岘革命老区和人民的珍贵资料。著名诗人友请评价说："《紧随》是具有珍贵价值的一个文学宝藏。于当代读者而言，如果想了解越南民族的历史与过往，这是一部必读的文学作品。这部作品让读者看到从1954年到1975年越南中南部的战争与社会，了解1954年以后越南南方经历了怎样的残酷、悲壮，人民如何奔波、求生，以及心中的悲痛。"

三、重要文学事件

1. 第七届20岁文学大赛（Cuộc thi Văn học tuổi 20 lần VII）

从2019年起，越南第七届20岁文学大赛转入一种新的组织形式，而且将接受从2019年1月1日至2021年5月30日出版的文学作品。

2. 2019年越南诗歌节

2019年2月，越南举办了2019年越南诗歌节（Ngày thơ Việt Nam 2019）。这次越南诗歌节自2月15—21日举行，在河内、广宁和北江三省市组织了很多庆祝活动。在该届诗歌节中有三个重要的文学事件：第4届越南文学国际宣传会（Hội nghị quốc tế quảng bá văn học Việt Nam lần thứ IV）、第3届诗歌国际联欢会（Liên hoan thơ quốc tế lần thứ III）、第17届越南诗歌节（Ngày thơ Việt Nam lần thứ XVII）。

3. 美籍越南裔作家王国荣荣获麦克阿瑟奖学金的"天才奖"

王国荣2019年的第一本英文小说《地球上我们短暂的华丽》（*On Earth We're Briefly Gorgeous*）横扫了美国最受欢迎的图书榜单，同年，王国荣获得麦克阿瑟奖学金中价值62.5万美金的"天才奖"。

4. 第六届故都文学艺术奖（Giải thưởng văn học nghệ thuật cố đô lần thứ VI）

2019年9月4越南承天顺化省组织颁发了第六届故都文学艺术奖（2013—2018），故都文学艺术奖首次举办于1989年，定期五年组织一次评选，对于推动越南地方省份的文学艺术发展做出了贡献。

5. 越南国家主席签发颁发"人民艺术家"称号决议

2019年12月28日，越南国家主席签发了颁发"人民艺术家"称号决议，共有84人获得了这一称号。这是国家层面对文学艺术工作者所做贡献的奖励与肯定。

结语

2019年，除了越南胡志明文学艺术奖和国家文学艺术奖两项国家级奖项因未满五年的颁奖期没有产生实际奖项外，其他重要的三个文学奖均取得了丰硕成果。沉寂了两年的诗歌类文学在2019年度越南作家协会奖上有所突破，传记和文学批评理论作品也取得了不俗的成绩。在2018—2019年出版的大量文学作品中，越南海内外的新老作家均在文学体裁、题材或创作手法上展现出了浓郁的民族特色。新时代的越南文学作品始终强调爱国、民族、民主的人文精神，特别是抗美抗法战争时期的社会和历史成为越南文学中永恒的主题。此外，还有一些文学作品深入探索了战后伤痕的修复、土地改革后社会裂痕的"缝合"，彰显了具有民族文化特色的非物质文化遗产。总的来说，2019年越南文学创作主题丰富，作家活跃度高。

参考文献：

Hội Nhà văn Việt Nam trao Giải thưởng Văn học năm 2019 cho 8 tác phẩm xuất sắc. 14 Jan. 2020.
    <https://thethaovanhoa.vn/van-hoa/hoi-nha-van-viet-nam-trao-giai-thuong-van-hoc-nam-2019-cho-8-tac-pham-xuat-sac-n20200114172538175.htm>.
Nhà thơ ocean Vương được vinh danh với giải thưởng nhân tài. 27 Sep. 2019.
    <https://tuoitre.vn/nha-tho-ocean-vuong-duoc-vinh-danh-voi-giai-thuong-nhan-tai-20190926203122457.htm>.
Ngày thơ Việt Nam 2019. 14 Feb. 2019.
    <https://bvhttdl.gov.vn/ngay-tho-viet-nam-2019-su-kien-van-hoc-ba-trong-mot-va-co-hoi-quang-ba-van-chuong-viet-nam-20190214164532019.htm>.
Nguyễn Việt Hà đoạt giải Hội Nhà văn Hà Nội. 26 Dec. 2019.
    <https://vnexpress.net/nguyen-viet-ha-doat-giai-hoi-nha-van-ha-noi-4033312.html>.
Quy định mới xét tặng Giải thưởng về văn học, nghệ thuật. 14 Feb. 2019.
    <https://m.vov.vn/van-hoa-giai-tri/quy-dinh-moi-xet-tang-giai-thuong-ve-van-hoc-nghe-thuat-821434.vov>.
Trao giải thưởng văn học nghệ thuật 2019. 6 Jan. 2020.
    <https://www.qdnd.vn/van-hoa-giao-duc/doi-song-van-hoa/trao-giai-thuong-van-hoc-nghe-thuat-2019-607079>.
8 tác phẩm đoạt Giải thưởng Hội Nhà văn Việt Nam năm 2019. 14 Jan. 2020.
    <https://www.qdnd.vn/van-hoa-giao-duc/doi-song-van-hoa/8-tac-pham-doat-giai-thuong-hoi-nha-van-viet-nam-nam-2019-607785>.
55 tác giả giành giải thưởng văn học, nghệ thuật năm 2018. 9 Jan. 2019.
    <http://dangcongsan.vn/anh/55-tac-gia-gianh-giai-thuong-van-hoc-nghe-thuat-nam-2018-510461.html>.
73 tác phẩm văn học nghệ thuật trao giải thưởng năm 2019. 1 Jun. 2020.
    <https://baotintuc.vn/van-hoa/73-tac-pham-duoc-trao-giai-thuong-van-hoc-nghe-thuat-nam-2019-20200106153351792.htm>.

作者单位：云南师范大学华文学院